桃花江诗文选

曾主陶 邹翠荣 编

岳麓書社·长沙

图书在版编目(CIP)数据

桃花江诗文选/曾主陶,邹翠荣编. —长沙:岳麓书社,2022. 10
ISBN 978-7-5538-1644-9

Ⅰ. ①桃…　Ⅱ. ①曾…②邹…　Ⅲ. ①中国文学—作品综合集
Ⅳ. ①I217. 2

中国版本图书馆 CIP 数据核字(2022)第 205730 号

TAOHUAJIANG SHIWEN XUAN

桃花江诗文选

编　　者:曾主陶　邹翠荣
责任编辑:彭卫才
责任校对:舒　舍
封面设计:谢　芬

岳麓书社出版发行
地址:湖南省长沙市爱民路 47 号
直销电话:0731-88804152　0731-88885616
邮编:410006

版次:2022 年 10 月第 1 版
印次:2022 年 10 月第 1 次印刷
开本:710mm×1000mm　1/16
印张:37
字数:550 千字
书号:ISBN 978-7-5538-1644-9
定价:148. 00 元

承印:长沙超峰印刷有限公司

如有印装质量问题,请与本社印务部联系
电话:0731-88884129

《(同治)益阳县志》之《桃花江图》

序　一

王耀中

曾主陶于桃江，与我是同乡；于长沙，与我是近邻。农历壬寅虎年正月初八，我们互道新年好，主陶出示《桃花江诗文选》，并请序于余。《桃花江诗文选》乃主陶与夫人邹翠荣女士联手之作，篇幅达28卷（含卷首1卷），30余万字，洋洋洒洒，于桃江历史文献蔚为大观。

时逢寒假，我静心拜读，通览全稿，受益匪浅，深感此书的出版对于桃江地方文化建设，颇具价值，意义不同凡响。

一是有功于古人。《桃花江诗文选》所选诗歌1390余首，各类文章230余篇，上自战国下至民国，绝大多数是桃江历代先贤的优秀作品。这些作品涉及250多位作者，他们在不同的年代，以不同的方式、不同的风格、不同的体裁讴歌桃花江，赞美桃花江，记录桃花江，推介桃花江，将情感凝聚于笔端，留下一篇篇华章。但是千百年来，这些精美的文字犹如珍珠淹没于恒沙，甚至行将消失。主陶夫妇花费了数年的时间和精力，广泛收集，悉心整理，使之重放光彩。九泉有知，先贤含笑。

二是有益于今人。文化是永恒的资源，文化是不竭的动力，文化是民族的精神支柱。习近平同志指出：“中华民族在几千年历史中创造和延续的中华优秀传统文化，是中华民族的根和魂。”《桃花江诗文选》的出版是桃江乡土文化中盛开的又一朵珍贵奇葩，蕴含着桃江人的根和魂。当下，家乡桃江大力实施乡村振兴战略，发展旅游产业，正需要从优秀的传统文化中寻找资源，寻找力量，以坚定文化自信，《桃花江诗文选》的出版乃恰逢其时。

三是嘉惠于后人。《桃花江诗文选》汇集了桃江地域的优秀文化遗产，所形成的文本，必将是贻留给后人的一笔文化财富。社会进步日新月异，传统文化渐行渐远，历史文献存世日益稀罕，今后更难收集。特别是难得有主陶、翠荣夫妇这样的有心人，可以不计得失全身心地为挖掘桃江地域文化资源而投入。文化的传承需要一代又一代人去担当，去收集整理，推陈出新。我深感《桃花江诗文选》文献收集难，整理难，出版营销也难，其过程必定千辛万苦。可以预计，《桃花江诗文选》必定是名山事业，必定传之久远，必定惠及子孙后代。

一部书既能有功古人，又能有益今人，还能惠及后人，此书必定是好书。好书犹如陈年老酒，愈久弥香。“流传百代千龄后，定识人间有此人”，《桃花江诗文选》和主陶、翠荣夫妇，庶几能当之。

是为序。

2022 年 1 月 15 日

王耀中，桃江县三堂街镇人，经济学博士，教授，博士生导师，长沙理工大学原党委书记。

序　二

肖国安

曾主陶、邹翠荣伉俪情深，心系乡梓，联手编纂《桃花江诗文选》，费千日之苦功，成洋洋30余万言之大作，令人感动，也令人敬佩。

40多年前的1976年，我与主陶兄同学于益阳师范桃江班，共寝同餐近两年。校址位于凤凰山下桃花江畔，正是当年屈原行吟之地，天问阁遗址近在咫尺。在校期间，正值恢复高考，我们于1978年分别考入湖南大学和中南矿冶学院，在岳麓山下再次同学4年。此后十数年间，碌碌尘劳，各为事业和家庭奔忙，偶尔见面而已。

《湖湘文库》是我们人生中的一次重要文化交集，其时主陶兄担任《湖湘文库》编辑出版委员会副主任，我则作为湘潭大学党委书记忝列《湖湘文库》领导小组成员。湘潭大学是《湖湘文库》的作者渊薮，数十部书稿需要按时按质交付。主陶兄等《湖湘文库》专家数次来湘大组稿催稿，我作为主人自然尽力配合支持。在工作交往中，我才知道主陶兄于湖湘文化倾注深情，进入了湖湘文献的殿堂，并且对家乡桃江的历史文献更为留意。2016年，《湖湘文库》收官，对我来说只是完成了领导小组交给的使命，而主陶兄等因此获得大名，享有盛誉。

主陶兄不仅收获了《湖湘文库》的荣誉，更有系列的意外收获。先是有《浮邱山诗文钞》，后有《浮邱山先民谱》，今有《桃花江诗文选》，都是主陶兄在编纂《湖湘文库》之后的成果。这些成果乍看起来有点“意外”，但桃江作为湖湘文化重要发源地，复以主陶兄那份宁静的心性、执着的态度和专业的精神来打量，形成这些成果又是必然的。

回想当年在桃花江畔读书的时光，我们曾日日面对这条清江，也曾望见凤凰山、浮邱山、羞山、九冈山，却不曾想到这里竟有如此丰厚的文化底蕴。读读《桃花江诗文选》，再看桃花江，再看凤凰山、浮邱山、羞山、九冈山，它们仿佛顿生灵性，顿长精神，仿佛都放出了熠熠光彩。习近平同志多次强调，要实现中华民族的伟大复兴，需要民族文化自信的不断提升。将本乡本土的历史文献整理出来，不断形成新成果，就是增强文化自信的重要途径。中华优秀传统文化的传承需要默默的担当者，看来主陶和翠荣伉俪已经引为己任。

是为序。

2022 年 2 月 9 日

（肖国安，桃江县马迹塘镇人，曾任湖南科技大学党委书记，湘潭大学党委书记，中共湖南省委教育工委书记，湖南省教育厅厅长、教育厅党组书记。）

序　三

邱善湘

开卷葱茏万木春，清流文脉润古今。
邹曾共读名山业，大德鸿篇不朽功。

一

今年春节过后，主陶夫妇编纂《桃花江诗文选》大功告成，嘱我写个序言，拳拳盛意，我当即应允。随后，主陶将自序、诗文稿及耀中先生、国安先生序文发我参考，我认真拜读。诗文选在我眼前一亮，三位大学者撰序之文墨功底、文思境界，更令我深感“眼前有景道不得”，加之俗务缠身，故迟迟未敢动笔。

主陶、翠荣是我夫妻俩50年前的高中同学，我和主陶共读于浮邱山下桃花江区中学（古西峰寺，后为桃江县八中），我妻文江林与邹翠荣是凤凰山下桃江县一中同班姐妹，我们四人同届毕业于1974年元月。浮邱山、凤凰山在桃花江为古名山，两山惠泽，难以释怀。浮邱山古称浮梁山、无量山，是雪峰山脉向洞庭湖过渡延伸地带凸起的一座奇峰，如巨龙龙头昂扬，吞吐资水，俯视洞庭，与凤凰山相望，宛如神龙戏珠。相传上古仙人浮丘公及真武祖师、潘仙浮邱子等先圣在此修道，唐初开国名将尉迟恭在此监造西峰寺等佛寺，遂有佛道同观、三教合流之雅。此山尤以浮邱子啃石为食，遗存满山齿石称奇天下；更以浮邱之磅礴气势、巍巍雄风、深厚底蕴，激励学子砥砺前行，身任天下，仗剑走天涯。凤凰山古名桃骨山，位于浮邱之东，资水南岸，桃花江东畔，酷似一颗熠熠生辉的龙珠，闪烁在资水与桃花江两江汇流之地，与浮邱山天造地设相呼应。相传齐天大圣瑶池会，掷桃骨化青山而名，后屈原行吟于此，被尊为凤凰神而得今名。此地是屈原写作《天问》《涉江》及《九歌》中大部分诗篇的地方，是屈原志洁行芳美人文化的发祥地，亦是中国流行音乐奠基人黎锦晖创作《桃花江是美人窝》，“桃花千万朵，比不上美人多”的地方。在这片山水旖旎、人文荟萃的土地上，我们度过了难忘的年少时期，虽然那时初高中主课程是“学工、学农、学军”，但这块土地上的自然山水、厚重历史、文化传承、民风习俗，依然哺育着我们成长。主陶、翠荣深深植根在这块沃土，为以后主陶成就儒林翘楚、翠荣成就金融俊秀，夯下了难得的基础。

二

1977 年恢复高考，我考入湖南师范学院中文系，当时主陶益阳师范在读，我入学半年后，主陶遂考入湖南大学七八级图书馆学专业，我俩岳麓山下再续学缘。湖大、师院毗邻，加上专业主课程相近，我俩自然走得更近，交流更深。大学期间，主陶沉浸在书山文海，勤学苦研向专业开拓，终以优异成绩毕业留校工作。一年后调入湖南省社会科学院，从事古籍整理工作十年有余。古籍整理是一项枯燥辛劳的苦差事，分类、校勘、句读、编订、修缮等工作，它需要学富五车的学识功底，更需埋首故纸，静心寂寞，一丝不苟的执着精神。主陶权当苦其心志修炼，纵览上下数千年，吸吮经史子集百家之精华，以他特有的才情智慧在富积，在为造就一代文史巨擘而蓄势。1992 年之后，主陶调入湖南出版系统工作，先后担任省出版局处长、岳麓书社社长、《湖湘文库》编委会副主任等职。岳麓书社以传承湖湘文化著称，是全国著名的优秀出版社之一。《湖湘文库》是国家“十一五”出版规划的重大项目，是湖南历史上一项浩大的文化工程，皇皇七百零二册，堪称湖南文化史上的《四库全书》，历时十余年，编纂四亿字，主陶竭尽心力工作，实现了人生价值，建树了辉煌，赢得了荣耀。特别是他主持编辑的《陶澍全集》，出版后即赠我一套，全卷八大本令我震撼不已。我看到了《湖湘文库》中珍贵的善本及其巨大的文献价值，主陶已臻炉火纯青的专业造诣，在我心底油然而生崇敬。主陶是特具研究精神的学者，在研究编纂《湖湘文库》之后，他把研究的触角延伸到湖湘文化的多领域，取得了丰硕成果。2015 年他出版了专著《湖南会馆往事》，随后又陆续出版了《浮邱山诗文钞》、《浮邱山先民谱》（与儿子曾理合著）以及即将付梓的《桃花江诗文选》，还有《桃花江文化之旅》《浮邱往事》《话说陶澍与桃江》等专著，正在写作中。这些著作，将汇编为《桃花江文库》。由此可见，他对家乡的历史文化可谓情有独钟。

翠荣，桃江一中的美女，凤凰山飞出的金凤凰。主陶上大学的同年，翠荣作为基层信用社骨干，被选派到湖南省人民银行学习。于是，岳麓山下我们乡友假日聚会里，就有了主陶、翠荣追凤求凰的精彩故事。大三那年正月初二，我陪伴主陶登鹿鸣桥邹府拜亲，至今记忆犹新。翠荣，巾帼不让须眉，省人民银行学习结束后，以优异成绩留省人民银行工作，是我国改革开放后，最早由基层直接选拔进入省行的专业人才，当年家乡的同事们盛赞翠荣“一年连升五级”。数年后又调任到中行基层分理处担任主任，后提拔为长沙市城区支行行长，直到擢升中行省行营业部总经理，至今仍担任某大型投资企业首席金融顾问。翠荣在职勤奋学习，先后获得本科、硕士文凭，并攻读华中理工大学“投资理财与风险控制”博士。翠荣于 2002 年，荣获中国金融工会全国委员会授予的“全国金融五一劳动奖章”，成为行业内有名的金融专家。翠荣又是“上得厅堂，下得厨房”的好媳妇、贤妻良母。她相夫教子，一家人其乐融融。

他们的幸福之家，于 2010 年被评为省直机关“书香家庭”，2012 年荣获中国妇联“第八届全国五好文明家庭标兵户”称号。主陶、翠荣恩爱至深，举案齐眉，全家人以爱书、藏书、读书、写书为雅为乐，家庭藏书达 2 万余册，夫妻钤有“邹曾共读”之印，胜似相如文君恩爱。育儿曾理，青年才俊，毕业于澳大利亚墨尔本摩纳什大学，著有《分阶攻克雅思写作》、《浮邱山先民谱》（父子合著）等著作。夫妻俩共同编纂《桃花江诗文选》，成不朽盛事，功莫大焉，将成就“一家人的文化复兴”。

三

《桃花江诗文选》是《浮邱山诗文钞》的升级版，不仅是将选材范围从浮邱山及其周边扩展到了县域全境，还扩展到了本地贤达在县域内外的作品及域外名家在本地留下的墨迹。尤为令我震撼的是一个“钞”字向“选”字的升华，浸透了主陶夫妇的汗水与心血。主陶曾与我谈及此事三年多所耗的心力，甚至比自己创作一部诗文集花的功夫还大。面对数千年以来桃花江及其域内外浩如烟海的文化遗存、诗文碎片，主陶瞄定名家名作，甄选优选，聚正气传承，做名山事业。初读《桃花江诗文选》，感怀至深。

其一，接续千年文脉，抢救文化史料。

桃花江新石器时代遗址、夏商历史传说及春秋战国墓葬均可找到与中原文化源头同步的史料依据，特别是屈原在桃花江留下的文化遗存，矗立起了一座历史丰碑，一部《楚辞》屈原首创新诗体，开启了我国历史上浪漫主义文学的先河，与《诗经》比肩，对中华文化的发展，影响至今，此后秦汉文学到唐诗、宋词、元曲、明清小说、近现代散文，一浪高过一浪的文学浪潮，在桃花江这块土地上打下了深深的印痕。但是，无数的优秀诗文创作，如碎片撒落在正史野史、文牍专著、家族谱牒、随笔札记、文人唱和、诗文记事乃至乡党应酬、民间口口相传之中，以往无人收集整理结集，不少的诗词歌赋文化珍宝，很可能在历史的长河里湮灭。主陶夫妇最大的功德，就是在抢救桃花江文化史料，接续自屈原至今2300多年来桃花江文脉，对接湖湘文化和中华文化正脉。《桃花江诗文选》以屈原《天问》《涉江》等诗篇为卷首，总揽全书，纲举目张，辑选桃花江历代名流诗作1390余首、选文230余篇，可谓是鸿篇巨制。

其二，诗文载道，诗文化人，诗文传远。

辑录前人文化遗产，编纂首要莫过于树浩然之气，以道化人，以德育人，以崇高为价值取向，净化人的灵魂，潜移默化向善向美，并以丹青艺境和墨韵文心传之久远，成为后世永不干涸的灵泉、享之无尽的精神食粮。主陶夫妇立定编书宗旨“必须具有正能量”，决定了这部诗文集的核心价值与含金量。通观全书历代作者，或国之重臣，或乡野贤达，或名流学者，或革命先贤，都是哲人智者、至诚君子，都是在桃花江历史上创造文明、传播美德、造福乡梓、革故鼎新的历史名人。笔下的作品，或明志状物，或抒怀言情，或描画青山绿水，或颂扬乡俗民风，或景仰人文圣境，或叹忧邦国兴衰……不一而足。全书诗文作品，明清以来在桃花江影响较深、传播较广的当属以郭都贤、陶澍、汤鹏、胡达源、胡林翼等人为代表的朝廷重臣的作品，加之与曾国藩、左宗棠、彭玉麟等政治家和湘军领袖的密切关系，一股经世致用的文化潮流在桃花江形成。另外，本土本籍的文人学者如曾绍孔、黎光地、萧雄、文希范、曾运乾、胡念贻等人与湖南学界杨树达、邵子风、黄伯轩、郑业建、邱毅、谭云鹤、柳敏泉、周铁铮等知名教授的联谊唱和，以工于艺术形式，讲究诗文精绝，掀起了一股讴歌自然山水，探究人文史迹的创作热潮。两股文化潮流交相融合，为桃花江诗文创作的发展繁荣和文人辈出、名人辈出，植下了难得的基因。

最令人崇敬的是迭代之际忠君恤民爱国先贤，如屈原、汪元亮、郭都贤、郭纯贞等人选录，他们作品人品体现的是忠贞不贰的国魂、光彩照人的血性与骨气，宁可葬身鱼腹，宁可漂泊山野，宁可遁入空门，绝不事二主，绝不食周粟。辛亥革命志士夏思痛、卢性正等人曾在桃花江首举义旗，以死唤醒民众奋起救国，本诗文选收录了夏思痛诗作 90 余首及序文、书札等篇章，同时收录了辛亥革命先驱覃振《夏思痛先生革命事略》，这些宝贵的文献资料载道化人传远，深深激励后人。桃花江是红色文化的发祥地之一，毛泽东、张昆弟、张子清、夏曦等共和国先驱，曾在此点燃大革命火种，革命先烈前仆后继，义无反顾，革命诗文气贯长虹。熊亨瀚、江诗咏留下的诗词和就义前给父母、给兄长、给妻子的绝命信，感人至深，在民间耳熟能详，流传至今。熊亨瀚“大地春如海，男儿国是家。龙灯花鼓夜，长剑走天涯”（《客中过上元节》），江诗咏酷刑后写下的“怕老子，捉老子，杀了老子，还有老子”（《忏悔书·狱中绝笔》），是血染的风采和血红的艺术，永远激励后人，坚定地走上革命道路。

其三，永续青山绿水，永续文化传承，助推经济社会发展。

当下“绿水青山就是金山银山”的发展理念，诠释了绿水青山不仅是自然财富、生态财富，而且是增值财富和绿色GDP。同时文化传承和文旅资源发掘，更是创造社会财富、助推经济社会发展的强大内生动力。《桃花江诗文选》再现了桃花江2000多年来多彩多姿自然美景、瑰丽纷呈的锦绣华章和数之无尽的人文胜境，是一部桃花江绿色产业资源、文化产业资源、旅游产业资源难得的辑录索引和资政参鉴。

桃花江人自古崇尚龙文化，源自山川形胜的雄奇壮美。站在浮邱之巅，俯瞰万千景象，雪峰山脉千山万壑，似巨龙逶迤西来；东向洞庭，波连浪涌；南接衡岳，云气蒸腾；北通轩辕古道，龙气犹在；浮邱主峰如龙头高昂，涌动磅礴龙威。资水干流，自西向东200余里，将县域全境分为南北两系，勾连着雪峰余脉77条溪河，云蒸雾绕，如诗如画。特别是资水数千年以来，在三湘四水水系中，唯以清澈称奇天下。

桃花江文明的悠久历史，可上溯到7000年至1万多年之前的新石器时代，在县域2000多平方公里的土地上，已发现的古文化遗址达109处，馆藏文物达3000余件，其中新石器时代遗址12处，如灰山港天子坡遗址、桃花江近桃遗址、杉树仑松山仑遗址等，出土了大量的石锛、石斧、石钻、石凿、石刀、砺石等。特别是桃谷山腰子仑猫形山东周墓葬群，已探测出了500多座墓葬，出土了大批的武器、耕具、纺器、炊具等，如青铜剑、青铜矛、青铜钺、青铜鼎、陶鬲、陶纺轮等，成为国家级重点文物保护遗址。

桃花江还有许多上古优美的传说与历史遗存，如共工怒触不周山，天崩地裂，女娲氏炼石补天的故事，遗存有穿天坳、炼补亭、女娲卧江浣发而化青山的传说。“皇帝南至于江，登熊湘”（《史记·五帝本纪》)，实现炎黄大联盟，开启中华民族炎黄子孙历史的故事，至今尚存修山山顶祭天坛、山下祭地场、山周边与炎黄二帝相关联的16处古地名遗存。还有尧帝之师善卷，隐居善溪的故事。楚狂接舆讥讽孔子、拒绝楚昭王聘用，隐居陆溪不知所终的故事等。

特别是屈原在桃花江的故事，形成了一种独特的文化现象。2000多年来，屈原被尊为凤凰神祭祀，直到1949年后县域内仍有多处凤凰庙

（凤凰阁）遗存。桃花江徐、邓、曾、何、袁五姓，奉屈原为共同的祖神，且在各自聚居地立凤凰庙（凤凰阁）祭祀，载入族谱，代代相传。其他姓氏，奉屈原为祖神护佑，亦成为域内风俗，《桃花江诗文选》录吴氏族谱《祖祀凤凰神记》有详细记叙。屈原第二次被放逐，长达18年，有研究者认为，屈原这次放逐，大部分时间在桃花江度过，甚至是在桃花江建立抗秦指挥部，组织楚复江南之战，他留下的26篇诗作，大部分也在桃江完成。这些研究不无道理，因为秦已将战火燃到了江南的大片楚地和资水流域，屈原作为楚皇族主战派和坚定的爱国者，他没有理由不反抗，同时从他居住的花园洞书房村毗邻的猫形山墓葬群，以及沿资水南岸而下的多处战国墓葬群出土的大量男墓兵器、女墓纺器等，提供了规模化成建制兵备兵力、给养保障等证据。读屈原的诗很奇妙，总有一种依稀的亲切感，如《九歌》是一组祭祀天神、地神、人神的祭歌，对各级神灵、对前方将士英灵给予了无比悲壮的颂赞。在屈原留下的全部诗作里，他最喜欢的香花香草香木有30多种，在桃花江都可以找到，我感觉到屈原就是在桃花江状物抒怀。因此，桃花江屈原文化是一朵奇葩，更是人文资源和文化产业资源。

桃花江的美景、桃花江的故事数不胜数。在《桃花江诗文选》里面，更是琳琅满目，美不胜收，多元地释放智慧，立体地呈现财富。书中自有藏宝图，书中自有黄金屋；书中自有聚宝盆，书中自有千钟粟；书中车马多簇簇，书中自有颜如玉；书中自有开口笑，书中自有光明烛。祈福桑梓故里，永续青山绿水，永续文化传承，永续平安富足，永续昌盛繁荣。

拙笔浅墨，权且代序。

2022年5月于长沙寓所

邱善湘，桃江县桃花江镇人，国际工商管理博士（DBA），高级经济师，东方华鼎科技股份有限公司董事长，“益鑫泰”品牌创始人，第八届、第九届湖南省政协委员。本文原有标题《不朽盛事，功莫大焉》。

自　序

桃花江位于湖南省桃江县，发源于宁乡、桃江两县交界的城墙大山，蜿蜒流淌百余里，于桃江县城处汇入资江，是资江的一级支流。乾隆皇帝敕纂的《大清一统志》记载："桃花江，在益阳县西南六十里，源出梓梁岩，西北流，经浮邱山北，又北流四十里入资。"清代益阳县城西南60里，正是今日桃江县中心地带。说明早在300年前，桃花江就已经进入了中华大江大川的排行榜。

桃花江四季水量充沛，清澈明亮，两岸风光旖旎。奇特的是上游50里两岸崇山峻岭，瀑布飞泉，河谷间杨柳依依，故又名杨柳溪；下游50里两岸平川，土肥物阜，水网纵横，筒车辘辘。更为神奇的是在上下游分界之处，有一名为梓梁岩（又名子良岩）的悬崖，下有一眼清泉，传说泉水中时有桃花溢出，流入杨柳溪中，从此下游江段名为桃花江。后来居民索性将两岸遍植桃树，每当阳春时节，暖风起处，桃瓣缤纷，尽落江中。

单说这梓梁岩，也是不可多得的名胜。《旧志》云："梓梁岩，岩石高耸，石壁如削。"百丈悬崖之上有会仙观，传说曾有道士潘子良在此修真，升天而去。石壁之上多有石斛，常见有小矮人"系修绠，手铁钩，摇摇如挂猿"。湘军大帅胡林翼也曾慕名来游，并深有感慨：

> 益城西百里子良岩，为邑名胜，《志》载潘子良炼丹处，其文略而不详。予尝亲历其地而流览焉，见乎峭壁万仞，耸入云霄，升高一望，觉日月去人巾帻不远，烟霞在吞吐间。而流水一带，自龙池、樟溪曲折而来，潆绕左右，顾我欲留。其他层峦叠嶂，高者突兀，卑者奇横，若挺立，若跏趺，千变万状，不可端倪。

今日之梓梁岩，比胡林翼当时所见又多了一番景致。1967年，县民于梓梁岩下筑起高坝，修建了桃花江水库，从此碧水青山，波光潋滟，分外妖娆，引来络绎游人。一方水土养一方人，桃花江水纯净养颜，年轻女子肤色白净，面若桃花。20 世纪 30 年代黎锦晖一首《桃花江是美人窝》的艳歌，传唱一时，风靡南洋，曾使桃花江声名远播。

今日桃花江两岸，高速公路跨江而过，电网凌空高架，数万亩现代农田呈现出欣欣向荣的景象。远山含黛，苍翠葱茏。其下游河口处的数万亩竹林，开辟为桃花江竹海景区，已然是桃江旅游文化的名片。

桃花江美不胜收，可谓一江碧水，百里画廊。然而值得桃花江人民骄傲的不仅仅是自然美景，历史文化底蕴的光芒也照亮着他们前进的步伐，给予他们智慧和力量。

桃花江是爱国诗人屈原行吟之地和创作之乡，一曲《天问》长歌从古唱到今，表明桃花江文化渊源有自，也对接了湖湘文化的正脉。

历代以来，桃花江流域作者如林，唐代的裴休，元代的汪元量，明代的李东阳、郭都贤、罗喻义等知名人士，都曾关注过桃花江，并且都为桃花江留下了作品。清代中后期以来，湖南知名人士如罗典、欧阳厚均、袁名曜、陶澍、魏源、胡达源、胡林翼、曾国藩、左宗棠、彭玉麟等，先后为桃花江而歌而赋。桃花江流域的本地作家如黎光地、萧大猷、曾运乾等，都跻身于湖南的诗坛学界；一些文化家族如浮邱夏氏、沙田湾毛氏、花桥罗氏等，曾经都是颇有名气的文化世家。流寓或经过桃花江，以及应邀赋诗作文的文人雅士，更是指不胜屈，他们往往见景生情，多有佳作。如果从桃花江流域放眼到桃江全域，还有更多的文化名人，如曾绍孔、薛嗣昌、萧雄、夏思痛，以及枫田夏氏、武潭薛氏等文化世家。回望桃花江的文化史，无数优秀的文化篇章灿若繁星。清代桃花江文学家曾绍孔深情地说："诗文者，山水之精神也；山水者，诗文之典籍也。"挥毫当得江山助，桃花江旖旎的风光，正是桃花江文化的沃土。

我们生长在桃花江畔，一直将桃花江视为母亲河。如此江山，如此文脉，是我们自豪的资本。面对快速发展的时代，一种隐忧莫名而来，却又挥之不去。经济和社会快速发展，历史文化与我们渐行渐远，乡村尤甚，乡愁真难留住。就拿历史文献来说，40 年前的账本、70 年前的族谱、百年前的诗文集，都已经是凤毛麟角、寥若晨星了，历史文献已经到了需要抢救的地步。2017 年，我编纂《浮邱山诗文钞》时，曾经对桃江浮邱山周围做过专题文献调研，感觉到乡村的文化贫穷是当下比较突出的问题。乡村中很少有藏书之家，很少有文化事业和文化设施，很少有阅读的风气，甚至很少有文化之人。长此以往，城乡的文化差距，未免将越来越大。

乡村振兴，产业振兴是关键，文化振兴是难题。

《浮邱山诗文钞》出版后，翠荣建议我趁热打铁，将选材的范围扩大到桃江全域，以桃花江的名义再出一个选本。翠荣的建议正合我意，前修不足，后出可以转精。也许，这正是我们可以为母亲河贡献绵薄之力的地方。

接下来 3 年多的时间，1000 多个日夜，我全身心投入了《桃花江诗文选》的编纂。翠荣对我的支持就不仅仅是红袖添香，凡家中巨细均一肩任之，并且还往往同我一起讨论体例，收集文献，辨析文字，常为一字之师。

编书旨趣，我们有两点共识：

一是我们所选的诗文，一定要具有正能量，一定要能够服务于当代。一个民族的文化复兴，需要全民族坚定的文化自信；而文化自信的提升，需要优秀的文化成果来武装、来支撑。一个国家如此，一乡一邑又何尝不如此！清代陶澍、邓显鹤等编纂《资江耆旧集》《沅湘耆旧集》《船山遗书》，旨在挖掘湖湘历史文化资源，展示湖湘文化成果，甩脱文化落后的“南蛮”局面，增强湖南人的文化自信。而湖南近百年来人才辈出，与《资江耆旧集》《沅湘耆旧集》《船山遗书》的横空出世不无关系。我们所选的诗文，或体现忧国忧民的情怀，或体现忠孝友爱的民风家风，或体现对绿水青山的赞美，或体现旷怀恬淡的人生。这些作品有力量，有温度，有真情，有古为今用的价值，能影响人，能鼓舞人。

二是我们所选的诗文，一定要是名家名作，注重其地域性和文学性。名家名作才有分量，才能传之久远，才有永恒的价值。文化产品形形色色，有的产品被称为“压舱石”，就是因为其价值不同凡响。我参与编纂的《湖湘文库》，就是湖南推进文化强省战略中的压舱石。桃花江文化也需要像《湖湘文库》这样的压舱石，但我们却没有能力承当。

我们愿意尝试，做个抛砖引玉，所以我们对每件作品精心甄别，反复琢磨，力求经得起时间的检验。

《桃花江诗文选》出版之际，正值我们结婚40周年。40年来，阅读是我们养成的共同习惯。我们有共同的书房，积累了丰富的藏书，并钤有“邹曾共读”藏书印章。我们从阅读中拜会了桃江历代先贤，领略了桃花江历史文化的风姿。《桃花江诗文选》是一份特别礼物，我们将这份礼物奉献给家乡的亲人和朋友。退休之人做名山事业，犹如夕阳在途黄昏赶路，时间紧迫而且精力与资金都很有限，格局也难免有局限；这一点我们有自知之明。桃花江历代的诗文依然浩如烟海，我们只能取其一瓢。长夏骄阳，隆冬寒夜，我们以琢以磨。尽管我们认真编辑，反复校对，努力再三，但是由于水平有限，估计仍有错误，祈请读者批评指正。

曾主陶

2021年12月12日于长沙浮邱山房

凡　例

1. 本书所指桃花江，源于城墙大山，江段始于子良岩，流经松木塘、牛田、石牛江、桃花江等乡镇，于桃花港汇入资江，依据是《大清一统志》；桃花江又有“獭溪”之说，又有“资江段”之说，文献并存。

2. 本书所收诗文，或为桃江域内历代人士所撰写；或为域外人士所撰写但与桃江有关者。

3. 本书所收诗文，其创作时间上起战国时期，下迄中华人民共和国成立之前。

4. 桃花江文化肇始于屈原，故将屈原的《天问》《涉江》列为卷首。

5. 本书不收现代白话诗。

6. 诗词部分先有作者小传，简述其生平与著作，然后罗列其相关作品。相关说明列于作品之后，以不同字体、字号加以区分。

7. 文章部分按文体分类分卷排列，各卷文章再按作者所处时代先后排序。作者生平和相关说明列于作品之后，以不同字体、字号加以区分。

8. 凡前卷中作者已经介绍者，在后卷又出现时，不作重复介绍。

9. 文献有版本之区别，流传日久，文字互异，力求其最原始底本。

10. 文献中所涉及的桃江地名，时常混用，如河塘与荷塘、书堂与舒塘、子良岩与梓梁岩、九冈山与九岗山、石牛江与石牛冈，等等，本书亦不求其统一。

11. 每篇作品注明出处，详细书目置于全书之末。

凡 例

目　录

卷首　楚辞选

屈　原

天问 …… 1

涉江 …… 3

第一卷　桃花江诗选一　郭都贤诗选

郭都贤

丁丑仲冬，都贤为太安人卜兆，初入潭园，还过石门，洒酒拜石曰：“地不爱宝，若得称石门主人，愿易天门之号。”时维一月，瘗玉告成，用报山灵，镌诗表石，盖已改岁春王，当余四十初度，廿有三日也　二首 …… 5

初度 …… 5

种树　二首 …… 6

王母梳妆山 …… 6

龙井 …… 6

春霁偕游石笋 …… 6

坐石笋听泉 …… 6

春烧　二首 …… 7

山行 …… 7

搜石　二首 …… 7

探洞 …… 7

水碓 …… 7

滴水洞中望瀑布 …… 8

移家　二首 …… 8

结庵　二首 …… 8
选胜 …… 8
草堂　二首 …… 9
浪船 …… 9
怪石供 …… 9
九叠泉 …… 9
瀑布岩 …… 10
摽水洞 …… 10
栈木洞 …… 10
次韵罗直夫见访　二首 …… 10
九日携儿上太君墓，并拉渤灵蔡子、归元长老同登　三首 …… 11
家蓄细骡，人骑，去地高不盈尺，命名“山屐”，与僮子山鸟、山禽辈名实相当。往来石门间，前者负床代镫，无举足之劳；后者以口代鞭，无举手之劳。路人见之，宛画中栗马豆人也，无不失笑。戏作口号以传 …… 11
踏雪诗　六首 …… 11
立春　二首 …… 12
草堂守岁　四首 …… 13
丙戌元旦值雨　二首 …… 13
人日家宴　二首 …… 14
上元前二日草堂种梅，大小得千株，友人周季修适来见访，欣对一章 …… 14
丙戌初度　二首 …… 14
花朝对雨 …… 14
清明雨中祭扫 …… 15
紫牡丹诗　四首 …… 15
泥龙行 …… 15
五日作 …… 16
携酒茗坐石门，作驱暑四章 …… 16
水榻 …… 17

七夕 …… 17
丙戌仲冬，良史自湘归宁，同社阳山公、洪伯修、龙季霞、阳予私诸子赋诗言别，兼怀及老翁。老翁报之，别有属望焉 …… 17
丙戌仲冬十八日，马大金、吾建明使还复命，时将迎驾入楚，迂道过访石门，感赋三章 …… 18
丁亥春王二日雪宴 …… 18
人日种竹小馆，喜曾蘧宿甥至 …… 18
谷日又大雪 …… 18
元宵无月 …… 18
十六夜月 …… 19
丁亥初度书怀 四首 …… 19
坐瀑布下，用张叔明韵 …… 19
二月廿日，上遣中书副将二员，手敕一道谕楚五臣，仍着地方官敦趣赴召。都贤拜命之下，感泣天语隆重，恭诵五章 …… 19
天华山顶夜话，次陶仲调太史 二首 …… 20
午日赠别郑子浅庵 二首 …… 20
归山游东林 …… 21
自遣 四首 …… 21
中秋早发弄溪，望浮邱、梓梁一带 …… 21
桃江午日怀古，并辞诸子观舟之约 …… 21
题东林寺双桂 四首 …… 22
补山堂歌 …… 22
洞庭秋 六十首选六 …… 23
投赠洪内院经略 …… 23
五十诞辰 二首 …… 24
诞日诸亲友少长咸集 二首 …… 24
史忠愍公像赞 …… 24
归山 五首录二首 …… 24
重阳前二日，雨中走石门庵。时群桂齐开，回念四十五岁解组栖隐于此，叶叶枝枝，寸寸尺尺，皆老夫手植，桂树其一也。庵外有准提阁、草堂、浪船、九叠泉亭、水土纳凉台，今并庵亦不保矣。移佛座于左腋山腰，新留一僧看守香火。眼底沧桑，一败涂地，伤心哉　二首 …… 25

第二卷　桃花江诗选二　曾绍孔诗选

曾绍孔
饮酒 …… 26
季秋谷兰吐秀 …… 26
秋山晚眺 …… 26
雪霁玩月得句 …… 27
种菊 …… 27
种竹 …… 27
冬笋 …… 27
冬夜见雪月可爱，起坐梅花下 …… 27
理松 …… 28
野人送梅树 …… 28
腊梅一株为风折，仅余孤根，复见舒发 …… 28
春园 …… 28
撤帐别诸子 …… 29
季冬送方可斋归巴陵、孙席珍返桃江 …… 29
守岁示儿 …… 29
乙卯冬别方可斋 …… 29
中秋夜有怀可斋 …… 30
我山雪夜 …… 30
侄侣苍以太平书屋督耕诗见寄，次韵示意　二首 …… 30
夜酌 …… 30
不寐 …… 30
蕉窗 …… 30
忠烈蔡公墓读赵大中丞碑文 …… 31
贾公祠　二首 …… 31

谒三闾 …………………………………………………………… 31
裴亭怀古 ………………………………………………………… 31
乞菊 …………………………………………………………… 31
艺菊 …………………………………………………………… 31
游东山龙岗寺 四首存三 …………………………………… 31
游后山清宁寺 二首 ………………………………………… 32
编篱 …………………………………………………………… 32
屋漏 …………………………………………………………… 32
戊子谷贵，六月早稻堪刈，随有索逋者 ………………… 32
课农 四首 ………………………………………………… 32
黑云 …………………………………………………………… 33
秋夜 …………………………………………………………… 33
积雨纳闷次畅庵韵并寄 二首 …………………………… 33
次畅庵见怀原韵 …………………………………………… 34
初夏入城得晤畅庵，荷寄七言律，次韵奉答 …………… 34
我山 十首 ………………………………………………… 34
软桥 …………………………………………………………… 35
省试阻风京口，归过仍阻其地 ………………………… 35
登岳麓峰 ……………………………………………………… 36
洞庭湖 ………………………………………………………… 36
送别孙席珍归桃江 二首 ………………………………… 36
欧公店 ………………………………………………………… 36
桃花江 二首 ……………………………………………… 36
浮邱山 ………………………………………………………… 37
子良岩 ………………………………………………………… 37
雪峰山 ………………………………………………………… 37
过白云废寺 …………………………………………………… 37
我山 …………………………………………………………… 37
贫妇吟 ………………………………………………………… 38
六君书屋赏菊分得官字 …………………………………… 38

乞竹、种竹、看竹，用“何可一日无此君”，成三叠句 ………… 38
水月寺 …………………………………………………………… 38

第三卷　桃花江诗选三　黎光地诗选一

黎光地

新晴 …………………………………………………………… 39
雨止 …………………………………………………………… 39
嘉鱼张挺生来，中秋前一日买舟遽归，对月有怀，惜之也 …… 39
示诸弟 ………………………………………………………… 39
祭田神 ………………………………………………………… 40
偶书 …………………………………………………………… 40
秋夜怀人 ……………………………………………………… 40
病　二首 ……………………………………………………… 40
秋夜即事户外 ………………………………………………… 40
春行杂兴 ……………………………………………………… 40
夜坐 …………………………………………………………… 41
枕上 …………………………………………………………… 41
庚午元日　二首选一 ………………………………………… 41
桃花 …………………………………………………………… 41
生日七章　选二 ……………………………………………… 41
奉寄陶云汀太史典试蜀中　二首 …………………………… 41
寄怀云汀编修　五章 ………………………………………… 42
春后感书 ……………………………………………………… 42
屋角梅花 ……………………………………………………… 43
有客 …………………………………………………………… 43
依韵答伯观 …………………………………………………… 43
访友山中 ……………………………………………………… 43
刘伯观将赴臬司幕府之招，抵县仍返，喜而有寄 ………… 43
刘此山斋头菊花 ……………………………………………… 43
拟于宅东当月处构亭为藏息之所，经营久之，竟以乏赀不果 … 44

田家　二首 …… 44
访友不遇 …… 44
山中夏夜 …… 44
无钱 …… 44
待月 …… 45
西冈晚眺 …… 45
桃花 …… 45
晨起观涨　二首 …… 45
春行　二首 …… 45
阅邸报喜陶君云汀与馆选赋寄 …… 45
寄夏芰亭师 …… 46
把酒对落花 …… 46
自遣 …… 46
雨夜梦看牡丹，晓见习双梧壁间图，因忆昨梦赋之 …… 46
春阴 …… 46
送萧丈归兴安 …… 46
读国朝四家诗 …… 47
读陶萸江先生遗稿 …… 47
春归　四首选二 …… 47
刺桐花 …… 47
偶书　二首 …… 47
秋雨五章　选三 …… 48
对菊 …… 48
九日雨无酒 …… 48
答朱敬亭孝廉 …… 48
除夕 …… 49
勖内 …… 49
置床 …… 49
草 …… 49
二月中旬不见一花 …… 49

六言 …… 49
入市 …… 49
春暮杂兴 …… 50
三十感怀　三首 …… 50
有客以仙佛相怵者，戏占示之　二首选一 …… 50
自遣后一章 …… 50
偶书 …… 50
卧病自遣 …… 51
扶病看梅 …… 51
病起喜客至 …… 51
范珍亭送酒赀　二首 …… 51
书斋壁　二首 …… 51
春日喜晴 …… 52
夜雪 …… 52
早梅 …… 52
夜起 …… 52
垂钓 …… 52
忆陶公萸江 …… 52
对酒 …… 52
新涨 …… 52
重晤陶云汀编修于吴近仙宅即席赠别 …… 53
赠别李春亭秀才 …… 53
又雪 …… 53
雪霁 …… 53
醉后书窗壁 …… 53
陶云汀奉命巡视江南八省漕务，见其家报，欣次为诗　二首 …… 53
钟溪偕安化谭君志林雨宿小斋 …… 54
雨夜梦作一诗，醒忘其题，记“贫士”二句续成 …… 54
秋园即目 …… 54
雪及牛目，敝庐遂为压倒，瓮廪瓶仓俱无复安顿处，欲依蜗角，

暂庀匏居，爰柬同人求代为牵萝之助云 …… 54
送陈史堂孝廉北上，兼寄陶云汀给谏 …… 55
看花 …… 55

第四卷　桃花江诗选四　黎光地诗选二

除日陵子口 …… 56
望巴陵 …… 56
过李仲槐秀才夜饮，即壁间韵赠之 …… 56
簰洲 …… 56
夜次邯郸 …… 56
中秋夜柬谢云槎明府 …… 57
闻雁 …… 57
晚坐有怀 …… 57
席上咏剑客 …… 57
通州月夜舟泊 …… 57
与云汀对月 …… 57
信阳道中晓行 …… 57
武胜关 …… 58
宫城新柳 …… 58
送李香谷归粤兼访友吴中 …… 58
闻雁怀人 …… 58
渔父词 …… 58
嘲洞庭　二首 …… 58
登岳阳楼 …… 58
登黄鹤楼 …… 59
再上黄鹤楼 …… 59
早发临颍 …… 59
黄河 …… 59
酬丁佩园刺史 …… 59
保定途次 …… 59

荆轲故里 …… 60
寄家书 …… 60
九日渡琉璃河 …… 60
烰人告米尽，云汀亦言瓶罄者数日，因赋为笑 …… 60
云汀以屋漏将移床共住，是夜携衾枕甫出户，俄大水溢出，墙塌柱折，适当卧处，获免斯厄，天哉 …… 60
早发长新店 …… 60
卧龙冈谒诸葛武侯庙　二首 …… 61
抵襄阳 …… 61
除日舟中忆京邸诸公 …… 61
雪中过淇县，为吾乡符君笔臣旧治，其惠政遗爱，父老犹能道之，符时改官安徽，并寄陶云汀方伯 …… 61
梦还家 …… 61
北上前一夜即席示别 …… 62
晚望湘南 …… 62
赠汪权 …… 62
题汪权诗集 …… 62
春亭饷酒 …… 62
别吴秀才 …… 63
重送吴浩 …… 63
别杨用如秀才 …… 63
沔阳舟中 …… 63
夜抵家 …… 63
泊靖港 …… 63
立秋先一日抵昭潭 …… 63
舟次沙洋 …… 64
白鹿寺 …… 64
江上送人 …… 64
戊辰春有黄州之役，舟次武昌，再登黄鹤楼 …… 64
忆梅花 …… 64

答友问汉上归装 …… 64
上岳麓袁岘冈太史　二首 …… 65
理灵坡 …… 65
樊襄山水暴涨，荆沔一带皆受水之区，漂没万余家，诗以闵之，壬午八月十四日事也　五首 …… 65
岳岭作 …… 66
武陵道中看雨后诸山 …… 66
旅夜闻钟 …… 66
访卧云山人　二首 …… 66
携酒过范居士 …… 67
晚投香谷寺 …… 67
宿峰顶寺 …… 67
宿上封寺 …… 67
南天门 …… 67
题方丈 …… 67
秋杪登浮邱山 …… 67
过西峰寺　四首 …… 68
宿山店 …… 68
题习双梧池亭　二首 …… 68
七夕前一夜小雨，同刘在田话旧，承属定近作，感而赋此　二首 …… 68
造友人山居 …… 69
宁乡道中 …… 69
题萧郢客雪堂图 …… 69
祝融峰顶作 …… 69
祝融峰把酒对月，乘醉至上封寺 …… 69
峡山　二首 …… 69
会仙桥 …… 70
下峰至衡山县 …… 70
凌国俊墓 …… 70

题隐者居 …… 70
过刘立亭松山洞山庄 …… 70
重过西峰寺，见壁间旧题戏作 …… 71
访刘东园秀才于梅岭庵，兼赠大空上人　二首 …… 71
偕东园访陈晓亭 …… 71
过柏叶山庄，刘鹤亭先生以预祝七十寿词相属，赋此为赠 …… 71
游云肤山 …… 72
东林寺双桂不知何时物也，屡经兵燹，亭亭独存。甲申秋，以事寓寺中四十余旦夕，摩挲古干，怅然兴怀，留诗疥壁并示史和亭上舍、李秋田秀才　二首 …… 72

第五卷　桃花江诗选五　萧雄诗选

萧　雄

出塞　二首 …… 74
新疆四界　四首 …… 74
总述全势 …… 75
哈密　二首 …… 75
辟展 …… 75
克鲁沁 …… 75
吐鲁番 …… 75
罗卜淖尔 …… 75
哈喇沙尔　二首 …… 76
库车 …… 76
拜城 …… 76
阿克苏　二首 …… 76
乌什 …… 76
玛拉巴什 …… 76
喀什噶尔　二首 …… 77
英吉沙尔 …… 77
叶尔羌 …… 77

和阗　二首 …… 77
巴里坤 …… 77
奇台 …… 77
济木萨 …… 78
阜康 …… 78
乌鲁木齐　二首 …… 78
昌吉 …… 78
绥来 …… 78
库尔喀喇乌苏 …… 78
晶河 …… 78
伊犁　三首 …… 79
塔尔巴哈台　二首 …… 79
缠头人物状貌 …… 79
才能 …… 79
名节 …… 79
衣服　三首 …… 80
妇女　四首 …… 80
幼稚 …… 80
屋宇 …… 80
君长 …… 81
职官 …… 81
风俗总叙 …… 81
宗教 …… 81
文字 …… 81
风化 …… 81
刑法 …… 81
伦理 …… 82
婚嫁 …… 82
生子 …… 82
丧葬 …… 82

历法 …………………………………………………… 82
岁时　二首 ……………………………………………… 82
祭祀　二首 ……………………………………………… 82
禳祷 …………………………………………………… 83
耕种 …………………………………………………… 83
纺织 …………………………………………………… 83
蚕桑 …………………………………………………… 83
牧养 …………………………………………………… 83
商贾 …………………………………………………… 83
钱制 …………………………………………………… 83
艺术 …………………………………………………… 84
歌舞 …………………………………………………… 84
乐器 …………………………………………………… 84
嬉乐　二首 ……………………………………………… 84
饮食　二首 ……………………………………………… 84
瓜果　四首 ……………………………………………… 84
园蔬 …………………………………………………… 85
花卉　二首 ……………………………………………… 85
气候　六首 ……………………………………………… 85
戈壁 …………………………………………………… 86
雪山 …………………………………………………… 86
巨浸 …………………………………………………… 86
河道 …………………………………………………… 86
雷雨　二首 ……………………………………………… 86
风雪　二首 ……………………………………………… 87
日月　二首 ……………………………………………… 87
鸟兽　四首 ……………………………………………… 87
虫鱼　二首 ……………………………………………… 88
草木　四首 ……………………………………………… 88
土产　四首 ……………………………………………… 88

天山 …………………………………………………………………… 89
松树头 ………………………………………………………………… 89
果子沟 ………………………………………………………………… 89
阿哈布拉 ……………………………………………………………… 89
冰达坂 ………………………………………………………………… 89
雪海 …………………………………………………………………… 89
阳关道 ………………………………………………………………… 89
敦煌碑 ………………………………………………………………… 90
望乡台 ………………………………………………………………… 90
沙南侯获碑刘平国碑 ………………………………………………… 90
轮台 …………………………………………………………………… 90
耿恭井 ………………………………………………………………… 90
天山碑 ………………………………………………………………… 90
沙垒 …………………………………………………………………… 90
古战场 ………………………………………………………………… 91
古墓 …………………………………………………………………… 91
央哥塔什 ……………………………………………………………… 91
香娘娘庙 ……………………………………………………………… 91
博克达山 ……………………………………………………………… 91
玉山 …………………………………………………………………… 91
盐山 …………………………………………………………………… 91
盐池 …………………………………………………………………… 91
地洞 …………………………………………………………………… 92
温泉 …………………………………………………………………… 92
火滩 …………………………………………………………………… 92

第六卷　桃花江诗选六　萧大猷诗选

萧大猷
赠徐丈 ………………………………………………………………… 93
书杨鹿岩官扇 ………………………………………………………… 93

谒冷光上人 …… 94
梦母 …… 94
独坐寄钱武陵 …… 94
沅城杂诗　六首 …… 94
赠陈春隝学师 …… 96
东风怨 …… 96
送杨鹿岩下第回宝庆 …… 96
饯春词 …… 96
题王稑生竹石图 …… 96
咏鲥鱼为罗子铭孝廉题扇 …… 97
见周子 …… 97
闺情 …… 97
答刘菊生赠广东灯壶 …… 97
岳州守风 …… 97
航海　二首 …… 97
题杨小桥明府铜墨盒 …… 98
题吴莲洲山水帐眉 …… 98
题曹刺史铜墨盒 …… 98
书李味源扇面　二首 …… 98
体云上人过访，戏言园中有四种众生雀蝶蛙萤　四首 …… 98
题胡侠亭舍人画中牡丹　二首 …… 99
感事　四首 …… 99
端节口占　三首 …… 100
和俞廙轩中丞续题卧游图　六首 …… 100
赠徐月仙　六首 …… 101
赠徐月娥　六首 …… 101
别熊渭川　三首 …… 102
三十述怀　四首 …… 102
赠曾国柟　三首 …… 103
赠赵柳溪同年　三首 …… 103

挽邓弥之先生　三首 …… 104
赠汪笙白　三首 …… 104
铁河口 …… 104
寄舍弟希望 …… 105
久病还乡，饮酒工艺局席上，录示舍弟　二首 …… 105
示长男伯镜 …… 105
城南避暑病里口占 …… 105
题韩魏公像 …… 105
铅山幕中寄舍弟希望 …… 106
己卯乡举，侍徐芸渠师至岳麓书院题名，并将北上与同学留别 …… 106
螺山舟中大病，投诗祷洞庭神 …… 106
鹿角舟中大病，投诗祷洞庭神 …… 106
冬夜陪笠云、寄禅二师坐谈 …… 106
赠杨仙舫孝廉纳宠 …… 106
赠陈介夫都戎并序　二首 …… 107
和宋漱泉有所见原韵 …… 107
庚子长沙除夕口占二律寄舍弟龙山司训、季子宜章司事暨如园儿侄　二首 …… 107
赠舍弟希望　二首 …… 108
赠杨邵钦 …… 108
赠醴陵张守愚布衣 …… 108
秋夜 …… 108
秦淮醉歌同邓幼弥、洪毅甫作 …… 109

第七卷　桃花江诗选七　夏思痛诗选

夏思痛
夜泊三塘街 …… 110
赠王祉庭先生　二首 …… 110
金陵纪游　二首 …… 111

晚归 …… 111
登楼 …… 111
歇浦遇屈季云明府 …… 111
申江除夕 …… 111
已亥元日海上作 …… 111
雪中登梅岭关 …… 112
寿舅氏汪凤冈先生 …… 112
勖诸季 …… 112
赠莫吉爻二尹 …… 112
与姜文程观察 …… 112
酬孔步星、王芳斋两参事 …… 112
柬刘奎五通守 …… 113
致黄方舟太守 …… 113
赠戴笠甫观察、张士董都阃 …… 113
忆钮惕生孝廉 …… 113
寄薛子奇公子 …… 113
与陈石遗孝廉 …… 113
怀周两湖、夏梅叟两居士 …… 114
怀薛偶君农部 …… 114
简连孟青通守 …… 114
怀萧希鲁兵曹师 …… 114
寄王鲁璠中翰 …… 114
忆周近三副贡、曹肖娄拔贡 …… 114
答黄可曾观察、阎亮甫直刺 …… 115
上李筱轩方伯师 …… 115
投李平书大令 …… 115
致夏甫存孝廉 …… 115
行有日矣，再成一律留别南隆诸子 …… 115
镇海楼晚眺 …… 115
石屏道中　二首 …… 116

羊城旅夜读王荆公集，偶书二绝 …… 116
寒夜不寐有感 …… 116
重游榆园怀宋渔父 …… 116
谢霍晋叠九日游徐园韵见赠，再次韵答之，并留别海上诸友 …… 117
三月舟发星洲，越十日抵歇浦，天时人事不啻另是一世界也，感而有作 …… 117
赠俞耀汉 …… 117
次韵和王徙南炼师五十自寿　二首 …… 117
春日偕王啸琴、卢佛眼、唐心涤游麓山 …… 118
三月十六小舟渡琼海峡 …… 118
访海忠介故里二绝 …… 118
登南海第一楼谒五公祠 …… 118
琼山道中 …… 118
早发临高寄饶梅君 …… 119
儋州载酒堂题壁 …… 119
儋城晚眺 …… 119
儋耳道中 …… 119
过昌化岭 …… 119
昌感道中生黎憧憧，往来衫而不裤，汉人则男逸女苦，小儿女亦例不着裤，相习成风，不复知人间有羞耻事，亦可哀也 …… 120
感恩县小步 …… 120
崖城野眺 …… 120
行三亚海滨望越南诸山 …… 120
发三亚港 …… 121
万乐道中 …… 121
发乐会至会同道中 …… 121
抵文昌县城 …… 121
雨后文昌道中 …… 121
被捕 …… 122

入狱示同逮诸子 …… 122
狱中即事 …… 122
羁押将及两月，出境无期 …… 122
出狱 …… 123
发香江 …… 123
避居长崎寄阿衡 …… 123
长江舟次和何潜园老人见赠元韵 …… 123
承教游园观牡丹呈黎大总统 …… 123
上十八滩 …… 123
舟发韶关 …… 124
再由平石入湘 …… 124
宜郴道中 …… 124
途中闻吴先梅死事常德，以诗哀之　二首 …… 124
过衡阳吊欧阳煌 …… 124
谒船山祠题壁 …… 125
与章太炎粤海一别，彼由滇而蜀，予亦由韶而湘，各不相闻。风雨长途，不禁思念及之 …… 125
湘潭怀王祉庭 …… 125
去鄂留别惺耕九弟 …… 125
金库券 …… 125
庚申三日偕补山、树刚及族校员生踏青登楠木山 …… 125
辛酉六十有八初度 …… 126
酬尹墨卿见赠元韵 …… 126
七十岁自题画像 …… 126

第八卷　桃花江诗选八　武潭枫田夏氏诗选

夏寖大

和江明府题见岳楼原韵　二首 …… 127
同友人游东林寺 …… 128

夏光白

书怀 …… 128
五十初度　二首 …… 128
同顾明府、江谕封对雪，悼亡室也，调寄高山流水惨绿愁红 …… 128
夏光斐
望浮邱山 …… 129
山居杂咏　四首 …… 129
夏日偕陈禹封游云卧弟驯园　四首 …… 130
云卧弟自谓梅巢无诗，恐为梅笑，索余作解嘲诗 …… 130
夔儿下第归，诗以慰之 …… 130
夏光洛
鹧鸪天·雪中入安乐山禅院　二首 …… 131
鹧鸪天·留赠旻简师假长廊为夔侄肄业地 …… 131
更漏子·赠郭礼尚 …… 131
陈仙掌寄词，步韵奉答 …… 131
鹧鸪天·除夕 …… 132
一剪梅·叙别 …… 132
一剪梅·与一里周师尚庚兄叙别 …… 132
行香子·晨起雨后行吟驯园 …… 132
两同心·同友人夜话 …… 132
沁园春·哭城中屋 …… 132
夏逢夔
元日口占 …… 133
登安乐山 …… 133
安乐山远眺 …… 133
过贾太傅故宅 …… 133
夏逢芝
雨留浮邱僧房，与邓二古山夜话 …… 134
癸丑冬月重游浮邱，山僧索句，率笔填此 …… 134
丁酉夏月稽古楼成口占 …… 134

夏逢巘
登浮邱远眺 …………………………………………………… 134
夏逢诰
哭叔父居士 …………………………………………………… 135
夏世笏
石桥晚兴 …………………………………………………… 135
夏世瑚
九日登仙女山和友人韵 ………………………………………… 135
斋中病起坐月感怀 …………………………………………… 136
夏世璜
壬申设教邱麓书屋，冬日访坦园、松泉两先生，夜饮口占 …… 136
夏世珑
题东林寺 …………………………………………………… 136
夏泽镕
上巳日访近仙 ………………………………………………… 137
述怀 二首 …………………………………………………… 137
夏泽垓
入旧社示生徒口占 二首 ……………………………………… 137
夏泽垠
抱黄洞 …………………………………………………… 138
夏德洞
醉后遣兴 …………………………………………………… 138
秋日斋居有感 ………………………………………………… 138
夏肇暄
饮酒 …………………………………………………… 138
必达斋遣怀 …………………………………………………… 139
夏基坦
冬日游浮邱山 ………………………………………………… 139
夏基荣
过天河湾并简汪少庵 ………………………………………… 139

夏郢隆
登望夫台书陶云汀宫保五古后 …… 139
梅花　二首 …… 140
九日偕诸弟登九冈山　二首 …… 140
菩萨蛮·闺情小调　四阕 …… 140
夏治隆
九月八日登祝融峰 …… 141
夏运隆
湘山苍，记建置也 …… 141
桃花江，表贞节也 …… 141
浮邱山，美著作也 …… 142
夏受祺
登紫云山 …… 142
与汪子寿春访即是庵主人不遇 …… 142
送友人游浮邱山 …… 143
夜泊桃花江与友人小酌 …… 143
自桃花江解览归里 …… 143
晓起赴武潭登舟 …… 143
送家兄思痛赴西安 …… 143
汉上逢立春，忆家兼怀伯兄陇西 …… 143
过桃花江 …… 143
吊鉴湖女侠秋瑾　三首 …… 144
甲寅春承乏县立高小学校校长，重至龟台感怀 …… 144
华容风气锢蔽，学校招生往往不应，感书一绝 …… 144
舟过桃花江 …… 144
忆家兄思痛北京，时民国六年元日，即夏历十二月八日也 …… 144
长沙除夕呈伯兄思痛 …… 145
二月十二日附轮回益，为溃兵掳驶湘潭，至昭山下作 …… 145
再过桃花江 …… 145
晚泊大栗港 …… 145

九日登楠木山 …… 145
夏国衡
题家叔祖卓春先生《琼游笔记》，即集卷中成句　二首 …… 146
桃花江 …… 146

第九卷　桃花江诗选九　武潭薛氏诗选

薛绳祖
萤 …… 147
薛运开
秋月湘阴黎元庆过访，殷留道意 …… 147
薛嗣昌
感意　八首 …… 148
题八仙图　二首 …… 149
梅花　二首 …… 149
和高南山韵　四首 …… 150
授锡蕃弟　二首 …… 150
次萸江先生和孟东野旅次湘沅有怀灵均原韵 …… 150
书谢指挥死节传后 …… 151
次伯父幻云翁山居原韵 …… 151
跋郭些庵洞庭秋诗后 …… 151
读《元遗山集》 …… 151
暮春简王稚仙，闻其有春游之作 …… 151
次李义山无题　三首 …… 152
飞来石 …… 152
莺声 …… 152
江行 …… 152
浮邱山 …… 152
旋风滩至桃花江口 …… 153
妇姑双节孝纪事 …… 153
薛昌晋

舟泊茅谷口不寐 …… 154
秋客星城即景 …… 154
薛昌浩
水边杨柳 …… 154
和江南游士高南山原韵 …… 154
为友人移蕉书塾 …… 154
春居自感 …… 154
薛修绪
鹦鹉洲晚眺 …… 155
回过荆河口 …… 155
花圃　二首 …… 155
薛修镐
归家　二首 …… 155
水灾　十首 …… 156
薛修翊
晚渡武潭 …… 157
薛修棣
月下弹琴 …… 157
招燕 …… 158
赠燕 …… 158
薛植善
桃花江怀古 …… 158
游岳麓寺 …… 158
薛倓善
和易实甫观察赴滇留别原韵，即以送行 …… 159
归田偶吟 …… 159
金陵即事 …… 159
薛燊善
赠倜君扈跸西安步叔寅韵 …… 160
薛高善

感时　四首 …… 160
薛善璿
过黄梅岭 …… 161
燕子岩 …… 161
薛守恭
和房叔倜君农部扈跸西安原韵　二首 …… 161
九月九日附京奉火车出山海关 …… 162
重过金陵有感 …… 162
答次云叔都门火车栈送别奉天原韵 …… 162

第十卷　桃花江诗选十　桃江女士诗选

郭纯贞
闺怨　十首 …… 163
题自画秋景　十首 …… 164
柳 …… 165
咏丫头峰 …… 165
陈若梅
春日即景 …… 166
夜课耀儿 …… 166
教季女静如读书 …… 166
寄外 …… 166
忆翰儿兼示翚、耀两儿 …… 166
送耀儿往岳麓读书 …… 167
哭夫子未深葬 …… 167
耀儿入泮寄长沙 …… 167
渔父 …… 167
与女弟子莲姑、菊姑话别 …… 167
夜深课孙儿纪瓒书 …… 167
过故居被焚处 …… 167
淮阴侯 …… 168

严子陵 …… 168
苏季子 …… 168
庄姜 …… 168
西施 …… 168
曹令女 …… 168
侃母 …… 168
欧母 …… 168
吴竹邻
自题《霜余小草》 …… 169
新秋 …… 169
登楼 …… 169
和李太白《静夜思》原韵 …… 169
十九夜对月 …… 169
送秋　二首 …… 169
三十二岁初度 …… 170
自叹 …… 170
春夜 …… 170
对月 …… 170
移菊 …… 170
秋柳 …… 170
对菊 …… 170
清明　二首 …… 171
雨夜 …… 171
夜坐 …… 171
春夜 …… 171
夜意 …… 171
夏日 …… 171
夜坐　二首 …… 171
秋怀 …… 172
发白 …… 172

闻子规 …… 172
春楼晚眺 …… 172
春夏秋冬读书乐　四首 …… 172
残牡丹 …… 173
夜坐 …… 173
闻雁 …… 173
冬夜 …… 173
春晴 …… 173
春日苦雨 …… 173
读徐媪哭命诗，感和五章 …… 173
梅开有感　二首 …… 174
七夕 …… 174
中元 …… 174
自月明山归，书寄寺尼莲贞 …… 174
宫词　二首 …… 175
吴公荷屋中丞巡抚湖南，采闺秀诗恭赋 …… 175
立春　二首 …… 175
门神 …… 175
和逃荒王氏女诗原韵 …… 175
四十初度感赋　八首 …… 176
梨花　二首 …… 176
赠栗坡先生　二首 …… 177
午日 …… 177
暑夕 …… 177
生日口占 …… 177
中元感怀 …… 177
秋怀 …… 177
安化陶云汀宫保征诗闺秀，赋此，呈以待选 …… 178
春日病怀　二首 …… 178
资江夜归 …… 178

冬夜 …… 178
鸿儿病瘵，卜医求神，心力俱瘁，犹未痊可，感作　二首 …… 178
吊战场　二首 …… 178
墙上草 …… 179
夏月夜坐 …… 179
寄补庵舅父 …… 179
哭鸿儿　十首录三 …… 179
次符紫庭表侄赠小女瑞儿原韵 …… 179
中元 …… 180
白桃花 …… 180
夜坐 …… 180
次洛滨二叔见赠原韵 …… 180
旅舍雨夜　二首 …… 180
冬夜写怀　二首 …… 180
星沙寒夜二首 …… 181
己酉新正举次孙喜赋　八首 …… 181
对镜 …… 182

第十一卷　桃花江诗选十一　陶氏三代桃江诗选

陶必铨

登浮邱山 …… 183
同曾筠斋上舍润攀观刈 …… 183
寄怀曾筠斋 …… 183
有客来余馆者，坐未定，遽索钱，余陋而怒之。少顷以诗献，遂依韵答之　二首 …… 183
乙卯九月益阳送澍归里 …… 184
曾筠斋母张太孺人挽词 …… 184
二月二十七夜 …… 184
山斋漫兴 …… 184
示诸生 …… 184

冬夜怀尹生先捷 …… 185
刘生英泰初举子，书此为贺 …… 185
壬子春，洞崖兄院试获隽，五叔父往迎之，归自长沙，适季父之丧亦自郧西至，一夕同泊益阳江口，铨时馆桃花江，得兄书云已令四侄走报诸昆矣，悲喜交集，赋此志感 …… 185
挹秀轩留别 …… 185
留别诸生 …… 185
将归书怀示诸同志 …… 185
重游浮邱山　四首 …… 186
初冬同龚三游刘氏别业十首，用杜韵 …… 186
荆树歌为刘静园昆仲赋 …… 187
曾双峰挽词 …… 188
新秋寄刘石峰即以为寿，用韩韵 …… 188
陶　澍
赠别刘秀才冠南 …… 189
望浮邱山寄胡京南 …… 189
题符又超鸿《课春图》 …… 189
题《松堂老人读书图》应湘皋 …… 190
赠曾筠斋先生润攀三十韵 …… 190
胡京南宅中晤刘伯观澜，阅其诗及骈体文，叹为异才，生即席呈诗，有“伏枥自惭逢伯乐，买丝曾拟绣平原”之句，作诗答之 …… 191
益阳别曾瑞章、胡湘珍、刘翼之诸友 …… 191
寄益阳诸友 …… 191
资江道中 …… 191
黎环斋寄诗见怀，集苏诗一律答之 …… 191
余既集苏句酬环斋，因忆刘伯观与之居近，倡和必多，复集一诗寄伯观 …… 192
癸亥夏杪访南京满兄昆玉有作，录希哂正 …… 192
毛兄味永先生六十 …… 192
陶葆贤

随生母初至桃花江 …… 193
桃花江 …… 193
桃花江晚眺 …… 193

第十二卷 桃花江诗选十二 历代诗选一

裴 休
白水洞飞泉 …… 194
汪元量
浮邱道人招魂歌 九首 …… 194
佚 名
书石溪亭 …… 196
薛 瑄
益阳山行 …… 196
刘 激
浍溪帆落 …… 196
罗喻义
金台行 …… 197
禁林春望 二首 …… 197
经始三台阁次吏部郭些庵原韵 二首 …… 197
罗贤胄
蔡司李骂贼死节 …… 198
赖学博冠带斫手 …… 198
温庠士请剑免刖 …… 198
江 闿
过九冈山 …… 199
桃花江道上 …… 199
望浮邱山 …… 199
徐梁栋
过益阳桃花江 …… 199
夏炘大

题太平桥 …… 199
陈其迈
九日舟发桃江 …… 200
陈雅琛
梅兰览胜 …… 200
赵明鼎
子良岩 …… 200
曹耀珩
浮邱山 …… 201
舟过书堂怀夏云卧 …… 201
云卧 …… 201
哭梅巢居士，和湘岩韵　五首 …… 201
罗　杰
游浮邱山歌 …… 202
步江邑侯望浮邱山原韵 …… 203
晚秋登浮邱山 …… 203
萧德速
登九岗山即景 …… 203
毛正蕃
宿浮邱兰若 …… 204
暮过云圃四兄家 …… 204
邓胜逵
修山示诸学子 …… 204
邓昌祖
桃花港 …… 205
刘怡观
临终诗 …… 205
夏永柏
炼丹台 …… 205
刘恩宠

之官宝庆，舟过小洋，谒松堂师于梓木冲里第，信宿始别，恭纪四首　四首 …… 205
吾邑产竹，春笋盛时取以造纸，偶见赋之 …… 206
祝毛醒斋先生六十 …… 206
文维溢
浮邱歌 …… 207
潘序贤
游浮邱山 …… 207
廖天闲
游东林寺 …… 208
吴继文
登浮邱绝顶 …… 208
高自位
桃花江怀古 …… 208
邓正琮
温陆轩山居 …… 209
刘永华
通守施南，枉邓松堂先生远来存问，即送其归里 …… 209
胡成美
白米岩古刻 …… 209
毛承立
登浮邱山 …… 210
过友家夜饮回文 …… 210
刘绳爵
望修山 …… 210
江雍敦
己未春仲，重来清凉寺，漫兴二绝，兼呈云岩、恒山两上人 …… 211
春日清凉寺外晚眺 …… 211
清明日清凉寺僧吉上人午睡戏作 …… 211

清凉寺赏牡丹戏作呈吉上人 …… 211
春日晚游 …… 211
夏晴清凉寺即目 …… 211
夏日清凉寺即目 …… 212
清凉寺晚兴 …… 212
夏日雨后望浮邱 …… 212
听吉上人弹琴 …… 212
冬日访西峰寺宁源上人 …… 212

第十三卷　桃花江诗选十三　历代诗选二

李绳捷
浮邱山 …… 213
修山 …… 213
曾润攀
萸江先生赐诗见赠赋此奉酬 …… 213
曾理纯
挹秀轩偶成 …… 214
贺光黻
十月五日再游子良岩，以“中有古洞藏神仙”为韵，分得中字 …… 214
秋日登浮邱山 …… 214
刘　澜
浮邱山 …… 215
浮邱石屋 …… 215
送陶云汀太史起复北上　二首 …… 215
益阳三台塔 …… 216
袁肇龄
谢胡春圃赠齿石歌 …… 216
刘翼之
登南台望东海 …… 216

夏 鼎
郭贞女梅节古笔筒歌 …… 217
郭 凯
浮邱山 …… 217
题卓庵台 …… 217
桃谷庵 …… 217
邹良化
径竹歌 …… 218
重九日登彭家寨，晚归作此呈韩城、兼湖两兄先生 四首 …… 218
陈 畴
浮邱山 …… 219
游黄叶庵 …… 219
詹 植
九岗山 …… 220
邓光载
浮邱山 …… 220
周文冕
天问阁 …… 220
龚 翼
读邓松堂先生遗稿，感而有作，兼呈湘皋丈 三首 …… 220
汤 鹏
梦游浮邱行 …… 221
夕梦浮邱山 …… 222
浮邱腐儒歌七章 …… 222
后慷慨篇 选句 …… 223
憾别 八首选一 …… 223
浮邱阁五胜 五首 …… 223
故园春思 六首选一 …… 223
袁菊农
花桥 …… 224

周代炳
天问阁怀古 …… 224
蔡增澍
天问台吊三闾大夫 …… 225
彭开勋
桃花江 …… 225
浮邱山 …… 225
白水洞 …… 225
左钦敏
和萧君宗藩望浮邱山诗用原韵 …… 226
谢威凤
题石屏先生桃江归钓图 …… 226
谭定澍
题石屏先生福溪渔隐图 …… 227
杨恩寿
桃花江道中 …… 227
刘集勋
改官中州，留别都门诸友　四首 …… 227
舟泊苍苔，留别唐州父老　三首 …… 228
江村晚眺 …… 228
庚子夏日感事　八首 …… 228
萧运昌
登浮邱山 …… 230
萧镇藩
登浮邱山 …… 230
萧恩应
望九冈 …… 230
秋闺 …… 231
登天心阁 …… 231
月满洞庭秋 …… 231

登乌旗山 …… 231
周树京
除夕 …… 231
过龟台山 …… 232
李盛汉
舟次桃花江 …… 232
杨新运
登天柱山 …… 232
龚　显
石屋仑 …… 232
松井 …… 233
萧晋蕃
望九冈山 …… 233
游浮邱山 …… 233
除夕 …… 234

第十四卷　桃花江诗选十四　历代诗选三

胡唐钦
游罗浮洞 …… 235
杨世超
横马塘八景 …… 235
郭肇熙
浮邱山 …… 235
段其伦
凤凰庙 …… 236
陈绍蕃
桃花江棹歌　十四首 …… 236
登桃谷山怀古 …… 238
钓鱼台 …… 238
天问阁 …… 238

天问阁 …… 238
花园洞 …… 238
屈子桥 …… 238
登浮邱山放歌 …… 239
登浮邱山 …… 239
飞来石屋 …… 239
齿石 …… 239
风洞 …… 239
再登浮邱山 …… 239

石润金

移居石门塘 …… 240

李树勋

桃花江舟暮感赋 …… 240

曹佐熙

怀念萧希鲁先生 …… 241

熊亨瀚

登岳麓山 …… 241
赏花 …… 241
示弟 …… 241
示妻 …… 241
长江百首　存二首 …… 242
亡命彭泽 …… 242
客中过上元节 …… 242
亡命 …… 242
清平乐·观涛 …… 242

曾宗鲁

登天问阁 …… 243
屈子钓台 …… 243

曹剑中

中秋节军次感怀 …… 243

曾运乾
凤凰阁　二首 …… 243
承和凤凰阁诗，叠前韵奉酬　二首 …… 244
杨树达
凤凰阁和星兄　三首 …… 245
宗子威
益阳凤凰阁，屈子作《天问》篇处，为星笠社长先德祀神之所，今修族谱于此，星笠以诗见示，敬赋两律 …… 245
王啸苏
益阳桃花江畔有阁曰凤凰，以祀三闾大夫，盖有取于屈赋鸾皇比君子之意。其侧又有天问阁，传为三闾作《天问》篇之地。吾友曾运乾先生先世卜居于是，阅时已数百年，今岁于阁中董理家牒，为诗以纪。感其怀古述先，辄为和之云尔　二首 …… 246
彭　昺
星笠学长主纂族谱，设局于益阳桃花江凤凰阁，即其始迁祖祀神之宫也，相传为屈大夫故事，以所题诗见示，奉同　二首 …… 246
邵子风
敬次枣公凤凰阁元韵　二首 …… 247
黄伯轩
凤凰阁在桃花江上，为益阳曾氏祀屈及修谱之所。阁西有天问阁遗址，枣公有诗述德，敬和二章 …… 247
郑业建
枣园社长以凤凰阁诗见示，即用原韵奉和　二首 …… 247
邱　毅
凤凰阁敬和枣园社长 …… 248
谭云鹤
社长枣园先生主修族谱于其乡之桃谷山凤凰阁，有诗纪盛，次韵录呈　二首 …… 248
柳敏泉
奉和大作凤凰阁原韵　二首 …… 248

周铁铮
赋凤凰阁奉枣园师命作　二首 …………………………………… 249
沁园春·赋凤凰阁 …………………………………………… 249
曾广能
和星笠凤凰阁原韵　二首 ……………………………………… 249
曾宪宽
和枣园族长凤凰阁原韵　二首 ………………………………… 250
曾庆瀛
奉和枣公族长凤凰阁一律 ……………………………………… 250
王俨思
桃江日暮 ……………………………………………………… 250
龚祖渤
鸬鹚野渡 ……………………………………………………… 251
裴公亭重修落成　二首 ………………………………………… 251
田兴奎
桃花江 ………………………………………………………… 251
过桃江 ………………………………………………………… 251
李芝若
双江石船亭 …………………………………………………… 252
仇　鳌
去天湾 ………………………………………………………… 252
由桃花江去天湾途中口号　二首 ……………………………… 252
五卅中学成立十六周年，适值迁校益阳天湾之第四年，余为纪念来此，恰逢端节 ……………………………………………… 253
五卅学校同人招饮，酒阑灯炧，引吭高歌，诗以张之 ………… 253
彭君士灏莅校十周年，同人奉觞为寿，诗以侑之 ……………… 253
天湾行赠汤掬星 ……………………………………………… 253
汪杜春先生八十初度，诗以寿之 ……………………………… 254
汪杜春
甲申端午节在天湾　四首 ……………………………………… 254

登九冈寺　二首 …………………………………………………… 254
秋兴　四首 ………………………………………………………… 255
天湾秋节 ………………………………………………………… 255
胡念贻
桃谷山杂忆　四首 ……………………………………………… 255
舟次桃谷山 ……………………………………………………… 256
访桃谷山中屈原天问阁钓鱼台诸遗迹 ………………………… 256
雨中登子良岩 …………………………………………………… 256
獭溪晚眺 ………………………………………………………… 256
挹　尘
感怀　二首 ……………………………………………………… 257

第十五卷　桃花江诗选十五　桃江八景（十景）诗

释归仁
浮邱八景 ………………………………………………………… 258
李芝若
双江八景 ………………………………………………………… 259
刘　标
邱麓十景 ………………………………………………………… 260
杨恩训
锡溪八景 ………………………………………………………… 261
汤子仁
上梅八景 ………………………………………………………… 262
吴历渭
大水洞八景 ……………………………………………………… 263
陈由畦
炭山桥八景 ……………………………………………………… 265
李凌波
井田坊八景 ……………………………………………………… 266
刘澮初

武潭十景 …… 267

第十六卷　桃花江文选一　记叙一

广济桥记　[明] 王学孔 …… 269
益阳修儒学记　[明] 夏　宝 …… 270
鼎新长沙府学启圣祠碑记　[明] 罗喻义 …… 271
谱灾记　[清] 萧仁朝等 …… 272
浮邱山碑记　[清] 郭弘碧 …… 273
益阳遭兵贼始末记　[清] 罗贤胄 …… 273
浮邱山石齿枕记　[清] 陈其扬 …… 274
邑令江公禁革陋规碑记　[清] 夏寖大 …… 275
复细民上纳碑记　[清] 夏寖大 …… 276
太平桥记　[清] 夏炘永 …… 277
就山堂记　[清] 赵明鼎 …… 277
翼亭笔记　[清] 夏光洛 …… 278
我山记　[清] 曾绍孔 …… 281
游东山龙冈寺记　[清] 曾绍孔 …… 282
游后山清宁寺记　[清] 曾绍孔 …… 283
软桥关侯庙记　[清] 曾绍孔 …… 284
六君书屋记　[清] 曾绍孔 …… 284
峡山翁记　[清] 罗　杰 …… 285
一里文昌阁记　[清] 杨　温 …… 286
漩塘义学记　[清] 杨　温 …… 287
六里社仓记　[清] 刘永华 …… 288
秋夜游浮邱刘氏东园记　[清] 陶必铨 …… 289
重修五贤祠记　[清] 符鸿 …… 290
捐修龙洲书院记　[清] 符鸿 …… 292

第十七卷　桃花江文选二　记叙二

鹿园记　[清] 黎光地 …… 294

桃江市水星祠记　［清］邹贤社 …… 295
罗濑河记　［清］习　藩 …… 295
泉峰吴氏祠堂记　［清］刘绳爵 …… 296
重修洪桥碑记　［清］洪桥周氏裔孙 …… 297
平滤溪诸矶碑记　［清］王方坦 …… 298
荒园草堂记　［清］黎大观 …… 299
佛延山记　［清］贺光黻 …… 300
游梓梁岩记　［清］贺光黻 …… 300
筲庥亭记　［清］胡　倬 …… 301
金沙义路记　［清］蔡用锡 …… 302
浮邱山记　［清］史定纯 …… 303
磊石仑记　［清］史定典 …… 304
重修弄溪桥记　［清］邹良化 …… 304
跃龙塔记　［清］周代炳 …… 305
西峰马鞍石记　［清］周代炳 …… 306
古杉记　［清］廖章达 …… 308
洪崖寺记　［清］李瀚章 …… 309
彭家寨序　［清］杨朝杰 …… 309
邱麓记　［清］萧恩动 …… 310
静庵公始迁莲花坪记　［清］莫鉴佐 …… 311
莫氏钱岭茶亭记　［清］莫　楷 …… 312
桃花江周氏两溪书院记　［清］周世楷 …… 313

第十八卷　桃花江文选三　记叙三

沾溪碧金洲记　［清］周传黻 …… 315
公余义渡记　［清］文希范 …… 316
桃江义渡记　［清］文南邦 …… 316
棠棣桥记　［清］尹启柳 …… 318
九冈山青云庵记　［清］萧晋蕃 …… 318
小河义渡记　［民国］江大壎 …… 320

许家洲贺氏义渡记　[民国] 贺泽光 …… 321
益阳学宫石磬记　[民国] 夏寿华 …… 322
清塘冲里居记　[民国] 陈远翎 …… 323
祖祀凤凰神记　[民国] 吴声畦 …… 324
凤凰阁记　[民国] 曾运乾 …… 325
桃花江记　[民国] 孙家杰 …… 326
陶氏桃花江别墅记　[民国] 孙家杰 …… 328
怀远将军祠堂记　[民国] 桃江横马塘陈氏裔孙 …… 332
平石公祠堂并附梅林两等小学校记　[民国] 项　彦 …… 333
薛氏商帮增修墩基创立墩规碑记　[民国] 薛昌郅 …… 334
螺形山庄记　[民国] 尹庆华 …… 334
双江学校记　[民国] 戴埭清 …… 335
石船亭记　[民国] 戴埭清 …… 336
桃江碑基坳茶亭记　[民国] 熊承涤 …… 337
周氏茶亭记　[民国] 周氏裔孙 …… 338
游桃花江记　彭国栋 …… 338

第十九卷　桃花江文选四　序跋一

益阳县志序　[明] 贺凤梧 …… 340
尚书是正序　[明] 罗喻义 …… 341
郭止庵岳游诗序　[明] 罗喻义 …… 342
崇祯宝庆府志序　[明] 罗喻义 …… 343
过庭录序　[清] 金德嘉 …… 344
东林寺志序　[清] 夏寝大 …… 345
夏禹书遗编序　[清] 张　璨 …… 345
淡园遗咏序　[清] 张　璨 …… 346
夏云卧遗编序　[清] 陶士偰 …… 347
稽古楼集序　[清] 陶士偰 …… 348
跋终天录　[清] 夏逢夔 …… 348
易学寻源自序　[清] 夏逢夔 …… 349

夏听斋先生诗古文序 ［清］陈其扬 …… 350
仪礼图说序 ［清］邓正琮 …… 351
春秋辨疑自序 ［清］夏逢芝 …… 352
地舆图考自序 ［清］夏逢芝 …… 352
鸥宿斋诗集序 ［清］曹耀珩 …… 354
罗萸江先生文集序 ［清］王文清 …… 355
喜得郭司马集序 ［清］曾绍孔 …… 356
我山草自序 ［清］曾绍孔 …… 357
我山草堂文集序 ［清］方宣试 …… 358
我山草堂诗集序 ［清］方宣试 …… 359

第二十卷 桃花江文选五 序跋二

刘伯观诗稿序 ［清］陶 澍 …… 360
黎环斋诗稿序 ［清］陶 澍 …… 360
声韵辨讹序 ［清］陶 澍 …… 361
学荻庐吟草序 ［清］胡达源 …… 362
些庵诗钞序 ［清］胡达湣 …… 363
浮邱子序 ［清］熊少牧 …… 363
桃江义渡义路合志总序 ［清］陶 燐 …… 364
桃江义渡志序 ［清］夏建寅 …… 365
西疆杂述诗叙 ［清］黄运藩 …… 366
北征日记叙 ［清］萧大猷 …… 367
蓬心集序 ［清］萧大猷 …… 368
一笑吟稿序 ［清］赵裴哲 …… 368
鹿角山庄文集序 ［清］刘集勋 …… 369
随园骈体文注序 ［清］唐步瀛 …… 370
如园诗集序 ［清］夏正彝 …… 370
如园架上书钞序例 ［清］萧士恒 …… 371
枫田耆旧集叙 ［清］夏道隆 …… 373
续修桃江义渡志叙 ［民国］邹祖润 …… 374

桃花港黄獭溪口小河义渡叙 ［民国］文建猷 …… 374
小河义渡志跋 ［民国］江大壎 …… 375
南洋自序 ［民国］夏思痛 …… 376
琼游笔记序 ［民国］李开侁 …… 377
夏惺耕先生诗序 ［民国］曾宗鲁 …… 378
尚书正读序 杨树达 …… 379

第二十一卷　浮邱山文选六　谱序一

资阳刘氏族谱序 ［明］李东阳 …… 381
益阳曾氏族谱序 ［清］李文炤 …… 382
石井刘氏一修族谱序 ［清］罗　杰 …… 383
沙田湾毛氏二修谱序 ［清］张　模 …… 385
河塘刘氏族谱序 ［清］江　闿 …… 386
石井刘氏三修族谱叙 ［清］陶必铨 …… 387
资阳刘氏四修族谱序 ［清］欧阳厚均 …… 387
益阳刘氏族谱序 ［清］陶　澍 …… 388
桥头刘氏支谱序 ［清］陶　澍 …… 390
碧田刘氏宗谱序 ［清］陶　澍 …… 390
资阳刘氏四修族谱序 ［清］陶　澍 …… 391
河塘刘氏族谱序 ［清］陶　澍 …… 392
资益殷氏族谱序 ［清］陶　澍 …… 393
石牛冈胡氏谱序 ［清］陶　澍 …… 394
梓梁文氏支谱序 ［清］陶　澍 …… 395
浮邱胡氏宗谱序 ［清］陶　澍 …… 396
徐湾邓氏族谱序 ［清］陶　澍 …… 397
石磴曾氏族谱序 ［清］陶　澍 …… 398
梅林郭氏二修族谱序 ［清］陶　澍 …… 399
符氏续修族谱自序 ［清］符　鸿 …… 400

第二十二卷　桃花江文选七　谱序二

符氏续修族谱序　[清] 胡达源 …… 402
鲁氏族谱序　[清] 胡达源 …… 403
石牛冈胡氏祖达房六修谱序　[清] 胡达源 …… 403
石井刘氏三修族谱序　[清] 胡林翼 …… 405
子良岩文氏五修族谱序　[清] 胡林翼 …… 406
邓氏三修谱序　[清] 胡林翼 …… 407
宗支祖用公房七修谱序　[清] 胡林翼 …… 408
子良岩文氏五修族谱序　[清] 曾国藩 …… 409
桃江峡流溪吴氏五修族谱序　[清] 左宗棠 …… 410
三堂街胡氏（寿支）七修族谱序　[清] 龙　驹 …… 411
郭氏族谱序　[清] 萧大猷 …… 412
磊石仑萧氏族谱序　[清] 萧大猷 …… 414
益阳桃江萧氏三修族谱叙　[清] 萧大猷 …… 415
舒塘萧氏五修族谱序　[清] 萧大猷 …… 416
磊石仑彭氏七修族谱叙　[清] 刘集勋 …… 418
长江村习氏四修族谱序　[清] 刘集勋 …… 419
薛氏五修族谱序　[民国] 王龙文 …… 420
大华村萧氏四修族谱序　[民国] 谭延闿 …… 421
丁氏八修族谱序　[民国] 朱经农 …… 421
桃江曾氏族谱序　杨树达 …… 423

第二十三卷　桃花江文选八　寿序

习石峰先生六十寿序　[清] 曹绍官 …… 425
刘毅斋暨配双寿序　[清] 陶必铨 …… 426
刘云峰先生五秩序　[清] 陶　澍 …… 427
刘先生夫妇六十序　[清] 陶　澍 …… 428
刘静园先生六十序　[清] 陶　澍 …… 429
筠斋先生七十寿序　[清] 陶　澍 …… 429

刘某夫妇寿序 [清] 陶 澍 …… 430
习悦斋六十序 [清] 陶 澍 …… 431
胡母黄孺人六十三寿序 [清] 陶 澍 …… 432
两溪公晋六秩寿序 [清] 陶 澍 …… 433
封翁莫公照轩年兄先生七秩寿序 [清] 袁名曜 …… 434
尹三江七秩寿序 [清] 彭 浚 …… 435
古剑先生六十寿序 [清] 赵先雅 …… 437

第二十四卷 桃花江文选九 传记

屈原列传 [汉] 司马迁 …… 439
屈原外传 [唐] 沈亚之 …… 442
些庵自叙 [明] 郭都贤 …… 443
郭公些庵外传 [清] 温其训 …… 444
罗喻义列传 《明史》史馆 …… 446
夏云卧传 [清] 曹耀珩 …… 447
夏令传赞 [清] 曹耀珩 …… 447
刘节母胡老孺人传 [清] 陶必铨 …… 448
胡公兰亭序 [清] 陶 澍 …… 450
直翁胡公传 [清] 陶 澍 …… 450
刘翁石峰先生昆仲合传 [清] 符 鸿 …… 451
星如公行述 [清] 周岷源 …… 452
习公岳海先生传 [清] 王龙文 …… 456
夏思痛先生革命事略 [民国] 覃 振 …… 457
宝亭团长行状 [民国] 蔡钜猷等 …… 460
曾星笠传 杨树达 …… 462

第二十五卷 桃花江文选十 墓文

沙田毛公墓表 [清] 夏逢夔 …… 466
曹耀珩墓表 [清] 谢济世 …… 467
古山先生墓志铭 [清] 陶士偰 …… 468

梅巢居士墓表 [清] 陶士偰 …… 470
邑明经三峰公墓志铭 [清] 蔡 璨 …… 470
近邱刘先生墓表 [清] 陶必铨 …… 471
贺处士墓表 [清] 陶 澍 …… 473
修职郎古屏公墓表 [清] 陶 澍 …… 473
胡品山先生暨配刘孺人墓表 [清] 陶 澍 …… 475
刘水亭墓碣 [清] 陶 澍 …… 475
刘屏山翁墓表 [清] 陶 澍 …… 476
刘槐轩先生墓表 [清] 陶 澍 …… 476
栗斋曾君墓碣 [清] 陶 澍 …… 477
太学生仙槎墓志铭 [清] 陶 澍 …… 478
周公北坪墓志铭 [清] 胡达源 …… 478
乡贡进士邹翁古剑先生墓志铭 [清] 习 垣 …… 479
追赠陆军少将原任团长曾君雨苏墓表 [民国] 刘 戡 …… 481

第二十六卷 桃花江文选十一 书信

请议益阳还朴约书 [明] 贺凤梧 …… 483
通直指张公揭 [明] 郭都贤 …… 484
若儿分居手谕 [清] 夏光洛 …… 485
上两学师书 [清] 夏光洛 …… 486
复袁庭绪 [清] 夏光洛 …… 486
与刘夫彝内史书 [清] 曾绍孔 …… 487
答李亦庵书 [清] 曾绍孔 …… 489
与刘采其书 [清] 曾绍孔 …… 490
与孙席珍书 [清] 曾绍孔 …… 491
致香港总督书 [民国] 夏思痛 卢佛眼 …… 492
就义前致父母 [民国] 江诗咏 …… 494
就义前致兄长 [民国] 江诗咏 …… 494
致妻子月如 [民国] 熊亨瀚 …… 495

第二十七卷　桃花江文选十二　杂体

送庚兄罗子予襄徙资阳序　[明] 李应枢 …… 498
下发文　[明] 郭都贤 …… 499
青宫劝讲箴　[明] 罗喻义 …… 499
瀛洲赋　[明] 罗喻义 …… 501
任斋说　[清] 夏逢芝 …… 502
我山序　[清] 曾绍孔 …… 502
龟台山赋　[清] 刘恩宠 …… 503
募修桃花江天问阁小引　[清] 陶　澍 …… 504
赠别丁对山先生序　[清] 陶　澍 …… 505
拟联本塔铭并序　[清] 莫　宣 …… 506
王氏屯田原委　[清] 王氏裔孙 …… 507
重修东林寺小引　[清] 赵裴哲 …… 508
浮邱山寺观条规 …… 509
浮邱山进香疏　[清] 佚　名 …… 510
西峰寺重修佛像启　[清] 西峰寺僧 …… 510
天池山募修钟引　[清] 薛昌晋 …… 511
浮邱卖木赋　[民国] 胡唐钦 …… 512
黎锦晖演说桃花江　[民国] 般若 …… 512

主要参考文献 …… 514
后　记 …… 521

卷首　楚辞选

屈原（约前340—约前278），名平，字原，自云名正则，字灵均，战国时楚国人，《史记》有其《列传》。

天　问

曰：遂古之初，谁传道之？上下未形，何由考之？冥昭瞢暗，谁能极之？冯翼惟像，何以识之？明明暗暗，惟时何为？阴阳三合，何本何化？圜则九重，孰营度之？惟兹何功，孰初作之？斡维焉系，天极焉加？八柱何当，东南何亏？九天之际，安放安属？隅隈多有，谁知其数？天何所沓？十二焉分？日月安属？列星安陈？出自汤谷，次于蒙汜。自明及晦，所行几里？夜光何德，死则又育？厥利维何，而顾菟在腹？女岐无合，夫焉取九子？伯强何处？惠气安在？何阖而晦？何开而明？角宿未旦，曜灵安臧？

不任汩鸿，师何以尚之？佥曰何忧，何不课而行之？鸱龟曳衔，鲧何听焉？顺欲成功，帝何刑焉？永遏在羽山，夫何三年不施？伯禹愎鲧，夫何以变化？纂就前绪，遂成考功。何续初继业，而厥谋不同？洪泉极深，何以寘之？地方九则，何以坟之？应龙何画？河海何历？鲧何所营？禹何所成？康回凭怒，地何故以东南倾？九州安错？川谷何洿？东流不溢，孰知其故？东西南北，其修孰多？南北顺椭，其衍几何？昆仑县圃，其尻安在？增城九重，其高几里？四方之门，其谁从焉？西北辟启，何气通焉？

日安不到？烛龙何照？羲和之未扬，若华何光？何所冬暖？何所夏寒？焉有石林？何兽能言？焉有龙虬，负熊以游？雄虺九首，倏忽焉在？何所不死？长人何守？靡蓱九衢，枲华安居？灵蛇吞象，厥大何如？黑水玄趾，三危安在？延平不死，寿何所止？鲮鱼何所？鬿堆焉处？羿焉彃日？乌焉解羽？

禹之力献功，降省下土方。焉得彼嵞山女，而通之于台桑？闵妃匹合，厥身是继。胡为嗜不同味，而快鼌饱？启代益作后，卒然离蠥。何启惟忧，而能拘是达？皆归射鞫，而无害厥躬。何后益作革，而禹播降？启棘宾商，《九辩》《九歌》。何勤子屠母，而死分竟地？帝降夷羿，革孽夏民。胡射夫河伯，而妻彼雒嫔？冯珧利决，封豨是射。何献蒸肉之膏，而后帝不若？浞娶纯狐，眩妻爰谋。何羿之射革，而交吞揆之？阻穷西征，岩何越焉？化为黄熊，巫何活焉？咸播秬黍，莆雚是营。何由并投，而鲧疾修盈？白蜺婴茀，胡为此堂？安得夫良药，不能固臧？天式从横，阳离爰死。大鸟何鸣，夫焉丧厥体？蓱号起雨，何以兴之？撰体胁鹿，何以膺之？鳌戴山抃，何以安之？释舟陵行，何以迁之？惟浇在户，何求于嫂？何少康逐犬，而颠陨厥首？女岐缝裳，而馆同爰止。何颠易厥首，而亲以逢殆？汤谋易旅，何以厚之？覆舟斟寻，何道取之？桀伐蒙山，何所得焉？妹嬉何肆，汤何殛焉？

舜闵在家，父何以鳏？尧不姚告，二女何亲？厥萌在初，何所意焉？璜台十成，谁所极焉？登立为帝，孰道尚之？女娲有体，孰制匠之？舜服厥弟，终然为害。何肆犬豕，而厥身不危败？吴获迄古，南岳是止。孰期去斯，得两男子？缘鹄饰玉，后帝是飨。何承谋夏桀，终以灭丧？帝乃降观，下逢伊挚。何条放致罚，而黎服大说？

简狄在台，喾何宜？玄鸟致贻，女何喜？该秉季德，厥父是臧。胡终弊于有扈，牧夫牛羊？干协时舞，何以怀之？平胁曼肤，何以肥之？有扈牧竖，云何而逢？击床先出，其命何从？恒秉季德，焉得夫朴牛？何往营班禄，不但还来？昏微遵迹，有狄不宁。何繁鸟萃棘，负子肆情？眩弟并淫，危害厥兄。何变化以作诈，而后嗣逢长？成汤东巡，有莘爰极。何乞彼小臣，而吉妃是得？水滨之木，得彼小子。夫何恶之，媵有莘之妇？汤出重泉，夫何罪尤？不胜心伐帝，夫谁使挑之？会鼌争盟，何践吾期？苍鸟群飞，孰使萃之？列击纣躬，叔旦不嘉。何亲揆发，定周之命以咨嗟？授殷天下，其位安施？反成乃亡，其罪伊何？

争遣伐器，何以行之？并驱击翼，何以将之？昭后成游，南土爰底。厥利惟何，逢彼白雉？穆王巧梅，夫何周流？环理天下，夫何索求？妖夫曳衒，何号于市？周幽谁诛？焉得夫褒姒？天命反侧，何罚何佑？齐桓九合，卒然身杀。彼王纣之躬，孰使乱惑？何恶辅弼，谗谄是服？比干何逆，而抑沉之？雷开何顺，而赐封之？何圣人之一德，卒其异方？梅伯受醢，箕子详狂？稷维元子，帝何竺之？投之于冰上，鸟何燠之？何冯弓挟矢，殊能将之？既惊帝切激，何逢长之？伯昌号衰，秉鞭作牧。何令彻彼岐社，命有殷国？迁藏就岐，何能依？殷有惑妇，何所讥？受赐兹醢，西伯上告。何亲就上帝罚，殷之命以不救？师望在肆，昌何识？鼓刀扬声，后何喜？武发杀殷，何所悒？载尸集战，何所急？伯林雉经，维其何故？何感天抑地，夫谁畏惧？皇天集命，惟何戒之？受礼天下，又使至代之？

初汤臣挚，后兹承辅。何卒官汤，尊食宗绪？勋阖梦生，少离散亡。何壮武厉，能流厥严？彭铿斟雉，帝何飨？受寿永多，夫何长？中央共牧，后何怒？蜂蛾微命，力何固？惊女采薇，鹿何佑？北至回水，萃何喜？兄有噬犬，弟何欲？易之以百两，卒无禄？薄暮雷电，归何忧？厥严不奉，帝何求？伏匿穴处，爰何云？荆勋作师，夫何长？悟过改更，我又何言？吴光争国，久余是胜。何环穿自闾社丘陵，爰出子文？吾知堵敖以不长。何试上自予，忠名弥彰？

历代《益阳县志》均记载屈原被“放逐沅湘间”时，曾在益阳“桃花江上作《天问》”。桃花江畔有天问阁、钓鱼台、花园洞等胜迹，相传是屈原创作和读书之处。《（同治）益阳县志》卷二十一云：“《天问》作于桃江之弄溪，灵均固邑文艺之权舆也。自后雕龙炙輠，莫不祖风骚焉。”毫无疑问，《天问》是桃江文化最重要的源头，故列为本书之卷首。原文见《楚辞》，录自《（乾隆）益阳县志》卷二十。

涉　江

余幼好此奇服兮，年既老而不衰。带长铗之陆离兮，冠切云之崔嵬，被明月兮佩宝璐。

世混浊而莫余知兮，吾方高驰而不顾。驾青虬兮骖白螭，吾与重华游兮瑶之圃。登昆仑兮食玉英，吾与天地兮同寿，与日月兮齐光。哀南夷之莫吾知兮，旦余将济乎江湘。乘鄂渚而反顾兮，欸秋冬之绪风。步余马兮山皋，邸余车兮方林。乘舲船余上沅兮，齐吴榜而击汰。船容与而不进兮，淹回水而疑滞。朝发枉陼兮，夕宿辰阳。苟余心之端直兮，虽僻远其何伤。入溆浦余儃回兮，迷不知吾所如。深林杳以冥冥兮，乃猿狖之所居。山峻高以蔽日兮，下幽晦以多雨。

霰雪纷其无垠兮，云霏霏其承宇。哀吾生之无乐兮，幽独处乎山中。吾不能变心以从俗兮，固将愁苦而终穷。接舆髡首兮，桑扈裸行。忠不必用兮，贤不必以。伍子逢殃兮，比干菹醢。与前世而皆然兮，吾又何怨乎今之人！余将董道而不豫兮，固将重昏而终身！

乱曰：鸾鸟凤皇，日以远兮。燕雀乌鹊，巢堂坛兮。露申辛夷，死林薄兮。腥臊并御，芳不得薄兮。阴阳易位，时不当兮。怀信侘傺，忽乎吾将行兮！

《(乾隆）益阳县志》卷二十《艺文序》："屈原《天问》，相传作于益之桃花江上。考《涉江》篇内，其曰沅曰湘，距资不远；曰溆浦辰阳，则益之西境也。意者原涉江而南，尝溯洄于此乎。"原文见《楚辞》，录自《（乾隆）益阳县志》卷二十。以上二篇，文字与通行版本稍异。

第一卷　桃花江诗选一　郭都贤诗选

郭都贤（1599—1672），字天门，号些庵，益阳县四里（今属桃江县）荆竹村人，明天启二年（1622）进士，官至江西巡抚。明清鼎革之际辞官归里，隐居于益阳县马迹塘泗里河之石门洞（今属桃江县马迹塘镇石门村）。明亡，削发入桃江东林寺，又入浮邱山浮邱寺，自号顽石。后被迫离山，茹苦行脚。初，寄钵于湖北嘉鱼梅熟庵，后流寓沔阳，筑补山堂，前后十九载。归，结庐桃花江，复遭迫害，再走湖北，客死于江陵承天寺，归葬桃江鸬鹚渡。郭都贤博学强识，为官清正，吏法严明，其诗文盛传于时，著作有《些庵诗钞》传世。

丁丑仲冬，都贤为太安人卜兆，初入潭园，还过石门，洒酒拜石曰："地不爱宝，若得称石门主人，愿易天门之号。"时维一月，瘗玉告成，用报山灵，镌诗表石，盖已改岁春王，当余四十初度，廿有三日也 二首

山水由来癖，中涵陟岵情。地灵呈吉气，皇览锡嘉名。猿鹤云间泪，松楸岭上声。买山非为隐，誓墓敢寒盟。

百道飞来急，争流赴一门。洞开长见壑，云去尚留根。阖辟司惟谨，端居想益尊。宫中有王母，八极自维坤。

初　度

蔓草亦有春，何必桃与李。不实斗空华，枉逐芳菲起。散木亦有冬，何必松与柏。无节耐严霜，空负干霄格。早暮岂计时，所贵在树立。驹隙等闲流，牛衣洒尽泣。尚父不鹰扬，空老八十二。公瑾不中

原，空少二十四。少者为春花，老者苦冬卉。四十夫如何，已觉有秋气。束发诵礼云，强仕思今日。又闻解绶归，陶公三十七。以此生踌躇，出处两无味。黑头不待人，黄粱炊熟未？岂不念时艰，致身须扬历。还愁老冉冉，笑人作寂寂。感兹草木年，益深蓼莪忾。有爱讵能安，无闻奚足畏。田野一老翁，携壶称雅会。盘餐何所有，兔脯兼鹿脍。手指王母山，此是神仙食。春酒酿正浓，春风桃正殖。

种树 二首

枝叶不盈把，悠然万古情。青青看嫩色，早占郁葱名。

千行不作林，万籁不成音。渐惹春风长，伤金欲静心。

王母梳妆山

绣阁妆台拥一尊，瑶池别自有乾坤。不知玄鹤何年至，但听青乌旧日言。满目烟花环侍女，如云拜舞列儿孙。深宫静日寒婆守，故遣丫头远倚门。

龙　井

青狮欲舞旋回首，白象交牙眠却守。两山盘踞不容流，一鼻如钩送入口。鼻中洑流宛骨鲠，土人相传唤龙井。为龙为象总形容，以貌取人如取影。

春霁偕游石笋

初旭照茆屋，山容雨后新。携来不速客，消受有情春。选石冲危坐，分题结净因。出门缘底事，间日等忙人。

坐石笋听泉

耳根殊不静，泉响特泠泠。一石能孤立，千山宛共听。秘仍留太古，泄若待先灵。好向堪岩置，添余画里形。

春烧 二首

万炬飞腾破大荒，东风发纵逼斜阳。阿奴下出火攻策，炎帝翻乘木德王。恰拟天山传远燧，不须明月照流黄。因思帝力勾萌大，灭尽重庄正未央。

燎原直欲与春争，赤烧何殊不夜城。僻坞有畬山是地，石田能获火为耕。扫除燥湿生成号，炼出栽培造化名。静对杳冥窥色相，圣灯高拥海朝明。

山　行

暮向田间宿，朝随田间留。逢人辞起手，款客劝浮头。逐鹿频呼犬，占天但信鸠。牛羊遵古道，鹅鸭职更筹。乡语难成字，村容不解愁。问他城里去，十载未曾游。

搜石 二首

嵚崎多怪石，清浅碧流间。手眼僮争捷，分携我亦悭。定交呼小丈，相对俨佳山。取植青蒲盎，苔衣应渐斑。

似探龙精睡，潜携爪与牙。钻来知地痛，赚去带云拿。古洞驱灵壁，幽斋倚暮花。称情劳位置，眠立正翩邪。

探　洞

绝涧何缘洞，传闻即欲寻。凌危生险梦，拨莽损春心。不有千秋独，焉知一往深。寥寥尘外赏，泉石个中音。

水　碓

溪环千曲水，万斛捣珠声。糠秕同沙汰，亲操代妇行。踏云舂白雪，和露杵元羹。活计山中惯，输他自在名。

滴水洞中望瀑布

攀萝蹑洞门，门趾盈十尺。此中疑有人，丸泥留一隙。我欲往从之，灵扃忽已隔。仰见一虹飞，对挂苍崖白。雷雨助其威，雪月争其魄。静中发猛思，喜极生局蹐。久坐殊不然，晶莹等珠碧。鲛人天上回，摇曳支机石。劈破玉芙蓉，剪出冰绡帛。练光如垂帘，洞口若展席。花鸟为主人，云烟作佳客。佳客任去来，主人自窟宅。谁置云烟邮，长呼花鸟借。

以上诗录自《些庵诗钞》卷二《石门图》。

移家 二首

不辞间道犯芃茸，在邑豺狼在野龙。劫运直疑当五百，嵁岩谁信蹑千重。鹿门儿女家同隐，鸡犬神仙洞密封。云笠雨蓑先陇近，背堂高拱郁楸松。

世乱求安暂墓初，竹堪篱插草堪庐。近依风木长瞻屺，远叹沧桑暂种畬。鹅鸭柴荆仍杜仿，儿孙枣栗信陶如。尽教生事粗谙处，题作幽人太古居。

结庵 二首

猿鹤声中一木鱼，选官选佛较何如。半间分与云来往，十笏长偕僧起居。人社几人眉易放，生天在日杂难除。津梁疲后频呼渡，行脚知休水到渠。

春老归田忆梦婆，浮生赢得半闲那。烟云供养寒侵衲，泉石膏肓病入魔。岂有天花狮子座，不关芳草小儿坡。便便一枕消清昼，醉里逃禅奈醒何。

选 胜

探奇处处尽追板，割据分题取次颁。遍插竹松当土姓，小盟泉石胜河山。女萝月上虬千尺，鹤梦床头玉一湾。鸟语散时烟磬歇，独留长啸答清湲。

草堂　二首

一笠香娟小史间，八窗浮玉照酡颜。霞餐少肉因多骨，云卧和衣并冷鬟。入画倩扶摩诘起，移文发付稚圭删。不知人世天王朔，春去秋来两度颁。

懒绝孤云亦倦飞，黑头相伴笑同归。堂无宿客唯呼丈，门有天关不掩扉。千仞练光悬曲磴，一窠绿雾抱晴晖。忘情何事情生处，读罢黄庭赋采薇。

浪　船

斜川小广山中，不乏安所，得浪船而称之，其在苏公雪浪、欧公舫斋之间乎？

清泉画舫许谁登，雪浪云帆势若崩。融故陆居安得屋，泰如仙去偶同膺。夜逢大力知藏否，春涨桃花可问曾。烟雨等闲看漠漠，海天无岸隔山僧。

怪石供

一石孤峨草堂，巧值当轩，恍疑千百年前未有此石先有草堂者，仲子良冶曰："此物足供大人矣。"作《怪石供》。

劈开众皱耸孤皴，尺五阶前丈六身。先我若为今日地，把君如对古来人。腰虽怜瘦袍堪礼，头纵成顽佛不嗔。逸少漫愁儿辈觉，能知石养亦娱亲。

九叠泉

入石门右望，一条界破青山色者，飞泉二十七叠也。曲磴逶迤，落吾亭中，止见三之一。题"九叠泉"于亭。

肉山石骨泉如髓，辘轳倒拂昆仑水。练光宛转玉盘飞，骧首在天濡其尾。梭抛珠沫搅空青，吼断云根怒未已。拄杖茫然那敢骑，截蜃为亭落吾趾。层岩澒洞谷深冥，疑有琴高生遇此。草堂对面呼不应，白日风雷被填耳。洗头玉女误翻盆，泼入司空双眸子。

瀑布岩

东去石门三里许，与飞泉左右相映。

冰蚕吐丝风衔梭，七襄雾縠补银河。罡风吹破白云裂，陡挂百尺山之阿。春入烧痕疑火浣，雷门鼓动摇秋波。山农怪我看不足，谁知远胜香炉瀑。天荒名不到人间，地老佳人在空谷。谪仙去后八百年，海风山月今才续。我欲蘧庐天地为高堂，展此长披画作五岳图一副。更裁大被盖尽华阳衡阳清流一派人，高卧水云仰天张口洗却彦伦蕙帐丹崖辱。

摽水洞

洞在石门之南，瀑布迸离石壁，其势如摽，大是奇观。

紫贝阙兮鱼鳞屋，龙堂急雨惊破竹。下有冯冯翼翼波撼欲穿未穿之马肝，上有填填冥冥翠盖欲落未落之虎目。舞方何事懒为霖，康回凭怒倾汤谷。腾空夭矫直无前，禹步吹来壶未缩。穹渊无处觅宁歆，遥望郦原壮哉腹。

栈木洞

见惯烟云亦是尘，孤筇扶上最嶙峋。天悬一栈几如蜀，洞锁重门若为秦。绝涧碧泉寒六月，苍崖古木老千春。中原鼎沸无干土，犹剩巢居好结邻。

次韵罗直夫见访　二首

伤心痛定仍余痛，握手何言不尽言。兵火劫中来去现，死生幻处难仇恩。离情似蓼同尝胆，佳句如香足返魂。相慰直须拚一醉，鸣泉在户石支门。

才抛乌帽一升尘，便拟黄冠五岳人。竹里平安初报寺，贼中辛苦瘦怜亲。穷猿落日啼痕旧，苍狗浮云变态新。君去试看戎马迹，南辕债后几回轮。

九日携儿上太君墓，并拉渤灵蔡子、归元长老同登　三首

久拚风雨送蓬蒿，万事阴晴一羽毛。不信还山如隔世，且因陟屺称登高。青冥影静霜前雁，黄落声催木末飚。流水石门今日闭，东篱别种武溪桃。

山风落叶似吹花，此度方称天不涯。漆室女忧空为国，老婆禅喜欲忘家。三杯薄薄欺桑落，一衲光光傲孟嘉。回首六年虚九日，那禁烂醉玉横斜。

红满秋林欲斗春，田家行乐不违亲。百年地下人重庆，九日天边少一人。史男湘中未归。箨尾半竿扶老渐，床头几盏向儿频。西来喜看归猿定，北雁南鸿怕听真。

家蓄细骡，人骑，去地高不盈尺，命名“山屐”，与僮子山鸟、山禽辈名实相当。往来石门间，前者负床代镫，无举足之劳；后者以口代鞭，无举手之劳。路人见之，宛画中栗马豆人也，无不失笑。戏作口号以传

顽石何曾悟到禅，石门顽物别堪传。非驴非马名呼屐，一鸟一禽口代鞭。鹿少与游多是豕，骑偏自在稳于船。笑他灵运登山苦，两齿摇摇后复前。

踏雪诗　六首

石门以内，别有天地，夕霭朝烟，见惯浑闲事耳。间得野花、古木争妍四时，不过如广额梅妆，一捻红抹，若非滕六作狯，另呈生面，几失山中之巨观矣。乙酉小寒，连朝狂雪，扫户出游，大地山河无可拈，似想当在洪蒙未辟以前光景。山雪岁以为当多不盈咫，此番如广陵观

涛，祝融望日，衡峰回雁。野老咸云一岁不及一度，良足纪也。作《踏雪诗》，得六章。

快呼山屐马床前，东郭先生履旧穿。卧袒不关云水事，度桥初试白香天。三千飞土尘皆玉，百五柴门夜作年。葱岭忽惊琼树满，寒光泼到眼无边。

春光分不到山家，三尺无劳笠影斜。青箬得骄金缕帐，碧衫余唾梦酣茶。多情郢客能翻调，作意滕公解弄花。煨尽懒残南岳芋，几回鹤氅伴袈裟。

跫然空谷幻重茵，踏破冰壶亦是尘。天上蔚蓝难着色，世间温玉岂知贫。青鞋漏泄阳春脚，白帢空蒙山子巾。茆屋半颓门昼掩，庞声来处始行人。

每向山中欲赠云，冰盘堪饱不逢君。天低易碍鸿难度，花落无香蝶未闻。乘夜偶思招隐句，忍冬长办送穷文。幽居简点风光事，呵冻行吟足几分。

不须明月照沦漪，更胜梅花索笑迟。碧落眼空飘瑞叶，青山头白嫁蛾眉。会从云母屏间暖，景许琉璃国里知。归暮忽添儿女笑，颠狂柳絮乱涂须。

泪竹成堆乱伏波，剑花不落冷铙歌。帐前都护谁移足，夜半悬弧几听鹅。四望郊寒怜岛瘦，一天白起奈萧何。年来心死灰无着，目断如银欲洗戈。

立春 二首

山中无历等顽民，看到梅花信始真。瓦雀自田宁望岁，土牛伏腊已争春。好销兵器酬农事，忍听葭灰杂虏尘。云物太平书有象，虞渊初浴海天闽。

读罢春盘忆细生，伤心白玉旧时京。螭头日月开三殿，鸳序衣冠入五更。献寿上公羞劳酒，布和青帝怪称兵。苍龙一去鸾音断，草蛰山虫不忍赓。

草堂守岁 四首

年年除夕值他乡，今夕今年对草堂。敕断向平家事外，卧游宗炳画图傍。重明日月王初正，有限华夷天一方。草野祝厘何所献，腥风荡尽是春光。

眼底峥嵘莫记年，山中岁月尽留连。鸱夷去国成名后，赌墅登场胜着先。往事覆蕉成幻梦，浮生带发学枯禅。通宵静理寒暄候，枥马林鸦若个边。

百年未半六朝人，二稔初逢一度春。造次折梅如赠别，叮咛试笔为书新。凭添甲子方成老，渐满儿孙莫厌贫。乱后薄田饘粥减，清斋赢得半盘辛。

怪认吾庐亦爱吾，隙驹过客不如逋。苦遭赴壑修鳞逼，管放劳薪短犊徂。传语风光凭杜老，主窝安乐是尧夫。还愁漏泄东风信，一夜梅花嫁苾刍。

丙戌元旦值雨 二首

戏冷莲花刻佛龛，山鸡代漏礼和南。云沉月额空占气，饮断屠苏自有庵。几忆仙蓂开落一，难忘草莽祝呼三。照庭灯火田家惯，纸笔儿曹苦未谙。

春山滴沥噀晴岚，朝气如醒半已酣。镂燕轻翰惊剪水，护花柔幕宛拖蓝。膏因润处初知起，泽与通时并作甘。有情漫催人闭户，好留针砭待双柑。

人日家宴 二首

天运杯中物，儿孙直戏将。老怜人日短，归荷主恩长。穿眼旎头落，攒眉娄尾香。相看谁共得，星水正茫茫。

离乱称人日，才堪说一堂。渡江南北阮，即席季元方。老马疲无用，家鸡贱不防。团圞缘底事，羔雁喜成行。

上元前二日草堂种梅，大小得千株，友人周季修适来见访，欣对一章

远移千树梅，栽遍草堂嵲。青山如美人，梅花为点额。京兆黛双蛾，隋阳螺半石。妆成王母宫，山名。云鬟添粉泽。因思芙蓉仙，路穷泥里核。欣兹百里遥，坐睛千树缬。闲懒被清忙，位置惊倒绝。玉女无凡胎，老成罕媚骨。太真睡而肥，昭阳飞而瘠。长孺戆而昂，敬通古而拙。置诸左右间，主人如帝锡。无数轧茁材，直同小儿枥。庄岳蓬麻中，风霜俟饱历。谁乘访戴游，翻似寻梅客。争看火树时，寒梅眼先热。发君顾曲思，长我逋翁癖。他日君再来，持赠山中雪。

丙戌初度 二首

投老青山未老前，浮名浪逐揽揆传。半生志忝桑弧日，三径春留草木年。续骨有膏清比圣，铸头无鼎懒为仙。蓬莱水浅寻常事，眼底江乡即海田。

曝背书光雨后天，介眉春色野堂前。古琴自泻桃花涨，新笛谁赓鹤影翩。情接渭阳留落日，游从北海欲忘年。山中小隐婆娑健，绝胜东都老监眠。

花朝对雨

春光日日是花朝，三五平分九十韶。石燕舞飞蝴蝶扑，封姨信逐社翁漂。楼台别种金银气，姊妹同根大小乔。趁取洗妆吞卧倒，忘忧释恨

一齐浇。

清明雨中祭扫

绿暗红稠迥不分，棠梨白处乱成氛。禁烟介子归田日，上冢庞公傍舍云。山立儿孙罗拜舞，乌啼风雨写情文。遥思野哭天南北，梁父吟中未忍闻。

紫牡丹诗　四首

兵火连年，躏延花木。徐胥家蓄紫牡丹一株，乃其尊人为余同年孝廉公手植者。赖是蓬蒿力，遮藏见太平，始信寒花隐草之句为诗史也。贻栽草堂，感慨系之，烂放五花，枯捻四律，得来字。

高本依然洛下才，秃衿焦尾乱中来。名如叙谱同枢密，香可还魂忆马嵬。娇靥有栏扶翠辇，彩绳不系避风台。云根深处应留句，看到人间老眼开。紫牡丹事。

薜萝深锁郁楼台，十样蛮笺五凤裁。绿幄扫空枯对赋，绛霄惊倒落霞才。任教毳褐分朝坐，却向朱衣夺锦回。陌上春风曾走马，故乡归日小山来。

御墨鲜看滴露栽，斜封夜半蕊宫开。纱笼小宋传呼遍，衣白山人拜赐回。鱼钥不关喧蝶馆，鹿场无种咏瑶台。烟凝日暮谁为伴，莫遣芝眉傅粉来。

韩令功成去不回，军容便者故宫来。胭脂失后销颜色，锦被丛中茂草莱。午梦沉香倾国恨，春归望帝入山哀。年年三月看花信，风雨枝头泪几堆。

泥龙行

石门两崖如瓮，一溪中流，高逾十五尺，方广倍之。南北厂，纳风日绝去阴幽础润之气，洵称暑月冰壶。门内东西对错，累石为台，形如却月，水不浸者半咫。一置天然石案、木几于上，可以径造，不问主人。一置茶灶、酒铛，沸沸风生，声与鸣泉相乱。坐视清流绕膝，溪鱼石蟹鳞爪森然，探手可捉，斯亦泉石之汤沐也。丙戌四月八日，雷雨夜作，徙石排沙，圮桥潴岸，一洗前位置而淤之。是日书称龙会，为作《泥龙行》。

潢污蟠龙苦不睡，碾车奋浪如游戏。囊沙散作八阵图，占我一泓清镜地。马牛两涘没涔蹄，鹊虹飞去惊精卫。天作高山谁始荒，忆昨心手勤蜂猬。东鞭西叱愚公愚，酒洌泉香醉翁醉。宝应断手几何时，金屑入眸同是医。呼僮卷土理重来，老僧笑我嗤曰未。龙乎龙乎胡为乎？泥中忍视长鲸翻鼎沸。军中移此不睡龙，石门愿老泥丸闭。

五日作

明兴以来三百季，海内家传《荆楚记》。四时著处领欢场，五日沅湘陈水戏。太平积弱那知兵，争夺龙标如汉帜。画船箫鼓挝渔阳，十万横摩直一醉。年年彩竹唱凫车，一朝突豕乘枭骑。搅浑江汉作潢池，前者方梳篦者继。生灵肝脑膏湘鱼，血污游魂招得未。更怜白骨堆荒丘，九畹兰汤成芜秽。乱离驱我入山深，聋哑不教人败意。泛蒲空尔益聪为，辟兵只有吞声计。玄黄此日战真龙，破釜焚舟思既济。周汉宣光望我皇，续命如丝中出治。

携酒茗坐石门，作驱暑四章

葳蕤不锁寿麻城，曲部登坛酒是兵。六月火攻牛鼓饮，众山琴响水偷营。不须拔剑王郎起，自可投鞭河朔平。一道凯风三奏雅，狂花叶底树降旌。

五千撑破玉川城，茗战从教失老兵。云脚几枪明月峡，雨前一片菟裘营。苍头水厄真当险，毛孔风生散不平。石上勒勋封万户，杯贤应共酪奴旌。

花隐文通夺管城，狂歌吹散客卿兵。壶中日月将逃伏，天外风雷欲拔营。绝倒巫人青历历，赫然长子怒平平。云旗野合疑龙战，俄见幡飞又卷旌。

青山到处忆宣城，欢伯呼来敌步兵。帝座可通殊不憾，糟丘堪老复何营。因沾道暍赓云汉，为梦长生醉太平。银海波回浮欲踏，摇摇冰影立心旌。

水　榻

费半载疏泉涤石之工，竟为春涛偾事。山溪见惯，民亦劳止。兹别削木为榻，得丈墨余。夏仲设门中，覆水面，名曰“水榻”。闻春信则悬之，燕来鸿去，可以挥手谢泥龙行矣。

不须金斗熨洄波，十尺平铺胜踏莎。人水火云犹畏影，当门卧榻已盈科。木奴软帖承茵席，泉客偷啼薄縠罗。消受此中羞得稳，春风吹涨奈余何。

七　夕

风光乞得不须赊，野旷天低逼斗槎。问渡星前三万直，孤眠月上一钩斜。影张破犊裈成网，声喝寒蝉臂是纱。今夕试听缑岭外，凤笙吹处落山家。

丙戌仲冬，良史自湘归宁，同社阳山公、洪伯修、龙季霞、阳子私诸子赋诗言别，兼怀及老翁。老翁报之，别有属望焉

去湘三百来三百，老翁有子翻成客。依依去日来霏霏，妇子盈门如拔宅。湘烟满眼携不归，带得泥途衣上云。两脚冻硬亟须软，弟兄鸡酒灯前款。为问湘头别若何，人各赋诗歌长短。诗歌送子兼示翁，大儿小儿阳与洪。中有一篇半千字，感时忧乱无如龙。愿将此诗吹满湖，湖南湖西连楚吴。恰胜登楼夜长啸，弃园怀土将归无。更将此诗藏名山，山南山北俯仰间。非福焉知跛相保，无忧之乐痴先还。噫嘻吁！人生意气须如铁，何用如云易出没。我昔别湘不留别，心与诸子无断绝。

丙戌仲冬十八日，马大金、吾建明使还复命，时将迎驾入楚，迂道过访石门，感赋三章

星轺天路远岩阿，惊倒干旄拂薜萝。马岌许题青壁去，鹿门空负德操过。忧时漆室羞巾帼，夹日虞渊仗鲁戈。缱绻几回思信信，鹰扬就国夜如何。

艰难天步圣躬劳，海岳朝宗望幸高。七十二峰云作辇，西南半壁担谁挑。兴朝有佐归铜柱，谋野何人到绨袍。闻见去来君识取，一锥秃尽不如毛。

戴笠乘车日已分，白云深锁隔青云。锄芝山下龙谁见，唤铁亭前鸟独闻。愁对乱离中避地，喜从梦寐外逢君。一天霜月今宵永，画尽寒灰未忍醺。

丁亥春王二日雪宴

叶叶飘如许，蓂开岂待三。犬当惊百粤，虫或老江南。呵冻春生气，呼乾尾报蓝。耳边先得岁，叠鼓杂歌酣。

人日种竹小馆，喜曾蘧宿甥至

人日逢人少，君来对此君。五辛除肉相，一醉许谁分。驴识寻梅路，羊同乞汝群。两年看几度，腊屐冷春云。

谷日又大雪

顿觉春寒倒，天衣絮乱缝。因圆肥野马，纪瑞让深冬。土满荒同玉，兵销兆应农。此中真宰力，赫赫岁华秾。

元宵无月

十年堪累照同埋，村老三家忆六街。纵使踏歌依旧满，仗矛愁见影彭排。

十六夜月

喝住仍圆且续欢，春光遍向过时看。但教三五凭驱使，莫厌何家对客残。

丁亥初度书怀　四首

居诸禁得儿回销，白石漫漫付烂樵。莫揽须眉惊壮老，生儿三岁阅三朝。甲乙丙三岁三纪元。

蓟梅江柳断寒烟，硕果留春不共天。忧乱可堪垂老日，逢辰犹自说丁年。

岁岁春光照旧醅，屠苏半已让先杯。但书甲子同偷朔，得惯儿童作戏莱。

草间求活称生日，花里寻春数信风。身世不知何处是，尽抛四十九年中。

坐瀑布下，用张叔明韵

削去芙蓉作玉刊，支矶石上饮牛看。纷披百尺量天少，唾落千珠逼斗寒。绝壑阴雷晴亦怒，双瞳剪水画如摊。相携共有忘归意，难道眠云不当餐。

二月廿日，上遣中书副将二员，手敕一道谕楚五臣，仍着地方官敦趣赴召。都贤拜命之下，感泣天语隆重，恭诵五章

十行高捧五云伻，拜手琅函宠倍惊。国难几回惭后死，君恩犹遣谕先生。堂陪司马虚悬席，人拟单骑浪得名。忝说至尊劳梦寐，可堪僵卧待华平。

兵火频年鲜踞鞍，先朝耆旧痛凋残。重明日月修虞衮，逼处华夷泣楚冠。祖德再传仍嫡统，天心多难岂偏安。恩深养士酬无计，七尺虽长一寸肝。

软红香土抗黄尘，愁绝腥风日震邻。到底一沟能割楚，从来三户足亡秦。视师江汉龙乘御，侧席风云凤下纶。岂为南阳矜六合，中元经略有元臣。

忧乐何人得不关，丘园光贲黯销颜。九陵如此遑庐墓，一死无他岂钓鳏。石上愿题青壁老，军中未许白衣还。官家大厦谁支木，采遍东山到北山。

已拚乌帽学黄冠，强起那堪贡禹弹。今日一成兴有夏，当年三世报先韩。杜鹃春去君臣旧，华鹤归来城郭残。草莽只余肤发在，威仪重见汉家官。

天华山顶夜话，次陶仲调太史 二首

举国如狂素已渝，乾坤跼蹐一身孤。筇扶几辆伴行脚，雾噀千峰起寸肤。立地火坑谁解脱，诸天荒散总虚无。空山小鸟争啼曙，愁绝荒城头白乌。

万岭云霄百道溪，到来风雨一床凄。战场凭吊今仍北，净土皈依久向西。尺五去天难拔宅，三千弃甲易沉犀。忧深莫道长沙泪，试唤铜人亦解啼。

午日赠别郑子浅庵 二首

纳纳谁云阔，皇皇信所知。招魂哀郢日，续命乞秦时。南北山如海，东西地杂夷。看君频去住，此意是男儿。

信宿君如寄，栖迟我亦逋。雨鸠巢自拙，风鹤泪何孤。世乱思梁父，途穷托李吾。平生忠信恃，行矣即灵符。

以上诗录自《些庵诗钞》卷七《石门杂咏》。

归山游东林

洞庭之水何浩瀚，江路迢迢寻彼岸。七十衰翁流浪人，曲唱还乡羞老干。远游未遂且卜居，浮邱云盖今何如。一十六年重放脚，江上桃花冷笑予。六月层冰何处踏，走向东林寻老衲。数椽断手须几时，清凉佛国些些纳。道人住世思驻颜，长年无事掩柴关。白云自来还自往，输却山翁常在山。

此诗录自（清）邓显鹤编纂《资江耆旧集》卷三。

自遣　四首

一死真无地，三生别有天。佛成灵运后，人慕叠山前。直指书以孤竹、叠山相况。畏露骢应避，经霜雁始传。曝腮思报鲤，缩项泣枯鳊。

禁足身藏茧，斋心俗避膻。万家穷到发，百将饱思烟。马骨何时朽，牛衣常夜眠。师行闻破竹，若个节称坚。

沥尽毛生血，招回楚客魂。苟全皆是罪，特达岂非恩。地阔容方丈，天清计旦昏。寥寥空法外，无佛处称尊。

闭户防秋入，开山待兴登。偶因花作偈，随问石能应。累寡堪依佛，情多不碍僧。无生谁领取，屠鼓是今曾。

中秋早发弄溪，望浮邱、梓梁一带

晓露初晞翠几重，山山斑驳点秋容。溪回咽石如知漱，树老拿云不肯封。篱影尚眠昨夜犬，屋烟未上早餐农。轻衣短靸缘何事，明月今宵意转慵。

桃江午日怀古，并辞诸子观舟之约

岂有沉渊日，犹悬续命丝。先生称独往，死后愧何为。采俗传天问，怀沙尚水嬉。请看江上客，醉醒托鸱夷。

题东林寺双桂 四首

不须招隐赋重栽，宝所丛生二桂开。触处木樨空色界，散成金粟雨花台。山中秋老香怀古，窟里仙多子夺胎。伐尽郗林夸独秀，灵光孑孑栋之材。

高柯接叶宿云盘，面面流黄露未干。开落远辞青帝力，霁阴近傍此君安。地思慧远游无社，天隔吴刚喷有丹。我欲折枝分座供，问谁踢倒净瓶看。

放尽香光宝树头，山门妆点此其尤。谶留十地双林荫，佛坐千华万古秋。袖手绝攀奔月似，移情莫遣辣云侔。予时悼亡。相看槁木原无着，烂漫天真顿换眸。

平分九十与秋园，木末篱头让尔先。遮莫散来金布地，且看飘去鼻撩天。六时香供炉烟外，半月风传山寺前。扑破纸窗云路阔，这回不是梦南泉。

补山堂歌

小构沙湾，拜尔梅张公画，悲之茅茨。千岩竞秀，直补泽国所未有。因补山堂额作歌以咏之，并谢其以烟云供养老僧也。

山中人兮畏貙虎，横担榔栗飞寒羽。茫茫水云鱼龙腥，归去闭门等逃雨。入山不得走入湖，鸿雁不来声气孤。莲房藕孔藏世界，葫芦中人知有无。沙湾隔湖望如咫，百里无山七泽耳。诛茅一片水到门，突兀奇峰挂壁起。层峦叠嶂争豪端，置我千山万山里。从今莫笑愚公腐，海湖汩没三山补。九疑云中坐立间，黄蓬培塿何须数。盈盈一水题三堂，僧由身手开天荒。但愁山高树老苍，撑破太室心彷徨。

此诗录自（清）邓显鹤编纂《资江耆旧集》卷三。

洞庭秋　六十首选六

风流淘尽大江东，南国滔滔五渚通。青草破荒红树外，黄陵濡沫赤沙中。蔚蓝天尽收浮蜃，阊阖风高忆断鸿。万里素秋何处接，微波一叶下新桐。

芙蓉寂寞冷三江，八九胸吞灏气扛。精卫不填云外土，岣嵝偏绝地中洚。九疑帆转无平楚，五岭潮归有怒泷。渺渺洞君天一壑，元龙百尺也心降。

挂却鱼竿谢钓矶，空明欲击溯流非。地倾西北娲无补，人化沙虫鹤不归。界破紫蜺分碧眼，平沉苍狗卷秋衣。蒹葭白露关何事，尺蠖洋洋可乐饥。

秋远平湖湛四虚，风波莽荡渺愁予。可知破浪思宗悫，不似惊涛说子胥。击去三千嘲斥鷃，乞来升斗泣枯鱼。从今试上巴丘望，肯信龙蟠有余且。

烟老苍容合看山，秋波容与若为颜。云中有待乘黄鹤，月下何时放白鹇。禹服三千荒楚锡，峰青十二冷湘鬟。过松亭上惊摇落，一棹西风客未还。

何处扁舟别有天，眸光夺却失中边。孤云万里谁禁此，长笛一声人悄然。丛桂小山随地得，蓼花隔浦漫情牵。冥鸿野鸟真寥廓，不向溪深叹跕鸢。

投赠洪内院经略

飞来玉琥壮犀渠，半壁西南赐履初。自是文昌司上将，宁惟节度出中书。甲兵满腹戈随止，汤火燃眉手到除。扶杖往观欢倒极，长沙痛哭更涟如。

五十诞辰 二首

视息人间志已非，空吟嘉祐暮烟微。神鱼有运思溟化，瘦鹤何年厌稻肥。蓬老一丘忘服艾，铁看三折始编韦。孤辰石女因缘晚，得着袈裟是嫁衣。

百年才半几回波，蹈海茫茫且俟河。天若有情同我老，世皆欲杀一身多。橘洲不化羞言枳，兰畹长生负此罗。破涕猛然惊失笑，夜来频梦倒冠莪。

诞日诸亲友少长咸集 二首

相逢不是旧衣冠，破衲髡头掩泪看。五浊等闲槐国梦，一乘自在石床寒。莫言此度揆予易，长恐余年假我难。风雨到门疑兴尽，情亲小滴也成欢。

依依兰玉聚群英，拨莽丛中太瘦生。十载乱离如换面，一时罗拜不知名。鹡鸰飞急宁家难，龙象归宗岂世情。善祝莫须频作算，于今刻刻是长庚。

史忠愍公像赞

昔歌正气，河岳星辰。天地钟萃，亶我道邻。出入将相，韩范后身。忠继李纲，节迈张巡。丧予丧予，泣悲获麟。何似赤松，貌如妇人。

归山 五首录二首

白首荒滨愿亦违，绿林驱迫返荆扉。家同百姓衔泥入，人比孙山落第归。齿发衣冠方外别，田园庐墓眼中非。莫言狐首菟裘晚，十六年来破衲衣。

生还不用大招篇，收拾惊魂又播迁。云觐石门地名风木拱，江深桃谷庵名雨花鲜。儿孙计口支衰户，骸骨埋名保暮年。咄咄远离顺倒是，梦中昨上志和船。

重阳前二日，雨中走石门庵。时群桂齐开，回念四十五岁解组栖隐于此，叶叶枝枝，寸寸尺尺，皆老夫手植，桂树其一也。庵外有准提阁、草堂、浪船、九叠泉亭、水土纳凉台，今并庵亦不保矣。移佛座于左腋山腰，新留一僧看守香火。眼底沧桑，一败涂地，伤心哉 二首

老去伤秋触处悲，重阳风雨桂开时。星星欲摘含珠泪，点点仍从恋故枝。饭冷荒台分鸟供，草埋故趾仗僧携。石门灵爽如长护，花笑重拈月满慈。

也知消付梦婆春，垂老无家奈此身。千树雪堂牛恶客，百年风木虎功臣。干霜龙种余斤斧，罫璧僧寮立莽榛。纵有平泉花户在，催租人至不疗贫。

以上诗录自郭都贤《些庵诗钞》各卷，文字订正参考《资江耆旧集》。

第二卷　桃花江诗选二　曾绍孔诗选

曾绍孔（1677—1748）字贞伏，号泗英，晚年别号我山，益阳县十二里（今属桃江县）软桥人，雍正七年（1729）岁贡生。家贫，好学不倦，且自负才气，傲睨一切。年五十，始绝意名场，隐居十二里张山冲，更名我山。喜竹，书舍植竹六种，自题“六君书屋”，七十余岁授桑植县训导，以老疾辞，旋卒。长于文，喜吟咏。著作有《我山草堂诗集》四卷、《文集》四卷，有清刻本传世。本卷所选均出自《我山草堂诗集》。

饮　酒

春雨沃春风，垂杨复垂柳。黄叶下萧萧，颓荷如敝帚。物盛亦既衰，人岂长寿者。回首同门交，十惟及八九。高才多局促，功名于何有。妄意穷著书，矢怀贵勿朽。四体悔未勤，碗饭风尘走。百岁苦须臾，不如痛饮酒。

季秋谷兰吐秀

偶步山易深，半岭晴云覆。秋风吹百草，习习入两袖。眷彼兰蕙姿，何乃开其候。一干数花香，毕竟天所厚。孤情有静理，不以无人陋。君子感幽贞，贵在忘声臭。对之益念尔，空谷甘独秀。

秋山晚眺

落日翻绝壁，回光射流潦。中有双鲤鱼，踊跃出寒藻。余晖透短襟，顿觉形如槁。俯首思少年，努力事蒐讨。恨不致青云，使我颜色好。几何山中人，窅然丧怀抱。飞雁伏泥沙，秋花隐乱草。相对转悲凄，不敢语苍昊。

雪霁玩月得句

月辉凝雪魄，空映两无衔。造化心手融，神理咸一片。万象入玻璃，捏目花全眩。藜火淡幽窗，白屋开生面。虚檐爱数巡，冷风送余善。寒梅沁心脾，清苦同玩羡。独坐含情思，敲冰破冻砚。

种　菊

盛衰无常理，荣枯有定时。屏机观大化，妙意良独知。缅彼彭泽宰，把菊醉东篱。白衣人送酒，稚子苦恒饥。岂不念妻孥，毋乃达人痴。孤怀有静契，交深转在迟。凡卉竞春华，未足奉一卮。自非心眼迴，焉用此为私。读诗想芳旨，淡腴劳我思。邈与世相隔，存此冰雪姿。独怀固穷节，宛共幽人期。霜月淡今古，机理颇欲窥。虚空绝尘想，逸兴不可羁。窅窅寒光外，清杯忆同持。

种　竹

种竹南窗下，子长孙渐繁。一春两春后，青青不计竿。飞鸟来何暮，白云去每闲。林密日光薄，影疏月露团。深山无六月，更对此君寒。空翠浮襟袂，凉飔洗肺肝。岂惟余藉荫，佳客亦饱看。幸非桃李俦，愿与共跻攀。矧乃抱劲节，碧立表琅玕。穷冬苦闭藏，不改冰雪颜。自昔宅城市，尘事苦相干。闾闬静烦嚣，心清百虑删。得此复幽绝，甘老水云间。

冬　笋

冬笋不成竹，精气聚于此。黄苞孕小阳，冰雪澡根底。出土仍浑沌，品味淡而旨。市远食无肉，煮以田家水。泊与淡相忘，想见天地始。玉屑闻仙厨，但存其名耳。方外采紫芝，未必能不死。灵修钦众芳，澧兰与沅芷。香风难久居，我心有妙理。穷老困山中，耶用茹吾美。

冬夜见雪月可爱，起坐梅花下

白月光凝雪，疏花放晚晴。天宇何幽旷，皎然遂绝清。大地浑如镜，罗浮无此明。夜气转多香，乃自静中生。连日彤云暗，尘土复营营。倏焉敞神界，虚色寂无声。素心正如此，一一见性情。良宵耿无寐，呼酒更相倾。佳景入奇怀，老我逸气横。

理 松

乔松旧孤立，藤萝忽藉枝。方春广生意，蔓延遂坦夷。彼此各无情，苦乐谁能知。鳞甲老独坚，清风乱晓吹。一朝云鹤下，顾之成狐疑。呼童初剪伐，恻恻有余悲。草木固一体，爱恶竟吾私。嘉禾苦不秀，野草苦不萎。天地亦何心，斯人长自持。

野人送梅树

野叟山间来，投我梅花树。植诸小园东，幽性有若固。含芬足本根，清神饱霜露。庭鸟候衔花，松竹见如故。所以和衷人，忘言贞寐寤。岂乏桃李姿，历落同风雨。不受众芳怜，孤标绝依附。罗浮产琼枝，采之愁无路。梦里踏芳茵，凛冽迷寒沍。忽感岁月驰，脉脉此中趣。勖哉天地心，调羹斯已具。

腊梅一株为风折，仅余孤根，复见舒发

莲花濂溪水，菊蕊醉东篱。观物寓心情，幽赏偶在兹。种花茅屋下，自远卖花儿。何以攀其华，但获心所期。孤标别有种，居然岁寒姿。宁为雨风妒，不受雪霜欺。傲骨正如此，摧折复何辞。北窗饱新露，孤根独自持。生意遂不绝，萌蘖更土宜。荣枯无定数，消长又何知。全真以抱朴，清梦结离思。

春 园

闭门半月雨，青草盈尺余。雨歇星月白，行止不自如。中夜凭栏望，力弗任荷锄。一手可芟拨，吾亦悔厥初。矧乃情卤莽，势不利嘉蔬。滋蔓诚宜讨，濡迟计何疏。我生耽嫩癖，视此皆前车。所以知道者，绸缪戒踟躇。

撤帐别诸子

雨雪残年迫，春风宛自疑。勉矣惜分阴，静与真意期。独念天气肃，人生苦别离。回首酣歌地，使我怀抱悲。去住殊难决，徘徊只斯须。斗酒恋余欢，散帙续新诗。感别谁能乐，聊以写相思。相彼梅花香，严霜正逼枝。天然抱幽独，节序徒推移。吾道重心盟，固此岁寒时。

季冬送方可斋归巴陵、孙席珍返桃江

邑南与邑北，相距不盈咫。良晤犹参商，何况隔千里。乃我素心人，不期合两美。高鸿鄙故林，天地一举视。重湖澈清秋，倾倒在山里。感彼后来隽，逸气横书史。相知匪旦夕，所钦贵芳轨。青春独已残，白发同老齿。以兹若星聚，惊疑交悲喜。寒风正屑骚，驹影疾如驶。双旌遂在门，逝将返桑梓。欢笑转呜咽，愁声歌变徵。气结不能舒，泪下不能止。愿为衡阳雁，顾盼迎风起。暮宿桃花溪，晓渡湘江水。末由假羽毛，何以盟鹿豕。

守岁示儿

守岁竟成俗，如蛇画有足。蛇足事本赘，年华势易促。俯仰成古今，寸金比寸阴。金失犹难得，时失弗可寻。我生贵自寿，妄意垂勿朽。来日未可知，去者肯驻久？造物变动时，流转真小儿。何况此一夕，挥杯共饯之。弗为俗所惑，能无天所德。茅茨疏篱护，春亦有羽翼。顾余徒鹿鹿，逝将老松菊。愿倩东风力，朝朝吹我服。

乙卯冬别方可斋

垂老为兄弟，连理本一枝。胡为限两地，轩车来何迟。缱绻不可常，频赋北归诗。渺渺湘江水，江水日夜澌。下有比目鱼，得偶自委蛇。上有鸳与鸯，交颈常不离。人生弗如物，聚散分喜悲。积雪正穷冬，阴风白日吹。行李将戒门，相对各嗟咨。重湖间南北，后会难预期。矧乃须鬓苍，都非少壮时。所藉衡阳雁，封书寄相思。思君不见君，托想仅于斯。此意已凄恻，此情不自持。割爱在分手，但有泪如丝。

中秋夜有怀可斋

皓色宵如昼，清波屋亦船。一杯孤令节，片艇正江天。良会惟今夕，伤心又隔年。洞庭秋渺渺，好月惜空圆。时以太母丧，由舍返岳阳。

我山雪夜

千山浮玉艳，茅舍亦生辉。白战诗思怯，寒侵酒力微。雨风销夜梦，灯火暗荆扉。阒寂宜高卧，林鸦尚一飞。

侄侣苍以太平书屋督耕诗见寄，次韵示意 二首

避喧有隙地，开凿见洪荒。书屋在城中，今始辟地为田。松菊留三径，乾坤寄一庄。裴亭云正迴，桃岸水来长。聘币何时至，聊为农父忙。

半亩宁辞薄，闲庭正寡营。城春花索笑，市寂鸟催耕。忧乐何人事，艰难此日情。郊原赖共得，戎马久无声。

夜　酌

星淡竹窗白，堂虚蜡炬红。梦魂三径外，天地一杯中。隙月窥残卷，庭花笑老翁。十年萧瑟极，吾愧古人同。

不　寐

漏鼓几时罢，寒鸡才一鸣。倚楼销月色，欹枕断江声。深夜十年酒，孤村万里情。向来风雨梦，吾亦喜无成。

蕉　窗

清响不知雨，孤窗忽似船。新寒生几席，旧梦怯江天。一洗何时墨，谁参没字禅。应惭三昧诀，未有笔如仙。

忠烈蔡公墓读赵大中丞碑文

乾坤三尺土，风雨一龙吟。大义同生死，雄文自古今。太羹饶朴味，元乐无繁音。累累何高冢，萧然空故林。

贾公祠 二首

乍洒湘流泪，讵同俎豆传。寸心怀黼扆，片羽落江天。谪去宁无待，鹏来已不还。长沙卑湿地，仰止得高贤。

旧谪来斯地，家残香火存。衣冠人俎豆，文藻世湘沅。井渫余寒冽，门徒付老髡。怀沙千载后，道气一祠尊。

谒三闾

更喜瞻遗像，悲歌感昔年。江河曾不返，日月有微权。千古文章重，一灯香火传。如生自勿朽，何用吊湘渊。

裴亭怀古

行到读书处，松阴淡晚霞。江天看浩渺，烟草自幽遐。声断空流水，亭虚冷落花。寺钟敲白鹿，碧月夜来华。

乞 菊

小筑惭蓬径，新苗乞晚春。霜深独不染，秋老故相亲。莫负重阳酒，居然篱下宾。风流千古事，又见白衣人。

艺 菊

一代诗情重，千秋酒兴赊。疏篱隐乱草，劲节解寒花。飘泊春将老，蹉跎鬓已华。栽培同雪干，羞对且为家。

游东山龙岗寺 四首存三

但觉钟声远，行行古寺边。只疑山尽处，忽有路居巅。草长无人径，烟笼未雨天。寺僧知爱客，相对亦陶然。

随风吹入谷，竹柏淡秋阴。灏气位天地，悲歌谢古今。谁知寒涧里，早有野人心。独步无言说，看云下别岑。

虚险谁能住，途穷此径通。绿阴封古佛，白日冷英雄。花散诸天雨，香吹下界风。同游经指点，心醉梵王宫。

龙岗寺，今不存，原址位于今桃江县灰山港镇软桥村。

游后山清宁寺 二首

逸兴凭高发，云岚半日缘。梁空低落月，偕老话当年。虎豹黑穿地，虬龙青上天。傍崖雷隐隐，危石泻清泉。

不是武陵境，烟迷入径猜。林深花坐鸟，山古树奔雷。丹鼎存香火，楼台已劫灰。古人无可见，瞻眺一徘徊。

清宁寺，今不存，原址位于今桃江县灰山港镇软桥村。

编　篱

织槿窥新绿，草堂如更欣。蔽门防虎过，隔圃任鸡群。隙月穿阶静，微风透叶芬。极知版筑侣，世上有功勋。

屋　漏

避地争容膝，窥天宁有心。自知惭野鸟，不敢恨秋霖。计拙家为累，悲歌意不禁。飘摇如可定，枝宿此犹吟。

戊子谷贵，六月早稻堪刈，随有索逋者

才识荒年谷，西成眼欲穿。虽无多夏日，且不待秋田。瘦莫羞鸡犬，肥能走虎鹯。嗟嗟逢大稔，雨露未曾偏。

课农 四首

湖海非吾事，兵戈久不闻。神和时自若，气厚物为芸。土沃犹多

懒，家贫悔未勤。仆僮生故晚，好共隆中耘。

未欲冥饥渴，从何谢拮据。天心怜作苦，帝力在耕锄。香稻经时雨，春厨足野蔬。太平吾得饱，不复羡渊鱼。

晚归看卧犊，晨起听鸣禽。验草知春浅，卜蛙望雨深。甘苦亲得力，忧乐饱经心。井里生涯薄，无由一待金。

稳作归农客，犹惭玉粒悭。艰难惟穑事，卤莽负丰年。投辖凭鸡黍，衔杯藉秫田。方春生意广，勤惰已无天。

黑　云

黑云惯作摧诗雨，傍晚当人钻入户。潇潇顷刻万马腾，如注如泻争千古。檐流赴耳声湉湉，厚地愁窄天愁阔。震荡心神肌凛冽，纵横转恐词坛夺。日高如洗旷难拟，群山写翠空冥里。迥然六合照穷庐，孤吟偶一清余髓。摹仿难全涉雅骚，学陶安必尽为陶。若使雨来才得句，世人那复有诗豪。

秋　夜

蓦地神女翻天瓢，苍龙搅海万珠跳。衰林落叶落复落，和雨和风响败蕉。夜半微云薄如纸，冷然凉月空秋水。一时心目顿双清，百虑萦怀谁所使。

积雨纳闷次畅庵韵并寄　二首

樵歌牧笛几曾听，泉响潺潺带雨泠。隔岸石田眠鸟白，入帘春草乱袍青。绝缨令我思原宪，旧帽何人念管宁。日落拚杯聊远眺，漫山云气正屏屏。

窗开四面俯前厅，愁垒如醒浑未醒。春送莺声随日老，冰消河畔乱流经。蘧蘧梦逐化梢蝶，泛泛身飘沼上萍。恰在怀人遗锦鲤，催诗猛雨共冥冥。

次畅庵见怀原韵

桃红梧碧荔枝丹，春去春来自不难。天马应新才子路，秋霜已饱大夫官。著有《听涛园集》。青衫裾向何门曳，白发冠迟知己弹。努力加餐还自爱，清诗岁岁近君看。

初夏入城得晤畅庵，荷寄七言律，次韵奉答

每念伊人水一方，清高只为著书忙。由来癖性真能癖，自爱狂夫老更狂。旧会徐陈今好在，新诗庾谢似尤苍。独怜聚散如残梦，云树羁魂一叶航。

我山 十首

摇摇身世叹浮槎，每倚城南望日华。雨歇湿云迷雁阵，秋深野艇入芦花。蜃楼幻结天边景，绮阁香分梦里家。愁坐时违不称意，素心岂独为烟霞。

不堪戎马问崔嵬，浪蕊浮花正可哀。薄暮居人忧虎豹，悬空独树撼风雷。东山有屐应输谢，绿野无堂苦忆裴。天与蓬蒿吾道在，村醪先醉雪篱梅。

径西遥忆蒋家邻，制得孤村茅屋新。云老溪山闲鹤梦，雨深烟树长龙鳞。僧偏爱客逢迎懒，鸟竟依人饮啄驯。坞上桃花犹昔日，谁留寒蕊识吾真。

弥年风雨竟耘锄，莽莽乾坤一野庐。无草不含窗外意，有鱼难问腹中书。檐虚绿竹清霄立，岩老苍松太始余。自笑何缘除懒癖，莫将多病拟相如。

栖心原不必山榛，偶辟荒园及早春。落树梅花正烂漫，出梢柳眼又

精神。桥非司马畴题柱，路岂桃源翻问津。药里诗瓢吾自有，欢歌回首叹风尘。

亦自孤峰独出群，振衣千仞静尘氛。随时酩酊皆佳节，无事登临叹落曛。乱石下溪如饮马，闲萝覆顶直浮云。乍惊寥廓身何在，不道蓬瀛旧有云。

溪绕峰回山欲藏，盘蛇路转尽连冈。包来天地为中物，流出水云过别庄。篱菊忽成彭泽径，柴门正对藕花塘。从今藜藿凭谁问，折柳采兰宛自伤。

花繁竹密间行地，树影波光独对时。偶尔便须终日想，飘然恰与此心期。由来山水何关险，只恐烟云不自奇。把酒披襟拚永日，眼前一部少陵诗。

水泻寒山始觉清，草桥茅店得幽寻。飞泉潺作三春雨，落石凉分六月阴。绕径荷香来画槛，隔窗琴韵出疏林。濯缨欲和沧浪曲，欣感无端愧洗心。

乍看屋梁窥紫燕，忽听门柳啭黄莺。赋诗行酒开怀久，藜杖葛衣适体轻。月令几时瓜垄熟，春风昨夜蕨苗荣。一枝不信萍流转，莲社从招惠远盟。

软　桥

软桥自昔称名地，山市而今见几家。古庙墙边巢野鹊，夕阳烟外乱寒鸦。谁看陶令先生柳，重惜孤山旧日葩。父老犹言戎马后，不堪荒径暮云遮。

省试阻风京口，归过仍阻其地

无才难得泛仙槎，寻复湘帆卧浅沙。寥寂忽闻香杜若，溯回谁赋水蒹葭。北风仍滞南归客，新酿还沽旧主家。记得来时江岸阔，万行秋雪未飞花。

登岳麓峰

绝怜卑湿此山川，屹立潭西古渡边。湘水岳云迥日月，苍梧梦泽接风烟。亭高禹迹神碑在，台拥道乡俎豆连。木茂背陵千载是，弦歌经袖忆当年。

洞庭湖

灏气苍苍接上玄，连江连汉更河连。风无定位张南北，日到高悬别地天。乌鹊月明赤壁下，衡阳雁断白云巅。往来过客多悲壮，千古渔翁意洒然。

送别孙席珍归桃江 二首

三载风光曾几时，席珍馆舍三年。留君不住始凄其。窗含藜火更胡促，月送芸香漏未迟。一曲骊歌难命酒，两行别泪强裁诗。年来顿觉心情老，话到分离莫自持。

竹楼溪上溪风急，桃水江边江树残。飘雪梅花千古白，变霜枫叶一时丹。郁金枝解心相赠，池草春怜梦已寒。仅一兄早没，故云。握手百年如聚梗，滔滔世道在回澜。

欧公店

剩渚残山带暮霞，一村茅屋乱栖鸦。非无门柳闲飞絮，亦有池鸥日傍沙。化鹤何年悲逝水，过云经眼本空花。我来独对斜阳晚，倚杖邮亭待月华。

桃花江 二首

策马冲云傍水涯，村庄山市杂喧哗。峭天石壁斜通径，垂地野藤忽有花。老树含烟临古渡，孤汀蔓草隐渔槎。炯眸无复蓁蓁叶，柳絮逢人点鬓华。

隔岸晴光翠影遮，轻风初度晓烟斜。宿云带雨归残岫，立鹭窥鱼啄浪花。桃谷有人传白社，些庵公曾读书桃谷山寺。浮邱何处访丹砂。昔仙人炼丹浮邱山。停鞭极目江天外，竖鼓阗阗杂乱蛙。

浮邱山

浮邱雄峙古资西，具体还疑岳与齐。七十二峰之一。日迥南湖片片静，露寒北斗星星低。环山石磴盘蛇径，流水桃花咫尺溪。怪煞烟云飞不去，世途滋味早如泥。

子良岩

千尺巉岩路窄迫，凌空磴绕绝飞尘。何年仙观曾鸣鹤，邑《志》载潘子良有“朝游招仙观，暮宿子良岩”句。此地幽栖早避人。霜信稀鸿惊驹犊，石上有小牛马迹。楼云穿栋撼星晨。幽寻漫问丹砂术，那得山赀此结邻。

雪峰山

精蓝特立最高巅，碧藕青芝说昔年。岂有丹经窥石室，自来灵壑让神仙。苔荒塔劫余香火，鹤舞霞飞古洞天。积雾层阴吹不散，一筇清绝破晴烟。

过白云废寺

旷怀今古意何穷，无数兴忘感此中。白榜题名仙梵寂，黄金布地石楼空。松梢月冷虚归鹤，莲社人非杳断鸿。余兄弟三人，昔读书寺中，今二、三兄早世，僧皆亡去。野鸟不知时事易，飞来飞去雨烟丛。

我　山

蒋家茅屋两三邻，买得孤村岁月新。云老溪山闲鹤梦，雨深烟树长龙鳞。主人爱客逢迎懒，好鸟忘饥饮啄频。坞上桃花开似昔，更将春色见天真。

贫妇吟

岁岁采蕨薇，崎岖乱石巅。崎岖焉足道，恼煞路傍怜。

六君书屋赏菊分得官字

幽香晚节不胜寒，纵好谁人耐冷看。九日腰从篱下折，闲花从此热如官。

乞竹、种竹、看竹，用“何可一日无此君”，成三叠句

妒杀湘园旧主人，万竿烟雨拂青云。也怜茅斋绝低小，何可一日无此君。乞竹

何可一日无此君，不胜吟罢立斜曛。今年应长纤纤笋，刻句竿头莫运斤。种竹

风翻露滴总成文，何可一日无此君。分付家僮莫谢客，个中能得几人群。看竹

水月寺

十载读书水月寺，重来僧去寺凋零。只有岁寒门外树，含情不语仍青青。

第三卷　桃花江诗选三　黎光地诗选一

黎光地（1778—1833），名绪堃，号环斋，光地其字，以字行。益阳县九里（今属桃江县）高桥大水田人，在云肤山下修建居所鹿园，因自号“云肤山人”，人称“鹿园先生”。黎光地淡薄功名，终身不入棘闱，寄情诗酒，与陶澍交情颇深。著作有《环斋诗稿》（又名《云肤山房诗集》）六卷，由陶澍审定；另有《随园骈体文注》十六卷。二书均有刻本传世。本卷所选，出自《云肤山房诗集》之《今吾集》《阐绳集》《享帚集》。

新　晴

怪是啼莺早，晨光入户清。春无三日雨，天忽一朝晴。野水初平路，山田正亟耕。小桥垂柳外，人似画中行。

雨　止

暮雨悬空宅，高林正落晖。树喧栖鸟入，溪语钓人归。明月夜深至，流萤灯下飞。春风时拂座，莫漫掩柴扉。

嘉鱼张挺生来，中秋前一日买舟遽归，对月有怀，惜之也

人从今日去，月较昨宵圆。数得同看夜，将毋待隔年。梦寻流水远，光彻大江偏。始信山中客，无槎不当仙。

示诸弟

大木垂百尺，岂非培植功。丛棘安其卑，仰望嗟难同。物态各自媚，花柳摇春风。儒冠岂终误，吾道资无穷。所以古志士，多出泥涂中。

祭田神

万灵各有讬，田神古所尊。野老领众至，醴酒杂鸡豚。神从田间来，野风清庙门。儿童大挝鼓，欢呼拥灵幡。上祈雨旸时，下祈禾黍繁。欲以神惠示，席地开匏樽。老人不胜醉，语众归前村。积水白无路，我来瞻荒原。神意竟何在，新月窥颓垣。

偶　书

山月不离榻，野风时叩门。自然成佳趣，相与开芳樽。倦至倚溪石，兴来寻远村。但得此中意，勿为俗人言。

秋夜怀人

柴门鸟雀归，犬吠孤村夕。暝色入帘栊，疏星过檐隙。山中夜气清，露泫草尖碧。惟闻蟋蟀吟，秋声满空壁。渺渺愁孤怀，嗟尔穷途客。飘零何处归，相思见颜色。梧影落闲阶，月上窗逾白。

病　二首

扫榻维摩室，乾坤一病身。可怜偷活日，已是再生人。行药小桥遍，检方寒夜频。敝裘与孤枕，累尔独相亲。

我不驱穷鬼，儿番作替人。死生双眼泪，天地一家贫。如此当嘻厄，其谁问苦辛。强将歌当哭，无处诉高旻。

秋夜即事户外

万感逼方寸，其如此夜何。孤灯悬壁冷，白水影人过。竹露凉侵袂，秋云暗渡河。新愁兼旧憾，只是入怀多。

春行杂兴

何处春光好，新晴宿雨收。露匀花面湿，风颤柳腰柔。芳树围孤店，危桥划急流。莺声啼未歇，人倚水边楼。

夜　坐

山月墙头下，秋河屋角明。多愁不暇卧，此夜难为情。池影验人过，畦声闻水行。细虫通砌响，听彻到深更。

枕　上

梦里诗犹记，闲中句偶存。通宵眠量阔，高枕睡魔尊。酒醒防愁觉，衣单恋被温。春寒常晏起，客至未开门。

庚午元日　二首选一

三百余旬第一朝，春如故客重相邀。是日立春。日烘屋背寒初褪，冰洁诗肠热并消。事不关心时易过，愁虽到眼酒能浇。从今廿四番花信，首领东风著柳条。

桃　花

莺歌燕舞为春忙，一片朝霞斗艳阳。照水枝窥流去影，隔墙风送过来香。只愁接叶迷飞蝶，莫惹游丝落绣床。多少苍苔深院静，有人背立怨昏黄。

生日七章　选二

舍卫城中叩钵时，千金裘敝素衣缁。疲驴破帽孤征客，剩水残山半入诗。无骨可封头亦责，有痴将卖俗难医。刚从蔗境初回味，已是飘零悔却迟。

饥来驱我欲何之，日暮瞻乌有所思。爱客苏侯怜旧雨，叩门陶令乐新知。山如押韵只争险，友似论文尤贵奇。别有素心酬未得，酒阑灯灺梦醒时。

奉寄陶云汀太史典试蜀中　二首

十载京华首重回，五云深处望蓬莱。遥思粉署春风暖，几度花砖昼漏催。香案久留仙吏在，冰衔不换热官来。使星昨夜初临蜀，马首潼关晓日开。

千盘鸟道暮云横，秋色芙蓉锦作城。珊网搴空珠在握，晶帘入夜月俱明。如公不愧斯文在，此榜争传得士荣。最羡一庄传钵后，春风门下放门生。庚申乡试，云汀出陆平泉先生门。

寄怀云汀编修 五章

望里春云八表亭，一轮卿月比文星。门无半刺通残客，鉴有千秋列御屏。己巳万寿，进《五经阐福论》。东观细书雠字绿，西山拄笏入窗青。定知帝里风光好，传唱新词遍内廷。

玉堂清切重词臣，五色宫袍拜赐新。自是恩深转心细，不妨才富尚官贫。一时名士推前辈，万里清风慰故人。桃李成阴花结子，校士蜀中还，箧室举子。十分占断凤池春。

握手樽前旧雨倾，匆匆赋别可胜情。戊辰春，重晤于吴近仙宅。野云一片夕阳下，溪柳半垂春水生。千尺桃花帆渐远，舟发桃江，追别不及。三江锦字雁空横。燕台回首分襟日，又是阳关第二声。

云泥略分奈情何，不为乔松绝女萝。风雨怀人嫌梦短，云汀赠别诗有“不堪分袂处，风雨故人思”之句。文章报国患才多。编成青史犹藏柱，兼国史、功臣两馆协修。书尽黄庭不换鹅。一事笑君廉未得，江山到处被搜罗。见示途中登览诸作。

下直承明万卷铺，风骚一代倩公扶。时商续刻《楚风补》一书。黄麻此日兼三管，赤棒他年避八驺。功业终须归鼎鼐，神仙犹自隔篷壶。不知玉府高寒地，曾忆山中旧酒徒？

春后感书

梅子青青杏子肥，护花铃下落花稀。雨扃小阁客初去，梦断芳丛蝶未归。诗稿仅存删后句，酒痕时浣典残衣。夜来春睡浑难著，早起开门放燕飞。

屋角梅花

门前雪满人踪灭，绕屋梅花最亲切。梅花不傍热肠人，热肠人笑梅花拙。冻雀倒翻檐际风，饥乌下啄屋上雪。慎毋惊我梅花折，梅花心肠本如铁。

有　客

有客来携酒，明朝约看山。一春浑是醉，双屐未曾闲。晓起穿云去，夜深趁月还。相逢如问讯，材与不材间。

依韵答伯观

近况君休问，今年贫转加。春衣典将尽，村酒贵难赊。有客只烹茗，多情犹种花。绕庐无杂树，纯是乱红遮。

访友山中

疑过桥无路，忽从花得门。平安先问竹，倾倒便开樽。树密云归早，窗阴雨易昏。由来人境外，别有小桃源。

刘伯观将赴臬司幕府之招，抵县仍返，喜而有寄

廿载山中客，烟霞痼疾深。溪流能洗耳，云出本无心。名岂逃征士，情还恋故林。且欣风雨共，幽兴得相寻。

刘此山斋头菊花

柴桑风日好，丛菊绕篱栽。晚节坚如此，深秋花始开。淡黄匀老圃，清馥散余杯。为问重阳日，谁家送酒来。

刘此山，即刘兆泰，字掌辅，益阳县九里（今属桃江县）石井头人，生于乾隆十四年（1749），卒于道光七年（1827）。

拟于宅东当月处构亭为藏息之所，经营久之，竟以乏赀不果

筑室良非易，经营颇费思。拟当山缺处，招得月来时。兔与蟾分窟，鷦同鹊绕枝。谁为王录事，重寄草堂赀。

田家 二首

晨起看天色，初日照墙隅。田家饭早熟，整顿犁与锄。南亩雨初足，春色遍桑榆。歌声欢四野，牛倦恋新刍。耕种务及时，贵贱各有图。六月粜新谷，九月偿官租。辛苦自食力，有余及妻孥。岁晚新醪成，鼓腹歌黄虞。

种苗在东皋，黾勉待时雨。赖依造化功，秋成倏已睹。稚子抱禾归，倾倒随田父。老翁笑相语，今年好禾黍。拾穗许村童，遗粒饱鼯鼠。及告田功成，始事筑场圃。秋蔬适口佳，采撷佐羹脯。聊为怀葛民，焉用入州府。

访友不遇

茅屋隔深竹，小桥通乱花。门喧惟鸟雀，犬吠自烟霞。石径平开埒，春畦早种瓜。笋舆清兴极，今日醉谁家。

山中夏夜

林深不见日，空翠湿人衣。幽崖结茅屋，翠萝掩双扉。山雨有时息，流萤入户飞。时取瑶琴弹，坐待清风归。寄言袯襫子，热行安可希。

无 钱

未睹阿兄面，囊空已浃旬。穷原知有鬼，钱总不能神。蝶化蚨飞去，榆惊荚落频。何当青入选，笑慰杖头贫。

待 月

烛暗因风起，窗虚待月来。浮云递隐见，秋意与徘徊。渐上众星避，当空孤鉴开。清光尚怜取，人在立苍苔。

西冈晚眺

小屋修林外，秋光眼不糊。石当流水涩，鸦入夕阳孤。落叶亏风扫，颓云倩树扶。画图如著我，得似辋川无？

桃 花

芳菲占尽雨余妍，二月花光照眼偏。洞口夕阳春寂寂，渡头新水影娟娟。渔郎来已非前度，人面看应似去年。买笑东风刚一醉，软红尘土落霞天。

晨起观涨 二首

夜来风雨打窗虚，新水刚添二尺余。隔岸老翁笑相语，溪头今有上竿鱼。

垂柳牵风卷绿涛，断桥水比夹堤高。落花片片随流下，何处仙人洞口桃。

春行 二首

东风淡荡雨初晴，一树辛夷照眼明。好在竹林最深处，隔溪遥听读书声。

流水桥边三两家，黄茅屋子绿杨遮。主人自向春风醉，门外野棠开乱花。

阅邸报喜陶君云汀与馆选赋寄

赋别京尘小腊前，春明时忆禁莺迁。故人对策魁多士，天子抡才爱少年。玉笋分班应领袖，蓬山小谪亦神仙。遥知宴罢琼林晚，归去宫花压帽鲜。

寄夏芝亭师

当年雾市许先鸣，桃李阴中小草荣。廿载门墙诗弟子，一堂风雨鲁诸生。秃毫落处云烟乱，妙句传来冰雪清。闻道鹤阴将子和，桐花风老听雏声。

把酒对落花

百五芳辰小劫周，春华都向雨中收。年来自享千金帚，不扫残红只扫愁。

自　遣

东风吹绿柳千丝，每日溪头坐钓时。新水一竿鱼渐长，斜阳半树鸟先知。算来贫贱是清福，除却性情无好诗。消受痴顽何处是，花阶月地独行迟。

雨夜梦看牡丹，晓见习双梧壁间图，因忆昨梦赋之

伏雨阑风怨未开，牡丹庭院日徘徊。酒从醉里搜愁去，蝶向花边领梦来。富贵一场看是幻，画图半幅醒犹猜。香魂又化胭脂面，省识春风恰两回。

春　阴

竹雾茶烟黯未销，春阴漠漠野萧条。东风尽日不为雨，吹送杨花过小桥。

送萧丈归兴安

里人迁秦，因著籍焉。

须眉曾记到家时，我解吟诗尚小儿。别后顿惊双鬓改，归来又是十年迟。鹤阴有子鸣初和，季嗣入泮。鸿爪无痕影亦离。流水扁舟今渐远，

秦云楚雨可胜思。

读国朝四家诗

考据渔洋较似详，愚山雄直竹垞狂。平生别有师心处，一瓣香烧宋荔裳。

读陶茛江先生遗稿

缥缃世业绍清门，岳岳怀方道莫尊。名教当场一老在，文章前辈几人存。天池漫许三千击，屡荐未售。云梦曾将八九吞。消受瓣香熏沐处，梅花为骨月为魂。

春归　四首选二

依依堤柳黯伤神，枉把长条系绊频。刚道多情由我辈，不知有脚是阳春。绝怜远道思归客，愁杀深闺未嫁人。一样魂销禁不得，落花时节草如茵。

画帘微雨怨黄昏，多少人间欲断魂。怪是风来偏有信，如何春去了无痕。青旗卖酒梨花店，绿幄连云老树村。我亦伤心倦游客，莓苔一径掩柴门。

刺桐花

绿阴浓护两三家，细草香菱映浅沙。一夜好风吹雨过，野塘开遍刺桐花。

偶书　二首

晨起焚香午下帘，一身仙佛苦难兼。诗删旧稿频更字，树长新枝乱入檐。无雀可罗门更静，是山都爱我非廉。年来俗念消除尽，未免多情酒量添。

对衾清夜此心扪，狂喜之中感慨存。世事偬多难下手，生人原有未招魂。江山到处曾经眼，天地于吾亦厚恩。值得贫穷无一用，是非惊不到柴门。

秋雨五章 选三

秋风淅淅雨蒙蒙，一种萧条感慨同。非酒莫能浇垒块，有歌何必付玲珑。诗从穷后吟还拙，魂到销时梦亦空。苦忆当年愁病客，青苔及榻发飘蓬。

砚北窗西四壁虚，白云茅屋浣花居。听流水似弹新调，看好山如读异书。欲将小园种秋菜，依然多雨叹生鱼。芋魁豆饭寻常得，蝉腹龟肠分有余。

种竹千竿俗莫医，眼中青白自妍媸。肯教竖子成名日，那许粗人识味时。肠渐与秋消去热，心偏和雨散成丝。孤灯竟夕吟相和，惟有空阶蟋蟀知。

对　菊

西风老圃露成团，日暮佳人翠袖寒。秋色自来供点缀，霜威何处著摧残。最佳在晚甘同蔗，得圣之清臭合兰。我亦尘缁京洛客，而今饱向故篱看。

九日雨无酒

秋怀苦欲赋凄其，满拟登高此日非。佳节刚从雨中过，新寒乍逐雁初归。黄分木叶将涂菊，白尽山云不化衣。多谢双螯犹骨醉，世人还是独醒稀。

答朱敬亭孝廉

十载京华旧梦残，重论往事只心酸。共怜米索长安贵，肯信衣缁行路难。河上双凫望仙令，辽东一鹤唳秋寒。几从客邸陪游屐，绝忆谈诗老谢安。时符笔堂令中州；陈芝友南归，道卒；谢公云槎宦羁粤东。

除　夕

赴壑流光托混身，团圞此夜话尤新。十年事付春婆梦，万里魂消热客尘。途以未穷先欲哭，境之难处莫如贫。一毡长物犹存我，牵率舒怀酒数巡。

勖　内

从今脱却嫁时裳，始识萧郎是庾郎。作饭应先谋菽水，食贫原自有糟糠。旧衣量补留儿著，新茗时烹待客尝。除是灌园相共外，不教重为辟纩忙。

置　床

年来愁度可怜宵，丈室今辞下榻劳。仍画梅花为纸帐，闲移风院听松涛。惊回一枕黄粱熟，睡到三竿红日高。有酒满壶金不尽，元龙百尺敢同豪。

草

旧雨晨星半不存，新知扫迹莫须论。春来幸不伤孤寂，宿草依然绿到门。

二月中旬不见一花

九十日春过已半，东风料峭雨蒙蒙。若教花事从头补，直到寻芳五月中。

六　言

啼鸟春风野巷，落花芳草晴洲。饭香茅屋烟出，人语溪桥水流。

入　市

入市庞公偶一回，夕阳归去白云隈。迎门稚子相呼笑，春酒无钱能贳来。

春暮杂兴

垂杨垂柳黯江村，一树梨花昼掩门。落尽残红无客至，山斋细雨独开樽。

三十感怀 三首

年去年来为底忙，劳劳直似捉迷藏。濠梁鱼有人知乐，露井桃无李代僵。萱带系愁终莫解，熊丸和苦近偏尝。莱庭忆昔将春酒，蛛网虫封对北堂。时当先慈服阙。

羊头无骨到封时，马齿随加悔较迟。白社许添高士传，黄鸡曾唱使君词。身将隐矣文焉用，壮不如人老可知。米价江东休更问，阿蒙犹是旧时痴。

自把新诗寿卯君，是年丁卯。乾坤消得此闲身。百年三万六千日，匹马东西南北人。有地栽花仍算富，无钱沽酒始惊贫。都将身世荣枯事，分付枝头瓮里春。

有客以仙佛相怵者，戏占示之 二首选一

头颅如我故依然，归到家山又五年。今日以前浑似梦，此身而外只听天。有钱只许谋佳酝，无米翻因得晏眠。别是人闲清福在，卧图作佛醉称仙。

自遣后一章

一味清狂浪得名，高情何必定忘情。病将采药医诗癖，醉欲留愁练酒兵。茅屋自安宜厚盖，山田虽薄好深耕。心闲累少无余事，妻肯甘贫子晚生。

偶 书

客散柴门冷似冰，阶苔长保绿层层。异书相对亦良友，矮榻独眠如

定僧。酒醒尚疑身在梦，月明值得夜无灯。庭前试撼松间露，鹤睡初酣唤不膺。

卧病自遣

皮囊依旧此痴顽，除是寻梅便看山。人赖病将双足歇，天教贫得一身闲。卧听来客声音熟，坐把新方分量删。抵死关情惟有酒，常时小饮劝开颜。

扶病看梅

姑射仙人萼绿华，隔篱搘杖影横斜。一般瘦骨棱棱样，或恐前身即此花。

病起喜客至

细雨浓阴黯未开，半庭芳草管莓苔。一春卧病人初起，满地落花君独来。对面乍逢疑隔世，此身如客恰仍回。今宵且莫辞樽酒，笑向灯前再举杯。

范珍亭送酒赀 二首

司业酒钱频乞与，潘璋旧债苦难酬。故人恋恋春衣尽，三百青铜挂杖头。

铜山移得伴糟邱，俗物王戎对阮刘。比似赐钱兼赐爵，步兵从事醉乡侯。

书斋壁 二首

剩有瓜庐在，春风几度过。醉嫌千日少，贫觉一身多。白眼尊穷鬼，青山老睡魔。顽痴刚被笑，不肯废吟哦。

造物偏私我，生涯只剩贫。不教多累日，原是最闲人。山作忘年友，风为入幕宾。寻常皆乐地，富贵尔浮云。

春日喜晴

久雨柴门闭，乍晴风日和。蝶情翻砌影，花意动帘波。芳草桥边少，春云树里多。垂杨流水外，时有酒人过。

夜　雪

压竹竹复起，折梅梅有神。屋头流水声，中夜冻不闻。

早　梅

沿水入古寺，过桥逢早梅。护持花信到，勾引酒人来。笑问谁家树，知从昨夜开。崖边看未足，醉折一枝回。

夜　起

霜月白于水，老梅初孕花。分明庭树影，上有独栖鸦。

垂　钓

幽居寡人事，聊复理纶丝。柳暗藏竿稳，潭深落饵迟。忽看云起处，不觉日斜时。得失原无意，唯应静者知。

忆陶公萸江

陶公任名教，卓然居大雅。矗如崖上松，谡谡秋涛泻。森如匣中剑，寒芒欲盈把。析理师程朱，论文契董贾。欲使士风纯，所叹知音寡。斑驳古鼎彝，孰辨知虞夏。

此诗是《七忆》组诗之一。

对　酒

酒喜贫能具，愁非约始来。春花分树落，夜雨对床催。独影惭明烛，寒炉陷宿灰。可堪成薄醉，又听断鸿哀。

新　涨

夜来风雨不肯住，打落碧桃花一树。老渔不管落花多，早起负竿湖上去。怪底垂杨浅草边，失却昨朝钓鱼处。

重晤陶云汀编修于吴近仙宅即席赠别

风尘京洛素衣缁，楚雨燕云两地思。青白眼中犹我在，二三子外独公知。年来暂得同倾酒，别后应多未见诗。无那相逢仍判袂，西窗剪烛复何时。

赠别李春亭秀才

七尺昂藏似尔稀，文章得失寸心知。但当有酒须教醉，莫更逢人便说诗。与友论交惟取淡，看山入胜只争奇。此归稳卧梅花坞，春亭园名。管领春风无尽时。

又　雪

常年至后宜三白，不信今年雪倍多。仲冬一月三十日，二十九日雪里过。鹿园西角老梅树，避寒苦为留香住。有花不向雪中开，譬如高卧忘天曙。乌乎积雪有消时，惟有梅开无尽期。梅花性格今始知，从前悔作催梅诗。

雪　霁

昨夜布衾冷如铁，墙头竹子冻欲折。今朝晴日暖烘烘，屋上饥乌啄残雪。移床曝背定墙暄，背热不教心里热。酒醒梅花满身白，墙外敲门何处客。抱寒忍冻寻梅花，认得梅花是吾宅。

醉后书窗壁

隔窗灯影读书声，月色霜光混作明。满坞梅花香博士，一尊石丈古先生。句经屡改吟翻拙，天与长闲累转轻。留得数间茆屋在，春泥四壁半题名。

陶云汀奉命巡视江南八省漕务，见其家报，欣次为诗　二首

尺书远寄北来鸿，报国儒生本素衷。臣止此心常似水，春能有脚自

生风。尚嫌琴鹤为身累，只许江山放眼空。书中有不受一钱、不携家眷语。却笑官贫无长物，颇难抛却旧诗筒。

八翼高腾出凤池，江淮草木姓名驰。热官漫说思之熟，廉吏何尝不可为。封事百函无草在，清风两袖畏人知。谅公他日登台辅，惟有初心莫易时。

钟溪偕安化谭君志林雨宿小斋

大小才名二妙难，幽栖简略且同欢。菊花如待客初放，诗稿便挑灯共看。隔面故人疑昨梦，连床旧雨试新酸。他时樽酒重论夜，记得西窗此味寒。

雨夜梦作一诗，醒忘其题，记“贫士”二句续成

檐溜蕉声入夜喧，惊回枕畔睡初温。灯然春雨寒无焰，蝶化诗魂梦有痕。贫士多情偏好客，丈夫抵死为酬恩。乾坤我亦伤怀者，三尺青萍酒一樽。

秋园即目

暇日小园种秋菜，秋菜满畦纷作态。菜中有味人不知，咬得菜根凡几辈。烟外人家唤鸭儿，原上饥乌啄牛背。落日秋声何处来，秋声正在疏林内。

雪及牛目，敝庐遂为压倒，瓮廪瓶仓俱无复安顿处，欲依蜗角，暂庇匏居，爰柬同人求代为牵萝之助云

壬午之年王正月，北风刁骚吹鬓发。剪碎兜罗霏锯屑，袁安门外人踪灭。老妻卧讶断竹声，骄儿恶蹋布被裂。砰訇忽似铜山倾，震磕旋惊天柱折。杜陵茅屋卷秋风，云肤山房压春雪。东南半壁刚撑起，罕栋侨榱谁料理。平生未能一木支，今日宁希万间庇。东郭履底穿，南粤犬声异。不须人日草堂题，唯求录事赀频寄。

送陈史堂孝廉北上，兼寄陶云汀给谏

梦里京华别后思，风尘回忆素衣缁。四千里外曾游地，十五年前最少时。望若登仙班景倩，情深旧雨白分司。时云汀巡漕还京。故人莫怪音书断，江上寒梅未放枝。

陈史堂，即陈诗，益阳县九里（今属桃江县）浮邱山人，嘉庆二十一年（1816）举人，曾任湖南新田、耒阳县教谕，掌教益阳龙洲书院。

看　花

小雨初晴野径干，踏春犹自怯春寒。也知云本无心出，不料花偏得意看。一夜尽开江上路，数枝低亚水边栏。莺声旦唤过桥去，绿柳阴围酒店宽。

第四卷　桃花江诗选四　黎光地诗选二

本卷所选，出自《云肤山房诗集》之《热行集》《泛叶集》《芒鞋底》。

除日陵子口

故园除日好，春酒话团圞。一子方为客，全家总未欢。乾坤孤艇远，风雪大江寒。最有高堂梦，中宵暗泪弹。

望巴陵

望里巴陵树，春山漠漠烟。菜花黄贴地，湖水碧浮天。浪拥江豚舞，沙分野鸭眠。孤舟遥就泊，斜照驿楼前。

过李仲槐秀才夜饮，即壁间韵赠之

垂杨翳春岸，柴门俯大江。风流人第一，才气古无双。酒国称留后，诗城筑受降。清谈忘夜永，斜月上吟窗。

簰　洲

十日篷窗里，水乡知几程。孤帆春雨细，落日大江平。得句探舟趣，倾杯破客情。簰洲暮维缆，一片市灯明。

夜次邯郸

遥指城边路，征云促暮鞍。春风鞭款段，夜雨到邯郸。酒市千灯焕，谯楼二鼓阑。古来游侠地，双剑莫轻弹。

中秋夜柬谢云槎明府

夜色明如洗，长空碧欲流。故乡同此月，客路忽中秋。弦管当筵乱，梧桐小院幽。庾公清兴极，何处独登楼。

闻　雁

晚寺钟声动，虚窗夜色涵。已怜身在北，况听雁归南。衡岳云千嶂，湘江月一潭。自来乡思重，秋至更谁堪。

晚坐有怀

坐爱夕阳色，因之别绪萦。青山情不隔，秋水眼俱明。历历飞鸿影，萧萧落叶声。西风今夜梦，何处认归程。

席上咏剑客

停杯立不语，拔剑起出门。月色交庭树，何处报人冤。座客骇相瞩，令人怀旧恩。千金尚不顾，一死安足论。但使君心快，休问吾头存。

通州月夜舟泊

晚烟看不辨，遥夜泊通津。万里身为客，孤舟月作邻。钟声城外寺，岸影渡头人。乡梦随流水，云山绕几巡。

与云汀对月

故园秋正好，曾否忆长安。惟有他乡月，遥同此夜看。黄花如我瘦，白酒共君欢。莫便贪眠去，天街漏未残。

信阳道中晓行

唤起征人梦，村鸡唱晓途。每当行路早，常觉旅情孤。雪霁山青眼，霜凝树白须。不知烟渡外，还有酒家无。

武胜关

武胜关前路，新晴二月天。溪流分宿涨，山翠润朝烟。万柳围孤店，数家通一泉。桥边春市集，时为驻吟鞭。

宫城新柳

独有宫城柳，春来分外青。饱沾新雨露，低亚旧池亭。得地恩偏早，迁莺语好听。一生消受处，攀折未曾经。

送李香谷归粤兼访友吴中

君此言归日，风光一路新。树含吴苑雨，花落楚江春。到处吟诗好，他时应梦频。谁知去与住，相对总伤神。

闻雁怀人

秋雨人独卧，西风闻雁归。众声流响远，高影隔云微。游子他乡泪，天涯九月衣。岂徒望不见，还恨寄书稀。

渔父词

青垂箬笠绿披蓑，手拨轻桡口唱歌。自说小舟最安稳，不知人世有风波。

嘲洞庭 二首

洞庭八百楚之雄，南取潇湘作附庸。毕竟夜郎空自大，不如江汉远朝宗。

气蒸云梦水连空，浸倒君山十二峰。别有酒肠宽似海，平吞八九在胸中。

登岳阳楼

系缆江干苦石尤，踏歌来上岳阳楼。湖边风月曾今古，槛外帆樯自去留。天水两间同一气，乾坤万里豁双眸。涛声日夜听如许，多少行人欲白头。

登黄鹤楼

客里春光何处寻，三层楼上一高吟。风烟远近分吴楚，山水青苍自古今。尔日谁招黄鹤去，我来空望白云深。江涛泻入尘怀爽，触迕生平太剧心。

再上黄鹤楼

狂歌激楚助祇徊，依旧高楼客兴催。好景江山看未足，多情诗酒再能来。晴川芳草春如昨，玉笛梅花鹤不回。肯许仙踪重觅得，石阑干外踏莓苔。

早发临颍

匆匆听唱汝南鸡，立马檐前晓色迷。刚是出城天未曙，一钩残月颍阳西。

黄　河

中原一划分南北，指点黄河在马前。流到此间凡几曲，待他清日已千年。春风冻解留残雪，沙岸人喧趁早船。借问使星谁是客，浮槎曾上斗牛边。

酬丁佩园刺史

金堤春柳绿烟齐，握手河干日又西。客路相逢如旧识，奚囊到处有新题。雨丝风片供诗料，剩水残山待马蹄。欲借同车今夜梦，使君休更唱黄鸡。

保定途次

高城缥缈伴斜晖，此处关河接帝畿。初客却惊来路远，故园应讶寄书稀。流莺公子行相和，芳草王孙不当归。惟有关情堤畔柳，东风吹絮逐人飞。

荆轲故里

负剑南来百感生，又从初地忆荆卿。想当燕市赍图去，直使秦王绕柱惊。竖子那堪论意气，酒徒原不为功名。萧萧易水西风冷，犹似悲歌送别声。

寄家书

梧桐声入早秋寒，珍重封题蜡一丸。此日不堪仍落拓，他乡差幸尚平安。好凭片纸传心去，却慰高堂老眼看。目送归鸿云外尽，西风独坐泪阑干。

九日渡琉璃河

年光飘瞥任蹉跎，曾记春分此渡河。乡思渐于秋后长，重阳仍是客中过。黄花白酒心同醉，南雁西风晚更多。莫便登高发长啸，由来燕赵足悲歌。

焊人告米尽，云汀亦言瓶罄者数日，因赋为笑

曾说长安不易居，一囊方朔竟何如。赖因邠老催租客，频写颜公乞米书。饶我有文都菽粟，输他饱死独侏儒。那知申叔呼庚日，陶令饥驱酒亦除。云汀与余同庚。

云汀以屋漏将移床共住，是夜携衾枕甫出户，俄大水溢出，墙塌柱折，适当卧处，获免斯厄，天哉

半壁东南柱一擎，大材难迮信诗灵。渡将及岸冰随陷，厄比中茶水未停。天意不教高卧稳，雨声宜作并床听。夜阑秉烛番疑梦，对面人如再世经。

早发长新店

残灯熠熠晃晨光，一枕鸡声唤客忙。人影晓分沙浦月，马蹄晴印石

桥霜。寒钟山寺随风远，古驿梅花带雪香。梦后酒边禁不得，回头北阙雁南翔。

卧龙冈谒诸葛武侯庙　二首

淯河西岸马蹄轻，雪后山光数点青。丞相祠堂森桧柏，野夫田陇识碑铭。三分帝业嗟遗鼎，五丈秋风陨大星。成败由来君莫问，英雄终古涕双零。

故国西瞻落日边，永安宫殿锁寒烟。蚕丛路失三巴险，鱼腹江空八阵悬。绵竹子孙终有后，石冈兄弟更谁怜。君臣千古还遗庙，曾向春风拜杜鹃。向有《古城谒昭烈庙》诗。

抵襄阳

拂面行云敛马头，丛丛烟火认南州。山浮积雪千重出，河带残冰一线流。故里风光来渐近，名贤踪迹此多留。岘亭高处休频望，赋到登楼我亦愁。

除日舟中忆京邸诸公

夹岸村村腊鼓催，归舟就泊水烟隈。两年客里逢除日，一夜江头放早梅。野市静分人语过，寒潮喧趁橹声来。燕云楚雨想思切，岁暮天涯首重回。

雪中过淇县，为吾乡符君笔臣旧治，其惠政遗爱，父老犹能道之，符时改官安徽，并寄陶云汀方伯

闻道鸣琴宰单时，使君清操畏人知。一园绿竹从前爱，十载甘棠去后思。去淇时，距今恰恰十载。爪迹仍摹新印雪，梅花犹剩旧开枝。凭谁寄语江南客，廉吏从来亦可为。

梦还家

梦还家，山青云白天之涯。辛苦潇湘水千里，枫林关塞无留遮。黄

叶村边旧茅屋，修竹掩映柴门斜。鸡鸣树巅客初到，篱菊未尽梅早花。老人抱孙堂上舞，笑呼坐定还咨嗟。腊子龟儿欢拍手，牵衣入室语且哗。邻人携榼复相慰，致恭问劳情转加。远行客子不胜醉，一醉就卧西窗纱。觉来旅舍犬争吠，杲杲寒日明朝霞。梦还家，敢告云山谢行役，不如软红尘土归东华。

北上前一夜即席示别

梅影横窗一剑寒，骊歌声断强成欢。杯酒此夜须教醉，别路明朝莫更看。北地正当多雁处，西风不恨寄书难。人生作客寻常事，敢告云山马首宽。

晚望湘南

通鳞晚蹙水烟苍，缥缈汀洲何处乡。青嶂倚云犹见雪，白沙留月不分霜。估船近岸春灯乱，江市新年酒价昂。听到唱歌愁绝处，不胜清怨近潇湘。

赠汪权

婺源人，年老飘泊江湖，自言弃家且二十年矣。邂逅舟次，相得甚欢。出稿两卷，中有《百哀诗》百首，皆古名人不偶者，意殆有所托欤！

老去浮家客，扁舟寄五湖。寸心千古恨，八口一身孤。多累惟诗债，相知尽酒徒。轻鸥柔橹外，潇洒似君无。

题汪权诗集

君本不羁士，天生如此才。匠心知独苦，花骨惯能裁。规仿唐三昧，沉吟杜八哀。有《百哀诗》百首。可怜诗两卷，半呕肺肝来。汪自题集云："一生心血尽，半呕肺肝来。"

春亭饷酒

皓月照当户，青虫飞向灯。此时新酿熟，惟有故人能。醇比交公瑾，酤还为少陵。桂花风绕院，一样太香凝。

别吴秀才

廿载飘萍客，囊空无一钱。身贫不自觉，诗好有人传。远道得君喜，旧时闻汝贤。秋风又为别，相见复何年。

重送吴浩

客中仍送客，临发各低回。江冷孤舟去，秋高一雁来。流云驻行棹，清雨洒离杯。归到篱边问，霜花几许开。

别杨用如秀才

赢得常为客，名山到处看。乾坤双眼大，云水一身单。遂有今朝别，其如后会难。梅花江上路，风雪可胜寒。

沔阳舟中

故国经年别，归帆千里遥。客心流水荡，山色早春邀。远岸起孤雁，寒江落晚潮。何须怨飘泊，终合侣渔樵。

夜抵家

老树黑连屋，一灯红欲无。客归人静后，犬吠月明初。久别惊儿长，新贫觉友疏。此身还健在，稍喜慰妻孥。

泊靖港

客舟维缆后，水阁上灯初。催伴去沽酒，唤船来买鱼。夜间湖水涨，枕畔风涛驱。晓起看江岸，已添三尺余。

立秋先一日抵昭潭

打桨空江晚，湘波绿上船。凉生经雨后，客到占秋先。远火渐昏岸，疏钟初暝天。不愁残暑逼，只抱水云眠。

舟次沙洋

夕照分斜浦，西风定暮寒。帆轻舒卷易，舟窄欠伸难。小市鱼虾集，丛祠箫鼓阑。燃犀空铸铁，不为砥狂澜。岸上古寺，铸铁犀二，大水后渐将沦没入河。

白鹿寺

一径通江岸，禅房锁翠微。客行冲雨过，僧语带云归。选佛场犹在，衔花事已非。鸿泥余旧迹，残碣记依稀。寺有唐碑。

江上送人

三月桃花江名千尺水，一天风雨半篱泥。客当红杏落时别，莺在绿杨深处啼。江阔自兼飞鸟远，山高如压去帆低。归囊萧索余何物，只有烟波入旧题。

戊辰春有黄州之役，舟次武昌，再登黄鹤楼

乾坤我亦高怀者，十载重登黄鹤楼。依旧楚山无恙在，至今汉水自东流。仍教占壁留新句，肯许闲情付白鸥。苦被江风催送客，轻帆细雨下黄州。

忆梅花

忆梅花，小雪时，故园老树初横枝。老人折花不插发，霜鬓掩映花无姿。小儿见花向花舞，冻雀惊飞入檐户。幼女对花不忍看，停针颇解思长安。花飞满径莓苔湿，双袖龙钟人独立。花前脉脉数归期，倚栏三嗅寒香泣。

答友问汉上归装

归来莫笑客囊空，到处乾坤是寓公。千里飘萍双屐齿，一肩行李半诗筒。小舟满载湖边月，短袖轻笼江上风。无限好山携不得，武昌西岸洞庭东。

上岳麓袁岘冈太史　二首

朱鸟司衡岳独擎，文星仍傍斗南明。千秋灵境归贤者，一代词臣属老成。是太宰官身得度，其诸江汉濯之清。旧缘香火京华梦，马首当年拜北平。辛酉晤于京邸。

承明罢直凤池分，鲁国诸生奉一尊。风雨名山留此席，文章多士列公门。老人自占长沙寿，罗公慎斋主院时年逾九十，继之者仅见先生一人。小草都回黍谷温。时呈近稿请定。玉海千寻墙数仞，湖湘冠冕道南存。

理灵坡

本作醴陵，以蔡公官司理，故易今名。

城头月冷秋风高，老乌夜作婴儿号。城中客子眠不得，挑灯起坐歌《离骚》。朝来独步城边路，望见理灵坡上墓。墓中一把忠义骨，蔡公司理凌幕卒。当时献贼陷武昌，岳州旋破窥衡湘。二十四郡无义士，天子岂识颜真卿。蔡公儒生习韬略，身不可降头可斫。淋漓碧血裹丹心，天地惨凄贼惊愕。呜呼南八真男子，九人骂贼八人死。从容赴义有凌公，只知成就一个是。明朝养士三百年，纷纷解散如秋烟。万古纲常不磨灭，一轮白日悬青天。行人掬取湘江水，几度临风荐兰芷。不须重叹墓中人，墓中之人原不死。

樊襄山水暴涨，荆沔一带皆受水之区，漂没万余家，诗以闵之，壬午八月十四日事也　五首

登楼秋水诵蒙庄，渺渺愁予泽国荒。云梦四连都巨浸，蒹葭一叶宛中央。陆沉鱼鳖舟为屋，居民幸免者，牵小舟岸上居住。清浅蓬莱海易桑。旧口王家营诸处悉成泽国。最苦哀鸿蜚满野，攸居泛宅不成行。

白马银涛卷地来，谁将万弩射潮回。颇疑帝喜鸿陂复，争讶龙惊息壤开。恰用荆州事。衔石莫填鱼腹葬，灌城直没蚁封堆。天门诸处，舟皆从城上过。可怜浪逐鸥夷去，那得高邱尽筑哀。道墐哀邱，垒垒相望。

遥天直接混茫秋，千里湖光一览收。河伯妄教巫娶妇，波臣横得霸称侯。荆山上格谁鞭石，瓠子宣防莫堨流。后汉王景治水，有堨流法。岂有金堤容蚁啮，滔滔江汉禹功留。

贝阙龙堂浩渺通，鬼灯深夜射波红。可能驾鲤成仙易，未必怀沙作赋工。海国魂归鲛泪尽，江城市散蜃楼空。旧口墟市十余里，沦为巨浸。分明郑侠图中见，野哭声连溺笑同。流民挈家四窜。

萍飘萍聚两堪悲，凫没芦中琐尾离。皆谓两岸孑遗。苍水使灵天莫问，黄魔神杳梦难期。亦用荆州事。曾传史起囊沙日，空忆王尊叱浪时。闻前守某修筑堤防甚固，数百年人赖其利。沟洫河渠书不尽，望洋击楫补风诗。时守风沙洋作。

岳岭作

山路高于树，人在树上行。何处树中寺，忽来钟一声。

武陵道中看雨后诸山

落日孤村远，西风一面寒。天能留雨住，山不被云瞒。叠嶂分番出，沿途次第看。定知今夜梦，犹在翠微端。

旅夜闻钟

月白霜无着，钟清梦转残。惊回孤寺远，敲破五更寒。况乃秋之暮，将毋听者难。虫声兼落叶，一样入心酸。

访卧云山人 二首

不惜迷苍耳，终南访斛斯。崖倾扶树直，云嫩出山迟。咽石泉如漱，看书鸟独窥。霜花开几许，恰是客来迟。

谷口林深处，君今住几年。种梅香作国，买地鹤分田。云影流孤磬，风声约暗泉。青山一夜客，秋雨对床眠。

携酒过范居士

携将刘白堕，来过范长生。青嶂有时见，白云何处行。藤深穿石骨，竹密束泉声。满院寒涛起，松风洗耳清。

晚投香谷寺

不见烟中寺，疏钟度石桥。林深独往路，日晚未归樵。断岫皴如缩，顽云嫩更骄。风清岩桂放，一道暗香飘。

宿峰顶寺

落叶带行客，归云随老僧。雨余初到处，身卧最高层。寒雁度孤月，秋蛾争一灯。怪他惊梦断，偏是曙钟能。

宿上封寺

暮林开暝色，下界已苍茫。钟定三更月，心清一瓣香。云栖禅榻冷，风袅佛灯黄。起坐听仙呗，行吟绕曲廊。

南天门

祝融峰下路，宛转复崇峦。俯视群山小，高擎一面寒。天低云路近，秋老树声干。望见潇湘水，真如画里看。

题方丈

老僧说禅处，天然无俗情。上座拥云气，下方闻梵声。鸟衔花作供，心与月俱明。领取松风净，山中一味清。

秋杪登浮邱山

绝顶招提境，凭虚我亦仙。深秋犹过雁，远水不分天。石屋飞来旧，丹炉没几年。下方殷余梵，斜景正苍然。

过西峰寺 四首

何代招提境，西峰古道场。短墙经雨坏，疏磬出云凉。宗教通南北，碑文认晋唐。刹那成小劫，人世几沧桑。

清阴连竹院，春树暖栖鸦。径冷堆芳草，僧闲扫落花。山磨云衲净，风飏绣幡斜。石塔苔衣古，何人戏聚沙。

禅榻云廊静，谁来说野狐。挂单僧退院，供食鸟窥厨。风定炉烟直，泉深枧路迂。何当分一滴，灌顶胜醍醐。

玉带山门旧，灵光劫火余。殿角后藏经阁，岿然独存。巢鸟翻瓦堕，凉月射龛虚。风铎留鸱吻，苔花上木鱼。遥思布金日，璀璨竟何如。

宿山店

匹马催前路，孤村入夕阳。秋风千里夜，山雨一灯凉。压梦愁偏重，惊心漏转长。鸡声兼铎语，偏为五更忙。

题习双梧池亭 二首

蘋末微风起，波纹欲上衣。人因闲习静，物亦憺忘机。引队鱼吹沫，将雏燕试飞。只今濠濮想，回首热行非。

何许能消夏，疏帘看弈棋。山当残雨后，人在晚凉时。返照分窗入，归云逐树移。高阳无限好，原是习家池。

七夕前一夜小雨，同刘在田话旧，承属定近作，感而赋此 二首

旧雨论文好，晨星占会先。酒中怀故侣，灯下出新编。小住名山藏，平生香火缘。素交君尚在，相对各凄然。

老尚耽吟咏，诗能道性情。文章重知己，风雅属先生。玉映春冰澈，神摹秋水清。那堪听雨夜，复此和同声。

造友人山居

山路渐平处，水声无尽时。结茅傍修竹，编槿作疏篱。云影交千嶂，松阴覆一池。林泉足佳趣，愧我独来迟。

宁乡道中

西风如捉暮云逋，雁影高寒客思孤。一路秋原种荞麦，几家村店卖慈菰。雨中但苦无山看，宿处先寻有酒沽。尽夜匆匆酬未了，吟怀睡课醉工夫。

题萧郢客雪堂图

昨日雪中寻雪堂，雪深不见雪堂处。萧生手携雪堂图，问我索诗无一句。东坡先生可怜人，借我雪堂留我住。萧生摇手言不能，一笑携将雪堂去。

祝融峰顶作

人摩白云云摩石，此处隔天不盈尺。云中仙人招手呼，青天飞下鹤一只。举头试问云中人，下界笑语天应闻。昧死再拜上帝座，臣昔何罪生臣身。寰中五岳得其四，半生奔走颇能记。有儿号寒妻啼饥，不分困穷何以致。题诗泄尽名山秘，无乃滋为造物忌。

祝融峰把酒对月，乘醉至上封寺

平地看月月在树，迸散清光收不住。高山看月月在天，一轮倒挂秋崖边。山入月中觉月大，撑破嫦娥了不怪。摘取冰丸入酒杯，嚼碎寒光颇无赖。七十二峰罗参差，如此月明能几时。夜深携月下山路，说与下方人不知。

峡山　二首

破帽疲驴数客程，秋山逼面淡如迎。黄茅板屋斜阳里，历历人声与碓声。

流水深山度小桥，夕阳红树影萧萧。分明一幅云林画，粉本何人蘸笔描。

峡山，位于桃江县牛田镇峡山口村。

会仙桥 二首

石壁有“昔人曾此会飞仙”七字，大书深刻，不知何时物也。

昔人曾此会飞仙，铜狄摩挲五百年。三度蓬莱清浅后，眼看沧海又桑田。

昔人曾此会飞仙，流水桃花古洞边。今日白云迷旧径，数声鹤唳月明天。

下峰至衡山县

人来云里衣犹湿，马入江边路渐平。千里名山供眼阔，一天诗思与秋清。松杉结绿围荒寺，薜荔牵青上古城。欲借游仙今夜梦，西风无那暮钟声。

凌国俊墓

城亡谁复整残军，尚有男儿南齐云。骂贼九人余一吏，从公千古亦孤坟。中丞气欲生吞虏，左毂鸣还死报君。郁郁理灵坡上树，秋风凭吊怅斜曛。

题隐者居

数椽茅屋靠山隈，老树如云郁作堆。陶令高情唯种柳，林逋索性只栽梅。茶烟忽向竹中出，山雨有时溪上来。自是到门无俗客，一庭鹤迹印莓苔。

过刘立亭松山洞山庄

一径烟霞拂面遮，乱峰堆里几人家。杉皮屋小苍苔古，石骨秋寒老树斜。无白云堪因我赠，有青山自任君赊。春来恐被渔郎识，只种桑麻不种花。

重过西峰寺，见壁间旧题戏作

山水庄严色相空，禅房花木自春风。苔痕尚忆来时路，爪迹仍摹象外鸿。诗不惊人贻佛笑，壁将留土待纱笼。何妨也作山门镇，无处称尊即大雄。

访刘东园秀才于梅岭庵，兼赠大空上人　二首

一径萦回入翠微，烟霞深处掩禅扉。梧桐雨洗新秋色，山水云磨老衲衣。鱼磬数声僧起定，松花满地鹤来归。芒鞋惯领林泉趣，回首人间触热非。

慧根慧业记前因，文字都归不二门。芋火夜分梅子熟，篱衣瘦补菊花存。庄严古佛青螺小，顶礼吾师白足尊。恰是雨余钟定后，上方人到月黄昏。

刘东园，即刘梠本，字荣一，益阳县三里（今属桃江县）千工坝人，邑庠生，生于乾隆十八年（1753），卒于嘉庆十年（1805）。

偕东园访陈晓亭

为寻旧雨偕今雨，所见幽人半故人。奇石乍逢都下拜，仙源曾访不迷津。客非热到门无夏，风与薰来座有春。爱尔灌园陈仲子，著书忘老醉忘贫。

过柏叶山庄，刘鹤亭先生以预祝七十寿词相属，赋此为赠

山水缘深养自尊，岁寒松柏鹤精神。分将绿字灵飞句，预祝黄花晚圃春。岭上白云成老友，秋空明月认前身。请看楚国先贤传，清隐如公复几人。

刘鹤亭，即刘继鸣，字皋九，别号一村，益阳县三里（今属桃江

县）千工坝人，生于乾隆十二年（1747），卒于道光九年（1829）。

游云肤山

云肤山在县西百四十里，冈连岭属，岩壑窈深，飞瀑悬流，人兽迹绝，洵潜士之奥区，奇观之秘境也。每云雾交荫，真面难睹，因以为名。岂山灵护爱，吝不示人？与余家距数里许，旦夕仰止，习而忘焉。今年三月，遂乃披途而登，造幽穷险。既领其胜，故退而记之。

文章山水争灵奇，五岳方寸谁端倪。平生踏穿几緉屐，掎摭列宿遗斗箕。吾邑浮邱亦巨镇，青修庐嶂撑嵚崎。青修山在县南，庐峰在县西。云肤亭亭出云表，独立峭拔世未窥。奇岩怪石列狮象，古松老柏蟠虬螭。俯视群峤在地底，儿孙罗拜呈参差。林幽径险人不到，虽有佳境谁能知。瀑布下垂一千尺，银河倒泻飞鸟迟。雷雨变幻当昼瞑，疑有神物来凭持。白云合沓作朝暮，山花开落成岁时。幽涧流泉厉清响，深壑积雪凝寒姿。中有仙人太古宅，洞阴泠泠天风吹。洞深无底，祷雨辄应。飞来蝙蝠大如扇，石乳倒插牙龈垂。蛇虺当路走且避，鹳鹤惊畏啼鸣悲。一泓溶溶八功水，五色煜煜千年芝。乃知造物所位置，往往秘惜能自私。所贵鉴识在贤达，却令好事相攀追。我来正值暮春月，披榛扪葛忘其疲。欹斜曲折到绝顶，眼界倏豁心神移。当时灵怪不可状，归而述之为此词。岱衡嵩华名最古，今人耳食徒奔驰。兹山隐没岂足叹，笑彼逐臭群儿痴。纷纷俗目乏真赏，吾将结屋山之陲。

东林寺双桂不知何时物也，屡经兵燹，亭亭独存。甲申秋，以事寓寺中四十余旦夕，摩挲古干，怅然兴怀，留诗疥壁并示史和亭上舍、李秋田秀才

二首

郄林剩得此枝存，月殿分留带镇门。金粟影飘开色界，木樨香散悟闻根。拈来迦叶花同笑，斫罢吴刚斧有痕。赋到小山归隐后，一生老辣听人论。

根蟠仙李共轮囷，云露丛中蠹莫嗔。李居近寺。丈室散花堪独折，双株撑月太横陈。与兰作契称秋士，先菊成华比逸民。疥壁香光笼不住，绛纱尘土认前因。康熙初，里人郭些庵先生题诗四章，署额犹存。

第五卷　桃花江诗选五　萧雄诗选

萧　雄（1842—1894），《谱》名绍迪，一名绍何，字祖惠，号皋谟，自号听园山人，益阳二里（今属桃江县）马迹塘人，以文章投效甘肃、宁夏军营，襄办选锋等营营务。先后游幕于西征将军金顺、张曜，哈密办事大臣文麟、明春帐下，参与了收复新疆的历史伟业，以功赏换花翎、补直隶州知州。萧雄奔走新疆二万里，十余年间往返三次，于晚年完成了《西疆杂述诗》四卷。湖南学政江标称此诗稿“典雅赅博”，将其收入《灵鹣阁丛书》。民国间，此书又被收入《关中丛书》。2017年，此书又被收入《新疆文库》，由新疆大学出版社出版。本卷即从《西疆杂述诗》中选出。

出塞　二首

乍过酒郡出雄关，路入平沙马便烦。万里城高横紫塞，三危山峻阻黄番。

苏赖河流一线清，迢遥南岸有三城。井疆仍属河西郡，天马当年此地生。

新疆四界　四首

北走荒凉大漠沙，猩猩峡里缓行车。边陲自此从东入，瀚海连天路尚赊。

南疆直极古于阗，一岭分开印度天。威慑恒河三万里，九夷多少附穷边。

西塞山前万马嘶，海邦地接鄂罗斯。厘然一划分中外，更绕旌旗到郅支。

北连图尔泊西东，恭顺汗王是比邻。五色旗开分部落，春深万里草如茵。

总述全势

葱岭遥横塞外天，分来宗干下祁连。一山南北开疆域，城郭如珠路八千。

哈密 二首

中原门户古伊吾，旧有雄藩驻此都。万仞天山横北郭，一泓清濑下南湖。

野阔山深十万家，王宫台榭旧繁华。三城鼎峙平沙岸，落日牛羊起暮笳。

辟　展

辟展城临小涧边，西来刚过黑风川。井疆蕞尔人声寂，沙草坡中数点烟。

克鲁沁

遥指南山识柳中，分封和卓建王宫。效忠安守桃源境，不许诸夷有路通。

吐鲁番

道出纡回火焰山，高昌城郭势连环。疏泉穴地分浇灌，禾黍盈盈万顷间。

罗卜淖尔

蒲昌海上黑娄居，牧树全无只食鱼。一种穷黎隔人世，烟波刳木自相于。

哈喇沙尔 二首

局势盘旋锁一关，焉耆城近海西山。东流雪浪如奔马，为绕轮台去复还。

南部匈奴爵土分，山前牧养旧承恩。可汗不敢扬军令，点凑天家铁骑屯。

库　车

苇桥西去壮图开，城据危坡地阜财。当日龟兹震西域，却教宛马尽东来。

拜　城

姑墨河山何处寻，水分三派绕城闉。际今穷发皆编户，付与鸣琴佐理人。

阿克苏 二首

阿苏城距北崖连，四野苍茫大地圆。穆素峰前凭槛望，万家烟树绕晴川。

新筑南郊百雉城，霓旌汉使领分巡。一官守土人应笑，民牧牛羊我牧民。

乌　什

山环路转入深幽，石阜重城古尉头。河势竞趋温宿境，边风先报海天秋。

玛拉巴什

千里荒沙行路难，孤城突起苇花滩。尚多腴地供耕凿，风景人民自贴安。

喀什噶尔 二首

迢遥疏勒峙边雄，据水凭山物产丰。天使墓门千载在，海邦商旅一途通。

防边新筑将台高，驻马分巡獬豸劳。疏附后先争效顺，添来小邑试牛刀。

英吉沙尔

依耐当年是小邦，边风虽劲尚敦庞。引渠多种山前地，一曲夷歌士女双。

叶尔羌

征轺南指入莎车，烟火连村十万家。河水交流千嶂雪，蜂房分闹两城衙。

和阗 二首

东走长途葱岭边，平开沃野是于阗。六城烟雨生金玉，鸡犬桑麻别有天。

更从东鄙起城闉，分课农桑两地春。此外四边皆大漠，漫怜官吏在风尘。

巴里坤

伊州北度岭崔嵬，深谷穹窿四面围。蒲类自为耕牧地，满城风景雪花飞。

奇　台

西经谷壑出平芜，城倚阴山俯壮图。隔浦沙陀余故垒，月明风冷夜吹芦。

济木萨

渠犁西去见孤城，官吏还以一邑分。沃土居民安旧业，端州遗迹认残曛。

阜　康

博克山前雉堞低，遗民烟火碛中微。一官还仗邻封饷，署冷如冰吏亦稀。

乌鲁木齐　二首

蓦从山麓绕层峦，城郭参差势踞盘。拜命疆臣新作省，安边都护旧登坛。

远控西南气象雄，喧喧笳鼓肃边风。马嘶牧地晴郊绿，钟打回崖古寺红。

昌　吉

孤城遥指鳖思西，地回山违水涨堤。沿革想从昌八喇，一洲禾黍望高低。

绥　来

渡水穿林驿路驰，炊烟到处柳丝丝。稻花香里逢城郭，雄据犹怀畏午儿。

库尔喀喇乌苏

地入匈奴风景殊，牛羊毳幕逐群居。西湖城外连天阔，白草黄沙水一渠。

晶　河

沿山几日度沙场，又见旌旗簇队扬。独立西风城上望，声声觱篥动悲凉。

伊犁 三首

依山南转越危巅，汇水西流览大川。赤县已通葱岭外，乌孙犹记汉皇年。

绝好河山土最腴，九城风雨课粮储。干戈攘后遗民少，为广招徕走传车。

瓯脱穷边杂处多，东西司马费摩挲。将军夜缀黄金甲，不许强邻擅渡河。

塔尔巴哈台 二首

极北胡天塞草齐，黄云万里覆城低。荒凉旧日单于地，印满匈奴骏马蹄。

人祈草茂作丰年，官为绥民并戍边。立马金山纵游览，红旗翻掣朔风前。

缠头人物状貌

高鼻胡儿腰十围，虬髭大半是庞眉。不分弱齿衰年候，深目黄睛一样奇。

才　能

亦有飘然器宇清，腥毡队里回超群。聪明不亚青莲士，读尽番书读汉文。

名　节

大节公然见异方，甘心鼎镬有贤王。墓门百尺埋忠骨，雪暗黄沙草木香。

衣服 三首

章身多爱锦衣鲜，窄袖长裾领自圆。袍裤暑天齐尚白，腰间犹系一条棉。

高冠似甍覆还空，小帽如觚绣并工。应是平生嫌发短，不教露顶见王公。

舞靴飞舄各停当，制就香鞣浅色黄。底印正疑弓样巧，莲钩那识一般装。

妇女 四首

女儿一样辨妍媸，十二芳龄是嫁时。争奈玉肌容易老，不关山色失胭脂。

翠袜凌波红绣鞋，青丝编发称身材。迷离扑朔浑难辨，襟影双飘拖地来。

少妇轻笼彩色裳，老嫠翻学绿衣郎。披肩锦帔垂腰短，正是胡姬马上妆。

百啭歌喉骤马骄，娇娃夜带雁翎刀。当年八百朱颜妇，想见分防抗汉朝。

幼 稚

小儿空是说髫年，小女衣襟横在肩。躐等居然袍裤好，赤趺行傍额娘边。

屋 宇

黄土为墙四面齐，数椽如砥覆新泥。却教满地铺成锦，相率家人一室栖。

君　长

一体君民谊最亲，宫门能许往来频。可知四境怀同乐，歌舞争呈一曲新。

职　官

指臂分猷云鸟奇，沾来雨露便相宜。发肤亦属天家赐，不是膻帷旧羽仪。

风俗总叙

唐时回纥汉单于，言语难通俗自殊。尚喜愚顽解忠信，家传贝叶当诗书。

宗　教

道启天方著一经，芸篇三十独传心。降生自是人中杰，能使真诠说到今。

文　字

行行从右认横题，鸟篆纡回不整齐。二十九形兼转韵，音从喉舌辨高低。

风　化

自来风化亦崇文，齐趁髫年细讨论。手捧一枝新削简，树阴深处拜阿浑。

刑　法

约法何曾六尺拘，全凭贝叶当刑书。纵残肢体人无怨，判断多从众论余。

伦　理

本来天性即彝伦，除却君师尚爱亲。一样纲常分厚薄，连枝惟隔异苔人。

婚　嫁

婚嫁居然六礼周，结褵有四记从头。由来悉听阿浑命，梵语箫声扰凤楼。

生　子

梦兆熊罴喜莫支，艳称郎罢是童时。几番祝祷熏香浴，汤饼筵开客不辞。

丧　葬

殓殡惟凭布卷牢，剧怜骸骨等轻抛。升天入地分悲喜，侧望空令冷四郊。

历　法

年光未必协天时，月令徒教纪地支。三百六旬拘一格，不如桐叶闰犹知。

岁时　二首

一道眉痕月映阶，晓来鼓乐奏前台。持斋恰是三旬满，齐换新衣作贺来。

佳节无非昼掩门，声声清梵到黄昏。最怜上冢燃灯日，衫上归来有泪痕。

祭祀　二首

祀分三等报尊亲，门外层台拜舞同。立向西天宣梵呗，喃喃深见至诚衷。

羲轮尤感照无私，迎送家家有咒词。鼓吹无腔声断续，台高听到晚风时。

禳　祷

术士高擎一尺冠，替人琐语祝平安。荒唐射影含沙事，羯鼓声催夜欲阑。

耕　种

四月东风已解冰，麦苗初长稻苗青。双驱骏马勤耕陇，不待天明早唤醒。

纺　织

木棉花下女郎多，摘得新花细马驮。手转轴轳丝乙乙，不将粗布换轻罗。

蚕　桑

彩帕蒙头手挈筐，河源两岸采柔桑。此中应有支机石，织出天孙云锦裳。

牧　养

队队牛羊下夕晖，春风海上草初肥。贰师最有关心事，却笑而今已不稀。

商　贾

居奇争向集场求，载货还歌汗漫游。竞说波斯能识宝，珊瑚多在网中收。

钱　制

错杂泉刀记不清，相逢偏少孔方兄。宋斤鲁削难迁地，卒让朱提到处行。

艺　术

风惟庞古器惟粗，巧匠心思毕竟无。听说山南多敏慧，近来依样善描摹。

歌　舞

一片氍毹选舞场，娉婷儿女上双双。铜琶独怪关西汉，能和娇娃白玉腔。

乐　器

龟兹乐部起纷纷，调急弦粗响遏云。忽听名呼胡拔四，不禁低首忆昭君。

嬉乐　二首

嬉乐无非较艺时，输金相约马争驰。更看环抱交相跌，身手推谁好健儿。

一架秋千索影微，风前摇飏彩霞衣。由来此技传西域，怪底佳人爱奋飞。

饮食　二首

饼饵深黄饭颗香，烹羹烙片具牛羊。只嫌一箸无从借，染指传瓢绕席忙。

新酿葡萄瓮始开，全家高会满擎杯。还看马乳融成末，吩咐央歌再取来。

瓜果　四首

镇心齐剖绿沉瓜，翡翠冰融月一牙。更有甘芳黄玉软，橐驼筐篚贡天家。

苍藤蔓架覆檐前，满缀明珠络索圆。赛过荔支三百颗，大宛风味汉家烟。

果树成林万颗垂，瑶池分种最相宜。焉耆城外梨千树，不让哀家独擅奇。

山北山南杏子多，更夸仙果好频婆。枣花落后樱桃熟，一段风光莫忽过。

园 蔬

几畦蔬菜不成行，白薤青葱着意尝。萝菔儿怜秋色老，蔓菁瓮贮隔年香。

花卉 二首

花从内地强移栽，半畏寒多不肯开。独有玫瑰成土著，异香清远袭人来。

看花还是果林边，十里花光远接天。桃杏自娇梨爱素，斗他安石旧鲜妍。

气候 六首

西土高寒气候殊，伊州犹是一东隅。地分咫尺时争刻，翻乱征衣件件俱。

山北孤城寒更多，海城蒲类雪成窠。笑他五月披裘客，不识人间有葛萝。

高昌炎热绝无俦，赢得元时号火州。毕竟庚藏阳气伏，凄凄风雨又边秋。

八城躔度渐臻南，尚有温和一气涵。物产不殊乡国美，精华多在此中探。

阴山北望五单于，地与南疆迥自殊。八月西风吹雪到，无端一夜失枌榆。

波翻丽水已西倾，地势旋低气转平。碧草烟深三月雨，黄花寒浅一天晴。

戈 壁

大漠连天一片沙，苍茫何处觅人家。地无寸草泉源竭，隔断邻封路太赊。

雪 山

万壑群峰远障天，峰峰积雪断仍连。近山六月寒侵骨，不解冲寒尚有莲。

巨 浸

小海还能壮大观，纵横千里起波澜。河源宿处浑无异，最是山头更耐看。

河 道

河水来从雪岭头，几支西去几东流。八千疆土凭分润，百万生灵待有秋。

雷雨 二首

阿香底事径途分，住近南山久不闻。岂是无雷真有国，一天风景隔蛮云。

终年无雨湿荒郊，气脉难腾地太高。偏是新苗经未惯，农夫原不望春膏。

风雪 二首

阵阵狂风不可当，漫空沙石乱飞扬。穷川大漠连朝暗，多少征人委异乡。

风剪鹅毛最易飞，胡天八月上征衣。琼瑶满地坚如石，直到春深始渐稀。

日月 二首

日绕寒光力不支，长空万里度迟迟。凄凉最有难禁处，风惨云愁欲落时。

月到遐荒色减妍，十分圆处也凄然。那堪颠倒眉弯细，挂在冰山雪岭边。

鸟兽 四首

寂寞枝头百啭声，朔风寒影下饥鹰。翩翩几许名难识，一见雕盘众鸟惊。

海燕还窥旧主帘，良禽反被俗人嫌。谁怜塞外征鸿苦，历尽饥寒爪印纤。

密林遮苇虎狼稠，幽径寻芝麋鹿游。为怯野人狙道左，夜深偷度几重沟。

纷纷摇尾可怜虫，半饱豺狼饿腹中。野猎更愁鹰犬恶，一丝微命系蒿蓬。

虫鱼 二首

赤蚁玄蜂忆九歌，欲笺尔雅费搜罗。听来应候清音少，恼煞伤人利喙多。

日暖冰融水国春，一河莘尾半无鳞。浪花犹带腥膻气，却有渔郎去问津。

草木 四首

苜蓿黄芦旧句衷，席萁曾借马班才。须知寸草心坚实，堪并琅玕作贡材。

自古龙堆草不生，牧童争趁水边程。湖中芦荻供多用，风度遥吹犊背声。

红柳花妍莫可俦，白杨风惨易悲秋。萧萧落木榆关冷，最动乡心倚戍楼。

千尺乔松万里山，连云攒簇乱峰间。应同笛里边亭柳，齐唱春风度玉关。

土产 四首

土厚能令百宝生，金藏五种辨分明。夜来识得山中气，裕国须从此内争。

玉拟羊脂温且腴，崑冈气脉本来殊。六城人拥双河畔，入水非求径寸珠。

沿崖洞穴长青煤，石火能供万户炊。更有泥沙成宝物，居民搜采北山陲。

参苓先去问虬松，五月风和鹿养茸。山峻自多奇异草，灵苗知在几层峰。

天　山

天山六月度晴曦，鼓角声惊雪雹随。幸绕回栏三十六，裂肤犹免堕深危。

松树头

登山濒海复登山，越岭南行路最难。三十里程悬峻阪，往来车马足蹒跚。

果子沟

漏出峰头隙罅天，回旋四十二桥连。此中素号神仙窟，岩壑阴丛果实鲜。

阿哈布拉

陀锁银山一道开，长沟尽日夹崔嵬。征人别有奔驰若，为怕千峰泻水来。

冰达坂

天边穆素问星邮，十里攀援驻足愁。费尽五丁开凿力，水晶帘上动蜉蝣。

雪　海

雪海深沉不可知，莹光六百射天池。梦中记否山头路，鸿爪须防失坠时。

阳关道

从古阳关客恨多，楼兰鄯善记先过。桑田今已沧成海，不问瓜沙路几何。

敦煌碑

铭勒云中太守功，昆山片玉拟青铜。至今蒲海波澄静，一读摩挲立晚风。

望乡台

关心询问望乡台，去国离情最可哀。山色马鬃何处是，西风惆怅女墙隈。

沙南侯获碑刘平国碑

汉代边臣历著勋，几行蝌蚪拂寒云。旧传焕彩沙南碣，新读龟兹石壁文。

轮　台

古戍轮台动远愁，城头夜角汉唐秋。山河一统遗陈迹，雪暗邮亭冷黑沟。

耿恭井

疏勒城中古井深，飞泉千载表忠枕。一亭稳护冰渊鉴，大树长留蔽芾阴。

天山碑

丰功又见大唐年，赑屃高擎峻岭巅。却怪登临刚惕醉，读来风雪忽漫天。

沙　垒

雾里辕门似有痕，浪传四十八营屯。可怜一夜风沙恶，埋没英雄在覆盆。

古战场

万古同哀野甸凉，黄沙和骨接天长。不知多少忠魂哭，看尽干戈又几场。

古　墓

一抔谁竟委莎车，翁仲凋残倚墓斜。定是精英能不朽，几番风雨卫泥沙。

央哥塔什

伤心夫婿竟轻身，追望危巅痛隔尘。千古南丰同化石，寰中落落两情人。

香娘娘庙

庙貌巍峨水绕廊，纷纷女伴谒香娘。抒诚泣捧金蟾锁，密祷心中愿未偿。

博克达山

千盘松径步凌虚，海涌云中画不如。更有孤峰还隔岭，重重围住列仙居。

玉　山

脉出昆仑一朵山，晶莹丘壑凛严寒。天教玉质团成片，朗朗游行惜太难。

盐　山

晶盐山色日光烘，灿烂争妍白间红。想见嘉言同味美，夜深颁宠玉盘中。

盐　池

池上新添几尺波，风吹日炙作咸鹾。弥漫望眼浑疑雪，误唱阳春一曲歌。

地　洞

地穴良难计尺寻，探将一石久无音。深沉几困池中物，欲起云烟作雨霖。

温　泉

洞里清泉何足奇，温炎偏在雪山陲。几时洗尽人间浊，四海疮痍起殆危。

火　滩

地作烘炉火焰冲，纵横沙砾尽焦烘。望中疑是单于猎，夜照狼山雪色红。

第六卷　桃花江诗选六　萧大猷诗选

萧大猷（1845—1907），字希鲁，一字省庐，号如园，人称如园先生，益阳县十里萧家村（今属桃江县牛田镇峡山口村）人，光绪十六年（1890）进士（第二甲第一名，称为传胪），传说在朝考试卷中有小误而失去了进入翰林院的机会，授兵部主事，旋辞归。先后讲学湘西沅水校经堂和醴陵渌江书院。喜藏书，曾在桃花江筑如园藏书楼，藏书达三万六千余卷，惜毁于火。其子萧士恒编刻有《如园架上书钞目》传世。其为人旷达，风流自赏，有《如园诗集》二卷传世。

赠徐丈

朔风吹古渡，急雪下寒塘。客从何方来，匹马诗一囊。主人肃客入，坐客东西厢。猪豜仲叔馔，麈尾元规床。今夕知何夕，留连灯烛光。雪泥印鸿爪，一别天一方。尊酒平生事，后会殊渺茫。白云卷天际，飞上君子堂。相见如梦寐，言笑犹芬芳。香草悼迟暮，珍重以自强。高楼杨柳丝，不绾离人肠。

书杨鹿岩宫扇

蕉雨使人哀，松风使人豪。我游道乡台，听松兼听蕉。忽闻大啸声，磅礴塞九皋。云是鹿岩子，以酒来见招。我闻鹿岩名，识面从今朝。吹尘甑乃见，有诗囊更骄。登山一草履，在家一布袍。有时坐床上，谈笑驱波涛。有时顾七尺，泪落首乱搔。貌古心愈朴，行独世所嘲。我亦不羁士，入世悲萧条。朝写鲁公帖，暮典苏季貂。常恐英华歇，不获随秋凋。与君照肝胆，药石为漆胶。愿效松气体，勿学蕉牢骚。松蕉唤不应，一笑山月高。

谒冷光上人

绝顶一间屋，行脚一个僧。昼静自打坐，夜深时见灯。笑问客何处，踏穿云几层。浇泉下苦茗，泉味如寒冰。

梦　母

二月月既望，晨光犹熹微。春寒不忍起，旋醒旋迷离。忽然坐母侧，母手牵儿衣。曰儿往江右，就道胡迟迟。得毋以我故，我死旁无儿。我死会待子，儿行须及时。言毕泣如雨，母泣儿无辞。晓钟一声堕，起坐惟空帷。母言犹历历，母魂不可追。哭母兼白母，儿罪岂等夷。蝇头窃微润，母死儿未归。长沙天东南，儿在母来窥。感此裂中肠，彷徨泣春晖。安得吾母魂，夜夜梦见之。

独坐寄钱武陵

丁酉六月，寓湘城作。

城居苦炎热，独坐生夕凉。开窗见南斗，明月照我床。少壮抱远志，举翮隘八荒。浮云看起灭，归棹理潇湘。之子隔深巷，玉佩芙蓉裳。元季负时誉，文采惊胶庠。伯也蕴神骏，待价迟孙阳。携手入幽谷，芳兰生道旁。时乖伍众草，常恐零秋霜。骚兰同性命，此意最彷徨。世运丁流极，眼底见沧桑。菁华世所贵，人我同感伤。长沙号贫国，群动忽若狂。陈编守绝业，从先圣所臧。似闻深巷中，读书声琅琅。作诗申永好，他日证行藏。

沅城杂诗　六首

乙亥十二月至沅州。

万事集岁暮，百感聚行役。岂不惮远征，蹉跎悔畴昔。迢迢武陵舠，荒荒沅水驿。黔楚界孤云，日夕见危石。古树出层楼，平冈带广陌。顾此菽粟区，被以弦歌泽。十载慕归飞，残年乐郊适。

晨登雁塔寺，暮上龙津桥。桥上聚阛阓，桥下泊征桡。寒风舞微雪，归路铺琼瑶。呼童市美酒，不要问金貂。

庚子正月元夕，芷江令温九畴同年设宴观灯。

边州昔繁盛，物华列都市。国富民气和，张灯叹观止。我来凋敝时，遗风见岁始。鱼龙各成队，封牛杂狮子。村童饰钗钏，清歌惑里耳。舞刀花鼻儿，顿挫灯光里。众制难具陈，四街不让美。衣香人语中，一月白如水。为政在便民，节宣合张弛。朝服立阼阶，深心通治理。吾民乐无荒，春情亟举趾。

二月十二日，朱莼乡太守送诸生到馆肄业。

圣学务克己，圣治务化俗。逆制以为功，极诣虚遥瞩。经训包体用，百家受约束。致力无浅深，夜行畀之烛。末世矜俗化，不欲终句读。昔人陋还珠，今人厌买椟。釆紫窃鼓旗，周孔视碌碌。教衰而道微，乱阶孕邦族。我从千里来，升堂惭作育。盈盈庇厦欢，惓惓因材笃。文治万古新，根经发华缛。大义出坦途，积累几纯熟。芷兰天下闻，胡为阻幽谷。

徒步出北郭，缘堤青不了。偶然扇和风，芬芳扑怀抱。郁郁柳丝乡，浓阴夹官道。有如待元戎，小队出郊堡。又如序班行，立仗朝天早。良禽乐柔条，骄马惜芳草。离别满江南，何如沅上好。我寻燕子岩，未至眼先饱。裙屐后来非，封侯人亦老。留作河阳春，题诗志泥爪。

景星寺。

微雨滋百卉，夭矫皆及时。方其欣所遇，自命绝世姿。琼筵征妙舞，璧月制新词。蜉蝣娱旦暮，落英非所思。达人不滞物，代谢悟斯须。半子委朝露，割情畅天倪。水南有古刹，佳气郁清奇。老树不知年，怪鸟坐高枝。苔茵滑磴道，旁卧千名碑。山僧避客出，精蓝妙设施。花开未及半，客言得气迟。邦人爱牡丹，皋兰自葳蕤。是日惬幽赏，雅集不言疲。指点后凋柏，垂鬣如霜髭。应待景星寺，碧纱笼我诗。

赠陈春隝学师

武陵人，乙酉乡举，官醴陵教谕。此诗作于辛丑，余掌渌江书院。

天道厌故常，人理无变灭。壮士耻为儒，神锋虑其折。柱世须得时，沈几蕴明哲。大雅起沅滨，鲤庭自磋切。哲嗣伯彂大令为乙酉同科拔贡。汲古搜壁经，擿华霏玉屑。蓬岛多神仙，升堂弟子列。鳞鳞渌水波，承流被芳洁。河山不改色，谈讨足怡悦。谓我京洛交，穷途历冰雪。江桥隔野烟，山石贱皴裂。桃李覆新阴，礼堂设绵蕝。日夕见故人，遗编守残缺。京洛满烽尘，休话天桥别。

东风怨

问花何所来，东风吹使开。问花何飘泊，东风吹使落。莫道东风太不情，深悔开时恩最隆。自古能生即能杀，人间何处不东风。

送杨鹿岩下第回宝庆

五十三滩资水流，鹿岩子住资江头。身世苍茫说不得，万家风雨一人秋。人生穷达贵自立，昨日竖子今王侯。王侯竖子亦春梦，莫将好酒浇牢愁。

饯春词

千树万树花飘萧，一花打门如我招。九十日春欲归去，可怜春归君寂寥。我与春风旧相识，忽闻春去心摇摇。忆昔迎春东郊道，春如贵客华且骄。山鸟变声草怒发，春阳一到攒夭乔。功成身退君别我，明年晤我长短桥。明年之春似今好，只恐送春之人朱颜凋。宴春桃李园，赠春杨柳条。春亦不忍去，余光覆兰苕。唯有杜鹃千点血，不唤春归不肯消。

题王稑生竹石图

丙戌六月，在江阴军府，初八日，同人设宴于涌隆店，饯余与稑生行，余上金陵，稑生之长江提署。

平生喜品石，顽者乃得寿。又喜坐修竹，风雨成节奏。帝子南来万竹斑，浯溪片石镌元颜。偶然文采堕尘劫，孤负湘江两岸山。王君示我图一幅，萧疏水墨摹林麓。戍鼓冬冬海月升，如共幽人坐茅屋。天生好景客中看，客里看山不当看。颇怪画师少分别，不画归帆尺幅于江干。况复此邦殊旦暮，柳丝烟雨芙蓉露。坐对黄山铲欲平，何暇芳菲惜草树。知君同是倦游人，潮去潮来共辛苦。他年竹石湘江曲，约典征衫理钓纶。

咏鲥鱼为罗子铭孝廉题扇

东坡说鲈状如鱼，鲈鱼从此长捐躯。鲥鱼齐名曾子固，为世所指其危乎。江海深深好游泳，鲥鱼应悔犹奔竞。为世所弃乃得全，少与文人结夙缘。

见周子

开门见周子，但笑无一言。无言旋复去，送之梅花前。

闺　情

卷帘延月入，怕放香烟出。妾意正沉吟，郎心有疏密。

答刘菊生赠广东灯壶

一灯烟酒茶，客里足豪华。预兆王三锡，来从宰相家。

岳州守风

十五雏鬟狎白波，容颜如玉桨如梭。岳阳城下风涛恶，不及郎心薄幸多。

航海　二首

岛屿玲珑尚古初，其中绰约果何如。自从海国帆樯集，惊走神仙不敢居。

星火光中见一堆，芝罘岛侧是烟台。始皇当日夸封禅，未见今朝万国来。

题杨小桥明府铜墨盒

杨君溥霖，甘肃知县，己丑十一月十六日引见。

宫殿玲珑袅御烟，双凫晴健好朝天。君恩不觉霜华重，冰雪西征已十年。

题吴莲洲山水帐眉

晓日蓬莱紫翠间，曾陪侍从觐龙颜。有人傲我潇湘乐，一半秋云一半山。

题曹刺史铜墨盒

曹刺史，湘乡人，从军台湾，积功擢直隶州知州，分发四川，己丑十月引见。

海气蒸蒸盾墨收，书生马上取封侯。又看冰雪长安道，琴鹤双清上益州。

书李味源扇面　二首

名涛，安化人，癸酉武举，甲戌进士，现官湖南抚标左营守备。庚子秋月，余寓湘垣，距守府署近，过从最密。此诗十二月初二作。

廿载瓜桃岁月移，羡君官好不辞卑。羽林宿卫明裘带，瓜士干城卧鼓鼙。

圣主怀柔纾国难，微臣涕泣避人知。拳匪之祸，两宫驻跸西安。玉京我亦司香吏，恤纬年年雪点髭。

体云上人过访，戏言园中有四种众生雀蝶蛙萤　四首

千雀万鸠斯乐土，雀闹新晴鸠唤雨。鹃啼哀命亦哀时，不赏好音赏

毛羽。

寻得花阴制舞衣，成群白蝶最轻肥。荒唐不入庄周梦，惯傍园池浅草飞。

声声啼近读书堂，万绿丛中一老苍。问到官私无管领，晓风残月看沧桑。

夜深萤火下高树，飞上书窗抱碧纱。愿以光明成世界，不争身价帝王家。

题胡侠亭舍人画中牡丹　二首

余主渌讲席有两年矣，山斋闲静，欣赏寂寥。一日，胡侠亭舍人招看牡丹，盛称名花倾国，再出人间。比往，则南沙墨迹也。漫题二首，以续前贤韵事云。

隔断尘缘不种因，此花富贵出清新。南华宫侧停香处，认是庄周梦里身。

误买胭脂衬沃丹，十分红处妾心寒。临风历乱无收拾，怕惹君王带笑看。

感事　四首

温九畴明府权醴陵县事之明年夏五月，祷雨辄应。是日，为璞山年伯揽揆之辰，衣冠毕集，东城外报有焚毙客民之案。时癸卯五月十三日。

斋坛肃肃乞神恩，受牧求刍敢惮烦。良吏爱民天爱吏，倾盆霖雨足郊原。

雨霁云开望太清，老人星为使君明。跻堂客意浓前度，颂祷声含乐岁声。

才名一片韩陵石，又见文成喜雨亭。参偃同师同在邑，武城薪木傍君青。

彩衣舞后辍朝餐，棠芾循行五月寒。不信与民同性命，格天犹易化民难。

端节口占 三首

甲辰五月，本拟初二、三日肩舆径至县城，由县转省中。子寅亮谓自庚辰会试公车北上，不在家过端阳二十五年矣，因强为留止，以副孺慕之意。口占七绝记之，兼柬舍弟。

庚辰夏五滞京华，曾侍宾筵阁学家。老辈爱才分齿颊，座中佳士两公车。

灾星缠运委韶光，欢喜家园蒲艾香。中子知年惜行役，客中二十五端阳。

瘦骨还乡再造来，一门亲属笑颜开。杜陵弟妹高歌里，有妹偕归弟未回。

和俞廙轩中丞续题卧游图 六首

人生艳说锦还乡，谁似臣心报国长。闲煞家园好风景，年年春草长池塘。

中兴将帅铁衣温，休说杭州旧酒痕。琴鹤一官初上道，凤城西去四天门。公簉自三晋始。

绥边至计务怀柔，手挽狂澜镇上游。旧日棠阴重驻节，公为先湖南臬司，升山西藩司，调湖南藩司，升巡抚。清风迎送洞庭舟。

廿年归梦绕西湖，指点君山倒影孤。风定波平真面出，不须更写岳云图。

世变沧桑眼底过，书生将略访江罗。湖湘千里清明象，闲集宾僚续九歌。

木樨香里戒征装，酒满金樽诗满囊。述职朝天酬主眷，担时忧乐为时忙。

赠徐月仙　六首

城西春水碧如油，城北人家水面楼。最是隔江三月里，一湾烟雨柳丝柔。

薄谪尘寰第一仙，自扶瑶瑟理鹍弦。金龟夫婿人间子，抽拨沉吟最可怜。

谁铸金铃护落花，荷花娘子尚无家。温柔性格珊珊骨，偷绣平原剪绛纱。

行尽天涯不计程，舞衫歌扇破愁城。小玲入海君珊老，夜雨长沙相对情。

零落良家伍众芳，况兼苏小是同乡。荼蘼架上双蝴蝶，肯耐高寒隶太常。

一样春风被翠钿，随园已往薛庐圆。千金容易朱华贵，听读浔阳送客篇。

赠徐月娥　六首

微微香篆度窗纱，红粉青衫共岁华。一夜清谈动秋思，黄花时节在长沙。

身世飘零絮化萍，十年一觉酒初醒。珠江弦索秦淮舫，争似乡音月下听。

金樽银烛晚筵开，翠翠红红总是魁。十道花笺忙似檄，大乔矜慎小乔来。

淡点朱唇淡扫眉，自然洒落出天姿。一声檀板群芳静，妙比黄庭初写时。

镜里容颜劫里身，此身无力报双亲。亲恩罔极家何家，根叶相依夜向晨。

一瓣心香叩玉清，祝花长好又长生。鸳鸯作对花连理，不信今时无长卿。

别熊渭川 三首

佳气郁葱茏，芙蓉天外峰。此中有良士，一见叙离悰。高饿铁为骨，雄谈兵满胸。梅城一樽酒，山寺五更钟。

我亦不羁士，临风一剑揩。生涯同蜀道，谈笑补《齐谐》。铜狄华年感，金吾壮志乖。空囊热肠在，差慰故人怀。

临行无别赠，一语当针砭。才艳多妨福，情深少结缘。生期能报国，梦早薄游仙。隔断殷勤话，东风吹杜鹃。

三十述怀 四首

我生何坎壈，饥驱三十龄。日高无宿火，门静补残经。俗子眼易白，中年衿尚青。自歌自击节，起视落天星。

我生何洒落，仙根与佛根。晋贤略小节，楚客好大言。属草摇碎锦，坐花开野轩。为人有真性，夷险奚足论。

我生多恨事，一度一沉思。弱弟怜无力，衰亲报已迟。贫教双足苦，文到六朝卑。毁誉在方寸，着鞭须及时。

我生多壮志，白云起空山。然诺重诸友，谈笑安边关。片纸千载下，遗迹一世间。高谢邓伯翊，不居弟子班。

赠曾国柟　三首

丙戌北征，初春来长沙，函寄曾君，函尾书五律。

结交三十载，中岁更相亲。各有当门责，都成历劫身。文章难战命，谈笑自为邻。重以远离别，扁舟泛早春。

坚白厉高节，如君何间言。岁华销马帐，尾羽碎鸰原。运迫天难问，时穷道更尊。小仙峰下路，流水绕清门。

久作诸侯客，王孙亦可哀。诸儿悲失教，一弟强衔杯。身世樊南似，轩车冀北陪。何如冰雪里，清绝故园梅。

赠赵柳溪同年　三首

治术无升降，谁云化俗难。亲民同好恶，学道济威宽。劫运横流急，儒风本色看。澹台亦何幸，至室劝加餐。

对策金华殿，柳溪为壬辰科进士。讦谟草莽臣。蓬瀛麟有种，柳溪之子炳麟，为乙未庶常。棠芾雉初驯。朗抱虚如镜，仁言和若春。板溪山色好，不敢识金银。

牢落中年迫，浮沉一第迟。还乡见生佛，洁己亦吾师。郁郁无终极，言文治不可废。滔滔积转移。使君崇报称，樽酒慰临歧。

挽邓弥之先生 三首

先生名辅纶，著《白香亭诗稿》，掌教江南文正书院，卒。

萧瑟乡关意，山颓哲已萎。苦吟催白发，斜日入缁帷。巾带无官乐，烟萝绝世姿。不堪私淑士，风雅失吾师。

到处称弥佛，儒童共一龛。故人在河北，清兴动江南。问字车常满，哀时酒半酣。金貂看摇落，至道学彭聃。先生与许仙屏河帅交厚。

庭诰思先德，楹书付后贤。闻风百世下，惜别五年前。递见儒宗谢，怀忧士气迁。白香亭畔过，余韵被湘川。郭筠叟、彭聃老与公皆主思贤讲舍，三年中前后下世。

赠汪笙白 三首

笙白名僎同，浙人，温九畴同年实任芷江及调署醴陵，皆延笙白管刑名。

县小民居聚，四山青作城。雨余春水足，风定暮烟平。车盖多新贵，瓜桃重旧盟。汪伦千尺意，怀抱一般清。

曾忆明山下，山在沅州府城北二十里。名园并倚楼。沅州府校经堂，与府署一墙之隔，园林之胜为诸郡所稀有。笙白时来登拱北楼，恣意凭眺。文章尊幕府，花鸟盛边州。世态看千变，吾怀淡百忧。开樽消永昼，不欲问金瓯。海疆要隘之处，多为外人占据。

所主今贤宰，同舟泰岱安。救时无管葛，化俗辅申韩。古处窥天趣，交期共岁寒。横流望沧海，且莫厌儒冠。

铁河口

泗汾河注渌水之口，在醴陵县治下三十里，上源自攸县流入。辛丑六月，书院解馆回长沙，道当大水之后。

倚棹铁河口，归飞众鸟欣。水痕高岸树，金色夕阳云。民食支危局，儒冠厌旧闻。烦忧无遣处，呼酒入微醺。

寄舍弟希望

自分无生理，多劳讯起居。朋交同落叶，泉壤有吾庐。谬作延年想，贪藏未读书。孔怀君亦老，不要漫愁余。

久病还乡，饮酒工艺局席上，录示舍弟　二首

湘门下乔口，畏苦北风生。客累千牛重，归舟一鸟轻。江程添涨直，神力压波平。从此家山近，乡音市上声。

清晨出牌口，落日过沙头。湖水意欲满，江楼望若浮。闲云犹识我，芳草不知愁。往日藏修地，名洲忆旧游。

示长男伯镜

谈笑无拘束，灯窗入晚寒。刘歆能辑略，苏迈尚无官。家世清贫久，风云淡漠看。析薪期负荷，努力复加餐。

城南避暑病里口占

乙丑季夏，赴省应院试，避暑城南，病久弗痊，服莫某药方，几不测。复延胡君锦林至，曰莫某心粗，犹可以救。竟赖其力，得不死。是役晓夜守视者，曾国柟君也。

长沙卑湿古今怜，为逐微名二竖缠。九死一生无我分，双亲再见是儿缘。感深良友能依命，怨到庸医只靠天。自古守身为大孝，此心常合懔冰渊。

题韩魏公像

两宋山河几战枰，魏公遗像死犹生。筹边欲落西人胆，指疏如闻殿上声。一代元勋钟间气，三朝全局倚长城。大星昨夜光芒惨，新法调停已复行。

铅山幕中寄舍弟希望

病起开轩春事阑，山城斗大怯春寒。亲朋无恙音书少，风雨他乡药石难。世变久闻尊义学，家传何敢薄儒冠。寝门道路相思意，翘首鸰原报羽翰。

己卯乡举，侍徐芸渠师至岳麓书院题名，并将北上与同学留别

三年灵麓豁吟眸，重驭扶摇到上头。隔岸水云奔怒马，远山晴雪泊轻鸥。上方钟磬诸天静，太古松杉众壑幽。临别踟蹰惜清福，借将丹灶煮寒流。

螺山舟中大病，投诗祷洞庭神

明知性命等游尘，颇惜昂藏七尺身。万里归装存故我，一门生计倚征人。节临三伏天为虐，病隔重湖月作邻。默叩灵旗怜此意，敢忘蘋藻荐明禋。

鹿角舟中大病，投诗祷洞庭神

残星孤月伴朝昏，到此何堪身世论。转恨图书增客累，潜看僮仆带啼痕。空留皮骨难成祷，生见湖湘即是恩。病急时舟中不能得药，惟以生到湘阴为念。此去长沙三百里，还祈神力定惊魂。

冬夜陪笠云、寄禅二师坐谈

无风波处寄浮生，半笑拈髭相对情。虎豹失威空有鞹，马牛溷迹任呼名。哀时愿得金铺地，遗世何须铁作城。两个诗僧一书客，卧听寒霰打窗声。

赠杨仙舫孝廉纳宠

庚子十月十六日，仙舫买妾长沙朱雉泉家，是日逆女致客，裙钗满座，饮酒欢甚，以诗贺之。

名花四照酒千杯，难得消寒旧雨来。篱菊晚开争冷艳，江枫浓醉托良媒。深深金屋和春住，脉脉银潢有漏催。从古澧兰芳泽地，玉人宜佩又宜胎。

赠陈介夫都戎　二首

介夫非知诗者，内行敦笃，朋友有善待之者，感不去怀。庚子九月，以请兵饷来长沙，十六日辞回乾州戎次，因作诗书箑以宠其行。

与君结交三十载，一别关河又五年。仕宦无心云出岫，笑谈有味月当天。十五夜作。弓刀未敢专师古，貔虎曾闻罢戍边。移孝作忠非二事，斯人内行笃参骞。

五溪天险列山城，武水西来见底清。塞上旌旗云墨墨，镜中须发雪盈盈。官卑自有亲民乐，老至难抛望子情。上马据鞍余勇在，天舒岁月佐升平。

和宋漱泉有所见原韵

自检金钗插鬓斜，偶然零落叹良家。莫将关盼楼头燕，关盼盼，唐时徐州妓，贞元中，张建中纳为妾，筑燕子楼以居之。建封中，楼居十五年不嫁，后不食而死。并作梁园日暮鸦。雨后移栽书带草，窗前新种绣球花。多情宋玉工荒诞，击节当年吒利沙。唐韩翃幸姬曰柳氏，艳绝一时，有番将沙吒利劫以归第。虞候许俊径造沙吒利之第，夺柳氏归于翃。见《章台柳传》。王晋卿诗："佳人已属沙吒利，义士今无古押衙。"

庚子长沙除夕口占二律寄舍弟龙山司训、季子宜章司事暨如园儿侄　二首

旅食年年去邦族，行人消息卜银缸。山连龙凤新持铎，水下宜临怒听泷。劳燕东西穷楚塞，孤鸿饮啄隔湘江。故园梅柳春何似，莫谓无钱士气降。

兄弟皆生道光末，只今世变急咸同。漫嘲渡海无周孔，岂识分科有苦蒙。大地沧桑催老至，一盘苜蓿慰时穷。六龙日远长安近，都在今宵

百感中。

赠舍弟希望 二首

壬寅七月，舍弟署龙山县训导，卸篆晋省，值举行乡试，场前久热，为近科所未有。最苦是盛暑为人作书。八月初八日至十六日，诸友皆入举场，舍弟因目疾中止，余亦颇有暇晷。秋空月朗，清淡竟夕，极友于之乐。感而赋此。

自君西上道逶迟，薄宦归来岁再移。劫后科名原草草，客中兄弟更怡怡。时穷不怨谋生拙，世守何疑好古痴。九月偷闲共清福，无人酷暑乞临池。

马家铜柱说边功，溪州有马希范铜柱。育士胶庠补救同。鼎澧山河诗卷里，饶刘身世夜谈中。旧友刘史亭先生、饶星帆大令均龙山人。君余薄俸休辞醉，我有藏书可御穷。大福不来灾不及，桃花江上两渔翁。

赠杨邵钦

杨君邵钦名让梨，下笔清朗，工书法，治军亦严整。壬寅三月，驻军醴陵县姜湾，余补修禊事，兼访故人，作诗留别，并怀佩初、楚林两孝廉。

旌旗昼静雨初晴，春意偏浓细柳营。敢倚邦交忘武备，不因将略掩书名。天生神骏留长驭，我比轻鸥恋旧盟。此日渌江同聚首，天涯有客滞归程。

赠醴陵张守愚布衣

曲江老儒汗漫游，今世何人识马周。黄叶家山双足健，白头诗客一肩秋。闲云那管沧桑变，爱日惟将酩酊酬。尚有昆陵贤太守，昆陵太守薛叔平观察，总办萍醴铁路局。余波万顷借江鸥。

秋　夜

疏雨淋残漏，江城楚色昏。秋深蚊转健，梦醒蝶无痕。双剑老吟篋，三年误寝门。孤灯危坐处，凄恻不堪论。

以上诗录自《如园诗集》稿本。

秦淮醉歌同邓幼弥、洪毅甫作

去年梦想秦淮路，怪底长江隔烟雾。今年汗漫作东游，秋水横波通一顾。灯船画舫泛江滨，明月清风不染尘。纵然六代成灰劫，犹有扬州绝代人。雕栏绣户分南北，对镜梳头好颜色。十分浓艳一分妆，姝丽由来自倾国。亭阁参差宛在中，珍珠帘卷四围风。霓裳一曲人倾倒，如对嫦娥在月宫。连夜笙歌留恋久，三杰风流萃文薮。桃叶渡头钓鲫鱼，杏花村畔沽螺酒。酒酣耳热发狂歌，那借缠头十幅罗。如此莺花不痛饮，春光何处补蹉跎。人生到处如行脚，逐浪杨花任开落。愿为天下有情人，管领群芳纵行乐。那得红颜便白头，团圞缺后又如钩。秦淮好梦须长记，莫谓看花水月楼。

此诗录自《湘雅摭残》卷十四，诗前有《题记》称：萧大猷“为人飞达，黄金到手，半以购书，半以狎妓”。诗后又有《按语》云：“风流自赏，有杜牧梦觉扬州之概。”又载萧大猷《题株洲旅馆联》：“莫数空囊，问千里遨游，带多少关山风月；特开陋室，怕长途辛苦，误勾留杨柳楼台。”

第七卷　桃花江诗选七　夏思痛诗选

夏思痛（1854—1924），《谱》名迪隆，字小范，号卓春，册名夏寿华，晚年自号思痛，益阳县一里（今属桃江县）武潭寨子村人。早年肄业岳麓书院，光绪二十三年（1897）应顺天乡试，议叙通判。痛感清政府腐败，立志社会改造。先后参加自立军起义，策划云南暴动，参与筹划黄花岗起义，被清政府通缉，两度逃亡日本。民国成立后，任云南河口督办，提出海南岛开发方案。反对袁世凯称帝，赴新加坡等地筹措反袁经费，再遭通缉，被捕入狱。后任黎元洪总统府参议。护法运动失败后，定居汉阳鹦鹉洲，常撰文揭露时弊。1924 年端午节，投江自杀以抗议军阀混战局面，虽获救，绝食三日而逝。其著作今人编为《夏思痛集》。本卷所录诗，除特别注明出处者外，均录自《夏思痛集》。

夜泊三塘街

小泊寒潭万里船，朔风吹梦入江烟。两三灯火谁家院，一笛梅花欲雪天。

赠王祉庭先生　二首

天留百尺岁寒松，盘错凌霄欲化龙。幕府宾朋陈孺子，士夫圭臬郭林宗。十年借试风云手，一笑深开海岳胸。桃李荫中樗栎在，可分春色长葱茏。

海角妖氛雾似浓，谢安棋局自从容。千里白下如屯蚁，六代青山住卧龙。鉴有人伦钦月旦，剑非磨砺失霜锋。岿然瞥见灵光殿，楼阁玲珑十二重。

金陵纪游　二首

踏春湖上马蹄骄，烟水苍茫问六朝。收拾残棋付儿女，石阑干畔看鱼苗。莫愁湖

白门烟柳太伶俜，我亦寻芳爱踏青。行尽清凉山畔路，野风扶上翠微亭。清凉山

晚　归

薄暮归来酩酊乡，绿苔新印不成行。炊烟浸暝横荒堞，山色迎寒入夕阳。曲径野萤低渡水，隔篱灯火漏余光。娟娟凉露沾如雨，一道青空戒履霜。

登　楼

夕阳楼角倚阑干，秋色侵人怯小寒。遥看白云识亲舍，每依红日望长安。艰危壮士科名薄，贫贱交情古道难。天际飞鸿劳目送，九霄由汝展霜翰。

歇浦遇屈季云明府

芰衣兰佩读《离骚》，横海飞来挟怒涛。百尺楼头见豪士，十年心血试牛刀。弹琴一曲众山响，吟兴满天秋月高。从古太平基百里，狂澜何以挽滔滔。

申江除夕

腊鼓惊闻促促挝，海天忧思乱如麻。羞倾杯酒酬诗鬼，欲取天骄祀莫邪。数斗只余心血热，五年赢得鬓毛华。思亲空作还乡梦，惭负门闾望眼赊。

己亥元日海上作

手把红梅叩帝阍，江南春信几分温。九天风日清寰宇，万国旌旗挂

海门。混混百流说宗派，年年一剑伴羁魂。仇人项血佳人泪，欲入椒花共酒吞。

雪中登梅岭关

行尽千盘路，直登梅岭巅。绕身峰万岫，照眼雪千年。雾压天垂地，泉流石一川。惯行天下险，鞭马入云烟。

寿舅氏汪凤冈先生

射虎将军往事空，拈髭微啸座生风。柳荫垂钓蓑痕碧，蕉雨谈兵剑气红。老去文渊犹矍铄，少怜无忌是英雄。山中猿鸟皆良侣，烽火无惊百岁翁。

勖诸季

忽闻沧海莽妖氛，仗剑出门谁与群？雨雪关河秦晋蜀，烽烟书信海天云。倦游司马临邛客，结梦西堂小谢文。愿汝韶华分寸惜，千秋事业在辛勤。

赠莫吉爻二尹

烽火销余雨露覃，一官琴鹤隔西南。记从汉上题襟去，又共巴山剪烛谈。宝剑一篇人任侠，明珠十斛室宜男。君今莫问长安奕，满榻茶烟睡正酣。

与姜文程观察

上相功高和议成，将军且莫解愁城。七年有愿偿平昔，四海论交老弟兄。省识王常真铁汉，漫轻陆逊是书生。食人头额封侯相，一再迟疑百不行。

酬孔步星、王芳斋两参事

汉阳烟树拥楼台，风雨谈兵数酒杯。六月横戈冲马去，几人挥剑斩蛟来。湖山落日吟梁父，鼙鼓中原郁霸才。珍重男儿好身手，海天如镜且徘徊。

柬刘奎五通守

热肠无奈冷乾坤，年少朱虚出将门。大笑仰天当歌泣，一官听鼓自晨昏。请缨三上终中格，执戟六军同一奔。积弊已成嘉道季，曾胡初政可重论。

致黄方舟太守

芒履冲尘赴行在，南旋北转到雍州。路盘晋豫三千远，险历秦关百二周。并马谈兵秋飒飒，哀鸿夹道客悠悠。男儿热血英雄泪，同向西风洒戍楼。

赠戴笠甫观察、张士堇都阃

良会佳辰古不长，未应离别怨苍凉。春婆一榻难成梦，名士如花有散场。千里关河共风雨，半生艰苦为馨香。陆沉遍是鲸鲵海，航到蓬山亦水乡。

忆钮惕生孝廉

横海戈矛数数创，中原豪杰几回肠。遍交有道朋无党，欲重民权国自强。风雨一灯倾肺腑，蓬莱万里各行藏。不才同是明廷弃，努力加餐莫自伤。

寄薛子奇公子

美才艳富又华年，清晏如君小洞仙。运甓几番医鸩毒，废书一叹为狼烟。江山冷落肝肠热，文酒连绵心胆坚。三月轮蹄八千路，世情纷变我依然。

与陈石遗孝廉

几时不见太邱长，飞梦频频到鄂州。贾谊治安同太息，杜陵书剑客诸侯。六韬学尽无龙虎，一例心甘作马牛。莫上武昌城北望，素旗飘展帝京秋。

怀周两湖、夏梅叟两居士

故人南望影迷离，我马泥涂亦已疲。江左河山斜照里，浙东风雨各天涯。迢遥前路双行脚，睥睨中原一捻髭。莫上新亭空洒泪，于今更异渡江时。

怀薛倜君农部

鼙鼓惊天破海来，百年宫殿霎时灰。豺狼满郭人民尽，风雨思君梦想猜。眷属一家犹几口，乱离孤客已于腮。天南万里云深处，一样门闾望眼开。

简连孟青通守

白眉才气压诸兄，艰苦东南薄有名。四海交游不羁士，一船书画作么生。故侯门第秋风冷，异域河山旧雨倾。热血满腔何处洒，海天迢递我怜卿。

怀萧希鲁兵曹师

列宿郎官下殿初，洞庭归筑浣花居。几人落落支残局，万木森森一草庐。家国楼台禾黍外，文章忧患死生余。东山丝竹淹霖雨，头白灯前老著书。

寄王鲁璠中翰

感慨风云志未酬，新磨双剑海东头。冰天雁札音传杳，焦土鸾庭肉食谋。汉代文章归党锢，海邦豪杰遍交游。蓬莱自是神仙窟，烽火中原一望秋。

忆周近三副贡、曹肖娄拔贡

建安才子文章伯，营道畸人风月庐。薄海几家谈学派，空山一卷注兵书。忧时早上刘蕡策，清望争迎有道车。万里江湖身健在，十州相约觅仙居。

答黄可曾观察、阎亮甫直刺

围场新辟海东陲，铁马金弹逐电驰。上古夔龙仍黼黻，一官矶虱尚离奇。风流黄九庸词客，日说朱三是可儿。痛哭忧时太萧索，高歌青眼望天涯。

上李筱轩方伯师

陇上开藩鼓角秋，旌旄风肃镇边楼。芳春杨柳重关锁，寿世参苓一笼收。西贼应闻心胆落，北门特重股肱求。愈和愈到伤心地，事事从今不自由。

投李平书大令

才气无双李北平，年来湖海旧知名。纷纭门户同元祐，痛哭乾坤一贾生。百里黄图厄麒骥，满天红雨斩蛟鲸。风波自昔横身过，泪眼时看和议成。

致夏甫存孝廉

湘南名士老诸葛，白羽云霄盼一挥。君已都亭三日哭，我才江上八年归。方迎使节占鸿渐，又向长安匹马飞。杀贼练团两无事，相思千里各依依。

行有日矣，再成一律留别南隆诸子

半年万里行六省，几日群英共一城。豪士肺肝倾泻尽，天涯烽火别离轻。莺花送我春三月，风雨怀人夜五更。他日驰驱瀛海上，相期杯酒话生平。

镇海楼晚眺

小立嵯峨夕照晴，水光山色极空明。千盘江路双门锁，百尺楼檐一海横。旧地风云怀赵尉，惊天旗鼓闯岑彭。西林督粤，委靡一振。临高忽忽生遐想，何日东南缺陷平？

石屏道中二首

雨丝风片正残秋，滑滑泥途作壮游。一线盘旋行壁上，几经蹉跌到峰头。蒙天雾重茫无睹，出壑泉清韵自流。扑地阎闾都在目，杞人憔悴不胜忧。

朗吟踏遍几山头，险阻频经胆气遒。木石当途蹲似虎，山民伐木，概留木本二三尺高。竹舆行路笨如牛。千寻峭壁孤松挺，万顷梯田晚稻秋。天外看云忆昆季，定知车马尚周游。

羊城旅夜读王荆公集，偶书二绝

举世昏昏醉欲酡，枉教周礼费研磨。十年计画烟云散，应对商君愧色多。

举国争排张太岳，故交谁识管夷吾。河山破碎同归尽，断送中原是腐儒。

寒夜不寐有感

九国已周尼父辙，一鞭重上尉佗城。共和日月成泡影，同室风云起甲兵。尽有钱财供恶少，但分忧患饱残生。茫茫长夜蚊雷闹，闹到何时天始明？广东冬日亦有蚊如夏日。

重游榆园怀宋渔父

辛亥三月二十九日广州既失败，访渔父香海，独携予至榆园，坐花丛间作秘密谈至三钟余之久。去春湘城一晤，不料竟从此永诀矣。今复与林焕廷、区雁如两君亦作秘密谈于此，风景依旧，旧怀枨触，既叹逝者，行自伤也。

斯人不见倏经年，旧地重过一泫然。仁义已全成大错，帝王惟一是强权。禾登场圃牛应宰，花落郊原蝶欲仙。近日侦探布满国中，罗织无辜，杀剁薙如草，不意世号共和，有此奖励残忍绝灭天理之政策也。心事未完身健在，讵容瞻顾自迁延。

谢霍晋叠九日游徐园韵见赠，再次韵答之，并留别海上诸友

誓诛民贼始开怀，首挂雕鞍血染鞋。万里海天挥手别，八方风雨打头来。莫愁夜永蒙重雾，盼到春归震一雷。芜秽中原收拾日，大家先扫劫余灰。

三月舟发星洲，越十日抵歇浦，天时人事不啻另是一世界也，感而有作

汗淋如濯发星洲，一入吴淞便着裘。几日飞航别天地，十年磨剑付泡沤。晚霞江上流红血，残雪山尖剩白头。变幻风云莽天黑，石郎重见割幽州。

赠俞耀汉

予抵汕，甫卸装，耀汉即来，知予乃渠表兄佛眼患难交也，一见如故。予老矣，无能报国，睹兹英俊，辄深羡慕，而期望亦随之而切。书此赠之，藉相勉焉。

吞牛意气迈无前，鼙鼓声中最少年。一蹴风云生足底，掀髯看汝上青天。

次韵和王徙南炼师五十自寿　二首

西辞太华脱儒冠，此调从今不复弹。浮海寻盟鸥羽白，踏云飞控鹤头丹。一壶器市藏身稳，全局残棋袖手看。莫问神仙新甲子，山中岁月海天宽。

偶然相聚楚江萍，门掩青山注道经。五岳烟云余谢屐，一船书画载吴舲。别从方外开生面，不向人间乞鬼灵。相约与君游汗漫，手招黄鹤下空冥。道人，陇东人，住黄鹤楼下武当宫，善书画琴棋诗酒。

春日偕王啸琴、卢佛眼、唐心涤游麓山

卅年不踏麓云顶，旧地重过一怃然。新鬼满山呼欲出，麓山向无坟冢，自陈、姚、焦、禹诸烈士为国捐躯，特许进葬，以示优异。今黄、蔡二君亦葬于此。故人如水去无还。红桃绿柳自春意，岳色泉声犹昔年。风雨西来天亦暮，溪山容得几流连。

三月十六小舟渡琼海峡

扁舟一叶上涛头，颠簸乾坤不自由。廿里风帆快骐骥，万重云海狎蛟虬。此身老共波澜壮，诗思飘然汗漫游。回首忽惊登彼岸，斜阳人醉倚高楼。

访海忠介故里二绝

尼山未见真刚者，阅二千年始有之。我自跨天一横览，拨云寻访海公祠。

黎山突兀起沧瀛，屹立东南万里城。三百年来遗策在，令人思慕海先生。

此题《枫田耆旧集》仅一首，第二首录自《夏思痛集》。

登南海第一楼谒五公祠

摇落深知逐客忧，江山今已付东流。萧寥异代同悲感，赢得天南独倚楼。

琼山道中

嫩绿平原十里遥，一鞭飞渡水心桥。桥名那三，低于水尺许，上可通船。川广十丈，水深丈余。树摇隔岸鸟声碎，花葬春泥马足骄。芜秽不堪滋恶草，田亩以无水之故，荒废甚多。芟锄谁解立嘉苗。多种杂粮。两三破屋晨星似，点缀江山太寂寥。

早发临高寄饶梅君

海色连城刚破晓，野风吹面觉生寒。寥寥破屋烟初起，莽莽荒原露未干。一纸呈词随地拾，沿途收呈词及匿名帖多纸。小民冤苦见天难。苍茫前路何堪问，我亦旁人壁上观？

儋州载酒堂题壁

海天驱马路悠悠，载酒堂空众绿稠。七百年来风雅绝，犹然笠屐过儋州。

儋城晚眺

十里青青点翠螺，一年偏觉得春多。野田半种三年芋，儋州产鹧鸪、三年等芋数种。三年芋者，三年始收，大者三斤至十余斤一枚不等。兼之旱田甚多，不宜禾稼，东坡谓儋人以芋为粮居多。遍地常开四季荷。四季莲出儋州，四时花开。宋李光《游儋州清水池》云："海南莲花与菊、梅相接，叶小而清香可爱。"椰酒流连在南裔，《南裔志》："椰树高七八尺，无枝有叶，实大于寒瓜，其内浆美如蜜，饮多乃醉，微有酒气，故名椰酒。"粟泉风味忆东坡。此间水味多卤，浮粟泉在琼山县。殿前他日呈山谷，我是重来马伏波。

儋耳道中

莽苍苍里问途忙，绿树人家犬吠狂。两岸溪云蕉竹荫，一山晴日桄榔香。遗民尚识苏坡老，坡老在儋甚有文化，至今妇稚皆能知之，邑人说官话，皆公遗也。故宅难寻李赞皇。卫公为一代救时之相，毫无遗迹，人亦鲜知者。青翠万重人一个，满收岩壑上行装。

过昌化岭

插足白沙常一尺，遍地白沙，足入辄尺许。钻身碧孔再三湾。曲径峡小，绿翳如孔。古诗云：清路晓荷钻碧孔。潮流各注东西海，古谣云：莫教琼海潮相似，半月东流半月西。郊迎争排左右山。昌化岭、大陈山左右排列，从两山间通过，如迎迓然。仅有金牛通蜀道，不烦铁骑叩秦天。春风一路涵濡遍，花鸟依依意态闲。

昌感道中生黎憧憧，往来衫而不裤，汉人则男逸女苦，小儿女亦例不着裤，相习成风，不复知人间有羞耻事，亦可哀也

满地黄沙争入目，生涯到处莽荆榛。久为唐宋迁流薮，犹见乾坤混沌人。南面早邀奇甸谕，明太祖称琼为南溟奇甸。东风不度鬼门春。交趾有鬼门关，李卫公贬崖州，经此。有诗云："生度鬼门关。"又苏东坡《谢至昌化军表》："并鬼门而东骛。"又诗云："归路犹欢过鬼门。"多留宝藏天然富，谁识荒山地不贫。

感恩县小步

缓步飞沙路几叉，蜗庐低覆静无哗。民居矮小，高不及丈，避飓风也。编排绕屋珊瑚树，家家密植青枝无叶之树以为藩篱，高者丈余，矮者数尺，名曰珊瑚树，折之有白浆，入目即盲，沾肉即烂。摇曳迎人蝴蝶花。花紫色如蝴蝶，微风至，摇荡若飞。孤立此身凌地角，偶凭小阜望天涯。鱼盐零落无墟市，感邑无捕鱼为业者，盐每斤一文尚无销路，七公司均失败而去。此间并无市肆，即墟期而亦无之。一醉难寻卖酒家。

崖城野眺

大块河山一毛羽，连城草木自纵横。上书枉自纾筹策，大学空劳补治平。野竹丛边度黎唱，黎人婚配亦于三月以唱歌互答为媒介，谓之黎唱。刺桐花里饷春耕。树高数丈，大者合六七人抱，花正红色，先叶而生，三月盛开，嫣然满树。黎中无历，望花开而始耕作。浑然民气犹怀葛，不解餐珍衣锦荣。黎人不择食，不着裤。

行三亚海滨望越南诸山

生涯多在水云乡，沿海崖民皆捕鱼为业。宝气森森地下藏。醉把海山望西贡，岿然门户峙南洋。雄风卷海天为黑，雌霓横空日欲黄。一路清香送行客，兰花瘴罢又槟榔。槟榔花开正三月中，时人谓之"槟榔瘴"。

发三亚港

花风一骑踏红雪，香雾满衣流翠岚。身倚天门俯暹越，暹、越正三亚对海。手扶地轴补东南。四时荒徼常春夏，一气中原接蔚蓝。走尽朱崖千里路，春山应笑客趁镡。

万乐道中

鸿泥几遍琼东道，打稻声中正暮春。现正收获。路绕羊肠刚一线，道路迂曲，随田而开，且窄不盈尺，皆就田不就路也。身倚马背已三旬。余前月廿一日由府起行。市场绝少吹箫客，万、乐二县城乡，向无乞丐。野老争看过海人。俗称外来人为过海人，每到一处，乡人辄围绕数重而观之。南亩农功出闺阁，孱颜羞煞丈夫身。耕种皆由妇人，男子居家闲坐。

发乐会至会同道中

小水横流遍泛滥，田中水满泛溢路中，路低于田，故循流如沟，深常没膝。乱山当路费周旋。田畴多就山势而辟，往往迂道而行。千畦姑妇驰秧马，野方栽秧，皆以老姑率媳及小姑女孙操作。五月儿童试纸鸢。琼地气候不同，须到五月方能放纸鸢。脑海欲枯熬赤日，顶盆如压隔青天。两县人民多处冤抑黑暗之中，不见天日。东风莫怨春将暮，一路花开老少年。老少年，琼地特产。叶如铁树，嫩则红而老则青；花如秀穗，嫩则青而老则红。

抵文昌县城

野迥黄云瘦，城外禾苗甚瘦，穗短粒稀，近将熟矣。城低绿荫稠。城上遍长绿树，望不见城。开荒宜畜牧，荒地甚广，难兴种植。卜雨事田畴。水利未兴，天雨即耕，无则坐视荒废。有例为狼虎，琼十三县帮审员之独立贪酷，若有例然，惟昌化陈维熙例外。相携作马牛。文昌人民去南洋，要皆苦力耳。公门犹有犬，怀刺莫轻投。拜会县长时，为号房轻狎、警察盘诘，犹然昔日衙门慢客习惯也。余在满清誓不作官，畏上衙门耳。

雨后文昌道中

平芜弥望绿猗猗，曲径纵横辄入歧。野水顿添四五尺，好花新放两三枝。一犁妪媪膝边叱，琼属通以妇女耕种。满路儿童海外驰。文昌之往返南洋多少年，络绎于道。往者担簦归跨马，文昌往南洋之作苦力者皆贫窭人，归则少者数千，多者数万，每年不下百万，闻之林歧生言。教谁乡国莫轻离？

以上诗十九首，录自《夏卓春先生琼游笔记》。

被　捕

传檄诛燕贼，为人草檄讨贼。缨冠作楚囚。高明招鬼瞰，英人最喜捕拿革命党人，以博国贼之欢心作互换。变幻出阴谋。此案发生，为友所卖。落阱虎为鼠，连群骥共牛。二十余人联扣而行。临危不相舍，颖士有苍头。侍者金雷本可逃逸，因相随不舍，故同及于难。

入狱示同逮诸子

长此茫茫夜未央，暗中摸索费思量。夜无灯，又不照章于二十四点内发审。糊涂罪案拘公冶，罗织清流捕范滂。敢惜草菅三尺命，每思华夏九回肠。艰辛便是馨香味，好与男儿仔细尝。

狱中即事

恻恻呜声入耳沉，森森鬼气感人深。辕驹终展腾骧足，槛虎难移吞犊心。三字普通天下狱，予等虽无谋乱证据，英人必以为革命党也，已成惯例。五刑偏重赎中金。人言予等此案有科罚二千五百元，便可了事之说。人间一例伤心者，私语喁喁惠好音。狱中晤洪兆麟君，告以外事，并承慰藉多言。

羁押将及两月，出境无期

一日复一日，日长卅六旬。夜亦长似岁，昏黑苦不晨。既晨苦不暮，此苦如转轮。羁押一日夜，惨酷已无伦。况乃各六十，恍经百二春。幽暗绝视听，活作冢中人。皮肉虽无恙，痛苦在精神。不诛复不释，无应亦无因。空言重法律，实行等灰尘。外表务文明，内容极狉獉。尤与恶政府，狼狈相交亲。藉端保治安，蹂躏我人民。以便要权利，铲除我贤仁。辣手充屠伯，甘心作外臣。铁掌张如耙，印奴高大，色黑如铁。碧眼闪如磷。英人之眼，碧如鬼火。惨刻灭人道，残忍出性真。琢磨奴隶性，囚中动辄猛力殴打。锻炼马牛身。狱中苦工。栗栗尊拳下，兢兢怒目瞋。才智灰志节，愚鲁悉柔驯。代庖肆宰割，万恶尔西邻！

出 狱

犹见天心眷亚东，掀髯一笑遍春风。平生心事差堪慰，尤有昆仑仿嗣同。谭浏阳绝命诗有“两昆仑”之句，予亦可云得一矣。

发香江

长剑高冠万里船，暖风吹送上青天。身幽三月逾尝胆，幽禁几及三月。头购千金尚在肩。粤吏以十万元购予等。卷土重来吊残日，惊天一震散蛮烟。名心销尽无恩怨，只为民生解倒悬。

避居长崎寄阿衡

黄昏群鬼集，白发一身轻。愧等鸿毛死，权偷虎口生。远来知汝意，衡闻予等系香港狱，奔视抵沪，知狱将解，守候旬余。讵复为英人所扼，未得登岸。难遣是吾情。万里中原路，何时掉臂行？

以上诗七首，录自《夏思痛集》之《香江狱记》。

长江舟次和何潜园老人见赠元韵

江上忽逢何水部，新诗赠我作金声。丈人老去兴犹逸，何君年逾七十，犹作邕州之游。五斗归来高自鸣。满清曾官河南道。饶有甘棠留下邑，曾宰益阳三年。自侪孤行况平生。清亡不仕。同舟仙侣人应羡，四海难忘兄弟情。

承教游园观牡丹呈黎大总统

灿烂河山血渍遗，无滋他族更相窥。韶英嫩蕊春无那，诉与新晴好护持。

上十八滩

湍水战船湾复湾，更张牙爪怒当关。人间多少无形险，如此风波算等闲。

舟发韶关

韶流清浅浪无惊，细数潜鳞寸寸明。航路条分如蚓曲，篙工轮转作蛇行。舟过十里九磨石，日阅三旬四问程。莫向闲鸥诉劳碌，男儿辛苦为时生。

再由平石入湘

匆匆来去为谁忙，日暮江空道路长。大地莫容居曷卜，九天难问诉无方。东山在梦思霖雨，南鄙何人哭夕阳。立马岭头凭北望，中原风雪莽苍苍。

宜郴道中

旧地如温梦，稀依认板桥。马蹄穿石磴，此路约千数百年，石上蹄痕恒深寸许。雁翼闪盐挑。途中盐贩络绎，担横于肩，有如雁翼，恒数十人一队，日以千计。一岭分寒燠，岭南岭北，寒暑相差甚远。千山共寂寥。梅梢满春意，摇曳傍征轺。

途中闻吴先梅死事常德，以诗哀之 二首

东海曾屠狗，去岁在东枪击狗探蒋士得等。南湘忽遇狼。河山犹草草，天地此苍苍。妖孽蛇头两，凶残蝎尾长。朗江呜咽水，一样听衡阳。志士欧阳煌，亦见杀于衡阳。

未一谋君面，而重痛我心。舍生原素志，遗恨在佥壬。白死名仍立，苍生祸已深。茫茫天下事，谁复与肩任？

过衡阳吊欧阳煌

志士忧时多苦衷，年来奔走亦匆匆。谁生嫉忌甘戎首，果死疆场算善终。三字已无冤可诉，重泉惟冀鬼能雄。糊涂罪案凭谁谳，或有龙图地下逢。

谒船山祠题壁

人变为禽治术穷，救亡惟一血流红。眼前白战无寸铁，著述何曾慰乃公。

与章太炎粤海一别，彼由滇而蜀，予亦由韶而湘，各不相闻。风雨长途，不禁思念及之

文人身世坎坷多，爱国心坚总不磨。志士头颅侠士胆，天教历尽虎狼窠。

湘潭怀王祉庭

二十年前别，三千里外回。江山留故宅，风雨动余哀。曾左胡谁继？狼狐蜮共来。妖氛满天地，寂寞楚江隈。

去鄂留别惺耕九弟

汉南烟柳尚青青，一岁行人几度经。老大生涯秋后菊，乱离身世水中萍。河山故国犹堪整，泣涕新亭莫浪零。我愿跨将黄鹤去，楼头风雨不重听。

金库券

金库券，索命券，虎伥引虎入猪圈。肥猪瘦猪一口吞，猪毫猪趾无留存。斗田二毫石二圆，突过粮额万万千。劣棍痞徒一线穿，二成回扣笑胁肩，高下其手颠倒颠。泣涟涟，暗呼天。忍痛方落薄，转瞬要现钱。委员督队来催捐，枪声轰轰如临大敌然。君不见，银行倒闭今三年，来源绝，生意辍。一纸空币苦难说，全家无钱只有血。众口喧呶要锁人，杀鸡打鸭勒脚银。鬻妻卖子猝无主，黯然相对徒叫苦，湖湘之民真俘虏。乡团惟知奉宪如宪愿，哪计穷人苦人怨不怨。呜呼噫吁嘻金库券！

庚申三日偕补山、树刚及族校员生踏青登楠木山

烟雨莽连旬，幽闭在罗网。何当三月三，天气忽开朗。嘉卉敷新

华，良禽吐清响。老友偕二三，群贤集少长。选胜快登临，争先扪萝上。后生尤猛勇，陟险奋迈往。昔有罗罗山，及门皆倜傥。旅行亦课程，一月辄三两。讲道嵯峨巅，谈艺广漠壤。秋月共徘徊，春风恣跌荡。筋骸既磨炼，心眼亦开广。非羡舞云风，不屑山阴放。我辈生不辰，奚暇耽游赏。况各有负担，焉敢矜休养。横览极八方，前途何苍莽。长啸生微飚，万木齐俯仰。回视诸道姑，空怀出尘想。

辛酉六十有八初度

为忧亡灭与胡仇，讵意胡驱更可愁。自杀四千年种族，仍翻十六国春秋。艰难苦恨逾尝胆，激烈甘心到碎头。六十八年偏不死，待看流血满神州。

酬尹墨卿见赠元韵

空空妙手一无长，惭愧人间作饭囊。举世昏冥奚皂白，老年奔走尚苍黄。纵教学子心逾热，怎奈将军血尽凉。尔我生存何所乐，愿偕时日与之亡。

以上诗十七首，录自（民国）夏受祺纂修《枫田耆旧集》卷二。

七十岁自题画像

面团团无福作富翁于家乡，身蹇蹇无命作贵人于朝堂，辜负却男儿身手，菩萨心肠。爱国之余无嗜好，骂人以外少文章。到而今只剩得一头霜雪，满目豺狼。唉！冷乾坤何处洒一腔热血？破河山何处容七尺昂藏？

此诗录自（民国）夏受祺纂修《枫田夏氏六修族谱》卷十七。

第八卷　桃花江诗选八　武潭枫田夏氏诗选

桃江县武潭镇枫树田夏氏，素称“枫田夏氏”，其始迁祖夏思明，字宣晚，后裔称之“宣晚公”。夏思明原籍江西吉安府永丰县，明代初年迁益阳县一里枫树田（又作枫树店），至今已历二十余世。近七百年来，该家族弦歌不断，代有人才，尤其在康熙、乾隆间和清末、民初间，曾经成为益阳人文世家，其文学成就令人瞩目。前卷所及夏思痛，也是宣晚公的第十七世孙（即“隆”字辈）。民国间夏受祺纂修的《枫田夏氏五修族谱》有《枫田耆旧集》五卷，是该家族的诗文总集。本卷所录诗词除特别注明出处者外，均出自《枫田耆旧集》。

夏寖大（1618—1690），号昌一，益阳县一里（今属桃江县）武潭人，宣晚公第八世孙，康熙初年岁贡生，官武昌府学训导。博极群书，词章典雅，其著作有《望云轩集》。家在益阳城内之中州，田园池塘，居然野趣。其晚年在益阳县九里（今属桃江县）浮邱山下广置田园，其子光白、光洛居荷塘（亦作河塘）石桥坝（今属浮邱山乡），光斐居浮邱山沙田湾。夏寖大是武潭枫田夏氏迁浮邱山、桃花江之祖。

和江明府题见岳楼原韵　二首

昼敞南楼雪早融，帆樯遥送入帘风。千秋摩碣莓苔绿，五夜煨炉芋火红。日落恰宜渔唱晚，月斜休听鸟啼匆。不知今夕云何夕，人在冰壶玉露中。

曾传相国鹿峰边，屈指重来九百年。倚马才凌霄汉上，雕龙人醉画楼前。安仁自喜留千树，刘宠何曾受一钱。极目祝融云外出，琪花瑶草与天连。

同友人游东林寺

方中世外夙何因，十日逃禅化劫尘。残雨故添临去憾，青山犹是旧时人。飞花影里留行脚，无树台边悟幻身。嘱咐白云封一榻，重来踏破岭头春。

夏光白（1653—1705），字仙李，号幻斋，居益阳县九里石桥坝（今属桃江县浮邱山乡），宣晚公第九世孙，夏寖大之长子，康熙三十六年（1697）恩贡生，博学工诗文，与诸弟夏光斐、夏光洛名噪一时。

书　怀

穷老甘疏放，浮名梦不牵。幸余锥立地，漫羡翮摩天。山僻见闻减，林深来往偏。闲中多意味，得句兴陶然。

五十初度　二首

白云深处混朝烟，闻说浮邱此学仙。岂有丹砂存绝巘，空余新月映前川。俗情未断休参佛，豪气难除欲问天。世上旌旄殊草草，吾侪萧索独穷年。

五十年来不遇时，漫言举世莫予知。足经屡刖原非玉，釜亦常空尚有藜。可怪无才偏爱妒，自怜多病却称奇。从今老去甘颓放，只合谈诗解客颐。

以上三诗录自邓显鹤编《资江耆旧集》卷十六。

同顾明府、江谕封对雪，悼亡室也，调寄高山流水惨绿愁红

小窗飒飒动寒风，四围山，何处青葱。一望影连天，迷离欲断飞鸿。伤心处，惨绿愁红。良朋会，对景闲寻，旧谱斜倚帘栊共，含毫泼墨，冷淡写情浓。　胸中多少慷慨，盼不到玉殿琼宫。愁叹杀，欹檐压重，裋褐蒙茸。暖回寒谷律难工，笑裀重。枉自烹羔奏伎，坐拥千钟。

志空存，先忧后乐覆杯慵。

夏光斐（1669—1736），字淇瞻，号湘岩，一号淡园，又号闲叟，自号“浮邱闲叟”，居益阳县九里沙田湾（今属桃江县浮邱山乡），宣晚公第九世孙，夏寝大次子，雍正元年（1723）恩贡生。《（同治）益阳县志》称其“居浮邱山下，性情洒落，圭角不形，人与之遇，如处春风和气中。工诗，出语有飘然凌云之致者”。著作有《淡园遗韵》，已佚。

望浮邱山

西南屏障层层开，举眼青冥若为碍。浮云往还出其巅，不得从之每发慨。朝岚暮蔼起须臾，春苍秋翠无恒态。上有红光夜烛天，疑是仙翁药珠碎。仙翁飞身久不归，气象鸿蒙超叆叇。烟笼雾湿浑不知，长留一带青山在。

山居杂咏　四首

开轩时喜对青峰，消去无多磊块胸。几卷蠹余奇问字，一林松尽老成龙。犹然故我非关屈，总不如人只惯慵。每到倦时寻好梦，睡乡枕簟为先容。

濡墨空能赋遂初，棘猴事业我何如。老夫未解谋生计，稚子差能读父书。且向山林寻乐地，敢云圭窦即仙居。半窗梅影三更月，江汉风流尚有余。

子厚溪名不讳愚，平君寥落未云孤。栖林惜羽欣同鸟，结网当檐耻似蛛。我得烟霞开睡眼，天将雨露长春芜。小桥流水门前路，位置居然一画图。

杜宇伤春故故啼，苍山夹水眼中迷。浅深螺黛新添色，清浊沟渠尽入溪。春气十分刚及半，旧游几辈未曾齐。笔床茶灶皆吾物，不负林泉许共携。

夏日偕陈禹封游云卧弟驯园 四首

野性从来岂易驯，凿山休讶是狂人。胸中邱壑原关我，世上牢笼不到身。谢客无劳题凤字，入林常喜岸乌巾。我来扶杖临高峻，一碗香茶便爽神。

几行修竹绕云烟，取径迂回别一天。句若琳琅名士赠，字如蝌蚪古文镌。杉枝掩映凉初荐，石几纵横醉后颠。趺坐蒲团刚欲睡，何人长啸响林泉。

更登横岭愈开颜，纵目层峦入座间。日到午时云半护，谷于幽处鸟俱还。茶炉酒碗全无定，俗齿污肠一总删。可引溪流成碧沼，茅亭尽足爱清闲。

薄暮为留饭一盂，精如玉粒饱饥躯。纵游一日传佳话，胜地千秋付酒徒。浴服薄衫风静细，归乘明月露沾濡。园林好景频来此，兄弟宾朋兴不孤。

云卧弟自谓梅巢无诗，恐为梅笑，索余作解嘲诗

清净前身此结巢，不粘泥土不施茅。有时好睡香生梦，到夜高呼月上梢。色相扫空皆幻境，尘嚣洗尽已神交。不参一字非藏拙，何用区区代解嘲。

夔儿下第归，诗以慰之

前日风涛已受惊，归来策蹇雨中行。霜蹄屡蹶还增价，月旦无私有定评。安命便能忘得丧，读书岂直为功名。轩窗餬课生涯在，修竹幽兰且适情。

夏光洛（1682—1722），字禹书，号云卧，又号秘庵，居益阳县九里广济桥（今属桃江县浮邱山乡），宣晚公第九世孙，夏寖大第三子，

性高洁，癖嗜林泉，宅前有古梅一株，每花放时，庋木登眺其上，因号“梅巢居士”。又名其居室为屺斋，辟宅后山为驯园，园中有翼亭、横岭、杉坡、竹径诸胜，以咏以游，流连永日。工诗词书法，著作有《奇门辨证》《梅巢遗编》等，已佚。

鹧鸪天·雪中入安乐山禅院 二首

十里扶笻踏雪山，煨残榾柮坐春寒。晨钟暮鼓千年火，圆顶方袍一日缘。 真面目，幻衣冠，何时深定老禅关。纷纷六出花迷眼，搅碎虚空只等闲。

冻雾彤云踏玉山，桥头松顶鹤栖寒。香瓢篆影西来意，火沸茶声静里缘。 棕拂子，竹皮冠，个中消息叩元关。搬柴运水寻常事，打破疑团万佛闲。

安乐山为浮邱山下群峰之一，其上有安乐山禅院。《（同治）益阳县志》卷二：“安乐山，浮邱山又东北为安乐山，治西七十里，高亚浮邱，层峦耸秀，林壑幽美，远望桃江一带，环抱如画。”

鹧鸪天·留赠旻简师假长廊为夔侄肄业地

透顶妆成白玉山，春寒偏怪胜冬寒。锡飞何处云留伴，客到终朝雪作缘。瞻佛地，笑儒冠，一枝借养活机关。鹏程秋翮因风健，深谷长林仍旧闲。

此词录自《（乾隆）益阳县志》卷二十二。

更漏子·赠郭礼尚

死和生，甘共苦，把定心儿作主。时不遇，命多乖，由他发付来。携君手，话冲口，口口衷肠醉酒。一句句，一声声，相关无限情。

陈仙掌寄词，步韵奉答

谷中云，湖上月，都不管人离别。伤心话，断肠诗，开缄才得知。睡时梦，醒时梦，由着天公作弄。休絮聒，省思量，清眠夏日长。

鹧鸪天·除夕

赢得升平乐岁华，矮檐茅屋也成家。地炉满着生柴火，瓦罐浓煎老叶茶。 随意罢，耐烦些，思前想后费周遮。穿梭日子争时刻，现买千金不肯赊。

一剪梅·叙别

风雨连床破寂寥，就里情调，分外情陶。谈心不觉竟通宵，才是昨朝，便是今朝。 话到分离意兴消，心似旌摇，泪似珠抛。归舟一逐浪花高，水远山遥，室远人遥。

一剪梅·与一里周师尚庚兄叙别

喜作平原十日游，人也清幽，地也清幽。忘情谈笑两情投，这样风流，别样风流。 世事奔忙不自由，有意相留，无计相留。一肩行李觅归舟，云望山头，人系心头。

行香子·晨起雨后行吟驯园

雨足春宵，鸟语春朝。好扶筇、蓑笠逍遥。平岗嵚坂，短堑长濠。看雾痕浓，山痕淡，屐痕凹。 兴会孤标，吟咏清高，问劳劳、争似闲劳。春风酬和，响送声条。在草儿丛，树儿叶，竹儿梢。

两同心·同友人夜话

半生相识，几个同心。每系念、暮云落月，偏长隔、远水遥岑。今宵得，细诉离情，坐到更深。 吾侪白首追寻，贫病知音。都有些、愁因酒债，无非是、瘦为诗吟。休提起，变幻人情，龌龊黄金。

沁园春·哭城中屋

父乎兄乎，死者生者，魄惨魂伤。想五十年前，艰难创业；五十年后，容易抛荒。断壁颓垣，残株剩草，犹是当初骨肉场。今已矣，问云谁之屋，招我由房。 难言眼底沧桑，只留得旁人话把长。纵素具达观，岂同堕甑；空悲歧路，竟等亡羊。啧啧讥评，纷纷轻薄，一局残棋任数量。胡为也，维彼童之狡，罔念之狂。

夏逢夔（1694—1757），字典虞，号听斋，益阳县九里沙田湾（今属桃江县浮邱山下）人，宣晚公第十世孙，夏光斐之子，雍正十三年（1735）举人，翌年会试中明通榜，官桃源县教谕。著作有《听斋文集》，今佚；《四书订疑》六卷，清乾隆二十年（1755）刻本。

元日口占

可如王粲赋闲居，酒泛椒觞又岁初。雪色已看凝小阁，春光应为暖寒庐。山中日月容疏放，客底风尘借扫除。独愧太平无以报，临池重拟万言书。

此诗录自邓显鹤编《资江耆旧集》卷二十二。

登安乐山

寻幽试一望，突兀碧空悬。峰转疑无路，林深别有天。白云依古寺，流水理冰弦。到此忘归去，尘心息万缘。

安乐山远眺

采药兰山阿，径曲招僧导。行行不觉深，怪石疑虎豹。披榛绝顶间，群峦皆失貌。云水两苍茫，处处资清妙。近从鹿岭看，远把桃江眺。我屋山之东，双桥锁夕照。趺坐席草茵，高谈作诏告。沆瀣浥阊风，身世空所料。须臾爽籁生，划然发长啸。

过贾太傅故宅

湘水悠悠流万古，荒凉汉傅空庭宇。渫井当年迹向留，我心恻恻为谁语。太息流涕在千秋，岂惟痛哭筹吴楚。乃翁马上本倥偬，官礼彬彬无自睹。大道由来世莫容，大木终罹匠斤斧。勃平没后苍嘉相，落拓长沙卑湿处。我来扪碣过荒祠，飒飒寒风生户牖。

夏逢芝（1704—1769），字秀长，号任斋（一作仲斋），又号柳桥居士，晚年筑小楼曰“稽古楼”，自称稽古楼主人。宣晚公第十世孙，夏光洛长子，益阳县九里旋风滩（今属桃江县浮邱山乡）人。著有《易学寻源》《春秋辨疑》《仪礼图说》《稽古楼集》，是康熙时期湖南知名学者。

雨留浮邱僧房，与邓二古山夜话

有意寻芳览胜，何妨袖雾携云。多情风雨忒殷勤，故为游人添韵。好共援琴度曲，还堪纵酒论文，更凭几点洗尘氛，相伴今宵梦稳。

癸丑冬月重游浮邱，山僧索句，率笔填此

胜地昔曾略览，名山今喜重登。鸣泉潋冽草萋菁，依旧苍苔古径。拾尽浓云淡雾，聊娱野性闲情。却惭无物谢山灵，一操客窗留赠。

丁酉夏月稽古楼成口占

架上经书读遍，壁间图画看过。瑶琴鼓罢墨浓磨，明月清风同坐。倦去寻床觅枕，闲来玩菊观荷。世间名利尽他多，试问谁能绊我。

夏逢蘅（1713—1768），字蕙林，号三峰，又号质园，益阳县九里石桥坝（今属桃江县浮邱山乡）人，乾隆三十一年（1766）贡生。宣晚公第十世孙，夏光洛之子。

登浮邱远眺

羊肠道绕石珊珊，岚气冲来百尺竿。数遍冈峦都落翠，别开邱壑独留丹。身经草色连云湿，眼到江心放雨寒。秘室自随人击竹，香烟直傍几重滩。

夏逢诰（1696—1745），字纶掌，号荻哉，又号郎池，郡庠生，益阳县九里金牌村（今属桃江县浮邱山乡）人，宣晚公第十世孙，夏光白之子。

哭叔父居士

人生最苦是离别，况复幽冥成永诀。嗟哉泉路竟何之，惟我哀思愁更结。叔生壬戌逾壬申，皇祖弃叔甫十龄。我亦十龄而失怙，叔时怜我有同情。堂前三凤叔居季，天夺我父折其一。吁嗟季子复翩翩，仲父抚余悲且泣。感惟我叔报兄恩，携余课读费苦心。五年风雨相期许，不肖如余仅冠军。余赘南平千里外，病欲垂危身几败。叔闻魄碎复魂惊，重聚故园深愉快。人世纷纷名利薮，叔也萧然世外走。乌巾皂帽岂寻常，诗古文词俱不苟。性情真挚为尤最，内外亲疏无间隙。寸心检点独周旋，有其大概无其密。长年家计任萧条，独辟一园架一巢。梅同酸楚山同静，无分月夜与晴朝。何意行年方四十，愁病交加非老至。无端参术病难瘳，一病不瘳旋冥逝。临行携手各叮咛，袖出遗编载死生。别调不堪今再读，读来都是断肠声。半生抱憾何须诘，欲痴欲醉填胸臆。更言负罪莫能偿，大书特书皆自责。而今已矣渺难知，悲余弱弟苦孤儿。夜来独洒清秋泪，怕听哀鸿呖乱时。

夏世笏（1723—1786），字搢书，号桐冈，益阳县九里沙田湾（今属桃江县浮邱山乡）人，乾隆三十三年（1768）举人，拣选知县，宣晚公第十一世孙。

石桥晚兴

石桥横列草堂西，苔藓苍苍接柳堤。清露下时风景好，白云飞处月痕低。萧疏意气花三径，淡荡襟怀水一溪。归咏尽堪饶晚兴，锦囊收得付诗傒。

夏世瑚（1735—1784），字宗器，号冠山，郡廪贡生，益阳县九里石桥坝（今属桃江县浮邱山乡）人，宣晚公第十一世孙，夏逢薇之子。

九日登仙女山和友人韵

一天秋爽自神雄，乘兴登高驻半空。汉水带潆低映日，荆山屏列远临风。放怀直卷云千壑，缓步偕寻地数弓。仙侣恰题仙女迹，啸余清韵满城中。

斋中病起坐月感怀

山馆难成寐，终宵月满窗。病余怜骨立，吟罢觉心降。往事惊弓鸟，微躯泛海舣。无言耐久坐，隔岸晓钟撞。

夏世璜（1751—1819），字岂磻，号古愚，一号与山，岁贡生，益阳县九里石桥坝（今属桃江县浮邱山乡）人，宣晚公第十一世孙。

壬申设教邱麓书屋，冬日访坦园、松泉两先生，夜饮口占

不傍人篱不受怜，疏狂故我尚依然。何曾有客轻题午，莫讶先生旧姓名。老去那堪论壮志，睡余犹得拾残篇。名缰利网邯郸梦，唯有青灯是夙缘。

邱麓书屋即彭氏塾学，原址位于清益阳县九里大水洞（今属桃江县浮邱山乡大水洞村）。此诗录自（清）彭涛纂修《资江彭氏七修族谱》卷末。

夏世珑，号可轩，邑增生，居益阳县九里石桥坝（今属桃江县浮邱山乡），宣晚公第十一世孙。生卒不详。

题东林寺

尘嚣何处避，惟有入东林。社结堪援古，风流直到今。池莲凭鲤戏，庭桂覆云深。识得幽闲趣，禅关自可寻。

夏泽镕（1773—1854），字治成，号舒汀，一号藿山，邑庠生，益阳县九里石桥坝（今属桃江县浮邱山乡）人，宣晚公第十二世孙。平生肆力经史，淡于名利。

上巳日访近仙

良时当暮春，读罢兰亭序。匹马走山阿，一径穿云古。重重复叠叠，来到故人墅。叩门稚自迎，仙踪渺何许。吟余案上诗，酌罢炉头醹。呼童问所之，指听赛神鼓。仙峰我旧游，此日寻兰谱。相访自有心，招宾惜无主。感我故旧情，俄归时冒雨。洗盏烹新茶，旋复具鸡黍。殷勤道款洽，把酒话场圃。一斟一热肠，相忘倾肺腑。偷此半日闲，作此团圞聚。一种缠绵情，聊作不了语。

述怀 二首

卜居何事爱山林，一亩幽芳乐可寻。培菊自饶霜后节，种松惟有岁寒心。学经字记贫妻问，尝酒杯凭稚子斟。要把从前痴尽卖，全赊誓不用黄金。

闭门尽日检书签，茧纸斜铺字一缣。浪迹依然唐太白，幽居便是晋陶潜。纵横今古胸怀阔，偃蹇蓬蒿岁月淹。闻道洛阳延寿术，羊肝尝遍许频添。

夏泽垓（1759—1816），字畅九，号象山，邑庠生，益阳县九里广济桥（今属桃江县浮邱山乡）人，宣晚公第十二世孙。

入旧社示生徒口占 二首

远举冥冥未弋鸿，一枝仍息故园中。梅添瘦影横新月，柳亸长条弄早风。万里轮蹄成梦幻，一窗灯火映朦胧。残书几卷犹堪检，慷慨休悲吾道穷。

闭门何处足音跫，三径盘桓但有松。敢道识途同老马，不妨点额让乖龙。时清宇宙甘疏放，地迥林泉足懒慵。昨夜东风吹宿蕊，尚余踏剩几芳踪。

此二诗录自（清）邓显鹤编纂《资江耆旧集》卷四十二。

夏泽垠（1759—1829），字耀南，号梧亭，邑庠生，益阳县九里沙田湾（今属桃江县浮邱山乡）人。宣晚公第十二世孙。

抱黄洞

一径通幽年复年，烟云叆叇薜萝牵。道人羽化归来未，洞口山花红欲然。

夏德洞（1817—1878），字挹九，号注江，邑庠生，益阳县九里沙田湾（今属桃江县浮邱山）人。宣晚公第十三世孙。著有《种桂堂文集》，未见传本。

醉后遣兴

我生总不受人怜，葺积茅茨旧数椽。半亩小池才映月，数株新柳渐摇烟。何劳物色来三顾，一任蹉跎又六年。且喜童孙窥睡课，茶能当酒肯浓煎。

秋日斋居有感

壮怀那许受牢笼，无奈长途阮籍穷。书味好探无字处，世情尽在不言中。牛衣尚卧人非老，鹿梦虽成事不空。留得桂花香一瓣，他年有兴试秋风。

夏肇暄 字日宣，号曝农，邑庠生，益阳县一里（今属桃江县）武潭人，生卒年不详，宣晚公第十五世孙。著作有《竹溪剩稿》，未见传本。

饮　酒

流年欺老去堂堂，浊酒何妨独举觞。儿女姻缘多聚散，友朋消息半存亡。门开四达令公宅，裘敝千金季子装。刘阮酣歌非玩世，曲生风味总难忘。

必达斋遣怀

小窗灯火感当年，此地重来悟夙缘。朋辈已如萍聚散，文章不惜砚磨穿。诗因律缚吟常苦，酒被愁牵醉欲颠。莽莽浮生悲往事，春风闲倚听啼鹃。

夏基坦（1831—1912）字履仁，号道生，一号平阶，更名雨时，清末附贡生，益阳县三里（今属桃江县）板溪牌坊湾人，宣晚公第十六世孙。

冬日游浮邱山

筑室浮邱麓，频来访洞天。山寒人负曝，涧浅约横烟。过岭冲残雪，穿林听漏泉。初晴噪干鹊，饮啄出峰前。

夏基荣 又名瀚，号心陔，一号庽翁，夏肇暄之子，宣晚公第十六世孙。

过天河湾并简汪少庵

番风剪剪雨丝丝，独立河干唤渡时。断岸涨消帆过稳，遥汀烟重鸟飞迟。支机石事原乌有，灵鹊桥名却耐思。翻羡人间胜天上，野航日日会佳期。

夏郅隆（1840—1873），字典六，号苹墅，邑优廪生，益阳县一里（今属桃江县）武潭人，宣晚公第十七世孙。

登望夫台书陶云汀宫保五古后

嘉山蜿蜒龙蛇走，竹叶如丝石如斗。居人为我传孟姜，指点荒邱屡回首。祖龙称帝意气豪，轻举万事如鸿毛。焚书收铁既已尽，胡人牧马犹南逃。龙堆马邑千万里，赭山鞭石纷纷起。不管城南少妇哀，那知塞北征人死。当时弱质重同穴，雾鬓风鬟惜离别。红颜一去逐香尘，黄土千年见遗烈。后人吊古多爱名，徒知表节无原情。扫苔题名上石壁，山鬼瞥见应吞声。古来成名皆处变，当局不幸傍观羡。忠臣孝子感君亲，青史光荣非所恋。再拜呼秦女，秦女听我语。但赏幽贞非知汝，所愿胡骑不窥边。君王能御宇，函谷关前少戍卒，阿皇宫中足歌舞。田间耕馌共升平，一生不解相思苦。

梅花 二首

销尽风流楚客魂，繁华寂寞总难论。空无色相山中梦，老见精神月下痕。春意嗅来成妙谛，国香嚼后识灵根。孤山不见林和靖，知己寥寥雪后村。

天教独占百花魁，勾引春情次第开。谙练雪霜犹雨露，指挥桃李作舆台。有香空谷徐徐引，索笑名流得得来。白玉堂前好飞去，不应老向水云隈。

九日偕诸弟登九冈山 二首

万岭环遮处，斜阳一线明。飞泉流土落，高石夹人行。满眼佳山水，知心好弟兄。招提在何许，倚树听钟声。

天外飞鸿影，于今两度过。题诗名辈少，拜佛女儿多。山远秋无际，江遥水不波。一庵高似此，绝顶又如何。

菩萨蛮·闺情小调 四阕

读尤西堂《闺中十二月乐章》及《四时闺词》，言伉俪之情分外细腻，惜其详于少妇而略于少女也。闲窗拈笔，戏作四章补之。其调菩萨蛮，其题以一日为次。非敢争帜前人，亦聊寄十年不字之意云尔。

锦衾好梦浑无据，晓来却被莺啼去。香穗吐金猊，纱窗人语低。嫩寒生小阁，侍婢牵衣著。手掷绣花衫，深闺若个看。早闺

窗心印绿桐阴破，低呼小妹弹棋坐。生怕阿娘惊，回廊莲步轻。

昼长停绣谱，痴共花魂语。午倦倚妆奁，凭他日胜年。午闺

乱蛙啼近阶前草，轻飚墙角敲寒箓。燕子未还家，雕梁日又斜。蛛丝新结网，檐下罘罳敞。刚欲理残妆，鹦哥唤晚凉。晚闺

香脂镜底忘收拾，一栏明月留人立。行露折花回，移灯看绣鞋。眠迟过夜午，拚把朝来补。何处闹春宵，双声引凤箫。夜闺

夏治隆　号范樵，邑庠生，益阳县一里（今属桃江县）武潭人，生卒年不详。宣晚公第十七世孙。

九月八日登祝融峰

谒岳祝融巅，心香一瓣然。侧身峰七二，放眼界三千。铁屋巉岩立，银河瀑布悬。云梯深仰止，呼吸可通天。明日登高约，今朝让我先。乾坤皆色相，香火尽因缘。秋气横霄汉，岚光接海天。江山多少感，消与定中禅。

夏运隆　字近午，号杏坞，邑庠生，册名克勤，益阳县一里（今属桃江县）武潭人，宣晚公第十七世孙。

湘山苍，记建置也

湘山，《志》称今修山，在资江左岸。

湘山苍，资水傍，资阳即是古益阳。粤自秦皇废封建，郡县天下为屏障。洞庭西南广膏腴，资水清莹何汪洋。爰择适中建县堂，益阳之名从此彰。汉魏以来历千秋，或封藩国或为州。沧海桑田几迁变，益阳二字至今留。我生之初只欢谑，游钓浑忘身所托。十年以长始读书，才考舆图悉里居。

桃花江，表贞节也

邑贞女郭氏，名纯贞，明江西巡抚都贤女也，受黔国公沐天波子

聘，世乱未婚。鼎革后，沐子不知所在。纯贞守贞以待，尝以“驿梅惊别意，堤柳暗伤情”二句作拆字诗十首，寓意其悲吟苦思，盖得乎情之正者。随父居桃花江，后为尼，易名联本。结庐浮邱山下，曰卓庵。

桃花江，流淙淙，春风二月霞绮降。是谁空对桃花开，兵燹流离人不来。人不来，春又暮，水面桃花红满渡。郭家女儿对门居，看花频叹佳期误。驿梅千里梦魂惊，堤柳缠绵恨不禁。吟诗偶寄相思意，情不伤兮词不淫。天涯盼断王孙草，八月秋风胡太早。韶华绮丽去不回，零落空山人亦老。翻然削发归依佛，冰雪心肠自澡祓。丹诚耿耿照千秋，迄今卓庵犹屹屹。

浮邱山，美著作也

山在邑九里，相传浮邱公炼丹，有丹灶、齿石诸迹。邑主事汤鹏著有《浮邱子》传世。

浮邱山，浮邱高矗接天阊。山灵千载发幽光，十二万言著文章。伊何人，云锦张，十日御史公以部郎升御史，甫数日，郎三上章，弹劾权贵，饬仍回原衙门行走。汤益阳。笔如剥蕉意抽茧，波澜壮阔惊老庄。才大谁能用斗量，小儒咋舌走仓皇。

夏受祺　《谱》名道隆，字惺耕，一作莘耕，益阳县一里（今属桃江县）武潭人，夏寿华（思痛）之弟，宣晚公第十七世孙。工诗，有《自娱斋诗稿》传世。

登紫云山

偶来游佛地，信步上层峰。小雨云一片，乱山烟几重。闲庭满花竹，古壁绘蛇龙。坐对疏林晚，苍然闻暮钟。

紫云山，位于桃江县武潭镇。《（同治）益阳县志》卷二：“紫云山，治西一百八十里，孤峰矗立，紫云庵居其上。俯看群山，致堪游赏。”

与汪子寿春访即是庵主人不遇

同里周君远贻，晚岁好道，颜所居曰“即是庵”，尽舍其财修治道路，建石梁七座。清修苦行，以此自终。

偶携二三子，数里入高峰。一径野云合，四山花气浓。多情原佛慧，无著是仙踪。欲去寻行迹，苍烟深几重。

送友人游浮邱山

送君三月游浮邱，浮邱之山我旧游。君前试向山前问，山鸟山花相忆不？

夜泊桃花江与友人小酌

野泊桃花水，溪山晚景幽。滩声一夜雨，红树半江秋。远火浮渔艇，悬灯见市楼。如何消永夕，小饮白蘋洲。

自桃花江解览归里

停桡泊烟渚，解缆溯清川。雨湿片帆重，江枯乱石眠。家山望归鸟，消息问来船。又与桃花别，临风一怅然。

晓起赴武潭登舟

早起行阡陌，春山画不如。鸟鸣深树里，花弄晓晴初。风拂江蘋动，烟笼柳岸舒。始知芳景美，客路胜山居。

送家兄思痛赴西安

客中送客倍关情，况复邮亭饯乃兄。戎马关河此离别，元龙豪气自纵横。千秋怀抱丹心在，十载风尘白发生。无限苍茫家国事，一鞭秋雨赋西征。

汉上逢立春，忆家兼怀伯兄陇西

江上又逢春，流光一转轮。可怜新令节，思杀故园人。白发悲亲老，青袍忆弟贫。音书西塞断，并此泪沾巾。

过桃花江

怪石连滩吼怒雷，隔江烟树隐楼台。此行不见桃花面，我是去年崔护来。

吊鉴湖女侠秋瑾 三首

西力东渐亚陆沦，奋将纤腕创维新。千年女界无生气，开幕神州第一人。

拔剑哀歌酒未消，秋风秋雨遽魂消。满腔家国兴亡恨，付与钱塘八月潮。

鉴湖暮地起愁云，三字冤沉革命军。儿女英雄各千古，西泠新冢岳王坟。

甲寅春承乏县立高小学校校长，重至龟台感怀

廿年征马踏红尘，赢得归来百练身。过眼风涛沧海水，怡情花鸟故山春。平生意气空余子，当日弦歌有几人。回首苍茫感今昔，重来旧地一酸辛。

华容风气锢蔽，学校招生往往不应，感书一绝

沱江讲舍倚山开，礼聘师儒乐育才。漫道扬雄识奇字，门前问字几人来。

舟过桃花江

骤雨添新涨，江平好放船。滩声桃叶渡，秋思菊花天。远树浮青霭，高山生白烟。资城明日到，欣有酒如泉。

忆家兄思痛北京，时民国六年元日，即夏历十二月八日也

衰龄远客岁将阑，风雪萧萧易水寒。五载共和新战国，百年天地一儒冠。牢骚屈子穷多赋，矍铄文渊老据鞍。几炷名香数升酒，燕云北望祝加餐。

长沙除夕呈伯兄思痛

人迹波上萍，又如飞絮轻。飘荡岂自主，风水为之程。今夕共灯烛，守岁长沙城。海南有归客，须发雪千茎。问是谁家叟，乃我同胞兄。置酒展良宴，鲜肥厨下烹。知心二三友，子弟四五生。虽然在羁旅，颇存故乡情。醉饱各自得，欢乐难为名。今年薄雨泽，亢阳方苦晴。昨夜集微霰，檐际飞琼英。何妨寒度低，且喜天气平。瑶光射屏障，斗室生虚明。人天共欢喜，物我皆向荣。长此客中聚，何须愁远行。

二月十二日附轮回益，为溃兵掳驶湘潭，至昭山下作

狂飚声卷地，吹我作飞蓬。山出乱云外，帆来细雨中。鬼燐连野碧，劫火彻宵红。太息前功尽，滔滔逝水东。

再过桃花江

芳草桃花岸，扁舟载酒过。柳潭鱼艇聚，山树鸟声多。凤尾生新竹，龙池展绿荷。所遭非故物，岁月又蹉跎。

晚泊大栗港

狂风吹日落，暮色霭孤舟。客思凉于水，诗情淡似秋。橹声喧隔浦，市火上层楼。相对河清旷，云湄月已钩。

九日登楠木山

佳节多清兴，危峰绝顶攀。秋声黄叶路，人语白云间。畏佛不提酒，寻仙亦看山。朝随流水去，晚共暮禽还。

夏国衡（1890—1917），字石农，别号漫莽、半禅、卖痴生、无所往斋主人等，益阳县一里（今属桃江县）武潭人，江汉大学法学科毕业，曾任湖南省第一师范学校国文部主任，宣晚公第十九世孙。

题家叔祖卓春先生《琼游笔记》，即集卷中成句 二首

鸿泥几遍琼东道，未尽江山老更游。绕遍蓬瀛已三匝，犹然笠屐过儋州。

莽苍苍里问途忙，雌霓横空日欲黄。行尽珠崖千里路，满收岩壑上行装。

桃花江

轻舫趁春潮，风光入画桡。柳边沽酒旆，花里卖饧箫。桃叶横波急，杨花逐水娇。天涯行客子，到处总魂销。

第九卷　桃花江诗选九　武潭薛氏诗选

桃江武潭薛氏始迁祖薛昂，薛姓后裔称为“昂公”，宋代人，原籍浙江杭州府钱塘县，元丰八年（1085）进士，官至兵部尚书，靖康初以金紫光禄大夫致仕。绍兴四年（1134）佐岳飞于武陵军事，辞官后落籍益阳武潭沙渭村（今属桃江县武潭镇）。薛昂落业武潭近九百年，至今已传三十余世，后裔集居于武潭，衍迁于桃江各地以及益阳、沅江、汉寿等地。武潭薛氏代有名人，清代尤盛。清代乾隆、嘉庆期间，著名诗人薛嗣昌乃昂公之第二十一世孙；光绪间，昂公第二十三世孙薛炳善、薛倓善先后成进士。武潭《薛氏族谱》已历七修，其六修《族谱》第八十四卷和第八十五卷为《艺文》，辑录薛氏先贤的诗文作品，颇为丰富。

薛绳祖（1689—1733），字大武，号栗峰，益阳县一里（今属桃江县）武潭人，邑庠生，昂公第十八世孙。

萤

点点清辉散太虚，前身草泽判荣枯。分来刘向燃藜火，夺得梁王照乘珠。日月经天光有耀，江湖满地影无孤。问谁好学如车子，收入纱囊读古书。

薛运开（1730—1809），字添材，号幻云，益阳县一里（今属桃江县）武潭人，布衣诗人，昂公第二十世孙。

秋月湘阴黎元庆过访，殷留道意

空谷嘤鸣兆应祥，芝兰入室几筵香。暮山同净文无草，秋水凝寒剑有霜。回阵轻鸿经岳麓，寻梧丹凤望朝阳。果然供奉诗谁敌，不惜千钟醉夜郎。

薛嗣昌（1761—1824），字文黼，一字岳田，益阳县一里（今属桃江县）武潭人，嘉庆四年（1799）贡生，选桃源县教谕，昂公第二十一世孙。工诗古文，兼长骈体，时与黎光地并称为“益阳二诗人”，著作甚富，曾有《佩苇堂诗钞》行世，但今未见传本。

感意 八首

从伯幻云翁，老儒也。年近八十，一编不辍。一日酒间语余曰：“近日外间之论，颇推侄为八股名师。老夫少时，于此事亦煞费心力矣。以今所见，亦诚谓舆论不谬。然世俗恶真而好伪，第恐如古人所谓‘黄钟毁弃，瓦釜雷鸣’耳。”归，感老人之意，即以二语为韵。

结习未清净，宿根耽词章。年少咏鹧鸪，侧足声誉场。日月坐摇落，齿危鬓亦苍。提唱先民旨，自谓有片长。丹铅扃柴门，与人殊炎凉。相依六七辈，志趣争秦黄。门下弟侄数人，及姻党王生克绥、夏生襄勿皆卓然自命，不惑于流俗者。丈夫重气谊，此处何所望。

昔人重气格，文如秋江蓉。今人务弋获，时一杂妄庸。房行及考墨，不择争喁喁。穷达亦有命，胡为枉道从。一语滥流传，令人薄遭逢。科名期不愧，此语如晨钟。

俗师惮理法，冕裂而冠毁。篇股句字间，杂沓不胜指。偶一幸而隽，下士从风靡。咸谓昔之人，何自苦乃尔。遂使先民文，尘封不复视。作俑者何人，胡乃至于此。卓荦出群英，吾党二三子。及门诸子，文稍于理法不当，余辄抹之，皆帖然笃信，从无窃谓过苛者。

吾道贵时中，为文亦何异。求高而得拙，病与芜俗类。前贤有名作，亦应精吾识。刻古或无华，幽微亦损致。学之得槎枒，究亦非吾志。惊才出绝艳，方成廊庙器。失足堕歧趋，空洒英雄泪。近有好名人，不工但求异。窃恐有用才，误听坐沦弃。

今人溺所爱，喜谀而好假。俗师窥此指，鲜不从风者。驽骀未羁勒，誉之千里马。童稚心易骄，巴歈为风雅。既主先入言，终身出人下。何异子舆言，求食而毁瓦。惟有岳田门，调高任和寡。

古人羞往教，今人如市贾。喘汗觅生徒，搜罗及牧竖。绳检不可施，甘言徒煦煦。起视门墙间，无异优伶伍。窃谓古浮屠，尚知严法乳。奈何视钦明，五经弃如土。倘有强岳田，宁令尘生釜。

俗师轻句读，子弟志亦隤。涂鸦未满纸，经传已生煤。岂有枵腹人，能号著作才。诸师宁不知，不敢令如雷。大抵几席间，皆非慕义来。师道自尊重，岂不如是哉。

老人少壮时，出语四座惊。伯父少时，为中梅夏世平先生高足弟子。大法慕方韩，精理研周程。青衿悭一遇，皓首亲长檠。醒眼阅人多，顾我无限情。酒间重缱绻，颇为虑舌耕。因感老人意，非作不平鸣。

题八仙图　二首

曾共通明侍紫烟，尘心小别大罗天。而今相见还相识，金瑟琼箫记昔年。

展卷殷勤索我书，本来面目定何如。丹青皮骨都成幻，一等浮云寄太虚。

梅花　二首

任向江南处处栽，等闲篱落即瑶台。游蜂浪蝶花间老，亿劫何曾识面来。

漫道吟花句亦香，广平声价胜何郎。无端绮语增唐突，说甚生来铁石肠。

和高南山韵 四首

岘首残碑草似烟，曾留惠爱著南天。江湖牢落佳公子，泪堕遗民二十年。

临别匆匆索我书，相看无语意何如？洞庭北去浮天水，好把离情问太虚。

此地穷经尽耆宿，百年韵事惭山谷。紫峰诗格一番新，为报卷帘看不足。

一曲高楼速客归，自来才命故相违。怜君北过黄陵庙，苦竹丛前又湿衣。

授锡蕃弟 二首

谪向红尘四十年，挥毫争羡走云烟。酱瓿心血何人识，历劫常新赖汝传。

彩笔亲传梦里花，藐姑仙子陋铅华。文章衣钵寻常事，天遣风流到一家。

以上诗录自薛守恭纂修《薛氏族谱》卷八十四。

次莫江先生和孟东野旅次湘沅有怀灵均原韵

遥天覆长道，落日凄征途。夷犹入湘沅，客心良踟蹰。湘累杳何许，天涯感微躯。怀沙千古恨，慷慨无贤愚。吁嗟楚灵均，词令推鸿儒。蛾眉众谣诼，南窜何嵚岖。行吟寄幽怨，风骚永遗模。举国畏令尹，伊谁怜大夫。芳洲杜若死，空山女萝枯。遥遥湘江渍，神气归左徒。魂兮不可招，忠愤空自输。忆昔别宫渚，日与猿狖俱。白昼泣山鬼，窅然人境殊。险夷亦靡定，坚贞胡可渝。只今汨罗水，呜咽绕城隅。蒙蒙巫山云，终古仙灵区。如何朝暮意，不惜国势孤。湘波清且涟，兰茝犹纷敷。知音旷千载，洁清真独吾。勿谓卜居易，只为善后图。

书谢指挥死节传后

指挥茶陵人，明末驻桂阳卫，流寇陷城，死之。事详其曾孙文学国楚《家传》。

君不见长鲸驾波沧海立，军容夜发咸阳急。阃外人无马革还，宫中帝向熊蹯泣。天南都护心如石，义激偏师一当百。大帅环视不敢援，身殉孤城嗟化碧。遗编述祖出兰荪，忠孝相传看一门。我今日断洣江浦，欲陈桂醑招忠魂。噫嘻吁，偷生负国今已矣，伤哉南八真男子。他时倘遇张睢阳，握爪相看泪如水。

次伯父幻云翁山居原韵

心清无梦到庭槐，冉冉花阴漠漠苔。隐几窗前呼月伴，采芝石上袖云回。豪情未放诗千首，老力犹胜酒百杯。每服高吟如范陆，阿咸学步恐非才。

跋郭些庵洞庭秋诗后

欲共渔郎去问津，归来江令作游民。暮年风月犹丁卯，故国楼台已甲申。事去难填沧海石，心空不试镜台尘。河汾遗老悲歌在，零落中洲集里人。

读《元遗山集》

正大诗人是裕之，鸳鸯绣尽鬓如丝。草堂老去经天宝，菊径归来记义熙。落日青山人不见，暮云楼阁泪空垂。可怜江令重游地，只为梨花住少时。

暮春简王稚仙，闻其有春游之作

春去堂堂落照中，吹香亭北小桥东。湖光嫩绿鱼苗水，花事浓酣杜宇风。拟遣乌丝题胜迹，便随金络踏芳丛。不愁暂隔王生面，闻有奚囊贮化工。

次李义山无题 三首

琼花一片落香风，弱水西头阆苑东。尘劫有因山月老，绛霄无路海云通。暂调凤管还低黛，欲写乌丝愧比红。一自湘皋遗珮去，钿车飘散九秋蓬。

斗草堂中跨鹤来，昔年丝竹沸如雷。秋前河汉三生约，梦里辽西五夜回。齐国徒传方士术，秦宫犹惜沈郎才。曾经玉甃埋香骨，团扇宫鞋已劫灰。

春风依约郁金堂，寂寂窗纱白昼长。桥下芙蓉曾似妾，帘前鹦鹉旧知郎。数痕铜晕孤鸾暗，一线烟沉睡鸭香。旧事寻思如梦寐，回头真笑阮郎狂。

飞来石

一片飞来石，飞来自何处？只见石飞来，不见石飞去。

莺　声

柳外东风不省愁，春归处处送歌喉。凭君惊觉辽西梦，莫近张家燕子楼。

以上十三首诗，录自（清）邓显鹤编纂《沅湘耆旧集》第一百六十五卷。

江　行

烟柳堤边系玉骢，酒船摇过画桥东。渔人解唱宾洲谱，苦竹丛多一夜风。

此诗录自（清）邓显鹤编纂《资江耆旧集》卷四十二。

浮邱山

老树拿云淡如絮，怪石森然挺蹲踞。闻道香云第几重，中有仙人炼丹处。丹成羽化知何年，山中鸡犬皆成仙。一自缁留募金地，下界争趋香火缘。扶筇恰值初春节，石磴飞泉尚寒结。微风树杪一声钟，斜日前山几峰雪。我闻净域离嚣尘，云车雨盖来真人。只今俗子骛如市，面目不顾山灵嗔。我来不作功德想，破帽残衫自来往。他年幸免勒移文，时发狂歌助松响。

旋风滩至桃花江口

资水出万山，夹岸络青嶂。滩险尽旋风，滟滪堆可上。跳珠时入船，阳侯富骇浪。长年争喧豗，万马试伉壮。怪石伏如犀，狰狞怒相向。俄顷望江市，微闻欸乃唱。出险互劳慰，亦或相诮让。是时水潦尽，行舟幸无恙。入春雨连旬，百涧助新涨。倘复一蹉跌，下为鱼腹葬。我闻名与实，妍媸应相况。江以桃花名，奇丑乃万状。大类吴道子，地狱呈变相。谁能遣五丁，挥斥作平旷。便唤米舍人，书画一盈舫。夷犹沅湘间，西风吹五两。

旋风滩，即泉峰滩，位于资江桃江县城附近。以上二诗录自《（同治）益阳县志》卷二十二。

妇姑双节孝纪事

溶溶井水瑶池雪，化作冰心香不灭。可惜孤飞一缕红，寂寞无人伴芳洁。田家贞媛二纪初，委堕铅膏珮金玦。孤鸾恻恻哺雏劳，径寸珊瑚更摧折。西河孝妇承清芬，鸾雏失影青铜缺。虬松翠柏凌高秋，对影霜帷共幽咽。霜露凝凝风切切，五夜寒檠惨将绝。悠悠千里望夫山，黄鹄歌残泪成血。我疑旷世乃一人，岂知彤管旌双节。阃范香传古所难，咸知巾帼多奇烈。愿将一曲谱箜篌，清秋吹遍琅琊裂。

此诗纪田资濂妻林氏，及其儿媳卜氏守节事。此诗录自《（同治）益阳县志》卷十九。

薛昌晋（1776—1853），字锡蕃，号桥南，自号打樵男子，益阳县一里（今属桃江县）武潭人，昂公第二十一世孙。工诗古文，中年绝意进取，笔墨自遣，著作颇丰，惜无传本。

舟泊茅谷口不寐

曾将冠冕羡南州，远浦潺湲记旧游。暇日爱山尤爱水，老年多病又多愁。清樽酌酒邀明月，孤艇扬帆接素秋。我是天涯放归客，凉宵无睡唤同俦。

秋客星城即景

万家烟火旧潭州，鸿雪多缘又此游。今日文章嫌老眼，当年风景换新愁。琵琶门巷萧疏雨，杨柳池塘暗淡秋。忆到莼鲈终有味，好凭邱壑觅吾俦。

薛昌浩（1785—1824），字孟长，一字梦棠，号养吾，益阳县一里（今属桃江县）武潭人，布衣诗人，昂公第二十一世孙。

水边杨柳

十亩雷塘路，弓腰惯踏春。灞桥三径阔，随柳一湾新。染翠蓝于水，垂青绿上身。凌波无限意，谁是画眉人。

和江南游士高南山原韵

问君何处诺如金，珍重湘南尽赏音。独我未悬徐孺榻，谁人不抱鲁连心。吴山树报春风老，楚水澜翻夜月深。良骥终须推上驷，莫教劳扰误分阴。

为友人移蕉书塾

石砌春阶草似烟，几围凤尾碧窗前。绿天遗墨书千卷，白雪新诗画一联。午夜声寒风刺刺，丁香愁结雨绵绵。从今不问人间纸，种得芭蕉五色笺。

春居自感

凄凄烟景斗芳菲，望断王孙路是非。手泽依然留爱日，草心犹来报春晖。几番新梦如山叠，廿载韶华类雪飞。万紫千红浑不觉，一帘风雨掩柴扉。

薛修绪（1795—1875），字缵山，号恢轩，益阳县一里（今属桃江县）武潭人，昂公第二十二世孙，布衣诗人。

鹦鹉洲晚眺

举步江干极胜游，苍苍暮景入双眸。青遮天末红山寺，绿绕波心黄鹤楼。千里征帆斜挂日，一洲芳草远横牛。遥闻欸乃声初起，隔浦渔歌唱晚秋。

回过荆河口

浪别荆河势渐平，故乡风景认分明。漫云西北人俱浊，地到湖南水亦清。

花圃　二首

杰阁临溪翠嶂连，几番妆点费周旋。种花特为开三径，树木犹当计十年。月色好时留客醉，竹阴浓处抱琴眠。午酣领取闲中趣，栩栩神怡蝶梦圆。

检点闲庭略种花，几丛开遍斗繁华。余香满苑随风送，寒影侵阶伴月斜。溪水远从当户出，对山高不尽篱遮。四时好景宜消受，把酒凭栏乐未赊。

薛修镐（1810—1877），字蔚西，号丹铭，益阳县一里（今属桃江县）武潭人，从九品职员，昂公第二十二世孙。

归家　二首

常恨旅游归未得，既归翻使泪痕添。拔钗沽酒知何处，零落柴扉蛛网黏。

空庭春草长如麻，客子行吟对日斜。苦忆旧时休短策，儿童牵袂唤烹茶。

水灾 十首

道光己酉作，前五首戊申景况。

风急云浓雨浃旬，茫茫陆地竟沉沦。横流患际唐尧世，敷土功思伯禹神。是处楼台浮蜃气，可怜黎庶作蛟人。天灾代有何容避，潭朗年来最苦辛。

滔滔汩汩望无涯，不为成仙也泛槎。庐舍漂流人野哭，稻粱湮没岁空华。记筹正见田成海，度地惟余石与沙。云汉昭回忧旱魃，波臣肆虐更何加。

大湖南北混茫中，任是高原获亦空。芽苗连畴如种玉，岁登太史更书螽。筑场无事家添灶，腐粒虽存火待烘。还说穷黎天必悯，荞成阡陌接云浓。

烹葵食薁咏豳风，稼圃资生利赖同。野有苕华人鲜饱，园无蔬果地俱穷。疗饥那得和羹煮，佐食偏教并谷空。凋瘵不堪饥与馑，曷能卒岁待春融。

得全残喘亦天心，笋茁三冬密似针。易米岂乖青士节，荷锄直度碧云岑。攀藤披棘何辞险，冒雨凌霜敢避侵。十月樱厨添美味，贫家生计此中寻。

耽饥忍冻过残年，挨到春来共力田。播种有时宜社后，望晴无术补天穿。寒侵陇畔秧空早，价问江东米独专。甲秀楼头凭一望，几家午后起炊烟？

四月南飞麦正黄，穷黎相慰色洋洋。两歧自昔曾呈瑞，八口于今可备粮。不道狂澜频作祟，竟成苦海更何望。深嗟厄运逢阳九，困顿流离满路旁。

儿啼妇泣此何时，待哺嗷嗷苦莫支。石米不生天与块，饥民取白泥充食，谓之仙土。草根争抉地无皮。从知劫到仙难免，急望秋成闰转迟。是年闰四月。安得方书能辟谷，室家全保乐丰熙。

指囷何用厚相赒，升斗原来可给求。惨见殍亡仍遏粜，尽容安饱更催收。一帆远载湘船米，三倍凭持贾客筹。长令不知肥与瘠，锦衣鲜食日优游。

宝历寅承二百年，圣神相继泽无偏。征求不责银花布，赈贷常输御库钱。岂待流民图郑侠，应歌鸿雁美周宣。护持安集劳宸虑，行见嘉禾奏瑞连。

薛修翊（1821—1875），字戴青，号汉屏，别号逸仙，益阳县一里（今属桃江县）武潭人，从九品职员，昂公第二十二世孙。

晚渡武潭

秋天最易动深情，况复黄昏放棹行。水气夜凉双鲤跃，潭心月印一蟾明。街悬岸侧摇灯影，庵压山头落磬声。更有渔歌闻断续，此中逸兴与谁评。

薛修棣（1828—1875），册名青敕，字毓堂，号萼园，一字卧云，益阳县一里（今属桃江县）武潭人，邑庠生，赠文林郎，昂公第二十二世孙。

月下弹琴

独坐对明月，泠泠调古琴。万籁已俱寂，清响震幽林。此际无钟期，谁能知我音。姮娥恰有情，照我夜已深。投琴拂衣起，浩然发狂吟。

招　燕

戊辰，余馆见山楼，书室旧有燕巢，燕至不栖，赋此招之。

旧垒依然幸未倾，飞来欲入故逡巡。似惊此日青毡客，不是当年绛帐人。托足知君须得所，忘机如我亦堪邻。昔时王谢今何在，何怪寒儒替代频。

赠　燕

己巳，余仍馆见山楼，燕子来巢，喜而有作。

最谙世故是乌衣，来此栖迟悔昨非。旧日或疑人异趣，今朝始信我忘机。芸窗吟咏凭窥听，艺苑宽间任止飞。莫谓雕梁非玳瑁，图书弃栋尽珠玑。

薛植善（1829—1893），字种奎，号海清，益阳县一里（今属桃江县）武潭人，邑增生，昂公二十三世孙。

桃花江怀古

泛酒停桡古渡东，招魂何处哭西风。先生去后无消息，只有桃花两岸红。

游岳麓寺

龙钟有客杖扶鸠，醉访名山画里游。清磬数声烟一缕，叶飞红处露僧楼。

薛倓善（1855—1918），字辅齐，一字黼彝，号倜君，益阳县一里（今属桃江县）武潭人，光绪二十四年（1898）进士，授主事，分发户部江南司行走，诰授中宪大夫，昂公第二十三世孙。

和易实甫观察赴滇留别原韵，即以送行

洛阳相公三诏除，元祐初政褒玺书。中朝得人外夷服，文史著述犹其余。君今复起滇南道，追配往哲差相如。我闻君名正年少，春明一晤皆生须。俯仰时事已叹息，何况圣伏兼神殂。偶然杯酒纵谈笑，风动四座飘轻裾。忆我生丁丧乱初，大江南北弥兵车。天生将相半吾楚，庙堂照烂如琨瑜。十年战伐事敉定，出民水火还田庐。那知发逆族方赤，又见回疆众合乌。桓桓左侯策西域，湖湘子弟千群趋。春风一路度杨柳，戈壁万里无嵚岖。但期忠信化蛮貊，何必谋动忧颛臾。乃从互市弛海禁，议和订约穷张苏。天骄养惯五十载，问否昨非今是欤。飞轮水陆瞬息达，畿辅再陷空长吁。萧何劳转秦关粟，苏则枉求闽海珠。吟声到处有诗卷，字字璀璨联琼琚。此番留别即南迈，永夕暂挚苗场驹。朝廷特简大有意，为镇边徼藩皇舆。绣衣使者抱忠鲠，九折不惮王尊驱。近来蒙自设商埠，黠虏往往乘吾虚。愿膺节钺树铜柱，信义况可孚豚鱼。鸡林亦知宝文字，珍本或购昆明墟。琴楼且漫遂初服，苍生翘首天南隅。

归田偶吟

旗帜缤纷五色悬，中兴何日复周宣。神仙返俗皆汤武，君父平权号圣贤。庾信江关迟暮感，陶潜松菊义熙年。倦飞我亦思归去，家有河津续读篇。

金陵即事　六首

一鞭斜照水西门，十里芳菲各自村。赢得诗情载驴背，寥寥中散调谁论。

军威首振雨花台，樵子犹能话劫灰。今日岛夷猖獗甚，禁中颇牧可重来。

花柳依稀混落英，亭台无复六朝春。城南一片荒凉土，曾是当年歌舞尘。

兵燹余腥景不侔，花船非复管弦稠。如何往日秦淮水，一遇狂涛便浊流。

金粉繁华梦里身，名园零落剩残民。可怜荒草丛中冢，半是昭忠祠里人。

军兴时事几人谙，新进徒闻抵掌谈。尚乞东王调律吕，只吹春气到江南。

薛橥善（1837—1906），原名惕，字健资，号剑芝，益阳县一里（今属桃江县）武潭人，优廪生，昂公第二十三世孙。

赠倜君扈跸西安步叔寅韵

海外强邻逼九州，芙蓉生值楚江秋。竟闻子布开门揖，空想留侯借箸筹。宿将甲兵骠白望，故宫脂粉幸黄流。可怜河上师全溃，李广无功长寇仇。

薛高善（1852—1920），字维岳，号鹿秋（又作六秋），一号听秋，益阳县一里（今属桃江县）武潭人，邑庠生，册名西江，昂公第二十三世孙。

感时 四首

天外欃枪指太东，中原豺虎未櫜弓。连昌桃竹红羊劫，辽海风云翠辇蒙。忧国袁安频洒泪，和戎魏将敢论功。老成翊戴艰难日，大局安危属两宫。咸丰末，洋人闹天津。

徼外川原接海潮，黑龙飞渡马萧萧。屯田拟上边三策，勒石犹收议七条。北虏尚知苏属国，西征还仗霍骠姚。中兴诸老巍然在，一使和亲出圣朝。和俄。

载得奇珍万里游，养骄天意遍怀柔。日南自昔来驯象，海上无端惯戏鸥。下濑戈船抒远略，伏波铜柱入边愁。犹闻十二金牌诏，父老攀辕涕泗留。与法人争越南，以和罢。

回首扶桑愤未平，冠裳邹鲁古遗民。独贻宵旰忧宗社，谁竭涓埃答圣明。海客乘槎轻犯塞，书生专阃纵谈兵。中华已任居奇货，岁币何劳献纳争。与日本构兵，割台湾。

薛善璿（1840—1923），字玉衡，号澍恒，益阳县一里（今属桃江县）武潭人，从九品巡检，册名翰凌，昂公第二十三世孙。

过黄梅岭

万古崎岖路，今生作客行。春深茶渐茁，风急树争鸣。涧壑酣烟雾，暄寒半雨晴。岭梅黄也未，酸楚不堪名。

燕子岩

久客梅山鸟倦飞，呢喃燕子认乌衣。病缠旅邸才知苦，梦入家乡不算归。行李往来人扰扰，熟梅时节雨霏霏。相逢野老殷勤问，此去东平是也非？

薛守恭（1862—?），字叔寅，号骏龄，一号骏林，益阳县一里（今属桃江县）武潭人，清附贡生，奉天候补府经历。入民国后，充奉天审计处处长、塘沽掣验局局长、益阳地方财务保管处处长等职。卒年不详，昂公第二十四世孙。工诗，曾著有《渡辽吟诗集》，未刊行。

和房叔倜君农部扈跸西安原韵　二首

八国联军鼓角喧，鞣鞋踏破紫微垣。翠华西幸唐天宝，白种东来晋太原。云树凄凉双凤阙，雨花零落万甡园。旌旗直指秦关远，驿路蝉声杂暮猿。

豆粥谁供古帝州，风餐露宿两宫愁。题诗竟画旗亭壁，买酒应登太白楼。羽檄铜符新月报，花砖铃索旧风流。王师何日收燕蓟，重整衣冠拜冕旒。

九月九日附京奉火车出山海关

飞沙破雾出榆关，万里孤身泪自潸。残月晓风乡梦远，颓垣枯草客心闲。燕云北枕岩千丈，辽海东流水一湾。回首都门高会处，参军帽已落龙山。

重过金陵有感

降幡初挂石头城，冒险重过古帝京。山对凤凰寻旧梦，波翻鸥鹭订新盟。蓼花零乱三秋景，箫管凄凉六代声。寄语秦淮今夜月，水天一色已澄清。

答次云叔都门火车栈送别奉天原韵

天涯作客倍相亲，况复骊歌促火轮。关外重来寻旧梦，沈阳三月似初春。饥驱竽滥衙官里，踪逐萍飘瀚海滨。却羡东山甘大隐，风流潇洒老纶巾。

以上诗录自《（桃江武潭）薛氏六修族谱》卷八十四。

第十卷　桃花江诗选十　桃江女士诗选

郭纯贞　郭都贤之女，许配黔国公沐天波之子，世乱未能完婚，国变后沐子不知所在，遂终身不嫁。先居浮邱山下鸣石滩水榭，自题居室曰“郭贞女庐”，后在浮邱山下白云庵为尼，易名联本，并修行于山下的梅林寺，晚年又结庐于浮邱山下黑石村，筑庵堂曰“卓庵”。年八十余始卒，葬于黑石村卓庵台下。有《卓庵诗草》一卷，已佚。

闺怨 十首

马蹄踏破板桥霜，四顾无人暗断肠。幸有香魂萦妾梦，驿门深锁五更床。

木兰初发送云軿，人去南州路几千。毋谓滇池迷雁迹，梅花传信待君还。

苟道相期一揖归，文光遥映美人衣。马嘶墙外君何去，惊起嫦娥泪暗飞。首句怨其父之轻议于婚姻也。

口里嗟君梦里逢，力穷无路诉苍穹。刀环在手凭谁赠，别后春愁昼掩宫。

立傍闲亭扪翠钿，曰君曰妾两相牵。心怀闷懑浑如醉，意拟春蚕已再眠。

土圭测晷度林斜，日薄西山起叹嗟。是影是真俱是幻，堤杨高噪暮投鸦。

木落山空向晚秋，夕阳归雁过南楼。耳边不听真消息，柳絮纷纭弄黑头。

日渐西驰事渐遐，立盟空复待年华。音书一断鱼沉海，暗地思君哭落花。

人间何必辨春秋，人死人生总是愁。易理既明休问卜，伤心惟听泪珠流。至此已绝望矣。

心中眷恋君知我，主意同然我与君。青鸟已空云外信，情牵终世总无闻。

此诗析“驿梅惊别意，堤柳暗伤情”十字为组诗。录自《（乾隆）益阳县志》卷二十二。

题自画秋景 十首

草浦含烟黯淡秋，人何薄幸滞红楼。匕曾聂切频调味，花未残时任妾愁。

草阁追欢不计秋，水晶帘掩凤栖楼。各天不见郎书寄，落月相思午夜愁。

木落空山向晚秋，十年冷落合欢楼。又将惆怅凭夫诉，枝挂团团月也愁。

人离绣榻雁来秋，之子谁叫宿楚楼。口嘱莺花君莫恋，含情总为妾夫愁。

水边杨柳暗伤秋，户掩黄昏坐小楼。犬信未传空怅望，泪珠点点为谁愁。

千回万转忽惊秋，人隔天涯懒上楼。日近长安鱼雁杳，香奁徒寄暗生愁。

西山返照夕阳秋，示我销魂燕子楼。风冷绿窗人未到，飘零湖海妾生愁。

虫鸣四壁乱深秋，世上谁怜独倚楼。木叶洞庭郎负约，蝶惊魂梦枕边愁。

丝牵绣幕几经秋，士也无情远翠楼。口上欲提何处剖，结成豆蔻许多愁。

禾黍怆怀又一秋，火流暑涤怅登楼。心忧夫婿何归日，愁结千肠不了愁。

全诗以“花落枝含泪，香飘蝶结愁”十字组成拆字诗，且每首诗的前三句首字，组合成第四句首字。录自《（民国）益阳县志》。

柳

木落山花向晓幽，夕阳归雁断南楼。耳边不接云中信，柳锁寒烟一树愁。

此诗录自《湖南女士诗钞》。

咏丫头峰

丫头原是女仙山，无夫无子守清闲。天为罗帐霜为粉，霞作胭脂雾作衫。五老七星常作伴，百花四季满头簪。莫道梳妆无宝镜，一轮明月照容颜。

此诗旧籍无记载，曾在桃江县泗里河、王家村等地流传。见汪勇先生藏抄本。

陈若梅（1772—1854），益阳县八里（今属桃江县桃花江镇）陈朝禧季女，益阳县十五里曾毓夔（原名曾世夔）之妻，曾传耀（字少固）之母。曾龙翔等主修《益阳曾氏贵房五修族谱》卷一云：“曾母陈安人若梅氏，少固公母也。安人性淑慎，修妇道，少时浏览经史及《列女传》《大家女训》诸书，教子成名，著有《学荻楼吟草》行世，邑胡探花达源为之序。”其诗集《学荻楼吟草》二卷，今未见传本。

春日即景

蚕桑课后采茶新，结伴同行尽女邻。一路山花红胜染，有人歌唱太平春。

夜课耀儿

纺车轧轧书声哓，母子同声诵一经。喜向灯前解文义，不知红日上窗棂。

教季女静如读书

曾感阿娘授二南，礼言内则亦兼谙。特将手卷传吾女，到老休忘次日谈。

寄　外

自君之出矣，忽忽已三年。雁断衡阳望，鱼空尺素传。关山千里外，风雨百蛮烟。旅况今何似，秋颜旧已然。起居凭自爱，衰老倩谁怜。素愿牵婚嫁，离愁怅水天。女工能刺绣，儿亦熟芸编。膝下非孤寂，惟期返客船。

忆翰儿兼示翚、耀两儿

老年人爱儿，宛如鸟引雏。朝昏一巢里，饮啄与之俱。嗟我三男儿，相看掌上珠。季儿颇聪慧，家贫能读书。次儿弃毛锥，桀兮能执殳。功名暂未就，绕膝罗欢娱。念我大男儿，秉质亦不愚。年来佩书剑，风尘劳驰驱。浩然去西粤，弹指几年余。岂不念老母，萧萧白发疏。岂不念两弟，至性敦友于。情知羁旅人，不克使自如。所以年复年，寥寥音信无。可怜出门时，羞涩行囊虚。况复历风霜，形神谅清癯。几回倚门望，相望涕欷歔。

送耀儿往岳麓读书

朝霞初起旭阳和，一棹遥遥送绿波。儿为诗书争岁月，独怜贫贱涉山河。少年有志尚须早，大地良朋想自多。破浪乘风从此去，古来英俊起岩阿。

哭夫子未深葬

荒烟深锁夜台凉，独对秋风泣夕阳。未卜牛眠何处是，全家共碎九回肠。

耀儿入泮寄长沙

泥金初报拾芹香，且喜吾儿得寸长。一领青衫原故物，莫遂流俗赛衣裳。

渔　父

呼童早起趁鱼鲜，卖得青铜笑向天。浪里乾坤忘岁月，江边须发老山川。浮家自有花为壁，世业惟将水作田。午夜怕惊星象动，醉横孤棹枕霜眠。

与女弟子莲姑、菊姑话别

针凿余闲好读书，深闺应莫负居诸。不嫌小室披风雨，来岁仍停问字车。

夜深课孙儿纪瓒书

犹记阿爷上学时，勤勤慈母作严师。五经今又将孙科，自笑全功未敢辞。

过故居被焚处

水涯山麓剩荒墟，十五年前是我居。开阁每临青镜朗，看书闲坐绿窗虚。高楼想象秋烟外，荒草枯荣野火余。今日停车未忍去，欣逢邻媪话蓬庐。

淮阴侯

千古论英雄，王孙达亦穷。此身恩怨事，生死妇人中。

严子陵

故人天子重，贵贱各千秋。能学先生钓，王孙亦悔不？

苏季子

季子真勤苦，功名事竟成。穷通分冷暖，终古此人情。

庄　姜

贵贱相宜愿与违，硕人空自叹宫闱。不知今日香闺里，多少红颜怨绿衣。

西　施

苎萝村里玉颜新，一入吴宫失美人。毕竟捧心有深意，受恩身是报仇身。

曹令女

之心冰心矢靡他，割残面目泣滂沱。世间多少红颜女，香臭无闻奈鼻何。

侃　母

为子嘉宾截发留，好贤佳话播千秋。年来儿辈多良友，未识吾家慢客不？

欧　母

画残芦荻教儿读，慈母严师最苦辛。毕竟劬劳偿素愿，贤声千古太夫人。

以上诗选自《（民国）益阳县志》卷八。

吴竹邻　自号残月主人，益阳县八里株木潭（今属桃花江镇）吴芝山之女，生于嘉庆五年（1800）六月，适益阳县十五里谢林港周世炘，婚后三年夫卒，守节以终，卒于咸丰七年（1857）三月，葬株木潭响板滩。有《霜余小草》诗集传世。

自题《霜余小草》

把卷难禁太息三，流年回首竟何堪。春风早惜铅华洗，苦味惟凭笔墨谙。地冷有谁知草劲，根残犹是耐霜寒。千秋许我诗名在，命薄生前死亦甘。

新　秋

暑退疏林夕照宜，小楼凉入好寻诗。人间秋到初无迹，惟许梧桐一叶知。

登　楼

病余初睡起，扶婢一登楼。未展看山眼，先梳插菊头。寒花明小圃，远水淡清秋。红叶千林晚，斜阳树树幽。

和李太白《静夜思》元韵

明月减清光，秋心冷似霜。呼天问冥路，何处是君乡。

十九夜对月

渐减清辉半，愁人独倚栏。下弦曾几日，残影已难看。

送秋　二首

别鹤惊秋不自由，秋来秋去倍生愁。可怜草木繁华尽，红叶随风送下楼。

时光荏苒逐东流，见说今朝又送秋。只有侬心秋不去，百年霜雪总长留。

三十二岁初度

屈指才三二，何堪满腹愁。眉齐谁不愿，命薄自难由。心殉先夫去，身为大义留。青天悲独鹤，夜月冷孤楼。黄菊颜同瘦，苍松气共遒。承祧犹未定，雪色渐侵头。

自　叹

每日心香爇，苍天知不知。艰难素所分，搔首待何时。

春　夜

春宵寂寂漏声迟，月下纱窗梦醒时。枕上寻诗人不见，推敲只有一灯知。

对　月

疏帘半卷夜漫漫，月到中庭不忍看。三五团圞曾未久，清光何事又将残。

移　菊

草堂寂寞晚晴幽，新植霜根伴小楼。白发不移生死节，黄花常傲古今秋。早从彭泽辞荒径，似向柴桑避浊流。漫忆故园风露冷，清香聊此为余留。

秋　柳

渭城秋一到，客舍减清辉。影瘦渔灯现，行疏宿鸟稀。无声披冷露，有恨对斜晖。叶逐西风起，人犹认絮飞。

对　菊

独留晚节殿群芳，三径深红杂浅黄。处士门前秋不老，菊花篱下客皆香。爱经陶令名尤重，地占柴桑晋未亡。有酒莫辞今日醉，一年几见两重阳。是日闰重九。

清明 二首

鸟语花香起别思，风光犹是昔年时。不知地下人何似，侬鬓于今半已丝。

华表无人寄远情，何年化鹤返春城。近来家事君知否，多少风波意外生。

雨 夜

夜暗灯昏户不开，空阶愁听点苍苔。寒山寺里宵钟动，时有余音带雨来。

夜 坐

孤吟难入梦，山影落窗前。莫道月无伴，宵深人未眠。

春 夜

双栖梁燕寂无声，花绕栏干夜气清。讶道溪光腾入户，月明山上月初生。月明山，近地山名。

夜 意

一片纤纤月，照人兼照花。花痴无一语，影上画帘斜。

夏 日

熏风不约自吹来，燕语惊人午梦回。正欲调琴香忽至，卷帘无数藕花开。

夜坐 二首

露冷风清夜未眠，强支病骨倚窗前。满庭月色凉于水，竹影如侬瘦可怜。

石鼎泉香手自煎，一栏花影到帘前。只因明月当头好，翻负人间多少眠。

秋　怀

西风飒飒独登台，黄叶声中猿啸哀。漫道当年悲宋玉，萧条我亦畏秋来。

发　白

老去年华再少难，半生回首指空弹。不嫌霜雪侵衰鬓，只恐高堂不忍看。

闻子规

几回惊我梦，啼遍杏花村。泉下人如听，应归月夜魂。

春楼晚眺

暖风轻飏试春衣，人倚江楼望翠微。无数渔船归柳岸，鹭鸶犹带夕阳飞。

春夏秋冬读书乐　四首

春水春山绿绕庐，鸟啼花放入吟初。离情别恨成常事，绣阁风清好读书。

竹引熏风阵阵来，绿槐阴里纳凉回。枕书小卧南窗下，两鬓香生菡萏开。

秋帷虫语夜生凉，课月楼头漏正长。庭桂开残篱菊发，清闺不但有书香。

梅影横窗瘦可怜，半帘香雪映瑶编。个中清福人知否，自与幽闺有宿缘。

残牡丹

风雨频催国色残，怜他无计奈春阑。开来屈指才三日，富贵原宜淡处看。

夜　坐

人坐空庭静，宵长病里知。更深留月伴，虫语搅秋思。

闻　雁

何处一声雁，凄清泪欲流。哀哀凉月下，孤影数回头。

冬　夜

密密重帷火不温，峭寒孤坐暗销魂。夜分枕上将成梦，又被风拿雪打门。

春　晴

病后春寒怯卷帘，鸟声啼处喜晴天。翠微犹剩零星雪，绿野浑无断续烟。几树垂杨舒陌上，谁家少妇倚楼前。东风送暖花含笑，一阵幽香扑玉钿。

春日苦雨

寂寂春莺噤树头，江心零落二三鸥。杏花开尽前村冷，只有行人问酒楼。

读徐媪哭命诗，感和五章

满纸淋漓哭命诗，心肠铁冷也应慈。一腔恨事凭谁诉，诉与千秋笔墨知。

枉说当年适所天，依然身似一匏悬。怜贫几个垂青眼，乞米空书百幅笺。

两鬓成丝只自嗟，孤寒无计度年华。绿窗生活凭针线，刺绣如今老眼花。

且把愁怀付太空，人生自古有穷通。昭君出塞共姜寡，都在红颜薄命中。

冷雨酸风了一生，世间惟有命难争。女流缺陷知多少，要向阿婆借哭声。

梅开有感 二首

乍见梅开泪暗垂，冰心一片有谁知。花香花艳今犹是，肠断当年并立时。

独抱孤芳年复年，任他风雪总依然。林逋没后谁相赏，冷落空山只自怜。

七　夕

纵隔银河会有期，一年一度总如斯。老天只为双星计，不管人间永别离。

中　元

寂寞孤怀诉与谁，剪衣焚纸寄相思。回肠断处君知否，月上纱窗梦醒时。

自月明山归，书寄寺尼莲贞

一缕香迎客，随风出梵宫。荷花禅界净，莲叶法门空。且幸参三昧，何缘辟六通。人窥无相外，道寓不言中。坐久心如悟，吟迟句未工。下山回首处，夕照竹梢红。

宫词　二首

内宫争进合欢杯，歌舞平阳漏正催。不管春愁惟夜月，暗移花影上身来。

落花无语点苍苔，尽日长门掩未开。忽听内官忙报道，明朝又进美人来。

吴公荷屋中丞巡抚湖南，采闺秀诗恭赋

福曜临湘分外明，千秋风雅独持衡。人钦北斗文光耀，诗采南邦懿化行。朝凤群惊鸣晓日，寒蛩只自写秋声。何缘得与輶轩采，四古堂开溯旧情。

立春　二首

坐数谯楼第五更，椒觞彩燕向东迎。漫言春到初无迹，且听家家爆竹声。

瓣香拜起倚栏杆，便觉风来减夜寒。羡煞陌头官柳眼，好春谁似汝先看。

门　神

相对无言两目瞋，柘袍犀甲更惊人。过时依旧成残纸，枉向侯门托此身。

和逃荒王氏女诗原韵

酸风满路难民过，忍遣诗媛被岁磨。四海无家奔野径，三秋有露滴心窝。只今青眼怜才少，自昔红颜薄命多。千古斯文如骨肉，为卿我亦泪滂沱。

四十初度感赋　八首

半记年华半记愁，卷帘红白满池头。何缘得共荷花诞，消受清香四十秋。贱辰六月廿七日。

空闺屈指感韶光，欲写生平几断肠。廿四年来多少事，愁人不饮醉偏长。

搔首苍天唤奈何，愁身偏被病相磨。人间不少红颜妇，烦恼缘何让我多。

记得于归君已病，百年同梦仅三春。何须再问君平卜，千古伶仃薄命人。

接得名花幸有缘，摩挲头角倍生怜。父书初读工难课，第一关心病未痊。

对酒难禁泪暗倾，孤身谁念未亡人。关心只有椿萱甚，频问归期真不真。

回首当年侍膝前，殷勤兄弟为开筵。三十生辰，亦避母家。于今又见团圞乐，争奈心头思悄然。

灯尽诗成正欲眠，忽惊窗月映新篇。何人此夜怜残影，冷落嫦娥不计年。

梨花　二首

漠漠清香淡淡妆，几分春色绕林塘。却嫌红紫繁华甚，自洗胭脂避众芳。

宜烟宜月又宜风，画阁西偏小院东。香雪满庭春欲晚，有人身在白云中。

赠栗坡先生 二首

烟霞高隐道人风，陆地行仙让我公。踪迹一生何处觅，往来多在白云中。

家政劳劳费运筹，怜侬病骨瘦如秋。山林清福谁消受，天为人间处士留。

午　日

又逢重午节匆匆，绿艾香生两鬓风。萱草不知人意淡，榴花犹作昔年红。《离骚》一卷魂何在，湘水千秋吊亦空。此日蒲觞皆烂醉，问谁常在独醒中。

暑　夕

清露如珠上碧荷，数声归鸟暮天过。隔林残照犹余影，月涌东山万顷波。

生日口占

荷花生日香满波，我亦生辰此月过。我比荷花小三日，荷花比我少年多。《群芳谱》载：六月廿四为荷花生日，贱辰系廿七日。

中元感怀

秋蝉树里曳残声，酹酒招魂泪暗倾。廿载秋闺愁夜月，百年心事剩余生。承家转惜儿多病，课读犹怜齿尚轻。泉下有灵如念我，可来梦里话前盟。

秋　怀

重阳今又近，病骨怯寒生。闷煞秋闺里，一帘风雨声。

安化陶云汀宫保征诗闺秀，赋此，呈以待选

台曜临南国，官声播海隅。两江归节制，一代仰宗儒。勋业今姚宋，文章旧柳苏。腰间忘佩剑，掌上惜擎珠。公艰嗣息，冢君中殇。自叹弦中断，谁悲镜里孤。霜闺余小草，幸附采风舆。

春日病怀 二首

寂寂疏帘未上钩，药炉松火一瓯秋。怜予病骨羸如许，十日东风怕倚楼。

午窗小婢探春还，报道新花艳一栏。为嘱花神且留住，病躯犹自怯余寒。

资江夜归

布帆双桨疾如飞，两岸芦花看渐微。小艇载侬侬戴月，月明山下月同归。

冬　夜

呼茶当清酒，剪烛耐良宵。黄叶声偏乱，时将吟思撩。

鸿儿病痰，卜医求神，心力俱瘁，犹未痊可，感作 二首

搔首床前暗自嗟，此生辜负是年华。愿将身替阿儿病，拜祷神前泪似麻。

廿年身住卖愁村，苦雾严霜欲断魂。百计幸承卢迈后，又劳医药累晨昏。

吊战场 二首

断戟残戈血色鲜，将军身殁战场前。闺中人远空劳梦，塞外魂孤敢

恨天。谋国无功清大漠，报君有命委重泉。古来多少伤心处，荒冢累累惨暮烟。

愁云黯淡满长空，漠漠黄沙日色蒙。朽骨可怜膏草莽，当时敢死尽英雄。霜凝杀气边城外，月照归魂断梦中。最是天阴闻不得，啾啾鬼哭起悲风。

墙上草

众草由来贱，凭高且自骄。只愁风四面，吹汝易飘摇。

夏月夜坐

一阵荷香满院幽，碧天如水片云收。清风明月无穷好，争奈孤怀夜夜秋。

寄补庵舅父

自别苍颜岁又新，西风吹鬓倍愁人。劝公第一加餐饭，珍重年高客里身。

哭鸿儿　十首录三

我生何孽折儿庚，搔首苍天太不情。午夜梦回肠寸断，枕边犹听唤娘声。

镇日难干是泪痕，劬劳未尽憾犹存。夜台倘若逢儿父，莫把余愁对父言。

眉愁深锁未曾开，日倚门闾望不回。似此余生人亦厌，偏留老泪为儿哀。

次符紫庭表侄赠小女瑞儿原韵

已是及笄日，娇痴性未除。垂帘慵刺绣，问字懒翻书。咏絮知何似，簪花愧不如。几番劳问讯，镇日此深居。

中　元

冥路无鱼寄尺书，灵前酹酒恸何如。不知君见鸿儿否，儿小难教认父居。

白桃花

胭脂洗尽避群芳，恍惚当年虢国妆。踏月几回寻不见，无言无色但闻香。

夜　坐

午夜荷香满一亭，风来几度觉愁醒。寒山寺里人烟少，隔岸钟声带月听。

次洛滨二叔见赠原韵

茹苦廿余年，闲吟写牢落。一字悟宗传，寸心表霜阁。人古格清苍，文深词婉约。拾袭敬珍藏，三复忘孤寞。

旅舍雨夜　二首

宝炉香烬夜绵绵，孤馆残灯正欲眠。却怪敲窗风雨恶，客怀此夜倍凄然。

山后山前杜宇声，天涯人听最关情。痴顽小婢贪眠剧，报道谯楼又转更。

冬夜写怀　二首

灯烬重挑养睡魔，半帘风雪冷如何。寸心事事凭谁诉，怪底愁多病亦多。

冬夜漫云天易曙，病怀无梦亦如年。怜人谁似梅花最，时送幽香到枕边。

星沙寒夜　二首

寒灯独坐夜漫漫，旅馆萧条岁又残。忘却他乡风雪冷，近来经惯客衣单。

卅年影只愧吾生，病体支持一息争。两鬓渐丝翻作客，衾寒无梦数谯更。

己酉新正举次孙喜赋　八首

谨将椒酒谢苍天，接得旁枝却有缘。此日兰荪双茁秀，三年汤饼两开筵。

低回往事使人愁，历尽风波不计秋。毕竟恢恢天有眼，许从浪里系扁舟。

凭谁一语寄泉台，何日灵魂化鹤回。知否半生愁里过，于今苦尽觉甘来。

自誓冰心一息存，未曾同穴暗销魂。而今纵得分甘乐，敢忘当年咬菜根。

春回柳岸上朝晖，风送梅香入绣帏。双鹊也知随贺客，声声报喜绕檐飞。

合家团坐夜迟眠，小小伊兄最可怜。笑入母怀争乳哺，也知一脉本同传。

寄此妆台五十秋，双梭乌兔雪侵头。弄孙以外无余事，半属书楼半绣楼。

对 镜

憔悴竟如此，非君却未知。形体虽似我，鬓发已成丝。月有重圆夜，人无再少时。关心孙幼小，犹自费扶持。

第十一卷　桃花江诗选十一
陶氏三代桃江诗选

陶必铨（1755—1805），字士升，号萸江，安化小淹人，优廪生，乾隆四十七年（1782）入长沙城南书院，后转入岳麓书院，为山长罗典所器重。后屡试不中，授徒终其生。乾嘉之际，陶必铨应聘于浮邱山下的桃花江、石井头等地，设经馆授徒，并随馆课其子陶澍，先后长达九年。后以子陶澍贵，赠一品官阶。善诗文，有《萸江诗存》《文存》传世。

登浮邱山

世间无了事，事了心先了。一心了万缘，万事归真晓。当年浮邱子，身轻傍青鸟。我欲从之游，齐州大耶小。

同曾筠斋上舍润攀观刈

惊闻农事靸棕鞋，耞板腰镰处处皆。手卷黄云归蔀屋，肩输白露入牙牌。农人各持竹牌为筹。陇头流水声犹韵，邮表清阴景更佳。乐岁故应倾浊酒，与君席地一开怀。

寄怀曾筠斋

之子真吾友，如兰气味芬。寸心对秋水，十载弹南熏。落魄谁知我，孤怀最忆君。何当风雨夜，樽酒更论文。

有客来余馆者，坐未定，遽索钱，余陋而怒之。少顷以诗献，遂依韵答之　二首

赋得解嘲便解愁，江湖应许泛轻舟。洞庭明月宽千里，暮地云开见

素秋。

爱客从来一薛公，江湖千里望高风。惜君弹铗多长技，不遇鸡鸣狗盗雄。

乙卯九月益阳送澍归里

行尽青山一短亭，短亭远远又山青。才思缩地壶公术，又乞扬帆水伯灵。章服即今新气象，儒巾自昔旧门庭。不堪缝线三春泪，暗向吾儿满袖零。

乙卯，即乾隆六十年（1795），时陶必铨设馆于益阳县十里峡山口（今属桃江县牛田镇）。

曾筠斋母张太孺人挽词

真灵位业蕊珠天，忽漫人间七十年。霜鬓入帷犹可照，荻炉遗画不成然。南陔雨泣春应老，东阁云封榻尚悬，余馆挹秀轩数年。愧我升堂常拜母，斑毫虚拟翠珉镌。

二月二十七夜

去岁离家意惘然，担簦襆被又今年。晨昏屡拭他乡泪，风雨频伤二月天。案拥诗书城欲坏，衾寒翡翠帐仍悬。最怜幼子忘长别，自背孤灯枕手眠。

山斋漫兴

萧萧风雨夜如何，缬眼频揩按细么。牧豕自惭高弟子，拥炉空笑病维摩。诗篇不合追唐律，乐府何由学汉歌。傍晓东风侵短鬓，始怜白发老蹉跎。

示诸生

容易韶光失眼前，连床风雨又经年。说诗谁似解颐鼎，懒读未同便腹边。路入青云登有自，资深黄卷悟为先。相次取次循流溯，应许涓涓达广渊。

冬夜怀尹生先捷

寒光暮色鬓毛催，日日群英入座陪。惟子定然知我意，繄余何处见君来。怀人犹记风前柳，索笑虚巡檐下梅。读罢韩公歌柏马，挑灯独酌二三杯。

刘生英泰初举子，书此为贺

生男端合衣之裳，出䄅初看小凤凰。累世芸香欣有托，充闾佳气郁相望。定知钟爱应名犬，莫笑慵书亦弄獐。祝取聪明似阿父，不闻啼已识非常。

壬子春，洞崖兄院试获隽，五叔父往迎之，归自长沙，适季父之丧亦自郧西至，一夕同泊益阳江口，铨时馆桃花江，得兄书云已令四侄走报诸昆矣，悲喜交集，赋此志感

数载关心切，今朝慰眼初。两帆归路紧，千里泊舟徐。骨肉精神合，存亡涕泪余。柴门应鹊噪，书到独踌躇。

挹秀轩留别

月色寒于水，溶溶入院墙。几年高啸地，永夜黑甜乡。我去人千里，君留酒十觞。酣歌别锡号，署汝德馨堂。

留别诸生

一榻春风乐事偏，祠云寺月共流连。转龙庵及曾氏祠堂，皆余所馆。缘寻幽静劳童仆，为赏名花破俸钱。栗里香醪初可漉，骊驹别曲又当筵。十年树木殷勤意，管取长条拂翠烟。

将归书怀示诸同志

劳劳书剑暑寒更，榴火从新照眼明。买得松风披五月，扫开萝径集

诸英。家园久讶双鱼断，客馆惟将一爵倾。座上人人俱耳热，茱萸江上独悬旌。

重游浮邱山 四首

我昔游名胜，三年忆上方。依稀认樵路，苍翠带山光。木杪清风发，秋分午日凉。再游忘远近，已是白云乡。

寺本齐梁古，庭余松竹幽。琪花常二月，琼宇半三洲。骚客曾摛藻，高情独倚楼。苍茫记前事，惆怅几经秋。

登高应一望，秋爽豁天倪。野旷三千里，阡分百十畦。资江失来去，天柱漫高低。莫怪年前事，含毫重品题。

释子偏豪兴，餐留玉屑霏。青黄脆龙耳，腻粉雪黎祈。帘上花犹晕，风前叶欲飞。坡陀夕阳里，酒力渐稀微。

初冬同龚三游刘氏别业十首，用杜韵

杜公问花朝，新竹荫东桥。郑子耕云日，重岩凌九霄。盍簪真有得，折简与同招。命驾催童仆，坡陀路岂遥。

松涧犹秋色，兰皋亦暗香。满山横日影，缘径度风凉。榻已徐公下，樽仍坡老藏。伊人歌宛在，谁复怅苍苍。

林风动微月，琴韵响幽泉。酒醒嫌衣冷，观诗愧力绵。心花萦紫蓼，词选护青钱。短烛烧长夜，惊魂入辋川。

菊本吾家种，何年别一支。芬芳在篱落，烂漫映盆池。主眷谁加厚，客情应得知。莫令风雨打，花萼晚纷披。

绕屋千林秀，临岩一径开。负暄依翠柏，迎腊讯寒梅。牧竖骑牛出，山人放鹤来。知君幽思熟，屐齿认苍苔。

涧外余疏柳，鸣条风里清。定知春到眼，相待酒听莺。鲜鲫应烹釜，香芹每见羹。他时幽意动，端的此同行。

更对丹榴色，烘晴五色花。日中罗绛帐，风里掣金蛇。绚烂幽情极，烟霞野趣赊。好应与樵客，乘兴问仙家。用蓝起遇仙人赠榴事。

忆听武夷乐，归自炼丹池。晚路钩荆棘，残阳到羃䍥。醉迷帘上月，歌罢郢中儿。虚负南楼兴，不教清照随。中秋自浮邱归，宿刘氏近邻胡宅，曩时与主人啸咏达旦，次日闻之怅然。

良会真难得，长空幕薄云。醁醽连日酒，缃帙古时文。醉晕翻豪兴，吟哦到夜分。吾徒宁已老，风景正缤纷。

野趣留人眼，幽怀奈若何。几时沾禄簿，买地著书多。自笑虞翻骨，谁听宁戚歌。临歧怅风雨，炯炯隙驹过。

刘氏别业，即刘相本之别墅，原址位于益阳县三里（今属桃江县）千工坝柏叶村。

荆树歌为刘静园昆仲赋

紫荆郁郁当前庭，连跗接萼何葱青。秋叶不为严霜零，春花常带和风馨。由来草木有性灵，同株得地无畦町。故尔一气流其形，花叶照耀交疏棂。我闻杕杜伤伶仃，姬公棠棣久仪型。男儿世上谁百龄，物犹欣聚谁独醒。君不见，人中杞梓留芳躅，至竟唐园呼义竹。

刘静园，名道泰，字圣南，号静园，清益阳县九里石井头戴家湾（今属桃江县高桥镇）人，生于乾隆十三年（1748）闰七月，卒于嘉庆二十五年（1820）七月，为石井刘氏之第十三世孙。嘉庆二年（1797）至四年（1799）陶必铨应聘于石井刘氏转仑庵经馆，主人即刘静园。

曾双峰挽词

浮邱云愁益水枯，纷些羌只迷长途。秋风沉埋两枝玉，社中空复香山图。当年巩肇排云翼，结构心精并才力。双撑只手开洪荒，洛里诸贤失颜色。阿兄矫矫出俦伍，百十群中长袖舞。识与不识彼都人，满地松筠撼风雨。十五年来泪未干，酸悲又属弟之难。人生荣谢付梁木，老成凋尽摧心肝。我闻宝肆蓝田胜，最是琅玕共琼莹。何缘移植画堂东，三三五五芝兰径。有日磨砻郢匠斤，光照岂止十二乘。春来庭树自昌昌，所恸萧萧望白杨。相舂歌巷情无极，袅袅炉烟一瓣香。吁嗟乎！如渑之酒如陵肉，莫令若堂便莽宿。君不见，西陵井干穗帏飘，寒风永夜号林木。

曾双峰，清益阳县十里（今属桃江县）桃花江人，大约生活于清代乾隆间，生卒年不详。

新秋寄刘石峰即以为寿，用韩韵

残暑初退晴空霭，仰见玉宇一镜涵。浮邱高跨洞庭野，晓望仿佛寿岳巉。石峰先生今奇士，被服早岁衫儒衫。若使当事能一顾，骐骥岂复羁重衔。下帷讲学廿余载，皤然束篋手自缄。一经传业肯堂构，濯濯春月柳初芟。藜光校书有所付，独自颐养修山岩。先生固是我所畏，胸次更异时酸咸。日同毛生来过我，剪烛话酒语喃喃。自云我昨年六十，不受众祝免讥馋。寿我受者惟子耳，但率质直毋雕劖。我闻此语弥起敬，内反实愧人伦鉴。翻思古称大手笔，歌咏功叙真贪馋。矧如先生高世义，群饮和气感至诚。长哦七言为君寿，愧我才薄辞攕攕。

刘石峰，桃江人，本书第二十三卷有其传记。以上各诗，录自（清）陶必铨撰《萸江诗存》。

陶澍（1779—1839），字子霖，号云汀，又自号髯樵、桃花渔者，安化县人，嘉庆七年（1802）进士，选翰林院庶吉士，授编修，官至两江总督兼两淮盐政。青少年时期，曾跟随其父亲陶必铨在桃花江读书，先后达九年。其晚年又在桃江修建桃花江别墅，并且购买田地多达三万四千余亩。陶澍是湖湘文化的重要代表人物，对桃江文化贡献尤多，其著作今人编辑为《陶澍全集》。

赠别刘秀才冠南

刘郎仗气气不俗，落落清标植如玉。刘郎论交交最坚，春蚕吐茧心缠绵。我交刘郎十年久，风雨名山共疏牖。一从南北混缁尘，关山铜笛愁杨柳。今春益水重相逢，衔杯同醉金芙蓉。满怀离索苦难尽，风花又恼浮萍踪。丈夫四海有离别，岂在临歧重恻恻。但能心似金石贞，依然古道照颜色。日暮解缆寒江东，蒲帆漠漠凌西风。回首望君君未返，忆君长在五云中。

刘冠南，本名翼鹏，又名步云，清益阳县十里刘村（今属桃江县牛田镇金凤山村）人，陶必铨的学生，陶澍少年时期“共砚席友”。

望浮邱山寄胡京南

昔年振策浮邱巅，眼中脚底皆云烟。今年走马浮邱麓，山北山南雨新沐。山灵喜我今重来，破空面目层层开。新妆明靓自呈露，芙蓉万朵抽天荄。细花飞瀑悬岩湿，山坳茅庵自森立。白云倏去倏又归，似有仙人招手入。高莫高于增城之九重，奇莫奇于华岳之三峰。洞天福地在眉睫，径欲往复穷神踪。我闻浮邱子，幽栖煮白石。至今粲粲余，往往留齿迹。神仙俶诡事有无，毋乃癯儒爱山泽。韩公赋华山，屈曲愿住人世间；李侯梦天姥，乃欲脱屣开心颜。人生适意随处是，大隐小隐无彼此。乐山岂必长住山，山中之人应莞尔。

胡京南，本名朝忠，字京南，号仙槎，县学生，清益阳县三里（今属桃江县）鸬鹚渡镇千工坝汤家村人，陶澍少年时期的同窗友。

题符又超鸿《课春图》

春烟漠漠女桑柔，使君行春来陌头。春雨滑滑田泥熟，使君树边听叱犊。黔黎心感使君贤，携篮荷锸咸欣然。咏歌自食太平力，画图一幅春云边。从来教养需良牧，卫风有斐人曾读。为问河阳一县花，何如淇澳千竿竹。

题《松堂老人读书图》应湘皋

老翁出邓林，家世修七业。平生味义根，幽讨非目涉。我未见老翁，见翁之后叶。奇气茁天葩，清芬宛可接。不见溪窗间，香风摇五鬣。洞庭四大水，沅澧与湘资。三水名最艳，惟资天一方。介处沅湘间，导源自都梁。冠盖所不至，黯淡无由彰。至今茱萸峡，落莫多孤芳。我居石潭上，君居临小洋。右眺梅销城，左顾善卷堂。神山高万丈，神山在新化、安化之交，俗云高万丈也。安能郁不扬。君看老松骨，终作飞虬翔。因君述祖德，益我恭维桑。闻翁昔教授，桃花江上头。其南有卷阿，苍然山欲浮。浮邱山在益阳桃花江上，仙人浮邱伯隐处。其北亦有山，清立谓之修。修山即湘山，在资江北岸。两山若门户，资水出所由。凭高望江汉，滔滔水长流。浮邱与轩帝，仙迹如可求。我昔侍先子，乐哉临斯丘。惜不与翁遇，虎溪一笑留。与君皆砚食，慨然怀旧游。此堂不数间，此松已千尺。人言宏景楼，或云扬子宅。枝高见道心，髯老参古格。溜雨入孤根，往往成虎魄。因知渐渍深，原是诗书液。

松堂老人，即邓胜逵，新化人，曾设经馆于桃江修山、河塘等地。湘皋，即邓显鹤，邓胜逵之孙，陶澍之友，湖南知名学者。

赠曾筠斋先生润攀三十韵

鼓箧怀髫发，观书未等身。桃江依胜地，芸案侍严亲。东道门通郑，南州榻下陈。诸生皆博带，小子亦儒巾。夜雨挑灯夕，光风入座晨。纤峰抽虎仆，好对结鸿宾。始以居之便，因而见者频。玩占征易圣，先生最精易理。论古识经神。原委穷文涧，波澜度智津。师曾叨一字，席似坐三春。家本中人歉，居常四壁贫。任延能破俸，鲁肃竟分囷。此事今谁俪，当时契自真。芹香曾乙卯，桂馥偶庚申。两载都门隔，三秋客路遵。梦悬天上羽，函寄水中鳞。幸逐看花伴，仍惭衣锦人。扬鞭来柳陌，载笔出枫宸。旧雨关心切，南云慰眼新。穿篱寻曲径，绕舍认芳邻。别久情弥挚，谈深味益醇。筵开盘叠玉，帘启蒜垂银。膝接三更月，怀清十斛尘。入唇倾旧酿，回首忆前因。卓荦环阶杰，玲珑席上珍。有才非鹿鹿，所制尽麟麟。盛德宜昌后，熙时重迈伦。昆池毛刷凤，冀野足驰麟。衣钵传非易，箕裘泽可循。松黄应已熟，拼醉莫辞巡。

胡京南宅中晤刘伯观澜，阅其诗及骈体文，叹为异才，生即席呈诗，有“伏枥自惭逢伯乐，买丝曾拟绣平原”之句，作诗答之

十载担簦此地游，名山多记旧同俦。千言倚马人曾说，一卷雕龙今始投。刮目遂成新雨契，赏心为爱古风流。来朝吹笛应难别，添出南云一段愁。

益阳别曾瑞章、胡湘珍、刘翼之诸友

江边柳色剧堪怜，二月飞丝已上烟。记取今朝攀折处，草风沙雨寄缠绵。

寄益阳诸友

阵阵梅香入梦新，江南定放一枝春。遥知灯火西窗夜，共忆风尘北地人。居向长安原不易，书窥中秘讵无因。褴衫豫检花前事，莫负诸君望眼频。

资江道中

相风摇曳水舒舒，十里停桡一舸徐。乡国渐遥生客梦，云山犹在隔吾庐。几家绿树芳村里，半浦黄花返照余。指点忘机是鸥鸟，烟波稳占欲输渠。

黎环斋寄诗见怀，集苏诗一律答之

与君相从非一日，最怜嗜酒谪仙人。或云灵境归贤者，何处溪山非此身。但令文字还照世，试拈诗笔已如神。锦囊玉轴来无趾，长羡邹枚接长卿。

余既集苏句酬环斋，因忆刘伯观与之居近，倡和必多，复集一诗寄伯观

寒灯相向记畴昔，玉堂花蕊为谁春。却想山川常在梦，试拈诗笔已如神。厌伴老儒烹瓠叶，天教闲客管青春。诗成送与刘夫子，知向江湖拜散人。

以上诗录自《陶澍全集》。

癸亥夏杪访京南满兄昆玉有作，录希哂正

格格轻雷送雨余，松风几树访幽居。路循别墅怀前度，家傍浮邱接太虚。脱落论心中酒后，徘徊对影一灯初。相思数载成离别，刮目今宵最起予。

癸亥，即嘉庆八年（1803）。此诗录自（民国）胡唐钦主修《（桃江千工坝）益阳胡氏五修族谱》卷首。

毛兄味永先生六十

浮邱之下气磅礴，钟其灵者诚康乐。无求于世甚优优，此中得寿难臆度。绛县老人不记年，逍遥岁月等谪仙。邓君特地邮书至，新正有友敞寿筵。忆昔停车竟日留，座中有客非凡流。询知西河多寿考，心仪翁寿自悠悠。有子服劳意不拂，有子奉养身不屈。戏游散漫葆天真，富贵等之身外物。片言九鼎旧家风，不屑靡靡与世同。虽无喜动安阳檄，友于克笃盟寸心。际今适逢周甲日，登堂进斝皆亲昵。我今远忆浮邱高，临风遥献无算爵。

毛味永，即毛士玩，清益阳县九里沙田湾（今属桃江县浮邱山乡西峰寺村）人，生于乾隆三十年（1765），卒于道光九年（1829）。此诗录自（清）毛运鸿纂修《（桃江沙田湾）毛氏四修族谱》卷九。

陶葆贤（1822—1831），小字慧寿，以字行，陶澍之子，贺氏妾夫人所生，十岁以患喉痹，殇于桃花江别墅。姐夫胡林翼为其编有《慧寿遗稿》，未见传本。

随生母初至桃花江

此处距吾家，道路二百里。云山虽暂隔，同饮资江水。

桃花江

江水浩无边，桃花夹岸然。试问蓑笠翁，何处是洞天。

桃花江晚眺

江上有桃花，江边有柳絮。黄鹂隔树鸣，红云远飞去。

上述三诗，录自（清）邓显鹤编《资江耆旧集》卷五十九。

第十二卷　桃花江诗选十二　历代诗选一

裴休（791—864），字公美，法海禅师之父，山西解县（今闻喜县）人，长庆年间进士，大和二年（828）复中贤良方正、能直言极谏科，历任御史、右拾遗、中书舍人，大中六年（852）官至礼部尚书、同中书门下平章事。晚年退居湖南宁乡沩山。

白水洞飞泉

灵泉何太高，北斗想可挹。凌日五色云，直逼千仞急。白虹下饮涧，寒剑倚天立。闪电不得瞬，长雷无敢蛰。万丈石崖坼，一道林峦湿。险逼飞泻坠，冷心山鬼泣。须当截海去，浊浪不相入。

《（光绪）湖南通志》十四云："白水洞，在（益阳）县西百五十里，山顶平衍，有田十余亩，桑麻鸡犬，景物悠然；瀑布飞溅，望如悬素。"白水洞飞泉，即今日之罗溪瀑布，位于桃江县高桥镇。罗溪，又名白水溪。此诗录自《（乾隆）益阳县志》卷二十二。

汪元量（1241—1317），字大有，号水云，又号水云子、楚狂，江南倦客，元代钱塘人。临安陷落，随三宫迁往元大都，出入宫中，侍奉元主，并于狱中探望文天祥。后出家为道士，仙游到浮邱山，自号浮邱道人，其著作有《水云集》《湖山类稿》等。

浮邱道人招魂歌　九首

有客有客浮邱翁，一生能事今日终。啮毡雪窖身不容，寸心耿耿摩苍穹。睢阳临难气塞充，大呼南八男儿忠。我公就义何从容，名垂竹帛生英雄。呜呼一歌兮歌无穷，魂招不来何所从？

有母有母死南国，天气黯淡杀气黑。忍埋玉骨崖山侧，蓼莪劬劳泪沾臆。孤儿以忠报罔极，拔舌刮心命何惜。地结苌弘血成碧，九泉见母无言责。呜呼二歌兮歌复忆，魂招不来长叹息。

有弟有弟隔风雪，音息不通雁飞绝。独处穹庐坐缧绁，短衣冻指不能结。天生男儿硬如铁，白刃飞空肢体裂。此时与汝成永诀，汝于何地收兄骨。呜呼三歌兮歌声咽，魂招不来泪流血。

有妹有妹天一方，良人去后逢此殃。黄尘暗天道路长，男呻女吟不得将。汝母已死埋炎荒，汝兄跣足行雪霜。万里相逢泪滂滂，惊定拭泪还悲伤。呜呼四歌兮歌欲狂，魂招不来归故乡。

有妻有妻不得故，饥走荒山汗如雨。一朝中道逢狼虎，不肯偷生作人妇。左挟虞姬右陵母，一剑捐身刚自许。天上地下吾与汝，夫为忠臣妻烈女。呜呼五歌兮歌声苦，魂招不来在何所？

有子有子衣裳单，皮肉冻死伤其寒。蓬空煨烬不得安，叫怒素饭饥无餐。知离走窜千里山，荆棘蹲坐肤不完。失声被系泪不干，父闻此语摧肺肝。呜呼六歌兮歌欲残，魂招不来心鼻酸。

有女有女清且淑，学母晓妆颜如玉。忆昔狼狈走空谷，不得还家收骨肉。关河丧乱多杀戮，白日驱人夜烧屋。一双白璧委沟渎，日暮潜行向天哭。呜呼七歌兮歌不足，魂招不来泪盈掬。

有诗有诗吟啸集，纸上飞蛇喷香汁。杜陵宝唾手亲拾，沧海月明老珠泣。天地长留日风斗，鬼神呵护六丁立。我公笔势人莫及，每一呻吟泪痕湿。呜呼八歌兮歌转急，魂不招来风习习。

有官有官位卿相，一代儒宗一敬让。家亡国破身漂荡，铁汉生擒今北向。忠肝义胆不可状，要与人间留好样。惜我斯文天已丧，我作哀章泪凄怆。呜呼九歌兮歌始放，魂招不来默惆怅。

这是悼念文天祥的组诗，录自文选贤主修《（桃江梓梁岩）资阳文氏四修族谱》卷二，清刻本。文选贤，字青圃，益阳县十里（今属桃江县）石牛江文家渡人，清代嘉庆、道光间诸生。文家渡文氏始迁祖文大泮，乃子良岩文姓始迁祖文潮鏖第九世孙。文潮鏖乃民族英雄文天祥之族孙，明代初期从江西永新迁湖南益阳县十里蛟湖（今属桃江县松木塘镇）。

佚　名　明代人。

书石溪亭

桃花依旧放山青，曲几焚香对画屏。记得当年春雨后，燕泥时涴石溪亭。

此诗见《明诗综》，又名《资江石刻》。（清）邓显鹤编纂《资江耆旧集》收录此诗，并称“所谓石刻者，盖无可迹矣”。据今人考证，石溪亭位于桃江资江右岸，大约在泉峰滩与凤凰山之间。

薛　瑄　河津人，明代御史，监湖广银场。

益阳山行

云林漠漠雨凄凄，曲曲危桥曲曲溪。可是青骢行处稳，满山红叶衬秋泥。

桃江为益阳县之上乡，田间、溪边、山地多枫树。此诗录自《（嘉庆）益阳县志》卷三十二。

刘　激　号瑞亭，四川叙州富顺人，举人，明代嘉靖二十九年（1550）任益阳知县。

志溪帆落

溪上征舟尽落篷，志溪水曲似蟠龙。左经东岸忽西岸，右转南风倏北风。柔橹几将前树绕，孤樯复与后山逢。资阳此景非常调，谁许名家擅画工。

沩溪，源于宁乡县，流经桃江、益阳，入资江。此诗录自《（乾隆）益阳县志》卷二十二。

罗喻义　字禹钟，号荚江，益阳县八里罗公桥（今属桃江县桃花江镇）人。万历四十一年（1613）进士，官至礼部右侍郎。性严冷，闭户读书，不轻接一客。尚气节，官南京祭酒时，因被魏忠贤迫害而削籍。崇祯帝即位，乃召用，复以忤执政被罢免。《明史》有传。邓显鹤称其诗"清和流畅，无激楚萧瑟之音"，惜不多作。

金台行

君不见，吴王姑胥楚章华，朝游麋鹿暮栖鸦。又不见，铜台旧址迷烟柳，阿瞒雄风复何有。古人无地不堪哀，今人偏说黄金台。燕昭闲馆春风静，郭隗离宫夕照开。筑宫拥彗忘轩冕，豪俊一时皆妙选。武略争推昌国君，文儒亦有谈天衍。一从衍律吹数声，昔日金台今帝城。开第沉沉规碣石，飞甍矗矗夸元英。千金市骏骏千里，无复盐车垂两耳。我亦辞家北向燕，尊礼遂拟从隗始。凭高一眺仍淹留，景色依然发旅愁。易水悲风疑送客，燕山暑月似逢秋。含情伫立心悄悄，那堪落日悬树杪。三万六千急景催，八十一分神州小。吁嗟乎！昭王君臣安在哉，千秋霸气留高台，雁门龙塞同崔嵬。

禁林春望　二首

城阙郁崔嵬，苍茫御苑开。年光花外迥，春色雨中催。细草侵驰道，垂杨拂露台。上林殊可赋，愧乏长卿才。

太乙转东皇，寒轻解鹔鹴。早春莺语涩，迟日漏声长。双阙花间出，千门柳畔藏。遥知圣情豫，苍珮御青阳。

经始三台阁次吏部郭些庵原韵　二首

秋郊作乐野云奔，盛极衣冠照酒尊。雉堞壮哉天作色，翚飞般尔巧当门。资江曲曲遥通汉，白鹿峰峰远接昆。最是人伦推有道，诏来高唱国风存。

万壑千流势若奔，仙洲三五此称尊。山形象纬回天阙，地势当潮辟海门。愧我碎金难比谢，怜君片玉总成昆。同心得似江头水，如带随磐尚永存。

以上五诗录自（清）邓显鹤编纂《资江耆旧集》卷二。

罗贤胄　字直夫，益阳县八里罗公桥（今属桃花江镇）人，顺治间岁贡生，罗喻义之侄。留心文献，好谈节义，记明季长沙、益阳历史甚详，著有《枫香亭草》，未见传本。

蔡司李骂贼死节

妖星陨潭芒角赤，贼将降寇望风掷。公起书生独登陴，瘦躯上马气豪吓。执公以死且须臾，公得骂言尽其辜。皇天后土宁忍负，尺寸之肤一任刳。人生纲常恁地重，谁言轻尘栖弱草。我母旌书一字褒，藏公纯节字鸿宝。见列女本传。呼嗟女辞家而适，人臣出身而事主。偷生犬豕焉足数，惟有名节感人千秋复万古。此乃原本，江《志》改削，失真矣。

赖学博冠带斫手

临危不苟避，束带表儒臣。殉难二三子，从捐千百身。虽无拳透爪，已有发冲巾。七尺鸿毛重，三纲海岳珍。

温庠士请剑免刖

米芾质其颠，轼曰吾从众。有士温太真，弱而已好弄。白刃临于前，抗言犹雅讽。我手不可断，微躯一以送。

以上三诗录自《（嘉庆）益阳县志》卷三十二。

江　闿　字辰六，别号牂牁生，贵州贵阳人，康熙二年（1663）举人，康熙十八年（1679）召试博学鸿词，因飞鸟污卷而落选，授益阳知县。任内重学利民，政绩卓著，后官至山西平阳府知府。工诗词，尤精于写景，作品传世较多。

过九冈山

县西山苦厌，此地足停车。九叠云犹湿，双江树自疏。盘餐成野市，篱落好村居。但得归陶令，柴桑料不如。

九冈山，又作九岗山，位于桃江县马迹塘镇。

桃花江道上

非关城市远，不易到村前。杂树青无赖，晴峦翠可怜。笋舆惊怪鸟，石碓乱鸣泉。始识资江上，春深别有天。

望浮邱山

浮邱峰特秀，云外足称尊。百劫僧非故，孤亭石尚存。崇冈频隐现，积翠变朝昏。乞假须旬日，赍粮细讨论。

以上三诗录自《（乾隆）益阳县志》卷二十二。

徐梁栋　江苏金匮人，乾隆初任湖南湘阴县知县，任内曾重修仰高书院。

过益阳桃花江

鱼栈鄰鄰度，滩流曲曲通。人烟多雁户，野色逼兰藂。移舫白云外，吟诗黄叶中。桃花浑未见，相约及春风。

此诗录自《（乾隆）益阳县志》卷二十二。

夏炘大　字美上，益阳县一里（今属桃江县）武潭人，生平不详，生活于康熙年间。

题太平桥

太平桥畔足生涯，几度临流遗落花。问到溪边尘不染，松林隔岸是吾家。

太平桥，位于桃江县武潭镇。此诗录自《（乾隆）益阳县志》卷二十二。

陈其迈 字方皋，益阳县廪生，生活于康熙间。

九日舟发桃江

林树初闻众鸟喧，凌晨解缆趁朝暾。轻烟水面容舟人，乱石江心激水翻。何必登高酬令节，即看此处遇仙源。经霜枫叶红于锦，几簇桃花夹岸繁。

此诗录自《（乾隆）益阳县志》卷二十二。

陈雅琛 字献光，一字乔山，益阳县人，清康熙三十九年（1700）进士，历官深泽、清丰二县知县，官至天津知府。究心经史，以古文名。

梅兰览胜

暮春天气好，览胜乐无穷。柳絮迎风舞，桃花映日红。高人才雅淡，骚客韵玲珑。写景堪舒兴，悠然万象中。

梅兰，即刘士恕，字梅兰，一作梅澜，明代益阳县十里三塘湾（今属牛田镇）人，生活于明代万历、嘉靖间，为资阳刘氏之第十一世。其地有水井，水质清冽，刘氏后人以“梅兰”名井，即梅兰古井，以纪念刘士恕。古井位于桃江县牛田镇郭家塘刘家湾。此诗录自刘述才、刘补生主修《资阳刘氏八修族谱》卷首。

赵明鼎 字铉吉，益阳县六里书塘（今作舒塘，属桃江县修山镇）人，康熙三十四年（1695）岁贡生。著作有《鸥宿斋集》《拟兰草》等，未见传本。

子良岩

闻道岩居好，仙人独踞高。坐峰餐夜月，啮石醉醇醪。洞里堪寻句，溪边可问桃。子良如可接，廊庙挂宫袍。

此诗录自《（乾隆）益阳县志》卷二十二。

曹耀珩　本姓张，字鸣佩，一字畅庵，益阳县十六里廖家坝（今属益阳市赫山区）人，郭都贤之孙女婿。六岁能文，时号为“神童”。清康熙三十七年（1698）拔贡生，官宁远县教谕，聘为岳麓书院山长。以古文名，诗亦朗爽，著作有《听涛园古文》。

浮邱山

兹山一邑尊，群岫立儿孙。下有欲落泉，上有未归云。飞来一片石，巉岩万古存。昔日浮邱子，丹灶倚云根。缥缈神仙窟，霞彩赤城奔。蓬莱行顶上，相期瑶草吞。

此诗录自《（乾隆）益阳县志》卷二十二。

舟过书堂怀夏云卧

桃市千门江树断，修峰一点山云乱。百花潭上识幽栖，故人家对书堂岸。我行过此意徘徊，多病马卿剧可哀。叩门更恐劳刍饭，一夜西风尽日回。

书堂，又作舒塘，资江边古圩市，今属桃江县修山镇。夏云卧，即夏光洛，生平见前。

云　卧

云卧清晨起，床吟旧卷添。居然新律细，一任老夫潜。涉水孤禽冷，穿墙万笋尖。瓮飧无别物，盘载水晶盐。

哭梅巢居士，和湘岩韵　五首

少微光陨涕双垂，握手平生意好奇。晓雨绿蕉濡墨后，清秋黄叶煮茶时。冲霄剑佩逢谁拔，流水匣琴笑自知。四十年来成拓落，交情便向九泉期。

手泽于今竟不存，淋漓志石舞公孙。原注：居士墓志自撰书。鸿文绿字埋荒土，衰草寒鸦怨暮村。一死安能再买骨，三闾恐有未招魂。可怜千载风流尽，独剩芳踪寄旧园。

旧园萧爽愧陪游，闻道林泉事事幽。接叶制亭山径滑，攀藤坐石藓痕留。人如阮籍情偏放，树种林逋香自浮。敕断红尘谁到得，桃花江水水西流。

黄冠野服信幽居，紫绶银章笑不如。宋玉悲来同洒泪，虞卿愁后转多书。百年且醉人如客，双鬓频窥老独余。岂意蓬壶仙早去，鹤归犹识令威初。

鸿雁哀鸣影独行，新诗凄恻老魂惊。原注：湘岩哭弟诗，名《孤雁吟》。谢家青草难成梦，田氏紫荆倍有情。逝水生涯容易尽，浮云世事去来轻。一抔只傍堂防旧，原注：居士自卜兆母、兄侧。夜夜哀猿下几声。

以上七诗，录自（清）邓显鹤编纂《沅湘耆旧集》卷六十七。

罗　杰（1694—1759），谱名罗国杰，字廷拔，号惺惺、亦号惺惺斋主人，邑庠生，益阳县九里花桥（今属桃江县桃花江镇）人。著作有《惺惺斋草》《惺惺斋文》《文昌阁咏景六十四首》《治痢要略》《脉诀考证》《堪舆理气》等，均未见传本。

游浮邱山歌

缥缈巉岩江之西，梓梁葱蒨绝攀跻。我来浮邱最高岭，灵峦倚伏觉天低。不知何处蜿蟺磅礴之淑气，郁积突兀万丈步仙梯。岞崿岖岭桃江上，迥与衡岳七十二峰相肩齐。上有飞来石，锋棱映光奎；下有百尺泉，飕飗骇斑鹈。臬臬峰腰吐烟蒸作雾，须臾万壑樵径迷。红暾俄启，长风凄凄。层崖如人行累累，翠羽笄宵渺空中。暑气侵不到，铮铮簻篨何清凄。此时叠嶂翠欲滴，仿佛蓬莱方丈之莲溪。夜来萧疏落松子，当崖寒光月四起。清秋之精集虚空，鹤驾鸾吟黄鹤峙。洪崖扫石貌顿现，天浆扬芬须眉紫。汹涌龙泉旌倒影，金桥玉壁都成绮。光怪变灭忽不见，晓看东上明珠倒挂若木琼枝里。噫嘻乎！天边迢递真莽苍，洞庭一线如飞觞。参差君山万里争削出，晕若丹炉隐跃接重光，其余金凤狮子罗列儿孙侣，俯伏朝宗不敢望。噫嘻乎！八面风景乃见真，谚云：山有八面。沐日浴月绝点尘，岂无騣袅倜傥为尔效灵走天津。况复资水孕清醇，亦与此山气绝伦，我欲排空直上问洪钧。

步江邑侯望浮邱山原韵

西峙浮邱岭，嵯峨一柱尊。遥看青霭处，时有白云存。曲径迂牛斗，幽岩异晓昏。愿持九节杖，拄石细评论。

晚秋登浮邱山

暮秋旷览步重峦，壁立层霄傍斗看。万壑清泉随杖涌，满山红叶扑人寒。烟云缥缈回风洞，竹篆参差依石坛。我欲凌高腾羽翰，美人遥望隔云端。

以上诗录自（民国）罗德勋纂修《（桃江桃花江）罗氏六修族谱》之《艺文卷》。

萧德速（1695—1782），字鲲南，号梅村，又号斐山，邑庠生。益阳一里（今属桃江县）泗里河人。

登九岗山即景

九峰争崒嵂，平列转相仗。白云千顷开洪蒙，中顶名白云峰。彩虹常挂绝磴上。高岩壁立自成削，往来惟见栖元鹤。高研岩。翻空黄叶逐风飞，飘飘遥向云中落。丛树峰。夏日森森秋气深，风香洞口蛟龙吟。风香洞又名风响。怒劈青山白练拖，一条界破青山襟。牛心泉。穿天古树老铜姿，人代迁流历许时。穿天坳古树。虎啸仿闻征鼓动，风生木杪遥旌旗。鸡冠寨。徘徊决眦歌行欙，夕阳斜照含山尾。浓云一抹起峰头，霎时雷雨惊山鬼。山僧引我入山厨，饮山酤，饭山稃。云收雨霁星斗铺，仰看明月上天衢。

此诗录自《（乾隆）益阳县志》卷二十二。

毛正蕃（1700—1767），号启屏，益阳县九里（今属桃江县）浮邱山沙田湾人，乾隆间岁贡生，工诗，为当时出版家，益阳的村塾读本，多出其手。

宿浮邱兰若

览胜来兰若，幽篁曲径间。苔苍岩屋古，发白老僧闲。缥缈云粘钵，清虚月满山。禅床刚一宿，心已静尘寰。

此诗录自《（乾隆）益阳县志》卷二十二。

暮过云圃四兄家

八月暑气收，秋深满林树。骑马出柴门，苍苍日已暮。顷刻到荆扉，稚子候庭户。下马入庭中，山茗为余具。吾兄自外归，草露湿芒履。相对情最欢，花草共幽趣。清谈正绝倒，依依不忍去。久坐始归来，明月照村路。

云圃，即毛正艽，字兰文，号云圃，益阳县九里（今属桃江县）浮邱山沙田湾人，毛正蕃之堂兄。此诗录自（清）毛运鸿纂修《（桃江沙田湾）毛氏四修族谱》卷九。

邓胜逵 原名邓之樑，字庭维，又字达九，号古南，晚号松堂老人，新化县人，清雍正间诸生，邓显鹤之祖父，“教授资阳间”，馆桃江舒塘、荷塘、洪桥头等地五十余年。

修山示诸学子

时馆玉衡山，终日与修山面也。

何山不崇高，兹独以修字。终古矗南服，一拳耸寒翠。左扼茱萸口，右把浮邱臂。娟娟露苕颖，孑孑离丑类。宁惟荆衡逊，抑岂灊霍次。乃云即熊湘，附会见方志。我言不谓然，聊以表山德。藏修士之常，束修古之谊。观其所自立，了与众山异。谁为山中人，顾名当思义。终日面山居，好修吾敢坠。为山当日进，学山毋自弃。

修山，位于桃江县资江之畔，与浮邱山遥遥相望。此诗录自（清）邓显鹤编纂《资江耆旧集》卷二十三。

邓昌祖　原名邓之楠，字季文，新化人，邓胜逵之弟，曾随兄游桃江，生卒不详。

桃花港

朝发茱萸门，暮泊桃花市。不见桃花红，斜阳一溪水。

此诗录自（清）邓显鹤编纂《资江耆旧集》卷二十二。

刘怡观　字见韶，号鹿峰，益阳县九里荷塘（今属桃江县浮邱山乡）人。乾隆间，邓胜逵曾馆其家十余年。

临终诗

皓月长空朗，闲情野鹤痴。钟鸣城外寺，结个好相知。

此诗录自（清）邓显鹤编纂《资江耆旧集》卷二十三。

夏永柏　益阳县人，生平不详。约生活于嘉庆、道光间。

炼丹台

炉灰今已冷，丹鼎尚空悬。何处寻芝草，荒台锁暮烟。

此诗录自《（嘉庆）益阳县志》卷三十二。

刘恩宠　字绥四，号莲池，刘怡观之子，乾隆六年（1741）举人，历官安福、临湘教谕，迁宝庆府教授。

之官宝庆，舟过小洋，谒松堂师于梓木冲里第，信宿始别，恭纪四首

卌载列门墙，今来过小洋。追随群弟子，睽隔几星霜。蔼蔼春风

近，悠悠古树苍。居人频问讯，为指郑公乡。

谒刺才投入，先生一笑迎。岂知郡博士，即是鲁诸生。苜蓿风仍旧，乔柯老更荣。连宵清不寐，絮语到天明。

忆自髫龄日，相随到壮年。恩宠七岁受业，至二十四岁成明通进士，乃别。感师视犹子，望我欲升天。垂老经三考，微官始一迁。由安福、临湘教谕俸满，迁宝庆教授。此生真自负，乌咽对残篇。

临别无他语，殷勤嘱后昆。承家好兄弟，谓世兄昆仲。努力大师门。耕稼乡风古，诗书世泽尊。来年春涨暖，会送北溟鲲。

松堂师，即邓胜逵。此组诗录自（清）邓显鹤编纂《资江耆旧集》卷二十三。

吾邑产竹，春笋盛时取以造纸，偶见赋之

春笋如泥汁尽融，层层托出鬼神工。礌溪有玉来波底，秋水多霞现掌中。不羡天边悬炼石，且看池内起长虹。愧余少乏经纶策，借汝挥毫震聩聋。

此诗录自《（乾隆）益阳县志》卷二十二。《（嘉庆）益阳县志》《资江耆旧集》亦录此诗，文字颇有差异："春笋纤纤汁乳融，层层托出鬼神工。云蓝屑玉翻波底，雾縠飘纹现掌中。冰缕也疑蚕茧似，银光欲许凤笺同。此君信有经纶具，肯向深山偃蹇终。"

祝毛醒斋先生六十

我邑浮邱山独雄，昔有真人产其中。下瞰桃江花烂漫，三千结实东海同。桃江之上浮邱下，沙田湾里有仙舍。先生孕秀栖此间，霁月光风弥蕴藉。敲诗直拟杜少陵，倾杯不厌酒如渑。造道久超最上乘，膝前一鹗看飞腾。竹林讲析群蔚起，士类甄陶多著称。至今行年届六十，文坛牛耳谁先执。翛然物外乐悠悠，名山著述花生笔。左挹袂兮右拍肩，翩翩仙侣皆翔集。惟我远隔洞庭波，梦瞻浮邱郁嵯峨，渺渺叆叇隐烟萝。

几回遥拟云峰里，岁岁餐桃放浩歌。

毛醒斋，即毛正蕃。此诗录自（清）毛运鸿纂修《（桃江沙田湾）毛氏四修族谱》卷九。

文维溢（1668—1749），字其收，号讹斋，益阳县十里梓梁岩（今属桃江县松木塘镇）人，乾隆十四年（1749）贡生。

浮邱歌

洞庭九派分资阳，宝屏罗列沉西王。放眼长空问何所，层峦万叠浮邱冈。山之高，可以扪星斗；山之险，可以窘鹿獐。洞云出没穷变化，瞬息浩渺恣苍茫。春花开烂漫，兰蕙发幽香。六月走雷电，鼓炮驱寒光。月满山中秋皎洁，雪临修竹森琳琅。四时景物真奇绝，大块意气来飞扬。吁嗟乎！浮邱之伯兮潘梓梁，丹灶熄兮丹池荒，丹井深深兮龙退藏。千载探奇兮萧处士，萧生恩俊尝赋浮邱。墨花烟雨兮郭侍郎。郭些庵司马有殿联。吁嗟乎！名山名山石室增丹黄，后有作者谁颉颃。

萧恩俊（1691—1746），原名峻，字千英，号桂乡，益阳县一里（今属桃江县）泗里河人，邑庠生，其《浮邱山赋》未见流传。郭些庵即郭都贤，其《浮邱寺祖师殿联》云："中国有圣人，是祖是师，咄咄西来东土；名山藏弟子，亦仙亦佛，玄玄北镇南天。"此诗录自《（嘉庆）益阳县志》卷三十二。

潘序贤　字班墀，监生，益阳县九里（今属桃江县）浮邱山人，工诗，生活于康熙、雍正、乾隆时期，生卒年不详。

游浮邱山

入山山渐幽，迥觉远尘境。披蕙寻羊肠，分萝望云岭。青铺荫壑松，丹泻挂岩杏。凭高天地阔，绝处衣裳冷。怪石裹老藤，苍猿啸残景。曛日射林麓，鲜霞灿炳炳。徘徊俯大荒，杳渺怀深省。缅思崆峒子，常羡延寿井。饱餐灵瑞芝，窃驾鹿鹤骋。虚无惜群动，希夷归至静。心闲物自舒，光没烛用秉。理性既疏略，劳生岂终永。世无巢许俦，且勿谈箕颍。

此诗录自《（乾隆）益阳县志》卷二十二。

廖天闲 字作山，号十洲，益阳人，邑庠生，生活于康熙年间，授徒为生，晚年居桃花江。性狷介，环堵萧然，吟咏自若。

游东林寺

曲径纡遮第几峰，讲堂深处问游踪。十城雨过春前草，初地云盘劫外松。镜里芙蓉开面面，画中蜃市影重重。坐添一缕茶烟息，又隔临溪数点钟。

此诗录自《（乾隆）益阳县志》卷二十二。

吴继文 清代益阳县九里（今属桃江县）浮邱山人，乾隆十七年（1752）举人，工诗。生卒年不详。

登浮邱绝顶

灵邱团地结，暇日接天游。塔势青霄出，钟声碧汉浮。凡尘清上界，古木落高秋。到眼全无碍，江山一望收。

此诗录自《（嘉庆）益阳县志》卷三十二。

高自位 字紫庭，直隶宁晋举人，清乾隆十一年（1746）至乾隆十三年（1748），任益阳县知县。学行优敏，礼士爱民，任内修复龙洲书院，续修《县志》，兴利除弊，治绩焕然。

桃花江怀古

春风春雨无休歇，滚滚春波流呜咽。一棹冲涛惊白鸥，夹岸落英飞绛雪。灵均忆昔放江南，涉江侘傺心如结。桃花岁岁映波红，尽是问天声里血。

此诗录自《（乾隆）益阳县志》卷二十二。

邓正琮　字宗玉，号古山，益阳县十一里克让村（今属桃江县灰山港镇）人，乾隆十九年（1754）进士，分发河南，历署新郑、洧县知县，实授密县知县。著有《古山文集》，未见传本。其人学问淹博，才思浩瀚，少年时以《洞庭赋》见称于时。《洞庭赋》见《（嘉庆）益阳县志》，因篇幅较长，本书未选。

温陆轩山居

陆轩落落真幽士，别有山林惬素心。绕径自栽千个竹，拂床时弄七弦琴。羊裘尚苦星微犯，鹤氅谁分月共斟。任尔楼头红杏闹，可能些子混相侵。

温陆轩，即温其训。此诗录自（清）邓显鹤编纂《资江耆旧集》卷二十四。

刘永华　字正西，益阳县六里（今属桃江县）荷塘人，乾隆二十五年（1760）举人，官湖北罗田县知县、施南府通判。

通守施南，枉邓松堂先生远来存问，即送其归里

暌违函丈几经年，南北相望共楚天。岂谓夜郎孤宦远，忽看霁月一轮圆。韩公世事嗟长檠，王氏家传有旧毡。坐席未温挥手去，乱山回首白云边。自注：先生以官署夜间桦烛太多，诫之曰：“此膏脂也，若忘当年夜课灯光如豆时耶。”又永华为先生稍易茵褥衣履，先生固却不受，固有五六语。

邓松堂，即邓胜逵，其生平见本卷。此诗录自（清）邓显鹤编纂《沅湘耆旧集》卷一百七。

胡成美　益阳人，大约生活于清乾隆间。

白米岩古刻

端平协洽系旃蒙，花甲循环九度终。此老幸留真迹在，依稀犹见宋儒风。

白米岩位于益阳县三里洋旋湾（今属桃江县沾溪镇洋泉湾）。岩上

有古刻石三十二字："六月六日，辟开荆棘。通岩甃石，不拘人力。免蹈高危，务行正直。条石旁安，少为休息。"旁署："岁在端平旃蒙协洽，中山叟漫记。"据此可知刻石成于宋理宗端平二年（1235）。

此诗录自《（同治）益阳县志》卷二十四。

毛承立（1793—1834），字树屏，号卓斋，邑庠生，益阳县九里（今属桃江县）浮邱山沙田湾人，工诗，屡试不第。有《卓斋遗稿》，未见传本。

登浮邱山

天然生面一名山，占断烟峦不染寰。远岫攒螺图画里，晴岩瀑布岭枫间。丹谁复炼台留迹，风已无声洞结鬟。此日屐游同话古，白云别处唱阳关。

过友家夜饮回文

才雄溢座遍谈奇，趣适休嫌莫已知。杯满玉浓偏意淡，卷盈诗和却情移。推敲句管笙吹凤，静寂山林云挂帏。来雁伴人怀有自，开怀醉饮夜思谁。

以上诗录自（清）毛运鸿纂修《（桃江沙田湾）毛氏四修族谱》卷九。

刘绳爵 字孟修，益阳县九里荷塘（荷塘亦作河塘，今属桃江县浮邱山乡）人，乾隆三十三年（1768）举人，乾隆五十三年（1788）官东安县教谕，后迁贵州贵定县知县。

望修山

长空卓笔自嵯峨，万古江干镇碧波。脱尽尘氛缘独立，秋云数片转疑多。

此诗录自《（嘉庆）益阳县志》卷三十二。

江雍敦　字长清，号介石，清乾隆、嘉庆间益阳县九里（今属桃江县）浮邱山江家湾胡冲人，业儒，工诗。

己未春仲，重来清凉寺，漫兴二绝，兼呈云岩、恒山两上人　二首

洞云晓展梵王宫，屐齿重来印碧丛。话到投机倾竹叶，桃花依旧笑春风。

花开香界日迟迟，检点图书复下帷。总为俗心湔未净，蒲团笑倩老僧医。

清凉寺，位于桃江县浮邱山乡浮邱村，今废。

春日清凉寺外晚眺

清凉无事一身闲，凝睇黄昏俗虑删。唤鸭疏篱邻女立，驱牛曲径牧人还。柳溪絮舞风回岸，竹坞禽栖日落山。几度暮钟催我入，汤倾般若醉禅关。

清明日清凉寺僧吉上人午睡戏作

日上当空睡正浓，不听朝午报衙蜂。觉来大梦真如会，活火新茶问几钟。

清凉寺赏牡丹戏作呈吉上人

落尽桃花始放红，天香浮动带春风。洗妆醉共高僧赏，漫说禅门色相空。

春日晚游

为寻花鸟向清溪，行到清溪日已西。游兴欲阑归兴好，更邀诗客醉招提。

夏晴清凉寺即目

炎蒸绿野遍离光，风动蔷薇满院香。挥汗夏畦农苦热，三三两两说

清凉。

夏日清凉寺即目

栖托招提境，清幽异市阛。泉声听似雨，塔影望如山。蛙鼓喧长日，村烟篆翠鬟。披襟风动处，相伴老僧间。

清凉寺晚兴

闲来扶竹杖，独自倚禅扉。洞口收残雨，楼头照落晖。暮禽寻树宿，羸马骋槽归。回顾香台上，灯光彻九微。

夏日雨后望浮邱

屹崒浮邱澍雨过，巉岩瀑布卷青螺。千章夏木看如洗，丽乱烟云变态多。

听吉上人弹琴

君弹膝上琴，不失珍重意。儒释虽殊途，禁邪原不异。我闻柴桑贤，无弦趣自识。又闻单父宰，操缦邑乃治。只要无杀心，何妨有贪志。谁是知音人，山水穷幽致。

冬日访西峰寺宁源上人

步出草堂前，西峰钦仰止。藏修历有年，今日重来此。老僧一笑迎，莫逆交如始。亭阁上青空，气象开千里。寒风透朱檽，爱日临素几。勘破布毛禅，了悟清净理。独无外物牵，白足真堪比。泼墨写新诗，云烟生满纸。花雨散缤纷，香台尘不起。拥槛碧梧高，浮筠绿竹美。大抵九苞禽，献瑞丹山里。羸将半日闲，幽赏犹未已。愿持苏晋斋，依佛同居址。

西峰寺，建于唐代，位于桃江县浮邱山乡西峰寺村，今废。以上诗录自（民国）江世宿纂修《（桃江浮邱山）江氏五修支谱》卷末。

第十三卷　桃花江诗选十三　历代诗选二

李绳捷　字竹所，益阳县人，乾隆五十四年（1789）举人，授清泉县教谕，未就，卒。有《松风诗集》，未见传本。

浮邱山

远见游仙地，丹梯识旧踪。草深多碍马，松老尽成龙。矗立云千嶂，晴来雪几峰。未遑听瀑布，幽涧石淙淙。

此诗录自《（同治）益阳县志》卷二。

修　山

嵯峨百仞俯江干，削出芙蓉面面看。天造自来成巨镇，地灵于此足奇观。虬枝结到青松老，猿势吞将碧涧寒。山称猿猴吸水形。竞拟熊湘又何让，龙髯好附一登攀。修山状似熊耳，相传亦名湘山，黄帝登熊湘即此。

此诗录自《（嘉庆）益阳县志》卷三十二。

曾润攀（1740—1825），字云上，号筠斋，监生，益阳县十里（今属桃江县）峡山口人。

荚江先生赐诗见赠赋此奉酬

研索深沉拓旧闻，光阴分寸惜尤勤。名山抱膝怀风雨，列宿罗胸灿典坟。颜子非关贫乐道，昌黎真见道为文。独惭无力阳春和，虚负琴弹十载薰。赐诗有“十载弹南薰”之句。

荚江先生，即陶必铨，乾隆末年设馆曾家。此诗录自（清）邓显鹤编纂《资江耆旧集》卷四十二。

曾理纯（1766—1836），字公锡，号翠峰，曾润攀之子。

挹秀轩偶成

万绿丛中结小斋，屋檐低亚露松钗。池心漾月平临鹊，树脚穿篱曲似蜗。玉笋横斜花正映，金摇琐碎竹先筛。闲呼皮几开窗坐，俯仰书城一款怀。

挹秀轩，陶必铨在曾氏宗祠（益明公祠）执教时的经馆名。曾氏宗祠位于桃江县牛田镇峡山口村重堂公组。此诗录自（清）邓显鹤编纂《资江耆旧集》卷四十二。

贺光瓛 字禹咸，一字雪畦，益阳人，嘉庆二十四年（1819）贡生，与兄贺光黼俱嗜书如命。衣食常乏，性情疏放豁达，以泉石为友，偶闻胜景，即携行李往游，经旬忘返。书法长于行、草、飞白各体。诗尤有名，风骨冷峭。著有《阙岭村斋诗文集》二十八卷，未见传本。

十月五日再游子良岩，以“中有古洞藏神仙”为韵，分得中字

前年偶然蹑仙踪，流览半日殊匆匆。归来每为述胜概，听者两腋咸生风。今年再来值烟雨，气象惨淡空蒙中。峡口诸山想类此，叹息曾晤剑南翁。正如奇书与智士，奥变直是参天工。安知再来不更异，游则有尽岩无穷。褐衣冷飘雾淞白，芒屩踏碎霜芝红。子良有知应绝骇，久矣无人跨青虹。

秋日登浮邱山

路入嶕峣一堑宽，粼粼碎石屐声干。浮图风急灵鳌动，灌木霜高俊鹘盘。此去南迤连岳近，向来西望作云看。青鞋布袜从今始，先揖浮邱乞内丹。

“青鞋布袜从今始”句，《(同治) 益阳县志》卷二作“横身沧海从今始”。以上二诗录自（清）邓显鹤编纂《沅湘耆旧集》卷一百六十九。

刘　澜　字伯观，清代益阳县九里（今属桃江县）浮邱山人，布衣诗人，家贫不能从师，略识字义即废学，集村童以训蒙为业，年三十二卒。因其诗文受陶澍褒奖，乃至嘉庆、同治两《益阳县志》均为其立传；（清）邓显鹤编纂的《资江耆旧集》收录其诗。

浮邱山

松萝百尺拥禅关，游目新从远近间。隐约资江流一线，微茫天柱露双鬟。炼丹仙去池犹在，拜佛人来石共攀。万壑烟霞留我住，诗瓢香碗野情闲。

此诗录自《（同治）益阳县志》卷二。

浮邱石屋

石屋飞来自何处，摩天一片峰巅住。半空谡谡松涛寒，疑欲乘风复飞去。

此诗录自《（同治）益阳县志》卷二十二。

送陶云汀太史起复北上　二首

问讯兹行意若何，苍茫交集识情多。蓼莪诗里鲜民泪，兰茝香中彼美歌。屡年主讲澧阳。捧日寸心悬绛阙，追风一骑指黄河。垂衣天子虚怀待，金鉴将毋预揣摩。

讵须五色诩华笺，此笔江山韵独专。乐人早识元才子，内史频呼李谪仙。新制渡头桃叶曲，重赓台上柏梁篇。云霄倘念荒山客，莫吝西风尺素传。

此诗录自（清）邓显鹤编纂《资江耆旧集》卷五十六。邓显鹤云："陶云汀尚书初入翰林时，游浮邱，憩山麓胡上舍宅，澜投以骈体文，尚书一见，奇赏之。澜时即席呈诗，有'伏枥自惭逢伯乐，买丝曾拟绣平原'之句，尚书酬之有云：'刮目遂成新雨契，赏心为爱古风流。来朝吹笛应难别，添出南云一段愁。'嗣是，人多物色之。"

益阳三台塔

信有星辰履底收，城东高处共名流。一江风雨登孤塔，双眼烟波俯十洲。小语犹防惊上界，朗吟应许续前游。座中豪气谁人擅，最忆元龙百尺楼。

此诗录自《（民国）益阳县志》卷八。

袁肇龄 生平失考，清中晚期人，工诗。

谢胡春圃赠齿石歌

天地炉，阴阳炭，浮邱仙人煮石烂。一半裹空腹，一半掷岩畔。云蒸霞蔚几何年，齿痕凿凿光粲粲。春圃先生探奇踪，脚踏芙蓉手扪汉。忽逢此石发米颠，低头再拜心暗赞。袖中携取仙子饭，归来珍袭不敢玩。我来访戴话名胜，先生出石相摩看。日月凝结编贝形，风露喷薄珍珠汗。摩挲三五未释手，惠之常相供几案。我闻昔时李邺侯，围炉夜饷煨芋半。领取十年卿与相，一品衣披光彩焕。先生持赠我心知，愧我凡骨非仙姿。漱石砺齿固有日，腰金衣紫知何时。吁嗟乎！腰金衣紫知何时。

此诗录自《（同治）益阳县志》卷二十四。

刘翼之（1774—1823），字挹芝，号景星，益阳县十里刘家村（今属桃江县牛田镇）人，国学生，陶澍少年时与之“共砚席”。著有《锄经堂诗稿》，未见传本。

登南台望东海

都郁名山界海东，神仙咫尺便相通。蓬壶合在苍茫里，蜃市遥撑浩渺中。孤岛潮平天亦碧，榑桑日挂水犹红。凭高远望情何极，杳杳沧波去无穷。

此诗录自（清）邓显鹤编纂《资江耆旧集》五十八卷。

夏　鼎　字云扆，清代益阳人，生卒不详。著有《养慵堂诗钞》，已佚。

郭贞女梅节古笔筒歌

云巢居士真好古，心如贪狼气如虎。冥搜岣嵝通石鼓，神鬼呵之嗔攫取。我生富贵等浮云，有砚不肯君苗焚。草堂勒移北山文，毛颖露处非酬勋。何年活掣癯仙臂，壮士虬髯争赑屃。割以胡沙声剨然，模糊射眼血腥腻。尖头老公功告成，汤沐聚族居坚城。祟墉蟠屈苍龙精，雕镕不费兼枯荣。外镂小松二棵，奇致爱人。须眉得之苦弃掷，蝇营狗苟失精魄。我闻来自司马君，香闺有女空钗裙。谢家道韫左家芬，元红未落嫣兰熏。二八含愁写黄绢，春风掩映梨花面。珊瑚架畔藏灵蛇，枝枝入梦攒奇葩。沧海变迁日倾仄，珍惜流传蠹不蚀。焚檀再拜净收拭，夜半寒蟾照颜色。

此诗录自《（嘉庆）益阳县志》卷三十二。

郭　凯　清代益阳人，生平不详，大约生活于乾隆、嘉庆间。有《蜕园诗集》，未见传本。

浮邱山

幻尽烟云是此山，苦从画里觅孱颜。而今始识浮邱伯，摩顶儿孙绕膝间。

此诗录自《（同治）益阳县志》卷二。

题卓庵台

蔓草萦孤塔，人称圆寂尼。凄凉家国恨，不遣杜鹃知。

此诗录自《（同治）益阳县志》卷二十四。

桃谷庵

避地人何似，寻源路不赊。只愁云水隔，依旧失桃花。

此诗录自（民国）孙家杰著《益阳之胜地与名人》。

邹良化（1777—1838），字鲁风，号古剑，益阳县八里桃花江（今属桃江县桃花江镇）人，道光六年（1826）贡生。

径竹歌

谁是干霄耸云麓，直贯四时常簇簇。劲节雅近君子居，霜根结在幽人屋。瞻彼猗猗不记年，知是苍苍老修竹。在昔孤根托径中，新篁着粉摇春风。依依久伴龙钟立，强自扶持藉化工。虚心蕴蓄拂云意，转瞬坚刚向日融。不受严寒不受暑，饱经霜露历年所。嚣尘何曾犯其端，潇洒惟与松柏侣。三三径里乐未央，谁言弱植无与处。岁复岁兮常结绿，稚子丛生森似束。琰龙才脱挺英姿，玉笋新班耀朝旭。就中犊角见崭然，矫矫尤称能拔俗。到今老干盘灵根，更有青青几代孙。高欲参天看绕径，低初出地喜当门。头番笋植化龙去，风雨来时势若奔。此皆老竹发葱蒨，老竹犹然芳不变。吟风啸月自年年，苞固精神洵百炼。闻说逢辰日诞生，介寿林中动高宴。我翁竹醉把樽开，竹叶分阴有蒨醅。三万六千觞莫催，直教醉倒竹根杯。醉问此君春不老，天公原是笃因材。愧我芳邻非二仲，时来看竹浮春瓮。鸾音清澈在高空，敢效竹枝词一弄。祝君结实径之中，会诏九苞丹阙凤。

此诗录自方定仁先生所收藏之抄本。

重九日登彭家寨，晚归作此呈韩城、兼湖两兄先生 四首

父老流传寨姓彭，当年绝顶避残兵。久瞻孤岭峥嵘立，适值重阳彳亍行。路拟蛇盘千折上，道惟鸟过半空横。扪篱直到岩岩石，一亩刚宽一掌平。

多历年来海宇清，欲寻遗事尽榛荆。并无灶底烟尘在，唯有云中鸡犬鸣。四望雾花迷眼黑，是日寒雾四塞。孤悬灯火远村明。由来乘兴登高处，反动千秋万古情。

赖有山人一笑迎，相偕好友亦欢声。携儿窄路同安步，有莲池携小儿同

登。饮我新茶却解醒。山人迎至家，烹茶。顿起尘心寻去路，爰辞绝顶问归程。归来恰值黄昏候，犹望山头烽燧惊。

床头短短读书檠，对我青荧百感生。耆长昔逢奸宄寇，子孙今作圣人氓。已经大统新开辟，不改崇山旧姓名。欲贺兹邱遭泰运，共将萸酒满杯倾。

彭家寨，遗址位于桃江县浮邱山乡大水洞村之浮邱山麓。以上四诗录自（清）彭涛纂修《资江彭氏七修族谱》。

陈　畴　字锡卿，一字若卿，益阳人，道光元年（1821）举人，次年赴京会试，病卒于京。著有《若卿文集》《德星堂诗稿》，均未梓行。

浮邱山

隔断红尘插一山，高僧欲与白云闲。峰回鹄鹫三天外，人爱烟霞半枕间。日月东西驹隙过，乾坤今古鹤飞还。此中甚可餐风露，应有神人冰雪颜。

此诗录自《（同治）益阳县志》卷二。

游黄叶庵

问水寻山得得来，松关石峡豁然开。檐牙日暖红依树，石面云深绿浸苔。悟到色空原有界，参来般若自成台。未知黄叶飞何处，且学拈花一笑回。

黄叶庵，今废，原址位于桃江县沾溪与湖莲坪交界之黄叶山。此诗录自《（同治）益阳县志》卷二十四，并有符鸿《题黄叶庵联》："不灭故不生，是色是空，觅黄叶深山何处；无垢亦无净，即源即委，看白溪流水当前。"

詹　植　号春岚，益阳县一里（今属桃江县）武潭人，生活于嘉庆、道光间诸生，工诗。著有《鸡肋集》，未见传本。

九岗山

九叠芙蓉天际出，放开眼界兴弥赊。岩前怪石蹲神虎，树上苍藤走活蛇。马市烟霏朝雨霁，泥潭风利晓帆斜。上方夜挹天河水，沃我诗喉蟹眼茶。

此诗录自《（同治）益阳县志》卷二。

邓光载 清代益阳县人，生平不详。

浮邱山

浮邱撑镇楚南天，秋色平分到眼前。细雨晴开千嶂翠，晚枫红破四山烟。峰当缺处云来补，僧约归时月正圆。石齿由来丹灶药，仙人遗迹尚流传。

此诗录自《（同治）益阳县志》卷二。

周文冕 字和九，号我山，清代嘉庆、道光间诸生，益阳县人，生卒年不详。

天问阁

水漾溪初涨，山衔阁欲倾。奔流咽危石，犹作问天声。

此诗录自（清）邓显鹤编纂《资江耆旧集》卷五十八。

龚　翼 字辅卿，益阳县九里（今桃江县）洪桥头水口山人，诸生，生活于嘉庆、道光间，生卒年不详。

读邓松堂先生遗稿，感而有作，兼呈湘皋丈 三首

先生馆余邑五十余年，由荷塘至洪桥，皆历年讲学之地也。中以先高祖聘，下榻寒舍家塾，自曾祖以下三世皆北面，迄今垂六十年矣。道光丁亥（1827）夏，晤湘皋丈于长沙，命求先生遗稿。归搜敝簏，得而读之。窃念翼生也晚，孤露食贫，先生风范，仅得之传闻。今梁木久

坏，而从事者亦硕果仅存。教泽如新，老成非旧，因成小诗，以志追慕。质之湘皋丈，其感慨又当如何也。

弱龄就傅仰前贤，浣手今朝读旧篇。著作百年留墨迹，先生诸稿皆手书。师资一字启薪传。蠹鱼不饱斯文在，驹隙频过古道悬。水口山头竹深处，依然风月讲堂前。水口山，地名，先生当年讲学处也。

六十年来老屋存，哲人频此驻高轩。几行弟子分三派，先生设教，分经学、词赋、制艺为三课，得其一者各相传授，当时有师门三派之说。两世先生一本尊。谓公嗣壁园先生相继主讲。此日文章留手印，当年桃李植公门。先生门下登贤书、成进士者多人，游庠序者不可指屈。涵濡教泽今犹昔，资水汪洋正有源。

怅望榛苓寄所思，瓣香心事更云谁。记从小子趋庭日，听说先生鼓箧时。潜谷已传三礼业，新城犹拜一家师。何堪作传征先友，风雨难忘手泽悲。湘皋丈征先君行实，附入先友小传。

以上三诗录自（清）邓显鹤编纂《资江耆旧集》卷五十八。

汤　鹏（1801—1844），字海秋，自号浮邱子、浮邱先生、浮邱腐儒、浮邱小子，益阳县人，道光三年（1823）进士，官礼部主事，迁户部郎中，擢升御史。直声震朝野，忤权贵，仍回户部，郁郁不得志。著有《浮邱子》等书，今人将其著作编辑为《汤鹏集》。

梦游浮邱行

君不见衡岳之高高插天，祝融紫盖奔走俯伏如儿孙。遥遥相峙数百里，乃有浮邱磩硡嵂崒不可以扳援。左踏龟台之脊背，右拔熊耳之顶巅。晨岚暮霭断更连，岩花涧草无穷妍。中有苔藓之室八九椽，星压衣裳霞压肩。鸡豚图籍从吾便，十年抛弃心茫然。幽州明月照我影，梦魂飞渡浮邱岭。岭上白云非世情，岭下泉流太古声。松袅袅兮萝冥冥，一峰初紫一峰青。熊罴叫歇，猿狖悲鸣；猛虎呀呀，蛟龙地行。竹亦为之裂，石亦为之惊。忽骇胆以栗魄，迷不知其所征。此时俯仰向谁是？道旁乃遇浮邱子。羽衣金节风飘飘，绿鬓丹颜尘不滓。秋不知万木之黄落，春不知千花之红紫。山中睡美一千年，玉皇召我我欲前。宛宛舒舒骖群仙，青鸾白鹤飞上天。天上兮翱翔，山头兮来往长。朝饮沆瀣暮瑶浆，澡浴邪阴晞正阳。耳目聪颖肝脾香，下视人世皆秕糠。胡为乎蝇蛟鹳雀飞以狂，出没闪烁争景光？霜摧雪折何所望，百年大梦天茫茫。於戏！仙人诚恺悌，觉时涕泣沾衣裳。

益阳汤氏宗祠位于桃花江市（今桃江县城），汤鹏少年时期曾读书浮邱山下，自称“小儒生长浮邱野，老屋婆娑楚水滨”。

夕梦浮邱山

朝思潇湘渚，夕梦浮邱山。上有桃花林，下有芦花湾。褰衣步窈窕，濯足临潺湲。黄鸟不离巢，白鱼来上竿。遥遥问故乡，兀兀常苦颜。秋高天地阔，可望不可还。宁要狐貉裘，弗甘藜藿餐。功名等画蛇，日月如跳丸。常恐山中人，嘲谑来无端。鸿雁东南飞，寄我款款言。

浮邱腐儒歌七章

浮邱阁外花如霞，浮邱阁中书满家，嗜奇览博安有涯。於呼！一歌腐儒兮心骨苦，百年未见知音许。

出门入门愁我肠，沙虫猿鹤浩茫茫，韬精沉饮药我狂。於呼！再歌腐儒兮郁偃蹇，古剑斒斓积苔藓。

古人富贵如浮云，今人富贵肥其身，腰犀袍鹊何纷纷。於呼！三歌腐儒兮千徘徊，同学少年列上台。

青山青山吾所求，松柏一荣一千秋，赤精白兔来上头。於呼！四歌腐儒兮行藏愚，林惭涧愧无时无。

父兮母兮鹿车行，弟兮妹兮山中耕，饮酒有秫食有粳。於呼！五歌腐儒兮拚骨肉，十年不见伤幽独。

彼君子兮寄绸缪，我往从之诉其幽，举杯劝我涕莫流。於呼！六歌腐儒兮梦超忽，步上青天揽日月。

东风飘飘吹我裳，羽翼苦短路苦长，安得鸿鹄高其翔。於呼！七歌腐儒兮老局趣，乾坤笑我长碌碌。

后慷慨篇　选句

清水潭前一钓竿，浮邱山下几茅宇。紫石都烘云母烟，香兰不碎洞庭雨。鹤鹭比邻自往来，渔樵岁月无今古。可怜马首向天涯，辜负江村好落霞。

憾别　八首之一

八年不鼓潇湘柁，一马长嘶蓟北天。早识文章易萧瑟，便应岩壑与缠绵。春闻幽鸟浮邱岭，秋买红鱼资水船。回首小时歌啸地，绿萝高阁翠微边。

浮邱阁五胜　五首

浮邱先生春夏无事，杂栽花木于阁之东西，以宜其情，乃戏号为辛夷亭、樱桃里、芭蕉院、石榴村、藤萝巷，各系以诗。

一色混芙蓉，花花吐焰红。游蜂飞不出，只在此亭中。辛夷亭

烂熳眼前春，樱桃二月新。金盘非汝分，付与转蓬人。樱桃里

洒洒复亭亭，搴枝发长想。憾少六朝僧，绿天共来往。芭蕉院

绿蒂含朝霭，丹砂绽午曛。不须千树橘，已自比封君。石榴村

婀娜上青松，枝高畏大风。午阴何处好，长在巷西东。藤萝巷

故园春思　六首选一

浮邱山上松千年，浮邱山下醒心泉。此山此水不归去，春风笑杀绿

毛仙。

以上诗录自（清）汤鹏著《汤鹏集》。

袁菊农 益阳县八里（今属桃江县）桃花江镇花桥人，生卒年不详，生活于嘉庆、道光间。

花 桥

指点花桥路，行行到眼前。乱山时合抱，怪石忽成拳。苔上杉皮屋，林分燕尾泉。岩居生计别，种竹当耘田。

花桥，位于桃江县桃花江镇金花桥村，今不存。此诗录自《（同治）益阳县志》卷四。

周代炳 字虎文，号星如，益阳县九里（今属桃江县）平田湾人，清道光二十七年（1847）岁贡生，编撰有《陶文毅公年谱》《梦亲楼诗文杂著》等书，未见传本。

天问阁怀古

奔流泛滟桃花江，砥柱桃骨回惊泷。浮邱蜿蜒接佛岭，卓立天阙开天窗。楚台秦殿竟何有，灵均旧恨翻新腔。我来吊古寻胜地，石磴螺旋蕙兰被。钟磬声传云际松，江山矗立前朝寺。绿拖蚕市春柳晴，碧泻虬潭秋月明。山光倒影流不去，芳草王孙如有情。峨眉谣诼本祷祀，九阊叫绝同充耳。凤凰一去阁成空，园花不殉美人死。呵壁凭谁诉苦心，行吟恍惚江之浔。沅澧资湘遍精爽，几处遗踪争到今。君不见，贾生谪宦吊汨罗，空舲夜泊惊潜鼍。又不见，太史南来陟九嶷，苍梧泪染哀猿啼。千载幽情发孤愤，青天冥冥谁复问。桃花岁岁寂寞红，唯有江流咽石涛声喷。

此诗录自（民国）孙家杰著《益阳之胜地与名人》。

蔡增澍 字稚云，举人，蔡用锡之子，清益阳县人，入胡林翼幕，生卒不详。工诗，有《学古斋近体诗》二卷传世。

天问台吊三闾大夫

茱萸江上秋风酸，凉月欲堕明星残。山鬼吹笛作人语，滩流咽石声溅溅。传闻左徒昔放逐，此间侘傺摧心肝。长楸千里不可见，峨眉谣诼来无端。忧愁幽思写胸肌，仰天呵壁求真诠。芳情顑颔不得诉，朝谇夕替徒拳拳。妖檐苍狗蔽日月，涕淫哀郢知谁怜。回首摇蕙自冤结，上叩真宰空漫漫。沅湘浩浩路幽拂，日昧道远嗟永叹。我从此地数凭吊，荒台遗址桃花边。江篱荃茝尽榛莽，流波湛湛枫林丹。招魂何处故居返，灵风神雨纷回旋。怀人感事动长喟，欲酬椒醑申重泉。

此诗录自（民国）孙家杰著《益阳之胜地与名人》。

彭开勋　字勒彝，湖南宁乡县人，清嘉道间诸生。工诗词文赋，有诗集《南楚诗纪》，汇湖南各府厅州县名胜，各系以诗。

桃花江

一江春水绿，两岸野桃红。近市花光满，浮家绮丽中。潭深谁送别，洞远莫相通。此去沅湘合，吹帆面面风。

浮邱山

不见浮邱伯，难寻辟谷方。云岩符小隐，丹灶此中藏。仙佛留真迹，山川纪道场。何年三鹤化，逸事转微茫。

此诗录自（清）彭开勋撰《南楚诗纪》。

白水洞

古洞贮灵泉，中含洞里天。居然小沧海，即此是桑田。瀑布悬云际，飞虹落涧边。兴怀裴相国，题咏自唐年。

白水洞，在县西一百五十里，山顶平衍，有田十余亩，桑麻鸡犬，景物熙然；瀑布飞溅，望如悬素。

左钦敏　字寿仁，一字菽寅，晚号鸿飞道人，湘阴人，光绪十九年

(1893) 举人，甲午科会试连捷，但未参加殿试，以贡士归里。历主桃源漳江、衡山文炳、衡阳船山各书院讲席。

和萧君宗藩望浮邱山诗用原韵

浮邱异境倚云开，菩萨神仙酒一杯。亿万痴生都看竹，百千浩劫不摧梅。苍烟绕佛天为宅，芳草流春地胜哀。满眼蜉蝣成底事，掀衣绝顶众山来。

此诗录自（民国）张翰仪编《湘雅摭残》第十一卷。

谢威凤 字葆林，宁乡人，清咸丰、同治间署宁夏府，护宁夏道，督办秦州厘局。著有《官柳庄诗钞》四卷，未见传本。

题石屏先生桃江归钓图

君居桃花江，江在浮邱下。我居枫林江，江别沩山泻。枫叶与桃花，其色红一也。君长我十年，我性君同野。一竿有奇癖，风雨未尝舍。其时均少年，两地不相伙。粤逆僭金陵，少保开广厦。君最耻书傭，投笔走江夏。笔翰髯参雄，转输鄜侯雅。事定入关来，从事丞相左。擢君仓泉令，五载膺民社。桑麻遍城墟，弦歌响屋瓦。百废一齐兴，考绩比应寡。胡为罢使间，罪在分巡者。仓民盼不回，生祠祝君嘏。仓民食君室，负米久不惰。二者人所难，君贤本如果。无怪君灰心，展墓以为假。归钓乘急流，牛背稳如马。况复写为图，桃花红朵朵。愁煞同舟人，枫林空骅骅。交君二十载，关陇迹相若。名遂固输君，后贤尤愧我。我为禄食羁，至今无粒颗。倘得椿庭欢，身世再云么。君倘念故人，苔矶虚一坐。待我归枫江，互钓烟波可。

石屏先生，姓李，桃花江人，字号生平待考。此诗录自（民国）李彰度等纂修《（桃江枯杉）李氏八修族谱》卷首四。

谭定澍 益阳县泉交河人，同治二年（1863）进士，授吏部考功司主事。工诗，有《补天庐诗草》二卷传世。

题石屏先生福溪渔隐图

福溪返照浮邱红，丹枫乌桕溪西东。水清石出鱼可数，钓丝袅袅摇天风。左手柳条筐，右手桃枝竹。科头靸履衣半幅，此君岂是芦中人。五岳轩轩起眉目，鸑鷟文章森羽翰，年少曾登飞将坛。学书不成出学剑，出门一笑来长安。长安自古盛文采，贞元朝士何人在。铁网空明系不收，坐见珊瑚沉大海。大海茫茫归去来，故园尚有严陵台。三神山边访鳌极，河鲂江鲤胡为哉。汉关秦月几千里，吟成梦渡滹沱水。磻溪晚遇淮阴侯，珍重平生望吾子。桃花江上桃花天，禊集风流非昔年。功成誓约拂衣去，江湖重理钓鱼船。

此诗录自（民国）李彰度等纂修《（桃江枯杉）李氏八修族谱》卷首四

杨恩寿　字鹤俦，号蓬海，别号蓬道人，长沙人，同治九年（1870）举人，候补知府，工诗文，尤擅长戏曲创作。有《坦园全集》等著作传世。

桃花江道中

东风吹暖散晴霞，春色撩人水一涯。两岸新红千顷绿，桃花江上见桃花。

此诗录自（清）杨恩寿著《坦园全集·诗录》。

刘集勋（1836—1904），字鹤甲，号昆墀，益阳县三里（今属桃江县）大栗港人，清同治十三年（1874）进士，选为翰林院庶吉士，散馆分发河南，任唐县知县。遗著有《种芝山房诗集》二卷，今未见传本。

改官中州，留别都门诸友　四首

轻裘匹马赋西行，蓟雨燕云恋旧盟。桃李春明成幻梦，芙蓉秋老系离情。中秋后一日出京。征鞍锦压同人句，客路河流万里声。良史可为原不俗，愧无霖雨慰苍生。

西清昨夜梦觚棱，独立苍茫自拊膺。九折纡徐疲骏马，长空顾盼倦秋鹰。散花结习除难尽，美锦逢时学未能。自检缅绳哀缥帙，漫将残箧对春灯。

楚天南望白云飞，菽水当年愿未违。广厦岂能歌夏屋，板舆差幸奉春晖。选河南唐县，距家不远，好迎养双亲。故人禄米供原少，报国文章事已非。梁宛风流今视昔，敢容鲈脍忆鲜肥。

玉露金风送远秋，感怀长啸客登楼。爱才谁上三公牍，赠策人思白傅裘。离合竟如圆缺月，升沉聊逐往来鸥。何年紫陌看花约，仍向元都续雅游。

舟泊苍苔，留别唐州父老 三首

三载鸿泥迹偶停，乍随云影入青冥。离情重比归装石，满载扁舟过洞庭。

祖道东门绮席开，长亭十里九徘徊。亭声暂别无劳忆，记取他年竹马来。

蓼花欹岸浅深红，别泪如珠落酒中。一事思量转惆怅，太仓盗米苦无功。

江村晚眺

踏翠裙腰古道斜，绿荫深处有人家。两山排闼穿轻燕，十亩荒塘听怒蛙。好趁蘋风移小艇，试钻槐火煮新茶。请看竹静松凉处，小立何人护落花。

庚子夏日感事 八首

用杜工部《秋兴》韵。

迅扫欃枪旅若林，枢垣令甲郁森森。刁鸣北斗三军肃，旗卷西风万幕阴。兵贵出奇争地利，时当悔祸识天心。雁声昨夜衔芦至，惊起湖湘寄戍砧。

蝌蚪重翻字屈斜，同文使节启星华。短衣自听圜桥讲，长鬣频乘博望槎。铜柱勋高遵汉索，玉关人返谱胡笳。翻屏书弃于思甲，谁贡葡萄异域花。

扶桑岛屿托余晖，走海声威震叠微。风利鲸鱼吞北塞，月明乌鹊向南飞。庸臣惯说师和克，上将终教节制违。从此瀛寰思狡启，拜交那顾食言肥。

挽甲东山尚赌棋，商於轻割总堪悲。孝侯拔剑冲锋日，德裕筹边异地时。马革心非聊复尔，蛟珠泪尽顾逶迟。不图一代中兴手，晚节颓唐匪我师。

立马罘罳第一山，旌旗遥映暮云间。突焚碧眼波斯艇，立复青齐海岱间。铁甲沉沦寒贼胆，金牌懋赏慰天颜。儿童也解锄非种，惭愧当年鹓鹭班。

黑风天外落旄头，铁马金戈古驿秋。互市百年成浩劫，同□一柱散牢愁。神灵变相驱猿鹤，海国寒盟愧鹭鸥。见说泮宫初献馘，声威长此拱神州。

此诗方框处，原文缺一字。

偶罢锄犁策上功，指挥如意笑谈中。但除邹鲁书生气，便带幽燕老将风。雨后鬼磷秋草碧，军前荼火夜灯红。鲽鳒效顺虫沙附，夷险何须问塞翁。

远道勤王自逦迤，旷观天运有平陂。尽当鹅鹳鏖三捷，那许鷸鶇借一枝。灵雨从教兵甲洗，腥风端籍管弦移。男儿报国当年少，蕞尔功名竹帛垂。

以上诗录自《（民国）益阳县志》卷八。

萧运昌 生平失考，约清代后期人，工诗。

登浮邱山

霄汉凌摩地势雄，群山回览似朝宗。晚凉烟锁千里翠，晓日云开一点红。夜半龙蛇归洞府，秋高鸾鹤响渚空。会当翘首天门路，万壑千岩拜下风。

此诗录自《（民国）益阳县志》卷八。

萧镇藩 生平失考，约为清代后期人，工诗。

登浮邱山

峭壁凌云素气横，蒲团静坐听钟声。群山星拱朝中极，古木云深逼太清。夜半蛟龙崖底啸，秋高猿狖洞中鸣。老僧闲话依危石，一枕松风淡俗情。

此诗录自《（民国）益阳县志》卷八。

萧恩应（1813—1887），字绥章，号冠南，益阳县二里泗里河（今属桃江县马迹塘镇）人，邑庠生，塾师。工诗，有《一笑吟稿》二卷，曾有刻本，今未见传本。

望九冈

冈山料峭巧安排，秀接衡南九面开。不信屏风张叠锦，转疑笔架搁平台。齐州孰遣烟移点，谢朓何嫌屐印苔。会待秋高临绝顶，群峰一览失崔嵬。

秋　闺

不信辽阳远，昨宵梦已通。寒衣终莫寄，含泪对西风。

登天心阁

荡开胸目此登临，高抚雄藩势百寻。千里风云蒸岳麓，万家楼阁捧天心。光腾内府图书启，城内新建求忠书院。寇远西山鼓角沉。咸丰二年粤寇围南城三越月。惟楚有材今古重，平成俯仰发高吟。

月满洞庭秋

不览汪洋景，谁知浩荡秋。洞庭开玉鉴，明月涌晶球。云散鱼鳞远，波涵兔魄幽。金风吹习习，木叶下悠悠。黄鹤楼头笛，沧浪水面舟。江山原不老，天地本同流。心共冰壶澈，材凭铁网收。仙槎如可上，徐步广寒游。

以上诗录自萧先志主修《资阳萧氏四修族谱·艺文篇》。

登乌旗山

山名自昔唤乌旗，试问乌旗何处垂。一代丰功扬鄂国，千秋遗事说唐时。塔边风静铃无语，石上苔封字没碑。今古英雄皆大梦，长天搔首寄遐思。

乌旗山，位于桃江县三堂街镇。此诗录自《桃江县志（1986—2000）》。

周树京　字近三，益阳县一里（今属桃江县）天湾人，生卒年不详，清光绪间主讲滨资、龙洲等书院。著作有《养云谷杂钞》《石贞子》等，未见传本。

除　夕

七十五年年又尽，苍颜白发两朝身。却欣唐俗犹存古，翻觉殷遗不厌新。积雪未消留度岁，老梅迟发为迎春。来年拟订寻芳伴，落落天涯有逸民。

过龟台山

时事惊心忆昔游，怕来江口驻扁舟。凉风十日收残暑，细雨漫天送早秋。老友须眉无几在，名山钟鼓为谁留。龟台旧是论文地，古木萧条鸟雀愁。

以上二诗录自《（民国）益阳县志》卷八。

李盛汉 字云峰，自号百花山人，安化县人，清光绪间监生。工诗，有《鸿泥纪略》传世。

舟次桃花江

春来新涨碧如油，几树桃花古渡头。十里长堤千亩竹，一船明月满江秋。排山两岸随洲动，水落重滩带石流。吊古闲临天问阁，斜阳芳草不胜愁。

此诗录自（民国）孙家杰著《益阳之胜地与名人》。

杨新运 清代益阳人，生平不详。

登天柱山

一柱镇天中，能参造化功。青苍渺无际，日涌大江东。

《（同治）益阳县志》卷二：“天瑞山，一名天柱山，秀峰孤竦，如柱擎空，板溪水径其东。”

龚 显 清代末年益阳修山（今属桃江县）九都村人。

石屋仑

九都村石屋仑，石屋上有槠树生石缝中，枝条盖屋，相传仙居，故其下名仙山坝。

仙山坝上山崎岖，上有石屋先人居。屋上树一株，枝叶四时敷。人言石屋门庭小，仙所居处宜宽舒。我道仙凡分造诣，不于居处较区区。苟能出处随时势，可小可大非凡躯。处不矜阀阅，出必多谋谟。尘缘不绝流俗混，雕梁峻宇乃庸愚。买邻买宅今来此，日对石屋酒一壶。风吹屋上树叶响，仙人似于我招呼。

松 井

九都村有松井，井岸由松根结成，松头罩于井上，底平不黏土，周围三丈余尺，直如一块生铁铸成。井口在松树左，一丈二尺余寸围，外窄内宽，泉水清洁，此异井也。

古今造物具化工，工巧到处人力穷。九都田塅挺孤松，松根下与泉水通。松为井盖根为岸，屈曲蟠根如瓶罐。三丈余围无石堪，松之生也本于天，根非人力所能全。井之凿也虽人力，岸非工匠所营缉。田间古树世所稀，松根成井事尤奇。水生木兮木克土，五行生克无穷期。

以上二诗录自《（民国）益阳县志》。

萧晋蕃（1845—1923），原名郎，谱名绍瑯，号曙臣，改号澍丞，一号墅臣，因居近九冈山，自号砥冈子，益阳县二里（今属桃江县）马迹塘人，清附生。工诗，《（民国）益阳县志》称其“学有根底，著述颇富”“诗寓意深远”。有诗集《闲吟草》四卷，未见传本。

望九冈山

侧面开门对九冈，屏风九叠立森张。青云刹逼朝天路，南岳灵通选佛场。山气阴晴殊众壑，钟声远近送斜阳。眼前福地休辜负，待到重阳拜菊香。

游浮邱山

邑之才人汤御史，著书托名浮邱子。浮邱子住浮邱山，当年煮石健啖齿。昔人得道人已仙，今人著书人又死。一卷倘留天地间，浮邱之名合两美。

除　夕

年年春去又春归，人老容颜视昔非。寒雪满山修竹瘦，清风入座故人稀。居贫自幸无奔走，卒岁犹欣有褐衣。文字一篇争结束，举家团坐掩柴扉。

以上三诗录自《（民国）益阳县志》卷八。

第十四卷　桃花江诗选十四　历代诗选三

胡唐钦（1895—?），《谱》名胡国勋，名典，号唐钦，自号福寿山人，益阳县三里（今属桃江县）鸬鹚渡千工坝人，卒年不详。

游罗浮洞

邑中名洞号罗浮，五十年来第一游。为觅蝇头穷纵览，苦多猬务莫勾留。远瞻峰势飞雄壮，俯听泉声出隐幽。探得黄精长寿品，从今身世不浮沤。

罗浮洞，位于桃江县石井头罗溪村。此诗录自胡唐钦纂修《（桃江千工坝）胡氏五修族谱》卷十三。

杨世超　桃花江人，清末诸生，生平不详。

横马塘八景

平步牌楼自适然，庙台草木锁青烟。云迷横马溪增秀，日照金盆色更妍。频望小山青未了，遥看大水阔无边。昔时和尚悠然逝，离却庵山不计年。

此诗嵌入牌楼洲、庙台洲、横马塘、金盆山、小山湾、大水田、和尚坝、古庵山八个地名，均在浮邱山下的高桥乡境内。此诗录自《桃江县志（1986—2000）》。

郭肇熙　民国间益阳县人，生平不详。

浮邱山

画工画山真山同，笔参造化夸神通。到此真山亦如画，芙蓉铲削成天工。眼中脚底云烟起，云烟荡漾山浮矣。四十八面排儿孙，拍肩摩顶青苍里。山神有时驱云烟，山之面目窥其全。资水遥飞折一线，星辰高摘呼群仙。一峰欲断一峰涌，一峰忽凹一峰耸。老树秋高俊鹘盘，浮图风急神鳌涌。昔年远望浮邱巅，晴岚霁翠横遥天。今朝立马浮邱道，丹梯石栈相约联。蛟螭狮象修藤萦，幽岩仄径相腾蛰。古洞幽深不可窥，疑有鬼神时出入。苍松蝙蝠大如掌，石乱绿滑苔花长。阴风冷冷当昼暝，瀑布下垂一千丈。佛阁玲珑参层霄，禅房曲折隈云坳。老僧留我一倾瓮，手锄白荠浆亲调。伊蒲馔盛小四海，醉倒茱樽消磊块。先人手笔尚笼纱，髯公玉带今安在。君不见，岱衡嵩华名最古，麻鞋踏遍奔驰苦。造物于此位置奇，赢得头陀风月主。浮邱子，去何时？山头确荦排参差。清泉活水煮石熟，累累如芋撑肚皮。神仙妙术或亦有，古今奇异又何疑。山陲若许建茅屋，长生日采千年芝。

此诗录自（民国）孙家杰著《益阳之胜地与名人》。

段其伦　民国间益阳县人，生平不详。有《爱梅山人诗集》，今不见传本。

凤凰庙

世乱三闾恨，行吟未得归。但闻天问处，不见凤凰飞。

此诗录自（民国）孙家杰著《益阳之胜地与名人》。

陈绍蕃　字吟梅，号海楼，又号铁汉，民国间益阳人。工诗，有《竹啸楼诗稿》传世。

桃花江棹歌　十四首

走马寻芳遍五街，桃花江畔小徘徊。自从轻笑桃花后，赢得虚名久不开。

钓台遗迹剩江边，人去台空谁问天。领得四时山水乐，樵歌声断棹歌连。

千尺桃江清且涟，邹家河在夕阳边。谁人识得鸬鹚利，终水生涯胜作田。

一生萧萧老渔翁，沽酒烹鲜兴无穷。消受睡魔何处是，披蓑横卧月明中。

衣带盈盈隔要津，扁舟破浪蹙鱼鳞。渡江攘攘熙熙客，半是樵人半贾人。

数椽矮屋构山腰，厚盖杉皮不用茅。疑是桃源仙境地，洞中消息问归樵。

桃江东岸獭溪西，水满春田叱一犁。茅屋烟横鱼子熟，黄牛牵上绿杨堤。

江流翕匌雨滂沱，万顷黄云付逝波。秋种红荞冬种菜，一家衣食也张罗。

校舍文明士气培，红桃白李一时栽。浮云似解读书乐，常拂窗前拨不开。

犀牛种得一洲桑，春到柯条叶自芳。忙煞女红忙煞妇，饲蚕先祝马头娘。犀牛，即犀牛洲，位于资江中七星溪河口处。

江干水竹有人家，男种生芽女绩麻。日日长街几回醉，一肩蔬菜一肩瓜。

黄獭溪流汇大河，长船小艇疾如梭。此中出产谁为最，竹木无如谷米多。

一枝高塔顶尖尖，朝锁浮云暮锁烟。更有下游堪画处，半边明月挂江天。

四民杂处大江边，隔水门头早贴联。都说光阴容易过，安排榾柮过新年。

登桃谷山怀古

岭头独立意徘徊，吊古犹添酒数杯。不死忠心光简牍，无情流水咽鱼台。美人迟暮空王佐，山鬼揶揄忌楚材。清白此身天特产，安能岁俗被尘埃。

钓鱼台

山头片石夕阳横，回首怀沙无限情。千载钓鱼台下水，至今犹带不平鸣。

天问阁

行吟泽畔叹飘摇，报国空怀尽瘁劳。几欲问天天不语，一灯风雨赋离骚。

天问阁

桃江之畔桃谷上，岿然杰阁何年创。碧瓦玲珑五云高，亿万舆图皆一望。森森云树纵复横，滔滔资水涟且清。国家不尽兴亡感，斯亭犹是归先生。

花园洞

观花匪禁竟无花，乔木苍凉忆故家。当日繁华何处去，名园空剩夕阳斜。

屈子桥

春来水涨阻通衢，小搭舆梁一丈余。马骤车驰多少客，至今功德颂三间。

登浮邱山放歌

昔游浮邱巅，微茫胜迹浑无边。今登浮邱顶，桃源鸡犬皆仙境。浮邱矗矗青摩空，一起一伏如蟠龙。岣嵝四千一百丈，遥遥南楚争豪雄。浮邱得道悠悠去，尚留遗迹云深处。苍苍古干干清云，万古荒凉僧寺门。疑是婆娑汉南树，百战河山铁骨存。何处飞来石，烟霞成古今。清风生石洞，飒飒如鸣琴。更有齿石斜阳里，此中味道犹可寻。危峰高立诗胆壮，红树萧萧好景象。秋清气爽无纤尘，万里江山供眼放。烽烟遍地猿鹤惊，半壁东南谁保障。铜驼荆棘几春秋，天教尤祸何时休。世事沧桑既如此，无限江湖庙廊高。

登浮邱山

秋风双屐上浮邱，近水遥山一望收。脱叶寒林堆曲径，帆飞远浦挂归舟。铜驼荆棘兴亡感，家园蜩螗草木愁。我愧秀才范文正，后先忧乐注心头。

飞来石屋

飞来石屋白云巅，四壁藤萝锁暮烟。自是浮邱仙去后，空山风月尚流连。

齿　石

漱石堪能砺齿房，子荆年少话荒唐。只今一见浮邱石，始信斯言不渺茫。

风　洞

彳亍来寻古道场，最高峰处足相羊。清风石洞忽吹去，常使人间一味凉。

再登浮邱山

劳劳着屐上高岑，齿石零星耐细寻。院锁白云僧独卧，径迷黄叶客初临。江山好景犹前度，诗酒多情试再吟。伫立峰头张望眼，神州大陆已将沉。

上述各诗录自（民国）陈绍蕃著《竹啸楼诗稿》。

石润金（1872—1932），字奉春，益阳县十里（今属桃江县）杉树仑谢家山人，少年时选廪贡生，后自费东渡日本，入早稻田大学研习法政。光绪二十一年（1895）回国，任益阳劝学所总董，次年再度赴日留学，宣统二年（1910）回国。入民国，当选为众议院议员，在汉口开设律师事务所。

移居石门塘

石门幽处路才通，恍惚桃源在洞中。东向亭台谁放鹤，南来衡岳此盘龙。泉穿绝径千流合，秋入深林万壑空。天爱云山留与我，塘边添个钓鱼翁。

此诗录自《（民国）益阳县志》卷八。

李树勋 字虞琴，别号梅山樵史，晚号退隐山人，安化人，清末贡生，历任浙江松门卫海防巡检、太平县分防等职。工诗，有《梅山樵唱》传世。

桃花江舟暮感赋

资阳挟剑泛归舟，梦醒篷窗酒一瓯。夹岸炊烟山寺晚，隔江凉月荻花秋。将星迭陨其谁嗣，黄、蔡两上将相继而亡。时事艰难为国忧。览镜皤皤吾亦老，耕渔何敢待旁求。

此诗录自（民国）李树勋撰《梅山樵唱》。

曹佐熙（1867—1921），字摅沧，号毅庵，益阳县人，家贫力学，少负时誉，先后从岳阳杜贵墀、长沙王先谦学，以优贡举经济特科，赴廷试，得知县。辛亥革命后归里，选为省议会议员。

怀念萧希鲁先生

古字犹传秦燎后，鸿文都出汉兴初。此二语，公昔书以赠予。解人已结三生契，遗墨重看一纸书。艺苑平章丁敬礼，征衫抑郁马相如。玉楼词赋今天上，尚忆朋从到我无？

此诗录自（民国）张翰仪编纂《湘雅摭残》卷十四。

熊亨瀚（1894—1928），字骥才，益阳县三里（今属桃江县）大栗港人，著名革命烈士。早年参加民主革命，从事宣传工作，参加了“驱逐张敬尧”“反吴佩孚”“五卅”等革命运动。1926 年加入中国共产党，同年被派到国民党湖南省党部工作。“马日事变”后，他在党的领导下，到武汉、九江等地工作。1928 年 11 月 7 日在武汉被国民党反动派逮捕，27 日押回长沙，次日被杀害。

登岳麓山

结伴登云麓，参观黄蔡墓。何须盖代名，革命为归宿。

此诗作于 1925 年春，其时国民党湖南省党部在岳麓山秘密召开第一次代表大会，作者被选为执行委员。

赏　花

平生意气奋为雄，试咏香奁总不工。今日偶来花下立，只缘花似血般红。

此诗作于 1925 年。

示　弟

读书岂是抬身价，学剑须当振国魂。碧血已教天地老，敢抛鲜血洗乾坤。

此诗作于 1925 年。

示　妻

也怜香雾湿云鬟，一枕柔情一夕欢。暴雨惊雷残梦碎，先支大厦庇人寒。

此诗作于1926年。

长江百首 存二首

浩炊向重洋，源头只滥觞。终知吾道胜，不畏敌人强。

九曲是黄河，长江曲亦多。终将入东海，挥剑斩鼋鼍。

此二诗作于1926年。

亡命彭泽

忧国耻为睁眼瞎，挺身甘上断头台。一舟风雨寻常事，曾自枪林闯阵来。

此诗作于1927年。

客中过上元节

大地春如海，男儿国是家。龙灯花鼓夜，长剑走天涯。

此诗作于1928年。

亡　命

蹈火归来又赴汤，只身亡命是家常。东南西北路千里，父母妻儿天一方。太息斯民犹困顿，驰驱我马未玄黄。风尘小憩田夫舍，索得浓茶当胆尝。

此诗作于1928年。

清平乐·观涛

大江东去，浩荡谁能拒？吾道终当行九域，慷慨以身相许。　大孤山下停桡，小孤山上观涛。热血也如涛涌，时时滚滚滔滔。

此词作于1927年。以上诗词录自《湖南革命烈士诗词书信选》。

曾宗鲁（1866—1936），字籽香，益阳县十里（今属桃江县）牛田人，清末贡生，民国间任益阳龙洲师范国文教员。

登天问阁

呵壁精灵气浩然，藏山文字已流传。凤凰一去台终古，海燕重来阁有年。潭水桃花三月浪，春风芳草几诗篇。似闻谷口修亭子，过客将题又问天。

屈子钓台

潭清树古石雄奇，钓处前平后壁齐。泽畔精灵图恍认，阳呵司命发空晞。当时清浊渔翁唱，胜迹苍茫过客悲。十二万年名不灭，任他陵谷有迁移。

以上二诗录自（民国）孙家杰著《益阳之胜地与名人》。

曹剑中（1910—1937），益阳县三里（今属桃江县）大栗港镇人，抗日烈士。

中秋节军次感怀

倭奴未灭敢思家？辜负团圆此月华。学剑有心抒国难，画眉无意守桑麻。沙场百战男儿愿，闺梦三更少妇嗟。万历从戎酬壮志，饥餐胡奴驾长车。

此诗录自《桃江县志（1986—2000）》。

曾运乾（1884—1945），字星笠，益阳县桃花江（今属桃江县）牛潭河人，一作桃花江人，本书第十六卷有杨树达撰《曾星笠传》。

凤凰阁　二首

益阳县治西六十里，有桃谷山，北瞰资江，西临西滋，俗称桃花江。山绾双江之会，颇称佳胜。山腰为天问阁，相传楚三闾大夫作《天问》篇于此。验之屈赋，准诸地望，盖非诬也。循山东下曰凤凰阁，为吾自邑西迁祖祀神之宫，神称凤凰三圣，莫知其所自起。稽诸巫祝乐神之词，多杂举屈大夫生平及其南迁诸傀异事，则神即屈原，其被以凤凰之名者，盖取屈赋鸾皇比君子之意也。今天问已圮，而凤阁乃岿然独存，则屈大夫忠诚所寄，与吾先祖之崇奉之典，固不随沧桑以俱变也。民国癸未，族修《支谱》，设局兹阁，览其景物，稽其源流，益增旧德先畴之感。辄赋诗记之，藉贻谱局同事。

凤凰台上凤凰游，李白句。往日遄飞迈九州。芜绝东门沈藻宅，栖迟南国此椒邱。当轩塔尚凌霄出，咽石滩仍绕阁流。资江自桃花滩流至阁前为洑流。漫道问天何处所，畏垒尸祝自春秋。

麟凤相依便作家，先公曾此览芳华。秾桃添得江山色，竹箭争抽雨露芽。楹有藏书宜子弟，园无杂木碍桑麻。何当更竦东西阁，收取江天灿烂霞。

承和凤凰阁诗，叠前韵奉酬 二首

历遍辰沅更远游，南浮还是古荆州。凌云楼圮天难问，哀郢歌成夏已邱。反屈骚辞投锦水，匡时才子托湘流。诗人自昔怜忠爱，况值江湖摇落秋。

画里溪山镜里家，依然泉石斗清华。珠怀玉蕴交增媚，秋菊春兰竞茁芽。五亩自夸苏宅竹，一茎猥颂郑庭麻。他时江涨桃花浪，来看川原远近霞。

杨树达（1885—1956），字遇夫，长沙人，光绪三十一年（1905）留学日本，宣统三年（1911）回国，入湖南省教育司任职。20 世纪 20 年代后，历任北京高等师范学校、清华大学、湖南大学教授，1947 年被聘为中央研究院院士。1949 年后，任湖南省文史馆馆长，湖南大学教授、湖南师范学院教授，1955 年当选为中国科学院哲学社会科学学部委员。著作有《马氏文通刊误》《高等国文法》《词诠》《中国修辞学》等。

凤凰阁和星兄　三首

抗衡秦帝争天下，楚国雄风安在哉。何似灵均千载后，巍然资水一高台。

桐栖竹食生来惯，梦里曾无燕雀情。世上椒兰随地有，众醒宁许一人醒。

遥遥华胄五千载，奕叶衣冠直到今。底事危时寻世系，由来忠孝一般心。

宗子威　又名宗威，江苏常熟人，民国间曾任湖南大学教授。

益阳凤凰阁，屈子作《天问》篇处，为星笠社长先德祀神之所，今修族谱于此，星笠以诗见示，敬赋两律

德辉纵览已高翔，杰阁依然峙凤凰。芳醴招魂歌楚些，长风吹梦返资阳。稽生早叹鸾先铩，贾傅空嗟鹏不祥。何似左徒吟啸处，至今一瓣奉心香。

梅梁藻井斗妍华，阿阁来巢识旧家。千仞高冈餐竹实，一江春水泛桃花。问天心苦遗篇在，述德诗成世泽遐。我亦资滨曾过客，因君思旧感怀沙。

王啸苏　号疏庵，长沙人，民国间任湖南大学教授，治经史，工诗文，有不少名句为世人传诵。如《题岳麓山北海碑》："笔端宛带江千里，眼底犹看廊万家。"又如《题岳麓书院》："题额不随黉宇废，摩挲残石意悠悠。"

益阳桃花江畔有阁曰凤凰，以祀三闾大夫，盖有取于屈赋鸾皇比君子之意。其侧又有天问阁，传为三闾作《天问》篇之地。吾友曾运乾先生先世卜居于是，阅时已数百年，今岁于阁中董理家牒，为诗以纪。感其怀古述先，辄为和之云尔 二首

高阁巍峨矗凤凰，远从丹穴想辉光。三闾未废今时祀，千仞犹传昔日翔。东鲁渊源宗圣泽，南丰家法笃亲堂。地灵能启衣冠盛，万卷芸编发古香。

虞舜箫韶久寂寥，却欣嘉什咏琼瑶。黄门文采家风美，关内声华世胄遥。据文正公彭氏谱序。卜宅近延资水秀，礼魂仍藉楚词招。吾宗幸有槐庭在，乡梦频萦学士桥。

彭　昺　字焌文，湘阴县黄柏乡万乐村（今属汨罗县）人，民国间曾任湖南大学教授。

星笠学长主纂族谱，设局于益阳桃花江凤凰阁，即其始迁祖祀神之宫也，相传为屈大夫故事，以所题诗见示，奉同 二首

湘累当日记南迁，资畔流闻辟问天。一部楚骚出黔郡，相传《楚辞》均迁沅后所成。百年乔木景先贤。鸾皇弥节搜遗事，麟趾诒谋感逝川。明德宗臣并千古，菊兰丛叠入吟笺。

数典分茅早胙鄫，宗支百世尚云蒸。鸿篇雅擅三长誉，道统应知一贯承。民散亟宜绵葛藟，时危须共凛霜冰。鲰生汨水哀先绪，考献征文愧未胜。时余亦纂寒家谱牒。

邵子风　号武陵，常德人，民国间曾任湖南大学教授。

敬次枣公凤凰阁元韵　二首

凤凰翔引此栖游，桃谷风高动远州。一阁延霞明碧瓦，双江排翠抱青邱。长怀芳物乾坤并，不废荒涛日夜流。顾喜钩沉昭简策，新篇起诵直千秋。

绕阁林深昔有家，振振公族历流华。苍旻几见云生月，枝干长欣雨布芽。俎豆岁时安凯弟，耕钼墟落悦桑麻。相看秀色朱阑外，直应携诗载酒夸。

黄伯轩　广东台山人，民国间曾任湖南大学教授。

凤凰阁在桃花江上，为益阳曾氏祀屈及修谱之所。阁西有天问阁遗址，枣公有诗述德，敬和二章

桃花十里锦中行，一阁临江听雨声。只为清流开户卧，敢将瑰意比鸡鸣。鸾皇远去云无迹，竹实飘零箫有情。礼乐可新天不问，陶诗：凤鸟虽不至，礼乐得暂新。深思高举欲何成。

千载雄文造圣真，南丰双井最无伦。惟公心瓣香如在，顾我灯传意未申。类族由来关国故，条桑何必数邠人。遥知叠浪浮元气，资水东流日日新。

郑业建　字权中，湖南长沙人，民国间曾任湖南大学教授。

枣园社长以凤凰阁诗见示，即用原韵奉和　二首

忘年艺苑共优游，我爱先生过弇州。儒术远承宗圣脉，里居近接羽人邱。文章列绣摛奇藻，音韵分风擘细流。闻道故园梨枣富，他时剞劂自千秋。

凤凰阁畔好居家，兰芷芬芸萃物华。怀楚问天遗辙迹，避秦有地植

桑麻。仙源回溯桃花水，神鸟来仪练实芽。艳说三多征谱牒，绵长世泽映流霞。

邱　毅　字有吾，湖南安化县人，民国间曾任湖南大学教授。

凤凰阁敬和枣园社长

巍然杰阁傍江流，闻道灵均旧此游。饮啄岂甘鸡鹜伍，翱翔元是凤凰俦。滩声滚滚通云梦，竹影森森护寓楼。怀古述先谁得似，江山相对兴偏幽。

谭云鹤　字鹤松，衡山县人，民国间曾任湖南大学教授。

社长枣园先生主修族谱于其乡之桃谷山凤凰阁，有诗纪盛，次韵录呈　二首

杰阁岿然揽风游，江山犹属古潭州。草成天问空文藻，凭吊人间有故丘。一代忠诚昭日月，千年祝祀想风流。芬芳韵事传桃谷，兰趁春荣桂趁秋。

今时诗伯古儒家，下笔摛词焕物华。细谱芝兰明旧德，勤培椒桂长新芽。振振子姓千林竹，处处田园一顷麻。四野炊烟迷阁外，喜看公族似云霞。

柳敏泉　湘阴县人，民国间曾任湖南大学教授。

奉和大作凤凰阁原韵　二首

放逐应为汗漫游，萦回带水近罗州。著书雅趁寻幽谷，避俗何妨适乐邱。娇女异乡怜野祭，骚人千古仰风流。九原不作天难问，遑说兰春与菊秋。

遗纵赢得傍名家，异代孤芳气自华。藘落杜蘅同臭味，太平草木见

明芽。桃能有骨斜依竹，桃谷山旧名桃骨山。蓬独何心直让麻。我是乡亲亦流寓，德辉千仞企飞霞。

周铁铮 长沙人，杨树达女婿，民国间曾经任教于湖南大学。

赋凤凰阁奉枣园师命作 二首

南迁逐客泛资流，天地虽宽小九州。地绾双江留往迹，山分重阁爽吟眸。萦轩沉雾疑无夏，阅世飞涛自在秋。天道如何容再问，只今孤塔耸丹丘。

圣裔西征此系东，沿江芜秽渐桑麻。兰芽争得春风色，桂树擎来秋月华。细浪暖摇晴阁影，危楼高卷暮云霞。何时更泛桃江棹，听取弦歌处处家。

沁园春·赋凤凰阁

列岫东驰，凤去悠悠，杰阁嵯峨。叹奇文草就，问天孰对；芜门望断，哀郢谁歌。花洞春深，浮邱雾肃，曾听灵巫浩唱多。矶头上，是谁添钓影，塔瞰飞波。 幽溪古径藤萝，看鲁国人来耕绿坡。渐忘机鱼鸟，陶然共乐；关情风月，容与相和。社鼓神箫，兰旗桂棹，犹舞洄潭竞渡河。流连处，有彩云欲下，竹实婆娑。

曾广能 字曙初，民国间益阳县桃花江（今属桃江县）人，生卒年不详。

和星笠凤凰阁原韵 二首

曾记先贤此地游，计程经历古沅州。崇台属草成前事，阿阁来巢识故丘。忠爱直须留正气，文章犹足振词流。芬芳奕叶长蒙荫，兰竞春荣菊竞秋。

依水为庐昔有家，还从故宅想年华。杏桃浓带三春雨，兰蕙芳抽百亩芽。阿阁自来饶竹实，天台何必饭胡麻。此中境是秦人辟，莫向寻常市井夸。

曾宪宽 字品颜，民国间益阳县桃花江（今属桃江县）人，生卒年不详。

和枣园族长凤凰阁原韵 二首

灵均此地旧曾游，磊落襟怀小九州。美矣渔矶鸣隐志，岿然凤阁傍高邱。鸿飞那复东西计，潭水犹分上下流。俯仰乾坤留胜迹，南丰崇祀并千秋。

远祖西迁此作家，渐从荒秽湛清华。百年树德长垂荫，九畹滋兰递茁芽。不假制科敦孝弟，相偕报赛话桑麻。桃源消息凭谁问，孤塔招人眺晚霞。

曾庆瀛 字剑青，民国间益阳县桃花江（今属桃江县）人。

奉和枣公族长凤凰阁一律

潭湾曲折转堂坳，阁依晴天见凤巢。澎湃江声流日夜，玲珑塔影入云霄。美人芳草风犹在，明德宗臣泽未遥。教孝教忠无二道，不将幽怨读离骚。

以上诗词三十三首，录自（民国）曾运乾主修《（桃江桃花江）武城曾氏五修支谱》。

王俨思 字镜心，民国间益阳人，工诗，有《镜心诗选》传世。

桃江日暮

极目空林向晚晴，离人对此倍多情。荒村风定炊烟直，渡口横云碧水平。旅雁声随寒杵断，孤帆影带远山行。遥看枫径红飘处，误认桃林正落英。

此诗录自王俨思撰《镜心诗选》。

龚祖渤（1880—1959），字立山，号式藻，益阳县九里（今属桃江县）禁牌人。著作有《卧云山庄诗草》，未见传本。

鸬鹚野渡

浅渚鱼肥活跃时，几家渔户放鸬鹚。一篙流水舟行急，双桨烟波客渡迟。白荻洲前晴晒网，绿杨堤下晚垂丝。江山风月谁为主，野鹤闲鸥到处宜。

此诗录自《桃江县志（1986—2000）》。

裴公亭重修落成　二首

资畔悬崖挂碧瓴，当年裴相读书亭。江山胜迹千秋在，台阁勋名百代馨。旧馆重新添锦色，高朋聚宴饮仙醽。老彭好古余酣兴，畅快淋漓会讲经。

读书曾记卅年前，假馆名山亦夙缘。白鹿有灵常作友，青龙无雨不冲天。重来旧地寻鸿爪，四壁文光写凤笺。我欲和歌难着手，庐陵健笔大如椽。

以上二诗录自《益阳县志（1999）》。

田兴奎（1872—1958）又名星六，号晚秋居士，凤凰县人，清末留学日本弘文师范学院，加入中国同盟会，回国后主持辰沅道学务。辛亥革命后，任凤乾永晃四厅中学校长。1949年后任湖南省文史馆馆员。南社成员，诗人，有《晚秋堂诗集》传世。

桃花江

我从江上来，人从江上去。不见桃花开，江烟画江树。

过桃江

高橹矮帆尽来去，野凫沙鹭自前汀。绿萝摇过水天阔，多少远山青外青。

以上二诗，均录自田兴奎撰《晚秋堂诗集》。

李芝若（1877—?），字熙载，号耕拙人，益阳县九里井田坊（今属桃江县浮邱山乡）人，毕业于益阳县立龙洲师范。

双江石船亭

浮邱之下双江尾，石船山锁双江水。山坡有石势类船，载将明月亘古圆。隔岸蛇山相继束，上流气聚多名族。谯国诸君更绝伦，热心救国欲储英。首提祠产为学产，满载桃李花明眼。教员特聘中西学，知识技能俱卓荦。光阴惜寸不容剩，涉水爬山觅幽胜。既将八景数零星，阐幽复构石船亭。结茅凿石匠心费，楹联额语殊名贵。我亦曾从亭上望，如此江山讶雄壮。灵秀钟来定异常，文应经世武安邦。

此诗录自戴武仁主修《（桃江双江）戴氏七修族谱》卷二。

仇　鳌（1879—1970）原名炳生，字亦山，晚年自号半肺老人，湘阴县人，清代生员，光绪三十年（1904）赴日本留学，毕业于明治大学。先后加入华兴会、同盟会。辛亥革命后任湖南省政务司司长。大革命时期，曾任湖南交涉员，支持毛泽东的革命活动。1925年在南京创办五卅中学。1949年8月，参与宣布湖南和平起义。1949年后，历任湖南省军政委员会副主任、中南军政委员会委员兼参事主任等职。善吟咏，有《半肺老人吟草》传世。

去天湾

轻舟一叶去天湾，柳岸人归客亦还。竹枕篷窗终日卧，此身不负负青山。

天湾，位于益阳县二里（今属桃江县武潭镇）。1938年，为躲避战火，五卅中学由南京迁长沙，不久迁天湾，并在此办学长达10年之久。

由桃花江至天湾途中口号 二首

桃花江上足清幽，燕语莺啼破客愁。两岸青山满苍翠，此行浑似富春游。

竹舆迤逦趁山行，到眼林菁分外明。空谷无人岑寂甚，远峰时有子规啼。

五卅中学成立十六周年，适值迁校益阳天湾之第四年，余为纪念来此，恰逢端节

天湾深处九峰高，山崎渊停起凤毛。讲舍暂依林壑美，书声时带海风臊。何当击楫临江浦，应共焚香读楚骚。泛罢蒲觞重看剑，几人身手适征袍。

五卅学校同人招饮，酒阑灯炧，引吭高歌，诗以张之

九冈峰好自娟娟，日涌岚光照细毡。对酒君须浮大白，登筵我欲赋游仙。时艰合谱东征曲，兴到高呼北伐年。各有单刀堪赴会，同人善京剧者甚多。且抒豪气一樽前。

彭君士灏莅校十周年，同人奉觞为寿，诗以侑之

十载浑如梦，艰难莫与论。同依白门柳，归拾故园薪。杞梓都成树，江山剩此身。今宵一樽酒，斟酌寿斯人。

天湾行赠汤搁星

江乡四月天气清，嘤嘤到处鸣黄莺。投老偷闲谢多事，舟车复作天湾行。天湾深处足幽寂，九峰青翠尤宜人。南京有校曰五卅，军兴抗敌移湘城。湘城壹是多荆棘，卜此冀得长安宁。汪家祠宇独轩豁，余地尚足供经营。六载于兹习弦诵，学子来去何莘莘。资江日夜洞庭下，水声清绝书声盈。强虏窥湘数深入，此间偎偎恒无惊。山河阻绝固如此，人事不足夸峥嵘。树人乃是百年事，此事一唯君可胜。君之耕耘在一己，君之收获在诸生。仓皇家难未遑顾，有弟为君捐厥身。君弟驭世，为防奸人，佩短铳护校，失火丧命。君心耿耿如夙昔，一身支柱十三春。树木成林固非易，蓺兰吐蕊尤艰辛。相期无负平生愿，乐育终堪致太平。

汪杜春先生八十初度，诗以寿之

偶作天湾客，深山识太公。持筹堪测海，把盏欲呼嵩。历劫人偏健，承欢日正中。汉庭三老重，来与卜时隆。

汪杜春（1869—1951），名休若，字顺征，号杜春，桃江县天湾人。其子汪敦树，字国霖，上海南方大学、民国大学、厦门大学暨研究院修业，曾供职军中，后从事教育，曾任五卅中学高中国文教师。

甲申端午节在天湾　四首

天湾深处泛蒲觞，角黍家家引兴长。不是漫天风鹤里，诗人今日总轻狂。

栖栖同是乱离人，故国他乡黯战尘。佳节樽前频起舞，歌残杨柳益酸辛。

把酒何须读楚骚，乘风江上试惊涛。美人一去无消息，辛苦年时数小舠。

海风吹折石榴花，湘上人多未有家。吮笔高吟聊一快，请将横笛掩悲笳。

登九冈寺　二首

九峰天外削难成，一日登临万古情。灌木深箐缘路转，层峦叠巘带江行。门前绿柏迎风立，寺里黄杨向日荣。闻道麓庵人去后，汪家麓庵公曾读书于此。百年遗辙总峥嵘。

九冈寺，即九冈山之青云庵，位于桃江县马迹塘镇。

沙门今日寺门开，时值旧历八月一日。伐鼓鸣钟伺客来。伏地红巾齐帕首，笺天丹篆尽成灰。愚民岂是牟尼术，骇俗尤传老子胎。岳庙焚香，原属道观，因香资颇厚寺僧亦多掌之。不待诗成云已散，千山好共鸟飞回。

秋兴　四首

荏苒风尘似楚囚，乱山深处赋登楼。杜陵野老伤时泪，王粲英年去国忧。艽野云深慌落雁，荒江水急散浮鸥。欲从岩菊寻清绝，零落残红未忍收。

秋窗日日抚缥缃，太息盈书一炬荒。玄圃暮年空有意，绛云何处复闻香。天长八月槎安在，路远千山鸟亦伤。徙倚江头看落木，西风残照满林黄。

天昏月黑影曈昽，伏枕瞢腾百虑丛。衾薄自伤寒夜雨，衣单人泣瘴江风。虫吟屋壁凄清里，梦绕山河破碎中。宵柝一声惊坐起，秋高健鹘已摩空。

春秋佳日爱陶潜，松菊偏逢丧乱年。手把茱萸望乡国，心随鱼雁起江天。一樽合倒西楼月，小艇还冲北渚烟。到处枫林堪坐晚，诗成红叶满尊前。

天湾秋节

欲将瓜果谢天公，无奈愁云满太空。掩尽资江今夜月，歌残荆楚岁时风。甘分童稚欢呼里，酒醉亲朋剧饮中。佳节莫嫌乘夜出，家家犹有一灯红。

胡念贻（1924—1982），字孟周，号石江，桃江县石牛江人，曾任中国社会科学院文学研究所研究员，著有《楚辞选注及考证》，工诗，有《石江诗词选》传世。

桃谷山杂忆　四首

土人相传屈子曾钓游于此，天问阁、钓鱼台其遗址也，世变沧桑，仅断碣残碑耳，抚今思昔，心怦怦未有已也。

独怀忧愤泛湘波，无奈胸中百感何。历尽江南千万劫，钓台依旧石巍峨。

乱草江潭落照哀，草亭今已没荒莱。灵均一去风流尽，剩有苍松映绿苔。

东风吹放一亭花，蔓草荒烟落日斜。蝴蝶乱飞春意软，暗将魂梦绕天涯。

风起横江巨浪开，怒涛冲石急奔回。舟人惶恐滩头险，水鸟冲波竟日来。

舟次桃谷山

飞瀑悬空际，轻寒碧渚蒙。野烟缠岸白，花影浸潭红。乍响风凝竹，孤眠雨打蓬。湘灵依约是，江上一声钟。

访桃谷山中屈原天问阁钓鱼台诸遗迹

漫悲荆棘话神州，风物萧疏十度秋。花落子规啼夜雨，月明南浦照归舟。长林暮霭烟沉阁，尊酒孤灯客倚楼。莫向钓鱼台上望，至今犹有白云留。

雨中登子良岩

独游寻故事，策马上仙岑。远水依山尽，寒山隐雾深。横林招鹤舞，潜壑起龙吟。不见丹砂客，如闻玉佩音。

獭溪晚眺

远客初回万里心，柴门倚杖听蝉吟。寒江水阔遥浸岸，曲径云深渐失林。几点疏萤流江阁，数声村犬吠花阴。两三灯火千家晚，渺渺烟波暮霭沉。

以上诗五题八首，录自胡念贻《石江诗词选》。

揾　尘　民国间浮邱山僧人，生卒年不详。

感怀 二首

林泉潇洒我先谙，座有骚人促膝谈。两脚不离双草屦，一生长住小茅庵。拨开云雾宜春色，放出霞光灿晓岚。到底藤萝牵不住，文章诗画是真贪。

色相空时妙理缄，闭门攻苦避讥馋。自寻黄叶烧新笋，不脱芒鞋著旧衫。万叠青山留屐齿，半江春雪正归帆。年年借此过生日，笑撚梅花便不凡。

此二诗录自《（民国）益阳县志》卷八。

第十五卷　桃花江诗选十五
桃江八景（十景）诗

释归仁　康熙间浮邱寺僧，曾于康熙四十九年（1710）至康熙五十一年（1712）间重修浮邱寺。

浮邱八景

万年腾气瑞，一缕契真如。烟镲三千里，香凝丈六躯。投诚登福地，表敬爇香炉。篆盖浮邱顶，相看别有无。一缕香烟

户列青霄里，云来绀殿中。从龙初得势，待族甫成功。绵邈升还降，轻翔西复东。梵天留泽润，不出乱飘蓬。高云穿户

一道仙源下，千寻瀑布流。摇光如碧汉，垂响出丹丘。不碍山中住，何妨海上游。朝宗归阆苑，始觉在峰头。仙源瀑布

时序临三月，峰峦积六霙。腊客云外宿，春色雪中行。净土乾坤别，异方花鸟惊。未游高处路，先有怯寒情。暮春积雪

辟谷仙堪证，疗饥石可茹。人遗礓砾在，齿印饽饦如。究竟迷天路，踌躇障道书。欲求无学地，摩弄一拳余。一拳齿石

俯视登高处，神怡耸目时。地平湖海阔，山促蛙螺卑。武帝杯堪节，如来髻可窥。青圆千里绣，特为此峰垂。矮岫攒螺

练达通金界，江遥近斗牛。高明来鸟道，清景入人眸。云敛天青路，山沉水白浮。长灵气增象，万古映峰头。远水练光

植地松千个，参天树一枝。隆冬张翠盖，溽暑集庭阴。郁郁风霜老，苍苍岁月深。龙姿宜鹤伴，端不引凡禽。松山拥翠

此组诗录自《（民国）益阳县志》卷八《文艺二》。

李芝若　生平见本书第十四卷。

双江八景

天生奇石耸江边，尾扁身平势类船。不是当年王访戴，如何满载月婵娟。石船载月

东溪西巷各安桥，相距难逾百步遥。每到春涛秋浪日，双龙影耀若相招。双桥卧波

双江校址地钟灵，座以浮邱作画屏。惊看山腰云起处，恍然添出几茅亭。浮邱云起

石庙嵚崟傍碧岑，古檀斜出有层阴。行人来往思休息，领取清凉胜解襟。古庙檀阴

竹山湾里竹千竿，翠色晴铺秀可餐。遥想七贤偕隐处，也应如此耐人看。竹山晴翠

灌田作坝古松横，泻下波涛日夜鸣。寄语农人须镇定，此声不是鼓鼙声。松坝涛声

何代仙人钓野塘，矶留足迹放光芒。而今我亦持竿者，相约同渔也不妨。仙塘钓侣

戴公桥畔石垒块，如狮如象亦怪哉。添植古樟岩隙里，绿荫苒苒过江来。灵岩奇耸

此组诗录自戴武仁主修《（桃江双江）戴氏七修族谱》卷二。

刘　标　字春台，清益阳县九里（今属桃江县）浮邱山人，邑庠生，生活于咸丰、同治、光绪间。

邱麓十景

岁己未，余以馆事羁，课读暇，春亭表兄笔札来，嘱余以邱麓十景诗。邱麓者，尊先人当元季时栖隐处。兹当续修谱牒，不忍淹此山。余口号七律以应之。

大观从古足南天，为看春光上麓巅。水泛桃花江濯锦，风吹黄叶树镕钱。俗云修山亦名黄叶山。青松盖障千峰雨，绿柳绵披两岸烟。更向浮邱凌绝顶，托开胸界览无边。麓巅春望

石径由来颇不平，东风扶我任行行。恰当破晓千林现，不尽奇观一路呈。嵂崒山从人面起，断连云傍马头生。倘逢峻坂多回折，驭叱王尊见性情。山径晓行

胜擅浮邱六八峰，为仙为佛羡同宫。讵无暮鼓兼朝鼓，独有晨钟又晚钟。鹤返平林风与送，僧归古寺月相从。夜深诸籁何寥寂，忽听长吟得雨龙。浮邱晚钟

西蜀西崖素号珠，此间东岭信无殊。天缘不夜留残照，林有长春入画图。明比绘龙霞彩彻，朗非甘垒月轮孤。试看日暮烟笼树，白鹭归来各守株。珠岭夕照

卜居虽异谢公楼，左右丛篁特地修。即历百年难改节，得赢千亩便封侯。君非俗也清而雅，风引熏兮春亦秋。直干忝天阴最远，四围庭院自清幽。四围修竹

世鲜愚公孰敢移，山真奇绝石尤奇。敢当大路皆为虎，稳踞高峰便

是狮。浮邱有老虎、狮子、拜佛等石。拜佛岂无伸足日，听经应有点头时。云兴肤寸终成雨，愿作甘霖四野宜。一路崎岩

鲸氛遮莫靖先朝，古寨巍巍志亦超。每仰名山怀祖泽，为寻遗迹阅仙樵。云飞木梢旌旗动，水绕溪流瓦砾消。一度登临一惆怅，边功谁建霍骠姚。先朝古迹

几重高树几重山，特建茅庐半岭间。人尚学仙因学佛，云常为盖亦为鬟。桃花倚竹红兼绿，野鸟忘机去复还。恍惚卧龙栖隐处，欲将名画叩荆关。半山茅屋

田中田上足禾麻，犹剩闲田畜野蛙。鼓乐任吾留两部，农功凭尔报千家。言龙几误公私辨，音杂难明鲁薛挝。坐井纵然言井乐，安知天地实无涯。井田蛙鼓

膏腴何自上农耕，昔日同心镇太平。雨后一犁黄犊影，风前几曲紫箫声。临溪欸乃纷渔父，出谷绵蛮杂晓莺。满拟巴人歌白雪，须知难和亦难赓。太平农歌

此组诗录自（清）彭涛纂修《资江彭氏七修族谱》。

杨恩训（1878—?）字筱江，号退遇，益阳县三里（今属桃江县）鸬鹚渡人，早年入益阳龙洲书院，中秀才。后入湖南政法学堂，为陈宝箴所器重，曾任龙阳县知县、省禁烟局驻芷江禁烟专员等职。晚年在家乡风景寺创办高初两等小学堂。卒年不详。

锡溪八景

僧去林空暮雨含，昔年曾读此荒庵。重来千尺藤萝挂，明月无人佛一龛。福寿庵

山势嵯峨虎豹惊，依然南楚一方城。卧龙未起功能定，秋草黄花夕照平。城溪寨

峭壁清奇不染氛，名山依样岳家军。岩岩岂为秦鞭撼，麟阁应标第一功。将军山

岭梅争占百花魁，欲赏梅花恰放梅。惹得山灵来笑我，几生修到此君陪。梅山岭

两岸桃林雨未收，牧童无复笛吹牛。天留一柱回澜砥，风送涛声日夜流。牛矢石

一片闲云似有心，轻罗翠带绣观音。问他白鹿花衔否，贝叶经翻紫竹林。观音山

古往今来事已奇，三生石上一盘棋。有人参透神仙诀，熟了黄粱睡未迟。棋盘石

一山王气万方宣，此地从来别有天。混沌不关兴废事，桃源风景太康年。天子山

此组诗录自汪勇先生收藏之手抄本。

汤子仁　号四枫居士，清益阳县八里（今属桃江县）桃谷山人，生活于清代末年。

上梅八景

上梅古寺，桃江东之胜迹也。余尝读书于寺，领取林间幽趣，乐而忘归。其山不高，而流泉活泼，峡口壁立，怪石嵯峨，其中有田、有塘、有龙泉古井。向晚，霞光映水，令人赏心。寺门有梧二株，高及半天，绿阴如盖。院西一路有松，涛声如海。隔林有远峰，时闻樵唱。骤雨时，西山如墨。平林外，最宜春晓。闲步望桥外夕阳，黄昏看关山新月。两岸桃李，烂熳春光；丹桂飘香，秋风千里。四时景象，殆不知造化有几许也。

点染溪山未易描，涓涓流水小横桥。笛声隔岸过群牧，红叶一肩归晚樵。板桥夕照

钟鼓关山落日寒，蛾眉初见挂林端。谁家宝镜藏犀匣，盖掩还留一线看。关山新月

数峰青压屋檐低，岛岛岩窝曲曲溪。樵子唱歌看不见，密云深锁断山西。碧峰樵唱

迎风迎雨涛声壮，无雨无风声不休。酒醉北窗人不唤，恍疑滩下宿扁舟。僧院松涛

一气熏蒸地欲焚，万层波底看浓云。无端红白青黄紫，天水连成五色纹。晚塘映霞

十亩琉璃盖碧天，满庭凉影水涓涓。林风吹碎枝头月，玉屑零星落槛前。庭梧落阴

看花昨夕又今朝，走遍花村第几桥。毕竟晓来更清绝，淡烟和月挂林梢。平林春晓

急雨横空倒海来，西山云气黑成堆。夕阳画断遥峰影，把住青天半壁开。西山骤雨

上梅庵，位于今桃花江镇洪山竹海景区，明代天启年间以前称为耳老村兰若寺，天启间重修，至清代更名为上梅村庵，亦呼为上梅庵，为汤姓家族庵堂，今废。此组诗录自（民国）汤品兰纂修《（桃江桃花江）汤氏五修族谱》。

吴历渭　字玉溪，清益阳县九里（今属桃江县）大水洞人。

大水洞八景

谁将华构接名山，缥缈峰高势欲扳。迹胜丹灶明晦里，眼迷仙洞有

无间。岂从羽客遥骖驾，正向禅堂共局关。壮据资江堪作镇，峙来恰似玉屏环。浮邱对峙

怪石何如垒砢堆，乘槎疑是日边来。分将月色高低映，移得云根深浅栽。遗迹宛然仙鹤印，鞭痕可似祖龙排。炉锤绰有神灵助，壁立千寻暗作陪。磊石暗拱

旭日初升报晓鸡，移时忽觉夕阳西。轮浮峰顶晴岚袅，光射平原暝气迷。草色芊芊薰晚照，柳阴漠漠带烟低。太平苍翠浸交互，招动山中暮鸟啼。太平返照

万壑奔流汇此川，嘉名大水泛洪泉。骤来淋雨千涛合，静引轻波一镜圆。曲折有情还曲折，回旋无数更回旋。阳侯想是多心计，特地频将玉带缠。大水环绕

何年金钥到矶头，秀气都从此处收。纵是春光谁漏泄，任他地脉尽勾留。束来东北三千岭，锁住西南百二洲。怪石溪边偏作镇，闲观远眺豁双眸。石矶关锁

却笑狻猊也负山，蹲蹲箕踞静时看。岂原休息三驱后，似欲撑持一击间。俯视高邱盘远势，灵钟大地壮奇观。儿童松下如相问，不必云深仔细探。狮山盘踞

亭亭华盖碧参天，休息高人欲占先。会向林间消酒兴，何妨竹里抱琴眠。音宜长笛参差发，曲带南薰次第传。检点诗筒挥彩笔，碧篙韵事好追前。七宝夏晴

蝉联村屋晓山平，几处炊烟缕缕横。两岸牧童吹笛调，一林啼鸟杂书声。灯光数点晨星朗，漏响千重夜雨更。似此分明仁合族，酒盟才罢又诗盟。近村联络

此组诗录自（民国）吴能伸、（民国）吴若山主修《（桃江大水洞）

吴氏家谱》卷首。大水洞，位于桃江县浮邱山乡。

陈由畦　民国间人，益阳县九里（今属桃江县）浮邱山炭山桥陈家湾人。

炭山桥八景

耸峙云天最上头，居常仰止景浮邱。东南半壁能为主，西北双撑就与俦。佳气葱茏时下上，岚光淡荡几春秋。山灵钟毓知奇异，中有幽人得自由。浮邱屏障

溪半磷磷剧有情，石矶胜迹古留名。流来急调无长短，激出余音有浊清。四五尺添春涨水，二三更报夜潮声。遥传逸响真天籁，合作牙琴耳听倾。石矶喧呟

山隈有石最端方，上马名传古迹详。展骥才人千里去，骑驴骚客一鞭扬。胜蹄快走当增胜，踏磴欣登自擅长。占得几分高地步，不羁驾驭骋康庄。上马石磴

祠对城湾且向阳，回环泮壁恰相当。宝珪半剖原为瑞，弦月分张剧有光。势比金汤常壮色，风生芹藻自流香。鲁宫颂祷歌思乐，哕哕鸾声彼一方。城湾泮壁

井田法度古云何，遗制留名地势讹。几处鱼鳞交雁齿，半天雨笠并风蓑。春来绿水连畦满，秋到黄云覆陇多。扶杖优游闲散候，短长节调听农歌。井田阡陌

离奇突兀隐松林，此物傀然硬不禁。莫著光辉存璞质，独撑东北具坚心。风霜砥砺饶天地，日月摩挲变古今。磐石虽顽名石壁，维持巩固且岖嵚。石壁撑天

桥横永锡拱溪傍，祚胤之征早兆祥。驷马高车过胜地，长虹浅水带

斜阳。参天古木扶疏处，镇日游人络绎场。素号檀山知谚语，芳名邑乘久刊详。永锡桥横

双江一口阖门关，九曲悠扬去欲还。源远流长同气脉，支分派别合溪湾。收藏自得千重锁，镇塞犹凭两岸山。风月平分归此处，伊人宛在溯回间。双江关锁

此组诗录自（民国）陈斯蔚纂修《（桃江井田坊）陈氏七修族谱》卷十（上）。

李凌波 民国间益阳县九里（今属桃江县）浮邱山人，毕业于黄埔军校，生卒年不详。

井田坊八景

井田四面景如何，最爱黄橙结绿柯。一树中庭常挺秀，引人入胜赛诗歌。一橙挺秀

水出松潭漾小波，一肩谷在砻中磨。等闲咯嗳声相应，研出家家白米多。松坝研米

一见山形浑似蟹，又看山色逐时妍。红花欲吐含如笑，黄色翻风跳满天。蟹形山色

山河到处多岩石，恰像耕牛更是奇。不事耕耙和喘月，终天长卧水之湄。石牛卧潭

清风着意拂衣襟，冷露添珠夜已深。此际桥头谁占赏，长空高挂月如轮。炭山赏月

浅草没蹄沿岸绿，两湾相对一溪横。李家坝上盈盈水，引入农田耐久晴。李坝灌溉

一水中流无尽时，绿杨几处正牵丝。行人南北归来去，横岸偏桥架在之。偏桥横岸

上接浮邱景又奇，四时遥望总相宜。层峰浅岫堆螺髻，暮紫光凝云自移。浮邱远影

此组诗录自（民国）李彰度等纂修《（桃江枯杉）李氏八修族谱》。

刘澹初（1882—1950），又名澹虚、祖筠，册名鸣华，字竹书，益阳县一里（今属桃江县）武潭人，幼从同乡宿儒受经史、诗文、舆算之学，后毕业于湖南中路师范学堂。历任湖南私立育才学校、益阳龙洲师范、益阳箴言学校教员。工诗，尤精七律。今人龚凤军为其编有《澹初先生遗集》。

武潭十景

水石相冲诉不平，江流澎湃怒涛生。龙潜久蛰应思起，故作狂风振海声。龙拱惊湍

江山惨淡暮云中，何处钟声响远空。知是高僧方说法，潮音直震海天东。回龙晚钟

秋来奇石显滩头，影拂风帆认客舟。好似君山罗眼底，洞庭春涨碧螺浮。磊石秋浮

欸乃声喧何处舟，数竿帆影落滩头。行人挈榼争沽酒，对月高歌醉蓼洲。沙湾帆落

杨柳千条草一湾，数峰江上自回环。烟波长作渔人伴，只有溪流去不还。渭水烟波

云封古树老枝横，斜拂清溪倒影明。最好携琴来避暑，熏风一曲古今情。琅琊云树

晨星残月尚争光，晓渡寒潭近市旁。前路茫茫犹似梦，客心应恋水云乡。武潭晓渡

桥头老树几经霜，溪水回环曲似肠。烟景最宜三月暮，春风招我醉流觞。板桥曲水

三两渔家几叶舟，玲珑夜月漾江流。垂杨堤畔筛清影，树色灯光隔水收。莲坪夜月

滩畔幽人爱钓鱼，高情谁似渭川渔。歌传远浦添清兴，最是春江新涨余。白滩渔唱

以上组诗录自刘澹初著《澹初先生遗集》，由龚凤军编辑成书。

第十六卷　桃花江文选一　记叙一

广济桥记

［明］王学孔

广济桥，吾安成尹君之所新作也，其地与古洪桥遗址相近，故总名之曰洪桥头云。自桥之未作也，四方宾旅之病涉者众矣。桥既成，徒行、乘舆者皆利焉，其济不亦广乎！计攻石给工之费百余金。其泽可以利天下，而其善可以兴后世，是故不可以不记。

君讳清，别号南亩，希仁其字也。世居吾邑诚门，大参公灏之从弟也。家湖南，二室俱周氏。祖父迁益阳又二三都鸬鹚渡，世积阴德，希仁亦接踵继志。嘉靖庚子，以长子夭逝，为善益笃。施《度人经》千卷、渡舫九、棺木不计数。犹以为善未足，故又建兹桥。或者谓希仁之行善如是，宜获福应，奈何年逾艾服，尚未有嗣，施报之说，果足信乎？余曰：当为者善也，难必者天也。君子惟思竭力于所当为而已，若夫成功，则天也。况善恶之报，至于久而后定。论天者，亦当待其定而求之。松柏生乎山林，其始也困于蓬蒿、厄于牛羊，其天之未定者也。其终也，贯四时，越千岁而不改者，其天定也。昔晋国王公修德于身，责报于天，取必于后世，如持左契，交手相符。欧阳永叔实钟秀于厥考洗狱求生、梦天使相语之际，天之定也久矣。且《泰誓》曰："天视听自我民视听。"善言天者，验于人而已耳。今民不病葬者，颂君于子孙；不病涉者，颂君于舟于桥。祝君之有后者，众矣。天之报，讵不可必乎。《传》曰："仁者必有后。"君之有后，征诸仁焉尔已。

余奉命佐长沙，知君素履。侄德显，君家外甥也，述君之意，征余一言以记之。余重其善之可记，又询知其阃内之俱贤而克相其施也，故极论感应之理如此。而又为之铭曰：

奕奕斯桥，希仁之功。如龙卧波，如虹驾空。不用浮盂，不须横剑，顷刻而渡，车马任便。淑哉南亩，念念当报。积善庆余，岂曰无效。昔贤接竹，渡蚁格天。矧兹济人，功倍百千。往来颂兴，祝君多嗣。笃生贤哲，报君之施。

王学孔，字鲁卿，明代江西安福人，嘉靖间曾任湖广按察副使。此文作于明嘉靖二十六年（1547）。广济桥，桥址位于桃江县浮邱山乡平田湾。此文录自《（乾隆）益阳县志》卷二十。

益阳修儒学记

[明] 夏　宝

益掌教桂山李子时旸、司训秦子汉，语为斋夏子宝曰：我长沙郡伯海楼李公惠怀学校，昌铎鸣吾，悯学宫寂寥，无以妥圣贤、屋师徒，阙典大焉。乃出俸金，鸠材命建启圣祠三间，葺进德、修业二斋，砌饰墙垣数仞，又将以所余毕力于敬一亭。惟子记之，以俾不朽。

宝曰：学宫与道同一广大，启圣一祠尔，记也何为？

桂山子曰：我明笃孝思，追王先王。祠启圣者，由追王之制广之，是不可记耶？

宝曰：二斋理旧尔，记也何为？

桂山子曰：我明陋俗学，欲进德以齐其体，修业以齐其用。匪新其斋，则人莫知所因。将欲凡肄所学者，德以居心，业以居身，不可记耶？

宝曰：墙垣外望尔，遗且多矣，记也何为？

桂山子曰：我明辟异端，卫以宫墙，惟时无老佛、无杨墨，罔敢逃逾。坐视毁画，则人莫于闲。乃今面厥墙者，如对宗庙，如奉百官。且将有懿好集成，如五君子之于朱公洞者矣，不可记耶？

宝曰：将攻敬一，亦亭焉尔，且未定辞，记也何为？

桂山子曰：我明统生圣，欲永厥中，妥洒宸翰，以箴天下。惟时无内外，无大小，罔敢昏渝，匪亭焉则人莫于识。乃今即厥亭者，如聆王言，如见王心。时旸也、汉也，敢不策驽以全厥美，不可记耶？

宝曰：鼎建启圣祠，光至孝、达宗祀也，而益阳之有孝子自此始。作益孝先孝可朽乎？毕力敬一亭，广庙谟、大君师也，而益阳之有忠臣自此始。作益忠先忠可朽乎？葺二斋，熙帝王、被韦布也，而益阳之有圣学自此始。作益圣先圣可朽乎？砌饰墙垣，集诸家、大一统也，而益阳之有真儒自此始。作益儒先儒可朽乎？

桂山子曰：事关世教，天出祯祥以兆之。益先师庙侧，适有野鸭九雏之异。夫鸭者，甲也，有飞鸣之象，而野又有于朝之象，益嗣此宜有冲风健翮，而孝而忠，而圣而儒，如其数甲于宇内者也。

宝曰：是可象也，不可数也。何者？阳数起于一而极于九，一而三之，三而九之，九而又九，衍也无算。鸭一而雏九者，得非象中之妙、数外之理耶？即此，乃知土木自垒、台沼何灵，灵固有在也。

桂山子曰：捐金以集事，集事以集道也。且其休征嘉兆，得无算乎？嘻！大人一举事，利溥也哉！愿即领此以记诸石。

夏宝，字楚善，益阳县一里（今属桃江）武潭人，明代嘉靖八年（1529）进士，授福建布政司参议。此文录自《（乾隆）益阳县志》卷二十，又见（清）罗汝怀编纂《湖南文征·元明文》卷二十。

鼎新长沙府学启圣祠碑记

［明］罗喻义

夫圣人本道以经世，其生也非偶；而至圣之道集大成，其生也更有所自。溯其自而后知斯道之元元本本、流衍无疆，则生人之被道化者，崇报大典盖可忽乎哉？余尝谓斯道之传，自有生民以来莫有过于夫子者。说者以为至圣实由天纵。虽然，圣固天纵，彼胎灵孕异，不有发祥始基者邪？而夫子固胄于商者也，弗父能让正考铭勒、防叔来奔、陬人倚立，至叔梁纥水精庆祚、勇力长驱、世德懋明、积诚敦敬、悬祷尼阜、瑞吐玉书，而夫子生焉。致令天下后世诵法夫子之道者，靡不归美于笃祜之严亲。则崇夫子之祀典者，亦宜申敬亲之特祀。奈秦汉以后，钦圣道之中天，至加王号、巍宫庙、备太牢、奠释菜，自天子以逮绅士，骏奔弗遑，而曾未有议及启圣祠之祀者。

洪惟我世宗肃皇帝神鉴宸衷，厘定祀典，重本源始，遂于嘉靖九年颁令京省各学，特建启圣公祠，春秋祀享。以先贤颜无繇、曾点、孔鲤、孟孙氏配，以宋儒程珦、朱松、蔡元定、张迪尊荣并极，可不谓神圣之作轨乎哉！

迄于今，我长沙启圣一祠竟剥落漫漶不可观。岁丁丑，我二守永新朱公元湛视学顾瞻，遂慨然捐俸庀材，撤而新之。始事于某月，毕工于某月。休哉！丹青朱垩，霞灿云辉。诸博士弟子员佩公嘉美，图所以昭示来兹者，乃介绍吴生道行属余文记之。

余唯政莫先于文学，礼莫大于祀典。昔夫子与宰我论享鬼神，有曰“筑为宫室，春秋祭祀”，教民原古复始，不敢忘其所由生。然则夫子躬承道脉，其尊亲荣亲之念，不较然著哉？要以继志修废，不无有待于后人耳。有如朱公以理学真儒籍鼎专城，其敏干清操，自农兵储赋谳决之属，靡弗襄也。更从世法倥偬、兵旅抢攘中注精文学，祀重启圣，历年缺略旷典，一旦重新，是又能以孝思妥圣灵，以敬祀完国制，俾我绅士望桥门而怀正业之思，瞻祠宇而兴重本之念，其功德不益宏且远乎哉？余从史氏后，姑纪始末之概以砻之石若此。公讳士景，号元湛，江西永新人，由乡进士起家闽司理，二守长沙，例应特书。督修则博师宁惟诚、李春鳌、李吉，生员胡顺华、吴愉、阳调元、李自荣，爰并书之。

罗喻义，生平见本书第十二卷。此文录自（清）罗汝怀编纂《湖南文征·元明文》卷四十。

谱灾记

[清] 萧仁朝等

明崇祯十六年癸未九月，张献忠贼骑沿乡索马，居民四窜。予与兄弟子侄诸孙等挈全家老弱避寇，潜伏深箐中，屏息不敢出。后稍稍探视，闻有常德道率兵来剿，遂返旧居，治生业。未几，张贼全营突至，贼众蜂拥，来各乡搜山。至桃花江，缚男妇，砍手于杨家桥。予乡尤为骚扰，焚掠特甚，是年十一月事也。予家幸荷祖灵之呵护，丁口得以保全，而室庐、粮谷、服物则荡然无存矣。于是复理旧产，仍即原居之所，检治余烬之材。麸炭中得幸存之箱箧柜椟，有先人藏籍，半皆断简零编，唯所遗江西老谱及我伦祖陆续编载之系图二卷，颇有完简。予等恐无以垂后，乃与诸子侄共为商榷，取衷于老谱之所存纪，勘对详悉，录为三卷，以示后人。吁！谱而灾也，岂惟先人之不幸；灾而犹存谱也，抑岂非后人之大有幸哉。至于嗣世媲美之踵而修之者，得是编以为楷式，亦庶乎草创之一助也。

顺治七年庚寅，伦公四派孙仁朝、仁保、仁龙同识。

萧仁朝，益阳县九里桃花江（今属桃江县桃花江镇）人，生活于明末清初间。此文录自（清）萧大显主修《资阳萧氏三修族谱》卷一。

浮邱山碑记

［清］郭弘碧

吾邑名山甚多，惟浮邱特著者也。观山巅之用验，云雾可卜晴雨；考山水之胜景，《县志》靡不详载；鞠神佛之显化，庙像凭空飞临。是山也，虽为吾邑之名区，实系贺姓之基址，有额存焉。但屡经乎兵火，殿宇不无倾颓。幸庚寅年实赖僧归仁师大创楼台，重修佛像，捐资弃钵，乐种福田，广募十方善信，充供浮邱香火。殚心竭力，三载告成。则今日殿宇之巍峨，佛像之辉煌，钟钹之铿锵，非老僧因革损益之功不至此。不有僧于前，山虽美而不彰；不立碑于后，僧之功亦弗传矣。是以贺子怀林，欲借当今之德福、贤宰之敷化，重建石碑，以志不朽。在贺子也，虽不得为创业垂统之君子，亦可称为继志述事之贤士也。予因是为之记者也。

康熙庚寅，恩赐征士郎、候选县丞郭弘碧岷山氏熏沐顿首述。

郭弘碧，字岷山，清康熙间益阳县三里（今属桃江县）板溪人，郭都贤之孙，候选县丞。此文录自（清）贺业铣主修《（桃江）贺氏五修族谱》卷末（下）。

益阳遭兵贼始末记

［清］罗贤胄

癸未九月，张献忠贼骑沿乡索马，先锋王老虎名国用并伪令庄天成至邑，诱授诸人伪职。贼遁去，常德道胡某率兵来，戮授伪职诸人，株连无辜。十一月朔，邑民倡乱者驾船复迎贼，贼乃举全营压境，驻邑七里桥，遣贼众过河，驱住市千余人，戮之起春亭江边。十九日，发贼徒往乡搜山，缚男妇若干人，于软桥、桃花江、七里桥三处，软桥系沾溪内。

砍手或断一臂或左右臂，或截耳鼻、割势，并沿路杀人万计。献贼随过常德路往四川。余民无食，出山回市。乙酉，复有滇兵张先璧驻邑，沿路自欧公店始搜掠民粮，旋有市恶某某，嗾其营将张四海、王玺在市大索财物，三月尽。又有上流溃兵郝营突入县，掠杀财物子女。丙戌、丁亥，连年城空。又被龙阳县民假兵打掳。己丑年，牛、马二营大队直过，搜山杀掠，上下无遗。壬辰年，宝庆溃兵宋、戴二营下县杀掳。盖邑自癸未以来，民被杀掳、荒旱、鬻卖、流亡无算，田土尽抛弃，数百年未有之变，天灾人害独甚于他邑。

罗贤胄，生平见本书第十二卷，此文录自《（嘉庆）益阳县志》卷二十九。

浮邱山石齿枕记

［清］陈其扬

益之浮邱山，其上有石，纵横作齿痕，柔脆而质白，砻以坚石，则落如腻粉，环山顶寺旁皆有之。碎者等瓦砾，大者盈尺寸以上。问之寺僧，或曰："浮邱者古仙，此石古仙遗迹也。"或曰："闻有煮石为服食者，是殆仙之馂余乎？"说者荒渺，不可深信。然柔脆腻白而作齿痕，亦无惑其傅会而为是说矣。世人作《山海》一经，世传以为淹博，然穷极宇宙之变，是书何足逮其万一。通都大邑之所产，人皆见之，则哗然而道之矣。至于遐陬僻壤纷细而不可究者，盈天地间何翅亿计。虽有博物君子，乌能以尽其变哉？

此前康熙五十七年，读书浮邱山下，从人登山而见是石，遍求之，恨无足供器用者。山僧曰："有之。"乃出一石，曰："斯不类枕邪？"熟视之，若虎之伏，若蜎之伸，瑰璚而嶙峋。因从索得，力致之斋中，意甚宝爱。而邑夏云卧先生新辟园亭，以书来，曰："闻得石枕，可赠我为偃仰之助？"余以意却，而先生必欲得之，令致书者坐索。余诧曰：是公之好异也，乃过于我！遂举以赠。先生得之，命石工于其上刻"敔枕"二字焉。

夏云卧，即夏光洛，生平见本书第八卷。陈其扬，字禹封，益阳县二十一里汾湖洲人，雍正四年（1726）武举人，少年时期曾就读于浮邱山下郭氏友山楼。此石枕后来一度成为夏光洛驯园中的一景。驯园原址位于桃江县浮邱山乡广济桥（一说石桥坝）。此文录自（清）罗汝怀编纂《湖南文征·国朝文》卷四十五。

邑令江公禁革陋规碑记

［清］夏寖大

凡政教之利及一时者，人未必不感而终易于忘；惟泽及于数十世者，不必人感而人自莫能忘。我邑令江公，讳闿，字辰六，歙籍贵阳人，癸卯孝廉，两举博学宏词，湖广甲子科同考试官。前是庚申十月，莅任益阳，时洞庭以南，寇氛未熄，师旅云集，邑当南北之冲，实疲奔命。公下车曰："我辈读圣贤书，既受残疆事，使疮痍无起色，非国家设长令意也。"于是，其自待也，劳苦不避；其临事也，详慎无遗；其治民也，务持其大，不市恩不沽名；其应物也，务得其平，无成心无偏好。与荐绅交，相期以正，言不及私；与诸生语，相勉有成，色未尝倦。簿书则案无留牍，谳鞫则片言折狱。公初不望人之感，人亦习而安之。他如新文庙、缮城池、修仓库、除凶暴、清匪类，人亦不知其可感，但视为应得之数。自定册编厢，而使苦乐齐；匀图均户，而使弊端绝。正供得用一缓二之方，军需有舍重就轻之妙。事干大利大害，不惜展转周详，以为民请。人卒不知其可感，只信为民上者尽当如此。乃创十有九贤之祠，修百八十年之志，文献备焉，劝惩寓焉，风化系焉。所以为民者至切，公犹以为未也。公性清介，入境之日，辄将邑之陋规裁且尽，犹恐及身而止，非所以为民生久远计也。于是举数年为士民商贾工匠彻底禁革者，条请于抚军，乞永著为令，抚军果嘉与而如其请。夫然后益之父老子弟，咸知公之政教，贻泽于兹土，将数十世而未有已也。如此者，公非有求于人之感，人亦无所用其感。无如泽之入人之深，固结于心，浸淫于骨，展转思之而自莫能忘也。故属予笔之于石，并其禁革诸条，勒于碑阴，以昭示来兹，则又以感公之泽者，广公之德于无涯也！

这是一篇赞扬益阳县知县江闿德政的文章，并勒诸碑石。夏寖大，生平见本书第八卷。江公，即江闿，其生平见本书第十二卷。此文录自

《（乾隆）益阳县志》卷二十。

复细民上纳碑记

［清］夏寖大

创法之与复古孰难哉？曰："创难。"创一时维新之法，与复数百年久湮之法，孰难哉？曰："复难。"曷言乎复难也？盖敝之久，作者之良法美意浸失其传，一旦改弦易辙，则人以因循为由旧，以复古为变更，而聚讼盈廷，终年筑舍。是非知之极其明，处之极其当，行之极其决，未易语此。

吾邑征输法坏，议复细民，殆非一日。乃当事者拘义牵文，故士民议之而官或违，官从之而吏或拂，吏依之而乡与市未必翕然向风者，数年于兹矣。邑侯胡嵋雪先生梦虎，以辛亥季秋来益，因从前逋赋过多，折节遍访，遂深悉我益之苦，莫甚于当年。而痛此日之包侵赔累，诚为积重莫返之势。思欲障挽狂澜，无如细民上纳一事。于是传集子衿父老，誓与益邑更始。一时士民固深愿之，犹戛戛乎难之也。太守张公翰宸，輶轩偶至，益人士复呈以请。太守知侯有更化之举，嘉与维新，即缕陈藩宪给示，而侯志益坚。于是不谋左右，不畏强御，遂毅然创始，不期月而耳目一新。云深山僻，络绎输公。议者谓侯之化俗，疑有神助，不知侯惟以一邑疾苦，引为恫瘝。故其招之使来也，则有鸳鸯票之法；而其劝之使输也，则有急公奖赏之法；虑户口之散而无统也，则有穿甲穿户之法；虑一时册籍未必彻底澄清也，则有旋查旋改之法；虑耕凿之俦难以迁延时日也，则有辰完辰给、卯完卯给之法。其诚之所感，民实不知其然而然。其法之所驱，民即欲不然而亦不敢不然。益之想望几幸数十年而不得者，侯且静穆挥弦，移之一日而有余也。今则大功成矣，颂声作矣。春花满山，春水满泽。民忘饥馁，言饱乎德。侯曰：此有司分内事，无庸铺张为。益人士曰：功成一时，泽垂永久，不言而自章也。侯之功、侯之德也，百世弗能忘也。维时，绅衿率诸父老，敬勒之石，以志不朽云。

这是一篇赞扬益阳县知县胡梦虎德政的文章。胡梦虎，号嵋雪，河北顺德举人，康熙十年（1671）至十四年（1675）任益阳县知县。此文录自《（乾隆）益阳县志》卷二十。

太平桥记

［清］夏炘永

风景跨湖上之奇，月夜览东南之胜，则杭之有六桥，广陵之有二十四桥也。外此履可进，蛟可断，散步可以听莺，题柱可以鸣志，桥因以人传矣。

顾桥以人传，人亦有以桥传者，则莫于移檄海神得“醋”字、凡八日夕而建三百六十丈长之洛阳。虽工有繁简，渡有众寡，其为不致阻望洋之叹而起征人以印须我友之呼者，则一也。况乎南通永宝而极夜郎，北达荆襄而走京阙，权舆于此。又岂得以孤村野涧、区区一衣带水少之哉？

先大父修伯公、先君和郎公捐资雇匠、磊石成桥五十余年矣，当时未有以命名。余不欲先人力之所至与其精神之所注而成之者终泯也，名之曰“太平桥”。太平者，绎络无艰，不啻泰阶之悉平也。昔人谓谢灵运官温，癖于山水，搜奇剔隐，靡所不至，独失一雁荡，至宋祥符始有物色。此山而名乃著者，似乎胜地显晦亦有数焉。然太平之名，不名于桥成之日，而必迟之；迟之又久，而若以有待于五十余年之后者。毋乃囿于数，而名之隐显遂相为终始欤！

夏炘永（1661—1738），字仙阶，益阳县一里（今属桃江县）武潭人，康熙三十五年（1696）举人，任江苏丹徒知县。太平桥，位于桃江县武潭镇。此文录自《桃江县志（1986—2000）》。

就山堂记

［清］赵明鼎

近山者爱山，犹近水者爱水，人之情也。乃近山爱山每忘山，亦犹近水爱水而每忘水，此又人之情，无足异矣。至于爱山忘山而又常有一山往来以引吾流连而不去者，则此山之自处当不落第二山，以致人之爱，且致人之爱而不至于或忘。然则致人之爱而不至于或忘者，人爱山乎？山自爱山耳。

予爱山而不忘山，而适有一山以供吾之所不忘。则见其耸而不棱者，山之体也；突而不曲者，山之势也；平而无凹者，山之形也；正而无阿者，山之品也。准之如尺，立之如壁，面之如屏，倚之如案，俗呼为玉屏山，取其似也。予旧与此山相去里许，日每过其下，相对如宾，相得如友，而又萧然不敢犯悦焉。不敢忘，复依依不忍去。如是，欲学古人移堂就树之法，以就吾山。然堂敝不可移，庄又非吾有，即就吾山以成吾愿，力又非吾所能及。嗟乎！堂不能移，山终不得就。一日不移堂，一日不就山。一日不移堂以就山，一日不能了吾移之就之以成吾爱之之愿。呜呼！贫而爱山者，其如此山何？

惟我中丞周公晋侯先生，知予之贫而欲爱山矣，且知爱之而欲就，就之而欲移矣。于是戊申冬代予买其庄，以与此山相近；复为予构其堂，以与此山相对。约费百有余金，而总以成吾移堂就山意。乃堂既成矣，清风明月，吟弄在山也，而俨然堂矣；骨肉宾朋，谈笑在堂也，而依然山矣；举杯论文，拈髭作赋，焚香校书，坐我于堂者，无非坐我于山也。然后知移堂而就山者，予也；堂移而山就者，周公也。至移堂而堂即移，就山而山即就者，归之予而予不能，归之周公而公不受，而总以归之吾就山堂也。

赵明鼎，生平见本书第十二卷。周公，即周召南，奉天人，康熙初任湖南偏沅巡抚，康熙三年（1664）移节长沙。长沙驻巡抚，自周召南始。此文录自（民国）赵显治纂修《（桃江）书堂赵氏七修族谱》卷首。

翼亭笔记

[清] 夏光洛

岁丁酉春正月三日，工土者二人来作园堤。越四十有七日，堤成，高四尺有五寸，袤包一千二百有三尺。

明年谷雨前二日，始剪榛莽。上竹坡，左转，循古堤，得迤里径，乃至竹冈。次日，由竹冈取径竹坂，右转，循断堑入竹曲。又次日，出竹曲，横过木坳口，斜迤而上，左折得杉坡。由坡跻岭，横岭乃名。第四五日事也。西下横岭，循山傍堤取径，圜转与竹坡通，右转仍达竹冈矣。于是通计费日者七。厥后从事园中，历夏徂秋无暇日，间有完日不记日。

下竹坡路口取径左之，两竹当径并生如门枨，并镌“竹关”二字。过竹关而上为越岭。巡岭西下，山脚与屋左短垣相属，园堤门在焉，常关耳。竹曲口断堑外有平壤，为射圃。凿壤下泉为小池，初名曰“君子泉”，复易之曰“勺”。

竹坂直下，山隈有小径，循之下岸谷，又自谷跻岸。

竹坂歧路树下，左出先陇右山趾，至屋右域于堤，于堤堑架欹桥渡焉。路经梅巢，出如圃，乃至草堂。

四月下弦后四日，双槐子来，坐园中竟晨夕。明日晡时，将别，题“野性难驯”四字于竹冈竹上。复口占二十字，曰：“寻到山高处，漫无佳句题。只留四字在，颇似与山齐。”云卧镌之竹，遂以“驯”名园。寄语索徐子念亭为之《记》。

午月上旬，兄湘崖先生初游驯园。陈子禹封前导，弟洛随杖履。湘崖诗四首。是日，得仙掌先生题寄诗。沩宁陶氏伦宰来，留七言一首。

季夏，于荆牌冲老屋圃场得零断山石一块，舁置杉坡树根下。城中屋墙门外青石一片，舟挽至旋风滩，舁入山，杉坡于是有石榻。又于城中武弁厅前得桃源石瓮一，持归园。禹封氏读书友山楼，七月患十日虐，初愈，登浮邱山，见寺前齿石一枚，状如敔，意之曰是可为杉坡石榻上枕。索之僧，僧曰君能携之，携之去。禹封解衣卷之，挟而下；遣佣者穷日力，自友山楼负至杉坡，重可三十余斤。

菊月，兄湘崖先生五旬。前二日，迓坐驯园，留诗一首。徐子念亭《记》成，以所属稿寄示，中间点窜则小阮葛庐手笔也。

十月，双槐制寄“野性难驯”匾一、念亭《驯园记》手卷一。匾镌葛庐弟能嫁氏字，卷则曹氏畅庵书。畅庵附一诗于卷尾。

禹封氏有《驯园记》一，《杉坡诗》一，已脱稿见掷，一日忽时亡检去，云卧索之，曰：“焚之矣。”

己亥春夜，月出东山，立横岭俯视木坳西畔，光如耀金。次日，作山腰月径。

三月，竹冈、横岭亭址及杉坡小屋基先后成。平古堤作陡径，自竹冈直下竹曲。竹曲上路，执事者所误辟，因用之。裴树郭子来，登眺横岭，曰何以得此，成五言二首。约樵云子入山园，不至，寄来七言二首，有小引。

夏四月，勺泉下第二坎成。炎暑时，督食力者删木坳棘莽，得香油子本成阴者百十株，中间有稚松数本出焉，长者三尺余，小者尺余。干霄蔽日，凌风起涛，何日邪？

庚子初春，将构亭，门人郭十一景蘧书一联。仲春望日，奉桃江夫子诗训。

三月旬有三日，伐山木作竹冈亭，冈亭镌双槐诗字。竹不得留，伐以为亭脊。一月亭乃成，用畅庵诗句名之，曰“翼”。

六月朔，悬双槐氏题赠匾。侄夔秋闱归，省问驯园，有五言诗五首。山旧有兰，惜不多。春二月、秋九月，两度入安乐山，采兰蕙百十本，植于园。宅相趾仁氏得石磬一片于某家，藏座塌下，云卧见而赏之，遂以赠。十月廿三日舁入园，悬翼亭西南檐角，长二尺，厚二寸，腰阔尺有二寸，上下阔递杀。有窍，贯铁系于端，形似败蕉，声清越，闻三五里。适周八笏班、郭九卞长、郭十一景蘧同时至，相与熟玩之，皆曰非偶然也。云卧顾谓芝儿曰：“我死，葬于园，祭于亭，其击此磬以招魂焉。”因作《击磬辞》曰：“今日有心之击汝为吾响，他日如在之祭吾为汝享。麦饭一盂，磬一声，精魄山灵千古两。”每风雨雪月，深夜击之，默诵以为音节。击罢，退立，对磬一拜手。

十有二月，编壁翼亭，以障风雪。除日，奉桃江夫子寄赐一联。

辛丑新春，寄语索联于花奴，未即许。王子位三有远游，便道见访，始设榻翼亭，与共一夕。有业种杉者，或先容之，为伐木坳东畔香油子本，辟地五亩，种杉秧二千本。既而悔之，曰不如依旧。

二月，加培园堤高尺许。修饬园中路，路傍得山茶三十余本，培之。

插秧事毕日，双槐子来访，宿翼亭，留二律。

五月，乞《石磬铭》于仙掌先生，得之。

冬十有一月，病间，某友至。翼亭编壁始得，以雪茧代涂泽。董氏来，归我茧庵遗笔“对卷也看山”五字，匾于亭。

夏光洛，生平见本书第八卷。驯园及翼亭，原址位于浮邱山乡广济桥（一说石桥坝）。此文录自（清）罗汝怀编纂《湖南文征·国朝文》卷四十五。

我山记

［清］曾绍孔

既卜居之明年，将更为我山。始而思，继而疑，历久乃断。夫山多奇胜，此独平；多浓胜，此独淡；多险峻胜，此独幽隐。而苍烟白露，杳然遐寄，恍若有支公、慧远其人出没其间，求之而不可得，是以悠然思。或云张氏聚族于斯，因姓是山。山而姓可传耶？考古南村、辋川、盘谷，经其地则绎其名，未闻独以姓著。传其姓而名无考，又不能不疑。

今辟地为堂，背倚层峦，耸然特立。前则群峰环合，有若俯者，若拱者，若枕卧者，无不联形极致，咸会于堂庑之下。中间苍然而松，翠然而竹，与然翼然禾黍，皂帽荷衣，芒履邛杖，摩挲其际，辄作世外想。其外率平畴远水，渔村樵舍，天气晴和，波光野色，树影人形，皆笔情墨态所往来，若唐人隽句，露积天地间，可手拈而目拾。左右两山对揖，中带溪流，石磴交锁，湍似鸣钟。水落坎数池，备旱潦，蓄鱼可待宾祭。由池而东，构楼三间，登斯楼也，不燥宜晴，不暗宜雨，深邃宜读书，壮阔宜饮酒，他如鼓琴赋诗，又不待言。盖莫不于我增胜，遂觉平者丽，淡者永，幽隐者趣。此未始有我，造物者竟凭空肖我而结撰以相待，宜其性情气体不言而喻也，乃得断而更焉，曰“我山”。

嘻！以我我山，百年以前，我犹积薪耶，不可得知；百年以后，我犹糠秕耶，亦未可知。鼎鼎百年内，混形迹于渔樵，收云烟于杖笠；默审物理之盈虚，静观人事之消长；旷乎其遐寄，淡乎其渊涵，优游以乐此。而山不失为山，我得其为我，是固我山所可知者。至若抚时览物，即境思人，是在后之情深怀古者，余又安能知之。

我山，位于桃江县灰山港镇刘家湾村张家冲组。曾绍孔，生平见本书第二卷。此文录自（清）曾绍孔著《我山草堂文集》卷四。

游东山龙冈寺记

[清] 曾绍孔

丁酉中秋后一日，凉风如洗，与古子绥侯散步我山。沿左峡东走，猛见一山拔起，烟霭中出没如螺髻，与我山遥映，有图画趣。乃探谷口深入，两岸茅冈壑水，沮洳若泞。冈畔荒径，仅可迤行。仰视天光一线，峡风过俨山鬼呼啸，使人错愕。一步一顾，意此中绝无居人矣。

趦至谷腹，稍平广。岩半突出野叟，面斑驳若魅，各骇瞩，莫敢问。良久，见竹屋一间，数鸡引群雏啄槿篱下，周围数十武皆瓜圃，断藤零落，棚架上犹倒挂纷披。屋旁，枯树虬秃，二犬枕盘根高眠，见客吠声如豹。野叟叱犬，揖客入，心稍定。忽有声自屋顶落，与溪泉响答，询之，龙冈寺午钟也。遂起，出望，巉岩卓空，若隐若见，疑深篁古柏凭虚结一幽栖。径愈仄，石磴如梯，乃摄衣徐登。跻绝顶，还顾我山，川原缭绕，万谷毕露。始知所见烟霭，皆下方云气，棉铺絮叠，罩覆一切。而是山，则固缥缈出没于烟云之表，非什伯寻丈可计也。

峰夷处得寺，遂步入，寺僧延至西堂。几榻间绿阴封满，阶下石根峭立如壁。右有三泉，从石窍流出，竹柏映之，清光可掬。寺后桂花初放，幽香沁人。僧汲井泉，煮山茗饮客。少呷，鼻端拂拂，与口颊甘津，交浸灵腑，神魂俱冷，不知孰为花香孰为茶味也。因语古子："乙酉居我山以为得矣，讵距咫尺而幽奇骀宕有如此，非此一游，不几失乎？"古子曰："似有天焉！兹山去郭将百里，舆志未载，邑乘不登，不为名人才士所题咏、野夫村女所踯躅。吾子独得诸我山之东，造物者有意结撰以相待，不令若辈偶窥暂见。野叟寺僧身在此中，习焉莫察。余获从吾子游，又莫之为而为也矣，信兹山之爱客而喜有今日也。与人无异，其竦也，若拱而立；其驻也，若尸而坐；其巅峨而址丰，若冠履之修整；俄而夕阴，俄而返照，若入定老僧，翩然睡去；若云游仙侣，绽衣洗钵，倦极而思返也；若美人妆台初扫，轻鬟远黛而新沐也。凡此皆兹山自有之胜概，今从散步中得之，谓非天乎？"余颔之，盖欣然有得，索寺僧笔，赋诗四律以志一时凭眺之胜，且以见佳山水之不可以我山限也，类如此。

龙冈寺，原址位于桃江县灰山港镇软桥村，寺院已毁，今称其地为苗儿庵。此文录自（清）曾绍孔《我山草堂文集》卷四。

游后山清宁寺记

［清］曾绍孔

四时之序，莫妙如秋。清宁寺芍药一种，乞其本，拉古子往焉，亦将以游目骋怀也。逾我山重冈，青嶂弥眺，心目稍豁。既下，广不数武，两山夹起如长垣。榛蔓连亘，藤刺锁古树，苔翠蒙茸，欲落不落。怪石若虎豹狰狞，从地中穿出，又类巨人欲磬折将俯及颇顶者。揽衣西走，径茀塞，芒草割面，足边叶底无数秋虫唧唧。进十余步，得断涧，水漱草根，泠泠淅沥。野叟垦其旁为田，田大如盂，稻长以寸。塍插小竹竿，蒙破笠朽簟其上，状巨熊以怖野彘。从此数百步，步步入胜。苍霭接天，长林翳日。谷口禾熟未刈，野草封之，青黄错目。少焉，幽香扑鼻，古子怪其所自。余笑曰，得毋寺中花放，知韵士来乞，故遣香魂迓客耶。渐近山足，树挺虬龙，郁葱偃盖，冈峦隐蔽，寺角翼然。老僧从容启关，延候甚谨。寺重建于甲寅仲冬，距今五十余年矣。回廊倒塌，筑工印泥为砖，甃以代柱，蜂蚁穴焉，孔窍百出。中奉金像，设钟鼓、鱼磬、经案、绳床各一。阶侧有泉，绕寺流转，僧疏之，从竹径泻下。半山垦田数亩，引泉浇灌。厨边因石窦为井，水可一石，清浅不用瓶绠，亦无干栏。竹石阴其上，竹光水色，潋滟移人。散步得双桂，吐花繁馥，率余所云下山迓客者。复登寺后观音阁，览群冈缺处，远黛云横。西望山影，若远若近，殆即邑《志》所载刘宋时潘逸远飞升处也。东望小庐山，云烟惨淡，昔称远公道场犹有存焉者乎？顾天下大矣，他不具论，吾楚山川寥廓，巨浸名峦若九嶷、若湘、若沅、若衡、若霍，次德山、朗水、武陵、桃源诸胜，其在湖以南者，未易更仆数。倘置此其间，直培塿耳，犹耐人寻讨若是！昔人论文章无小题，余谓山水亦然。因志之，与古子各赋诗壁间，见秋山一日之乐不可忘也。

清宁寺，原址位于桃江县灰山港镇软桥村，寺院已毁，今称其地为清静庵。此文录自（清）曾绍孔著《我山草堂文集》卷四。

软桥关侯庙记

［清］曾绍孔

关侯庙貌遍天下，乡人环而祀者，称圣称公，呼妪呼子不一，独软桥亦以关侯祀。闻之长老，曰自何年会洪水漂而至，居民建亭以奉。因其灵也，易亭而祠，易彩而金，岁数十家按夏秋轮流设祭。司事二人：一五月十三，先期戒庖人及奔走者治事，辨明，特牲清酒，击鼓吹铙以侑神，同会者以次进，拜献极恭。祭毕，两旁列坐饮福，日晡方罢；一九月二十八，如前制。谓宜有记也，属孔为之。

旧称帝君，记以关侯，仍侯前爵，侯志也。夫以侯之灵，克塞天地，惟恃其中之浩然不可磨灭者，与为终始。迄今千余年，其生气尤有以动后世，岂不壮哉。惟是汉祚衰，阿瞒擅柄，侯羁孤穷，寄目非分之宠荣，曾不一瞬殁；而为神，又肯以后人尸祝为轻重欤？独诸父老子弟感以德、联以情，一岁两会，揖拜跪坐如法式。而又如里社燕好，迭相酬错，相与数风雨，商节序，话桑麻禾黍，甘苦劳逸，以极一日之欢，其犹有古风乎！矧所祀为侯，侯虽英盼横溢，吾邑旧所经营地。治西有关濑，尚喧豗作鼓鼙声。则凡幽岩僻径，断水残烟，无在不可凭吊其义烈而默契其忠纯。而况有荐也，庸知其果不我歆乎！顾余老而衰，不及进退揖让于其间，犹将乐闻乡邻风俗之美，从而歌咏焉，导之使益进于古也。因以告世之凡祀关侯者。

软桥，位于桃江县灰山港镇软桥村，清代为风雨木桥，今易为水泥公路桥；关侯庙，今已不存，原址位于软桥桥头。此文录自（清）曾绍孔著《我山草堂诗文集・补编》。

六君书屋记

［清］曾绍孔

子猷爱竹，每呼此君，意其性情应有所独得而莫有同焉者。余亦有竹癖，环读书屋周遭植之，得六种。楠竹最肥茁，劲挺峻拔，若领袖诸君者。次黄杆，修长清瘦而萧疏朴茂。紫竹、斑竹微嫌以色异，然淡雅宜人，仍不减林下风味。水竹纯青，与斑、紫间，相杂适均。最小而俊则凤尾，以尾胜，用殿诸君后。是为六君。余既一所癖于数君，而数君莫不集而惟余癖。虽非渭川千亩、淇上篔筜，知独坐幽篁，弹琴长啸，昔人不得专其清况也。今大者百余竿，森森秀擢，小者亦点缀篱落。旭日东升，晚霞倒映，则翠碧四合，绿影徘徊；皓魄当空，星河皎洁，则行藻交横，清影布地。岂惟牙轴涵光，胡床借泽，而篷室瓮牖、茶铛酒杯、襟袖肌骨，率皆浸染。凡此极骚人韵士所扶策流憩、钟情颙愿而不得者，皆得玩诸席榻之前。且春夏之交，龙孙壳脱，鹊尾梢抽，抹嫩翠于苍霭中，尤浅深各得。若夫飞雨乍歇，凉飔偶动，摩戛有声，急徐疏密，若中节会。酒醒梦觉，凭几而听之，悄然思萧然远，直浩浩乎与无怀、葛天游矣。因题曰“六君书屋”。嗟夫！余僻处山野，曩称三君八俊一无所识，惟此数君日与周旋，所见大以成大、小以成小，不欲以所无自少，而亦不得不以所有自多也。又安计余之所得于此者，视子猷奚若哉？独子猷能以是传，则不逮远甚。

六君书屋，原址位于桃江县灰山港镇刘家湾村曾家大屋。此文录自（清）曾绍孔著《我山草堂诗文集》卷四；又见于（清）罗汝怀编纂《湖南文征·国朝文》卷四十五。

峡山翁记

[清] 罗　杰

浮邱洪崖峡，环十里于大峡中，峰矗麓交，复辟一峡，刘翁文宦居其间，日狎此山而乐焉，因自号曰“峡山翁”。

翁为人性仁厚，行事循古道。父早世，事其母至孝，于群季友爱尤笃。与人交，淡而率真，无世俗炎凉态。其他好善慕义，不能枚举，然亦皆淳谨人所时有者。独翁于峡山居，居峡山乐，其胸次悠然，类非今世所多觏。

翁尝为人言曰：吾居峡山中，受用颇多，日唯应接不暇耳。峡有田，吾耕而食也；峡有泉，吾凿而饮也；峡有溪，吾钓而烹也；峡有蔬，吾采而茹也。霞笼晓日，岚霭斜阳，此吾峡中朝暮也；绮岫云峰，烟林雪树，此吾峡中四时也。吾无弦，而峡中松操琴瑟；吾无管，而峡中竹谱笙簧；吾无歌与曲，而峡中莺讴鹃唱，蛙鼓蝉弹，均不啻引商刻羽。吾芒鞋竹杖，挈榼提壶，任吾所适而止焉。席石而坐，引觞满酌，吾不知吾峡之善酒与否。每饮辄酹，俄而吾醉，起视山容，恍亦颓然而酣矣。日入而归，厥明复往，峡中雅趣，愈领愈微。尤有异者，吾登峡东，而西山之风月频招；吾造峡西，而东山之烟云复引。使吾奔忙峡间，挹取无尽。逐逐穷年，遂不觉此山之赚吾老也。昔人云“左挹浮邱袂，洪崖拍右肩”，是若为峡中咏也。吾请更错二字云：“浮邱挹左袂，洪崖拍右肩”，则吾之于峡山，与峡山之于吾，均可于是见之矣。

悝斋罗杰闻斯语而深契焉，因与游峡山，得峡山之乐，又以知峡山翁之乐其乐，于是为《峡山翁记》，并赞曰：

作一个潇洒人，住一块幽雅地。齿向大江漱，耳从白水涤。将相公侯，不换我浮邱上霁月光风；贝玉金珠，难买吾洪崖下清泉怪石。岩为庐，崖为壁，嶝为几，岅为席；户即是萝，牖即是荔，藩即是榆，帐即是蕙。四岸团团着烟霞，两边簇簇拥苍翠。频来往，无止息。拄逐云起，步随霞憩。造竹林饮，倚松根睡。只晓得乐以忘忧，不知老之将至。休错认五十余岁石井山中老头儿，却真带九分几厘桃源洞里神仙气。

文中刘文宦，即刘名士缙，字文宦，号峡山，益阳县九里（今属桃江县）石井头罗溪人，生于康熙二十二年（1683），卒于乾隆三十二年（1767）。罗杰，生平见本书第十二卷。此峡山，位于桃江县石井头罗溪村。此文录自（民国）刘中藩主修《（桃江）石井刘氏五修族谱》卷末。

一里文昌阁记

［清］杨　温

文昌阁之建，祀文昌神也。考文昌始《天官书》，以“斗魁戴匡六星为文昌”，其间司中、司命，列《周礼·大宗伯》槱燎之祀。宋时以梓潼神主之，至元加帝号，皆谓其为文章司命，主人间禄籍。煌煌祀典，由来旧矣。

我朝运际昌隆，人文鼎盛，命直省春秋崇祀文昌，故天下通都大邑必有其祠，下至乡村亦间有之。嘉庆丙子，余因公至一里和嘉墩，见所建文昌阁穹窿伟丽，询诸长老，谓诸生易炳授徒必达斋，其门人多美秀纯良、笃志潜修之士。乙亥，夏子肇睿、肇仪、肇云、肇澍、肇瀚、肇雯，及陈子焕樱、瞿子泽龙、易子志藻等见是处陂陀蜿蟺、峰秀水环，殆清秀之气所钟，可为崇祀文昌之所。布理问职夏君馥亭闻而乐之，慨然捐其地为祠基，命犹子肇迥、肇暄、肇霙、肇述、肇曙、肇昕、肇挥，及萧合藻、莫復佐、壏佐鸠工庀材，共襄厥事。既落成，复醵金置田以供祀事，诚盛举也。

余按文昌之神，若道家《化书》所传说，虽不一要，其垂训劝人，主于诸恶勿作、众善力行。至诸儒所注感应诸书，若某也阴骘无亏，则录名天榜；某也操行有玷，则削籍天曹。或不欺暗室而早岁梯荣；或见惑冶容而终身落魄，其应验每若符契。此皆与《大易》“余庆余殃”之旨、《尚书》“惠迪从逆”之义有吻合者。诸生登是阁而思之，知心悚然惧，惶然勉，求为端人正士，以无愧德行之选，自旋占科目之荣，岂徒虔厥祀事以祈神之福哉。

阁成之岁，而诸士试优等、列胶庠、隶成均者，相继而起。人咸谓栋宇聿新，魁光捷发，帝君之佑启斯人，已见于兹。他日之誉髦勃兴、科名蔚起，又乌可限也。诸生勉乎哉！祠屋檐二重，高二丈八尺，下广五丈四尺。基址界来龙、距古堤，左右以墙脚为界，概抵馥亭山田。余复因馥亭之请，遂书之以为记。

杨温，字玉泉，新化县人，清嘉庆间任益阳县教谕。此文录自《（嘉庆）益阳县志》卷二十九。

漩塘义学记

［清］杨　温

古者国有学，乡有校，州有序，党有庠，所以广教化、育人材，典至备也。我朝稽古右文、作人之化远轶前代，自直省郡县既建之学校，董以师儒，复设书院，岁择致仕之老及在籍名宿司其训课。其不能负笈远游者，则里党之间各有弦诵之区，以自励其传习。若益邑自龙州书院外，如兰溪、桃江诸地皆有义学，以其建学置田，皆其地有力而好义者倡合为之，故亦名为义学。而学之建于一姓者则寡。邑一里蒋氏者，其户口不必甲于一邑也，其殷富不必胜于诸族也，独有义学之设。嘉庆乙亥冬，予因公至其地，止于蒋姓之祠，其旁则蒋之学舍也。时与蒋子松亭、慎田作竟夕谈，因询其建学之由，则谓先族长积祭田之余费为之，每年择族中之秀而贫者聚学焉，其塾师之束脩、子弟之膏火，悉取给于是，盖历有年。学舍之旁有漩塘焉，其水常湫流，每至春夏之间，旋转上涌，有锦鳞游泳其中，数日不止，亦奇境也，故遂取之以名其学。予闻而异之，以谓学者之困志芸窗，犹水之湫也；蓄而必通、郁而必发，犹水之湫而必见也。即以文言，昔东坡自论其文如万斛泉，随地涌出。学舍而钟毓于是，吾知必有能文之士，蜚英腾茂，如水之一泻千里者，又况于此乎！深造自得，左右逢源，所谓盈科而进、成章而达者，皆于是乎在。然则是学之裨益人材者不少，佐助乎教化者必深矣。二子闻之，跃然喜，勃然兴，以为余之善喻也。遂书之以为记。

此文录自《（嘉庆）益阳县志》卷二十八。

六里社仓记

［清］刘永华

社仓之法，始宋朱子，后代因之。我朝雍正初，奉文饬各州县官绅士民，捐谷储仓，以时散敛。我世宗宪皇帝特降谕旨，以为社仓之制所以预积储而备缓急，原属有益民生之事，务俾民间踊跃乐输，量力储蓄，不可绳以官法。又以为自古有治人无治法，必有忠信乐善之良民，方可以主社仓之出入；必有清廉爱民之良吏，方可以任社仓之稽查。圣谟煌煌，所以兴其利防其害者，至矣！

我邑社仓自雍正间始捐，分贮各乡，设有仓长，即社长也。我里时捐谷若干，里分十区，逐区轮管，承管者即为之长。以时交卸盘查，无敢侵耗，诚良法也。迨乎积久玩生，不复以时轮替，为之长者，藉以长充，于是得据其间，视为已有，惟所侵那。迨乎亏缺既深，弥补无术，遂乃援引殷实，举报承充。人畏其项之悬而无著也，承之则赔累匪轻，诿之亦追呼莫免。于是转相牵引，互为攻讦，扰累无穷，而昔之良法成弊制矣。

贺君聿修、符君清河、刘君石岭、龚君渭廷、赵君在位，里中笃实士也，有鉴如此，恝焉伤之。爰集同心，会区书，偕粮户，慎选首事，酌粮劝捐。购地本里舒堂市，建社仓十间，分贮十区之谷。请诸官，追逋欠，立章程，各区之谷本区自管。总管则十区中择殷实老成之人，轮流更替以为之长，毋庸纷纷更报社长。其谷散敛以时，登记有册，年终会核，毋许侵渔。时乾隆五十六年事也。

既成，邑侯陈公省庵过其地见之，给之额，曰“和衷协济”，盖嘉之也。予自武昌解组归，从子禹谟尝襄其事，备为予言。予以为社仓者，民捐之而民掌之者也。立制之始，以为司自官则虞其扰民，故仍归之民以从其便。然民之贤愚不一，得其人则法行，失其人则法敝。洪惟圣谕所谓“有治人无治法”，其言尽矣。今诸君子有鉴于法以人敝，毅然起而整之，以从其朔。分之各区，使责有专司，彼此毋能混耗；轮其总管，俾权难久擅，前后得以时稽。是人与法所以相辅而行，而法可持于不敝。抑又考之朱子之始为是也，法十家为甲，甲推一人为首，五十家则推一人为之社首，而无行之人不得入。今之分区，即所为甲首，其总长则所为社首也。而以时择而更之，则无行之人不得预。是不惟甚有宜于今而适协于古，朱子之意虽至今存可也，安在良法之为弊政哉！使后之人守而勿失，则所以为我里之惠，而上副圣朝所以预积贮、备缓急之深仁，皆于是有赖。固桑梓间所乐得称道而弗谖者，爰述而志之，以励诸今，以谂诸后云。

刘永华，生平见本书第十二卷。此文录自（清）罗汝怀编纂《湖南文征·国朝文》卷四十七。

秋夜游浮邱刘氏东园记

［清］陶必铨

己未之秋八月望日，陶子与客重为浮邱之游，遂宿胡氏之庄。明日归，意复若有未慊。已而皓月衔山，清光入户，微风动庭桂，香气从鼻间过，令人翛然作尘外之想。呼刘生蹑影行，阡路纡回，人声阒静。过山市，渡涧梁，坐憩于古所谓“石井”者而凭吊焉。刘生曰：“稍东，折而北，生之居在焉。先生得毋有意乎？”生请先，陶子欣然。缘溪行，入峡口，风在竹林，琮琚之声与溪流相响答。绿痕瓃碎，如玉屑之霏于地而不可得拾也。忽而山犬一声，嗥然破寂。隐隐一村落，鳞瓦修廊可辨。生曰："此邻居某也，过此数十武，即生居也。"骤步抵其家，约近二鼓，则主人方解衣就榻，闻剥啄声，橐履出迓。曰："先生胡为夜游至此？"陶子曰："今兹之游，夜耶？乃今而知余之为夜游也。"主人曰："光阴过客，浮生几何，谪仙人尝言之，吾乌知先生之不为秉烛游乎？"问答间，杯盘忽已罗列。陶子曰："中庭地白，盍移金樽而对明月乎？"主人曰："诺。"遂相与列坐阁外。酒肴既备，间撷嘉树之实、芳桂之英以助其馥。月到中天，花阴尽直。酒数巡矣，主人复起，为指点周遭竹木之胜。傍舍之东，有慈竹一丛。主人曰："此西蜀物也。物为人迁矣，吾乌知人之不为物迁耶？"陶子曰："物固有之。然惟君子有不迁于物之心，是以有不易乎世之名。花之影而西东也，月迁之也，然其亭亭者自在也。故迁者，形而下者也；不迁者，形而上者也。"主人大感悟，举杯更酌。古树鸦沉，茅檐露冷。客主酩酊，解衽就寝。

东方明矣，启户不白而归。

陶必铨，生平见本书第十一卷。东园，今不存，原址位于桃江县高桥镇石井头村，其遗址今仍称东园湾。东园主人刘栢本，字荣一，号东园，邑庠生，生于乾隆十八年（1753），卒于嘉庆十年（1805）。文中"刘生"即刘成作，字起鸣，号有烂，生于乾隆四十五年（1780），卒于咸丰二年（1852），为刘栢本之次子。此文录自（清）陶必铨著《萸江古文存》卷二，又见（清）罗汝怀编纂《湖南文征·国朝文》卷五十。

重修五贤祠记

［清］符　鸿

古之人行高天下，则天下人所共闻风景慕。而当一国之近，则必有所为被其泽而熏其教，而念念之不忘。至一乡一邑之近，则被其泽者必深、熏其教者必思，而思之愈不能置。思之不置，则宜祀之不祧，故古之仁贤众矣。近在一国则祀之，若我江侯六辰阊之祀十九贤是也；在一乡一邑则祀之，若我李侯信卿忠之祀五贤是也。

五贤者，为周楚屈原，则桃江天问遗迹在焉，盖原放逐江南，尝侨寓于斯者也；为汉诸葛孔明，则县郭中故井存焉，盖公佐先主调江南诸郡租赋，尝经理于斯者也；为宋张乖崖咏，是尝宰益而压波之烈犹存；为胡致堂寅、张南轩栻，南轩讲学青修，小庐尚传遗塾，《县志》有小庐精舍，《郡志》称南轩讲舍。致堂徙籍潭州，尝弃官归隐，其于益必尝所游历者。李侯之崇而祀之，盖非苟已。

祠初建于学宫侧，明嘉靖间刘侯瑞亭激创龙洲书院，复建祠尊经阁后，为铁像五，其制巍然，大视人逾身有半。时聘蒋道林信开讲学于斯，道林没，人思其教不忘，乃增祀学宫侧之祠，是为六贤。国朝康熙甲子，江侯复因六贤广为十九，建祠五贤祠之旁，所祀则汉贾太傅谊、关忠义，晋陶桓公侃、谢文静安，唐褚登善遂良、杜子美甫、裴公美休，宋唐子方介、岳忠武飞、朱文公、真文忠德秀、辛忠敏弃疾、李忠节芾，并旧六贤为十九也，以皆尝仕游于楚，故祠之。乾隆丁卯，高侯紫亭自位修复书院，改正祠向，以十九贤于五贤有重出，乃减其主为十四，祔五贤上龛，而十九贤祠废。已而学宫右之六贤亦毁，而是祠者遂岿然独存。乾隆癸巳，冯侯彝仲鼎高始加重葺，嗣是垂四十余年。嘉庆丁丑，邑绅蒋文轩煦捐修书院斋房，于是祠独未及措工。

予自丁丑摄讲席于兹，相继三载。睹其像日漫漶剥落，其堂日就倾残，且嫌迫促也，时思所以新之而未得其缘。庚辰，予仍主斯席，二月望开馆，时经管书院者邑绅胡君律臣显韶、臧君杏山逢善，而邓君如山阜连岁同事志馆。予因以重修五贤祠向商，邓君慨然诺为己任。俄而李侯竹溪光瀛偕两学送诸生登馆，予举以告，李侯輾然称善。因言蒋道林于书院有讲学功，旧祀六贤祠，而今已废，是地铸像限以五，数不可增。然道林之祀断不宜泯，思唯张乖崖别有专祠，又入祀名宦，可无庸渎，宜以道林易之。又言书院中为文昌阁，诸生上学因仅谒文昌不及孔子，亦为缺典，今文昌正祀已迁城中，曷若于此移其像于祠而设孔子之位于阁乎？众佥曰“善”。如山乃遂选工购材，规祠之前廊并为堂宇，又前为过亭，与讲堂接，余门壁龛楣一一鼎新丹黝，重装五贤及文昌像。乃如李侯命，于五贤易乖崖为道林，余仍其朔。旧各有木主，遂因而新之，分设像前，余十四贤旧亦有主。乾隆乙巳，邑先达蔡二然璨主讲于斯，曾以赵文肃贞吉易关忠义，今亦仍而新之。乃移文昌于祠内上龛之中，十四贤分列左右龛。又江侯六辰、高侯紫亭旧亦有主从祀斯祠，二侯者，惠政在民，且有功书院，宜食报于斯者也，亦循其旧，分列十四贤之侧。凡此诸工，共费金二百，皆如山独立成之。乃于阁因旧文昌龛座加之缮饰，敬设先师孔子神位，阁前仍额曰“尊经”，则臧君捐赀理之，凡两越月工竣。书院之制于是厘然具备。

顾或者谓昔五贤讹为五岳，江侯考而正之后，犹诸佛梵杂祀其中，冯侯迁而别之。今并祀文昌，可乎？曰：文昌者，本诸星官，所谓“斗魁戴匡六星曰文昌”。《周官》祀司中、司命，即其中星，后世主其祀以人，犹五帝五行之本天神而主以人神耳。故曰自外至者无主不止，且其像为文明之主，其化为德行之宗，是以载在祀典，享以春秋，岂异氏比哉！

或又以像者二氏之所为设教，以奉诸贤可耶？曰：不然。自汉灵帝时画孔子及七十二弟子像，后代虽圣庙皆以像祀，洎明洪武间始更木主，刘侯之为此，盖旧之通制，非故然者。今制自圣庙外，像非所禁，而又何议与？唯夫十九贤者，高侯尝欲正之而未敢发，今犹其意也。若夫五贤者，遗踪在益，余泽未湮。今为重新其祠，俾后之人讲学如斯，展祀于斯，仰其遗像，缅其休风，思其政教，观感则效之，心必有发于不容已者。是以于此仍目其祠曰“五贤”，从其朔且明其切也。既成，李侯属以其意为之记，于是乎书。

符鸿，字又超，号笔堂，益阳县六里沾溪刘家坪（今属桃江县沾溪镇）人，嘉庆十年（1805）进士，分发河南，后授淇县知县。曾经主修《（嘉庆）益阳县志》，掌教益阳龙洲书院。此文录自《（嘉庆）益阳县志》卷二十八。

捐修龙洲书院记

[清] 符　鸿

昔人所以成天下之材者，其至矣乎！既育之以学校，复广之以书院，其制始自唐，宋代因之，元明来且遍及诸州县。逮我朝，教化隆洽，兴学立校，既备且详。我世宗宪皇帝特降谕旨，命各省大吏于学校之外举行书院，并发帑金以资膏火，所以作育人材，振兴文教，典至渥也。

益有龙洲书院，创自前明嘉靖间，刘瑞亭大尹规其制，赵大洲太史锡其名，蒋道林侍御倡其席，拥图书之灵胜，阐性命之微言，斌斌乎与岳麓、石鼓相参峙。洎明之季，概毁于兵燹。国朝乾隆丁卯，高侯紫庭始复其规。其时中为文昌阁，后为五贤祠，前及旁为院舍，置东西二斋。岁壬辰，冯侯彝仲复扩其模，于是即阁堂为讲堂，并五贤祠傍室俱为斋舍。久而渐圮。嘉庆辛酉，胡莲塘贰尹倡士绅重葺，得斋房十有八间，并谋兴膏火。久亦缺而未行，斋舍多虚，日复倾朽。岁丙子，邑绅刘毅斋安钺始捐膏火田二十石，经管首事潘云门焜、吴庆堂友敏复清厘旧备岁修及续置充公各田，合其租息裕然。幸膏火之有资，而犹虑院舍之残，无以居士也。邑绅蒋文轩煦好义人也，慨然以修葺是任，命其上嗣太学生昞携赀董工，因其旧规，加之改析。于是以五贤祠之左为亲师斋，右为尚友斋。讲堂之左厢为进德斋，右为居业斋，皆各房五间。前庭之左厢为博文斋，右为约礼斋，各房六间。又前正宅内之左为正谊斋，右为明道斋；外之左为笃实斋，右为光辉斋，斋各房三间。凡为斋十，共四十四间，各置桌凳、床具及阶栏、门额。盖瓦垣墙，悉加整缮，并添置厨房。经始丙子之冬，丁丑春工竣。计费三百余金。

予适以忧归自淇，谬蒙当事及诸绅推引，摄讲席于兹，春仲开馆。时额取正附课生童四十余名，而额外附者半之。一时济济盈门，从游之众盖近年所未有。时皆文轩增修兴复之功，故士得以优游肆志于此。人以是归功文轩，而文轩逊然曰：是非余之能，而先人之志也。盖其尊甫太学生紫庭素慷慨好施，凡睦族恤邻、济贫拯饥，多行善举。且尝于里之侍郎桥河创设义渡，捐田二石余，犹以为未足。其于书院，亦尝有志捐修，未及工而没。文轩承其志，增易义渡田三石有奇，并成书院之举。合斯二者，计费千有余金，例得上邀旌典。邑之人乐其善而不忍其湮也，循例以其事呈请详咨。旋奉褒纶，锡之坊表，旌以“乐善好施”。於戏！此其尚义之风，朝廷且亟录之，况居其地、享其利者乎？又况书院之新，下为多士藏修之助，上翊熙朝教化之隆，尤非寻常好行其德者比。皆不可以不记也。主斯役者，李侯相臣首劝导，区处其纲，而吴君庆堂实共经画始终。

其事既蒇，丐《记》于李侯，侯旋升长沙别驾去，而委《记》于予。爰代胪其概而寿诸石如此。

此文录自《（嘉庆）益阳县志》卷二十八。

第十七卷　桃花江文选二　记叙二

鹿园记

[清] 黎光地

鹿园，昔人驯鹿地也；或曰古隐者居焉，取“鹿豕与游”之义。背崇冈，枕连麓，开平原之远势，汇双溪之碧流，茂树周映，遥峰对峙，洵幽人之逸景也。顾以僻在村隅，虽好游者未暇过而问焉，是其所遭之犹有不幸也。

岁己未，余始得而宅之。俯曲凭夷，为屋数椽而已。其中藻井荷池，药圃疏畦之属，皆位置有所。于是幽杉荫檐，密竹霭窗，蒸雾流烟，浓翠欲滴，图书几席之间，盎然增润。至于丛花掩径，时鸟交声；微雨过林，凉蝉疏引；素月流空，梧影当砌；残雪在树，寒香绕帏，四时之胜无尽。往往与幽怀相触，则奇趣勃发，心目之际，信有会焉，而未易言也。当夫朝霁辨色，归云敛空，村原庐舍，鳞次可数，炊烟分缕从树间出，瞩览无厌，亦悠然有悟。

初，斯园之隐没于荒烟草莽也，其佳胜自若世无知者，不以为恨也。迨余相度而居，景物毕露，蔚然光目，始稍稍有为余贺者。顾亦窃自喜，若矜独获焉，而不欲为人宣也。是园之秘而有待，不使非分者据焉，抑其所遭之果有幸耶？嗟夫，境之取舍由人，显晦有时，乃竟若此。则亦安知昔之隐于斯者，其始得之也，不与余今日同？且又何知后世有余之复处于此，而仍享其胜也？慨彼逝人，风迹莫存，又已感斯园所遭之如是，故为之记，以贻来者。

黎光地，生平见本书第三卷。鹿园遗址，位于桃江县高桥镇罗溪村。此文录自黎良杰主修《（桃江高桥）资阳黎氏六修支谱》。

桃江市水星祠记

［清］邹贤社

水星神何为祀也？往者桃江市多火灾，每三年必大作，作则土为之焦，几无故宅存。有日者经其处，曰斯地上自修山一带，山势如燎原，市与相望，故多火。若祠水星神以压之，灾可御也。如其言，火乃止，市人德之以时，新其祠宇，设钟鼓帏帐，置尸祝者朝夕奉香火，岁时展祀，三岁则大赛焉。市后有田数亩，适傍庙左腋，任人世业也。一日，欲外售，予兄密园、吉堂与同辈欧阳茂能、徐景山、上舍周宾门等以水星欲置祠田，商诸市人，将祠中所储积售之，以给守庙者口食，立水星祠户，勒其契券于碑。犹虑无以垂永久也，属贤社为之记。

社案《春秋传》襄九年："宋灾，二师令四乡正敬享，祝宗用马于四墉，祀盘庚于西门之外。"昭十七年："有星孛于大辰，郑裨灶言于子产曰，宋、卫、陈、郑将同日火。若用瓘斝、玉瓒，郑必不火。"虽或拟为非礼，或卒莫之行。然御大灾则祀之，捍大患则祀之，载在《礼经》，祀典所不禁。今之祀水星、置祀田，固所以为民，非淫祀比也。不可以不记，故特原其义而述其概如此云。

邹贤社，号培园，清乾隆、嘉庆间益阳县桃花江（今属桃江县桃花江镇）人，生卒不详。此文录自《（嘉庆）益阳县志》卷二十九。

罗濑河记

［清］习　藩

罗濑河上下石湾，兴款公落业之所也。其水发源云肤山，瀑布泉悬流千尺，喷薄于分水之崖，声如怒雷，飞珠溅玉，悸心眩目。经钟鼓塘，作窾坎镗鞳声，汇为白水溪，南流西折，迤逦数十里许，至古爽村口，而仙圣山水注焉。凤岩峙于西南，浮邱环其东北，水石相激，潺潺有声。潭影空明，游鳞可数，令人翛然作濠濮间想。石湾上下，人烟稠密，山翠如染。经其墓，曰此习氏之墓也；指其庐，曰此习氏之庐也。他姓之庐墓于斯者，不多见焉。旁有祠，翼然临于水上，每春秋时荐，子姓团圞罗拜于是，妥先灵焉。即有由此他徙者，亦无不跄济恐后。祠前水势，渟泓涵演，为旋塘湾。湾畔有山，妥而长。山树蒙茸朴擻，古藤攫拿如巨擘。苍秀之色，掩映于波光明灭之中，殆非所谓纵寻斧焉者也。土人云，此山为石湾。案山上多巉岩，露见辄不利，以是禁樵薪，得成美荫。藩虽未敢以为信然，然亦足以见地灵人杰之未始不相两需也。吾宗勉乎哉！

溯自款公卜迁于此近三百年，山川清淑之气，殆将有郁积而兴者焉。夫永、道两州，为大湖以南僻壤，得元次山、柳柳州诸公流寓其间，爬梳而剔抉之，遂令一水一石，千古生色。况生长聚族于斯乎，吾宗勉乎哉！

而藩顾有疑焉？水之以濑名，宜也，何取于罗？岂昔尝有罗氏居此，如冉溪之为冉欤！抑或水态涟漪，古骚人墨客尝有以縠纹状之者，罗与縠近，故得斯名欤？其义皆不可考。或曰，是水也，一谓之罗带云。

罗濑河，今称罗溪，位于桃江县境内，其上游有罗溪瀑布，为著名旅游景点。习藩，字双梧，益阳县九里（今属桃江县）石井头人，生活于乾隆、嘉庆、道光时期。《习氏五修族谱》称："藩身长七尺，臂力绝伦，工诗善书，人中佼佼也。娴习弓马，以武游庠，授守戎职。"有《双梧诗草》，未见传本。此文录自（民国）习名棣纂修《益阳习氏六修族谱》卷十四。

泉峰吴氏祠堂记

［清］刘绳爵

自浮邱蜿蜒而东，河水回绕，群峰秀峙，其中田畴夷旷、乔木苍翠，吴氏合族环处于其间者，数百年矣。余尝过其地，见其荒墟数亩，砖瓦沟砌，隐存旧址。居地势而发天光，气象甚异，然惜未有构而居者。问之，则曰：吴氏之祖当有宋之季，自江南来，卜宅于兹，子孙世居之，明末火于兵。以其为公有也，故不复建构而虚其地。今所谓老屋湾者，盖取此旧址而名之也。余低回留之不能去云。

岁丙午，吴氏兆勋谋于族众，将有祠堂之举。众议其地，则曰老屋基便。遂择各房纠首辉照、尊彝、三则、光远、元方、以献、友安、坤山、如长、道三、见齐、显荣、绞选、币三、善章、广誉、盛光、丹书、岳山等，鸠工庀材。公费弗赡，丁派富捐。期年祠堂成，余亦乐成而为之记。

余谓祠堂之作也，盖取诸萃、涣。圣人于萃、涣，皆系以假庙，言夫嘉魂魄而合族姓，萃之大也。然因其涣而萃之也难，因其萃而萃之也易。今夫适异国者，闻乡音而心动；反故都者，望城郭而心开。人情乐怀其旧而喜逢其故，岂以幽明异乎？今祠堂之地，固当日所为。庭祛乌鼠，屋列西南，登飞翚之堂，入熊罴之室，而居处于数百年之久也。而聚祖宗之神以居之，幽幽秩秩，风景不殊；哙哙哕哕，规制惟肖。神之格思，有依恋而不忍离者也。而为子孙者，平日散处各地，或名字不相闻，或容貌不相识，一旦登斯堂，因念数百年以前，盖同焉歌哭，聚于斯又何忍待我同室之人如途人哉？所谓因其萃而萃之易，莫易于此矣。故是堂也，材良工备，孔蔓且硕，于象为“大壮”；爰其故基，肯构肯堂，于义为“复”。吴氏自泰伯以来，若汉与玠、璘，以勋名著，恩庵先生以硕德显，因而踵之，亦所谓不远之复也。余将以是堂箴之。

嘉庆四年，岁次己未孟冬月穀旦，实授贵州南笼府普安县知县加五级记录五次年家姻眷晚刘绳爵拜撰。

刘绳爵，生平见本书卷十三。此文录自（民国）吴贤诚纂修《益阳泉峰吴氏七修族谱》卷十二。

重修洪桥碑记

［清］洪桥周氏裔孙

孔道行人往来，桥之设由来旧矣。其最著者，莫如江右之千秋、川西之万里。至若我里尹氏之广济、毛氏之广通，他如屈家桥、李家桥，或因其人之姓，或取利涉之义，皆非无所据而云者。兹何以“洪”名乎？盖我祖由江右而卜居上里，又有由上里而卜居邵阳者。惟我必鉴公于景泰间由上里与必端、必贵二公分析，迁居此地，曾于某年某月建此石桥一座，名曰“洪桥”。公号洪桥，遂以名桥，此洪桥所自来也。迩年溪水泛涨，大势将倾，因念我祖于兹历数百年，其平居钓游之地，已邈不可追，惟此一桥昭人耳目。爰集我海、济、淦、渊、源、溥、濂昌敦上代等派子孙，同心协力，以襄是举。今幸告成矣，虽不与千秋、万里同其昭著，而冀其不朽，则一也。如谓我公之业，今日果能洪而大之，则在所不敢，而未尝不有所厚望于后人也。是为记。

乾隆甲寅岁，海济淦渊源溥濂七房子孙刊。

洪桥，位于今桃江县浮邱山乡洪桥头村。此文录自周本裕主修《（桃江洪桥头）周氏九修世谱》。

平浤溪诸矶碑记

［清］王方坦

吾邑浤溪，自软桥而下乱石滩以上，数十里险峡危滩，碍舟行者不一，而鹅公石为最。鹅公石者，夹岸石皆鹅形，头尾翎掌皆具，好事者凿之块破，则表里如一，何异也？中耸一石，横插溪之上流，若引颈欲饮啄状。每当春水暴涨，舟子运篙稍失，舟即破，而谷载尤甚。相传此为鹅妖，贾客舟师岁以为患。嘉庆辛未，有某姓独子陨溺，罗君景山闻而悯之。是岁旱，水涸石出，遂诹日斋宿，祷于神，曰：“吾欲削除此石，以利舟楫，神其默相，俾无触犯，以蒇余事。”工兴久之，仅去其半，而秋霖降水，复没石，工未竣而景山之志未慊也。今岁复旱，景山方有续完前功之念，且欲悉上下诸矶而尽削平之。适舟子率其属踵门而请。景山曰：“是吾志也，迨未雨而绸缪。”于是鸠工趋事，不日而竣。舟子佥谋勒其名于石，因乞言于予。慨然曰：今世之席先业拥多藏者，引之糜无益之费则橐倾，劝其施当用之财若囊罄。故有一日之奢靡、一日之侈荡，可以拯千百人之陷溺、利亿万世之往来而不为者，比比是也。吾观景山昔日踵修乃祖巨东公岩潭义渡磡岸，厥后又修道林石桥，赞修星沙义渡及百搭桥，其余险路颓桥，随处增修者无数。今复有是举，真所谓行时时之方便，作种种之险功，而惠普于千百人，亦绵于亿万世者矣！乌可不急勒之贞珉以为世劝？余因舟子之请而乐为之记，其实以志景山济人之泽、乐善之风，与溪流而俱长云。

王方坦，字虚谷，益阳县十二里软桥（今属桃江县灰山港镇）人，乾隆四十四年（1779）恩贡生，考授湖南沅州府芷江县学训导。此文录自《（民国）益阳县志》卷八。

荒园草堂记

［清］黎大观

石井土著之人，莫盛于刘氏。自胜国之末，有宣公随母偕迁永建，乃家三百年于兹矣。生齿日繁，庐舍棋布。现存老屋十有二，其一曰荒园草堂，吾友性荄昆季之居室也。园距石井约三里许，其水萦纡出袁家村者，自南折而北；刘家隆瀑布泉劈面飞来；团山水自东来为之干。三溪交会，圜绕如环。两岸木多楢，水碧树青相掩映。崇山、戴湾，左右相辅。前望层峦，横亘如屏，村畴平列如罫，奥如旷如，若有自效于兹园者。园之中，草芊眠，苔结辒，荒而不改其色也。木芙蓉一本，桂一株，秋香扑鼻，荒而不改其气也。古树若枫若椆若栗，枝叶婆娑，寿藤拱抱，虬攫蛟萦，荒而不改其节也。林鸟池鱼，依依共适，悦性忘机，初不知其为荒也。园下构宇数楹，斯天巧地势人事，三者咸备无编绌。名其堂者，性荄先哲月潭先生也。先生工诗嗜酒，日与宾朋觞咏于其间。又尝嘱其子孙曰：园以荒名，草莽之所宜也；堂以草名，荒芜之所近也。藏园于山，措堂于园，两美合矣。继自今葺而新之，拓而大之可耳，慎莫瓜分，为斯园羞。於戏！此可以见先生之志矣。

夫天地之间，峙者流者，高高下下，各标厥胜，所在多有，惟会心人始知之。有山水之缘者，始得之。得之而不能守之，王谢堂前之燕，所以有飞入他家之慨已！昔欧阳子记海陵许氏南园，以谓许氏孝弟著于四世，其子孙世久而愈笃。则非特化及其人，将见园间之草木，有骈枝而连理；禽鸟之来集，不争巢而栖，不择子而哺也。聪听先生彝训，安在许氏之专美于前耶。吾友嘱吾作记，为诵欧阳子之言，并书以勖来者。

荒园草堂，原址在桃江县高桥镇石井头村。黎大观，益阳县九里（今属桃江县）高桥人，清光绪间附贡生。文中所指“性荄先生”，即刘显诰，谱名刘泽孚，字性荄，益阳县九里（今属桃江县）石井头人，生活于清代中后期。此文录自（民国）刘中藩主修《（桃江）石井刘氏五修族谱》卷末。

佛延山记

［清］贺光黻

嘉庆甲戌、乙亥间，余读书万松寺，每南望远峰倚天，高出浮邱诸山之上。问土人，云属十一里；问其名，皆不知也。丁亥二月，访某翁于侧上村，始至其地，则奇峰千百，触目皆是，不辨何者为向所望也。问最高者何名，曰佛延山。

次日，遂拉翁两孙往登焉。时久晴，瀑微无声。蹬径盘纡，野花尽开。居民方锄垦，每十余人如墙而进，一人臂钲腰小鼓，歌以监之。见我辈则群讶，固问所往。云闲览，则又不信，且笑之，人迹之稀可知也。山岭有小庵，名“法华”，颇幽静。僧亦爱客，茗谈毕，具告余路所经。于是袒衣巾，砧足而上，愈仄愈陡，石子若硙豆，齿齿有声。凡数憩，至其顶。盖脉自安化侯家山来，南走为大沩，东为八方诸峰，北为浮邱，七尖诸峰皆为其孙枝也。绿草似半夏，开白花，籍而坐焉。则如圭，如刀，如肺肝，如僧帽，如怪兽，如盘堆菱芡，如江海之涛澜，层见迭出，咸嶷嶷会衣带下。凭虚四望，觉身无倚著，飘飘然与为宕往而不知其所穷。适有荛儿三，曳索而至，为指四周所迄，百里内外，俨若披图。斜阳淡空，心目澄廓，虚籁远动，众禽下翔，知古人临风欲泣，与遗世而不欲还者，情固无殊于今日也。二子居山下，一日可以往还，予之再来与否，不可必也。故记之以遗翁。

贺光黻，生平见本书第十三卷。此文录自《（同治）益阳县志》卷二。

游梓梁岩记

［清］贺光黻

旧《志》云：“梓梁岩，岩势高耸，石壁如削，下有龙湫，上有石桥。”然观其叙石笋、鳊鱼山诸处，多类此语，故易之弗措意也。

庚辰十月，晤客偶谈其胜，遂识之，弗敢忘。越月之三日，天大晴，乃约某等同束装往。是夕，宿水埠湾，因问路所向及岩之远近，咸曰“西南行六七十里”。晓望远峰层矗，目摄者久之。至则已暮，投故旧识，又率素好客，环炉茗谈，益眷眷相得也。

明日，主客短衣出，约二里到岩下。岩面南，博额稍出，苍质白理，壁立十数丈，广亦如之。无竹树苔草之寄，又无撮土微蹬，斑斑粼粼，仰而恐人。左附一石，方丈余，高与岩等，胁泐而足悬，若仆之为桥，则达弄溪南皋焉。今春，有侏离数人来，告里民愿得采药，乃横木系修绠，囊人而下。手铁钩，摇摇如挂猿。少顷，援岩顶，距额犹丈许，已目眩足颤，匍伏而亟返。次早，咸遁去，盖已获参或空青之类云，取石斛则讹也。倘采药者木断绳绝，散碎糜烂，寸肢不全。吁，其危哉！

岩背凡两圻，狭才通人。循而过，二梁跨其上，奇石磊磊，迢递愈高，横竖欹仄，形状百变。随手撒掷，遍满腰脊，控驾巧稳，类出鬼工。蚁旋而登，则向之岩顶又远在屦下矣。蛇行入腹，洞穴四达，皆滑净若有物出入者。最后一窦殊深黑，余窥之，怯焉。某独大呼先下，从之者其三人。约数丈，止于底，语笑俨然在大瓮中，在外闻之，若隔墙壁数重，函胡而不可辨。其余牛蹄、马迹、钓台、植旗石、桃花井、会仙庵、罗汉洞、仙人打坐暨诸无名与绝险者，盖千百计，因日暮未能遍及也。噫！以岩之石之极小者，得一二于吾村阙岭、洞口桥诸处，俱足以为伟观而吟赏不置矣。乃居岩下者，或老死尚未至。其见诸志乘者，又多缺而不详。游人题咏，慑而难工。吾辈虽好事，距百里，往返凡五日，始得数刻抚玩，而非主人之善导，则贸贸焉游而不知其所经。夫所经，岂尽能悉哉，况未经者尚多也。

归途分咏，而先记其略如此，既以夸示同社，且将寄某而求和作焉。

贺光黻，生平见本书第十三卷。此文录自《（同治）益阳县志》卷二。

答麻亭记

［清］胡　倬

邑十里凤形山，有殿曰仙圣，灵异特著。前人于殿前构亭，为往来游息之所。然迫于地势，广不容车，每有祷祠，人肩相摩，隘如也。嘉庆十二年丁卯夏，雨泽偶愆，里人集祷于神。祝曰："荷神之庥，幸赐以雨，愿以新斯亭。"越翼，雨。明日，又大雨。环殿下十余里，原隰高低概沾且足。黄童白叟，载忭而呼。是岁，秋收倍于邻境。神显其灵，人食其福。已，谋甃石为基，架木为楹，扩旧址而更张之。佥曰："善。"遂商醵费。闻神之灵，远近咸助。计用人力及砖瓦之需，良材坚木之任，不下千余金。数月而亭已成。先是，亭畔大树一株，轮囷离奇，蟠荫檐际，会始倡议，大风拔去。已而略基址，量广袤，无所枨触，厥功易施。论者以是为神与人合云。工即竣，董事者请名其亭，属余记其事。余惟《洪范》："休征；曰肃、时雨若。"此圣天子精神所感召，神何力之有焉。然《云汉》一诗，宣王忧旱之什也。其首章曰："靡神不举。"其次曰："靡神不宗。"其六曰："敬恭明神。"《月令》："仲夏之月，命有司雩祀山川百源，则雨泽应期。"其又何莫非神之赐乎。吾以是而知斯亭之成，非徒往来游息，盖所以答神庥者，在于是也。故名其亭而为之记。

胡倬，清代益阳县十里（今属桃江县石牛江镇）人，生活于嘉庆、道光间。答庥亭，原址位于桃江县石牛江镇苏团村凤形山仙圣第（又名三仙寺），今已不存。此文录自《（同治）益阳县志》卷二十四。

金沙义路记

［清］蔡用锡

邓如山，急公勇义者也。曾捐修金柳桥至桃市十余里，行者赖之。越十余年，安化陶文毅总制两江，与如山为旧好，盖少时修游之故地也，遂因如山所修之路，与如山嗣君及其犹子辈重修之，复增修沙田湾、罗家冲，称义举焉。然而地号四达，过此以往，其投足而趑趄者，且相望也。且乌知已修者又久而不敝乎。黄君厚庵暨其从兄桂岭、潘君卓哉相与经营，所在务坦夷。并募田积百余亩，令耕者当其佣之值，俾数平易之。凡路之依于田者，稍割田以裨其所不足。由是广狭中度，修除及时，乡里皆康庄矣。

《（同治）益阳县志》卷四云："金沙义路，九里金柳桥西岸、横街尾经桥湾至沙田湾，均是面沙，行李称便。"蔡用锡，字云藩，益阳县人，嘉庆十八年（1813）拔贡生，交游公卿，足迹半天下，晚授石门县教谕，胡林翼尝师事之。其著作有《六书启蒙》《小尔雅证义》《种梅道人遗稿》等。此文录自《（同治）益阳县志》卷四。

浮邱山记

［清］史定纯

磊石仑之于浮邱，如孙之承乎其祖也。余世居磊石侧，与浮邱可呼吸通，而问于子墨，名迹缺如，岂不若使山灵笑人耶！

山西于邑治七十里，踞桃江上游，重冈复岭，阳开阴阖，有小南岳之称。故其蒸而为云，则如绵如縠，如冠如带；窍而为风，则如吟如啸，如箫如涛；脉而为泉，则如咽如嗽，如喷如帘如练，如九天之珠玉随风散落；蜿蜒磅礴而为东北诸山，则错如绣，涌如潮，骏如马，脱如兔，顽如巨灵赑屃之负重而趋也。余尝摄衣而上，羊肠一径，曲达峰巅，几于目不给赏矣。于是藉草席地而坐，俯瞰穿天、三角诸峰，峰峰可摘。远望资湘一带，萦青缭白，外与天际，令人泠然作列子御风想。对面一山，亭亭云表，如新笋之抽芽，所谓修山也。与此山作环侍势，譬如名士，亦能自拔起一方，惜神情太孤峻，故当置在下风也。为停眸注想者久之。

山巅有飞来石、风洞、丹灶，龙井百丈，四时不竭。又有小石，绀理齿牙粲然，或云仙人所煮食者。居民往往拾得，是日作意觅之不可见，岂名山亦无长物耶？抑余辈无夙骨，故秘之耶？

余因之有感矣。造物灵秀之气，结而为山，岂为供人览胜之具已哉！此山屹为吾邑巨镇，望之浑然，不露圭角，是其厚也；中藏丰棱划然，是其辨也；嘉谷之所种植，樵猎之所渊薮，仙佛之所因缘，四方游屐之所络绎，是其大也；将雨则滃然吐云，云敛而霁，是其信也；能滂沛万物、润泽万民，是其仁也。夫居山久者，不患状貌之不悉，而患性情之不知。知而学，学而至，岂非吾辈之所宜共勉乎哉？若夫云容雨态，晨光暮霭，触景而然，固不足为浮邱诧也。浮邱俗亦呼无量云。

史定纯，字玉崙，益阳县九里西峰寺（今属桃江县浮邱山乡）人，生活在清嘉庆、道光间。此文录自（民国）史智仁主修《常汉益史氏合修族谱》（即《史氏七修族谱》）。

磊石仑记

［清］史定典

吾里中乡谈，每称磊石仑史氏，曷言乎尔？盖地以人传也。吾史氏始迁祖正翔县君者，自明季由溧阳官长沙，摄篆益阳，奉查屯田，遍履一邑疆亩。见浮邱之麓山势逶迤，水行潆绕，有石立山腰甚高峻。即而视之，下有一石，盘盘焉如大车轮，上复磊一石，颓然欲坠，昂然甚尊，真石丈人行也。徘徊不能去，有与石偕隐之志。鼎革后，即弃墨绶，奠居于此，故里人称之。

吾姓自明迄今，聚族于斯数百年矣。乾隆丁亥，族之宿儒创修家乘；嘉庆壬申，族之上舍复合修通谱，第载磊石仑之名，未有记述。典也生长是区，每摄衣而上，踯躅其旁，高望远志，辄喟然叹先人择地而蹈也。见其石之特立于上，则想先县君之临莅；见山中余石之俯然在下，则想先县君之抚摩；见其涧水之曲折环抱，则想先县君之盘桓薖轴；见其峰峦之磊砢崱屴，则想先县君升虚陟巘；见其田膏土沃、对衡望宇，则想先县君之披荆棘、勤垣墉。高高下下，森然在目。先人虽不作，无不可想见其余泽焉。向令先县君恋资江之大邑，受吴逆之伪官，不过烜耀一时，终未免留秽名于青史耳，安能卓卓烈烈、子子孙孙与仑之磊石而俱传于不朽哉！后之读书稽古者，观斯记亦可以深长思矣。

或曰湖以南磅礴而郁积，故多怪石，其扶舆清淑之气，石不能以独当也。必有高人畸士出于其间，是以汝之先县君卜居于此，筑墓其旁，而望后裔之磊落多英也。然是说也，予第存而不论。

史定典（1801—1842），字傅信，号玉堂，清益阳县九里西峰寺（今属桃江县浮邱山乡）人，国学生。此文录自史智仁主修《常汉益史氏合修族谱》（即《史氏七修族谱》）卷首。

重修弄溪桥记

［清］邹良化

弄溪源出子良岩，即今之黄獭港。溪入桃花江，沿江数百户，阛阓鳞次，弦歌比邻，论者拟为武陵之桃花源。

江之浒为八九里分界处，旧有石桥，水从市后绕出，流甚小，非由子良来者，以与弄溪相距咫尺，因即溪以名桥焉。桥不知始何时，顷从桥下得石碑，字可摩挲识，乃知为先明里民范敏父子所创，厥后兴废莫考。

乾隆初，有壅水灌田，水啮桥石，市民讼之官，判移坝放上流。数十年来，江水冲突，兼地势淤下，江水稍涨，褰裳或陷，汛舟或胶，道为之梗，行者苦之。嘉庆辛未，市人始大和会而醵金焉。积二年，得千金有奇。复劝募于四方，乃召石工，改为桥基，掘下丈余，比松桩上铺松板，然后叠石其上。经始于癸酉秋，落成于庚辰冬。面宽二丈有四，高差倍于宽，长差倍于高。上为扶栏，以防倾跌。其上流硎岸，以杀水势；其下流砌石磴，为泊舟所。舣舟登岸，桥与市道平掌，非复向者彳亍维艰时也。则斯桥之利赖，岂不溥哉？

是役也，总费金数千有奇。儒医李兰轩倡之，耆儒董之，士绅襄之，乐捐姓氏同心而玉成之，皆不可不书，是为记。

邹良化，生平见本书第十三卷。弄溪桥，原址在桃江县城资江边，今不存。此文录自《（同治）益阳县志》卷四。

跃龙塔记

［清］周代炳

梵言塔为窣堵波，形家往往借以斡旋造化，天下郡县具皆有之，即县鄙村镇莫不以是为挽颓起废之助。所谓人巧夺天工，其然信乎！

桃骨山，益之上游水口也。山北自三尖峰而紫云，而黄金，而龙牙，而乌旗，而舞凤，而修山，而月明；南自芙蓉而九冈，仙凤；西南自大沩而天瑞、露尖，而云肤、浮邱；迤出而城墙、佛岭、凤凰。江自都梁而夫夷，而邵陵，而茱萸江，而敷溪、泥溪、六溪、沾溪。港自关坳而下，杨柳溪会漳溪、孟溪，而子良岩、石牛江、凤凰潭，而桃花港，皆于此称关键焉。群山拥簇，磅礴蜿蜒；众水贯综，澄渊清澈。生其间者，当必有奇人杰士、巨室大家，接踵辈出。论品地，可为千古法；论钟鼎，可垂一代名；论科第，可为一时冠者。

乃由今思昔，或一再传而田庐变置，或一再传而书剑飘零矣。而忠孝节义，磊磊落落，与日月争光之伟男子，人世间曾不一二人。此果时未至欤？将借才异代欤？抑将迁地为良欤？不然，风水之说非尽无凭。塔之建也，孰急于此。

闻之故老，邑自建三台、斗魁，科第渐盛。今安知不愈于昔乎。况此间为天问遗址，旧有阁祀灵均，揽古者，于此发兰芳茝洁之思焉。自阁圮后，乡先辈屡议兴复而未逮。倘能踵事增华，不惜他山之助，以成众力之擎。塔成之后，继以建阁，其于层累崇高之故，未始不因天时、假人力以发地灵也，不几江山人物终古相辉耀也欤！

周代炳，生平见本书第十五卷。跃龙塔，位于桃江县城资江边，今存。此文录自《（同治）益阳县志》卷二十四。

西峰马鞍石记

[清] 周代炳

余生平石癖，每遇林泉峦壑间有奇石，辄留玩不遽去，里鄙笑为“顽石”久矣。道光丙午，授徒西峰古寺，寺之前后左右皆石也。馆假藏经阁，阁峙寺北，计四十八楹，楹楹连抱。西隅二柱植石上，借石三之二以代柱。僧称山肖凤形，因名“凤冠”，余皆未有名。寺右一池，石洼也。泉从石隙流入，出循西阶，溉寺前田。寺后石凿沟受檐溜，溜左注。寺左泉一泓，泛出石塔下，笕入石缸，缸容十二斛，供僧厨。笕半横小竹，可入馆厨之釜，繘井羸瓶，无患也。然寺中固有井，井甃若瓮，旁贮石盆、石砧，浴浣赖焉。井侧有池，方半亩，清澄若鉴。池侧有石，半入水底，出地方广几二丈，露立削壁，平如镜。当返景入林，皓月临池，波光倒射，岩先受之，名曰“镜泉”。泉如镜，惟介如者镜之也。稍北一石，高阔丈许，壁亦如削，势睨讲座，名曰“听经”，似笠首聚石为徒，特所谈非禅，不必点头也。又北一石，顶圆而平，名曰“丈人”，仿米颠也。临涧有石，方平如案，名曰“琴台”，眠琴绿阴处也。度小约，迤北，石壁高八尺、阔逾丈，下有洞，泉涓涓从洞中出，四时不绝，僧称多怪，名曰“洞仙”。仙，山灵也，以仙为丈人，坐琴台听经。而取镜子泉与累累然拱卫大雄之左牛右龟装点西峰景色，不徒在云山殿角，而在乎石者，固如此。

然助西峰之胜者，莫若马鞍。马鞍为西峰东北关键，形肖所名，相距不半里。自登馆以来，殿阶闲眺，阁槛凭瞻，神游矣，而未临其胜。暮春天朗，同门寻踏青故事，予始一登，而后知山之前后左右皆石也。初循西麓，乱石粼粼，履已洁矣。逾岭东，曲阿有塘，曰“金鱼”。水本清映，石如墨，移所近也。矗立石壁，高洞仙、镜泉数十倍。澳南一门，阖而未遂，扪藤踵之，窥四五尺，曲下穹窅，知黑不守白也。翘首旁岩，若厂、若牖、若栈，若堿、若阶级、若飞阁悬檐，卒皆可望而不可即。从阿径上，石痕层叠，榛莽间多兽窟，四通六辟，窃叹社鼠城狐，托犹未固也。蚁附至一巨石下，窾斜不知所极，降四五步则甚暗。仄足横步许，又见天光，守黑又可知白也。东北数武，盘石硸崖，竞呈奇状，目为之夺，不暇赏。适山腰，石形似几，摄衣趋坐，同人相与班荆，南顾坐外，或既仆而仰卧，或欲堕而俯瞰，或彼颓而此扶，或小立而大压，类皆太上无名。独横出一堵者当其前，文生范先起，蘸笔题曰“干城”。

马鞍东南石之胜西峰也如此。

少顷，起而北，石更奇。有锐末耸起者，犹子岳源以“玉笋”名；有磊本磐镇者，史生献书以“寿冈”名；有昂然出磊阿间者，夏生镇伦以“特立”名；有庞然起巨石后者，彭生德涵以“永真”名；有丱排两石而礁礁者，陈生汝为、汝翼、犹子峤源、崃源以“荆花”“棠支”分而名。有夹棕榈、怀篆荡，平卧侧立，状相类而莛琴台、听经诸石者，宗侄迪慧、刘生忠诚、忠谌、原源、蒋生先声辈，见其苔碧鲜苍，合名“步青”。余曰：石何胜名，名则赘，赘则诬矣。各以心铭可也。取道更进，大壁在望，高等西峰殿阁门，与南扉又别。阃外铺阶，纵可二丈，横称之。造物灵阏，由户者谁？余不敢名。爰历阶而书于楣，曰：“天马来何处，金鞍到此留。叩门如借乘，揽辔大荒游。”题毕，将归。岷儿请曰：“大人探其奥而不抚其奇，非寻胜也；循其麓而不造其巅，非升高也。”乃旋右涧，乃陟南冈，他山攻错不顾也。著屐绝顶，突当前阃，峙二石，坦内峭外，两寻强半。只阙耶？天柱耶？宜都督邮耶？抑西峰砥柱耶？俯视干城、玉笋诸石，若宰官升堂、吏胥环侍，砉岩于马鞍西北而已。

若近村猴猪洞，洞多石。附西峰与驸马鞍之石，似冠，名“毡帽”；叩有声，名“石梆”；置平陇畔，名“晒谷”；高耸似人，名“仙灵”。及仙灵而下，磊磊硌硌，至峙洞山之洞者，名难悉而洞洞相连。非皆气脉联贯，磐然汇胜于西峰者哉！

夫石者，土之精气之核。山含石，阴补阳也。鸿蒙而后，土疏泉伏之区，往往以罅隙成庨窌，而露者争奇。两山窍阴犹是也，独怪人情好异，多谈许氏婢入洞山，姚氏牛入马鞍，徐氏应钟以马鞍崇懇城隍，且传可借金银杯箸事，而明季救夫尽节此山之毛何氏独不知，亦可知所轻重矣！

余居产石之乡，既鲜文石之吞，徒殷癖石之好。名石石诬，山灵其笑余耶？不知万物之先，皆未有名。名之者，其谁弗受。返自马鞍，退坐西峰，因忆两山之前后左右而为之记。

此文原无作者署名，据本书第二十三卷《星如公行状》记载，可以确定作者为周代炳。此文录自桃江汪勇先生所藏手稿本。

古杉记

[清] 廖章达

俗作“枯杉”，今遵邑《志》作“古杉”。

古杉在邑西六十里之桃花江上游，不枯不叶，叩之作钟磬声，其枝卉槎丫，望之若神雀飞舞状。且襟湖带溪，枕浮邱之翠，俯桃江之流，春苔作叶，冬雪成花，无古无今，挺然自异于林峦众芳之外。我祖家此二百余年矣，皆未知其所自始。我高祖莲庄公雅嗜古，砌之以石，因碑焉。

呜呼！吾甚感其非偶然也。天下名材众矣，或萌而殇，或长而夭；或成而朽于山林、拔于大风、漂于洪涛，沉于泥沙；幸则存梁栋、备桢干，而终不免刀锯斧斤之患；不幸而薪之槱之，而终不免灰烬于樵童野叟之手。古今来盘根错节、自期远大而摧残败坏乃至不能自异于古今之际者，何可胜道！是杉也，不殇不夭，不朽拔、不漂沉，幸而成其为梁栋也宜也；或不幸而不成，其不受灰烬也亦幸也。若夫欺霜犯雪，经历寒暑而其质弥坚，其性弥劲，是杉之有以自异乎？抑天之因其能自异而异之也！吾爱之敬之，操笔而记之。道光十七年丁酉仲秋吉日。

廖章达，号月槎，益阳县八里（今属桃江县）桃花江人，道光十五年（1835）举人，与何绍基、胡林翼同科，官宁远县教谕。此文录自（民国）廖基中纂修《资阳廖氏支谱》。

洪崖寺记

［清］李瀚章

余莅任明年春，公余无事，乘蹇车、策敝驴，南游数百里，宿洪崖寺。寺之中，屋小而窄，浅而逼，二三老僧居之，无足异。异乎是乡也：山深水曲，木茂土肥；老者古而朴，壮者健而驯，幼者秀而慧；衣冠不饰，礼让相先，有魏晋之遗风焉。询之僧，僧曰："此善溪湾也。"嗟乎！余何幸而至斯土也，何不幸而仅至斯土也。夫以益邑之大，山川之盛，土物人才之美，何所往而不然。而山村僻壤之区，犹能以善名焉，意必乡之中多善人君子，从容化导，教之以孝悌，勖之以仁让，饬之以礼法，男耕女绩，出作日夕，相安于无事之天，共化其不平之气，是以俗美而风醇也。顾余窃有进者，人性皆善，因物而迁，诚使是乡父老顾名思义，日谆谆以孝悌、仁让、礼法训诫之，则父兄之教先，子弟之率谨，善者益励于善，不善者亦化于善。含哺鼓腹，休养生息，雍容乎太和之景象也，是亦守斯土者所厚望也乎！

李瀚章（1821—1899），字筱泉，安徽合肥人，拔贡生，以知县铨湖南，道光末年曾署理益阳知县，后官至湖广总督。洪崖寺，原名资福寺，明代周必达施地建，后改名洪霓寺，李瀚章令益时，更名洪崖寺。今废，遗址位于桃江县武潭镇天湾。原文见《（同治）益阳县志》卷二十四。

彭家寨序

［清］杨朝杰

山以寨名，志险也；寨以姓传，昭德也。不有险，乌足以寨；不有德，孰为寨？是一寨而德与险兼之矣。当元明之际，鼎革之初，流贼未殄，圣君贤相爰命民间有德力者各自为寨，以为一方保障。则是一二人立寨，而数百人倚之；一姓人立寨，而数十姓资之。则是数百人性命，全于一二人性命。而一二人不自名为寨，数百人敢忘其为寨！数十姓性命活于一姓人性命，而一姓人不自著为某氏之寨，数十姓自不能不著为某氏之寨。若是，又何疑于浮邱之下世世相传者有曰彭家寨。噫嘻！称斯寨者，或以景，或以形，或以草木鸟兽。不知危难之际，彭氏经营百计，择其地可以居众，度其力可以济众，上以承乎君相所命，下以免乎奸宄所侵，内以全乎家人父子，外以保乎邻里族姓。不然，彼太平、三阁以寨称屡矣，而此不啻与汉之关濑、吴之甘垒，与夫唐之裴亭、欧店，而姓氏永垂不朽者，何也？《易》曰：“王公设险，以守其国。”夫王公有德之称也，而曰设险，其即立寨之意欤？其即立寨之意欤！

彭家寨，位于桃江县浮邱山乡大水洞村。杨朝杰，字万才，清代益阳县九里（今属桃江县）人，邑廪生，生卒不详。此文录自（清）彭涛纂修《资江彭氏七修族谱》卷末。

邱麓记

［清］萧恩动

今夫为人子孙，未有忘其祖宗者也，未有不能举其祖宗所自出而言之凿凿者也。故虽诸侯不敢祖天子，大夫不敢祖诸侯，溯本源者必曰某祖发派于某朝，某祖历官于某地，载之谱牒，一以传之不失其真者。然代远年湮，境迁势易，氏族之可以彼此互冒者不知凡几。称祖宗而必举显赫之迹为此铺张扬历之文，有识者不讥其妄乎？

岁己巳，余授徒于太学彭公坦园家塾，塾后山为浮邱麓，有以彭家寨称者。余初闻其名，不知其义之何其所取也。后因连年馆此，适登山拜佛，经过此地。见其高半里许，能远望，宽可治田十数亩，平若居址，然四面奇石耸列，又似为人迹罕至之所。逶迤而上，则为浮邱。夫浮邱为邑之名山，而山之麓复结此平坦而峻险之奇地，余环视久之，窃怪而异之。及回塾问之彭翁，彭翁曰此元季民遭兵燹，时余十七派祖厚载公与鸾文公避乱之地也。子孙移居别郡者有之，分支于别邑者有之，而世世居此山下者，亦复不少，故彭家寨之名至今不易。夫以屡经离乱而彭氏支派流衍，占籍多方，即不出此以为居者，如坦园先尊人素称邑名望，弟松泉先生以优韬略入邑庠，从侄珠岭列成均，而善读书者且方兴未艾。是莫非浮邱麓之秀气，所钟毓于一门者也。

今彭翁纂修家乘，嘱余记所以明地之本末，亦思记其实而不欲以虚言诬其祖耳。吾知前之人在此以全世家、长子孙，后之人亦将在此以耀祖宗、绵世泽，则浮邱山麓共指为彭家寨者，不且传之千百世而无易也哉。

萧恩动，又作萧恩勤，字斯和，益阳县一里泗里河（今属桃江县马迹塘镇）人，道光三年（1823）岁贡生。生卒不详。此文录自（清）彭涛纂修《资江彭氏七修支谱》卷末。

静庵公始迁莲花坪记

［清］莫鉴佐

资江胜概，所在多有，其最则桃花江据中游，族伯祖阅公所居近焉。莲花坪据上游，我静庵公卜以居焉。二公之自吴迁楚，当烽烟四起之余，疾何能择，而皆获此名胜，遇亦奇矣哉。虽然，阅公之有取于桃花也，其或有桃源之仙意乎？吾不得而知也。若夫莲花，雅人托咏之物也，周濂溪寄情于斯，李谪仙取号于斯。公以迁客作莲花主人，卜云其吉，固两相得耳。

或曰坪而美之曰“莲花”，其果有莲花耶？抑因其形象而名之耶？噫！拘矣！第自其大概观之，其地旷，多爽垲，鲜崎岖，安土敦仁，其在斯乎？其山蔚而秀，林木耸翠，花鸟缤纷；其水曲而幽，一带潆洄，波光荡漾，川岳降灵，其在斯乎？遥想我公停骖于此，相其阴阳，乃立室家，膏腴万顷，绣壤相接，乃疆乃理，乃宣乃亩，所谓鞠人谋人之保居、有干有年于兹土者也。

或又曰其为坪也，佳则佳矣，于莲花乎何与？噫！抑又拘矣！夫莲称君子，淤泥不染，君子之清也；濯锦鲜妍，君子之美也；玲珑万窍，君子之心也。君子乐与君子伍，不必真有莲也，不必不真有莲也。抑予又有说焉，古有嘉莲，一茎而百叶，一房而百子，盖其地脉发祥，故秀气凝结，衍瑞钟灵，化化生生，其机不息。

唯是坪也，锡以嘉名，遂成胜景。我公采择于斯，宏此远谟，其殆如古公迁岐下而赋瓜瓞，成师居曲沃而咏椒蕃也哉。迄今三修谱矣，人文蔚起，食指不下数千，歌于斯哭于斯聚族于斯，累仁积德，可大可久，于以知本深末茂、庇荫无穷者，盖有自矣。

顾是坪也，莲花寺镇于南，回龙庵拱于北，皆我公所建古刹也，所以护卫莲花者也，故取号于庵以自况。於呼！先人遗迹愈久愈彰，有心者游览于斯，留连不忍去，未尝不叹我公之流泽孔长，与桃花江大华里相竞秀也。猗欤盛矣！

莫鉴佐（1803—1893），字宝辉，号晓潭，益阳县二里（今属桃江县）武潭莲花坪人，邑庠生，光绪十年（1884）举人，册名莫俊。此文作于咸丰辛酉（1861）。桃江莲花坪莫姓始迁祖莫仲荣，号静庵，原籍江西吉安府泰和县，洪武初年迁湖南，落籍益阳县二里莲花坪，至今已传二十余世，今称莲花坪莫氏。莫鉴佐乃静庵公之第十六世孙。此文录自（民国）莫辅叔等主修《（桃江莲花坪）莫氏续修族谱》卷首。

莫氏钱岭茶亭记

［清］莫　楷

今年夏五月，余以道员陛见，奉命赴滇，道经鄂渚，流连月余，与族甲莲、可皆乐数晨夕，谈及天下事，磊磊落落有不可一世之概。视前此风雨连床时，吹香论文，爱晚听曲，尤为豪放也。族中事赖其撑持，美者彰之，废者举之。如钱家岭茶亭，为其七派祖钱峰公所遗之美举、九派祖文宇公之属地也，岁久就湮，甲莲、可皆惜之。乃与余犹子范吾力图兴复，族宅南、晓南、羽皆皆忻然赓和。于是按房醵金，即其旧址构亭施茶，以垂不朽，不擅功不留美，大公之心也。语次，乞余为记。

夫钱岭居万山之中，叠巘重崖，峰回路转，而立亭之处尤为清绝。每当五六月中，竹风引凉，松涛答响，高霞孤映，鸣蝉抱树，可以涤尘襟，可以消俗虑。一剂清凉散，人人服之，此亦八宝池中之功德水也。余小住汉皋，天方酷热，浃背汗流，纳凉无地，安得坐此亭以消烦闷乎。然未尝不神游目想于其间也。是为记。

莫楷，字有秋，益阳县二里（今属桃江县）武潭天湾樊家塅人，清光绪间曾任云南道员，著作有《兵法篇》《古今地图》《哺乌集》。钱家岭茶亭位于桃江县武潭镇莲花坪与新铺子交界处，今存。民国间莫京有《题钱家岭茶亭联》："人生若梦，何处归来，喜萍水相逢，到此有怀思旧雨；世事如棋，为谁奔走，叹关山难越，停车小憩引清风。"莫京，字吉爻，武潭人，民国间合州知州，著作有《小草吟》一卷。此文录自（民国）莫辅叔等主修《（桃江莲花坪）莫氏续修族谱》卷首。

桃花江周氏两溪书院记

［清］周世楷

两溪者何？潮溪、泥溪也。何称乎潮、泥？人以地为号耳。以地号人之谓何？我曾祖有壁原居宝庆府新化县太阳乡十都岩屋冲，其地有潮泥湾，曾祖取之以号两子，欲不忘所自也。

盖曾祖由新化贸易益阳，携潮、泥两祖家于益，邱墓固犹在新。必以始居之地号其子，意岂存乎子哉？存乎邱墓而已。方曾祖之考终，潮溪、泥溪均幼，曾祖妣李氏早寡，率两孤子陆路扶柩归葬潮泥湾祖山，已为人之所难为。既葬还益，曾祖遗产无几，艰于雇人，曾祖妣矢志不移，乃脱簪顶笠，撷裙披蓑，解脚著屦，力耕自给，鞠子成人，寿至九十余岁，此益阳中乡地方古往今来所未有，我曾祖妣独创为之。则兹书院之设，固两溪所以至今存，实曾祖所以至今存，尤曾祖妣所以至今存也。妻不忍忘其夫，子不忍忘其父，人又奚忍忘其地之所出哉？

同治六年，世楷由福建永定县署辞养抵家，见两溪挂祭，有田无庐，招佃不便，且挨户轮办，颇觉烦琐，乃集兄弟叔侄商建书院。屋备正横，垣周前后，历几寒暑，粗具大概。费不易集，草草完工，以俟后之能者成其美备。现以数椽之庇，康百世之灵，并俾耕者安作息，读者力稽求。礼备烝尝，义明孝悌。子孙不忘其前人，犹群生不忘其土著也。所以不名宗祠而名书院者，姑惟教之之意云尔。从此由两溪而上自吴迁楚者可率，由两溪而下自新迁益者可传。宗祠而书院焉，明伦即以尊祖；书院而宗祠焉，成教正以妥先。故祖先为当年之孙子，孙子为异日之祖先。则亲祖先以教子孙，教子孙以亲祖先，非二道也。

书院地临文家渡之西北岸，始呼为黑山里，继呼为椆树园。世楷五六岁时，尝于此间拾木果、挑野菜。稍长，钓牧之余每于其下就阴凉、避风雨。仰见椆树高十数仞，围数仞，外坚实而洞其中，盖千数年物也。而枝分处有孔，孔内长出小竹两三茎，青翠可爱。旁列杂树成抱，大抵皆椆孙曾之属。树虽疏布，究难耕作。久之则各树无有而椆独存。地渐开辟，又久而椆去田平，竟为熟亩。始知呼黑山者，因其树之多，俗言“蓄得黑沉沉”之谓也。呼椆树园者，因其树之独乔然特立，舍此无以藉口也。沧桑陵谷无常形，亦无定质。时之所值，势即随之，而名以起。人事修否，大块总不言而喻。则现在之书院，安知非将来之山木哉。然正不必虑也，自古兴废循环，五德迭运，乘除相准。《洪范》有云：“木曰曲直，土爰稼穑。”椆之运历年既多，田之运历年岂遽少耶？书院虽非专为田而设，亦未始不兼为田而设，自应与田为终始者。从今果堪千数年之久，乃幸中之尤幸矣，两溪更何所希冀哉！故特记之，以备后人之留心世态者，于是乎书。

孙世楷木皆敬撰。

周世楷，字木皆，益阳县八里（今属桃江县）桃花江花桥人，咸丰间入胡林翼幕，以功保奏国子监典簿。其子周春墀，亦入胡林翼幕，以功保奏县丞，后随左宗棠入闽，实授福建邵武府光泽县知县。周春墀在光绪间为周世楷修建祠堂，时称“木皆公”；又为两伯父近江公和芝亭公合修祠堂，称为“近芝公”。后来，木皆公和近芝公成为桃江县桃花江镇花桥村的两个历史地名。此文录自《（桃花江）周氏合修族谱》。

第十八卷　桃花江文选三　记叙三

沾溪碧金洲记

［清］周传嶶

沾溪，古白溪也，其源发于安、益间之苍溪仑，始奔流数十里，至地名鸡公塘，土地平旷，两山岸立，溪水深阔，有大洲当其中，周围二三里，堪舆家谓之“罗星”。康熙间，先世纪派福、商二公爱其地，自溪上游卜居于洲之东。其时，洲为朱氏业，榛莽蓊秽，荆棘丛杂，二公买之以为樵苏之地。二公卒，洲归其子碧川、金山，“碧金”之号所由来也。子孙守之，仅供樵牧。至同治甲子，秋江、雨亭、奇馥诸君因地制宜，合商二公之嗣，命工人披荆斩棘，伐木梳土，修筑堤防，种之竹。其土肥饶，数年间猗猗箐密。春夏之间，鸟声错杂相和而鸣，溪水新涨，竹容如醉；秋冬之季，水落石出，凫雁交飞。霜雪凛冽，两岸丹枫黄柳，木叶尽脱，而洲渚之竹深翠不改。虽僻在一隅，亦有筼筜之致、淇澳之风、睢园之景也。登斯洲览斯竹，清景宜人，盘桓不忍去。洲之生息，存为二公祭费。迩来铢积寸累，日与月长，渐见充裕。夫以荒秽一洲，一转手顿成大观，并获美利。诸君之筹划固善，尤赖后之人守斯土，念前功，不失其业，不废其功，则可以永垂不朽，而不失为碧川、金山之孝子慈孙也。故为记。

光绪三年丁丑冬月穀旦，十四派孙传嶶月湘氏谨记。

周传嶶，字月湘，清末桃江沾溪人。文中碧川者，即周德述，字荣宗，号碧川，生于明崇祯元年（1628），卒于清代顺治十八年（1661）；金山者，即周德恭，字云开，号金山，生于清康熙五年（1666），卒于乾隆二十三年（1758）。此文录自（清）周传文主修《（桃江）三田周氏支谱》。

公余义渡记

[清] 文希范

公余渡者，奉公之余所成也。渡在邑西南八十里，当往来之冲。咸丰壬子，余自京师旋里，而渡适废。时粤匪方往长沙，趋益阳，下岳鄂，邑南之民扶老携幼避寇来西乡者，褰衣涉水，指爪皲裂不遑顾，余目击心悲之。然方团练乡勇，经费浩繁，未暇及此。越明年癸丑，湘乡曾侍郎起义兵于衡山，广捐输一途以资接济。邑人感侍郎之忠义奋发，致身勤王，桑梓之邦赖以安居乐业，无寇盗充斥、转徙流离之患，莫不慷慨急公，勤于输将，而吾里之人为尤甚。里之地较邻里为隘，而捐数则浮其中。捐数少，不应予议叙职衔者，总之得钱百余贯。因念此渡废弛，行人病涉，里人奉公不暇，岂能重为此事醵资？而此涓滴之微，国家亦岂藉此区区以充军实？遂请于邑侯林，以建此渡。侯曰善，乃嘱希范经纪其事。渡成，名曰“公余”，买宅置田，为经久之计。凡诸捐户勒石碑阴，且志其名之由，于此俾知此渡之成，为奉公之羡余也。是为记。

文希范，字任吾，益阳县十二里（今属桃江县）软桥人，道光二十三年（1843）举人，考取景山官学教习。咸丰间，先后入曾国藩、胡林翼幕，以功署湖北孝感知县，保升记名知府。公余义渡，原址位于桃江县灰山港镇源嘉桥。此文录自《（同治）益阳县志》卷四。

桃江义渡记

[清] 文南邦

资水自都梁撼山激石而来，行一千四百余里，会益阳之桃花江，其流更巨。昔三闾大夫于此作《天问》，盖对之苍茫，不觉思之渺渺也。夫江愈大渡愈难，而南市北村，来去如织，既不能划波成路，又不克鞭石为梁，势必授权舟子。每值积霖暴涨，澎湃汹涌，小舟居奇贪傲，涉者病之。

嘉庆四年，义士彭君光玮、邓君益九、莫君允贽、张君立琛倡造渡舟，不计行人之值。于两岸置公所，于柏叶冲及金牌冲置田十五石，以其息备岁修、给舵师，余则积累增舟为远大计，而义渡立焉。顾善作者鲜克善成，钱谷所收，久而转缩。道光中，舟坏不堪驾，义几废矣。夏君建寅乃请于刘君云皋、陶君玉轩合捐一舟，并求经纪其事。时玉轩司族祖文毅公家政，即奉公复捐一舟，并捐萧家山田一石五斗。于是询谋佥同，变两冲旧产而移置萧家山，得弓田十六石有奇，合额租百六十余石，而义渡一兴。无何玉轩归籍安化，岁比不登，利又无赢，事复将蛊。

咸丰初，玉轩至，云皋谢事，潘君岚桥、汪君云亭乃举钟君南斋、吴君翊卿、萧君润亭、邹君天鹤共济之。同治甲子，又公选刘君毓堂、陶君晓林、邹君敬上代其担。时年丰而谷值昂，数人皆重义急公，遂得退去重庄，并买朱家坳、刘家冲田肆石八斗，益租肆拾余石，而义渡再兴。盖自玉轩复总其成，每逢杨泗诞期一稽出纳，故弊杜利饶。而今后，其庶乎渡人无量矣。

尔乃淫雨连日，湿云一天，怒风吹楫，浊浪冲舷，估客商人，停舟畏前，薄暮气腥，恍惚蛟潜，过斯渡也，得无有飘荡中流、惴惴而惧者乎。若夫万顷晴朗，潮落波平，柳堤送绿，桃谷回春，而或星光漾金，月影沈璧，锦鳞时跃，沙鸟群集，人语渔歌，其乐孔多，过斯渡也，则又有徘徊四顾，洋洋而喜者矣。而余谓惧者不必惧，有前人尚义而义渡兴，则杭凭一苇，忠信可涉，何惧焉？喜者不必喜，倘后人不义而义渡废，则日掷万钱，争诟不已，何喜焉？是渡之险夷，初不在水之消长，而在义之存亡也。兹因登诸志乘，溯其颠末如此。继事者尚其存心广济，则斯义不朽，将共资水以悠悠，有岂仅碧津晓渡长留益邑之佳景乎哉！故乐为之记。

清光绪六年庚辰孟春月縠旦，运同衔署武昌、谷城、京山等县知事、兴国州知州文南邦湘浦氏谨识。

文南邦，号湘浦，道光二十三年（1843）举人，益阳县十里（今属桃江县）松木塘人。此文录自（民国）邹祖润等纂修《续修桃江义渡志》。

棠棣桥记

［清］尹启柳

距鸬鹚渡之东岸，有棠棣桥焉，我房伯辅廷公所建也。长计二丈，广计一丈，工计千余，费计数百缗，创始于道光癸卯之冬，告成于甲辰之春。是桥也，上通新安，下达沅湘，一道行人，利有攸往。阅十寒暑，哲嗣儒林先生缺者补之、颓者修之、崩堕者葺辑之，民未病涉已五十年矣。越壬辰，汉臣不忍祖若父之善行终焉泯没，丐余一言而为之记。

余以笔墨荒疏不能文，请以闻于汉臣之言而次第之。

慨自士大夫家多以豪侈相尚，一豆觞宴会，动费千金不足惜，迨告以施济周恤之事，则退缩畏避，分文不舍。若棠棣，辅廷公造之于前，儒林兄培之于后，父子相济，代有善人，可以风矣。然则我公当日胡不自为记也？佥云其父修德，不望报其子，积善不沽名，凡老幼妇女以及贫困、鳏寡、疲癃、残疾，无不存而问、周而恤，饥食寒衣，盖不知几许矣，桥特吉光之片羽。夫圣贤之道，惟其中耳。我公之不自记也，非矫也，务实惠也；汉臣之记之也，非妄也，欲从善也。二者相济，无相妨也。

因缀之以铭，其辞曰：天生善人，仁心为质；不慕表扬，但求阴骘。无形者德，有形者桥；形其无形，瑜珥琼瑶。鸬鹚溪水，既深且清；亿万斯载，流作颂声。

棠棣桥，位于桃江县鸬鹚渡镇。尹启柳，字黍秋，益阳县三里板溪（今属桃江县鸬鹚渡镇）人，邑庠生，生活于清代末年，曾师从刘集勋，著作有《鹿角山庄文集》，未见传本。此文录自（民国）尹启柳主修《（桃江长江村）尹氏十修族谱》。

九冈山青云庵记

［清］萧晋蕃

九冈山，益上游名胜也。《一统志》云：“九峰插天，高耸武潭津上。”盖实纪其胜迹也。天下名山多为僧占，而此地古独无庵，故仙人释子之踪迹无闻，名人学士之游咏弗及，其山犹不盛传。乃知深山大泽之灵，磅礴郁积，未经开辟而美弗彰。青云庵至国初始建，或者山灵地脉，必待天下之清以显其灵奇之迹，信有时乎！

庵址自二峰顶带垂横下里许，聚气于斯，天开福地，云构自然。屏风九叠云锦张，仿佛庐山真面目。余晚岁尝来山中，秋高气爽，健步登临，响彻山钟，黄昏到寺。住持僧龙章乐与打坐，焚香煮茗，对榻清谈。苍狗沧桑，俯仰凭吊，话及庵之兴坏修复，详述所闻。因唾诿于余，合并以记其颠末。

盖知青云庵者，大檀越汪公麟长读书处也。当明季兵燹之后、大清开国之初，群生沐浴清化，虽遐陬僻壤靡不获福焉。因是建福堂以奉佛，特招僧庆云自沩山来，遂为九冈开山之祖。庵前后左右山地，广施与僧，树蓄种作其中，取给食焉。至乾隆间，汪公遐锡，麟长公有道曾孙也，因庵中食用不敷，复于乙酉年施田一石以赡僧，广种福田，以媲先志。而名山灵气，日益往来矣。逮癸卯，庵僧悟参梦岳神现身，自天而降，因亟谋施主人汲汲塑圣像、构圣殿为请。施主顾力难独持也。采千花而酿蜜，集众腋以成裘，善与人同，皆大欢喜。遂于福堂前面大修南岳行宫，甫易载而工竣，则众姓与有力焉。嗣是，天尊大显灵异，远近登山朝拜者络绎不绝于道，与夫进香南岳者感应无殊。顾空王殿宇，易形朽蠹。内福堂一姓兴之，外圣殿众姓成之。自道光壬辰重建后，迄今上光绪壬辰，又经三建矣，其规模较前更加壮阔。人谋神助，神人以和。乐兹一片干净土，足为十方功德岸已。

嗟乎！自海洋逼处以来，天主、耶稣教堂林立中国，夷风变夏，世教寖衰，而象教之传，于今为烈。观乎释典、经忏诸书，虽鸿儒博士，犹乐探其奥义而研究之，以视入洋教而讲礼拜者，甚无谓也。蒿目时艰，但愿神灵之赫，救济生灵之困，以扶翊圣世灵长之祚于无穷。相斯庵也，如青云之在天，与九冈而并寿。香花证果，衣钵传灯，名山古寺之迹，将列《一统》《舆图》，俾后之人以观览焉。

光绪丙午，邑庠生萧晋蕃。

萧晋蕃，生平见本书第十三卷。此文录自《（桃江天湾）资阳汪氏六修族谱》卷末。

小河义渡记

[民国] 江大壎

大河为桃花江，此处小河为桃花港，亦曰黄獭溪。

治西六十里，屈子天问阁沿江而上数百步有古渡焉，即今之八里桃花港黄獭溪口小河渡也，上通沩宁安宝，下达益治沅湘，诚东西往来之要津。向无渡舟，小划需索渡资，远来过客更甚行者苦。前清乾隆间，里前辈刘廉山、彭书禄、汤安松等倡议捐设渡船一只，并置九里枳木山燕窝形田山屋宇一业，计田三石七斗，今过弓二石七斗四升足，共四十七丘，岁收租息以备修整船只、补葺码头及舟子工食之需。百余年于兹矣。

迨至前清光绪初，码头崩溃，船失整修，渡夫工食不敷，几遭颓废。经里绅莫炳堃等从中调理，议定章程，禀请邑侯王存案，以杜侵渔，而公务始归划一矣。后值升平日久，人稠地密，近又兵戈四起，商务大兴，行旅之往来者倍于往昔。一舟往复，昼夜难停，急于奔驰者未免拥滞之嗟焉。用是会商里总邹秉钧等，募捐王楚香顾家冲脑樟树冲田一石，计二十三丘，并山场一块；陶善举公河塘田一石，以地段窎远，不便管理，每年向取舟子谷十石；徐禹门西溪街后许家台寿九公田五斗，计二丘；徐少陵马家坪下巷子口及槨树园、乾坝子各处田五斗，计五丘；并众姓公私铜元一千二百余缗，遂添设渡船一只，新造义渡茶亭一座，并将码头重新修复。前此一叶往来，固虞拥挤；今则双舟梭渡，自觉从容。虽无桂楫之摇，要非桃叶之渡。而且风生港口，波浪不惊；水涨溪头，帆樯无恙。一肩红叶，挑来猴栗山前；两岸绿杨，放棹鹿鸣桥外。览春光于谷口，柳暗花明；探秋景于潭头，蓼红芦白。更有塔耸江皋，势如龙跃；钟鸣古寺，响杂鼍更。钓鱼台上，孤愤江风若为吹；洗菜桥头，古人山月曾经照。渡头之风景，历历如在目前也。

兹值重修邑《志》，各庄义渡尚采录于《营建》部中，我等任事有年，旧捐新捐岂容散漫。用将芳名约据，抄录务在分明；地界山川，指示全凭图画。编纂成《志》，付诸枣梨，并泐丰碑，垂为久远。还望热心公益者一心一德，同襄善举，则普渡之义务，不与河山并永乎！以是而为之记。

时民国十二年岁癸亥十月穀旦，清职员江大壎芝润谨识。

江大壎，字芝润，桃江县桃花江人。黄獭溪，又名黄獭港，今名獭溪，俗称獭溪河。《（嘉庆）益阳县志》卷四云："桃花江，资水所过之名；桃花港，杨柳溪尾之名，在桃骨山西，盖缘山为号，江又缘港而为号也。至黄獭港，特其内小涧，在西溪之东，桃花港之西，源浅而流短。"此文录自（民国）江大壎等纂修《桃江黄獭溪口小河义渡志》。

许家洲贺氏义渡记

［民国］贺泽光

尝读《易》至"刳木为舟，剡木为楫，舟楫之利，以济不通"，未尝不叹古圣人以美利利天下，其为行人谋便利，盖深且远也。

民国肇兴，迄今二十年矣。览孙总理民生主义，行与衣食住乃为四大要需。然而道阻且长，惟期履道坦坦，故行需一途除修筑道路桥梁而外，则水陆之通不尤赖舟楫之设乎？

我族自宋秀元公迁益，传十三世至有谦公，其子孙多聚居资江上游以南，曰贺家坪。江滨有渡口曰许家洲，上通新、安，下达沅、益。一水盈盈，两岸相隔。地殊溱洧，非郑侨之小惠可施；渡似乌江，虽霸王之英风见阻。自先代及今，虽两岸众姓设有渡舟，使行人不至如尼父之临河而返，徒劳子路之问。然地属扼要冲道，一渡不能接济，往往行人至此，招招呼涉，多感困难交通。每当春夏水涨，汪洋前横，一渡舟更难通济。而舟子往来重索舟资，致行人呼此为"朱津"者有之。岁光绪乙未，我谦房业铣、诵尧、稽尧、鉴尧诸族尊有见于是，倡议建修贺氏义渡，在祠约集本支族人，公私酌量捐资。除公筹捐外，我先祖父冬尧公善与人同，首先慷慨解囊，诸族人亦皆乐捐以成此美。始犹捐资微小，于是遴选老成真实者轮管，日积月累，继长增高，以致腋集成裘。越数载，前诸族尊不幸相继沦亡，时轮流管首萃周、裕前、玉书、湘梅商及光，欲将动产购置不动产，以光为买卖介绍。光以义举，不取介绍费。乃于近祠前后左右，先后购得膏腴之田大小五丘，计总壹石六斗，以为义渡基础，与古范文正义田事异而义同。嗣即修造渡舟，与众姓旧舟往来接济，以踵前诸族尊之美。于是行人乃群相道曰：此贺氏义渡也。行人从此交通便利，乃无虞阻滞矣，以视前之呼为“朱津”者，不大相径庭耶！

不意旋值北兵经过，沿河横扰，渡舟已被付之东流，并值年谷不登，渡夫亦乏工食，故中途停止。今幸我地兵宁岁稔，越庚午，造新舟成，与众姓之舟较小，其利行人尤为便捷，而义渡基础又陆续加捐。自今而后，愿我族子孙世相珍视而保存之，俾此义举得以流芳百世，而行人常获利涉之庆，不大幸欤！今值家乘六修，除捐名勒石、契约详谱外，光不辞固陋，谨记颠末以垂不朽云。

中华民国二十年，岁次辛未季秋月穀旦。

贺泽光，号云圃，民国间沾溪贺家坪人，桃江贺氏第二十三派裔孙。此文录自（民国）贺泽光等纂修《（桃江）贺氏六修族谱》。

益阳学宫石磬记

［民国］夏寿华

予先世梅巢居士，讳光洛，号云卧，武昌府学博公三子也。家赀巨万，好读书，能文章，敦孝友，尚气节。清初，强士人应举，托疾不赴，就邑之舒塘对岸，跨山蟠谷，辟驯园居之。园周广数里，中有杉坡、竹坂、石床、敌枕诸胜，其亭台楼阁，皆随景布置，足为山川生色。山中有老梅一株，荫广亩许。花时，辄架巢其上，设琴书几案，及渔溢、酒炉、茶灶等咸备，居然一古之巢父焉。又有石磬一片，亦悬座右，音清趣，可闻数里。汾湖渔父曾为之铭曰：“呜呼！古乐不作，此石安所托，托之云卧。”云云。居士当霜天雪夜，吟啸其中，每一扣石，即有五爪虎自丛莽来，依依左右如家畜然。精神所格，可及豚鱼，其斯之谓欤！

然居士平日恒自称有幽忧之疾，年四十竟以忧死。死后家财散尽，子侄辈恐此石流落人间，等之顽碗，荐之学宫，藉以长留古音。乃事越数百年，无复有人知为补天所余、填海所剩，等闲视之，悬之文阁东楼，已失保存之本旨矣。清社既墟，文昌祀废，而此石遂湮没于瓦砾粪草之内，不知几何时。民国八年，余始于劝学所墙阴偶然发见之。噫，异哉！小子知之矣。年来贼匪横行，文阁老屋数椽，蹂躏如牛马厂，即重如笾豆、轻如棹椅，靡不捣毁一空。设此石犹悬诸笙簧钟鼓之间，当已齑粉。忆我公处乾坤颠倒之际，埋葬山泽以全其身。而此石竟能于狼虎吞攫之时，埋藏尘土以全其真，得非公之精灵有以护之耶。夫峣峣者易缺，皎皎者易污。固知非同流合污，不足以苟全性命于乱世。虽然，与其瓦全，宁为玉碎。诚愿邑人仍取而悬之学宫，纵有他虞，以身殉道，毁有余荣矣。

自娱斋主人跋云：石磬自先兄发见后，仍安置学宫，未几复失所在。余与兑商、学庭等连岁求之不能得，以为无珠还之望矣。二十二年十二月五日，方饬工刷印《梅巢小记》，忽得兑商函报，石磬于是月朔发现于古岩试馆阶石中，湔洗奉出，古物依然完好云云。予不禁为之狂喜曰：异哉！梅巢与石磬本驯园中故物，巢以高洁胜，磬以清远闻，盖以类聚者有年矣。今刊是《记》，而石磬之好音适至，不先不后，恰逢期会，傥所谓莫之致而致者，非耶？昔梅巢公得此石，尝曰石磬无意得之，又似有定数前缘者。予于此，亦云然。

夏寿华，字卓春，晚号思痛，生平见本书第七卷。自娱斋主人即夏受祺。此文录自（民国）夏受祺主修《益阳枫田夏氏族谱·枫田耆旧集》卷一。

清塘冲里居记

［民国］陈远翎

益水之上皆山也。治西溯流而上五六十里曰桃花江，江之东南约三十里许，一山特峙，曰浮邱，亦曰无量，自宁邑沩山奔派而来，入县境，至九里石井之界，穿田过峡，顿起尊峰，体近禄崇，坐南面北，可当县境之山镇。自山以东，由高桥横马塘、金柳桥，会杨柳溪，至桃花江入资江，界其右；自山以西，由白水溪至罗带河，汇沾溪水入资江，界其左。山之巅，自元明以来建有庵焉，逆对来龙，群僧供佛其上。山之势，大枝小枝，顺逆四布，绵亘数十里。其西麓无大村落，而林壑幽邃，只可居隐，不利豪强。

清塘冲者，即浮邱西下不过数里一溪壑耳。界属三里，因其四面青山，不见水之出处，而气象沉清，故得是名。其原曰车家冲，曰石洞，即涧水所自出。其南，过岭曰汤家冲，又过曰碧田冲。另一溪涧，其东北隅曰萧家冲，曰泥港冲；又过曰黄猴洞。皆清塘附近村落。诸水合流，屈曲向西北出，曰长江冲，至鸬鹚渡，达沾溪。有曰石龙湾，曰黄竹稜，曰桥湾，曰灵官庙，曰陡山湾，曰道士冲，最下曰三房湾，俱属长江地界，即清塘出水经过处所。盖清塘尚占浮邱之半，地势较他村略高耳。

我来派祖讳道，字崑芳，自清康熙壬辰兄弟析箸，由玉溪木瓜园徙此。爱其地僻而俗敦朴，不染外事纷华。深山也，尽可蓄牧；薄田也，尽可耕作。曰："是亦可以谋衣食而休养子孙。"遂构庐舍，奉母黄太君而家居焉。厥后食指日增，各处田庄叠置。越浮邱而东，属九里之双江口簟子冲，系金派讳庠、序、学三公所经营耕凿者，故今尚有坟墓在焉。清塘附近产业，是我学公以下渐次增广者。其后各处赀庄，不无更易。唯清塘旧田庐，自崑芳公始创以来，迄今二百余年，尚能世守，其葬埋亦未远离。凡远近过访者，咸知有清塘冲陈氏，故清塘冲之名为独著云。

陈远翎，桃江鸬鹚渡人，生活于清末民初，生卒不详。此文录自（民国）陈远翎主修《（桃江板溪）陈氏续修家谱》卷末。

祖祀凤凰神记

［民国］吴声畦

邑桃花江之东岸，有山焉，名曰凤凰山，相传屈原作《天问》处。后人即其地而立庙，名曰凤凰庙，所祀之神曰凤凰神。何昉乎？间尝览《楚辞·涉江》有曰："鸾鸟凤凰，日以远兮。"读史至贾太傅《吊屈原赋》一则，曰："凤漂漂其高逝。"又曰："凤凰翔于千仞之上。"是昔人尝以凤凰况原，原亦曾以凤凰自况。兹称凤凰神，殆其义欤。

我祖自金陵徙资阳，奠八里之峡流溪。时楚俗好祀神，岁时伏腊尤甚，凡一姓必祀一神，以御灾捍患。我祖择凤凰神祀之，以其精忠鲠骨，壮河山，贯日月，生气凛凛为可凭依。而其才而见忌，忠而被谤，大凡若屈原者，又岂不为屈原悲乎。原之为人，大概《离骚》已尽。至今读《山鬼》诸篇，犹恍忽天惨地愁、四山作啼啸声。我祖生明季，去春秋时已二千余年，独以俎豆馨香，合祀尊神于家庙，以视太傅之行文吊屈原，其感慨不甚远矣。后之人春禴秋尝，永隆配享，此尊祖祀神之大典也。岂得曰“神不歆非类”“民不祀非族”乎！或曰：“凤凰神奉为凤凰山之神，如尧女舜妃之为湘君湘夫人，而称其庙曰湘山祠。”今凤凰庙距峡流溪仅十余里，盖亦域间之正神也。何疑焉。

吴声畦，号松泉，民国间桃花江人，生卒不详。此文录自（民国）《资阳峡流溪吴氏六修族谱》卷首（下）。

凤凰阁记

［民国］曾运乾

盖闻游洙泗者，缅邹鲁之风；过广武者，吊英雄之迹。地顾不以人重哉？益阳地介湘沅，县分秦汉。西驰浦溆，道接辰阳；东下临资，江通汨水。则屈大夫经行之地也。

县治西桃谷山者，北临资水，旁带西溪。望浮邱不一日而达，离县治六十里而遥。花洞春冥，金銮有墓；钓矶水咽，严濑留台。则屈大夫流寓之乡也。

山腰建阁，窈然深藏。四围茂木，经岁皆春；一院绿阴，当炎不夏。枕流则琴弦悦耳；呵壁则鬼物惊心。当江山繁会之区，动今古苍茫之感。说者谓屈大夫作《天问》篇于此，后人因此筑天问台焉。

循麓东行不数百步，是曰潭湾。山则蜿蜒起伏于东南，水则荡漾渟滢于西北。竹竿万个，如游渭上之村；江橘千头，不数武陵之宅。梧桐生处，于彼朝阳；竹实累然，最宜阿阁。盖屈赋取鸾皇以媲君子，后人即揭凤德以表忠贤。飞阁流丹，翔鸾舞凤。祝庚桑于畏垒，不逮生前；祠贾傅于长沙，犹隆奕世。是曰凤凰阁，则吾益西迁始祖祀神之宫也。

唐虞世远，麟凤偕游；夏屋阴浓，帲幪斯托。没而可祀于社，神有功德在民。祝揽揆于三寅，桂醑与椒浆并馥；竞渡河于重午，绣旗与画桨齐飞。盖自朱明初叶，以逮民国复兴，迩来五百有余年矣。壬午、癸未之交，支谱续修，设局兹阁。自秋徂夏，岁序环周，览景物而流连，感先畴之佳胜，盖有萦回往复于吾心者。

当夫秋高气爽，境与人宜。落木千山，云天万里。澄江一道，水月双清。塔高则笔势凌云，潭静则鉴明澈底。彼一时也。若夫潦水全收，寒风正厉。钓艇与惊涛出没，江帆偕沙鸟遄飞。岭际贞松，经冬弥茂；江头梅蕊，与雪俱芳。彼又一时也。及夫物换星移，青阳司候。风经花信，时号花朝。新涨初生，渔汀半蚀。春风煦物，岸草全敷。杏桃蒸远近之霞，兰茝分湘沅之气。此一时也。洎夫时当夏节，尤适人和。多竹生寒，更无暑令。垂杨匝岸，满布清阴。钓矶则水夕生凉，远岫则云峰善幻。盈畴禾黍，互祝西成；遍地桑麻，都呈活气。此又一时也。徘徊瞻望，弥历岁时。世德宗臣，百世之衣冠如接；春朝秋夕，四时之光景常新。凡物候之推移，并兹役所经历，不为记载，后景难摹。

呜呼！幽谷楼高，是少日读书之地；清光绪壬寅、癸卯间，与同学会读书天问阁。名园洞口，亦当年辑谱之祠。清光绪乙巳、丙午，修支谱于董师桥祠。曾几何时，顿成隔世。二千年之古迹，天问榛芜；五百载之神宫，旧庐宛在。欲问钓游胜处，谁记童年；回思编校同人，半登鬼箓。叹沧桑之善变，感兴废之靡常。到眼者，历历江山；照水者，星星鬓发。盖风景无异，而朋辈则仅有存矣。

夫文章为经国之业，功德为不朽之基。焰焰之火，未足掩日月之光；赫赫之功，宁足摧忠诚所寄？草赋之危楼纵圮，来巢之杰阁犹存。虽乏登临，足资观感。事君资于事父，教孝即以教忠。屈大夫之志洁行芳，与吾先祖之兰薰雪白，道惟一贯，祀并千秋矣。其惟任重道远，履薄临深。植我嘉树，广《橘颂》于天荆地棘之秋；摅我幽情，振商歌于圣伏神徂而后。

民国三十有二年癸未夏月，枣园运乾记。

此文录自（民国）曾运乾主修《（桃江桃花江）武城曾氏五修支谱》卷中。

桃花江记

［民国］孙家杰

“桃花尽日随流水，江月何年初照人。”此桃花江江亭集句，出自当地萧大猷名手。名人胜地，各有千秋。近人湘潭黎某所作艳歌《桃花江》，原系一时虚拟逞快，不必实有其事，亦不必实有其地。但流传甚广，几将吾邑名胜跻于溱洧。好奇者流，且不惜裹粮问道，一临其地，以观究竟。自京滇公路通车，冠盖往来，尤频频以桃花江相问。然桃花江之为名胜，自古已然。

资水自安化经流县境，再入沅湘，桃花江适居中枢，上下水路各半。年入春夏，浅水轮船可从益阳溯流至此，一日往还，交通便利。负贩荟萃，街道整洁，此指称为市集之桃花江也。若清黄景仁《益阳城楼晚眺》："桃花江上，看西风落叶，敌楼孤凭"之句，则指益阳近郊一带资水为桃花江也。

益阳地方区划，前为七镇，后为七区。而桃花江无论为镇（桃江镇）为区（第三区），所属之地，前为三、四、六、八、九、十各里，后为瑞龙、三山、舒凤、桃谷、桃江、桃源各乡（桃源乡析置子良乡），今虽废区存县，但其政治经济文化之共同关系，隐然尚存。

浮邱山为益阳最高名山，位于桃花江各乡中央，登临四顾，若黄叶、若露尖、若云肤、若安乐、若乌旗、若舞风、若修山，或峰棱如障，或峻嵦凌云，或七尖齐耸，或层峦竞秀，或状如张旆，或如舒凤翼，或卓立江滨，春秋佳日，皆历历在目。每年桃花水涨，一泓如带，回环山麓，若隐若现。支流入资者：西为沾溪，东为桃花港。桃花港上源为杨柳溪，出于城墙山，东北流约二十里，经子良岩，上有桃花井，旧有桃花往往出水面。《名胜志》谓"桃花水出焉"。桃花港之得名以此。会桃花水后，至桥头河始畅通舟楫（有时可上通关山口），复北流过双江口、石牛江、增塘、文家渡，容纳众溪，其水不巨，故其名亦随地而异，凡行九十里至小河口始著，称桃花港。资江受桃花港水后始称桃花江，盖江以港名，港以井名，井以桃花名，其义至显，至谓因昔居人种桃夹岸而名者，非也。

两岸膏腴，耕读渔樵，皆称人意，从来卜居落业者，咸乐趋其间。傍水人家，连云甲第，民物殷阜，风流蕴藉，地灵亦人杰也哉。桃花江市综绾水陆交通，附近村落，既远尘嚣，尤饶泉石，名流显达或客游流寓，或解组归栖，或孤芳自赏，其流风余韵犹有存者。乃或以方志失载，或以口头绝传，代远年淹，将使后之人茫然无所景仰，徒资叹息。

此文原标题为《桃花江与陶氏别墅》，今题为编者所拟，录自（民国）孙家杰著《益阳之胜地与名人》，文字略有删节。

陶氏桃花江别墅记

［民国］孙家杰

陶氏桃江别墅，即今称为陶宫保第者，其主人为清尚书安化陶澍。约经始于清嘉庆年间，百余年来，人物沧桑，可往溯也。

安化陶氏一门，皆与益阳人文关系至密。澍父，名必铨，字士升，号萸江，与从兄必璘、从侄澧俱名于时，有“三陶”之目。澧曾主讲益阳龙洲书院、萸江馆益阳十里（按：其馆地为今桃源乡之萧家村邓家河洲、桃江乡之桥湾、瑞龙乡之大江口、大桥乡之吾家庄等处，不止原十里）前后九年，均见《益阳县志》。萸江蹭蹬名场，以经授徒终身。性奇伟，慷慨任侠，刻苦自厉，家甚贫。其题为《二月二十七日夜》之一诗云：“去岁离家意惘然，担簦襆被又今年。晨昏屡拭他乡泪，风雨频伤二月天。案拥诗书城欲坏，衾寒翡翠帐仍悬。最怜幼子忘长别，自背孤灯枕手眠。”又《山斋漫兴》云：“萧萧风雨夜如何，缬眼频揩按细么。牧豕自惭高弟子，拥炉空笑病维摩。诗篇不合追唐律，乐府何由学汉歌。傍晓东风侵短鬓，始怜白发老蹉跎。”

由此可知其长年书馆生活之状矣。两度游浮邱山，皆有诗。其《壬子重游浮邱诗》四首中有句云：“我昔游名胜，三年忆上方。”可知其初次来益教书，约在乾隆己酉庚戌五十四五年。《同龚三游刘氏别业十首》，亦作于是年初冬。乙卯九月有《益阳送澍归里》诗：“行尽青山一短亭，短亭远远又山青。才思缩地壶公术，又乞扬帆水伯灵。章服即今新气象，儒巾自昔旧门庭。不堪回首三春泪，暗向吾儿满袖零。”

澍兄弟二，澍居长，其幼名溍，字子晋，号石潭。澍幼从父读书，未离左右，而溍则否。《印心石屋文钞·亡弟子晋哀词序》云：“幼值家落，岁且歉，府君携余馆于外，留弟就村塾肄业，一载辄废，尝随先母黄安人持筐采藜藿以食，行坐靡不偕。周氏妹尚乳，则强负之。安人每戏谓曰：余与妹，吾子也；阿兄，尔父之子也。呜呼，语虽谐，其尤可哀也已！未几安人弃世，府君方综理安化学宫事，旋馆益阳，饔飧给于人，势不能以两子往，故弟须废学，与诸从兄之业耕者为伍。长镵短锸，朝出暮归，府君心窃怜之。每岁终解馆归，父子兄弟暂聚，若抟沙而已。”

故萸江于澍北上之次日，口占四首，其一云：“笑道吾儿原似女，膝前片刻未相违。今朝趁得蹇修去，应插金花满鬓归。”

此其父子相依为命，及其期望之殷，可以概见。萸江馆益阳时，传澍为馆东放牛，而牛不吃草，（今大桥乡毛栗坪吾家庄尚有看牛石一方，相传澍牧牛时常坐其上）此说虽近无稽，但其少时寒微则为事实。其他传说以表现其聪颖非凡之处者，亦不一而足。如某次牧牛归，旁人戏谓之曰：“小子牵牛入户”，澍应声对曰：“状元打马游街。”又如，某次有请萸江作油榨坊联者，适外出，澍代笔云：“榨响如雷，惊动满天星斗；油光似月，照彻万里山河。”萸江归见而惊喜，至今尚为人传诵。又十里凤形山三仙寺山门落成，众议题额未决，澍在旁，徐言曰：盍题“山不在高”乎？众赞叹从之。又寺联：“云气飘飘，恍见天边来鹤驾；泉声瀌瀌，早知山下有龙吟。”乃后官至两江总督，重游旧地时所赠。

澍因先世清贫，故后虽显达，安化小淹故里仍无屋可以栖止，夫人归则携从子成甫居乡贤祠侧。澍于桃江流连也久，巡抚江苏时，遂于浮邱山麓广置田产，北至鸣石滩、南至沙田湾、西至广济桥、东至金柳桥，纵横数十里，阡陌相连，春督秋收，无殊采邑。距桃江五里之杨家坳，则营住宅一所，以所娶益阳十二里贺氏（初随其兄宝元设成衣店于益市）居之，即胡文忠陶夫人所自出也。陶胡之订婚结婚，先后于此处举行。

陶澍于益阳人士交谊，除胡文忠祖若父外，当以丁氏最笃。丁氏对山原十二里人也，先世力田。至对山始迁邑二堡公码头开大德纸行。为人侃直忠厚，与人言，悉忠孝义事。其季嗣磊峰与澍为莫逆交。对山好施与，凡意欲何，磊峰先意承之不少吝。澍少时自庶常假归，常客于益，磊峰厚遇之。杯酒言欢，上下古今，无不纵谈，澍为心服。及总制两江，磊峰以事游白下，访之，款洽逾恒，馈以金不受，易之以书归。对山孙晶亭幼能诗文，就童子试屡列前茅。澍一见许为大器。后闻其因于场屋，常致书数千里来遥为之慰勉，且礼聘而欲致之任所。至于对山，则以长者事之，谓欲报其相知之厚者。戊辰北上，泊舟过访，殷勤惜别，肝胆相照，尤可感人。兹录其所赠序文一篇，以见古人风谊之高焉。

戊辰之秋，束装北上，舟泊资水之阳，过对山先生之居而告别焉。于时庭雨乍过，庭院无尘，隔江云树漠漠，摇于几席。先生置酒为饯，顾余言曰："行矣，为国家有用材，吾子勉之。"予唯唯，谢不忘。复曰："古人云，临别者赠言，勿谓我老耄而舍我，七十八老人精力尚健，吾子何以为箴警乎?"予唯唯，谢不敢。盖予于先生，中心藏之，欲有言焉，而恐未得其似也。虽然，迢迢数千里，未免有情，亦岂能以默默哉。

始予自庶常假归，遇先生于岐市，一见即举范希文忧乐之语，慷慨言之，予不觉肃然起敬，以为城市中无此人也。逮周旋既久，聆其言语，风发泉涌，耳后习习有声，豁胸舞色，快不可名。嗣与望郎磊峰交，益知先生为今之古人也。先生少志于学，爨经俎史，披剔奥窔，有江都下帷之瘁。既而弃之，究心于《尉僚》《黄石》之书，怒马试箭，意气轩轩，欲心此干城王国。迨夫西风毾㲪，宝剑难售，于是以田文爱客之心，为朱公处陶之计，一时信义之称，溢于江海。及至买山计就，归隐图成，子侄数十人团圞绕膝，乃遂闭门谢客，设馆课孙。案拥芸香，庭栽兰叶。大隐隐城市，斯为有征矣。至于肝胆照人，精明洞物，每遇意所不可者，雷抨电击，一军皆惊。迨风驰雨过，星月鲜朗，胸中爽然，无复意必之私，岂不诚磊落大丈夫哉。今且八十矣，犹复童齿丰颐，须眉飒爽，洒然自适其适，非中有所得者，奚以能此。然则予于先生，方愧扬诩之不文，又何以为箴警哉? 所惜者，地北天南，不得时亲老人之教，请即先生所勖者，努力自持，于以报相知之厚，而因以为先生赠，其必相印于微者乎！于是先生呼酒更酌，顾而笑曰：然。

澍娶益阳贺氏，初生女静娟，字胡文忠；后生子慧寿，名保贤，时澍年已四十有五矣。慧寿聪颖绝伦，虽在髫龀，而气识志量皆越寻常。四龄授书后即不好弄，偶与小儿嬉戏，一见卷帖即敛容端坐，虽群儿叫号其侧，若弗闻。初上学时，吴县石琢堂修撰为之授句读五经各数百字，顷刻即背诵无遗。琢堂叹曰："此子夙根坚定，非常儿也。"喜作字，能为吴兴体。尤好擘窠大书，身小不及案，则踞地书之，字长于身，以进退为伸缩，左手据纸，右手运笔如飞，顷刻尽数纸，见者咸以为奇。元和吴殿撰廷琛赠诗云："束带趋庭神朗澈，擘窠踞地笔纵横。"时未七岁也。尤好问，遇事必穷其原委。师偶为讲解字义，举《论语》偏旁言字，谓言出于口，故下著口字。即问曰：足不能言，何亦著口字？师大惊异，因举《说文》足上象股胫，从口，下从止，不著口也。问何以异，师曰：此篆楷别也。因此遂欲兼学古篆，为之辄就。一日读《大雅》至"自彼殷商"，问："一朝何以两号。"师曰："自盘庚迁殷以后，商改称殷，或以殷商并称。"问："何故迁殷。"师曰以水患耳。复问："周京迁以避患，何以《黍离》之诗独贬平王？"师曰："以平王割西与秦也，故贬之。"复问曰："然则殷之迁，保宗社以利民，周实弃宗社以利秦乎？"师不觉拍案赞之。其读书警悟，往往贵此。偶有客见其衣敝，谓大臣子能如是，可谓不耻恶衣者，对曰："予惟大臣子，若遍身华美，与大商盐贾子何别哉？"闻者屈服。

陶澍巡抚江苏时，以例入觐，将乞假归省先墓，不果。寻总制两江，而贺夫人已携慧寿先归，居桃花江之别墅三载。道光十年，澍以书来聘益阳蔡用锡授读，甫九龄，日诵数百言，皆通大意。有口诵者，辄札记之，以时绎其义。每课皆入寝室，即磨墨数升，抚纸案为悬腕字，挥洒淋漓，卓卓有英气。或纵笔为山水人物，亦皆肖。一时有"小李泌"之目。性至孝，能委曲以博亲欢。值祭祀祖先，则缘几以登案，瞻仰画像，向之流泪。问之，曰："尝闻母言，祖父起家艰难，是以悲耳。"往来资江上下，所业日进。未及期，忽患喉痺卒，甫十龄耳。闻者莫不流涕。其师蔡氏志其墓，新化邓显鹤为作哀辞，其姊婿胡林翼汇其所作，为《慧寿遗集》。今观其诗，多杂仙心，飘飘有凌云之气。蓬莱三岛人，不欲食人间烟火，使其成立，当为不世之器。然即此昙花一现，吉光片羽，已觉王子安、李长吉古所称早秀者，犹未足多云。兹录诗六首如次。《谒乡贤祠》："每闻吾母语，泣念艰难时。今来拜祠下，有泪更如丝。"《别母》："别母立舟久，相望两泪流。恐伤慈母意，不觉屡回头。"《随生母至桃花江》："此处距吾家，道路两百里。云山虽暂隔，同饮资江水。"《桃花江晚眺》："江上有桃花，江边有柳絮。黄鹂隔树鸣，红云远飞去。"《桃花江》："江水浩无边，桃花两岸然。试问蓑笠翁，何处是洞天。”《忆父》：“拜别一年矣，过来山万层。思亲江上水，日夜向金陵。”

此文原题为《桃花江与陶氏别墅》，今题为编者所拟。此文录自（民国）孙家杰著《益阳之胜地与名人》。

怀远将军祠堂记

［民国］桃江横马塘陈氏裔孙

《王制》：“大夫三庙，一昭一穆与太祖之庙而三。”郑氏注谓：“太祖，始爵者也。”今世家庙之立本此。《大传》曰：“别子为祖，继别为宗，继祢者为小宗。”郑氏注谓：“别子从他国来，别于本国不来者。”今宗祠中以始迁者为始祖，其义亦权舆于此。

我陈氏自怀远公以三品职由浙迁益，以“别子始爵”论之，例得立庙。顾自继别以来，隐德弗耀，我后嗣亦韬晦自全，以“祭用生者之禄”论之，则不得立庙。此祠之建，为有合于礼经之义也。

按祠之建，自前明奉文拨荒屯田，爰宅于兹。虽遭明季兵火，士大夫多失守宗祧，而我族之祠岿然独存，皆先人神灵所为呵护也。清康熙年间，概为恢规拓址，巍然翼然。嘉庆庚午，因旧制而更新之。其祠正龛奉怀远公、胡淑人居其中，金、铭两公分列东西，分房祖以次配享。嗣后或品行卓越，或勤劳可记，或爵位有声无忝厥祖者，皆得入祠配享。而始祖以上之在浙江者，缺焉。孰意光绪壬寅厄运相乘，顿遭回禄，所存者仅前宅之半耳。子孙念祖宗之骤失凭依，尤切急公之义务，于是年秋因旧址而扩大规模。新庙克成，更形壮丽矣。

余惟王政之教民亲睦者，修谱为重，而祠其首务。将使子孙精神通于祖考，顾岁时奉祀必整齐严肃以祈歆格。且使弈世戴德，不忝前人，顾祭毕后必举孝弟力田、读书明理、敦本务实之训与族人讲肄循环，俾争自奋发，以光大门闾。则一门昌炽，将来家庙之立，悉于是乎券之矣。是为序。

怀远将军，即陈道成，桃江县高桥镇横马塘陈姓之始迁祖。陈道成，字启宇，号毅亭，明代洪武间武举人，原籍浙江处州府龙泉县，因“靖难”有功，授参将，封怀远将军，永乐二年（1404）奉旨来湖广屯田，屯垦于常德卫之益阳县九里（今属桃江县高桥镇）横马塘。怀远将军祠堂位于横马塘，民国期间祠堂创办学校，后来发展为今日之高桥中学。此文录自（民国）陈贤币主修《（桃江横马塘）陈氏四修族谱》卷首。

平石公祠堂并附梅林两等小学校记

［民国］项　彦

自浮邱蜿蜒而东，行四五里，有夙称名胜之地曰梅林寺。踵梅林而南，生面特开，汇中和之气。后有山，如游鱼扬鳍上进；前则溪水如绶，源流活泼，环绕多情；中有大道，扼宝安益之冲。而新出意匠，创建厦屋，伟丽卓荦，使攘往熙来莫不驻足游观称杰构者，即吴氏平石公祠堂也。

方祠堂未建之初，吴氏于前清光绪二十七年辛丑买郭氏旧宅，不久毁于火。至三十四年戊申倡建主宅，越民国二年癸丑再修前宅。宅仿西式，通空气而透光线，适合卫生。民国四年入主后，吴氏诸君子以为建祠堂、办学校，则一举两得之道也。于是立案开办，分高、初两等，照章教授。其颜曰“梅林学校”者，以距梅林寺不远，因地而得名也。办法既善，收效自宏，先后赴县教育会展览、运动诸会，均获优奖。县长张冈凤、周壬或赠褒令，或锡匾额，不一而足。夫以当日购买郭宅，陋不可堪，知所当务之急，便能一跃而为文明开化之地，足见吴氏诸君子智识开通。而梅林学校从竞争而幸或优胜者，必能恢现状而更图进步也。

呜呼！世之丰于财者，其宫室之美、自奉之侈，止乎一已而已。而祠堂享祀之缺废菲薄，或且视为固然，岂能及吴氏之敬重祖先乎？纵然及之，又岂能如吴氏之建设学校，以造就同姓异姓之青年弟子乎？故吾重吴氏之敬重祖先，尤佩其能推广教育也。吾自此校开办即滥竽教授，业已毕业两班，稔知其原始。适值伊族续修谱牒，因循校长桂芳君之请，乐为之记如此。

项彦，号壮猷，生卒不详，民国初年任教于梅林学校。梅林学校，原址位于桃江县浮邱山乡浮邱村，后来曾为浮邱公社（浮邱山乡）政府驻地，今沦为废墟。此文录自（民国）吴贤诚纂修《益阳泉峰吴氏七修族谱》卷十二。

薛氏商帮增修墩基创立墩规碑记

［民国］薛昌郅

洲名鹦鹉，国逼鱼龙。每当秋涨浮天，辄至洪波浸地。乘槎而戾止者，舍筏即茫如焉。是以累土为墩，始便移篷作屋。第如云之商旅，各区以姓，故墩亦随其姓，俾在客如在家。未雨之绸缪，宜保以规，故墩必有其规，斯可暂更可久。兹因增修旧砌，爰更创议新条，并泐贞珉以垂永鉴。意在防微而杜渐，计惟图始以要终。凡我墩人，咸如碑约。有基勿坏，毋忘踵事于来兹；同气相求，且笃宗盟于异地。庶奔走服贾，依然惟土物爱之初心；而敦朴成风，不愧自廉乡来之高谊矣。所有墩规暨董议姓名、董修姓名，俱以次刊列如左。

薛昌郅，字麓屏，民国间益阳县一里（今属桃江县）武潭人，生卒不详。此文录自（民国）薛守恭等纂修《（桃江武潭）薛氏族谱》第八十四卷。

螺形山庄记

［民国］尹庆华

浮邱之麓，汇众流而成溪者鸬鹚渡也。沿溪行里许，入港口，得佳境焉。古树浓阴、层峦耸翠者，螺形山也。或曰是山巍然屹立，不与培嵝伍，有类螺形，因以此而名之也。余曰：异矣，凡动物中可得而名者，如麟凤龙龟之属，名最佳也，而此独以螺名之者，何哉？盖螺，拙物也，潜于水中，其形浑沌，活泼自如，与他鳞介之属无争也。余取拙而无争为可处世，遂号所居为螺形山庄云。

是地也，山环水绕，吾先人葬于兹，喜庐墓相依，时而登览。左则青龙挺拔，右则白虎轩昂。岌嵂浮邱毓秀于前，水木之思自油然而生矣。俯视峡口，蹊路介然可通。百亩村当新、安二邑之要道，无事时则车舆辐辏，行李往来；有事时则戎马仓皇，军队驰骛，亦可觇国家治乱之候焉。余曾祖子堂公置兹地，原有茆屋，相传既久，断梗荒蓁。余祖政秋公不忍其朽，因修葺之，易茅以瓦，周围以墙，所为子孙计者远矣。宅边有梨树一株，高丈余，先父伏初公所植也。春来花放，满地皆香。先父栽培之厚，人已逝而树犹存也。宅东一室，上书“三余”二字，几净窗明，诗书满架，时而取笔习字，时而凭几观书。傍晚时散步林旁，好鸟送音悦于耳，琦花含笑悦于目。素月来而笛声发，夕阳下而牧童归。仰歌俯啸，亦余素居之胜概也。噫！余生长于斯已廿年岁矣，虽得读书而未克以功名显，敢云偷逸此间，亦性不喜趋炎之意也。因援笔而为记。

尹庆华，又名尹杰，号昆仑，益阳县三里（今属桃江县）鸬鹚渡人，民国间毕业于益阳龙洲第一高级小学。此文录自（民国）尹启柳主修《（桃江长江村）尹氏十修支谱》卷首。

双江学校记

［民国］戴埭清

资江之阳，浮邱之麓，源发两溪，分流而下。水清可鉴，屈曲如蛇，迤延约八里，汇合成一江，注于资，朝宗东海。虽涓流不息，顾澎而有声。其地有茂林修竹之美、田畴泛野之胜。屋庐栉比，鸡犬相闻。居民务耕读之勤，闾里无逋逃之扰。世非虞夏，人乐雍熙。伊何地耶？益邑桃江乡之双江口也。

江之四周为我戴氏子孙繁衍之处，生息耕读，已历六百余年。祠宇林立，气象发皇。江之东，石船山上建有大宗祠一，为我始迁祖魁公享祀之所。鼎革以来，百废更新。族中明达鉴于教育之重要，即就祠址创办初级小学一所，捐划祀田拾石，以作基金。从此春祀秋尝，弦歌不辍。杏坛化雨，敷育良多。至民国二十九年庚辰冬月，阖族人士睹抗战建国之洪潮，懔教育救亡之意旨，乃将本校扩充为完全小学，于各支公祠祀产内加筹学田贰拾石，合民初原划学田，共计水田叁拾石，并另筹建筑、设备等费若干，就祠址上旁隙地增建新式教舍一栋，并修葺旧有舍宇。全部生员作息，足敷所需。迄今黉宇辉煌，设备完善，经营缔造，皆我族人一心一德、协力共赴之功也，埭何与于功哉？又念以匆遽之时，期奠百年之大计，盈门桃李，竞吐芬芳，成绩可征，迭荷嘉誉，此执教诸君不厌不倦，启迪有方之赐也，埭又何与于功哉？《易》曰“井渫不食，为我心恻，可用汲”。埭以不学之人，曾尸教务之责，惭无建树，退位让贤，甚愿后之董事者敬恭无赦，发扬而光大之。使本校精神，随同双江之长流而奔腾湖海，蔚为大观。斯岂仅毋负族人捐产兴学之初衷，抑亦国家之大幸也。嘻！是为记。民国三十三年甲申春月榖旦。

戴埭清（1905—1952），字昂夫，号梅庄，桃江县双江（今属浮邱山乡）人，早年毕业于长沙大麓中学。1927 年加入中国共产党，“马日事变”后脱离党组织。1940 年后，曾两度担任双江学校校长。桃江戴氏始迁祖戴魁，洪武三年（1370）从江西吉安府吉水县迁益阳桃花江。其后裔建魁公祠于双江口石船山。双江学校，即后来的双江中学，在魁公祠的基础上陆续改建而成。此文录自戴武仁主修《（桃江双江）戴氏七修族谱》卷二。

石船亭记

［民国］戴埭清

天之生物，无奇不有。于人，贤愚之，善恶之；于山，高大之，深浅之。尧舜禹汤，共工欢兜，西施无盐，汉雉唐鹉，此赋予人者。至于黄山白岳，西湖明湖，则赋予山川者也。其他一丘一壑、一木一石，如苏堤白堤、雷锋雁塔、湖心醉翁、笑天佛、鸳鸯楼，皆天人相与之胜迹也。智者见智，仁者见仁，乐山乐水，各有理趣，要在相与之几微，与夫见道之深浅也。

双江之下有一山，风景绝佳。中有一石，横卧山边，枕流江畔，俨然船也。相传以船名石，以石名山，亦天生之奇物、地钟之灵气也。惟尘封千载，无人问津，间有知者，亦淡然置之，竟使此物不得现其声色。顽石有灵，当恨知音不偶也。忆其乘风载月，浮海泛江，自古以前，究是何人寄泊；今兹而后，沿溪唱晚，渡世渡人，又属谁何把棹？似耶非耶，疑今疑古，天造之，地设之，以寿山川，以壮大观者也，又何怪焉！

野人壮游四方，倦归林下。种南山稻，尝东篱菊，自食其力；披蒙茸，踞虎豹，性酷爱之。岁在壬午，校务之暇，与二三子登山眺啸，俯视石船，仰观天地，几欲乘之浮海，叹无由也。又惜其被荆棘苔藤淹没不表，于是斩棘披荆、辟山凿石，构亭于其上，即以石船名之。亭成，远近游者如山阴道上，络绎不绝，文人墨客，题咏如林，然后幸此石之终不湮没无闻也。夫自古英才奇杰，以道自重，处岩穴耕钓适志，与鹿豕木石居游，卒至与草木同腐朽者何限。倘得一青云之士推引甄拔之，擢之上位，畀之大权，俾功业震于一时，声名垂诸万代，不亦今日石船之遇野人乎！是以司马屈贾之流，未尝不拊髀兴叹也。野人尝遨游大江南北，而遇或不遇。野人之遇不遇，与石船之幸不幸，则皆有天定焉，又何疑也。野人者谁，梅庄戴昂夫也。

此文录自戴武仁主修《（桃江双江）戴氏七修支谱》卷二。

桃江碑基坳茶亭记

［民国］熊承涤

一鞭残照，凄凉邮鼓之声；几点孤灯，寥落秋风之感。星稀河淡，行色匆忙；露冷霜浓，旅途辛苦。况羊肠路曲、鸟道峰横如碑基坳者！

一曲通幽，倍感征程之远；千岩锁雾，诚销客子之魂。若当炎夏骄阳，望梅不能止渴；严冬积雪，履冰犹觉心酸。叹行路之多艰，思望门而投止，于是里之人议建茶亭。询谋佥同，众擎易举。集百腋而成裘，不数月而成事。数间山宅，遥闻果寺钟声；半亩芳园，装点瞿峰翠霭。匆匆行客，草草劳人，小憩此间，聊烹清茗。卸下一肩行李，饱看四面峦岚。茶烟与云影齐飞，蓑笠共苔痕一色。斯可谓忙里偷闲，苦中作乐者也。

亦有骚人画客，橐笔携囊，徜徉山水之间，栖息衡门之下。林间暖酒，驴背行吟。画稿纷呈，山鸟野花樵径；诗情何处，小桥霜月鸡声。非徒暂息行踪，亦且频添雅兴矣！斯诚善举，合勒贞珉；并列芳名，同垂奕叶。是为记。

熊承涤，字拔才，民国间大栗港人，生卒不详。此文撰写于1941年。碑基坳位于桃江县罗家坪之缺塘坳村。此文录自《桃江县志（1986—2000）》。

周氏茶亭记

［民国］周氏裔孙

泥潭对岸为我周氏九区之义渡码头，当宝安益之通衢大道，来往行人，络绎不绝。每于春水滔滔之时、夏日炎炎之际，隔江待渡，依岸望梅，靡不苦声载道也。我周氏九区族人有见于此，先由本区提倡捐金，继由五、七两区相与臂助，迄民国二十四年乙亥秋，鸠工庀材，而亭成矣。自是备茶供饮，便利行人，故名之曰周氏茶亭。

是亭也，负山面江，草木葱茏樵子之歌互达，轻舟上下渔父之曲频闻。且有沙洲横亘于前，水涨则有头峡二峡之分，水落则成若断若续之势。其长约三里，称之为“三里洲”；以其地接泥潭，又称为“泥潭洲”者。是即周氏茶亭之天然屏障也。兹将建亭之颠末，以及环亭之风景特记数言，以贻永垂不朽云耳。

中华民国三十六年丁亥冬。

茶亭遗址位于桃江县武潭镇之天湾，此文录自周本裕主修《（桃江洪桥头）周氏九修世谱》卷二。

游桃花江记

彭国栋

距益阳县治六十里许有桃花江，艳歌流传，几同溱洧。壬午暮春，郡事稍暇，时方桃妆甫卸，柳眉新舒，资江澄碧，远山横黛，乃与胡子猷文先生乘舟溯流而上。鸟语送客，花香迎人。两岸浅草丛篁，平畴古村，纡回萦带，令人心旷神飞。诵子瞻“长江绕郭知鱼美，好竹连山觉笋香”句，益感兴味不穷。

抵桃江，绿杨人家，别饶逸韵。士风淳美，羌无异规。市外有桃谷山，为涵德女校所在地，子猷先生集毕生之精力所缔造者，今已三十年矣。地临深潭，流水滚滚不测，激石作奇响。精舍构危峰深林间，修竹茂树，上干云霄，疏条密叶，有时见日。静坐小院，闻风解箨。披简林下，雨堕花枝，信是人间仙境，幸无缁流俗客混迹其间。相传屈灵均曾栖息于此，所遗有天问阁、钓鱼石诸胜。古人不作，磃否亦惟问天而已。入夜，清风拂树，月影横窗，波光涛声，相映成趣。随园所谓“怪禽声似鬼，暗树影疑人”，庶几近之。今子猷先生因以为子敬园，桃李春风，淡荡其间；楚辞遗韵，萃于斯矣。

彭国栋（1902—1988），字郁文，号澹园，湖南茶陵县人，毕业于山西大学，抗战时曾任第九战区政治部代理主任，政治总教官，抗战后官至山东省民政厅厅长。1950年去台湾，后主要从事教育和著述，担任香港珠海大学、中国文化大学教授，曾主编《清史》。此文作于1942年，标题为编者所拟。录自彭国栋《澹园随笔》。胡文（1888—1962），号子猷，桃江县桃花江人，民国间先后担任安化、鄠县县长，益阳县教育局局长，益阳龙洲师范校长等职。

第十九卷　桃花江文选四　序跋一

益阳县志序

[明] 贺凤梧

在昔僖、桓之宫，有礼书、御书、象魏之藏，当时称为秉礼之国；杞、宋不存先王之典籍，则为文献不足之邦。《益志》旧无存，今止传孝宗癸亥本，嘉靖辛亥者续而未成。太学朱公录出补益令，谓其缺弗完也，剿弗根也，复弗要也，晦弗晰也，以责之蔡君继芳、周君世亨、温君朝祚，洎凤梧与豚子逢舜，而公又为之笔削断案、诠释品骘于其间，而书用成。为卷者四，为篇者三十。其目曰：

以代系年，以年系事，分割并置，推世运之变迁，作《历代沿革表》。

割置既定，区域乃辨，广轮之数所当知也，作《疆域》。

仰观乾曜，俯察地轴，纬书固诞，省戒寓焉，作《分野》，作《灾祥》。

厥为相方，山泽是略，负崇带浸，南国之雄也，作《形胜》。

郡邑未启，厥有熊湘，黄帝、齐桓，实惟所履，然弗可指矣，表而识之，胡可废欤？作《山川》。

设官分职，凡以为民，鹰鸷鸾凤，不可掩也，《伐檀》《甘棠》，不可强也，其严乎？作《建官》，作《职官》。

君子勒崇垂鸿，光耀史册，昭之彝典，弗可泯也，作《封建》。

紫衣贱服，齐俗尚焉，是以君子慎所以感之者，作《风俗》。

比闾族党，有纪有纲，分而为十，合而为一，作《里社》。

治平在庶功兴，庶功兴在事役平，事役平在民数周，作《户口》。

地分南北，燥湿殊功；辨厥土宜，以访方物，作《民物产》。

反裘而薪，皮必尽矣；任过其力，走必僵矣。节而爱之，有司之责欤？作《田赋》，作《佣调》。

坐庙堂而法令，则拭目改容；肩摩接趾而与之约，则易之矣。作《公署》。

於越夷貊之子，生而同声，长而异俗，教使之然也。是以正鹄设则射志定，土范齐则铸器良，作《学校》。

国之大事惟祀，不渎不淫，乃受其福，作《祀典》。

巍巍城守，桓桓干城；不虞之戒，圣世不废，作《兵防》。

凶荒札瘥，国之灾也；津梁道路，民之利也，欲治必先焉，作《惠政》。

取士之途，代非一辙，然要以得真才裨治化也，作《选举年表》。

湛恩汪涉，下逮闾阎，侈锡命之荣，作《恩例》。

冬日之阳，夏日之阴，万物归之，莫之使也，作《宦绩传》。

岳祇毓秀，川若鸠祥；处为龙蛰，出为凤翔，作《里贤传》。

奸雄盗贼，扰我疆场；消沴倾否，哲人是赖，作《经略传》。

大泽之雉，五步一啄，不羡速饱；旸谷之龟，曳尾泥淖，不希巾笥，作《隐逸传》。

国无善俗，君子不入；名贤萃止，邑里之光，作《游寓传》。

贞夫淑媛，天地之纪；荜门篷户，惧弗昭焉，作《节孝》，作《义烈传》。

二氏之教，族类攸分，传讹袭舛，弗可薙也，而可惧也，作《杂志》。

综稽世变，匪文不传；微言合道，可以训俗，作《艺文》。

罟有纲，裘有领，其详在彼，其略在此，作《序篇》。

贺凤梧，字松涧，号文瑞，监生，明代益阳县六里舒塘（今属桃江县修山镇）人，后移居十四里乌洲潭，曾主纂《（万历）益阳县志》。原文见《（万历）益阳县志》，录自《（乾隆）益阳县志》卷二十一。

尚书是正序

［明］罗喻义

《书》百篇，尼父所定。《虞夏书》二十篇，《商书》四十篇，《周书》四十篇，《书序》是也。秦时禁挟书，博士伏生壁藏之。禁解，求其书，亡数十篇，独得二十八篇，以教于齐鲁之间。掌故晁错写以隶古，是为今文。时人唯知《尚书》二十八篇，取象二十八宿，不知其有百篇也。既而伪《秦誓》百两篇之属稍出，然不大行。唯孔氏有《古文尚书》学，安国以今文字读之，因以起其家，逸书得二十五篇，盖《尚书》兹多于是矣。百两篇者，出东莱张霸，采《左氏传》《书序》，为作首尾凡百二篇。孔氏《古文》吾不能知，而采《传》《序》，作首尾犹百两也，庸愈乎？或曰《书》何以有伪也？曰汉时尚经学，各欲名家，至有行金易中书漆经，以合其私说者。而人主以《尚书》为朴学，不好，惧且中废。汾阴宝鼎，周汉孰辨。是以趣为伪而不辞。安国书未上，不列学宫，故蔡邕所勒石经仍今文，而古文至东晋始盛行于世。夫其是也，二十八篇已足矣；如其非也，多亦奚为！王通氏言《书》残于古今，盖伤之也。

先君赠公，家世受《书》，补博士弟子，已乃弃去，不交人事者二十年。静中有获，时著笔札。予小子谨识之，钞集成书，是为《尚书是正》。大率原本今文，首列《书序》，次载本书，次下己意，亡者阙之，而散见《论语》《左》《国》《孟》《荀》者附录焉。非是族也，虽世所称十六字，不敢不正。“剪却梧桐枝，滃湖方可窥”，先君诵之云尔，予小子成厥志也。崇祯甲戌七月壬子日男罗喻义撰。

《尚书是正》二十卷，明罗敦仁著。罗敦仁，罗喻义之父。罗喻义，生平见本书第十二卷。此文录自《（嘉庆）益阳县志》卷二十九。又见（清）罗汝怀编纂《湖南文征·元明文》卷三十。

郭止庵岳游诗序

［明］罗喻义

止庵先生，天予至性，哀乐过人，余日夕周旋，只谈风月，罕及世事，胸中丘壑洒然也。今兹秋禊，忆太夫人遗言，有事于南岳。于时月丽箕毕，景物凄其。比其反也，同行为言石尤无滞、黄山皆碧，绝类二三月天，但少杨花飞舞。昔人“减滟滪之水，开横岭之云”以为美谈，今直恒事耳。久之，探其奚所负囊，得记一篇，诗十五篇，蒨润幽微，与岳称副，余爱玩不能去手。既而叹曰：伟哉，造化开此一境，作人间清福，以听人之自与。夫其不得与于斯游，虽秦汉人主，飘飘有凌云之气，而风于浙，水于湘，窘于回中，休于松下，无可如何；得与于斯游，登峰造极，终莫之陵也。若夫游事亦有优劣焉？乃有山阴兴尽，石桥空返，故所不论。就令足力能及之，腕力不能写之，烟云过眼，终非其有，虽得之必失之。惟夫慧业文人，收拾取携，驱驾笔端，如山经水品，草容木状，流通千载，而游事斯大备耳。且夫登高而能赋者，大夫之才也。止庵先生异时题帙人物，当如差山味泉矣，可效痴长康画谢公岩石间哉。凡与于是篇者，请从逍遥游，影入人间世也。

郭止庵，即郭都贤，生平见本书第一卷。此文录自（清）罗汝怀编纂《湖南文征·元明文》卷三十。

崇祯宝庆府志序

[明] 罗喻义

昔者孔子裒百二十国宝书成《春秋》，盖今之《志》也。志者之言识也，其时古今纬采因革，与史正同。若夫山川人物，风土岁时、杂组琐缀，与史微异。余家湘中，地接邵郡，故《宝志》吾能言之。近事人所知，言其远者。宝于国为南，于州为荆，于郡为邵陵。《封禅书》：黄帝登召陵之熊山，而召有邵音，召亭甘棠渡在焉。兹事人或疑无，余谓定有。今人行地者也，古人天人，其德主飞，如凌倒景，块视下土。以师兵为营卫，不必城郭也；茇舍为净庭，不必官府也。《尚书》一岁四巡守，而海表有禹迹，不足复疑。《诗》有十五国，无楚风，"蔽芾"之章，实为风始。余言如此，莫余征也。唯当世文人，怀椠载笔，一往深诣，其在斯乎！

紫阆陶公以水部名郎出守兹郡，为政清严，子视民，家视公，郡中大治。性尤喜文士，论艺讲道，居然彦会。闻旧《志》未备，慨然任之。凡邵之山水人物、风土岁时，网罗靡遗。而识其大者自黄帝始，真文苑之昙花，士林之琪树也。书成于戊寅，是岁有寇乱，公以郡兵讨之。当倥偬时，不知其有成书事也。及夫受书而读之，又似太平无事，不知有平寇事也。总其边幅，宽长从容得暇。有才如此，终当荐起，宏济时艰。回首旧游，黄芝三秀，瑞华再荣，比于勿剪勿拜之遗树。而陶轩比召亭，不为郡中增一佳事乎！

余在都时，知公甚悉。公起金马碧鸡之乡，登会稽，寻陶堰，如尺有咫；二京五山，皆将有帆影屐齿焉。是殆类飞行地者，故为著天人之目以相举似。若夫是《志》，当一国宝书则优，有讯以楚风者，请为歌《召南》，楚亦大竞矣哉！

此文录自（清）罗汝怀编纂《湖南文征·元明文》卷三十。

过庭录序

[清] 金德嘉

资水汪孝廉远湄，名大宗。偕予庚子乡举，尝执手长安邸舍，言讷讷如不能出口，予知其君子人也。予八上公车，始举于礼部。鸡鸣茅店，人迹板桥，中间与汪子或遇或否，而汪子竟以公车老矣。孝廉之名实相符，古今良难其人。汪子内心纯笃，宗族乡党称焉。予知汪子之为人，窃叹汪子之学为不可及。呜呼！士有质而弗学，而第以区区铅椠，雁行士大夫之林，岂可得乎？道州周先生绍邹鲁微言，《太极》《易通》与圣经相表里，汪子之学其有所本矣。夫经术明，彝伦叙，燕居深念，笔之于书，迨身没而言传。即陵谷变迁，而其言之可传者自在天壤，此其人又岂以生平之显晦论哉。

汪子往矣，有《诲子庸言》，诸子汇而梓之，名曰《过庭录》。予于是又叹汪子之家学为不可及也。湖南北年家子三年一会于鄂渚，殷勤道故，以学问相劝勉，犹有古风。予序兹《录》，悯然于存亡聚散之际，然犹幸汪子之不与骨而俱朽也。绍衣缵绪，审言诸子审言，名公诠，大宗次子。尚勉旃哉！

《过庭录》，清汪大宗撰。此书益阳旧志著录，今未见传本。汪大宗（1631—1676），字远湄，号澹庵，益阳县二里龙溪（今属桃江县马迹塘镇龙溪村）人，清顺治十七年（1660）举人。金德嘉（1630—1707），字会公，号豫斋，湖北广济人，康熙二十年（1681）进士，选翰林，授编修，参与纂修《明史》，是康熙时期的知名学者，有《居业斋文集》二十卷传世。此文录自《（乾隆）益阳县志》卷二十一。

东林寺志序

［清］夏寖大

担着顶上袈，捧着一口钵，今日舍卫大城，明日罗筏大城，活活教坏谁似我了和尚衫不蔽形，炊不宿饱，坐萧疏院后，不窥市者十余年。间或市人送供，虽半钱粒粟，悉聚以为补葺修饰具，如是而东林渐有起色矣。虽然，山川有眉目待人而开，其旋转生灭，多赖风轮。风轮者何？则文人才子之笔是也。浸假东林而有了知，乃不得我辈一有心人为之表暴，其漫灭于荒烟蔓草者，不知凡几。余是以因东林而器了知，且流连感慨于吾社之十洲廖子也。廖子以瓮牖一席，侨居桃江之七星园，息影四十年矣。其昂藏磊落之概，直如立高山峰顶，俯视一切奔逐，不啻聚百千蚊蚋向秽盆内啾啾乱鸣。嗟乎！世不知廖子，廖子亦不屑为世俗知，而独与东林作缘，举半生晦明风雨，嬉笑怒骂之景，无不以东林为消遣地。始信坡公佛印，洵非偶也。癸亥三月，修普同塔，至甲子秋而尖合。了知拈一偈云："某甲六十七，愿力亦颇聚。尸抛桃花江，免占国王地。"则知普同一塔，曾不作身后想矣。时十洲亦穷而老，老而多病。乃于读书教子之暇，取了知二十年苦行，凡所为整理东林者，一一志之，以成一帙。乙丑春，余游东林，了知出其志以示余，且乞一言以弁其首。余不胜喜，曰：东林可不替矣。山川眉目，文士风轮，传之异日，不与东坡佛印同为艺林佳话哉！

夏寖大，生平见本书第七卷。东林寺，原址位于桃江县城西溪街。《东林寺志》，清廖天闲编纂，今未见传本。此文录自《益阳枫田夏氏五修族谱·枫田耆旧集》卷上。

夏禹书遗编序

［清］张　璨

梅巢居士，吾友夏子禹书三十岁后所自号也。余与居士缔交时，居士年尚未冠，居士之伯兄仙李、仲兄淇瞻均以弟蓄余。居士又与予季弟同庚甲，故居士以兄事余也。往予兄弟为诸生时，与同郡友朋为文酒之会者，每岁尝得一聚晤。自余三十外脱诸生籍，即有四方之役，与居士不相见者几二十年。至康熙壬寅，余以作吏逢衔恤，迨癸卯春旋里，予季告余居士以先一年长逝矣，所为号梅巢居士者，皆余所未尝闻见者也。自居士没后十四年，予复得与淇瞻二兄聚郡城，见居士仲子逢徵于其寓。嗣是别去，又十六年，逢徵乃访余湘浦，以所辑《居士遗编》泣请于余。曰："先君子平生志业，未获表著于当时，即其所撰著，亦随手散佚。兹不孝孤兄弟于亲旧家零星收拾，以汇为斯编。除尺牍向所录存笥箧者，其余则皆当时所焚弃。然不孝孤兄弟犹幸得见而钞辑成帙，安忍听其湮没而不复存？惟先生与先君子金兰之契有年，幸一言以序之。"余三复遗编，既泫然流涕，又肃然起敬。悲故人之不见，而嘉象贤之克类也。惟夏氏孝友诗书，聿有端绪。自吾先人与夏氏之先人早有侪肹之谊，余兄弟早孤，又得与居士兄弟结靭于斯文之会。居士自弱龄即崭崭然见头角，方将期取大科第以行其家学于一时，而居士早怀恬退，未四十辄自放于烟霞泉石之间。今观尺牍与其家子弟所述之绪言，初非有侘傺无聊之胸怀，以恣其隐居放言之旨趣。盖居士循循学问之中，志乎古而遗乎俗，合于道而远于时。其享年虽未永，而言之足以垂世也昭昭矣。自昔贤圣之论，进狂狷而恶乡愿，若居士者，盖可忽乎哉。今并其朋旧往还之笔牍附载于中，而颜之曰《居士遗编》，后之读书取友者，亦将于是乎有征焉。居士之诸子，能宝居士之书，而兢兢勿替，是尤难得之于身后之事。余于此益信居士之贻谋为不可及，行将举居士之蕴，大发舒于时。余虽老，犹得见之也已。时乾隆庚午仲秋。

夏禹书，即夏光洛。张璨，字岂石，号湘门，湘潭人，清康熙四十七年（1708）举人，官无锡县知县，升河间知府，加道员衔，后改授长芦盐运使，加按察使衔。此文录自（清）罗汝怀编纂《湖南文征·国朝文》卷六十一。

淡园遗咏序

［清］张　璨

甲辰长沙寓中，淡园夏光斐同学示我《趣陶园和韵诗》三十首，余赋绝句二章题其卷首云："平生兄事二君间，窃睹雄文各一斑。今日诗坛惊合璧，鸣声鸾鹤响空山。""赓歌喜起柏梁台，圣代求贤路正开。拟置两翁蓬岛畔，柴桑莫便赋归来。”时余方北首燕路，素民鲁之贞与淡园犹齿发未衰，盖相望以济胜为怀也。转瞬二十余年，余既言归陇亩，素民亦解组悬车，淡园则终以邱园老，且归道山已数岁矣。哲嗣典虞名逢夔奉先人遗诗付梓，索余一言弁其首。当淡园与素民离索相思，见诸歌咏，二十年中两君竟未得合并话旧。今素民侨居江汉，老病不能出门户，所谓“趣陶”片地，已成过眼烟云。淡园和章，亦久为雪中鸿爪。而典虞孝子之心，览遗草而动永怀，留先人音响以见性情。余交淡园久，知淡园之性情，初不以诗，即诗之佳，亦不仅于和《趣陶》之作。然即此亦足以存淡园矣。援笔题数语，盖不胜今昔之感云。

此文录自（清）罗汝怀编纂《湖南文征·国朝文》卷六十一。

夏云卧遗编序

［清］陶士偰

昔人谓文字以逸品为最上乘，顾逸而或流于诞，或近于怪，弗贵也。盖由中著外，视乎人之性情德诣焉。资江云卧夏先生，少负美才，而天机清妙，名利泊如，自补弟子员后，足不入棘闱。奉母孺人居村里，键户读书养志，家故贫也。乃依竹为园，架梅为屋，以恣意于山颠水涯间。此其高情远致，固得之生初，而成之以独行孤立。由是发为词章，安得不臻上乘哉？然而时俗眼孔，窃欲因此为訾议，谓其弃科名而逃空寂，迹涉怪诞，遂并疑其所著述亦诞且怪之说耳。嗟夫！世岂无奔走名场，忝窃高位，外罔益国家，内熏心利禄，至白首不知止者。海上之夫，终身逐臭，以视吾云卧君之超然遐举，贤与不肖，相去何如？况其文具在，披卷读之，自山水钟情外，大率皆于父子兄弟夫妇友朋，恳恳勤勤，流露至性。惟间以幽思冷语，使人触目解颐，亦复刺心动魄，是殆本贞松古柏之根株，作琪花瑶草之异韵。余以为人与文悉登逸品无疑也，诞怪云乎哉？抑犹忆三十年前，余往来桃花江上，亲炙其言论风采，翛然若仙，涤我尘秽。竹园梅屋，洗盏赋诗，恍历历目前事。曾几何时，遂成陈迹。而少年后起，且无端訾议之可叹也。夫不知其人视其文，此篇出而营营者可以息喙矣。乾隆十五年庚午仲秋。

陶士偰，字伦宰，号嵇山，宁乡人，清雍正元年（1723）进士，选翰林院庶吉士，散馆授江苏镇扬县知县，累迁至湖北汉阳府知府，移河南南阳府，以道员升用。未几，辞归。其诗文名于时，著作有《运甓轩诗集》八卷《文集》十卷。此文录自（清）罗汝怀编纂《湖南文征·国朝文》卷六十二。

稽古楼集序

［清］陶士偰

古称不朽之事三，立言居其一。夫空文奚补，乃与功德并垂？盖道义之积，吐词为经，彰往开来，勋在百世也。然则士虽不幸以文章见要，必取前哲之大义微言，含咀酝酿，厚为根抵，然后闳中弥外，非仅风云月露之靡绮也。予尝持此见以相天下士林才薮，中非无引绳削墨，效嘉、隆之制艺；非无镂金刻玉，拟唐、宋之诗词；又非无潮飞海立、振笔千言，若韩、苏之论辩。而求其殚心力于古圣贤之书，句栉字研、剔搜神奥如康成、颖达、费直诸贤，未尝旦暮遇为叹。古今人不相及，而寻经稽古者，宇宙寥寥。不谓近在姻亲梓里间有夏君秀长，其人数十年相知未尽也。秀长弱不好弄，壮不求闻达，二十年来弃举子业，专精逊志以学于古人。而著述成集，其于《仪礼》有《图说》，于《春秋》有《辨疑》，于史事有“论断”，于家居有“训约”，于异端正学有《拒辟》、有《闲卫》，本本原原。师前人之意而阐所未发，诚堪辅经翊传、为后起者津梁。昔人非立言而不朽，君子不出诸口。秀长诚有见于是，与且夫三不朽中，勋猷成败，巨细有时，数以限之。唯德与言，随分可自立。而言者，心之声。德日邃则文日富，所谓本深木茂，气盛物浮也。吾于集中诸艺，亦既爱之敬之，往复诵之不能释。若克践所言而敦行古处，以崇长德谊，则笃实光辉，日新其业。向所云吐词为经，彰往开来，以垂不朽千祀者，予虽老，犹愿与秀长交勉之。

《稽古楼集》，夏逢芝撰。夏逢芝，生平见本书第八卷。此文录自（民国）夏受祺主修《益阳枫田夏氏五修族谱·枫田耆旧集》卷一。

跋终天录

［清］夏逢夔

右，《遗编》共五卷，驯园遗迹、居士一生苦心高致，俱见于斯。

居平以朋友为性命，《尺牍》一帙，手自存稿；《闲情草》，焚后搜得者。居士雅不乐以文章垂世，然即其偶尔弄翰，亦可因以考其志之所存。殿以《终天录》，存顺没宁备是矣。夔谫陋，未足以测居士于万一。莆田姚明府曾以放翁诗况之曰：“养成林下无穷懒，占尽人间彻底痴。”又居士句云：“骨肉一身多缺陷，死生两字甚分明。”四语可以蔽斯编矣。夔于居士，犹父子而有师友之谊。九岁受经于二与草堂，十岁从先君子学制举业，书义问难，得益于居士指授者良多。鄙性落拓，在诸子侄中迂阔迟钝特甚，居士独爱惜之，有加无已。当时亦不知其何以然。自居士没后，依依何之。数十年来，交游虽广，屈指爱怜之深如居士者，殆未可多得。然后知夔与居士，非独骨肉渊源之雅，盖亦有知己之感焉。居士论文最精，看书最细，然不苟下笔，故所作时文绝少，诗古文亦不轻作。尝语夔曰：“此谈何容易，东涂西抹，徒供秦火烧不尽耳。”今从弟逢芝兄弟，不忍没其先人平生心迹，辑次遗编授梓，良足为居士有子之幸。独是居士没已二十六年，先君子捐弃亦十有二载，今老母又以天年下世。风木永悲，典型云谢。而夔学殖荒落如闰杨，名场淹滞如鼯鼠。岿然一身，颓唐就老，则又不禁抚《遗编》而泫然流涕也。

《终天录》是夏光洛《梅巢居士集》（即《夏禹书遗编》）之第五卷，此卷由夏逢夔编辑。《驯园遗迹》为《梅巢居士集》之卷一。夏逢夔是夏光斐之子，夏光洛之侄，其生平见本书第八卷。此文录自（清）罗汝怀编纂《湖南文征·国朝文》卷八十六。

易学寻源自序

［清］夏逢夔

易之理具于卦，卦之源出于图。不寻其流，不达其源也。盖自龙马呈图、羲皇画卦，经伏、文、周、孔四圣人，而后卦爻彖象之义备，体用具矣。然不有《启蒙》，则学者安得其门而入乎？故朱子又四圣之功臣，而《启蒙》实大源之正派也。予家藏有贵池吴六书更定《周易本义启蒙通刊》一书，首列羲皇手画元图，次之以《周易》，经遵孔门古本，注仍朱子本义，而殿以《启蒙》，是诚原委并存，而溯寻易识者也。顾坊刻甚少，购求不易，窃恐经生家未必皆得见之。辛巳长夏，予为儿辈说《易》，因手录《启蒙》，而冠以吴氏所刊元图，又取《启蒙》中原卦画诸图，自一画以至六画，分而析列者比而合之，以复羲皇之旧。又将卦变三十二图，以朱墨判而别之，以表识其正变，盖欲使初学入蒙了然，不劳推究，以免扣槃扪烛之失也。藏之有年，不忍独秘。然《启蒙》全文具在，《周易折中》颁行天下，固学士所共习，无庸私家复刻。惟羲皇元图，仅得见于吴氏《通刊》，《折中》诸书所未载，故特表而出之。而比合卦画，别识卦变，则皆出自管见，亦愿附质高明。但卦变诸图，例用朱墨相间，非套板不能明，难以授梓，姑存其说，贤者会其意可也。夫《易》之理，广大精微，固难骤识。然其体用悉具图画，图画明而易道著矣，岂非源之所在乎？溯洄从之，自至也。

夏逢夔，生平见本书第八卷。此文录自（民国）夏受祺主修《益阳枫田夏氏五修族谱·枫田耆旧集》卷一。

夏听斋先生诗古文序

［清］陈其扬

扬少时，随姊丈读书郭氏之友山楼，惟时扬文方务驰骋放纵，而先生一以绳尺范之，教就平实，扬以为难。阅十余年，偶于闲中坐论曩事，先生曰：教人之法，贵随其才，吾向者之于子，憾未能及此也，为太息而言之。然扬幼即好读诗及古文，而不专治举业，亦不独尽如先生之所云然也。而先生早岁于诗则不常读，古文好韩、欧为多，《史》《汉》而下，命诸人习其醇易者，后其广浩者，盖先生志在沉潜。《四子》一书，于濂洛关闽之旨，务窥其堂奥，反复其意义，以折衷于至是。其一生精神之所输注，在彼而不在此也。所刻以行世者，《四书订疑》及《听斋试艺》二书。而于诗古文盖不轻作，作亦不自收检，门士及甥辈窃而钞存之。先生殁后，令弟秀长欲授之梓，因有谓先生一生于斯二艺，自谓非其至者，欲暂缓开雕之议。而岂然哉？昔人有言，杜工部长于诗而绌于文，韩吏部长于文而绌于诗，今试取工部之文、吏部之诗，令世人捉笔为之，能有以过乎？又况新安朱子诗古文行于世者多矣，新安一生所著述，继往圣、开来学者炳如日星，而诗古文则亦与之并行不悖。盖得其大而其小者因之，如潜潭有龙，泉湫皆依附而灵矣。

扬于先生甚乐其先彼而后此也，则凡在及门之敬先生者，又何可以得彼而遗此也乎。

夏听斋即夏逢夔，其生平见本书第八卷。陈其扬，生平见本书第十六卷。此文录自（清）罗汝怀编纂《湖南文征·国朝文》卷六十三。

仪礼图说序

［清］邓正琮

文以载道，诸经皆然。独《三礼》多布于刑名法迹，非刑名法迹之离道以见端正，即道之所丽，而藉是以行也。顾先儒谓《周礼》为天理烂熟之书，其文义晓畅，学者循习至便。若戴氏《四十九篇》，间有疑信，然皆炳炳琅琅，词腴而趣洽也。独《仪礼》若簿科然。朱子谓其书难于注读，皆有慨也。夫难于读，斯难于记；难于记，斯难于明；难于明，斯难于行。圣人训世，初心非不以为开示详切，无逾于此。而世教难齐，微文莫揭，故其入于耳也逆，入于口也生，入于心也烦闷以苦。虽以圣人手定之书，至要至著，率视为旷绝无情，未免疥橐驼、烂朝报也，斯《仪礼》所以明而晦也。噫！古籍之日淹也，颖异者见既误于糟粕；卑庸者情复疏于缃缃。或读焉而如遗，或思焉而若格。究其流渐，始特不尊不亲，继遂阿以客意，如晋、六朝、宋，三党纷起为患，而吾道之散见于经，转更蚀于世者，往往而然，又不独《仪礼》一书也。夫《仪礼》有器，有数，有度，有法，有等，有地三千三百，错行其中，一失所处，纷然绪靡。盖非徒耳受之，口诵之，心维之，将思所以目击之耳。有所以目击之者，而后刑名法迹见焉，而后道益见焉，斯《仪礼》又可由晦而明也。然则欲复古，莫先述古；欲述古，莫先明古。以其昭昭，使人昭昭，其亦可矣。今有人寻山测海，驰轻车，泛巨舫，纵其所如，或累岁仅阅一二。不如绘山海于堂庭，而高邱峻谷，绝岛长洋，疏密浅深，即离分合，一切可忻可悚之状，了然具在，不祟朝而览已遍矣。夫《仪礼》者，礼之绘也。本此为图，而附之说，尤绘之颊上，毫睛中点也。《易》曰："天垂象，见吉凶，圣人象之；河出图，洛出书，圣人则之。"古今至道至教，其皆有绘焉者乎？夏子知之矣。

予壮时，稍知尊经，以《仪礼》尤切日用，私欲鸠二三雅夙，举所谓燕射聘饮，演而行之，以熟其法。议者以为迂，寻不复问。今年夏，暴得是编，反复寻味，不觉辗然喜、瞿然思也。日此十七篇之训世厉俗，本之性情，达于伦类，以洽幽明而型远迩者。其刑名法迹，《三礼》及群经交相表里，于是乎在。善矣！是亦所以载道也。

邓正琮，生平见本书第十二卷。《仪礼图说》，清夏逢芝著，《（同治）益阳县志》著录，未见传本。夏逢芝，生平见本书第八卷。此文录自《（同治）益阳县志》卷二十一。

春秋辨疑自序

［清］夏逢芝

《春秋》一经，《左传》详其事，《公羊》《谷梁》发其义。有宋胡文定公又综贯折中，断以己意而为之《传》。圣贤大义，炳如日星矣。然《左》氏失之浅，《公》《谷》失之深，胡《传》虽精，又或过信《公》《谷》，或专执己见，流于凿且固。是以读是经者，不无遗憾也。自宋以来，诸儒论说日新，亦既详且备矣。然而微词奥旨，尚有剖析未明；穿凿附会，或犹承袭。不治经，岂易言哉。

予少读胡《传》，是非难测。比年以来，沉潜经文，反复四《传》，更参考诸家，一旦恍然，若有会焉。于是始叹圣人之经，未尝不明以示人，因说者纷纷，而反隐其义。如日月经天，人皆瞻仰，浮云继起，遂掩其光，而莫得窥也。读之既久，向之所信者，愈觉其亲切有味；其疑而蓄诸心者，亦遂确然有以见其失也。乃为《辨疑》若干条，录而藏之。予岂敢轻议前人，自矜独得哉？盖不忍圣人之经，终于晦蚀。故即其识之所能及者，一开障翳，使人共睹夫青天白日云尔。其余精义，已经四《传》发明，及诸家所尝论定者，吾故不敢拾其唾余，以贻剿袭之讥焉。

《春秋辨疑》一卷，夏逢芝著，《（同治）益阳县志》著录，未见传本。此文录自《（同治）益阳县志》卷二十一。

地舆图考自序

［清］夏逢芝

古枚邓远功《舆地图》，中国省、府、州、县山川名胜古迹，纤细具载，而古今名号、沿革、兴废，考注详明，诚舆图之最善者。五芝堂《潘氏图》，尤详于外国山川形势，脉络分明，精密又过于邓矣。邓《图》方广六尺，非厅堂大壁不能张挂；潘《图》又太小，方才尺有六寸，繁密字细，不任远观。今合二图而一之，中国本邓式，外国仿潘式，小于邓而大于潘，适厥中以便览也。中国止载省、府及直隶州，皆有围城，省方、府横、州直，京加重焉。其余州县，录其冲要者，无围城，不欲混也。五岳四渎，山各象其方，水各辨其色。东岳木体，西岳金体，南岳火体，北岳水体，中岳土体，按五方之形。大河黄，大江赤，汉水、长淮赭，诸湖白，诸水绿，沧海黑，色色了然，使览者易晓也。邓注限于幅，不能悉登，聊存大略，便私斋之座右观云尔。其详别录为帙，置案头以备考。予尝谓古人左图右书，图与书实相表里。盖南北风土既异，古今名号亦殊，经史所言，非图无以参证。诸葛武侯隆中对策，天下形势了如指掌，盖素稔图书，故四海九州，罗列胸次。吾侪独居一室，足不出户庭，不知宇内山川是何形象，读经读史，率多扞格难通。细按舆图，然后晓彻。甚矣哉！图之不可已也。昔司马子长生平喜游，自言生龙门，耕牧河、山之阳，年二十而南游江淮，上会稽，探禹穴，窥九嶷，浮于沅湘，北涉汶泗；讲业齐鲁之都，观孔子之遗风，乡射邹峄，尼困鄱、薛、彭城，过梁、楚以归。于是仕为中郎，中奉使西征巴蜀以南，南略印笮、昆明而返，盖其数十年间，足迹遍天下。江淮河汉，洞庭彭蠡，巴山巫峡，瞿塘剑阁，皆所身历。尽宇内山川，收之肺腑，故其发为文章，亦如长江大河，高山峻岭，深林幽谷，千态万状，可惊可喜，诚有得于山水之助也。今予是图，萃天下山川列之一室，恣吾游览，一饭之顷，可遍九州。曾不崇朝，循环四海。不用足而用目，无俟糇粮，弗勤舟马，身不劳而观止矣。以此资稽古者之参证，发文士之奇思，雄谈抵掌，当不让武侯。其视司马子长，殆异趣而同归也。古之所谓卧游，世俗所云千里眼者，其斯之谓欤！

《地舆图考》一卷，夏逢芝撰，乾隆七年（1742）稽古楼刻本；又有咸丰九年（1859）刻本传世。此文录自《（同治）益阳县志》卷二十一。

鸥宿斋诗集序

［清］曹耀珩

吾邑赵先生铉吉家贫，躬治生产，暇则沉酣经史。见先生文者，咸卜是科售，不果；又卜之，又不果。督学某公赏其才，拔第一，荐之中丞周公。中丞延为上客，与黄先生澹若、陈先生桃文同居幕府。中丞控潭楚上游，高牙大纛，专制千里，州郡之吏，莫敢仰视，独敬爱三先生。先生词采蹁跹，威仪闲雅，中丞尤重之。酌酒语曰："君才不利于楚，冀北收名定价之地也，盍往焉。"治行旅，促之北上。阁下冯公铨爱先生，欲为之地，而先生遽南辕，角巾鹿裘，恬如也。

岁壬申，西粤中丞王公遣使奉书帛请，辞不得，入粤。中丞郊迎，倾盖欢然。粤故瘴疠乡，席暖三月，染足疾，慨然曰：吾有薄田自给，奈何弹铗为。中丞留，不可。戒饬舟舆，解裘以赠，祖饯省门外，潸然而别。是时先生亦将老矣。

嗟乎！先生以一布衣周旋三公间，相得如旧识，遭逢不可谓不奇。然卒无一当，以明经老，命也？

夫先生庚申、辛酉间设绛余里，与家君子晨夕过从，晤必觞，觞必咏。时余六七岁耳，不知先生诗。比长，从先生游，亦未以诗相示也。先生没，求其诗不得，友人陈重九以一帙示余。其长沙幕作多散佚，燕、粤则有专集。读其《上阁下》《别中丞》诗，岳岳怀方，可想也。余皆《拟园草》，拟园者，邑孝廉卜君台先生别墅也。孝廉学渊博，精性理，睥睨时士，无一可者，独悦与先生语。先生居邑之书堂，每轻舟泛拟园，辄数月，故集中诗在拟园者尤多。嗟乎！以先生之诗，揆先生之遇，其古之穷而工者与！重九为先生婿，谓苟得志，当剞劂先生之诗公同好。余故为序之，并叙先生之出处，冀其与诗并传也。

《鸥宿斋诗集》，赵明鼎撰，曾有刻本，今未见。赵明鼎、曹耀珩生平，均见本书第十二卷。此文录自（清）曹耀珩著《曹畅庵古文》卷二，又见（民国）赵显治纂修《（桃江）书堂赵氏七修族谱》卷首（下），二者文字稍异。

罗萸江先生文集序

［清］王文清

士大夫之传世也，岂但雕龙刻鹄、彪炳耳目已哉？盖必有沉静之器，有经纬之才，有真介之节，而又有承先启后之功，夫而后可以世世不朽也。

吾同郡资水前辈萸江罗先生者，从万历间进士，历官至少宗伯，立朝时仕优则学，闭门谢客，涵养端倪，不露芒角，器宇何宏远也！筹画时事，有讲武之请，有军府之议，有车战之疏，有乘日讲而尽献替之谟，经术又何湛然也！当魏珰横肆之日，有请建珰祠者，即痛惩之不少徇。撄朋党倡首之祸，昂然任之而不少屈。又斥温相于隔扉，而毅然不苟附。闻按亩加征之政，即力谏之而不肯稍阿。风节不亦棱棱乎？及其末也，知直道之不容，而亟请乘传以归，憩林下十年而终，殆归洁其身者矣。是则著作之根柢，不亦深且厚乎？况公家之先代，有断头将军，有批鳞宪府，有凤山、玉峦二作手，有胤儒等伯仲五六人，而公能以一身继之。后此有贤邻、贤胄及诸文学誉髦之士，而公又能以一身开之，古称豫章之木七年而后生，及长则垂荫百亩，不亦信哉？

独惜其煌煌大文，上捍军国，下福苍生者，屡罹兵燹，卷帙散佚。今其贤裔纯嘏，殚旁搜远辑之力，仅从残编断简中存什一于千百，为可惜也。然自有什一之存，遂得因此以识其全璧，无异见一斑而可窥全豹之文，尝一脔而可得全鼎之味，则纯嘏裒集之功，其可少哉？纯嘏积学之士，老而不衰，曾于庚午岁梓是《集》以行，忽遭回禄为灰烬，中心耿耿者凡二十年。今既耄矣，自恐日月之难待，遂破产为剞劂之资，重成此集，令览者一展卷而萸江之心术事业，并其前哲后英，流传二十二世者，无不了然指掌中。纯嘏此举，洵有大造于尔族之家声哉。呜呼！扬祖烈之难也。以张留侯而其后有辟疆，以韩魏公而其后有侂胄，迹其所为，岂复念圯上之传书，与撤帘之遗绩也哉！

彼夫老妪之残筐，山窗之故纸，往往萃前贤之心血于其中，而莫之掇拾也，良可痛矣。今萸江先生独得此于百数十年之后，固纯嘏孝思之不匮，抑亦先生忠介之精神有以嘘吸来许于不坠也。今有纯嘏之嗣仕升奉父命走岳麓，索序于予，为予详述其始末。予因得备书之，亦见仕升之为名家子，而罗氏之振箕裘而馨俎豆者，殆方兴而未艾也。是为序。

王文清（1688—1779），字廷鉴，号九溪，湖南宁乡人，雍正二年（1724）进士。初授九溪卫学正，迁岳州府学教授，乾隆间任岳麓书院山长，勤于课士，注重读书方法，于院规、学风多有裨益。此文录自（清）罗汝怀编纂《湖南文征·国朝文》卷六十三。

喜得郭司马集序

［清］曾绍孔

余自弱冠见司马郭公答先君子小简，词旨庄严，书法遒劲，因慕公诗文，意必有大集行世，思得一观，不仅埒片羽之珍也。及壮，从乡先达游，广咨博访公之集，杳不可窥。一二缮本，亥豕纰缪，视所报书迥甚，心窃疑之，以为公之著作，宜与日月争光宇宙，胡乃泯灭若斯。或曰公无宦稿，鼎革后故老流离，眷怀宗社，不无《九歌》之风，见者虑触忌讳，诧为灾患，真集所由亡也。呜呼！持世之道莫大于忠孝，忠孝治天下者，禁网断不如此。况圣朝忠厚开基，以明庄烈帝躬殉社稷，薄海同仇，首除闯逆，雪不共戴天之耻，用礼殡葬，一时靖节诸公，方旌之以殉于国。而远所山泽，一介孤臣，不欲其痛心疾首以自鸣其悃愫，必不然之事矣。

适壬子夏，步白云庵，僧海航出旧诗相示，余展卷错愕，裒然公集也。僧胡以得此？审谛移晷，扪胸若奇痒不可搔，因询之。航称伊师所贻，撰自江南法座，宗门多有存者。君既爱之，愿以相遗。余且颔且喜，袖之归，爇瓣香、啜新茗而读之，如饥渴之于饮食，惟恐其尽，又惟恐有一之或遗而未尽。乃知国家初无语言文字之禁，而公之著述，炳炳琅琅，此特其什一千百者耳。其出于浮屠之手，盖公晚年遁于释，乐为禅喜之游，一时诸衲皆珍公集为衣钵，虽不必其真知之而好之。犹以释氏为公重，传诸其徒。吁！此亦可想见公当年愚不可及之一端欤！余慕公集数十年，求之不获，忽得之绝不经意之人，其亦有若或使之者矣，顾不幸哉！抑尤有感焉。公编自颜曰《破草鞋》，岂悬意无大力者为之表彰，不免弃犹敝蹝也欤！昔韩文公述子云之言，且曰："子云死近千载，未见有杨子云，可叹也。”吾于公，不觉与文公之叹，千古同声矣。

郭司马，即郭都贤，其生平见本书第一卷。曾绍孔，生平见本书第二卷。此文录自（清）曾绍孔著《我山草堂文集》卷三。

我山草自序

［清］曾绍孔

少慕古作家往往落笔妙天下，高铿金石，幽泣鬼神，远穷三江五湖之浩渺，奇探嵩、华、恒、衡、泰岱之险奥，揣摩想象不可得。年来诵读山间，纸窗竹屋，马上舟中，风雨桥亭，夕阳山畔，花棚瓜架之下，感物怀人之余，觉胸中浩浩落落，若有所触，得诗文若干篇，颜曰《我山草》。

或曰：“寓我者天地，寄我者古今，照我者日月，运我者四时。语我于大，可以涵盖乾坤；语我于小，可以细入微尘。极于至有，我则万化冥合；极于至无，我则百虑缘空。苟龙跃虎变，我无加也；脱凤悲麟，我无损也。我之为义大矣，子顾私之诗文，何居？”

余笑曰：是犹未既厥我也。夫未始有我，不知几千万年矣。其间霞敛云升，星移物换，若有情若无情；或震撼而为雷，或喧豗而为水；或岭猿啸客，谷鸟呼人；或风雨怒号，鬼神歌泣；或钟鼓之飞鹤鸣霜，松篁之敲金戛玉；小者入希微，大者满太虚。莫不宫商有辨，节奏有序，合天地之气而各司其所有，未易诘其所以然者，是皆天地之诗文也。生人俯仰其间，冥心高寄，千载相关，若康衢击壤、西山采薇，下及盲左腐迁、楚骚汉赋，与夫河梁邺下、阮籍之《咏怀》、泉明之《饮酒》、次山之《摩崖碑》、文山之《题双庙》，诗史《夔州》而后，文忠《儋耳》以还，悉如日月经天，如江河溢地，如时行物生，起灭奋迅、舒卷和徐，莫知其然而然，独非天地之诗文乎？而要皆一我为之也。是则天地启诗文之秘，而我可发天地之微。引而近之，大岂私欤？他日者，我将浮南海听鲸波鼍浪，走琼岑而开玉穴，登泰山绝顶，从五大夫后，虎跛龙挛，缥缈凌空，响万里之飞涛，而后访古伊人，晚节相高，百篇斗酒，击节而和之。

知我者曰："山中人今我非故我也。"我乃为无愧我耶？

此文录自（清）曾绍孔著《我山草堂文集》卷三。

我山草堂文集序

[清] 方宣试

尝读唐宋八大家，非六经之言不敢道，非三代史汉之书不敢据，非道德仁义之旨不敢传，非有关于纲常名教、风俗人心之盛衰不敢表彰。其理精而严，其义奥以博，其取材也典而切，其绘事也微而中，其气雄浩而悠扬，其辞充畅而隽永，朗乎若日月之经天，沛乎若江河之行地，变化犹鬼神，卷舒若风云，离奇杳渺若神龙之不可方物也。呜呼！文章之巨观尽是矣。

迩因屡蹶场屋，绝意进取，慨然有志乎天下之名山大川、通都巨邑，以及宽闲寂寞之乡、幽僻奇险之处，求一二高人逸士如韩、柳、欧、苏诸公者，与之盘桓。戊申秋，乃溯洞庭之涯，泛舟湘水，历沩及资，于益阳得曾子泗英焉。曾子倜傥有大略，才气冠绝一时，予向读其诗，顿觉块垒尽释，心地一空，自汉魏以下诗人不及也。今春又读其文，皆刻意深挚，绝无摹仿，古色苍然，如周鼎商彝，不可亵视。每一篇中，寻其起尽，味其旨趣，大约根本圣贤，沉酣理窟。若庄周之诙诡、左氏之浮夸、申韩之刻核、战国之尖新，与夫史汉之是非谬于圣人，皆夷然不屑也。是以其文矜慎不苟作，作则必本乎性、衷于道，立纲常以扶名教，培风俗以正人心。间有一二谑笔，亦切于情事、归于名理。彼负才放诞而为传奇以寄风流者，直奴隶视之耳。故其神似韩而无上书希荣之意，骨似柳而无附权失宠之嗟，情似欧而无牢骚不平之叹，气似苏而无逃禅背圣之失，意似王而无矜己傲物之态。原本经术如曾，而有后先辉映之美。有诸子之所应有，无诸子之所应无。精莹光洁，博大醇深，不留遗议，是其学问之纯、性情之粹直驾韩柳诸公而上之矣。岂但咀其英华、挹其芬芳，而信其可以超前绝后、一空著作之林哉。

予故心折其文，尤以是服膺其人，愿举天下慧业文人，无论曾识曾子与否，但细玩其文，而得其根心生色，油然蔼然，则知是集之所以善，且久而必传矣。爰为之序。时乾隆元年岁次丙辰五月朔，岳阳年学弟方宣试拜题。

方宣试（1678—1745）字耀四，号可斋，湖南巴陵人，郡庠生，工诗文，但屡试不第，晚年授常德司训，令下一月卒。此文录自（清）曾绍孔《我山草堂文集》卷首，又见（清）罗汝怀编纂《湖南文征·国朝文》卷六十五，二者颇有差异。

我山草堂诗集序

［清］方宣试

向不解“诗人必穷”，今乃信其所以穷，于曾子泗英尤信焉。物之精华，天地所秘惜，自人得之，扶轮大雅，鼓吹休明，钵心镂骨，搜奇抉怪，工诗文者，必不工谋富贵。太史公称“虞卿非穷愁不能著书”，非邪？独天不富贵其人，而诗文其人，遂以所珍爱者举而畀之，岂毫不加择，漫无主张于其间欤？譬之百昌，禀天地之气，忠孝松柏是矣，富贵其桃李也，诗文则椒桂也。桃李华于春，乍荣乍落；而椒桂历久弥芳。足知天厚于松柏，而未始无意于椒桂也。

余自戊申秋获交曾子，即读其诗而序之。由是雨晴凉燠，樽酒论文，尝纵谈千古治乱安危，正论危言，旁见侧出，无不极悲天悯人之思，知其心固欲有所用之，不当以诗人终也。岁月流化，倏今九载，遂皤然六十翁，其色苍然，其容恬然，其心愈浩乎有得。乃遇则益困，诗日益工，庸非天独诗文曾子，而以云工诗者之穷，不益信乎！

今汇其前后作，定为专集授梓，复以示余。余何能益于前日所言，第为道天之意，以共解于诗人之穷。明曾子之诗，韵味独优，绝非人力所设施而未尝无主之者，宜其遁世不闷、甘贫约弗悔也。复为序。岳阳方宣试跃四氏拜题。

此文录自（清）曾绍孔著《我山草堂诗集》卷首。

第二十卷　桃花江文选五　序跋二

刘伯观诗稿序

[清] 陶　澍

浮邱之麓有诗人，曰刘伯观氏。其人生于贫窭，无知交之藉，行年三十，而未尝一试于有司。俯首占毕，资蒙养以营朝夕。性好吟咏，孤行其意，无所师承，而暗会绳尺。襟怀意气，洒如也。

余今春遇之于友人家，见其骈体文，叹为异才。继出其诗稿观之，清词杰句，爽目惬心，益叹以为得未曾有也。盖惟才之生不易，而所以成之者尤难。故虽俊颖不凡之姿，而不能不踬于困穷，限于闻见。伯观之所处如是，而独能抗心希古，无俗士龌龊之态。所谓芝兰生于空谷，不以无人而不芳者欤！

昔谢朓有言："士子声名未立，当共奖成，勿惜齿牙余论。"余于伯观，方惊诩之不遑，岂特"余论"已哉！抑闻之学海汪洋，探之靡尽。伯观其益精心邃力，蹑古人而齐之，使识者知余言不谬，是即伯观之所以贶余也夫。

刘伯观，即刘澜，其生平见本书第十五卷。《刘伯观诗稿》，未见传本。此文录自《陶澍全集》第六册。

黎环斋诗稿序

[清] 陶　澍

环斋邮其近稿，属余论定，且以诗见怀。余揭其诗壁间，来读者相诧也。出其稿示之，则又相诧也。君之诗方进未已，而诧者已如是，是可与言诗也已。

始余以辛酉春偕计北上，遭君于江汉间，翩翩然美少年也。时且游京师，冀得如马在平，以发抒其奇。逾岁无所遇，刺灭而归。士大夫知其诗者，多惜之。然君虽不得志，而其诗顾益进。数年来，尘甑土爨，茅屋秋风，饥寒憯于肤，奔走瘏于足，举夫蜗牛幻国，苍狗浮云，一切可惋可愕，皆寄诸吟咏。宜其烦哀噍杀，抑郁而无聊矣。

乃观其诗，顾多萧闲自得之趣。如："人赖病将双足歇，天教贫得一身闲。""一春卧病人初起，满地落花君独来。""茶烟忽向竹中出，山雨有时溪上来。""杉皮屋小苍苔涩，石骨秋寒老树斜。""江村犬吠月徐上，野寺钟鸣船早开。"随举数则，皆吐属自然，真可与言诗也已！

夫诗之为道，派别不同，要归于性情之正而已。君之遇，可谓穷矣。而其诗乃如此，不谓之能道性情不得也。昔先子尝见其诗而赏之，今稿中有读先子遗集云："名教当场一老在，文章前辈几人存。"又云："消受瓣香薰沐处，梅花为骨月为魂。"可谓独知趋向者。余摘其佳句如右，足见都人士之诧赏不谬，环斋其益知自爱也。

黎环斋即黎光地，其生平见本书第三卷。此文录自《陶澍全集》第六册。

声韵辨讹序

［清］陶　澍

雨粟而后书契递兴，篆籀既遥，隶楷斯起。历稽古今字书，如《说文》《玉篇》《类篇》，偏旁之书所以正其画；《广韵》《集韵》《韵会》，反切之书所以辨其音；《尔雅》《方言》《释名》，训诂之书所以释其义。三者相辅而行，不能偏废。说者谓古有宫、商、角、徵、羽，而无平、上、去、入，沈休文碎用四声，当时人已疑之。古韵失传，音义遂淆，其说固然。然六经诸子具在，区分界别，实自较然。大抵不外因形以求声，因声以求义，而毫厘之间可以烛千里之谬矣。

夏君以稽古之余为辨讹之编，句梳字栉，率出于目耕，荟以手录，虽囊括尚未富，然非剽窃缘饰者比也。古者，人生八岁入小学，保氏学以"六书"。汉兴，有尉律，学僮年十七，试讽书九千字以上得为吏。又以八体试之郡，移太学并课最以为尚书史。吏民上书，字或不正，辄举劾之。是考文之事列于三重，而于蒙养尤宜先也。职训课者，即是编而益精之，是亦艺海导迷之筏、文衢大章之车也乎！

《声韵辨讹》，清夏远都撰，未见传本。夏远都，字皋拜，号赓堂，宣晚公十四世孙，益阳县一里武潭夏家湾（今属桃江县武潭镇）人，邑庠生，生于乾隆二十年（1755），卒于道光十年（1830）。此文录自（清）陶澍著《印心石屋文钞》卷五。又见（清）罗汝怀编纂《湖南文征·国朝文》卷七十三。又见《（嘉庆）益阳县志》卷二十九，题为《夏远都声音考真序》。

学荻庐吟草序

［清］胡达源

《学荻庐吟草》二卷，吾邑曾生少固之令慈陈太孺人所著也。孺人性淑慎，修妇道维谨。少时流览经史及《列女传》、曹大家《女戒》、蔡中郎《女训》诸书，慨然以古名媛自期许。其职事之勤劬、庭帏之敬顺、儿女教导之所以恳挚、古今贤否之所以劝惩，皆一一见诸吟咏之间。盖篇什所留，亦已夥矣。夫母师典训，非声韵所能该；闺阁仪刑，非辞华所能蔽。孺人方且兢兢焉，惟惧德行之未立，名称之不闻，发言为诗，实非中怀所敢望也。即偶涉吟咏，类多散佚不存。然则孺人岂必以诗传哉？乃其哲嗣少固则且以此为孺人一生精力之所在也，爰即现存者编辑之，第为上下两卷，而请序于予。

予按其春日蚕桑，深宵纺绩，见职事之罔懈焉；关山秋月，泉路荒烟，见敬顺之倍深焉；资江经席，岳麓书灯，见儿女教督之勤焉；上下古今，旷怀曩昔，见贤否劝惩之益焉。此其所存者约而所虑者广，所言者浅而所见者深，谓有合于风人之旨可也。於呼！人无论鬓眉巾帼，惟以德行著于平生、名称流于后世为可贵耳。赞孺人篇末，欧母诗未尝不悲其遇、壮其志。窃幸孺人所以追踪芳矩、光启后昆者，庶几于少固见之。於呼！此《学荻庐吟草》之所以传也与！

《学荻庐吟草》，清陈若梅著，未见传本。陈若梅，生平见本书第十卷。胡达源（1777—1841），字清甫，号云阁，益阳泉交河人，嘉庆二十四年（1819）进士，殿试第三名，授翰林院编修，历任国子监司业、詹事府少詹事、日讲起居注官，担任云南乡试主考官、贵州学政。此文录自《（同治）益阳县志》卷二十一。

些庵诗钞序

[清] 胡达湑

《诗》三百篇，大都忠臣孝子发愤之作也。踵其意者为《离骚》，肫肫乎忠爱郁积，忧愁幽思，发为声音，仿佛风雅，论者以补楚诗之阙焉。自是而后，风亦替矣，清流逸士类皆不求表暴，所作率散佚而不传。即传矣，而其声不足美风俗，广教化，亦不能登国籍而垂诸久远，故律以“风”“骚”，罕与屈、宋颉颃者。越数千年，而又有郭些庵先生。

曩吾从先君子律臣公编修邑乘，得其《补山堂诗》数十首，原本忠孝，无愧风雅之宗，屡欲读其全稿不得。今年春，潘君佃香与其侄拙樵乃以十种授余，且请序而付诸梓。

余考明季时，乾纲解纽，九服分离，士大夫以轰讦为事，不暇从事于诗。即有风流自许者，又皆愤时嫉俗、讥诃谩骂之作，于风雅之旨寝以远焉。故其时诗之可传者或少。先生自释褐以来，历司风宪，终秉节旄，一时勋业烂然，岂乐以诗自见？独师隐后，君国之系恋、骨肉之惨伤、兵火之摧残，与夫饥冻颠连之痛楚，则有郁于中、感于外，而必不能已于言者。然皆怨而不怒，引而不发，饶有《匪风》《下泉》之思焉，是可传也。昔杜少陵际唐中叶之变，流离陕、蜀，漂泊荆、湘，一吟一咏，推极性情，虽讽刺怨诽，皆有关君国之故，读其诗者，辄拟之《风》《骚》。今先生之遇与杜同，而其忠君爱国之音更足美风俗而广教化，骎骎乎三百篇之遗。太史采之，国籍登之，即以作楚诗补可矣，岂独屈、宋诸贤不得专美于前也耶？

大清咸丰十年岁次庚申中秋后一日，同邑后学胡达湑谨序。

胡达湑（1790—1871），字季甫，号墨溪，晚年自号默希，益阳泉交河人，道光乙未（1835）恩科副榜，胡达源之弟。此文录自（清）郭都贤著《些庵诗钞》。

浮邱子序

[清] 熊少牧

海秋得年仅四十有四，所已成书《四书艺》六卷、古今体诗三千首、《浮邱子》四十余万言，而奏议、杂著尚未及录。炜矣哉！才之奇、气之勇、文之多且工如是，世有几人？宜乎好之者誉不容口，即憎之者要不能不心折其文也。然海秋岂翅一文人之杰哉？

道光壬辰、癸巳间，余与游，最习见其于时政得失、海内人才之贤否进退，私居恒为之忧喜。使非浮湛郎署，得所凭以竟其志，必矫然有以自见者。至其笃情伦纪，能刻苦处其所难；相知有急，损己应之无吝色。惟性激少和，一语偶拂，辄龃龉；及悟，仍谢咎。虽于余亦然。然不失为君子。其为文也，皆自道其所得也。时而云垂海立，时而月皎风疏，时而玉佩华绅，时而斜簪散髻，连抃旁魄，无有端涯，非韩子所谓"能自树立，不因循"者耶？

是集经纬万端，自成一子，湘阴李黼堂为刊行之。上元梅伯言曾亮深于文者，与海秋同官农部，方撰《浮邱子》，伯言绝赏；没后，为表其墓。稿久逸矣，余偶得之簏衍，属黼堂并存简首。工既蒇，余披览再过，不胜游旧之感，因识词简端，以纾吾思。

同治乙丑仲夏，雨胪熊少牧序。

熊少牧（1795—1876），字书年，号雨农，又号雨胪，长沙人，道光十六年（1836）举人。道光二十年（1840）因协助文庆阅江南乡试卷而受除名处分。后入劳崇光、骆秉章幕，主讲长沙求忠书院。著作有《读书延年堂集》。此文录自（清）汤鹏著《汤鹏集》。

桃江义渡义路合志总序

［清］陶　燨

尝读《益阳县志》，《建置》中备载义渡，亦附刊义路，所以重民力而永公利也。然县志与野乘异，牵于事务之纷纭，限于体裁之严峻，虽公举必书，亦第标其大概，略而不详。此学宫、书院、佛寺、神祠既入总志而又各有专志也。

桃江义渡与金沙义路，燨效劳有年，固益邑大功果也。《志》曾登以片纸，而欲核厥由来，垂诸久远，则必修专志。诸同事怂恿久之，今冬乃纂辑成书，付诸梨枣。功有所肇端，故弁记序；事有所请命，故录禀词；产业日增，故节抄契券；田庄星散，故细绘山川；经理者有定法，佃赁者有定约，驾舟、修路者有定例，故备议条款。至于捐数芳名，义渡虽屹立，亭碑半毁于火；义路则零碎所收，募簿遗失，表著无从。而要之作善降祥，冥冥中自有籍之者也。嗟天下事成毁之由，系乎人心之公私而已。苟廓然大公，视天下事如家事，已成者保护之，将坏者振兴之，何事不可为，况于一渡一路乎！或自私自利，摧残我舟楫，损我道途，任意侵渔，昧前功之可惜，其贪鄙败公，即一渡一路且如此，况于任天下事乎！

燐既叙斯《志》之所由，而复进以公私之说，盖冀乎后之君子善守其成。庶义举长存，自足与河山并古，岂非一乡之幸哉！又岂非一邑之光哉。

大清光绪六年庚辰仲冬月，陶燐玉轩谨撰。

陶燐（1803—?），原名陶文珏，字上清，号玉轩，原籍安化，邑庠生，清同治间迁居益阳桃花江（今属桃江县），担任陶澍在桃花江田庄的大管家，后落业高桥仙峰仑。此文录自（清）陶燐纂修《桃江义渡义路合志》卷首。

桃江义渡志序

［清］夏建寅

夫公事莫难于创，非众力无由建立也；亦莫难于继，非实心无以振兴也。我桃江地当孔道，东西上下可陆通，而南北往来必呼舟子。嘉庆四年，彭君光玮、邓君允赞、张君立琛等募制两舟，渡人不索利。于两岸置店，于柏叶冲及金牌冲置田十五石，租课所入不独备岁修、养篙师，并可以积蓄善后，诚善举也。无何董其事者未能尽善，道光八九年间，赁客则悭课，佃农则骗租，加柏叶冲庄钱至四百余贯，金牌冲亦二百余贯，二处租仅四十余石，入不偿出，颓废是忧，众乃强余经理之。余思蛊敝之余，必得实心尚义之士始克振兴。有陶君玉轩者，乐善人也，尝独修横口滩救生船。伊族两江总制云汀大人捐增塘及麻葛塘义渡田，皆经伊手，其他义举甚多。今欲重兴是渡，非斯人不可。爰与刘君云皋往商之。陶君即毅然奋臂，挽云皋合捐一舟。致书云汀大人复捐一舟，并捐萧家山田一石五斗。于是集里公议，因旧业窎远，实弓只十三石余。遂禀邑侯王国宝悉售去，悉退重庄而移置萧家山，得田十四石八斗，岁共收租四十余石。舟既增，财亦富，彭、邓、莫、张所创之事，遂继起而加厚焉。是役也，得云皋共济，功殊伟。至陶君之慷慨乐输，忠勤酬画，其好义盖尤有足多者。余也奔走期间，亦得以附骥尾而吐义气。嗣后司事诸公，能以普渡为念，无侵蚀无因循，将桃江一津永无病涉之患，是又创者继者所厚望也夫。

道光丁酉季冬月上浣，夏建寅谨序。

夏建寅，桃江本地乡绅，清嘉庆、道光间人。此文录自（清）陶燨纂修《桃江义渡义路合志》。

西疆杂述诗叙

［清］黄运藩

益阳萧刺史皋谟雄，有“关外圣人”之目，《西疆杂述》四卷，此其橐笔回疆、往还三次之所为作也。皋谟平生倜傥多大志，承累世诗书孝友之余，困场屋二十余年，婗婗觊一衿而不可得，徒手发愤走回疆二万里而遥。当同治季年，回部多故，皋谟参军于金张两帅、文明二钦使之间，见见闻闻，不作红柳毵毵之语。而数奇不偶，裁以花翎直隶州，了虎颔封侯之愿。

光绪初，军报肃清。皋谟归，称其尊甫孝恕先生七十之觞，念亲老不复出。三年，尊甫促之去，三年又归，归复出。又十年无所遇，遂伏不复出，壹意于所为《西疆杂述》者。夫以骚人之韵事，补史氏之地理，例不嫌创，注不厌详，“作者谓圣”，斯皋谟之所为圣与？然自班史以下，有涉西域之书，计取情求，修补鞫瘁，则仍以述称焉。里弄狭隘，无所证佐，故始而旅食长沙，或典衣代爨。既遂客死县治，傫然尸归。以今揣之，两皆不恤，亦可悲已。

乃距其亡不三数年，我师元和江公刻其遗稿《灵鹣阁丛书》中，且咄嗟于其抱志早觞为可叹愤。又何快与！江师之功，肉骨而生死之矣。子云当日又乌料书之见赏于桓谭，正速也。

丁酉十月，安化黄运藩叙。

黄运藩，字性田，安化县龙塘人，光绪二十三年（1897）举人，解元，官内阁中书，清末守旧派代表人物之一。文中“金张二帅”指金顺、张曜；“文明二钦使”指文麟、明春。《西疆杂述诗》四卷，有清代刻本，又2017年新疆大学出版社影印出版。萧雄，生平见本书第五卷。

北征日记叙

[清] 萧大猷

舍弟仲希少猷六岁，猷喜有为而弟常守旧；猷喜兼爱而弟常量力；猷喜品藻而弟常简默。以饥驱故，游踪略同。每一相见，必出日记，嘱为点定，曰他日退闲林泉，笾豆足资谈话，且示子侄辈。以徒劳无成，不如固穷力学之余于自食也。

余游始于乙亥，足迹所经，尽《禹贡》荆、扬之域。北走燕、冀，求所谓黄金台者，建空名以招骏骨，但闻哀嘶之声。仲希学游于吾，辛酉以前，北临沅水，南涉湘流，所至不出数百里之内。壬午，余客羊城节署，时曾忠襄督两广。仲希亦度折岭，下湟水，登武王之台，乐奏武王台，即赵佗台也。又南行三百六十里，英总督之所驻，览其形势，与当日事机之动于至微而极于溃不可制，一一笔而记之。遵海而东，溯长江，入沔阳。收视返听，萧萧芦荻中数晨夕者两载。罗公子柏峄以书速之归，居万山之中，竹石为朋者又一载。

仲希之游美矣，富矣，犹以为未备矣。先是，龙芟生观察权平乐、黄觐虞侍御守宁夏，皆约仲希往，以体弱不任边远辞。闻西学之士聚于沪上，世变急而吾道将穷，将重游以证当道自强之说。于是湘乡颜大令领炮队子弟、衡山聂观察总制造，仲希皆先后主之。久，颇觉其用夷变夏，未能自强先自病，谋臣之失算未有如今日者也。恭逢皇上亲政，诏直省举行恩科乡试。余以春闱不第留寓都门，为仲希隶名成均，令其来京应举，首尾四十日，日有笔记。约分四类：曰交际，曰游览，曰时事，曰清谈。余询其用意，曰：先师之圣年三十五适周；子由才人，亦以至京师自壮。今一穷诸生身行万里，谒壁雍于金丝之侧，瞩景山于云日之下，游之至壮也。皆将伯之助也。时有开中原铁路之议，东北起芦沟河，西南至汉上，议定而天坛灾。仲希亟书之，以为天心仁爱，时局尚可挽回也。然则斯记也，可以观世运焉，岂徒志雪泥云尔哉。兄大猷谨书。

此文录自（清）萧大业主修《（安化田头）萧氏族谱》卷末。

蓬心集序

［清］萧大猷

益阳处洞庭之西百里，左沅右湘，代产磊落孤高之士，稍不得志，辄抱所学以栖岩壑，一发之诗文以自怡悦。每读其遗集，令人恻恻。

余初识卓椿于长沙，时以髫年冠童军，讷讷如不能语者。读书之暇，好为韵语及古文辞，激昂有大志，性情淳挚出乎天。余勖以读有用书，殚精竭神于壮夫之所不为，无不得也。自嗣七战棘闱，四荐不售，益刻励向道不稍懈。

余以萍水行踪，终年不恒晤。晤亦时日匆匆，未暇叩所造之何若。乙未秋中，相遇金陵，出《蓬心集》示余，始知因海疆多事，伏剑走二千里，冀遂其请缨杀贼之心。客既久，不能自达于当路。其豪情胜概、肮脏郁积之气，时于偶尔登临，无端怅触，形诸楮墨，亦情之所不能自已者也。余不惜卓椿之穷，而转为卓椿幸。夫以卓椿之卓荦英伟，而又遍览天下名山大川以摩荡其志气，青萍结缘，长价有时，若徒以著作之盛与邑中诸老相颉颃，是则非余所望于卓椿也。因缀数语于端，以志相勉之意云。

此文录自（民国）夏思痛著《夏思痛集》。

一笑吟稿序

［清］赵裴哲

诗以理性情而已。性情既笃，才华特余绪耳。不然，虽有庾、鲍之才而无曾、史之行，世将唾弃不遑，谁乐闻其议论？所以诗莫盛于唐，唐之才学并臻绝诣者莫如杜。其慷慨悲歌，罔非忧国伤时之念。由是言之，性情以外岂有诗哉！

萧君冠南，予同学友也。教读四十余年，邑人士咸长者目之。综计生平所获脩脯，不下千百余金。始则备甘旨需，继则以抚弟侄，丝毫未入私囊。非矫也，盖自有出于性情而不能自已者。迄今年近七旬，舌敝唇焦，依然赤手。噫！予既自悲，又不禁为斯人慨已。岁壬申，失馆住龙洲，相与数晨夕，语言笃实，情意缠绵，予亦乐得有老友焉。为文犹蒸蒸有春夏气。诗除课式一艺外，吟辄数篇，予为心壮者久之。今夏四月，予将之永顺桑植县司铎任，侨寓邑城，忽袖诗质，并述梓情。披览之下，见其怀人咏物、吊古论今，都从至情至性中流出。而其笔情才气，不减白傅、放翁。所谓性情中人，抑止不失为风雅士也。虽未能含和吐气，上鸣国家之盛，而流传草野，亦未必无裨于风俗云。付之剞劂，何不可哉。

时光绪六年，岁次庚辰上浣，同学弟赵裴哲午桥氏谨序。

萧冠南，即萧恩应，生平见本书第十三卷。赵裴哲，字午桥，益阳县人，道光十七年（1837）拔贡，候选直隶州知州，改官桑植县训导，编纂《（同治）益阳县志》，著有《带星草堂文集》，未见传本。此文录自萧先志主修《资阳萧氏四修族谱·艺文篇》

鹿角山庄文集序

［清］刘集勋

语云："文以载道。"又曰："惬心贵当。"故知人世操觚家非有体道之功、惬心之处，恐不能行远也。譬之屋然，高堂广厦、峻宇崇垣，非不华也，使无密庐精室、焕馆凉台之深邃，人物车骑之丽且都，则不足称其气象。为文亦然。予自解组归田，焚弃笔墨，日从事于一山一水。时而有得，得之于心，笔之于书，不知有合于文否？门下士尹子黍秋时相过从，酒酣耳热，掀髯鼓掌，相与印可。岁癸巳八月，黍秋携一卷示予，曰："此数年间所心得者，请于浮白时为一丹黄。"予阅之，见所谓论、表、辨、说、述若干首，后鹿角山庄一《记》，即尹子所居书屋也。其文之惬心耶？其当与载道耶？有目共赏。其千门万户如建章之气象耶？其一丘一壑如茅庐之精洁耶？是文也，余心悦焉。乃援笔而书此以畀之。

刘集勋，生平见本书第十三卷。《鹿角山庄文集》，尹启柳撰，未见有传本。尹启柳，生平见本书第十八卷。此文录自（民国）尹启柳等主修《（桃江长江村）尹氏十修支谱》。

随园骈体文注序

[清] 唐步瀛

益阳黎环斋先生以诗文名，所著《云肤山房集》，安化陶文毅公序而行之，固已不胫而走矣。余承乏是邦，不及见先生而耳熟其名，未尝不慨乎慕之。

一日，先生之子寿林以所辑《随园骈体文注》付剞劂氏，问序于余。簿牒余闲，偶一卒业，觉援据繁博，与吴县石氏之《袁文笺正》大略相同。至其逐句疏解，眉目较然，删辑群言，归于精当，石氏间有不及。是不仅随园之功臣，抑亦石氏之益友也。或谓近日风会大开，笺释训诂之学，较之李善之注《文选》、郭象之注《蒙庄》，功力微分难易。然非胸罗卷轴，加以穷年累月、积久不懈之精力，亦岂易竟其功？先生授经穷山，师友之助、签帙之富必不能与石氏相颉颃。及夫成书之后，且有过之，亦何用力之专且勤也。

资水夙多闻人，近世如南村、礀东、海秋之徒，并皆以硕学鸿才为海内宗仰，而先生适生于其乡，岂非桃江萸峡间，其灵秀有独钟乎？抑又闻之，先生所遭倍极蹇塞，而能勖书以贞其遇，朋知有显达者相为引重，意殊落落，不少迁就以仰其煦濡。然则先生之可传者，又不仅文学、著述之长矣。览其书，并思其人，因不辞鄙陋而为之叙。

光绪七年三月，乐山唐步瀛撰。

《随园骈体文注》十六卷，(清) 黎光地撰，清光绪十二年（1886）刻本。唐步瀛，四川乐山人，清光绪四年至七年（1878—1881）任益阳县知县。

如园诗集序

[清] 夏正彝

余友萧君希鲁，与之交三十年矣。初以文字相激赏，继乃渐进于道。此三十年中，是惟不聚，聚则靡不各抒所见，津津焉日出而不穷；其于文字，是惟无作，作则靡不互证所藏，醰醰焉日怡而不厌。盖中国自有文字以来，会友辅仁，于是乎在。舍此而外求自立，其道无由。

诗于文字，其一端也。君子偶涉及焉，未尝以此为不朽之业。故萧君之于诗，虽亲昵如彝，亦不概见。向予以所为《癸甲集》求是正，君曰：“子之诗，骨重神寒，读之令人瘦，愿子且辍吟以重惜其身。”盖进予诗外大有事在也。厥后君为藏书处曰“如园”，又征诗于予。君卒之先年，又辑诸朋好所赠诗，曰《琼瑶集》，拟登之梨枣。然则亦未尝以诗为不足治欤？

君卒十有一年矣，其意内言外，犹时时得之想象。适其季嗣约安明经来，手一卷，揖予曰：“先君子诗，随手散佚，今其存者十才二三，将付之剞劂，愿乞一言弁诸首。”既受读终篇，作而曰：嗟乎！吾友学无奥而不窥，藏书至五千卷；才无长而不具，廷试则第四人。其气不可谓不豪，其意不可谓不得。卒颠倒于尚武好少之世，不能一日安其身于天下，则信乎命之舛也，而亦斯文之不幸矣。

然而别来沧海事更，甚于君生之年，则予今日之老病孤舟，转羡君不及身见，为不幸中之大幸。获诵君诗，益增感喟，泫然不知涕之何来。求如畴昔之津津焉醰醰焉讲道论文，已杳不可得。惟日向青天白云，遥吟浅酌，想见“诗外大有事在”为不虚也。吉光片羽，吹落人间，其藏在名山，不止十倍于诗者，未知何时传之其人，是所望于继志述事者。甲寅秋九月，弟夏正彝拜撰。

夏正彝，字甫存，益阳县人，清光绪间举人，曾主讲浏阳文光书院，官至直隶州州同，著有《簌斋诗集》《香雪簃词集》等。《如园诗集》，萧大猷著，民国间铅印本，并有民间手抄本传世。此文录自《如园诗集》。

如园架上书钞序例

［清］萧士恒

据伯兄名湖写本，补入甲午以后所购书，专著书名、卷数、某注、某校、某省官本、某氏家藏本，丛书则备列子目，便检寻也。“如园”者，家君所作，子不敢字父，故以如园称也。题曰“如园架上”者，现在纪实之义。无宋元旧椠、孤本秘籍，不敢僭言藏书也。钞成，属季弟名江、从弟名汉取原书比对，正其错误。愧余不学，望同气之能修世业也。国子监生、候选礼部铸印局大使益阳萧士恒。光绪二十四年季夏月。

一、书目序次，自刘《略》以降，互有同异，其以经史子集为断者，隋唐宋史《志》之定例也。类书旧附子部，义实未安。丛书之刻，仿于前明，程荣、何允中《汉魏丛书》，毛晋《津逮秘书》，张溥《百三家集》，及胡本世德堂《六子》。国朝最为繁富。或辑刻古今人著述，或一人自著之书。有可归部者，有一书而兼备四门不能归部者。张之洞《书目答问》，经史子集之后，丛书别为一类。今《如园钞目》，四部各占一卷，类书、丛书另编第五卷。至西学、格致诸书，取其征实。内典流传、时见名理，附入子部，等诸外篇。

一、购储书籍，盖用图记，欲后人知所宝贵也。《元史·武宗本纪》："武宗即位，遣使四方，旁求经籍，识以玉刻印章，命近侍掌之。"顺帝至正九年六月丙子，刻小玉印，以"至正珍秘"为文，凡秘书监所掌，尽皆识之。本朝《天禄琳琅书目》所收宋、金、元、明版本，当时士大夫皆有鉴赏私印。今《如园架上书》，著录者凡得三万六千卷有赢，所盖印章，庚申以前曰"补悔"，丁亥以前曰"海天倚剑楼"，曰"荆杨二州记室参军"，庚寅以后曰"武库行走"。经部曰"四世传经之印"，史部曰"省庐读史之章"，集部曰"其次立言"、曰"吾家又一楼。"其通用图记曰"省庐珍藏世守之章"、曰"省庐藏书"、曰"益阳萧氏"、曰"子孙永宝"。朱文、白文不等。

一、钞刻书目，通行、善本不复识别，其通行本之原刻初印不易购得者，目录上加"○"；精校精刻之本，目录上加"○○"；校刻皆精、旧书孤本，目录上加"○○○"。阮刻《十三经注疏》有关校勘处旁著一圈，依圈检之，张南皮谓精妙在此。阮本圈在行间，今用之目录上也。

一、主人雅交甚广，馈遗多以书来，附志姓名，谓见书如见友也。其自购善本，间志年月，识踪迹所在，示后人以非逸获也。

一、主人手书十四字，榜于书室："藏书不借"，谓朋友皆得就观，不借出门也；"藏书不分"，谓兼斋公后裔皆得研习，不许移置私室也；"藏书不加圈点"，谓精本大部，专备翻阅，假如未涉藩篱，妄加朱墨，无异于强暴之污，当科以忤逆之罪。

一、置书必能守书，学则聚，不学则散。衣食粗足，则未学者兴，勤学者成，否则废。如是节用生财，尤为保书之本。主人艰难收集，谷诒厚矣。蒙其福者，庶几勉旃。

萧士恒，萧大猷之子，监生，生卒年不详，曾官候选礼部铸印局大使。此文录自（民国）萧士恒编纂《如园架上书钞目》。

枫田耆旧集叙

［清］夏道隆

余《谱》向有艺文之刻，盖因兵燹流离，先人手泽仅有存者，不忍听其就湮，与草木同腐朽也。兹续裒辑诗古文词若干首，另刊为三帙，命曰《枫田耆旧集》，广旧例也。呜呼！先人往矣，世代殷遥，为之后者欲恍惚其生平梗概，与夫志意容声之所在，邈不可得。一脉也，而胡越矣，故仁人孝子往往于春露秋霜之下，焄蒿凄怆而不能自已。诚感之也，诚忆之也。而幸也，数十百年后犹得见祖若宗残篇剩稿于风霜薄蚀之余，此虽球图刀璧奚若哉！间尝读古人书，流览百叶，抚其遗文，挹其流议，慨然想见其为人。故其文刚毅纯正，凛凛乎如严霜寒露不可犯，读之则令人肃然起敬，穆然生忠义之思。若夫雄健豪迈、一往情深，如名山大川有突兀万状、一泻千里之势，读之则令人耳热发直，奋然思古豪杰。至于诗词札记，摅写性情之作、辨驳事理之文，读之则又往往如同堂晤对，相与上下其议论，至淋漓酣畅不能已。矧乎祖宗之精神所聚而迎以子孙之精神，有不䜣合无间、兴来如晤者乎！然则斯集也，后之览者将有感奋兴起，流连慨慕。如《记》所云“思其志意、闻其容声”者，皆于是乎在，不待升馨荐俎时也，又岂仅恍惚乎生平梗概已哉！斯集也，后之人嗣而辑之，庶先泽之不泯，而益以励其水源木本之思云。

光绪二十四年戊戌六月吉日，道隆莘耕氏书于枫田家塾。

夏道隆，即夏寿祺，生平见本书第八卷。此文录自（民国）夏受祺纂修《枫田夏氏五修族谱·枫田耆旧集》卷（上）。

续修桃江义渡志叙

［民国］邹祖润

天下事之最难惬人意而满己愿者，其惟渡人之举乎？尘海漂流，谁为挽救；迷津漂泊，谁与唤醒。甚至有临渡头而望洋兴叹，怅然返驾者，读韦苏州“春潮带雨晚来急，野渡无人舟自横”之句，窃叹欲满平日渡人之愿，而惬欲渡诸人之意，渡舟宜先注意也。

桃江居资水上游，南通沩宁，北达汉寿，往来要区也。前清嘉庆年间，彭、邓、莫、张诸公，募制渡舟两艘，并置田亩。日久弊生，经理不善，道光八九年时，田租没，渡舟亦腐。祖润高伯祖良化暨周代炳、夏德述、夏建寅诸先辈禀请邑侯，变售旧产，新置萧家山田；并得刘君云皋、陶君玉轩乐捐；又募捐陶文毅公巨款，田亩增而渡舟亦加多矣。厥后董其事者皆公尔忘私，岁有赢余，置产数处。岁癸亥，里中父老推祖润等经理之。适丁乙丑大旱、丙寅洪水之灾，三年期满，例应交卸。父老强留，佥谓旧《志》已历多年，略而不备，欲保存公渡，《志》宜续修。北岸渡亭被水冲没，亦应修复。遂大兴工木，月余亭成。复纂辑成《志》，付之手民，寿诸梨枣，以垂久远。庶斯舟之不朽，虽不能于狂澜既倒之余拯人民陷溺如慈航普渡，而桃江一隅得永无病涉之虞，亦可稍慰平时渡人之愿，而惬欲渡诸人之意欤！

民国十六年岁次丁卯长至节日，董事邹祖润等公叙。

邹祖润，益阳县八里牛潭河（今属桃江县桃花江镇）人，邑庠生。此文录自（民国）邹祖润编纂《续修桃江义渡志》。

桃花港黄獭溪口小河义渡叙

［民国］文建猷

民国二年，岁在癸丑，十月之交，余自乌孙解组而还，买宅于小河以南之顾霞村，与黄獭溪相距里许。溪口小河有古渡，行旅便之。四围景物依稀，游览者相属于道。尝见夫洪流澎湃，舻艓争驰。时而河水清漪，渔歌互答。两岸人烟辐辏，攘攘熙熙。况南有金盆庵，钟撞暮霭；东有跃龙塔，铃语清风。近而阁耸问天，桥横洗菜。骚人迁客，吟啸湖山。后之人吊古欷歔，恒俯仰流连而不忍去。支流汇合，桃潭千尺，往来跋涉，舟子印须，亦要津亦胜景也。昔之日，辟埠设船，济人利物，相沿至今，洵属义举。然非时其修葺，曷庆安澜，余不禁慨然叹此渡之民未病涉者！既有人创之于前以善其始，若无人继之于后以成厥终，何以为千百年而不敝。

兹因事过芝润先生家，见案头有《义渡志》稿一卷，披览之余，始悉此渡自前清乾隆间，刘君廉山等倡议捐设渡船。洎乎民国九年，首事江芝润、王春源等窃叹此会公产基本甚微，入不敷出，船朽埠崩，且近来过渡者愈夥，一舟迎送，拥挤非常。乃续捐水田二十余亩、铜元千余缗，增设渡舟一艘，新构义亭一座，并将埠头修复，以成厥终。又因旧业契据无从稽考，田亩星散，丘塍渺茫，于是将田山屋宇清丈绘图，并将新捐约据暨前后乐捐芳名数目，禀请邑侯立案核立，定永久攸章，一一编成志乘，即拟付诸梨枣，免失产业而坠前功，俾此渡与名山胜迹并传不朽。而芝润先生之良法美意，固已先得我心矣。倘从此维持勿替，不将有扩充公业、增辉志牒之日乎！故于其成书，弁此数语，以为后之急公好义者劝。

民国十二年癸亥九月中浣穀旦，前新疆伊犁府绥定知事舜陔文建猷谨撰。

文建猷，号舜陔，益阳县八里（今属桃江县）桃花江人，曾任新疆伊犁府绥定县知事。此文录自（民国）江大壎等编纂《黄獭港小河义渡志》。

小河义渡志跋

［民国］江大壎

桃谷之南，东林之北；江风西至，涧水东来。左则茆屋数间，斜阳晒网；右则柳堤几处，夕露沾襟。商人成市，聚烟火于千门；渔子宿潭，听讴歌于半夜。春至则桃花流去，大河横前；秋深则枫叶飘来，高峰后耸。谷口莺声常入耳，滩头水激亦堪闻。而且杜鹃啼夜月，犹是当年天问声；鸾凤响空山，因忆昔年题柱客。环村是处是山，近水无家无竹。时而渔笛数声，吹来月下；时或估舟几艇，泊到桥头。流水掩江干之塔影，长风送古寺之钟声。望岸上之晴峰，轻烟一抹；览潭头之秋水，明月一湾。四维佳胜，有如是者！咨询其地，厥名维何？则见夫桃岸风清，不似渔梁喧渡；柳荫人歇，依然舟子印须。原为黄獭溪港口，小河渡也。虽为溪涧细流，未许投鞭可断；既属江河源水，谁云无苇可杭。第向也一棹相通，南北溪边常阻滞；今则两舟梭渡，往来过客尽欢忻。兼以石埠之欹斜者，已属整齐；舟楫之朽坏者，亦维新制。虽未驾长虹于一水，而已免病涉于千秋。卷开溪畔云烟，得益看兰桨之荡；冲破江间银浪，寄情于柳絮之吟。将见寻芳逸士，提琴蹑磴而来；估酒村翁，曳杖登舟而去。俯仰皆乐，心目最幽，奚第往来过客，而有涉利同占之乐也哉。

江大壎，字芝润，益阳县八里（今属桃江县）桃花江人，生活于清末、民国年间。此文录自江大壎编纂《黄獭港小河义渡志》。

南洋自序

［民国］夏思痛

中华民国之成立已整整三有余矣，而纷扰错乱有逾曩昔。不获已，避地南洋，历游英领、荷领各岛，接于目者犹吾同胞之居处也，入于耳者犹吾同胞之语言也，适于口者犹吾同胞之烹饪也。火船、汽车风驰电掣，未及两月周览万里，几不知身之远适异国也，快何如之。

溯自吾先民之懋迁来此，当远在汉唐以上。宋明之季，以胡人入主中夏之故，乃更大盛。而义夫烈士之遭乱而至者尤有所闻。泰西人动以探险、辟地、贸易、殖民傲睨寰球，而不知吾华人实有过之无不及也。惟是政府目光如豆，不独不知提倡，并不予以保护，以致徒为异族之奴隶，徒为异族之牛马，可哀也已！试观今之坐享锦绣山河、坐拥膏腴土壤者，果谁血汗所渍耶？高视阔步凌驾亚洲者，果谁手足之烈耶？我政府能无汗颜否？满清末造，吾同胞受外界刺激，往往顾念祖国，而政府之不提倡不保护如故也，乃转出其不甚爱惜之翎顶、徽章以欺骗其不曾读书识字之大资本家，至今为梗。稍不遂，遂不惜指南洋为乱党生产地。

虽然乱党亦虽言之矣。党于官者之谓予言曰：民党乱党也，反抗政府，破坏大局，乱不底于亡国不止也。予曰：唯唯。党于民者之谓予曰：官党乱党也，更变国体，丧失主权，贼害贤良，割弃疆土，改篡约法，搜括民财，骚扰闾阎，断送路矿，草菅人命，停止学堂，统一三权，援引群小，规复帝制，蹂躏民权，颠倒是非，奖励贪暴，诱买暗杀，撤回学生，创设酷刑，提倡迷信，军队腐野，吏治废弛，贿赂公行，嫖赌相竞，乱不底于亡国不止也。予亦曰：唯唯。嗟乎！无论何者为乱党，何者为非乱党，而要莫非吾同胞也。总之，中国兴亦必大流吾同胞之血而后能兴，中国亡亦必大流吾同胞之血而后可亡。事有必至，理有固然，予惟与各岛同胞北望中华同声一哭而已。

然反观吾海外同胞而可为痛哭者，又乌能已？一居留之久也，阅千数百年矣；一聚集之多也，常几百万众矣。而于此间之政治、风俗、地理、民情、商务、土产，从无片纸只字之记载以饷我国内同胞，抑何陋也？不识不知，顺帝之则，犹然我上古混沌之人，其何能自立于生存竞争之世耶？而况以词意不能通达之故，严分畛域，省与省分，府与府分，县与县分，等同乡于敌国，视同种于途人，此何俟他日之鱼肉我，我已先自支解而碎割之。悲哉！今夫天下事非不可为也，联络自治之团体以固其心，集合同意之公司以厚其力，何尝不可与白人驰骋于商场之上而夺其标。白人惯以一公司之力墟人家国，辟地动以千万方里，而支配其百兆以上之人民，岂天之生是使独哉？东海岛人实吾后起者也，乃亦联翩毕集，实逼处此以与我争此土地，吾同胞其知之否？

予兹搜集其道听而途说者，将以为吾海内外同胞之先导焉。呜呼！自救不暇而顾他图，吾其为愚公乎？中华民国四年三月一日，思痛序于星洲寄庐。

此文录自（民国）夏思痛著《夏思痛集》。

琼游笔记序

［民国］李开侁

癸丑之秋，余衔命长粤，将出都门，夏子卓春过余，诘以治粤之道。余谓粤海疆也，西连梧、桂，东障闽、越，非律群岛绵亘于南，欧樯美舶往来其间，粤之关系全局大矣。夏子游粤有年，今必有以示余。

夏子谓吾年二十徒步涉四方，东南各行省足迹几遍，要以岭东大可为，气候温暖，百植四时不凋，民饶而俗侈，商业发达，人易谋生。贤劳如公，措置裕如。若就对外论，粤之形势，全在琼岛。雷、徐锐出，海南琼蟠于外，隔衣带水，为全粤门户。琼固，则足以捍粤；粤固，则海疆数千里可告宁谧矣。

及抵任，详加考察，与夏子所述无以异。惟经损失之后，财政奇窘，各行政机关几无所措手，兼以萑苻遍地，民不安枕，又一时变相也。余筹划经营几阅月，考求良有司出任外属，财政亦得中央同意，渐就条理。因思琼州之任非夏子莫胜，电招之。夏子欣然至，孑身赴岛域。其意以便利交通为治琼下手之第一着，故注重开辟道路。道路通，举凡招商、殖民自如水之就下，兽之走圹，无俟政府一一为之经营，此即提倡之谓也。至于山川险要、风土人情、物产品汇，亦纤悉毕纪录为斯册，归以示余。

余展读之，览其考核精详，讨论确实，洵为治琼圭臬，间或谱为咏歌，附以政见，其方法不外教化黎歧，其立旨则在杜绝觊觎，皆魏默深辑《海国志》，徐松龛撰《西域考》，皆此意也。惜余内迁，不获与夏子协力进行，达其志事。惟先付梨枣，藏之公府，以待后之继是任者搜采而举措之，以福琼者福粤，则余之所期于夏子者，亦藉以不虚矣。

民国三年六月夏至日，李开侁序于粤东公署。

李开侁，字隐尘，湖北人，时任广东省省长。《琼游笔记》，（民国）夏思痛撰，1919 年印行。此文录自（民国）夏思痛著《夏思痛集》。

夏惺耕先生诗序

［民国］曾宗鲁

余少与二三朋辈游，遇夏卓春先生于益城之西，盖其为人有文学而以古之贤豪自命者也。既而识其弟惺耕先生，意态闲雅，翩然埃壒之表矣。清政衰而士气激，卓春先生奔走天涯，与海内豪侠图谋国事，遂以革命名闻当世。共和既建，志未大申，尝睥睨一切，慷慨以发孤愤，而蒙艰贞之难。晚乃自号思痛，展转洞庭南北，郁郁以终。而平日所阅道路夷险，民生利病凡百情状，蓄于其内者深，则皆发之于诗而不能自已也。

惺耕先生足迹几遍江河流域，知己提挈，躬任教育事业者居多。而遇山水风月、花木禽鱼清丽之处，吟咏流连，以寄其天趣，自幼已然矣。夫诗常成于性之所近，而名归焉。世固有才高学博而不能为诗，即为之而人不必知，或知之而亦不必传。此无他，非其性之所近也。曩在省垣，先生以诗示余，读之，洒然神动。盖先生之诗导源于古人，得其性之所近。而兴往情来，有较其兄独别者也。前岁因事相聚一月，复出所作，益淡永而近自然。凡前后诗若干卷，将刻而属为之序。余与先生交卅余年，杯酒间犹言其身世之故、骨肉之情，相对感怀不置。而须发半白，年亦与余俱老矣。今者俯仰天地，正鸡鸣风雨之时，先生亦向来有志之士，饫闻其兄议论者有年，虽老而何尝一日忘世哉。然其意度以视终身驰逐尘嚣迷而不返者，殆倜乎远矣。因揭梗概以为读先生之诗者告焉。中华民国二十四年乙亥秋，愚弟曾宗鲁拜序。

曾宗鲁，生平见本书第十四卷；夏醒耕，即夏受祺，生平见本书第八卷。此文录自（民国）夏受祺著《自娱斋诗稿》。

尚书正读序

杨树达

余生平持论，谓读古书当通训诂、审词气，二者如车之两轮，不可或缺。通训诂者，昔人所谓小学也。审词气者，今人所谓文法之学也。汉儒精于训诂而疏于审词气，宋人颇用心于词气矣，而忽于训诂，读者两慊焉。有清中叶，阮芸台、王怀祖、伯申诸公出，兼能二者，而王氏尤为卓绝。其所为《广雅疏证》，通训诂之事也；《经传释词》，审词气之事也，合二者而为《读书杂志》《经义述闻》。宋元以来，儒者说经校史之作数盈千万，未有能以二书颉颃者，可谓伟矣。

《尚书》一经，以诘诎聱牙为病者二千年矣。王氏《书》说虽善，顾未能及全经也。自如江艮庭、王西庄、孙渊如诸家，能说全经矣，训释之精不逮王氏远甚。往往读一篇竟，有如闻异邦人语，但见其唇动，闻其声响，不知其意旨终何在也。吾友益阳曾君星笠，精通小学，于音韵既有所阐发矣，比设教于广州中山大学，以《尚书》课多士，为《尚书正读》一书，于训诂、词气二者，既极其精能矣，而又能以此通解全书，直不欲令其有一言之隔，读者依其训释以读经文，有如吾人读汉唐人之诏令奏议。呜呼，何其盛也，盖骎骎乎欲驾王氏而上之矣。前岁之冬，余以省觐归长沙，适星笠自广州北返，握手相见，为余说《大诰》一篇，为之愉快者屡日。近者以二十八篇将就，来书嘱序于余。呜呼，余言岂足以重君哉！特余于训诂、词气二事夙颇究心，二十年来时时温故诵经，间有一隙之得。然极其所诣，不过王氏之百一，以视君今日之所成就欲突过王氏者，瞠乎后矣。执笔以序君书，虽欲无愧，安可得也。

一九三六年四月四日，杨树达。

杨树达、曾运乾，生平均见本书第十四卷。本书第二十四卷有《曾星笠传》。此文录自（民国）曾运乾著《尚书正读》。

第二十一卷　浮邱山文选六　谱序一

资阳刘氏族谱序

[明] 李东阳

都察院右佥都御史刘君廷式为族谱，以请于予，曰："愿为宪序所以作之意？"

按刘氏之先本出南昌，有伯川者，仕元为翰林学士，出守常德，因流寓桃源。元末兵乱，伯川之子明远偕其六子徙益阳。入国朝，遂定居焉。少子崇宾为乡饮大宾，崇宾之子纲，宪父也，以子贵累赠大理左寺丞。自宪而上得五世，五世以上其名与字盖不可得而知也。其中间三世，或为农，或为士，皆隐于乡而未有仕者。然其生平履历、婚姻坟墓之详，则无有不知者也。夫五世者，身之所自出也；其先又五世之所自出也，而有知不知之异。此谱之所以作也。且子孙之于祖父，世渐远则势渐疏，故为服制者至四而限；论世泽者，至五而斩。君子之情，岂不欲穷其所自出哉。顾于势有不得不然者耳。其势之所至，非为不得为服，乃或至于名与字，皆不得知。为子孙者，其容以但已乎？谱之作，所以推本及始，举其势之所不得为，以伸其情之所得为者也。欧氏之谱以五世，苏氏之谱以六世，盖取诸四世之亲而各为首尾，递相联络以至于无穷者，揣其情与势而为之者也。今夫天下非士大夫家莫知为谱，幸而有之，乃牵合附会，冒他人之祖考而不知其非。则虽可炫于一时，而不可传于后世，其弊有甚于无谱者。是谱固不可无，而亦乌可以易为哉？

刘氏之族，自汉以后为赐姓所汩，往往不能辨。若欲旁引而曲附之，无所不可。而益阳之《谱》乃止于五世，五世之上则固曰"不得而知也"。此其敦本务实，岂非谱之善者乎？且族之盛衰，视子孙之贤否，而谱之存不存亦系焉。宪起进士，在内台为名御史，在大理寺为名丞，激扬之力，平反之惠，召募巡抚之绩，简圣心、副公望者方隆而未艾。《谱》之作，固于是乎始，亦其所恃以为重者也。若其祖父之懿范雅操见于传，封章命秩载于乘，而皆于《谱》乎是观。为刘氏子孙者，尚慎守而善继之，亦岂徒知其名字履历之粗而止哉。

李东阳（1447—1516），字宾之，茶陵人，明天顺八年（1464）进士，官至少师兼礼部尚书、华盖殿大学士。资阳刘氏，其迁湘始祖刘伯川，元代末年为翰林学士，出守常德，流寓桃源。清初，其子明远（一作旻远）迁益阳定居，后裔衍为纲、纪、维、经、纶、纬六大房，子孙散处在桃江县各地。此文录自《（乾隆）益阳县志》卷二十一，又见于《资阳刘氏八修族谱》卷首，二者稍异。

益阳曾氏族谱序

［清］李文炤

古之称不朽者，以世禄为轻，而以立德、立功、立言为重。是故穹窿赫奕之族，有时而光沉影息。而得三不朽之一者，即足以绵世泽而永家声。吾于益阳曾氏之《谱》，而深有感也。

鄫在春秋时号称列国，其后降为附庸，去为大夫，抑为编户，不获与当世之有国有家者比肩，人固疑其世禄之薄矣。然其在鲁也，则子舆氏任重致远，得圣道之宗，自颜氏以外莫得而班焉，非立德者而能然乎？迄于唐，则有洪立者，天步艰难，乃心王室，卒之完节仗义为国之光，可以称立功矣。迄于宋，则有子固者潜心大业，发为文章，追孟韩、驾欧苏，当世宗之，可以称立言矣。上下数千载，萃三不朽之实于一门，可不谓盛哉。

益阳之派出自南丰，代有闻人，而三省公者，建日省堂以自居，盖深有意于祖武之绳也。其生平行事，宽惠易直，已登之家乘矣。以故子姓绳绳，多有行而能文者。其裔孙莪士从予游于道院，携其尊人柳溪先生所著《家谱》而请弁言。予固仰子舆之学而诵子固之文者也，是用溯流溯源而叙其大概如此。典型在望，缵绪宜殷，尚与同族勖之哉。

时康熙五十有八年已亥岁天中日，湘川弟子李文炤撰。

李文炤（1667—1731），字元朗，号恒斋，湖南善化县（今长沙县）

人，康熙五十二年（1713）举人，授湖北谷城县教谕，未赴任。潜心程朱理学，担任岳麓书院山长，促进湖湘理学兴盛。此曾氏，始迁祖曾怀琛，字玉珊，号鹤霞，洪武二年（1369）从江西吉水县迁湖南益阳，落业南坝欧公店，生应贵、应富、应和、应礼、应祥、应深、应森、应沅八子，衍为八大房，子孙散处于益阳、沅江、桃江县各地。此文录自（清）曾德泽纂修《益阳曾氏族谱》。

石井刘氏一修族谱序

［清］罗　杰

宇宙一大族姓，古今一大世系。屯蒙之始，气化而形形，复生生。由一而万，万之又万，以至无穷。元会运世，瓜瓞竖绵，山陬海澨，椒蕃横衍，自浑敦以至于兹。盖统奕祀、总寰区而皆我宗人；综典坟、汇班马而皆我宗谱矣。又何必于同类中别一类，曰是吾族；于一族中著一牒，曰是吾谱也？虽然，自祚土锡姓以来，立国已别为一氏，而公子公姓复各别为一氏，五世亲尽，又别为一氏。递传递别，一姓之苗裔，遂不啻百其姓矣。百其姓，因以百其族。百其族，因各以其族为族；各以其族为族，因各于其宗祖子孙而自为一谱。是于一大族姓、一大世系中而各为一族姓世系也。

刘氏之先，伊耆之胤，祖轩辕而宗少昊。上焉与包牺烈山，下焉与姚姒子姬，不可谓非一本之亲也。自封邑于刘，遂刘其姓。世分代析，散布域中，微特黄农虞夏之裔各为一族，即同一刘姓之中，居一隅者各一支，徙一方者各一派，茫茫终古，遥遥六合，吾不知其几千万刘族也。

石井刘氏，由螺川而岳阳而资江，复两迁而世于斯土。其自出于豫章者，则阳城已各一支派；其分析于资水者，而官庄复各一支派；其迁徙于龙阳者，而军山又各一支派。虽各支同此一本、各派同此一源，而既已各一支派，则亦即各为一族。此石井刘氏所以各为一谱也。

夫刘氏明初而来资，历年过三百，传世仅十五，而其祖之自出，与其祖之分析而迁徙者，遂以并石牛而成四刘族矣。今石井一族，户口未以千计，嗣是而后，安知无筮仕而乔寓、析居而远适者乎。不笔之于书，将萃石井者为一族，去石井者即各为一族，而前此之为四刘族者，更复为无数刘族矣。此石井之《谱》之所以不容缓也。

今夫谱以普纪其系序也。于一族中纪大支派几何，于大支派中纪小支派又几何。若仕宦，若散处，若远徙，各详颠末，此固谱之大凡也。于一族之始，纪某祖之渊源何所，某祖之分居何所，某祖之转徙何所，上以追纪其祖考，下以类纪其子孙，虽历千百年，距千百里，启策而稽，如合一卷，此固为谱之大凡，而又石井刘氏谱之所姑阙而有待者也。盖阳城之《谱》，远莫能致；军山之《谱》，尚未创订；官庄之《谱》，互有异同。石井虽有旧录，而阳城世次仅及元富公而止，其于官庄、军山支派亦略而不详。当此之时，明知为我族人而茫无征信，虽欲合其散而收为一族，末由也。然石井之《谱》，今继官庄而订成；则军山之《谱》，将必继石井而并订。各叙支派，各溯本源，参观互考，证同辨异，以军山合石井，以石井合官庄，以军山、石井、官庄合阳城，其自出支分析而迁徙，举无不历历可稽。则今此之散而无由合者，又将汇一族姓为一世系，而源源本本，支分派别。自吴西而楚南，自元明而国朝，一皆了如指掌矣。矧循是以往，仕者书之，析者书之，徙者书之，一续一书，再续再书，虽振振绳绳，万之又万，竖推之至于千秋百世，横推之至于四海九州。而万支一本，万派一源，更将汇一大族姓为一大世系，亦无不于是《谱》基之也。至于溯祖考之自出，而仁孝存；合子孙之散殊，而惇叙寓，则《谱》修而义著，义著而凡列斯《谱》者，将皆必隆本笃亲、敦宗睦族，夫亦何容赘言哉。《谱》既授梓，刘子兼四昆仲以余有总角好，且叨瓜葛，知刘氏先世甚悉，索一言弁。余以刘氏迁资原委自识已详，姑以其著石井一《谱》之意，为之叙云。乾隆戊午罗杰撰。

石井，或称石井头，今属桃江县高桥镇。此刘氏，迁湘始祖刘处志，江西吉安府永丰县人，明永乐二年（1404）调守岳州府金城寨，遂寓居岳阳。其子在明、景明迁益阳千家洲。在明之子清雅、清彻迁九里杨家坳（今属桃江县浮邱山乡）。后清雅居石井头（今属桃江县高桥乡），清彻居汉寿梅溪、高峰。此文录自（民国）刘中藩主修《（桃江）石井刘氏六修族谱》卷首。

沙田湾毛氏二修谱序

[清] 张 模

今圣天子德泽洋溢，率土之滨，沐亲睦之化者，莫不蒸蒸向风，共游于荡平正直之路。而所以亲亲尊祖敬宗收族者，则炳炳烺烺，蔚然成集。盖谱牒之修，家有其书矣。且夫谱牒之修也，岂不重哉？物本乎天，人本乎祖。当其初，一身耳。由一而散为千万，总此生生不息之理，以条贯于靡穷。舍此生生之理者，惟蠢然无知之物。限于形气，懵懵高厚之中，以生以死莫克返，而追念其所自来。至于人得五行之秀，有心知而怀仁抱义，恻隐羞恶，不忘其本。呜呼！此先王设教，所以有上治下治旁治，而仁率义率，自不容已。人与物之所为别也，谱安得而不修乎。

毛氏出自姬姓，文王第九子，封于毛，子孙以国为氏。历周、秦、两汉、三国、六朝、唐、宋、元、明以迄于今，子姓遍天下，代有闻人，史不绝书，所谓本深而末茂者欤！观历朝之史，可以知毛氏之谱矣。

岁丙子，奉简命典试湖南，精心衡鉴，得益阳毛生佐国卷，激赏之，拔置前茅。揭晓来谒，接其人，端雅静穆，与文相肖，私心甚喜，以为宁静淡泊，其志明而可以致远无疑也。及试南宫而下第，然生亦不以介意。逾年，余督学东粤，溯流星沙，相见于舟次，以谱序请。夫毛氏圣人之后，所在繁昌，而益邑一支，丁户数百，衣冠文物，裒然振起，有自来也。其修谱牒以笃宗盟，固其宜尔。抑余犹有说焉，以告其族属。人各有本，本有大小有深浅。其小者浅者，犹将培植以冀其大且深，况其大且深者乎其忘之也？毛氏既圣人之后，则其本大且深矣，将何以培植之乎？说者曰本深而后末茂，是固然。然其说亦未尽。盖尝旷观夫物，松柏之真，兰蕙之馥，咸自于本。然或摧戕其枝、毁折其叶，虽有萌芽，不禁践踏，则本根之深，难保枝叶无瘁。呜呼！观乎此，而承先之孝，其可缓乎？毛生佐国固不辱其先者，于是偕其族属，益畅其枝、荣其叶、护其萌芽。繁衍盈昌，光大前绪，异时谱牒之上弥增荣宠，斯真能不忘其本者。而区区订修谱牒，又其余事耳。

乾隆二十七年壬午岁仲冬月榖旦，赐进士出身翰林院编修充武英殿纂修现任刑部广西清吏司主事广东督学使者年通家生张模拜撰。

张模，字元礼，号晴溪，直隶顺天府宛平县人，乾隆十七年(1752)进士，乾隆二十一年(1756)以户部主事担任湖南乡试副主考官。沙田湾，今属桃江县浮邱山乡。此毛氏，始迁祖毛景忠，明正统间居浮邱山下白云庵。此文录自(清)毛运鸿纂修《(桃江沙田湾)毛氏四修族谱》卷首。

河塘刘氏族谱序

[清] 江 闿

水至不一也，必汇诸海；山至不一也，必发源于昆仑；万物至不一也，各本乎天；人亦至不一也，各本乎祖。嗟乎！后之苗裔日蕃，各区其田，各处其庐，世愈远而人愈散，代愈久而人愈疏，视一本之亲途人耳。且人生富贵贫贱，每多不齐。贫者惟朝夕是谋，富者惟功名是计，又谁则笃本支之好、联宗族之谊，而一计宗谱哉？刘生祥炎三台，余门下士也。其始祖文佐，元至正间由洪都太和迁于长沙之益阳。先明洪武初，益地悉遭兵厄，而刘公父子独获万全，非善人是富、天之克相，有如是乎！由明而来至今三百余岁矣，子孙世守读书力田之训，非忠厚开基、祖宗功德，又有如是乎！生请于余，计将辑厥宗谱，合远若近，别尊若卑，补载阙失，欲使鼻祖而下，虽支分派别，犹若环聚一堂，遇岁时伏腊，冠婚丧祭，以时聚会，相亲相睦，王道之所以易易也。此其意，诚可嘉也。《书》曰："视乃厥祖，无时豫怠。"《诗》曰："孝子不匮，永锡尔类。"其斯敦本睦族之意欤？是为序。

钦授文林郎湖南长沙府益阳县知县纪录三次江闿撰。

此文是桃江河塘刘氏康熙辛酉谱序言。河塘又作荷塘。此刘氏，始迁祖刘文佐，元至正间由江西泰和县圳上迁益阳县九里(今属桃江县)金鸡山，明洪武初又迁九里潘家山，洪武二十八年(1395)再迁河塘。江闿生平见本书第十二卷。此文录自(民国)刘厚泉纂修《(桃江河塘狮子山)刘氏七修族谱》。

石井刘氏三修族谱叙

［清］陶必铨

正家于不言之化，协于不谋之合，定于不争之分；爱于其所亲，敬于其所尊；颂而容之于德之成，风而声之于德之致；休之以其所已能，董之以其所未及；不求所不得，不阙所不疑，不属所不联，不取所不与。

善夫刘氏之为《谱》也，正家于不言之化也。图之总也，协于不谋之合也。派之衍也，饰于不争之分也。考居址也，爱于其所亲也。谨祠墓也，敬于其所尊也。颂而容之于德之成者，阐幽也；风而声之于德之致者，征实修于名言也。休之以其所已能者，著功叙也。董之以其所未及者，训后来俾勿坏也。不强所不得，不阙所不疑，不属所不联，不取所不与者，不欺其先，不惑其子孙也。善乎刘氏之为《谱》也。

刘氏先世谱屡也，惟性斋、念斋等创始于前，惟柳山、己山商续于后，惟此山及予门人教方等复用省、郡志例增为十卷，而告成于今，其用力勤矣，其树艺精而垂范远矣。予辱与诸君交，目睹其事，乌容以默默然已者。凡衣裳之生也，为盖形暖身也，然而染五采饰文章者，非以为益肌肤血气之情也，所以贵贵尊尊而明夫上下之伦，使教亟行，使化易成也。盖昔者董子之论云然矣。是谱也，不意有得于斯意也夫。请以是而弁其端。

陶必铨，生平见本书第十一卷。桃江石井《刘氏三修族谱》纂修之际，陶必铨正设馆于石井头刘家转仓庵。此文录自（民国）刘中藩主修《（桃江）石井刘氏五修族谱》。又见（清）贺长龄编纂《皇朝经世文编》卷五十八。

资阳刘氏四修族谱序

［清］欧阳厚均

岁丁酉，资阳刘生雁臣从余游，是时，余主讲岳麓已十余年矣。刘生从余也晚，而于文章、诗赋及品行事业之大，余时加指示，生亦颇能受之。适刘氏续修家乘，生因请序于余，且曰：生始祖杰广公出自江西，其子伯川为元翰林学士，宦游于楚，徙居桃源，再徙居益阳。由元至明，中有数代，皆隐不仕云。至六世祖宪，登明成化戊戌进士，知芜湖县事，奉公守正，干办精敏，升广西道监察御史，上章数十，切陈时事。朝廷以其能，适西人犯边，遂命巡抚宁夏，擢刑部侍郎。迁真之日，奸宄逃亡，善良安堵。正德朝，刘瑾擅权，怀禄贪势者趋之唯恐不及，独公忠贞自守，数上章弹劾其罪。瑾畏之，中以奇祸，死于狱。精神不泯，正气常存。明嘉靖十年辛卯，立谥建祠，敕湖广布政使郭日休治其墓，谕祭文及郭公墓表勒之石。后子孙单微，明季避乱而祠几废焉。至我乾隆四年诏中外修葺陵寝及忠义祠墓，长沙太守鱼公以公祠墓详请。蒙殊恩赐春秋祀，而孤忠复显。生高祖章以明经补永明训道，祖绳爵以孝廉授贵州县令，虽非阀阅，抑亦忠厚之遗也。余既重生请，复备阅《湖南通志》，悉如生所云，而知生忠节后也。其必昌者也，凡刘氏之子孙必能守祖宗之遗训者也。兹值四续，探本寻源，蔼然而仁孝生；敬宗收族，肃然而昭穆序。余于生有厚望，更于生族任事诸君欣幸焉。是为序。

同进士出身户部主事升浙江道监察御史掌教岳麓书院坦斋欧阳厚均撰。

欧阳厚均（1766—1846），字福田，号坦斋，湖南安仁县人，清嘉庆四年（1799）进士。历任户部主事、郎中，浙江道监察御史。性孝友，以父丧母老辞官回家奉养。后主持岳麓书院二十余年，其著作今人编有《欧阳厚均集》。此文录自刘述才、刘补生主修《资阳刘氏八修族谱》卷首。

益阳刘氏族谱序

［清］陶　澍

友人冠南、翼芝两刘子，以书来京师，索余序其《谱》。余故谂其为益阳茂族，明初由江西迁居十里。至其所为《谱》，则非数千里外所能臆说，辄为综举史传言刘氏之文，以备采择焉。

盖余考古姓氏之书，其最难谱者莫如刘氏。有始为刘而后非刘者；有始非刘，而后为刘者；有同为刘，而异其源者；有同为刘，而异其委者。

《传》言陶唐之后有刘累，尚已。商末，徙封尧之故墟，为唐氏。周封其后于杜陵，为杜氏。杜伯子隰叔奔晋，生士芀，为士氏。其后又为范氏，为随氏。《北史》后周赐武乡公刘志姓宇文氏，长广公刘亮姓侯莫陈氏。又钱镠据吴越，其民避嫌名，改刘为金氏。此始为刘而后非刘者也。

《史记》高帝五年，封项伯四人为列侯，赐姓刘氏。六年，封娄敬为奉春君，赐姓刘氏。又高帝以宗女妻冒顿单于，其俗，贵者皆从母姓，改为刘氏。此始非刘而后为刘者也。

东周时，王朝卿士食采于刘，以邑为氏者，则有刘康公、夏献公、挚文公、伯蚠，以及刘毅、刘佗、刘州鸠，其仕于晋者，又有刘难。此同为刘而异其源者也。

刘向颂高帝云："汉帝本系出自唐帝，降及于周，在秦作刘。涉魏而东，遂为丰公。"此汉祖所自出也。其曰彭城刘氏，出于宣帝子楚孝王嚣；而高帝弟楚元王交，亦居彭城。至刘宋时，分析为三：帝室居绥舆里；左将军怀肃居上里；豫州刺史怀武居丛亭里；及刘道产所居吕县，凡四刘，同出元王，同曰彭城。其出高帝兄代王嘉者，曰宏农刘氏；出长沙定王发者曰南阳刘氏；出赵敬肃王彭祖者曰广平刘氏；出胶东王寄者曰平原刘氏；出鲁恭王馀者曰东平刘氏。而又有梁郡刘氏，出梁节侯畅；尉氏刘氏，出河间孝王开；临淮刘氏，出广陵思王荆；涿郡刘氏，出中山靖王胜。其他如兰陵、杼秋、宣城、陈留诸刘氏，更仆难数。此同为刘而异其委者也。

夫以刘氏之蕃如此，其别如此，考古者每难言之。《白虎通》曰："人之有姓，所以崇恩爱、厚亲亲也。"又曰："族者，凑也，谓恩爱相流凑也。"君子观于族姓之义，而因有事于谱如刘氏者，果何以质之而不惑乎？虽然，谱以传信，断自其可知者，而不知者缺焉，君子之义也。揆之尊祖、敬宗、收族之意，亦如是而惬耳。

冠南、翼芝之谱，既远有承藉，而其同事诸君，皆敬慎以有和，虽未得睹其全牒，固知其必能因源竟委，以衷于是也。

此益阳刘氏，始迁祖刘南仲，于元末明初率子嗣澧、嗣澐，侄嗣洛、嗣溢、嗣瀿和族子进迓，从江西迁湖南益阳县十里桃花江。此文为刘氏洛、溢、澐、瀿、进五房三修族谱序言。陶澍生平见本书第十一卷。此文录自《陶澍全集》第六册。

桥头刘氏支谱序

[清] 陶　澍

谱牒之学，古有专门。自周小史奠系世，郑司农谓“世，即《世本》之属”。其在《鲁语》则曰“工史书世”，在《周语》则曰“司商协民姓”。《白虎通》曰：“古者，圣人吹律定姓，以记其族人。”秦既灭学，诸侯子孙失其本系。是以刘汉之兴，虽云尧后，而太公以上，莫详世次，则谱学失官之故也。魏、晋置九品中正，隋、唐有图谱局，郎、令史掌之，仍用博通古今之儒知撰谱事。其时，官有簿状，家有簿系，盖綦重已。五代之季，渐即凌弛。观郑渔仲所志谱系凡六种一百七十部，至马贵与《文献通考》所载仅存数家，阅时无几，而专门之学已多不可考。奈何后之言谱者，顾欲凿汉唐而征名，规秦越而缀属乎？

桥头刘氏，其先曰南仲，由豫章宦楚之龙阳。其子天麒、天麟始来宅于兹，二十余叶矣，族众日滋。其次房之裔，近复续为支谱，祖南仲而宗天麟，昭穆尊卑，焕然秩然。南仲以前，推及于宋丞相某，虽不忘所自，而不敢诬也。南仲以下，族大丁多，亲近如天麒，虽未能尽合，而亦不病其分也。以视乎凿汉唐而征名，规秦越而缀属者，洵不可同日语矣。

余与刘氏诸君子游最久，而勖斋复不远数千里邮书为请，辄为序之如此云。

桥头即桥头河，今属桃江县松木塘镇。此刘氏，始迁祖刘嗣澧，即刘天麟。七传衍为明珠、璋、鹤、鸧、景、鼻、导七房。此文录自《陶澍全集》第六册。

碧田刘氏宗谱序

[清] 陶　澍

谱学难，而谱刘氏尤难。《传》言陶唐之后有刘累，尚已。刘累者，其名非累氏刘也。《唐书·世系表》言陶唐氏子孙，生而有文在手，曰“刘累”，因以为名。是为御龙氏。既氏御龙，其不氏刘，明也。《表》又言士会子孙留秦，盖本之《左传》，其处者，为刘氏。处即留也。窃意刘氏当作“留”，文义始应。汉因“卯金”之谶，加金，同“虔镏”之“镏”，故许慎《说文》有“镏”字，无“刘”字。徐铉谓：“镏字从金从卯田，与刀屈曲相近。”疑即刘字者，殆非也。按《说文》偏旁有“浏”字，浏者，水名，盖成周时王畿内地以水得名者也。定王弟季子食采于是，因以为氏。若康公、夏献公、挚文公、伯蚠是也。若佗、若毅、若州鸠，盖皆其族也。古文简质，时或省水为刘，于卯金刀之说尤肖，而镏之音如之，遂援而为一也。否则，许慎汉人，不应为字书以同文而遗其国姓也。《左传》晚出，以能言国姓，得列学官，意其时已混“浏”“镏”为“刘”，而改《传》以从之。子政诸人，特藉以证汉承尧后而已，非不烛其谬也。然姬、祁自是不分，而射阳、平皋、奉春之刘，更无论已。故曰：谱刘氏尤难也。

碧田之刘，其《谱》断以由吴始迁为一世，推及于江西之某君而止，以前则略之，无遥遥华胄之诮。盖昔者汉祖名邦，《史记》不载而《汉书》载之。太公名煓，字执嘉，《史记》亦不载，而《唐书》载之，后儒犹以为疑。若碧田之《谱》，可谓慎也。惟慎，故难也。

碧田，位于桃江县鸬鹚渡镇千工坝村。此文录自《陶澍全集》第六册。

资阳刘氏四修族谱序

[清] 陶　澍

岁丙申，余奉旨阅兵，得请假便道省墓，复经益阳，有刘氏续修家乘，其族君子因以序请。按刘氏旧谱，余尝过友人晴峦家，睹其本末源流，系出江右。始祖杰广公发派，伯川公为前元翰林学士，出守常德，监师桃源，后遂挂籍益阳。传旻远，再传崇宾、崇质。宾生纲、纪、维；质生经、纶、纬，合则六大房焉。其谱创修于前明刑部侍郎忠节鹿山公，有光禄大夫李东阳先生为之序。其派系由忠节公而上溯之，止于五世，五世而上则阙之。崇本务实，绝不攀援，殆有异于凡为谱者也。

后续修于国朝乾隆四年己未，再修于嘉庆二年丁巳，今则四修谱牒矣。

夫谱之修，溯本寻源，难为之前；而族姓蕃衍，亦难为之后。彼刘氏始萃于益阳，中则散处他邑者不一而足。今族君子体前人敬宗收族之意，复举生娶卒葬行事之实，仍踵前例，考核详赡，不漏不支，固见作事之谨慎，代有其人。抑由诗书世泽、忠孝家风所留遗者远矣。余以公事繁重，不及铺扬盛美。然观于刘氏之科第蝉联、人文炳蔚，行见光速有耀，必更致藜焰之大腾，不愧楚南之望族也。因乐书而为之序。

诰授荣禄大夫太子少保兵部尚书两江总督陶澍云汀氏谨撰。

晴峦，即刘英泰，字晴峦，清代诸生，益阳县十里（今属本县石牛江镇）人，是陶澍少年时期的同窗好友。此文见刘述才、刘补生主修《资阳刘氏八修族谱》卷首。

河塘刘氏族谱序

[清] 陶　澍

太史公著《本纪》，不能溯阳里始基；李斐知溯隋魏矣，不能溯隋魏以上；司马贞知溯刘累矣，不能溯刘累以上；惟罗长源探本穷源，知出帝尧。溯人谱系何其难也！然其所以难者有故。秦兼天下，刬削旧迹，宇内族姓大半失厥本源。虽《帝系篇》《世本》等书汉时尚存，而残缺脱略不甚详悉。闾阎记载，觚家无从骤得，以《本纪》阙之，以俟后增订，盖慎也。晋世挚虞虑四方族姓失厥渊源，始著《族姓昭穆记》十卷。齐梁间族姓书寖广，后魏有四海大姓、郡姓、州姓、县姓等目。《隋志》记载姓籍四十一部；《唐志》载记族姓者十七家；《宋志》载记族姓者五十三家。顾书虽浩繁，率多附会。如：双出家双，奇出伯奇，张本张星，柳因柳宿，诚未知其何据也。夫谱以传信，援引华胄者既失之诬，推本星宿者又失其诞，此何可哉！

刘君活云、廷表、古风者，丁磊峰先生友也。磊峰走札皖署，述活云诸公谱成，丐余序。且述受氏之始自考监明；其始祖继泗公自明时由吴西吉安府吉水县迁楚南资江，落业河塘，生子宗绶。绶生子三：长应隆、次应华、三应祥。祥公子思崇公子达由贤书宰四川峡江令，署重庆府事，宠锡“天香”匾额。如磊峰言，知活云之先辉耀门闾，正有光于谱牒也。益邑刘氏谱，余为序者屡矣，譬如水然，考其分支未尝不异，溯其源皆自昆仑始。余序活云诸公谱，欣然走笔者，为其流异而源同也。盖天下之刘始自考监明也无疑也。夫考监明之嗣之封留也，其说发自罗氏。罗氏考据群书，不诬不诞，谱刘氏所由易易。他族姓或迂曲难稽，唯刘氏自陶唐而夏、而商、而周，较若列眉。史迁、李斐、司马贞等学虽博而际其难，挚虞诸家说虽繁而附会。活云诸公独能根据罗氏探本穷源，而又能溯厥一本，其谱学必有大过乎人者。作斯序邮寄活云诸公，其以余为知言否？

河塘，又作荷塘，今属桃江县浮邱山乡。此刘氏，始迁祖刘继泗，元顺帝初年由江西泰和县迁益阳县九里河塘；河塘另有一刘氏，始迁祖刘文佑，元至正间亦由泰和县迁来。此文录自《陶澍全集》第六册。

资益殷氏族谱序

［清］陶　澍

昔周有小史，定世系、辨昭穆，故古有世系。左丘明传《春秋》，亦言“天子建德，因生以赐姓，胙之土而命之氏”。秦火而后，往往失其本系，司马子长乃约《世本》修《史记》，因周《谱》明世家，而后人知姓氏所自出。魏氏立九品中正之法，于时有司选举，必稽谱牒，官有世胄，谱有世官。晋宋因之，姓亦尚矣，其辨贵贱、定士庶不可易也。故过江则为侨姓，东南则为吴姓，山东与关中则为郡姓，代北为虏姓，以及膏粱、华腴、甲、乙、丙、丁之名，不一而足。而江右定氏族，凡郡上姓第一，则为右族。太和以郡四姓为右姓，齐昙刚《类例》，凡甲门为右族。周建德《氏族》，以四海通望为右姓。隋开皇《氏族》，以上品茂姓为右姓。唐贞观《族志》，凡第一等为右姓。路氏著《姓略》，以盛门为右姓。柳村《姓族系录》，凡四海望族则为右姓。予斋居之暇，尝究心于此，窃谓三代以下，宗法废而犹以叙昭穆、联疏逖，不至于数典而忘祖者，非谱之功不及此。是则阀阅之家，占籍既别，人易而世疏，则谱诚不可以不修也。

殷氏之先，出于陶唐氏司徒，非所谓甲门右姓乎？而其后，历代皆有伟人，尤难缕述。予第述其先世官孙、宗孙两公，由吴西而迁楚南，宗孙派衍潭醴。官孙之子曰钰公，明洪武时之指挥也，有子四：长儒德，次儒庆，次儒善、儒福，分布于长、善、阴、宁、安、益，支庶繁衍，皆为巨族。惟善公之子曰灝、曰瀜、曰浒三公，嗜益之山水而家焉。灝公落业六里沾溪，故地名殷家洲。瀜、浒二公居二十里衡龙桥下，即今之殷家垇。其间举乡饮，列成均，美秀能文者，悉为其裔。虽其别籍而居者，咸能笃所自出，雍雍乎尊祖敬宗之意焉。今其族谱将告成，不鄙予谫陋，因姻丈嘉言先生属予序。予以忝在戚末，谨将古之所以为谱者述之，庶可为刍荛之一助。而殷氏之谱，故知其必有合也。是为序。

时嘉庆十三年戊辰季春之吉，赐进士出身儒林郎翰林院编修充国史馆功臣馆协修官前庶吉士加一级年家眷弟安化陶澍子霖氏拜撰。

沾溪，今属桃江县。此文录自《陶澍全集》第六册《文集补遗二》。

石牛冈胡氏谱序

［清］陶　澍

益阳之族，胡为蕃，余为之序亦数矣。今年，玉田茂才以书来，言方有事于谱，而丐序于余。余考胡之见于载籍者，古有胡曹。又《路史》言："炎帝庙有胡真官者，南迁时侍臣也。"《氏族博考》载陆终氏次子参胡，董姓，封于韩墟，周时为胡国，楚灭之。而后夔之后亦曰胡，鲁昭公母夫人归氏即胡女。王符谓"归姓胡洧何"，《世本》言"归姓夔出"，是也。他如《考工记》之言"妢胡"，《越世家》之言"宗胡"，又墨翟之徒有"胡非子"，皆不详其所自出。惟平王二十六年郑伐胡，武公曰："胡，兄弟之国，不可伐。"此则姬姓之胡也。而后之言胡者，多本之胡公满。夫满受封于陈，其先则姚墟妫水，未闻以胡称也。史言大舜之后有圭胡，或即胡所自昉。然满为虞阏甫之子，未封陈之先，未闻别有爵邑，又不应父子异国，易虞而为胡也。由是言之，则未知"胡公"之称，为国欤？邑欤？号欤？谥欤？况于的所自姓，而牒之系之哉？

十里之胡，其系亦肇于胡公，而世次则邈矣。其可谱者，曰文秀，当元武宗时，由豫章之泰和迁潭，自宁而益。其居十里之石牛冈者，曰福宗。生七子，其季曰祖达，有子四人，所谓下四房也。今其族以丁繁，各自为谱，祖达之裔亦议修焉，而总其事于甫田先生，玉田、书府等参校其间。盖其谱至是凡六修矣，余虽远隔，知其不盭于初也。

往者归震川氏自叙其谱，以为出于胡，而不知归姓之胡为后夔之裔。且又杂引姬姓之胡子豹，而以为太史公微之，不为世家，言“不知于古帝王功臣何祖”。是不特未见《世本》，且未见《路史》也。余为云阁太史族谱序，尝言及此，玉田诸君皆邃于古者，更以是谂之。

桃江县石牛江胡氏，源于宁乡麦田胡氏。始迁祖胡福宗（字华六），明洪武二年（1369）由麦田迁益阳县桃花江十里郭家洲大坪（今属桃江县牛田镇）落业。文中提到“玉田”，即胡德瑞，是陶澍少年时期同砚之友。此文录自《陶澍全集》第六册。

梓梁文氏支谱序

[清] 陶　澍

文氏之族，出于周春秋时。若蔡大夫文之锴、越大夫文种、楚大夫文无畏、又卫将军弥牟，谓之文氏之子，皆文王后也。汉初，庐江文党守蜀，兴教化，其弟子张宽、司马相如辈，一时蔚然称盛，蜀人呼之为“翁”而不名。又越隽太守文齐，不附公孙述，以郡归汉，封成义侯。又《西京杂记》：“文不识家富多书”“文长蒨家一产二男”“文固阳善驯野雉”，皆昭然见于记载者。惟宋介休文彦博叙其家世，乃云：“本姓敬，避翼祖讳，拆其字为‘苟’‘文’二姓。”按《说文》：“敬字从苟，纪力反；从攴，普木反。”今以“茍”为“苟且”之“苟”，与卫苟变之姓无所别，而又改“攴”为“文”，讹益甚矣。盖宋初民未知学，沿袭俗书，故有此失。潞公巨勋元老而亦不加考正，宜为邓名世辈所讥也。

益阳文氏，其先亦出文王。后唐庄宗时，有春元者官帐前指挥，始占籍江西之永新，信国公文山先生其后裔也。信国有从叔曰正道，始分居固塘。有子六人，其四曰存耕，以明经官教谕。又九传至福道，始迁居楚南之益阳。其子某居十里梓梁岩，族甚蕃，科第相望。尝取其谱系观之，所叙如此。

于是，其族七房佥议修谱，而太学生贤选，与其同祠诸君子有事于支牒，而以序为请。余官川东时，贤选命其子来，已诺之，不可却也。因略为诠次源流，俾弁其卷。

桃江县梓梁岩（又作子良岩）文氏，迁湘始祖文潮鏖，明初由江西吉安府永新县文坊迁益阳石头铺。其子福道生四子，即绍禄、绍通、志成、志高。绍禄和绍通居梓梁岩，其后人繁衍于梓梁岩、南坝、河溪水、文家渡等地。此文录自《陶澍全集》第六册。

浮邱胡氏宗谱序

［清］陶　澍

余素与胡子渫洸、京南公笔砚，族中克善、冠元、先魁、世范诸子亦订知交焉。胡氏为益阳著姓，而渫洸、京南诸子之族，则自明洪武年间有贵甫者，由江西高安县来楚，凡四传至子荣、子横，始定居益阳二十里金牌山，子荣子思彰既而迁九里浮邱之麓，迄今凡二十派矣。诸子既辑族谱，属序于余。

盖世之言胡者，郡望必称安定，其地在今甘肃之平凉府。余考古史胡氏之族，凡数姓。《世本》言“胡曹作衣”，是五帝时已有此姓。而大舜之后，有圭胡员遂，武王之女太姬所妻胡公满是也，是为妫姓之胡。平王十六年，郑伐胡，武公曰：“胡，兄弟之国也。”其后胡子豹，为楚所并。故《路史》云：“胡，子爵，楚灭之，姬国也。”是为姬姓之胡。又《世本》《左传》皆云：胡归，姓夔，所出鲁襄公夫人胡女若少，归齐归是也，是又为归姓之胡。至其地之所在，则《范史》云：“汝阴本胡国。”《九域志》：“开封有陈胡公庙。”而《监会图》：“胡在豫之郾城。”《越世家》云：“析郦宗胡。”《索隐》云：“宗者，胡邑也。为胡姓之宗。”《考工记》：“妢胡之笴。”注云：“胡，子国，在楚。”之数说者，皆不言安定。而自宋以来，大儒如瑗、如寅、如安国，无不称安定者，此亦如刘称彭城，李称陇西，举其著者言之。其遥遥华胄，则虽以林宝之撰《元和姓纂》，号为繁富，而不能自明其姓所从来，其他抑又何说？

今胡氏之族，散处益阳、攸邑、湘潭各邑，指不胜屈。渫洸、京南等乃慨然兴缀族之念，由荣、横溯而上之，而世系则断自贵甫始，既勤且慎，尊祖敬宗之义，于是乎在。至于因流溯源，则“工史书世”之职废久矣！刍荛所举，聊以塞下征之意云尔。

此文为《浮邱胡氏二修族谱序》，录自（民国）胡唐钦主修《（桃江千工坝）胡氏五修族谱》卷首。又见《陶澍全集》第六册，文字稍异。

徐湾邓氏族谱序

［清］陶　澍

谱学始于周，而盛于汉。若《邓氏官谱》，其最先者也。至宋临川邓元亚撰《古今姓氏书》四十卷，其文散见于《永乐大典》。乾隆中奉诏开四库馆，乃摘辑成编。论者谓昔之官谱不可见，是书存，犹可得其大略。然则言谱学，宜莫如邓氏矣。

从兄兰江先生馆于益阳邓氏，适其家修谱成，丐兰江书请序。盖其祖元太于宋开宝中，由江西太和迁楚邵州之石牛塘。崇宁五年，升邵州武冈县为军。理宗元年，升邵州为宝庆府，遂世为宝庆府之武冈人。我朝康熙四年，有讳名楚者由武冈迁新化之油溪大塘，旋徙益阳十里之徐湾，至今七叶矣。世有簪缨，数典而忘，君子惧焉。斯《谱》之所为作也。

余考元亚书所载邓氏源流，谓商高宗封季父于河南为邓侯，别赐姓曼，后并于楚，以国为氏。而罗泌之论，又谓邓为仲康子国，楚之北境。史云“阻之以邓林”者，即今之南阳，实汉高密侯禹所从起。是则邓之得姓，其为姒为子，虽博雅者且难折衷而定于一是，矧后之为谱者耶！今观邓氏旧系，乃载邓为唐叔虞后，至吾离始封邓侯，其后为南阳之望。是又于姒、子之外，别出姬宗，固有难于臆断者矣。虽然，旧系所载乃江右旧谱之文，虽不敢删，亦不可得而详也。由武冈而新化，而益阳，世次渐近，是则不可得而略也。

邓氏之《谱》，祖元太而宗名楚，以前者则存而弗论，合于“多闻阙疑”之义，而尊祖敬宗之意，即寓于其中。于以媲美汉之《邓氏官谱》、宋之邓氏《姓氏书》，又何难焉？故曰：“言谱学，莫如邓氏也。”

徐湾位于桃江县桃花江镇。此邓氏，始迁祖邓日清，字名楚。此文录自《陶澍全集》第六册。

石磴曾氏族谱序

[清] 陶　澍

曾之先出于姒。自宗圣传孔氏之道，子孙与颜、孟并列为四氏。世居南武城，其地在今之嘉祥县。明嘉靖间，嘉祥裔绝，诏求得五十九世孙粹质子永丰山中，遂令还鲁，衣巾奉祀。先是，十五世孙据避王莽乱，自鲁迁江西，至是复由江西归于鲁。逮我朝而世袭五经博士，圣贤之泽长矣。当粹质未归时，宗圣后裔已流衍吴楚甚众。其在吾邑者，自绍兴中肇元始。肇元由江西来居石磴铺，再传至应龙，以孝廉起家，子孙散居县境。而上舍筠斋先生，则自其大父徙益阳之十里，子孙犹岁时省墓安化，不忘本也。

惟圣贤之道，同于天地。而传世既久，亦不能不与时为盛衰。以孔子之至德，历代尊崇，迨五季之乱，阖族歼于孔末。惟仁玉匿外家获免，一发千钧，迄今子孙以万计。然长房之裔，实从宋高南渡，居于衢。其世爵在曲阜者，皆次支之裔也。转徙变迁，与曾氏略同，而衣冠文物，残缺已多。尝读孔氏之《谱》，如《史记》所载"慎，字子顺者"，《谱》或作谦，或作斌，已不无可疑。又自晋武帝泰始三年，至宋文帝元嘉十九年，凡一百七十余载，只有嶷、抚、懿、鲜四世。而如《晋书》武帝太元十一年，封孔靖之为奉圣亭侯，《宋书》元嘉八年，夺孔继之爵，十九年授孔隐之，二十八年更以孔惠云为奉圣侯，谱皆不载。若谓舛漏，则唐书世系表又与谱同，斯固未知其孰是而孰非矣。他如颜氏之谱，载复圣娶戴氏，生子歆。孟氏之谱，直以孟仲子为二世祖，皆未敢确指所据也。

而曾氏之谱，顾犹有可述，岂不以巩、肇诸君道德文章，能言其祖，故于江西之系较详。即东鲁大宗，犹藉以资考镜，况安化分支之时，距巩、肇未远，应龙诸公，又皆彬彬有文，其《谱》之不漏不支，赡而有体，宜矣。于时筠斋先生，方鸠其族人修谱，而以序为属。余于先生，有孔李通家之谊，微先生言，故将执笔纪之。且大贤裔也，附名编末，有厚幸焉。

石磴铺，位于安化县常丰乡，今属梅城镇。康熙间有曾玉禄者，从石磴铺迁益阳县桃花江。筠斋先生，即曾润攀（《谱》名曾兴攀）乃曾玉禄之孙。此文录自《陶澍全集》第六册。

梅林郭氏二修族谱序

［清］陶　澍

间尝旷览楚南形势，衡岳峙于上，洞庭汇于下，川岳精灵，充积磅礴，每泄为人文，亦足以极天下之大观而无憾矣。乃星沙所属十二城，山不必如衡岳之高，水不必如洞庭之深，而贤哲挺生，英尤特出，往往令人颂扶舆清淑之气于不衰。盖于资江所志，浮邱有然焉。夫浮邱之去岳岭也远矣，乃层峦直接，隐然与七十二峰一脉相连。山之岭古木森严，远近望之如衡岳，然此亦山水之一奇也。岂生其间者，独无磊落奇伟之士哉？

曩者，余父曾馆于山之近，见夫郭氏环山而居，其一时人材辈出，敦诗说礼，光前裕后者，代不乏人，殆亦地灵人杰有相应不爽者欤。余尝从父受学于兹，故亦得与族中诸君子往来晋谒，为莫逆交。迨后身列朝班，未获聚首谈心，每系念者有年。迩来所置田园，又壤相错而陌相连，益不能无暮云春树之想。丙申冬，适乞假归至益邑，与二三父老道情愫，通款曲，有郭氏讳仲山者，年登五豆，白发苍颜，亦与其中，此余父执也，为之叙寒暄者久之。已而告以《家谱》方续，欲得一言以为记。余溯夫郭氏之先，系出姬周，派衍太原，其簪缨焕发，甲第联登，历代以来，班班可考。今诸君子举前《谱》而更新之，固仁人孝子之用心也。且按其帖，伦序分明，规条严密。如珠之联，如璧之合；如水之溯其源，万派分流；如木之培其根，千枝竞秀。不诚上可无恫于先人，下可流芳于后代乎！古称不朽有三：立德，立功，立言。郭氏前人亲睦克敦，其德显矣；善政流传，其功昭矣；文章远播，其言彰矣。三者如是，固宜历久不衰。后之贤哲继起，当更有恢扩先绪，垂奕祀而无疆者矣。是为序。

此文录自（民国）郭大进主修《（桃江梅林）郭氏七修族谱》卷

首。此郭氏，始迁祖郭祖华，明代成化年间从长沙县三十八都迁益阳县十二里（今属桃江县桃江灰山港镇），后转迁浮邱山下王田文张坝塘，后裔居沙田湾、梅林寺，遂与陶澍之桃花江庄园“壤相错而陌相连”。

符氏续修族谱自序

[清] 符　鸿

族谱之修，夫人而知其重。然谱之修也，其先有其作之难，其后有其述之难。曷言乎作之难也？谱牒之兴，虽肇自汉以来，然氏族诸篇，类以宗乎众家；世家诸系，则以表其最著，皆非能为一族备其源流，悉其分合。洎宋苏、欧氏而后，氏族有专谱，嗣是士大夫宗之。元明以来家自为谱者，始相踵兴矣。然余观世之为谱者，其先或数世，或数十世，有其传则得而详，无其传则不得而详。而不善为者，则不必其真有传，往往牵合附会，冒他人之祖先以相夸诩，而适其以自乱所传，其弊乃盛于无谱。故作之难也。

我符氏之谱，肇自前明，所系自始祖伟明公，迄始迁祖成章公，中间二十余代，虽或事实莫详，而世次厘然，源流具备。是皆幸有所传，故可得而谱。余尝考符氏之著于古者，自汉传所载伟明公而后，若唐之令奇、宋之彦卿，其节行勋望，皆炳然史册，彪著一时。余于嘉庆辛酉、壬戌间应试礼闱，适符氏之通显者，浙江、豫章、粤东皆各有人。邂逅都门，相与通好联谱。询其先，自汉伟明公而下，于宋皆宗彦卿，独余湖南之谱则否。惜其时闽籍无人，未知其若何。然即是以推前人之志，知惟一循其所传。所传关有，《谱》不敢增；所传无有，《谱》不敢附。其作之，可云慎矣。故曰难也。

若夫既作矣，述之易易也？而又有难者。我符氏当明之季，兵燹流离，丘居星散，谱籍废缺者，中旷有年。迨康熙丙申，曾伯祖五峰公，族伯祖元少，族伯洪九、子藩、凝祉诸公始谋重辑。时各支散隶湖南者，嗣派繁衍，未易合修。因近合沩、益诸支，断自成章公冢嗣辅公而下。而我本支自辅公重孙如禄公，再传而为南岩、面鹿、康圃三大房。因南岩公下丁系棼繁，议未易合，致垂成中搁。逮雍正乙卯，族人商尊等始合湖南符氏而修之。而五峰公等所系，则丙申后犹阙而未入。迨乾隆庚子，我霞辉公房下始分修支乘。霞辉公者，南岩公之季子也。嗣是自南岩公分者，各相继分修，合修则终以为难也。

嘉庆庚申，余幸捷乡魁，往来益邑及宁乡、衡阳、湘阴间，每晤族人，商及谱牒事，鲜不慨然思踵前合修，卒以丁繁址散，未易集议。随余于乙丑计偕北上，旋筮仕中州，愈无由会议及此。既余以内艰解组，丙子归里，适益议修县志，举余秉笔，兼主讲龙洲，族之事遂无暇分顾。然每念先人遗绪，未尝不切切于怀，特患合修之难将就。庚子间，我房所分辑者，倡本支续之，而南岩、面鹿、康圃三大房子姓，则俱有志续修。庚辰春，余将赴县志馆，过修山，因诣宗祠，会诸族首，则跃然均愿同时合续。遂发通引、遴首事、立条规、征草册。越明年辛巳春，余将赴铨部，订会祠中，则各房草底已就。既余拣发安徽，署歙篆，族复以书来，言谱以渐次告成，嘱余言为序。余闻之，不禁輾然喜、瞿然思也。何者？是谱之合，前人谋之而有未及就；余心念之而有弗敢成。族之人乃肫肫尽力，其间非不知其难，而不敢辞其难。此其述之之心，前之人犹将鉴之，后之人其将见之矣。若予于是役，始以羁身作《志》，继以浪迹宦途，以谱事不过倡其大纲，不克理其细目。曾何裨其间，复何言其间？独念夫作之难，而述之有非易耶！觍言之以质诸族首，当亦韪余之能著其心，故不徒侈陈其事也。是为序。

符鸿，生平见本书第十六卷。符氏始祖推为汉代之符伟明，迁湘始祖为符彦文，字成章，福建汀州人，元代初期任长沙镇守使，遂由福建移居长沙。桃江修山符氏始迁祖符思诚，字如禄，号秀水，明初择居于修山，乃符彦文之五世孙。符鸿是修山符氏之第七世。此文录自（民国）符德恒纂修《（桃江修山）符氏八修族谱》。

第二十二卷　桃花江文选七　谱序二

符氏续修族谱序

［清］胡达源

辛巳夏四月，吾邑符笔臣先生需次入都，携示所纂辑《邑志》三十五卷。按其山川图记，治西九十里，峰峻如削，卓立江滨，为修山；西南百余里，瀑布悬崖，波流清驶，出为沾溪。盖符氏卜居于兹数百年矣。又尝考诸人物，其砥节砺行，足以仪式乡闾；其委贽策名，足以宣猷邦国者，炳然见诸记载之中。夫天地清淑之气，结而为山，融而为水，生其间者，多英奇卓越、拔出流俗之人以应之。吾观其《志》，而知符氏之有人也。

夫邑之有《志》，犹家之有《谱》也。其体裁虽异，而条理分明，叙次详核，以信今而传后，其义则一也。先生名进士，宰中州，学有本源，政得体要。癸酉秋，以内艰解职。吾尝过其地，淇泉左右，犹有爱亲敬长之风，盖先生所以学，与其所以为治者，固莫不崇实行而笃彝伦焉。于其修邑《志》也，翁大方伯西凤先生称其赡而不秽，详而有体，经严史洁，实兼有之。今复与族之人续辑家谱，本末源流，了如指掌。而孝友亲睦，自流溢于楮墨间。於戏！读其《志》，可以知其为《谱》矣；读其《谱》，可以知其族矣。是岁六月既望，先生出宰江南，委《序》于予。襄斯役者，其从弟倬云，与吾同出石琢堂先生之门，并嘱言简端。既不获辞，因为序之，以见吾乡右族敦本茂实、其辉映家乘而昭邑《志》者，方特扬厉而未有已也。若夫世系所自出，支派所由分，具前《序》甚悉，兹勿赘云。

胡达源，生平见本书第二十卷。此文录自（民国）符道恒主修《（桃江修山）符氏九修族谱》。

鲁氏族谱序

［清］胡达源

昭穆之辨始于周，其世系掌于太史，汉则家自为谱，至六朝而繁，至唐而盛，故唐《艺文志》史部以谱牒为一门。宋有欧、苏二谱。欧阳氏用直谱，古之所谓图也；苏氏用横谱，古之所谓牒也。要其大旨，皆欲使子孙披卷敬瞻，肃然如对其祖考，报本追远之意油然而自生。且详其支派、联其族属，虽世次遥远，休戚相关，不至视如途人。则谱牒之所系，顾不重哉！

吾邑鲁氏为右族，宋御史昂由山东曲阜徙居二里九冈山，则始迁之祖也。其嗣太清、太源，象贤济美，克承先泽，云礽蕃衍二十世于兹矣。乾隆甲寅，膏轩、双潭、东山诸君，慨然以敦本睦族为重，尝纂修族谱，断始于御史公，未敢引援华胄，以门阀相夸。其叙次世系，则丝连珠贯，秩然有条，盖庶几仁人孝子之用心者。顾自甲寅以来，阅今卅余载，其子姓日繁，里居星散，不为编辑，将恐纷而无纪。于是二山、一正、琢堂复谋诸族人，重加厘订，相与续成是书，而走书数千里求序言以弁其端。於戏！天下国家之事不一，而其相暨之理则同。士君子推一本之爱、扩胞与之怀，始于宗族、达于州里，而可以广施于民物，其造端也至近，其相及也至远。今使一族之中老老幼幼、亲亲长长，敦礼让、重农桑，渐积流通，风俗茂美，又岂独一乡一邑之望哉？吾于鲁氏《谱》未见全书，而迹其肫肫恳恳、敦本睦族之意，盖不胜歆且羡矣。

赐一甲进士及第诰授奉直大夫国子监司业前翰林院编修国史馆纂修加三级随带加一级纪录四次云阁胡达源顿首拜撰。

桃江鲁氏，始迁祖鲁昂，宋元之际从山东曲阜“远引”湖南益阳，落业二里九冈山之五公村（今属桃江县马迹塘镇），生二子太清、太源，后裔衍为清、源二房。太清居九冈山，太源迁居桃花江。此文录自（民国）鲁先翘纂修《（桃江）资阳鲁氏族谱》卷首。

石牛冈胡氏祖达房六修谱序

［清］胡达源

自十余传之后上溯一传再传之人，详其播迁都邑、里居、钓游、生卒、墓庐之所，此非悓乎忾乎可恍忽摹拟者。固赖前人考据详明、寿之梨枣，而后后人稽之有本。谱之修也，顾不重哉！然为之前者，不但不能耳目以待后来之子孙，即寿之梨枣，亦恐散失难稽。且不独散佚难稽，子生子，孙生孙，未几而数传矣，未几而又数传矣，父老所传闻，率多记一而忘十。而谱牒之所纪，亦只待后人以详明。谱之续也，顾不重哉！

十里同堂碧泽、源伯、朝拔、邦安、化龙、松茂诸大人之六修也，以为修谱之法，不必定合于合族同堂。第二派祖云龙，子三，长宗福，由宁邑迁益阳石牛冈，生八子。子孙藩衍，派别支分，未易约集同堂。支祖达，其季也，生子四：嗣铭、嗣良、嗣钟、嗣镇。嘉庆二十四年，铭、钟、镇三房倡议六修，至道光三年始造成焉。夫一支人丁之繁，尚须四历寒暑始蒇事，若合福宗同怀八子，则不知功几倍、时几历矣，又何况族泉交河、炭溪、三堂街等处哉。癸未春，邮书属源叙述流源，而严君聿臣适倡修泉交河家乘，源以实录馆提调官事，未克与严君任讎校字画，而敢以谫陋漫事铺张以应所属耶？虽然，源不敢有违诸大人意也。谱不修，则先人之生卒墓庐不详，甚至字号之称呼、祖妣之姓氏而无从问焉。修于前者，从枝溯干而枝有本；续于后者，由干寻枝而本有枝。以支为干，而干复有枝，千枝万叶，发荣滋长、缕晰条分，皆于谱乎系支。且一支谱成，而众支亦将欢欣鼓舞。各自修其支谱，众支谱合，是即合谱之成也。有以继前人考据之绪也，是仁人孝子之所为也，诸大人勉乎哉。源有以识其尊祖敬宗之心也，无俟源之增饬，耀然间帙而已倜乎远矣。惟冀六修之谱已成也，诸大人谆谆以示后裔，庶仁人教子，绳绳相继无已矣，六修云乎哉！

清道光三年岁次癸未冬月榖旦。赐进士出身及第诰援奉直大夫实录馆提调翰林院编修本衙门撰文加二级随带加一级记录四次云阁达源顿首拜撰。

祖达，即胡祖达，字宇奇，桃江石牛江胡氏第二世。祖达有四子，即嗣铭、嗣良、嗣钟、嗣镇。祖达房又称为下四房。此文录自《石牛江胡氏祖达房六修谱》。

石井刘氏三修族谱序

［清］胡林翼

圣天于乘乾御宇，兴教化、厚风俗，务使天下亿万姓咸知正伦理、笃恩谊，相与尊祖敬宗而收族，宇宙所由太和也。而所恃相维相系、经乱离而不敝者，下逮士庶，亦得以家乘补国史之阙。兹于石井刘氏三修之谱，不禁肃然而起敬焉。

石井在浮邱过峡处，青乌家以为天池。由浮邱而下有桃江，由桃江而上有桥湾，予舅氏陶文毅公之别业在焉。往岁肄业于兹，遥望浮邱，端凝秀峙，意其下必有世家钜族聚庐而居者。已而刘君子香、春台不时来往，言论丰采，卓荦不群，心窃仪之。自咸丰军兴以来，予奉简命巡抚湖北，提督军务，旋丁先母太夫人忧，扶榇归里，乃得与子香诸君子畅谈时事。询及石井、浮邱诸名胜，心向往之。越明年己未春，札邀子香来齐安营襄理军务。一日，袖其族人彩盈、朗峰、五泉、粟五、汉源、春台、清海、就中诸先生续谱家书相质，并嘱以序。噫！余以戎马仓皇，久疏简笔，又深嘉诸君子一唱百和，协力同心，不以时势艰危而辄沮，则诚相维相系、经乱离而不弊者，在此一举也。余亦安得而固辞！

按石井刘氏，吴西宗伯元富公之裔也。富生均士，均士生五郎，五郎生岳州司马处志，为南迁一派祖。处志生在明、景明，迁本邑兰溪千家洲。在明生清雅、清澈，再迁九里杨家坳。今居石井者，雅公裔也。徙居梅溪、高峰者，澈公裔也。绳绳继继、本本原原，踵数十载未湮之卷帙而续之，综数十传已分之族属而合之，无扳援，无附会，无扬厉而铺张，斯诚信今传后之善本欤！抑余因有感矣，吾族亦由吴迁楚，丁繁而星散，分修谱志，惟有历年。近且商族议合建祠邑城，以为尊祖敬宗收族之公地，而时以不克告成为忧。今观刘氏三修之《谱》，甫岁余而蒇事，窃爱其先人之灵、后嗣之福、我朝教化风俗之隆，正未有艾也。爰缀数言以并其端。

赐进士出身赏戴花翎太子少保头品顶戴兵部侍郎兼都察院右副都御史巡抚湖北等处地方军务兼理粮饷前翰林院编修国史馆纂修江南典试使

者乡愚弟胡林翼咏芝氏拜撰。

胡林翼，字贶生，号润芝，益阳县人，胡达源之子，陶澍之女婿。清道光十五年（1835）进士，授编修，任江南乡试副考官。入赀为贵州安顺知府，署镇远，授黎平知府。咸丰三年（1853）率勇驰援武昌，此后逐渐成为湘军统帅之一，官至湖北巡抚。咸丰十一年（1861）卒，谥“文忠”。有《读史兵略》等著作传世，今人编有《胡林翼集》。此文录自（民国）刘中藩主修《（桃江）石井头刘氏五修族谱》卷首。

子良岩文氏五修族谱序

［清］胡林翼

益城西百里子良岩，为邑名胜，《志》载潘子良炼丹处，其文略而不详，予尝亲历其地而流览焉。见乎峭壁万仞，耸入云霄，升高一望，觉日月去人巾帻不远，烟霞在吞吐间。而流水一带，自龙池、樟溪曲折而来，萦绕左右，顾我欲留。其他层峦叠嶂，高者突兀，卑者奇横，若挺立，若踟跌，千变万状，不可端倪。予低回久之，窃意洞天福地，必有世家望族服畴食德于其中。询之长老，则曰：“此地国初皆文氏，厥后迁徙靡常，八里桃花江文家古渡居其半焉。”迩以兵戎告警，奉简命巡抚湖北，得与文氏孝廉湘浦共襄国事。公退之暇，谈及故乡风土，因悉岩以内梦溪、高洞、穿门湾、团田山、左峒、柳条尖等处，皆历代先人庐墓邱墟之所在焉。其世系由汉蜀太守翁而至迁江右之春元，由春元而至迁益之潮鏖，一脉相传，源流可考。自康熙丙子创修谱牒，迄今二百余年，又将五续。予因之有感矣：胡氏同自江右来，而尔宅尔田，惟文氏独卜居于子良胜地，是殆天之特辟此境留以发文氏之祥，长子孙于无尽，绵福泽于无疆乎？人之杰实由地之灵也，行见家乘与国史同昭，伟绩如潞国，纯忠如文山，文氏之兴正未有艾也。予闻谱帙成，因书以示湘浦。

时咸丰七年，岁次丁巳孟秋穀旦。赐进士出身诰授资政大夫湖北巡抚部堂前翰林院编修庚子科会试同考官江南乡试大主考贵州黎平府知府贵州贵东道四川按察使司湖北布政使司加五级记录十次胡林翼润芝氏顿首拜撰。

此文见（清）文湘浦、（清）文隆榜纂修《（桃江）咸丰丁巳文氏五修族谱》卷首。

邓氏三修谱序

［清］胡林翼

盖闻谱者普也，普古今远近亲疏而联之于一书也。千百载之遥，数千里之远，椒衍瓜绵之众，一展卷而昭然若接诸席，谱不郑重乎哉！自世不察，辄攀附声华，以为宗族光宠，如崇韬拜汾阳之墓，张说通九龄之宗。窃似乱真，求荣反辱，揆诸敬宗收族之义，大相径庭。惟欧、苏两家，本上治旁治之意，创率亲率祖之规。各亲其亲，因以亲无失亲，盖其谱至今传，而其书亦已古矣。尝读紫阳朱子所作《邓氏序》，上肇黄农，下逮炎宋，中溯鄧侯，越吾离、启宇子孙之以国为氏者，数千年脉络贯通，条分缕析。其间或勋猷冠代，或忠孝传家，或文章经世，良不诬也。虽其后年湮代远，派别支分，有散处于四方者，有聚族于楚南诸郡县者，溯厥渊源，要皆南阳一脉。

其他姑弗具论，资沩之间邓姓最著，元明而降代有伟人，今且方兴未有艾也。惟是居悬两邑，派衍三支，自乾隆辛卯创修谱牒至道光甲申重修，迄今历有年矣。人事有代谢，往来成古今，非有孝子贤孙善善继述，更阅一时，不且前无所因，后无可承乎？夫前波后澜，推衍无穷者，水之源远而流长也；联芳竞秀，柯叶不改者，木之本深而末茂也；子继孙承，保世滋大者，祖宗之积厚而流光也。以邓氏世德作求，而曰极盛之后遂难为继，岂理也哉？

岁辛酉，邓氏以三修家谱将竣，请序于余。余不文，又重以王事靡盬，笔墨久疏，岂能扬扢于万一。第思有彰美于前，必传盛于后。今尊族孝慈，能缵承先绪，垂裕后昆，是即尽仁尽孝之遗意也。异日者，求忠臣于孝子之门，率仁亲为爱物之渐，方将上襄圣主，下奠苍生，以成天下一家、中国一人之治。勋在王室，藏在盟府，家乘与国史同光，安见高密之盛业不可复兴、义门之美德不当终显也耶？余固乐张其美而传其盛，因援笔而为之序。

此邓氏，始迁祖谦光、谦江、谦淮三兄弟，元末从江西迁长沙，后谦江转迁宁乡，谦光和谦淮分别迁益阳县十一里（今属桃江县灰山港镇）之克让村、心田坊。原文见（民国）邓甲南纂修《（宁益）邓氏五修家谱》卷三。

宗支祖用公房七修谱序

［清］胡林翼

咸丰十一年冬，余将辑支谱，叔父墨溪大人慨然有从宗合族之意，思欲为通谱、建大祠，驰书遍告众族，并请合阅族谱。众族即隐触仁孝，欣然乐从。乃于治西城内置买屋宇一所，以为鼻祖之祠。因得会览族谱，各支俱已续修，惟伯祖宗公下用支始七修谱牒。叔父询及，思赠数言以揄扬之，遂邮书嘱序于余，且附寄其《支谱》。余时奉天子命荡平粤寇，驻军六安、英山，得书不胜欣跃。窃谓胡氏满中州，非吾族者固不可合，若兹之同宗而共祖，始而合派，继而族广地遥而疏如秦越，是一本也而行路视之矣。今叔父乃创祠、合谱以联之，使祖孙一脉之亲，终不睽于数百年之后，岂惟吾族之幸，抑亦天下人心风俗之幸也。

既而阅族伯祖用公之谱，与吾同祖汉清而宗文秀，其始迁为一派祖，分迁为三派祖，又皆与吾谱无异。披览之余，不觉恻然动追远之念矣。溯自鼻祖汉清公子文秀，携嗣云龙、云兴由豫章迁宁沩麦田。龙公子三：福宗徙益石牛冈，福寿徙益三堂街，惟福珍留守旧址。兴公子福大、福昊，大徙益炭溪，昊徙益泉交河，即吾祖也。自吾祖下，转徙单微，未及屡修谱牒，派行因未合订。要之同祖宁沩，流异而源不异也。今四派祖俊章公，族伯祖福宗第三子也，派衍六房，人文蔚起，谱经六修，历有年矣。后裔诸君子动追孝之思，奋缵述之志，毅然起而续之。上溯瓜瓞之初生，惟仍其旧；下纪椒聊之蕃衍，屡增其新。俾宗支于此分，而人不得忘本始；昭穆于此别，而人不得混尊卑；遗训芳规如此懔，而人不得弃礼义而干国纪。是则岂惟有以绵苏湖之世泽，不即可以培国家之元气乎！余虽从事戎马，幸睹圣世之仁风翔洽，熙熙然笃宗盟以讲家范，则斯《谱》诚可贺也。且当置大祠、撰通谱，笃二邑五支之亲睦，而其《谱》适成，亦见祖德之昭明，而簪缨当启于勿替，尤可贺也。得叔父书，且阅其《谱》，因泚笔而乐为之序。

此文见（民国）胡子猷纂修《（宁乡）麦田胡氏族谱》卷六。祖用公，即胡俊章，桃江石牛江胡氏第二世。祖用公之裔孙，今散居于桃江县牛田镇的麻牛、小坡头、三塘湾、大佛岭等地。

子良岩文氏五修族谱序

［清］曾国藩

咸丰七年二月，国藩在瑞州营次，闻府君光禄公之丧，具折奏请回籍守制，遂夙夜就道，匍匐归里营葬。卜日于闰五月初三，奉光禄公之柩，窆于里中周壁村。时友人文任吾自益阳来，会葬事既竣，出修谱事略，索为序，坚辞不获。

自粤匪煽乱，蹂躏万千里，凡通都大邑以至穷乡僻壤，被屠割者或荡无孑遗。予膺天子命，治军数载，虽时报捷书，而奏凯有待。感生灵之荼毒，叹荡定之何期，辄惨然动怀，内疚而不可释。益阳常被兵矣，其间世胄大姓、单丁寒门当冲要而转徙流离者，谅不能知其凡几。独文氏千户，男女丁万口，安业如故。当明之季世，献贼至益阳，虔刘特甚，而文氏在子良岩者完保无恙，至今日先后如出一辙。尚于其间析世次，修谱牒，期于敬宗而收族，敦本支之谊，不其懿欤！

近儒方望溪有言，殷周以前或千百年不见兵革，战国以降，无数十年而无小乱，无百年而不驯至大乱者，何天之甚爱前古之民而大不爱后世之民耶？盖治教陵夷，人失其性，淫侈相尚，乌兽不啻。故天不复以人道待之，草薙禽猕而莫之惜也。其不绝禋祀、得全于剥丧之余者，必于人道未尽失者也。

今文氏两遭寇乱，不撄焚剽之害，意其父兄之教，子弟之率，讲让型仁不失乎恒性，故天特拔之横流之中，不令相随以俱溺，为世习民风之劝耳。任吾归其意，与二三父老申孝弟之义，笃廉耻之风，濡渍乎诗书，振起乎偷呰，知必有魁奇忠信之士崛起其中，为朝廷桢干之资、疆圉屏翰之寄。盖非徒稻塍桑田，优游耕凿，相与庆其生聚已也。至其条例之精，详赡有体，则信于其学之所素蓄，览者可自得之。

曾国藩，原名子城，字伯涵，号涤生，双峰县人，道光十八年（1838）进士，选庶吉士，授编修，道光二十三年升为翰林院侍讲，并出为四川乡试主考官。咸丰二年（1852）以在籍侍郎的身份帮办湖南团练，从此创办湘军。同治三年（1864）湘军攻克太平天国首都天京，加太子太保，封一等侯爵，后官至大学士、直隶总督、两江总督。文中所及“文任吾”，即文希范，号任吾，益阳县十二里（今属桃江县）源嘉桥人，道光二十三年（1843）举人，主讲黔阳龙标书院，咸丰初入曾国藩幕，后入胡林翼幕，咸丰八年（1858）曾任湖北孝感知县。文希范是曾国藩和胡林翼之间的重要联络人。胡林翼去世后，文希范从武昌扶柩回益阳，并主持胡林翼的葬事。事后，又负责箴言书院的修建工程。此文录自（民国）文建猷主修《益阳文氏七房七修谱》。

桃江峡流溪吴氏五修族谱序

［清］左宗棠

自海内多故，而英特瑰玮之士出于其间，奋其材武，划除寇乱，功成名立，而天下知为伟人，岂一时侥幸之为哉。盖其祖泽之留贻磅礴郁积，钟于是人，以发之光。道咸之间，粤寇纵横，流毒数省，吾湘琦人杰士，奋起戎行，争相效命，如罗、胡、王、李暨两曾公，伟烈丰功，卓然昭著。而吴君朝杰以武人晚出，从诸公后，身经百战，屡立奇勋，累官至记名提督。长江水师初设，乃借补瓜洲镇总兵，余耳其名久之。关陇既平，新疆底定，余以召入值军机，寻奉旨出督两江。恩命抵任之后，朝杰因公来见，英武之概冠其曹，偶心窃赏之。今岁冬间，朝杰以其宗谱乞序于余。

余维谱也者，古之圣王以亲亲也。亲亲而宗法立，宗法立而谱系自明，非独以谱也。世风日降，谱牒不修，往往学士大夫莫知其所自。始而仁人孝子之心茫无所寄，又或侈陈先烈，粉饰铺张，附会支离。源流益杂，识者讥之。朝杰起自行间，不克究心书史，顾亟亟以谱牒之修为务。又其推源所自，断自其始迁祖继先公，支派厘然，无稍牵引，非特其性情之厚，即其识量有大过人者矣。抑余窃有慨焉，方今法夷狡逞，扰我藩封，蚕食鲸吞，了无顾忌。海防等备日益加严，豪杰之士，莫不竭其谋勇，冀得一当以播皇威。而朝杰以屹然重镇，屏蔽长江，大纛所临，声威远震，其足夺敌人之气而寒其胆无疑。意所以大前徽而光家乘者，胥于是乎在。序其家谱，益重有望于朝杰也。

左宗棠，字季高，号湘上农人，湖南湘阴人，道光十二年（1832）举人，由幕宾而成为湘军将领，官至东阁大学士、军机大臣、二等恪靖侯。光绪初年，统军收复新疆。卒谥“文襄”。此吴氏，始迁祖吴继先，明永乐间居益阳县八里峡流溪圈门湾（今属桃江县桃花江镇花果山社区）。其后裔有吴良溥者，于清代乾隆间迁六里沾溪（今属桃江县沾溪镇）。咸同间，吴良溥的第四代孙吴家榜（字朝杰）以武童入湘军，积功至记名提督、长江水师瓜洲镇总兵。此《谱》卷首还有李鸿章、彭玉麟、曾国荃、卞宝第等人的序言。此文录自（民国）吴声宏主修《资阳峡流溪吴氏六修族谱》卷首，又见《左宗棠全集》第十三册。

三堂街胡氏（寿支）七修族谱序

［清］龙　驹

四里胡氏，为吾乡巨族，子姓蕃衍，无虑数千。且其簪缨勿替，代有传人，若姻翁镜涛先生，尤余熟悉者也。旧同里，敦诗书夙好，时相过从，私心敬仰久矣。

庚午秋，予方纂辑家乘，先生亦修谱未竣。一日来局，从容谈论，因及谱事。余谓谱之义，大约由合而分，复由分而合焉者也。族之始一人耳，一人衍为千万人则分；联以谱牒，使千万人皆统于一人，不致散而无纪，则分而合。而其后之合而必分者，其势然也。

先生曰：“吁，有是哉！敝族谱盖昔合而今分也。吾始祖汉清公由江西迁楚，携子文秀落业宁邑麦田。越三派福寿公徙益之三塘，是为本宗。又六传至彦和、彦常。和生子三，曰世用、世英、世荣；常亦生子三，曰世献、世政、世达，分上下两三房。前此数修皆合，今之续修惟上三房合，而我政房与献房、达房则分也。”

余曰：分合何常，亦顾其势何如耳。势可合则合，势宜分则分。且无论族也，试以一家言之。苟少陵小加，男女内外之际，且有违言，虽数世同堂，合亦分也。若其父父子子，兄兄弟弟，夫夫妇妇，一以恩义相维，虽各宅而居，分犹合也。由是思之，天下事固有合有分。彼合而实分，不如分之为得；分而犹合，何必合之为美也。士君子诚胞与为怀，天下犹一家也，矧一族也哉。

先生曰："子言良然，盍为我序？"余谢不敏。

越数日，先生录其世系示余，并致其同事明哲、开第、石峰、致祥、芝茂、少川、凤林、廷华、勉斋、祚晖诸公之意，复以序请。辞不获命，爰受其世系读之，原原本本，朗若列眉，与先生所言无异。虽未及睹其全帙，而一想由合而分，亦分中有合，则不独用、英、荣之合修为合，即先生政公一支与献房、达房之分，亦只从本支起，本支以上仍合也。又况昭穆有序，尊卑有等，一体之谊，秩然霭然，尤有无间于遐迩者乎？先生之《谱》，无谓之分修也，即合族也可。

会试进士拣选知县里千龙驹，同治九年。

龙驹，益阳县三堂街（今属桃江县）人，同治十三年（1862）进士，拣选知县。三塘，今作三堂，属桃江县三堂街镇。此文录自（民国）胡子猷纂修《（宁乡）麦田胡氏族谱》卷六。

郭氏族谱序

［清］萧大猷

益阳建置自汉兴至明季千八百五十年，其初辖境有今数县之地。载在正史者，为公主封邑、为侯封、为吴蜀诸将驻兵之地，斯著县已。独其人才之蔚兴，以文章风节表襮于一代者，明以前不多见。意其山水深秀、土田沃衍，不少旧家望族、砥德厉行者而非居显位，又无有力者发其幽光，故虽盛弗彰，作史者罕述焉。唐以来重进士科，进士题名于太学。有明至本朝，皆循其故事，丰碑林立通籍之族，数典者据以补阙而正讹。因以叹益之生才，始盛于明。益之族，惟郭氏与一代为首尾也。洪武十九年乙丑，丁显大魁，郭公子和为同榜进士。天启二年壬戌文震孟榜，郭公都贤亦同榜进士，后官巡抚，哀时放逸，世所称天门先生也。邑内罗、郭齐名，罗公喻义成进士在万历四十一年，天门所处之时，视罗大难，而志行之坚若尤为世所想望。吾观于郭氏之绵世滋大，或通籍于朝而业未显，或位崇而志与时违，宜其郁积久而流庆长，合两朝近六百年，蕃衍炽昌，衣冠弗替也。

按郭氏旧谱，益之族实出汾阳王，后宋有宣义公者，由江西吉州路挟赀游益阳，遂家焉。越数传生原派兄弟六人，长原恭、次原俭无传。六原英，字子和，英年成进士，忤权贵，谪庐陵县尹，抗志不就，未几卒，亦无传。其传者原龄，字致和；原吉，字礼和；原庸，字中和。遂定著为三房。天门先生，中房溶公裔也。谱创于前明弘治癸亥，族之彦廷振主之。逮本朝乾隆庚午，合族重修，事垂成而中止。由是各房分订支谱，有再修三修者。盖族大则交孚不易，丁繁则联属为艰。而族之贤者，终以不克合修为憾焉。今年夏，大猷由湘门返益，值吾友柱臣、漱荄、临照、海云诸君设局邑城五马坊之大宗祠纂修族谱，属猷序之。且曰："吾族之谱，致、礼两房犹一支一谱，中和公下已分为十六谱矣。凡族分房，房又分支，必有众寡贫富之殊。合而必分者，势也；分久而终当合者，天理人情之所不容已也。斯举也，族众一心。吾辈德薄学浅，惧无以示大公而联亲爱；力小任重，又惧无以副通族之倚托。荷祖宗之灵，将有成书，敢质吾子。"猷惟先王以大宗、小宗之法治天下，又有小史以奠系世、定昭穆，小宗伯掌三族之别，以辨亲疏，汉司马氏据《世本》《周谱》作《帝王世次图》，皆谱法所由昉。魏行九品中正之法，专重门第。晋宋因之，谱上于官，朝廷置郎、令史掌之。盖自宗法废，而谱学盛；又自中正之法废，私家始各自为谱。《隋书经籍志》谱入史类，遂有枝分谱之名。李唐一代，崇阀阅、矜郡望，欧阳公撰《宰相世系表》，艳称世家之盛。五季之乱，中原板荡，故家尽失，其籍淆以虏姓赐姓，氏族遂丝纷无纪。所以宋代诸儒如欧、苏之通儒，惟断自其近而可知者祖之，谱即于是托，始慎也，信也。今读吾友所为之谱，汾阳贵矣，而上溯止于宣义，在江右者且弗详焉，犹欧、苏旧法。宣义公以下，同所自出者，悉著于系，则深合古者敬宗收族之义，视欧、苏有广狭之殊也。信者书之，不知者阙。质而不陋，文而不史。体例之美，族多君子渊源有自。今天下事变急矣，厚民生而庇本根，固众志而弭外侮，富强之计，岂待外求？保族亦有道也。朴者听祖考之彝训，秀者涵师儒之教泽，为良民为佳士，馨香佑启，纯以善气相感召，此尤作谱者之厚望，而不专于撰著之美也。大猷荒陋少文，厕名曹部，仕止无成，乡里雅交亦复疏于存问，郭族之贤若鉴屏、春寅孝廉，藻珊、玉樵明经，秋垣、补明茂才，皆先后物故。今之董谱事者如柱臣、漱荄、磊臣、临照、海云、泗曜、松亭暨三房耆彦，皆善继善述，不数年而剞劂告成。猷得敬观巨帙，附名卷首，不可谓非幸也。《夏书》言“锡土姓”，以人重姓，即以姓重地。因举益阳之建置、郭族之所以增重益阳者归之，明斯谱之作，非偶然云。

赐进士出身钦点传胪诰授中宪大夫员外郎衔兵部武选司行走主事加四级邑人萧大猷省庐氏顿首拜撰，光绪三十年甲辰夏六月榖旦。

萧大猷，生平见本书第六卷。此郭氏，始迁祖郭宣义，居益阳，后裔衍居桃江县各地。此文录自（民国）郭文藻主修《资阳郭氏致和公支谱》。

磊石仑萧氏族谱序

［清］萧大猷

古未有谱也。宋之兴，欧、苏二公始创为谱，而世遂仿而行之，以至族无大小，人无多寡，莫不有谱以联络宗支、叙别昭穆、记载生娶卒葬。即代远年湮，派别支分，某为某之子孙、某与某亲、某与某疏、生于何年、葬于何地，可启谱而知之。信乎！谱之法本善也。无何世俗之见，夸诈成风、虚骄相习，或托为帝王之胄，或冒为圣贤之裔，或附于名公巨卿、贤士大夫之宗族，则谱未以传信，反以饰虚。甚矣其欺也！有谱不如无谱矣！

我萧氏之受姓也，据古史所载出自帝喾之后，至宋戴公裔孙叔太心平南宫，长万有功，封于萧，因以萧为姓。显于汉，盛于齐梁，递数十世以至于今，代有传人。征文考献，溯厥由来，我萧氏本无二姓。苟迭相援引，谓为帝王之胄、公侯之裔，谁谓其不然也。为其子孙，岂敢数典而忘之耶！特历年既远，转徙无常，谁为嫡脉，谁为支派，无从考稽，难于征信耳。无论天下也，即湖南一省同姓者若干族；无论湖南也，即长沙一府同姓者若干族；无论长沙也，即益阳一邑，同姓者又若干族。总之，皆一族也。奈其分支既远，有不能强为之合者，此亦势之使然也。

同邑磊石仑一支，自碧川公于前明永乐时由吴徙湖南长沙之善化碧湘街，传九世滋江公适当崇祯时闯贼之乱，苦遭兵燹，遂卜迁益阳之浮邱山下，今所以聚族于斯也。岁庚寅，猷中进士，廷试第四，就职兵部，请假扫墓回里，曾至其处，与族人相会晤，其人率多朴而实。能安本业而理族事者奇寿，为人鲠直，急公好义尤笃宗盟，猷心重焉。甲辰秋夏，奇寿来谒，谓其《谱》续修，余因赠以序。阅其《谱》，以碧川公为始祖，以前则存而不论。虽其纂集、其编订、其墓山图说难言尽善，而其不假托，不虚冒、不攀附，只书其世系、载其居址、叙其生娶卒葬，信以传信，无世俗虚骄之习，则猷之所取也。

然躬有感焉。遥遥中土，自盘古开辟，何莫非三皇五帝之子孙，初曷尝有姓也，而氏族更不必言。迨神圣迭生，文明日启，赐姓受氏，于是乎各姓其姓，各祖其祖，以次其传而不至于乱也。至历朝沿革，流离转徙，又有散乱之忧，赖有谱以维系焉，尤得循其世系以考之。原原本本，可知其所自出。此之时又不然也，从前之相与而处者，尤同种也。今则西人日逼矣，传教通商以来，游历者遍内地，穷村癖野无不有其踪迹。乱种之忧且日至，流离之患可立待，则谱尤重也。何者？有谱焉则同族之人足以保聚，乱平之时犹可复业。此谱之修，其善乎！

时光绪三十年岁在甲辰孟夏之月榖旦，赐进士出身诰授中宪大夫员外郎衔兵部武选司主事宗愚弟萧大猷拜撰。

磊石仑，位于桃江县浮邱山乡西峰寺村。此文录自萧昌玉纂修《萧氏六修族谱》卷首。

益阳桃江萧氏三修族谱叙

[清] 萧大猷

扶舆清淑之气，钟于地则山川吐其秀，钟于人则族姓发其光。益阳置县最古，当湘西往来孔道，而资水自都梁西来，流经新、安二邑境，由敷溪入县界，迂回曲折逾二百余里达于湖，其间高峰秀削、矗立天半者，则浮邱山也。山在江南岸，循其麓下走不半日程，是为桃花江，阛阓千家，帆樯四达，行贩肇牵之子络绎于道。好事者建亭于江之滨，种桃千百株，春夏之交，花事翻新，苍翠四合，炊烟夕照，与塔影波光相掩映，则一武陵源胜概也。出西溪街口，平畴广陌，地势沃衍，柳阴中粉墙板屋、鸡犬相闻，而余族适于此比户而居焉。族之先来自江西吉安，落业兹土已四百余年，保室家而蕃子孙，殆以积累之厚有以致之也。余家距市三十里，出入都邑必经其道，族众恒出杯酒相款洽，深情缱绻，常挽留竟夕不得去。

岁庚寅，余以廷试第四人观政兵部。其冬假归，谒文魁丈于里第，兢兢焉嘱其子达川以续谱为急。达川绩学未售，曾出余弟大业门下者也。而卒以眷口之累，倥偬不得暇，今又阅十余春秋矣。文魁丈既没，达川又病不能事，独薰桥先生从叔祖文玉公董其成。谱式仍其旧，而勤劳倍至焉。始事于戊申孟春月吉日，竣工于己酉仲夏月吉日。抑尝考余族无二姓，自隋唐而后，有齐梁皇舅房之别，总之不离乎汉相国文终侯之裔。今所续之谱，断自其可知者为始祖，以兴朝公为荣公所自出之祖冠于篇首，而以上弗及焉，则又详慎之至也。余嘉其善为继述也，谱牒尤其重且大者，于是乎书。

时光绪三十年甲辰孟春月吉旦，诰授中宪大夫赐进士出身员外郎衔兵部武选司主事宗愚弟大猷希鲁氏拜撰。

此萧氏，始迁祖萧兴朝，明代成化年间人。此文录自（民国）萧大伋主修《桃江萧氏四修族谱》。

舒塘萧氏五修族谱序

［清］萧大猷

谱有二义，其称名最美而谱学之失往往因之，一曰溯源，一曰通族。盖姓氏之学，唐以前重门望，谱皆上于官，朝廷据之以定婚宦。私家之著录可废，而官书不可废也。五季以来，中原板荡，文献故家尽失其籍。而割据之朝，多以夷虏冒华姓，又其时讳禁太严，儒臣轻弃祖姓，数传之后，以伪乱真。此姓氏之大厄、谱之不能传信者，失官之故也。然则遂无谱乎？曰：不然。谱必有托始之祖，断自其可知者而祖之，即断自其可知者谱之，此欧、苏之旧义，虽圣人复生不能易也。

萧氏之先为殷民六族之一，顾传世无考。春秋时，宋萧邑大夫叔大心平乱有功，封萧为附庸，子孙以国为氏，志氏族者述之。显于汉，光于六朝，极盛于唐，名德相望，古未曾有。作谱者订其世次，曰某为齐房，某为梁房，某为皇舅房，此著于《唐书・宰相表》，非萧氏之私言也。又上之，以为同出于酂侯何，此著于齐、梁《帝纪》，非别史之臆说也。又上之，以为同出于叔大心，此自汉魏以来氏族专家之所考校，从无异辞，非杂书小录之附会也。然则谱萧氏者，前之人任其劳，后之人蒙其逸，又何待居今日而劝搜讨乎？唐以前有历代史表传可稽，史所已载者不书，恶其华也；史所不载者不书，斥其伪也。宋以后各据家牒书之。当日齐、梁封国，率不出今之湖北、湖南、江西境，故后裔之盛，反甲于兰陵故籍。由前言之则一族也，由后言之则迁止远近、支派分合不能强同。断始于可知之祖，血脉通而神格谨；收乎同出之族，气类合而志孚。谱之作，孰有善于此者乎？

益阳萧氏星罗棋布，凡十余族，辑谱者各守义例，惟断始于所自出，曰不诬吾祖以疑后人，如是而已。居二十里四方山及六里舒塘者，为志宏公裔。公一传下必学公，于明成化时以豫章举人任潭州教授，解组后与其弟必明公由江西迁益阳。分学、明两房，越今十有六世，服畴食德，雍睦无间，芹宫米廪，蔚为家庆，湘以西称右族焉。忆同治甲子，大猷与宗人昆香先生同出督学旌德吕九霞师之门，又因昆香识桂林先生，皆粹然儒术，与之居游，矜躁胥化。升其堂，得接族诸君子，言孝言慈，闻者油然生其仁爱，益心重之。及大猷备员兵部，明年假归，数与知咏、毓湘相见，皆崑香先生哲嗣也，文行交修，联翩胶序，并以续纂谱牒属为之序。猷转询其例，曰《谱》始于某公，某公以下则详之，不敢诬亦不敢略；某公以上，数典不忘而已。猷以为此足以谱萧氏而正诸家之失也。至其全书之纪载有体，以敦本厚族之心而才识足以副之，为《谱》者之力犹家学也，族之兴，其可量乎？北征就道，部署孔总，重宗人之请，因揭宋以来为谱之大法以归之，并以愧余之有志未逮也。

时光绪十九年癸巳冬月榖旦，赐进士出身诰授中宪大夫员外郎衔兵部主事武库司兼武选司行走加四级前会同县学教谕萧大猷省庐氏顿首拜撰。

舒塘，一作书堂，今属桃江县修山镇。此文录自（民国）萧际烝、萧际焄纂修《兰陵萧氏六修支谱》卷首。

磊石仑彭氏七修族谱叙

[清] 刘集勋

昔曾文正公叙《衡阳彭氏族谱》，称彭刚直公以诸生从戎，受朝廷特达之知，叠跻显秩，辞不就职，惟汲汲以族谱为己任。盖不以丰功伟烈为荣，而以敬宗收族为贵，其识量之远大，岂易及哉。

今《资江彭氏谱》实类是。考彭氏之肇基也，始自恩辅公，后唐天成年间由江右迁长沙，复由长沙迁邑之九里，遂家焉。传十七世，福山、福元两公当元明鼎革，小丑跳梁，大湖以南遍遭蹂躏。二公率其子弟及乡中之有勇略者，结寨于浮邱山麓，日夜巡防，进击退守，境土独完，迄今称为彭家寨。同时有彭融公者，收七姓之豪，筑寨于太平山，亦得不毁于兵燹。因代远无征，谱系阙如，惜哉！今之绳绳继继、歌哭于浮邱左右暨宿兵村、白石塘等处者，皆福山、福元二公之裔也。然《谱》已五修，而族犹未合。咸丰纪元六修，而始联为一本焉。此以见谱之分合甚难，而续修之不可以稍缓者也。今彭子楚卿引为己任，殆族中之铮铮者欤！且夫彭氏之先，隐居御侮，皆不世才。假使乘时翊运，剪刘群雄，匡弼胜朝，廓清宇内，祚土苴命，亦可赏延于世。乃变兵燹为乐土，兴养教以长子孙，是不以旂常钟鼎动其心，而以保世滋大明其志，盖与刚直公之汲汲于族谱者，前后相辉映焉。且刚直公练族中子弟为乡团为湘军，教之忠君亲上，终以此歼狂寇而奏肤功。今楚卿与族中诸君子明大义、重人伦，联一姓之欢，厚一乡之俗，是真能以刚直公之心为心者矣。楚卿勉乎哉！况值圣朝振兴庶务，百度维新，凡世家巨姓之宗祠，皆督设蒙养学堂，提祖宗祭祀之余资，作教育子孙之要款。他日人才蔚起、簪笏相承，则资江彭氏当与衡阳彭氏世济厥美矣。猗欤！盛哉！

《谱》既竣，属余言弁其端。余盖深知发祥流庆，惟彭氏占籍为最久，而又代多贤哲也，故乐为之书其嫐焉。

光绪二十九年岁次癸卯首夏榖旦，赐进士出身翰林院庶吉士原任河南南阳府唐县知县刘集勋顿首拜撰并书。

刘集勋，生平见本书第十三卷。此文见（清）彭涛纂修《资江彭氏七修支谱》卷首。

长江村习氏四修族谱序

［清］刘集勋

苏明允之叙其族谱也，有曰："观吾族者，孝弟之心可以油然而生。"人以谓观其内行而重其内行，观其芳规纯躅而重其品行，则人几以谱重矣。吾谓谱以人重，人不以谱重也。夫处人臣之极地、柄著述之权衡若欧阳公者，其《谱》为后世所推重固宜。乃老泉氏少失学、长发愤、晚乃幸其道之成，以布衣走京师，受知文忠公，其名位相去甚远，而千古并称之，则知所谓以人重者，又视其人之行谊何如，而不存夫名位也。

岁丙戌，予奉讳里居，友人习君丙谷偕萼楼、月秋来访，谈次，出其四修族谱问序于予。予辞以不敏。习君乃进而言曰："吾幼承先人训，拳拳以敦宗睦族为念。既游庠，欲稍规进取为宗族光，乃连不得志于有司，常恐日暮途穷、隳厥夙志。既乃橐笔浪游，浮汉沔，下金陵，见夫兵燹以来桑沧屡变，昔之世家巨族笙歌在里者，几何时而榛莽在堂矣；昔之土著市廛富庶溢庭者，几何时而萧条溢目矣。加之海氛逼处，非种渐滋，往往一本而途人，一家而秦越。非不欲各亲其亲，而时事艰虞，形禁势格，客游凭吊，未尝不戚焉伤之。吾族幸僻处山林，不见兵革，留先人纯朴之遗，率子弟力田之教，聚族属而长子孙者，胥赖兹《谱》以相维系也。吾与族人士屏蒙于斯者久矣，先生其莫辞。"予闻而异之，乃叹其人其言有类老泉氏之所为，惜当世无欧阳公，而斯人以岩穴老。古今人未始不相及，而有幸不幸焉。

夫习氏为邑中望族，秉笔者又皆蓄道德能文章之士，故撰述谨严，条理完具，以苏式为纲，而以欧式横注为目。其始祖断自卧江公，明不紊也；其世系仅记朝二、朝三两房，明有征也。体存其旧，辞炳乎新，无摭拾无附会，数百年宗祊之分合，朗若列眉。俾读其《谱》者，可以想见其人，且因其人之行谊证其人之著述，于以信当时而传后世焉。则所谓谱以人重者，不从可知乎？异日奇才硕彦应运而兴，如东坡颍滨诸贤达，则黼黻皇猷、润色鸿业，基诸此矣，又岂仅家族之光、闾里之荣也哉!

时光绪十二年丙戌岁孟冬月，赐进士出身翰林院庶吉士升用知府前河南唐县知县刘集勋顿首拜撰。

长江村，位于桃江县鸬鹚渡镇。此习氏，始迁祖习书磨，元末明初人。此文录自（民国）习德庆纂修《（桃江长江村）习氏六修族谱》卷首。

薛氏五修族谱序

［民国］王龙文

唐以前官人者，视门阀为高下，于时朝野竞言之，即终唐之世，士大夫以谱学名者，凡数十家，然不胜其诬也。更历五季五十二年之间，主神器者若易戍长，世族旧家各不自聊其生，遑言门阀哉。故自宋以洎于今朝无官谱，其氏族繁杂，盖无所系矣。于是高门单族例自为牒，不禀于公家，其祖始所出，依托谬妄，莫知其纪极。虽不言门阀，犹之诬也，议者恕之。以谓孔末之后，觊托圣裔；曾氏百族，其不祖武城者无闻焉。此亦足以见人世为善之利矣。然吾窃闻之，圣门如颜、冉、言、仲诸贤，其先世率不著于史宬，为孝子在不殆于为善，安用诬其祖始故居。今日言谱学，唯述其所可知而疑者阙焉，如是而已。

益阳薛倓善倜君农部，予同年友也。其先有讳昂者，当南宋之初随岳侯征蛮，遂家于益阳，族蕃矣。其谱逮倜君，盖五修焉。世系了如，无可疑者。湖南历元明兵燹之会，名族多新迁者，而薛独肇自南宋以来，子孙之盛，世世不替，可云旧家矣。倜君于今盖君子人也，其谱可为世法。龙文尝从事于谱学，考历代诸家，少究心焉。观乎世，其能免于伪诬者寡矣。嘉薛氏之知本务也，于是互明其义，以视世之有志于氏族者，盖亦扶植人纪之一端也。

王龙文（1864—1923），字泽寰，号平养居士，湖南湘乡县新安乡（今属双峰县）人，光绪二十一年（1895）进士，列一甲第三名，曾掌教益阳箴言书院，有《平养堂文编》十卷、《文待》十六卷、《诗存》二卷等著作传世。此薛氏，始迁祖薛昂，原籍浙江杭州钱塘，南宋间落业益阳县武潭（今属桃江县）沙渭村。此文录自（民国）薛守恭等纂

《（桃江武潭）薛氏六修族谱》卷末。

大华村萧氏四修族谱序

［民国］谭延闿

余按兰陵萧氏，实出姬宗，天潢演派，若木分枝。仕宦隆于两汉，阀阅盛于六朝。爰稽祖德之芬，惟忠惟孝；亦越宗功之美，可法可传。自长仲公籍隶庐陵，而二郎公迁于南楚。至于记道、记逊，亦属两房，乾隆间始修宗乘，嘉庆时更续前编，光绪中继续三修，迄今四序之周，已至卌余之岁。里居既散，生齿益繁。爰集族以咨询，宜绍前而继述。兹当开工之始，咸来索叙于余。

余以萧生烜同事国府，相助军机，谊属通家，浑忘谫劣。观其次序则文简而义详，阅其条规则词严而理正。秉笔则有若震臣，总理则有若昌悌、昌澜，编修则有若菊亭、春年、良臣、觐光，校对则有若绳荣、洪城等，类皆硕望老城、秀髦彦士。始于癸酉冬仲，竣于甲戌春初。非作事如此之勤，何成功若是之速耶！

夫有仁慈者必昌厥后，多阴骘者必大其家。八叶重辉，世掌铨衡之任；五经平奏，笃生公辅之材。将见宰相梅花，温饱匪平生之志；神童珠帽，恩荣多幼慧之儿。既观海而测以蠡，乃援笔而为之叙。

清会元翰林院庶吉士前督军兼省长任国府行政院院长世愚弟谭延闿祖庵氏谨撰，中华民国甲戌年孟春月穀旦。

大华村，属桃江县桃花江镇。谭延闿（1880—1930），字组庵（亦作祖庵），号无畏，湖南茶陵人，民国时期著名政治家，曾任两广督军，三次出任湖南省督军兼省长，授上将军衔，任陆军大元帅，后担任南京国民政府主席、行政院院长。此萧氏，始迁祖萧碧高，明初由江西吉安府泰和县圳上迁益阳县八里磨刀洞，其后裔萧记道一支落业大华村。此文录自（民国）萧昌悌、萧昌澜主修《益阳萧氏四修支谱》卷一。

丁氏八修族谱序

［民国］朱经农

处此竞争剧烈之世，而汲汲焉联族姓、笃宗盟，论者以为非当务之急也。而不知世界潮流，民族之自为聚散，其趋向亦因之而异。无以联之，则分者愈纷，必至父子兄弟失其亲而伦常灭；无以统之，则混者愈紊，必至尊卑长幼失其序而礼义隳。伦常灭，礼义隳，祸乱相寻，国谁与立乎？然则孰联之，联以族；孰统之，统以宗。而所以经宗而纬族也，则系之以谱。余闻谱者普也，亦序也。普之以气类之所同而使不纷，序之以名分之各别而使不紊，凡所以敬宗收族也。中山孙氏有言曰："造成民族最大力是血统。"又曰："忠孝、仁爱、信义、和平，为我国固有道德，即我国民族之精神。"则是谱之发明，所以巩固宗族之团结力，即所以巩固民族之团结力。所谓人人亲其亲，长其长，而天下平也。

丁氏为湘西茂族，其寄籍益阳者，以济川公为鼻祖，而信言公实为百世不迁之宗。椒衍瓞绵，星罗棋布，自清康熙以来，《谱》阅八修，丁以万计。青云之士相望于道，子襄子然之绩学，正礼敬礼之宏才，其尚有存焉者乎？余恭膺简任，敷教全湘，凡丁氏子弟之来湘校者，多有接洽，稔知其家庭教育之美，必能保世滋大，为宗族光。况时至今日，列强环伺，各出其聪明才力以角胜于大陆文明竞争之会，亦种族竞争之会也。振兴族学，则一族之人才辈出。他日出其所学，开通民智，以强大其种族，植国家于不拔之基，斯岂独一邑一乡之幸福耶？孔子曰："大道之行也，天下为公。"故人不独亲其亲，不独长其长，使老有所终，壮有所用，幼有所长，矜孤、寡、独、废疾者，皆有所养，是谓大同。斯言也，其不为民族主义之先声乎！夫民族之扩张基于宗族，宗盟既笃，则有以使一族之人咸凛然于宗亲之大义，而不第鳃鳃焉以追述祖德，自附于著作之林。今丁氏传二十余世矣，元元本本，继继绳绳，分而不纷，混而不紊。鸿纲细目，展卷了然，诚足起人仁孝之心。而能以维持宗族者，为巩固民族之嚆矢，家乘云乎哉！

时民国二十三年甲戌春月，湖南省政府委员教育厅厅长朱经农撰。

此丁氏，始迁祖丁广三，生二子必冥、必宁，于元代末年从长沙碧湘街落业益阳，分别择业于克让村和大华村，衍为益阳丁氏。朱经农（1887—1952），祖籍浙江浦江，8岁丧父，随叔父移居湖南常德，1903年考入常德府中学堂，1904年赴日本留学，先后入弘文学院、成城学院，1905 年加入同盟会，同年回国，创办中国公学。1916 年赴美国华盛顿大学，获硕士学位。任职于哥伦比亚大学师范研究院。1920 年回国，任北京大学教育系教授。1925 年参与创办上海光华大学，并任教务长。1928 年后任国民政府教育部普通教育司司长，教育部常务次长，中国公学代校长，齐鲁大学校长。1932 年至 1943 年，任湖南省教育厅厅长，在湖南推行小学义务教育，增设中、小学，创办大专院校，促进了湖南教育事业的发展。1948 年 11 月任中国出席联合国文教会议首席代表，1951 年初，病逝于美国。此文录自（民国）丁砚庚主修《益阳丁氏宗谱》卷首。

桃江曾氏族谱序

杨树达

吾友益阳曾君星笠续修《桃江曾氏族谱》，一日造余庐，告余曰："曾氏之先，出于夏禹，禹苗裔胙土于鄫。商周建国，因而不改。《春秋》于僖公十四年，记鄫子来朝；襄公六年，莒人灭鄫。世子巫出奔于鲁，去邑为曾氏，世居于鲁，故曾晳子与氏父子为东武城人。西汉之季，王莽篡国，曾子十五世孙关内侯据者，耻事新室，挈家迁于南昌，是为江西曾氏之始。子孙繁衍，代有闻人，文学彪炳，所称南丰曾氏者也。五十五世孙曰鹤遐公者，当明洪武世，仕于湖广，卜居益阳，是为益阳曾氏之始祖。鹤遐有子八人，其七子曰森公，买宅于益阳治西六十里之桃花江，子姓分布于资水之滨，今丁口以数千计矣。自胜清至今，益阳曾氏修谱者一，桃江曾氏修谱者三，今为第五修矣。吾子笃学好古，盍为我序之。"

余惟《周礼》小史之职，掌邦国之志，奠世系，辨昭穆；而瞽蒙之职，亦曰讽诵诗，世奠系，鼓琴瑟。杜子春、郑司农并释为《帝系》《世本》之属。按《帝系》，今见《大戴礼记》，记黄帝至禹世系所出；《世本》今佚，其见于掇拾之余者，与《帝系》体制略同。此二书，实今日家谱所自出。论其流别，乃《春秋》之支与流裔。《汉书·艺文志》列《世本》十五篇于春秋家，非无故也。抑余尝读《春秋外传》矣，楚申叔时论传太子之道，曰：教之《春秋》，而为之耸善而抑恶焉，以戒劝其心；教之《世》，而为之昭明德而废幽昏焉，以休惧其动；教之《诗》，而为之导广显德，以耀明其志；教之《礼》，使知上下之则；教其《乐》，以疏其秽而镇其浮。韦昭注曰：谓先王之世系也。按《外传》以《世》与《春秋》《诗》《礼》《乐》并举，稽之《周礼》，瞽蒙以《世系》与讽诵诗、鼓琴瑟连言，则与《诗》《乐》并论也。《周官》所记，《外传》所称，若符节之相合。盖古人以《世系》为教条之一，与《诗》《礼》《乐》《春秋》并重。后人于《诗》《礼》《春秋》家弦户诵，于《世系》之学，则阙焉不讲。虽族有谱牒，往往视为高文典册，束之高阁，终岁不一观，岂古人设教以昭明德之意乎？或有乃谓古人不讳幽昏，为家乘所不宜出，抑知叔时所称，乃教太子以君人之道。直道而行，名之曰幽厉之义也。今之谱家第陈懿德，不及其他，此自古今事势殊异使然。

事虽异而意岂殊也。曾氏之先，曾皙述浴沂之志，有吾与之褒，则大同之学也：子舆氏闻一贯之传，述至德之经，则德行之选也；汉关内侯之拒事篡臣，则名节之崇也；宋子固氏之立言垂世，则文学之美也。以外昭明德之说，言之曾氏子孙于六艺力田之余，取家谱而诵习之，感先畴之盛美，念祖德之艰难，油然生其起孝起敬之心。与夫见贤思齐之志，忧勤惕厉，孳孳为善，以式其宗族，进而及于乡党，终以靖献于国家，庶与古人设教昭德之意有会也，岂不懿兴。夫纂戎祖考，诗人所以兴咏；数典忘祖，《春秋》所以致讥。盖无褒贬，则麟经为朝报；无激劝，则家乘第远祖之名录耳。故其事则高曾祖考也，其文则史，其义则兴。兴起，感发也。孔子曰："《诗》可以兴。"《春秋》之学，固与相为表里也。曾族多贤者，而星笠则今之魁儒硕师也。傥以余言为是乎？抑否乎？幸有以语我也。

民国三十六年六月，教育部聘国立湖南大学教授长沙杨树达敬撰并书。

杨树达，生平见本书第十四卷。此文录自（民国）曾运乾主修《（桃江桃花江）武城曾氏五修支谱》卷首。

第二十三卷　桃花江文选八　寿序

习石峰先生六十寿序

［清］曹绍官

余历任资阳，阅志乘，见浮邱山在邑之西，乃古仙客炼丹之所。山离城百里，每于晴江舰窗，见耸然云髻隐现西南间，众指为浮邱。余欣然神往，以为其中必有专静纯一之士，弃世利如敝屣，养神气若婴儿，浩浩乎与造物者游而自乐其乐者。然屡访求之，不可得。岁丙午，余门生习吉偕弟安野来谒，谈次请曰，此岁十月为吉叔父石峰杖乡之年，亲友将制锦称觥而未有言，愿吾师挥毫以为光宠。余因问其详。生曰：吉阖族家浮邱之侧，叔父其庐适当其麓。巉岩绿树，林壑飞泉，近在窗棂间，尝顾而乐之。然淡于荣利，足迹不入城市。子四，或耕或读，皆教之敛华就实。诸孙济济，追随杖履。仰而望山，俯而听泉，怡然忘老。春秋渐高，色如孺子，其生平大概如此。余闻而喜，俯而思，豁而悟，曰：向所谓专静纯一而未得之士，先生真其人乎？今夫寿莫如山，以其静同也。仁者乐山，惟其静同也，故其寿亦同，此非山有助于人也。终南为炼真之地，而或谓之士宦捷径。躁妄之人，其神不守，其气常纷。独处一室，而心驰千里，虽山灵不遽作移文，其如此心猿意马，何哉？惟先生纯气之守，而适有浮邱供其啸傲，是人与地两相宜。吾知经历数年，子若孙鹏飞九万，银鱼玉笏，鸾诰锦幖，交致于阶庭，而先生泰然处之，犹今日也。吾又知沧桑变化，而苍颜素发与白云红霞，互相辉映。不饮石脂而康、不驾青牛而仙者，必其人也。

曹绍官，衡山人，清乾隆二十一年（1756）举人，乾隆四十七年（1782）至乾隆六十年（1795）任益阳县教谕。此文录自（民国）习名棣主修《习氏五修族谱》卷十四。

刘毅斋暨配双寿序

[清] 陶必铨

浮邱之麓罗濑之滨曰石井焉，其山厚，其水深，其卉木丰缛，其人古秀参半而多高年。其士之穷经者，声闻乎弦诵；农之服畴者，踵接乎陌阡。盖亦宇宙之奥区、作息之乐地也。

毅斋刘先生世居其地，其季与余为莫逆。丁未之秋，偕其侄就试省垣，而先生适携次孙溁自衡山来，与余相见于旅次。皤然者其发，苍然者其容，肃然而闲淡者其神，磕然而宏亮者其音。因为余言天柱、石廪、紫界之胜，祝融尊竦、峰巘低昂之状，盖尝三至而周历焉。询其行，往则陆不舆，还则舟于水。询其年，则月之中旬且七十矣。时与其季善者，壮其得天之厚，将为文寿之。先生闻之，速装归，遂不果。后八年，余馆其里。重九友人有登高之约，携手游浮邱，踏蹲虎之石，搴化龙之藤，至飞来石屋而憩焉。烟峦炫眼，云海荡胸，《志》所谓小南岳者，殆不诬也。卓午至山顶，寻丹灶丹池诸迹，池傍小石犹间有齿痕，盖浮邱子炼丹时所煮石也。日之久矣！

脉脊而南不五六里，其季之居在焉，止而宿其家。明日，以礼谒先生，与其贤室文孺人。长君静园复为余言白水、飞泉诸胜，绝磴上勒"濯清养浩"数大字。又明日，遂溯罗濑之源，攀悬崖四十余丈，摩挲仙人坐迹，盖高旷不及浮邱，奇险过之矣。先生曰："吾子之游，亦吾岳游志乎？"余曰："未也。夫衡拔地九千余丈，摩天七十二峰，皆具有性情，而各出其面目。由其面目得其性情，可以息气，可以固本而基命，故特以寿岳称。余来数日矣，先生日夕课子孙必严，役臧获必力，而心未尝不闲；孺人浆酒饼饵，犒劳未尝不厚，然则先生固神与岳游矣。若余之游，仅得其面目，乌能神恬而气健若是哉！"既望之又一日，会其邻党戚友手各有携，拜而上寿于堂，余始忆丁未秋杪事而愧无以祝。然予之游固非得其性情者也，若先生居止于斯，安必其性情不在此山中乎？请纪十日来得于游览者以为寿。时文孺人七十九，长于先生一岁。

刘毅斋，即刘继仪，字泗型，号毅斋，刘云泰（号竹邻）之父，石井刘氏之十二世孙。嘉庆三四年间，陶必铨设馆于桃江石井罗溪转龙（仑）庵，主人即刘云泰。此文录自（清）陶必铨著《萸江古文存》卷一。

刘云峰先生五秩序

［清］陶　澍

今夫天下之论寿者，动曰“衡岳主楚、长沙主湘，生其间者多寿”。始疑其说，继又深信其言。其始疑焉者，谓居斯土者，不尽以寿称也。其继信焉者，谓居斯土而以寿称者，何纷纷迭见也。噫！我知之也。人生斯也，乾父坤母，天下有父母不愿子寿者乎？第人不克寿者，亦人妄自菲薄焉耳。果能厚自培植，则修德获报，又何怪二气之渺沦、五行之布濩。河岳山川之灵秀，因材而笃，使之享长年而膺厚福也哉。乃今如云峰先生有验焉。

先生家世为邑望族，自乃祖以内翰监师桃源，故乃挂籍益阳，其后登科而撰荣封者，枚不胜举。忠臣烈士，史不绝书。先生以特达之材，善继父志，慨然以绍前徽为念，故于诵读事历年最多。已，荆璞未剖，世不见售。混迹闾阎，好学不倦。涉猎古书，见有切于身心者，必手钞而备览。呼耕种读，广培子弟，竟不挫其志。事父母以孝，奉兄长以顺，待子侄以义。率忠义之家声，守勤俭之世泽，其芳从懿轨，难以罄言。余以令侄从游于家大人，朝夕谈论，深悉先生之生平。岁庚申，时以令侄游泮，始得遇于星沙旅邸，相见如旧相识。接其风采，气静神怡；聆其言语，温厚和平，有长者风，知其培植者厚也。继而幸列贤书，登潭一候，窃见门庭整饬，内外肃然，亦信闲家有法，不愧为世家之后裔也。

今适乙丑未月既望之吉，为先生杖家诞辰，其族戚相与制锦荣庆，赴札求序于余。余跃然喜，曰：是先生者，诚可寿也。其立身行己，皆有可寿之理也。宜乎衡岳之萃其精，星沙翼轸之垂其光，而与之以无疆之寿也。《书》曰：“天寿平格。”舍先生其谁与归。董江都有云：“自行可久之道者，其寿。”酬于今，惟先生其无负焉。行见大衍宏开，筹添海屋，耋耄期颐，可以预卜。余以备员清署，未获登堂称祝。遥寄以词，窃效封人之祝焉耳。

赐进士出身儒林郎翰林院编修充国史馆功臣馆协修官前庶吉士加一级年家眷世侄云汀陶澍拜撰。

此文录自刘述才、刘补才主修《资阳刘氏八修族谱》卷首。

刘先生夫妇六十序

[清] 陶　澍

由芙蓉而东而北，山势迤逦数百里而为浮邱。齿石丹灶之胜，自昔号神仙窟宅。陟其巅以望，有蜿蜒曲折、蔚然跗于山之南麓者，则柏叶村也。地奥而旷东，华软红尘所不能到。重溪回壑，令人作武夷、雁荡想。松篁蒙密中，厂架于山之阿，则某先生之居在焉。

曩与先太史登浮邱，曾止宿其中。先太史口占十律，以绝其胜。今夏，余以暇复过先生之居，相与彳亍山间，相羊石畔。维时微雨乍过，三径阒然；木势参天，云痕满地。而龙须木数株，飒然风际，尤有霜皮溜雨之观。拨云趺坐，听泉流瀩瀩，达于山椒；枝间黄鸟，对语绵蛮，见人了无猜诧。觉数年来尘土面目，一旦爽然，如濯身玉壶而游清凉之国也。忘言静憩者久之。

先生忽曰："我有斗酒，藏之久矣，盍归而谋诸妇乎？"旋饮室西之小轩，则锦屏灿灿，金墨犹鲜，皆其戚友为先生与其配六十双寿之作也。先生曰："是间所书，皆雕章绘色，非祖腹所欲云者。方山子何人，得玉局仙人一传，至今犹有生气，太史独无意乎？"余曰："先生之趣则高矣，先生之号则不可。先生欲自免于俗，而不能不求人为祝嘏之辞，则其出于雕章绘色也亦宜。无以，则请为先生言山。山有镇静之德，不骞不崩，故诗之言寿者有取焉。先生居址浮邱，得山之趣为多。且浮邱称为小南岳，南岳者，寿岳也。柏叶村之于浮邱，犹浮邱之于南岳也。乐山者寿，不可为先生夫妇祝乎？"于是，先生洗盏更酌，起而谢曰："得吾心矣，请以书之。"

此刘先生即柏叶村之刘梠本，字荣一，号东园。此文录自《陶澍全集》第六册。

刘静园先生六十序

［清］陶　澍

往余随先太史读书浮邱之南麓，实静园先生为之主人。先生为人，浑浑穆穆，有古人风。田园腴美，擅封君之业，能推所有以及其戚党。而尤笃于诗书之谊，其于先太史礼意肫挚，久而益勤。余时尚幼，先生之所以爱而亲之者有加焉。逮后风尘京洛，关河修阻，久不接先生教。然每忆向时，竹坞松椽，小窗灯火，先太史之与先生语言谈笑，融融如也。诸郎之从先太史游，断断如也。余之从诸郎后，以进退于先生与先太史之侧，怡怡如也。自先太史捐馆舍，拊心怵目，追维此境，了不可得。见先太史之所尝游处，则私心为之切切，孔文举所谓尚有典型者，诚人情所不能自已也。

今秋，为先生六十之辰。而德配刁孺人则先一岁已六十矣。余既为之眉其堂，念今兹之寿，贺客必益多，筵会必益盛。诸郎君彩服斑斓，拜而奉爵庭除之际，烂然有光。而余其时方且戒装北上，仆仆于风轺露冕之余，不获与座上诸客举觥为寿。静言此心，奚可以无辞耶？

盖余观诗三百篇，言寿者屡矣，而不必出于览揆之期。或因欢燕以申厘，或因务闲而称兕，期于达其爱敬之情而已。然则余于先生，虽未能躬与筵会，而于申祝之情则一也。爰书此，预寄诸郎，俾届期张之，以致余颂祷之忱，且以知夫父母具庆之乐，有如是也。

刘静园，生平见本书第十一卷。此文录自《陶澍全集》第六册。

筠斋先生七十寿序

［清］陶　澍

筠斋先生，澍之执行也。至于精神意气，炯然相照，则虽家人之谊，亦无以过。明年春，为先生七十之辰，而澍以今秋北上，不及届期亲奉觥斝，稍申瞻仰之私。则本古人颂祷之义，预为嘏言，俾郎君辈至期张设之，以致其情焉。

盖先生之于澍深矣。先生邃于经，长于史，渊心粹貌，循循然古之儒者。始，澍以乾隆壬子随先太史馆于先生之家者数载，尔时年总角耳，先生即以成人礼目之，饮食教诲，意执而殷。每见其与先太史纵论卦象、律吕、礼制、开方诸法，原原本本，层出不穷。而于古今得失、成败利钝、人才升降之际，尤有慨乎言之。论断精严，别具只眼，侍听之下，心胸顿豁。迄今回忆当日之语言笑貌，犹历历在目中也。年来北辙南辕，脚跟如线，所见当世之名卿大夫贤人君子多矣，其间识见之卓、言德之醇，卒未溢于尔时之所亲炙者。然后知邃诣如先生，不独今人少，即古人亦不多也。

先生原籍同县，其尊人始侨居浮邱之东，而先生生焉，今为益阳人也。每百里归省邱墓，必过余里。先太史之卒也，先生闻，哭甚悼。及葬，又不期而会。生死之交，人以为有范巨卿之风。而澍以通家子，夙荷栽植，见先生如见太史也。其所以颂祷而将其悃忱者，宜何如哉。先生施政于家，行修于乡，度己以绳，接人用枻，生平无不可告人者。以故心广体泰，修龄矍铄。而孙曾绕膝，含饴之际，天和倍征，其颐养方至之福，以莫不增，固无俟于澍言。而私心切切，有未能自已者。谨书此，以当南飞之什。

岁嘉庆十三年秋月中澣，赐进士出身钦点翰林院庶吉士充国史馆协修官加一级世愚侄云汀陶澍顿首拜撰。

筠斋即曾润攀（《谱》名曾兴攀），其生平见本书第十三卷。此文录自曾鲁春主修《武城曾氏重修族谱玉禄公房支谱》；又见于《陶澍全集》第六册，二者颇异。

刘某夫妇寿序

［清］陶　澍

凡物之生，以其萃焉者为盛。修竹长松之下，行者憩焉。睹其蔚然深秀，则相与摩挲而不能去，然犹以为遇之适然，而非必其难得者也。至若芝之双本，莲之并蒂，禾之同颖而数歧，则必惊而诧焉！以为希世之祥瑞，太史书之，诗人歌之，历时而犹以为奇也。虽然，此非人力所得与，盖有天焉？

物固有之，惟人何必不然。吾观颁白台背之老，得天既厚，于人独丰。自上世以来，皆燕飨食之，如深衣、燕衣、缟衣、玄衣之制，详哉慎也！然而，人之生世，如梦栩栩。大椿非寿，舜华非夭。昔人谓彭祖寿更八百，凡丧五十余妻，是虽独餍天年，而中间变故多端，悲欢异趣，俯仰今昔，惨然无复生人之乐，亦何取乎大年哉？

刘君居浮邱之阳，名不出于乡里，而家庭之间，雍雍有余乐。今秋为君六十寿辰，其侧室亦届期而寿。明年春，则其配孺人亦旬周花甲，里人艳之，于君之诞辰而合祝焉。刘君亦自乐其遭也，介余友人胡君，乞一言为序。余观纪载所及，以夫妇嫡庶同时而寿者，鲜矣。如传称葛洪之与鲍夫人，吴刚之与樊夫人，皆年数不可纪极，六十之寿非所拟焉。特其事出于神仙方士之说，怪诞无征，儒者所不道。若君夫妇，所处不必异，而自异于人。嘉禾瑞草之祥，不足诧矣。遂纪之，以征盛时之人瑞云。

刘某，浮邱山人，名字生平失其考。原文录自《陶澍全集》第六册。

习悦斋六十序

［清］陶　澍

悦斋先生，浮邱之有道者也。其人耽静摄，忘怀利禄。兴至，则蜡屐山水间，人罕见其面。今春，余过其地访焉。先生桐帽棕鞋，迎余欢甚。余为书“静观”二字，榜其书室，先生喜之，如得重珍。

于是，先生旬晋六十，戚友佥谋为先生寿。先生辞之力，既不可却，则慷慨而言曰：“诸君子皆欲为余寿，而亦知寿之所以为寿者乎？凡今之寿，以旬为礼，既不合于古，而实亦徒为扰扰。吾见夫乡之为寿者，其先期则必饰庭宇，戒庖厨，山肤水豢，征之异地。杯斝几席之不足者，则假诸其邻。如是，既有日而为之。戚友者，则又必腆其仪物，花盘食盒，锦轴银屏，绚然烂然。非是，则恐不足当主人意，以见嗤于宾客。及期，主人辨色而兴，衣冠立庭。诸执事皆起，洗盏涤器，设烛于堂。客至诣拜，主人答拜。迨后，来者渐多，主人渐惫。宾客猬于上，仆从蜂于下。而主人者，奔走升降，时而堂，时而庭，时而厨房内舍，仓皇喘息，面无人色。诸宾客亦济济跄跄，酬酢纷然，汗流浃背而不胜挥也。逮夫夕阳在山，人影散乱，宾客之近者，稍引去。两日外，则远者亦去。门庭阒寂，意兴索然，谁复忆某之曾为寿者！夫以旬时之晓夜不遑，以博一日欢，而转瞬若无其事，则寿之不足寿，明矣。凡吾之所谓寿，则不在寿之一日，而在于寿之久远。如是者，莫如文字。然而今之嘏辞，凡横目二足之徒，皆可操觚。当宾客满堂，已不耐观，又安能久？向者，陶氏太史实有心契，诸君子其往咨之。”

余闻而深愧其意，以为先生之意不可孤，惜乎余不能当也。虽然，先生之言已可传矣。请即以先生之言寿先生，当必相视而笑也乎！

习悦斋即习安熟，字敏仁，号悦斋，邑庠生，益阳县三里（今属桃江县）鸬鹚渡礼洪山人。此文录自《陶澍全集》第六册。

胡母黄孺人六十三寿序

［清］陶　澍

嘉庆十年春，友人胡京南与兄甘棠寓书京邸，乞为尊堂黄孺人六十寿序。尔时当庶常散馆之期，匆匆未有以应。未几，以外艰归里，拊心之际，不复从事笔墨，然旧知所在，未尝不耿耿于怀。今春，因事过胡君之居，以礼谒孺人，矍铄之概，依依如畴昔升堂拜母时。已而有携榼具来者，询之，则次日即孺人设帨辰也，时孺人六十有三也。中酒，胡君复申前请，且曰：“母氏往岁周甲之会，嗛未得吾子一言。今虽七旬在望，而吾子即当北上，未审可以破例而为寿乎？”余曰：唯唯，否否。

余闻古之称寿者，大率即事称觞，以写其爱敬之忱。《閟宫》之八章：“令妻寿母。”祝女寿之始也。然亦系燕喜之会，无所为诞日寿。以诞日为寿，复限之以旬，此后世之陋也，君子无取焉。今孺人之德，既可以寿，不等于窕言无征。因时致庆，固所宜然。余也适逢其会，方愧无以揄扬而表襮之，如古所谓善颂善祷者，执爵之下，乌容以无词乎？昔归熙甫有言：“祝寿之文，非古不足为。”然他日亦尝为之，至于数十篇之多。而曰：“以慰人子之情，斯可矣。”固知有其举之，未必遽盭于古所云也。余与胡君交同研席，关河风雨，不隔素心，起居承欢，与有乐焉。故既语以宜寿之实，而即书其说，以为孺人寿。至于孺人之相夫课子，与夫酒浆杼柚之勤，于家锦章绚烂张在屏间者，多能言之矣。

岁在嘉庆十三年季春月下浣，赐进士出身儒林郎翰林院编修充国史馆功臣馆协修官加一级世愚侄陶澍顿首拜撰。

此文录自（民国）胡唐钦纂修《（桃江千工坝）益阳胡氏五修族谱》卷首。又见《陶澍全集》第六册，二者稍异。

两溪公晋六秩寿序

［清］陶　澍

我国家之锡福也，延洪纯佑，协气成庥，敕民年耆艾者，荣以冠服。一时庞眉皓首，咸得含醇葆真，以煦妪于升平化宇、寿考作人之盛，熙熙乎周穷发而迈循蜚矣。故今日而言寿，寿不乏人。然得寿以寿其人，不若得人以寿其人。而其寿尤为足寿，如吾两溪先生其人也。

先生今年六十有三矣。方其筵开三豆，予犹滞迹都门，未知其时之赋南飞者何人？舞斑衣者何若？晋冰桃而供火枣者、其杂遝而森罗，又当何如焜耀也？今幸以假归过访，适值先生诞辰，固不可无以当醴泉之献。而先生诸嗣君又坚以寿序为丐，予则何以答其诚哉？抑闻董子云："寿之为言，酬也。"自行可久之道者，其寿酬于久。生人之初，秉于天者，其气粹而不漓。有以贞之，不与为挠而与为守，而大造亦乐于因材而笃，《记》所以言"必得其寿"而归之"大德"也。先生赋性敦庞，精明浑厚，胸无城府畛域，所以基其寿者厚已。居平勤俭禔躬，罔敢弛其筋力。操家之要，址业曰恢。犹且逸不忘劳，则精神之历练可知也。

德配曹氏孺人，鸿业相庆，鹿车效顺，年亦六旬有五。内助之贤，人所交啧，尤足以畅其齐眉之福也。然则所谓酬于久而必得其寿者，非先生其孰能与已。于斯乎，先生之寿方未有艾也。

先生丈夫子五，比年连芳者三，其长君亦观光圜桥，鹊起鹏博，转睫可卜。他日期颐叠臻、迎禧受嘏，膺丹诏而宠泥封，予将更有以抒张其盛焉。年愚侄陶澍拜撰。

两溪公，即张允爵，字益才，号两溪，益阳县三里板溪（今属桃江县鸬鹚渡镇）人，生于乾隆六年（1741），卒于道光六年（1826）。此文录自（民国）张明基主修《（桃江锡溪）张氏四修族谱》卷二。

封翁莫公照轩年兄先生七秩寿序

[清] 袁名曜

岁丙子季冬之月，先生年七十，亲戚、知故乃相率烹羔豚、撷杞菊、携酒赋诗，列跪上寿。先生为动改容，逡巡避席而谢曰："多幸，老民凡猥无状，缅缅纷纷，以愚而游世，优游穷年，盖偶然耳。风寒惨厉，公等何自苦再三之惠，老夫忽忽意不及此。噫，平心处中，犹惧其盈，而顾益奢，只取辱耳，多谢不敢当。"群揖之，曰："让，德之恭也，谨受令。虽然，欲为之辞，百十未已。"乃操桅二百里至长沙，就予乞一言以为祝。

咸曰："先生少有志行，不事科举，粗袍粝食，四壁萧然，如素士之贫贱者。然家自父兄子弟约，俯有拾、卬有取，灌畦掇薪，皆自营给，其励志如此，可谓真清矣。"

或进曰："先生钜鹿大姓，竞等华侪，一家之内，蝉冕交映，当世以为荣宠之极，而益自谦损，略不矜裾。古者五品以上致仕者赐黄帽、具牢馔、尊安乐、作更老以崇年。以古则今，今则古也，先生不宜妄自谦屈。"

或曰："先生爱人如赤子，通梁修舟舰，行旅感其惠，刻石颂之。公夫人贺，志趣亦同，轻赀急施，赖以全活者将万计。其纲纪同类、仁恕恻怛有如此者，人尤以是多之。"

或又曰："公之智决，利若青萍，六十以上分其子，家事大小，了不关心。铲迹销声，与田父野老共为人外之游。非意相干，遇便舍去，弥以重之，亦弗之夺也。葺宇穷岩，曲尽山居之妙。场圃筑前，果园树后，芳草甘木，麦菰菜茹，映红葩于绿带，茂素蕤于紫枝。香色艳腻，不能复一二陈之耳。凡宴游相邀，不问贤鄙为酣饫。美景良辰，时时与亲旧叙离阔，陈说平生，引满相劝，谈笑大噱。鬓须皓白，蓬累而行，意恬如也。尤善声律，老而未衰。尝语人曰：年在桑榆，正赖丝竹陶写。或林嬉于月下，或水宴于景斜，恣心所适。众乐闲发，歌纂纂，唱呜呜，翘身仰首，兴复不浅。人稍怪之，雅然无慊焉。夫惟大雅卓尔不群，放情宇宙之外，自足怀抱之中，求之古人当如此矣。夫养老兴教，三代所以树风化、垂不朽也。如此之时，皇帝尚然敬德，格言宣于上，惠音被于下。敦史执笔，随宜量赐，皇皇焉接礼交融，三雍之仪备矣。然则于乡里，先耆艾，尚齿而贵信，扶奖名教，绫纸赞词，采摭所闻，何殊别哉。足下以人伦自任，抽导幽滞，演迪斯文，如先生者，可以谈矣。”

仆闻之，以手加额，慨然谓客曰：“邈哉先生！求之望实，其亦盛矣。憾相知晚，不能一二其详，公等辱而教之，敢不略意。而仆凡鄙少文，不能属辞。由是遂通览群史，约其词句。非敢曰增荣益观，详而有体，而综其行事，彬彬然以积累为工。则夫颂美有章，陈言无愧者欤。”

客曰：“幸甚。”

因赋诗而颂焉。其诗曰：“游山泽，玩琴书，举陈酒，取溪渔，迹松子。颜如荼，以游以舒。偃息于卜居，惟诚与孝。无忝尔祖门内之法，英英济济。华承棣萼，卿文弟武。增父秩，均指使，迭奉寿觞，日暮不能已。龙须柽柏，枝叶郁茂。下有梼菁，东南独秀。婆那娑，李公柳，令人久寿。茯苓千岁而方知常，愿主人增年与相守。”

袁名曜（1764—1835），字道南，又字焘岚，号岘冈，湖南宁乡县人，清嘉庆六年（1801）进士，选庶吉士，授翰林院编修，累迁至侍读，充日讲官。后以亲丧归乡，主讲长沙岳麓书院。平生注重经世致用之学，足迹遍天下，尤留心边防厄塞、河渠水利、山川险隘、古今沿革等，称为“楚南人物”，为严如熤、陶澍所推重。此文录自（民国）莫寿森主修《（桃江大华村）莫氏七修族谱》卷首。

尹三江七秩寿序

［清］彭　浚

益之擅名胜者，水有桃江，山有浮邱，皆载在《舆地广记》，往往为高人奇士所托迹，余耳其名久，惜未一游览焉。尹公三江先生，益隐君子也，余亦久耳其名，惜未之见也。岁乙丑，余幸捷南宫，旋受圣天子特达之知，叨居撰选。适族有续修家乘之举，迄假南旋。余族之隶衡籍者固多，而星居于湘乡与益阳者亦复不少。爰由湘而至益，共商其事，因得泛桃江之波。见其两岸杂卉虽繁，而桃则鲜有存者，殆岁久而仅传其名欤？舍舟登岸，肩舆十余里，得登浮邱顶。其峰峦耸翠，绵亘数十里，隐隐有秀气，虽不及吾衡岳祝融诸峰胜概，而亦长郡一巨镇也。窃不禁慨然有感，以为山之体主静，静则寿，此其间必有得乎静之理而征为寿考者，而特莫由见也。徘徊久之，由寺后下山，又十里许至族弟望山家，相与叙族谊、论谱事，杯酒言欢之下，见其长子文选在侧，循循谨恪，有佳子弟风，因叩其学业及婚娶事。望山云其学业则甫试笔也，婚娶虽尚有待，已聘尹君克修女，其大翁则三江先生也。余因耳熟先生名，遂急询其生平善状，望山因为余言。

先生家距浮邱里许，生平敦大伦，立大本，持己待人，一无所苟。幼习举子业，屡试不售，援例入成均。遂绝意文场，林泉自适，终日端坐，凝神屏气，不妄动，古琴名香，相与为伴，世俗事无与也。今逾大衍矣。余喟然叹曰：此诚静者也，其先生之本性固然乎？抑居近浮邱，日对乎敦艮之体，有默契于心而然乎？其寿有不待言矣！向所思而不得见者，其在斯人欤？因急欲一登先生堂，亲其丰采。缘谱事甚迫，返不果。十余年来，浮沉仕路，留滞京华，于益之宗人，亦多间隔。今岁秋初，望山寄书都门，一叙别绪，并云先生以今腊月朔日，寿届古稀。其元配符孺人有贤德，多内助；继配颜孺人，亦有贤声。嗣君即克修善继述，年四十余而卒。孙男二，克绳祖武，次现延师课读，识者决其有成。补述先生生平，乞余一言以为祝。余曰：先生之寿，余于十年前已卜之矣，奚待今日？盖人苟役志纷华，纵情嗜欲，则形劳神竭，本拔则枝叶未有不从之者。今先生自少壮以来，即摒除世事，静理中涵，虽由此而期颐可也，古稀云乎哉！惜余云山远隔，莫获恭介一卮，唯遥望浮邱而咏南山之句寄望山，以祝之尔。异日者，先生晋秩百龄，余亦获归游林下，知必复从游浮邱，而偕望山以跻堂拜祝，先生其肯以素所默契于心者而教之否？

彭浚，字旂映，号宝臣，衡山县人，嘉庆十年（1805）进士一甲第一名，即状元，授修撰，历官侍讲、侍读学士、太仆寺少卿、奉天府丞兼学政。一生以培育人才为务。此文录自（民国）尹启柳等主修《（桃江长江村）尹氏十修族谱》卷首。

古剑先生六十寿序

［清］赵先雅

士君子寿于世者不在年数，区区精神强固，登耄耋、届期颐，究与草木同腐。惟倜傥非常之士，视其境遇通塞，自有不朽人间者。达者则立德立功，否则立言。枢机之发，权操自己；本所蕴蓄，见于篇章；阳开阴阖，勋与古会。斯诚立言不朽者欤！

古剑三兄先生以今十一月朔晋六秩。其侄孙次郊，雅旧游也，问序于余。先生，余素好也。忆当总角时，不甚相知。先生居桃江，师其乡之负文望者；予居城，师城之负文望者。居不同师不同，举子业当亦不同。洎同食廪饩、列郊庠，始得交纳。先生道腴充溢，丰采焕发，余已心醉矣。及读先生文，精妍题分，直凑单微，神清骨迥，理正词醇，余始恨相交之晚也。间尝与先生论有明制艺，先生谓此圣贤经世传心之要，非积学以会其理、摹古以养其气，则言庞而调软。成、宏、正、嘉名程墨宝，积于深厚，根于谨严，卓荦纡徐，层见迭出，吾取而师之；隆、万之际，思泉、定宇，葵阳、石篑清微雄浑，苍渊古雅，吾慕之，吾取而师之。吾聆其言，何其类余平素论文之旨，然后知居不同而学同，师不同而趋向同，有如是也。余与先生良田在砚，桃江以上从先生游者，先生以是启之；益城以东从予游者，予亦以是启之。迩年来，予与先生旧从游，半入庠序，亦可知立论不诬，有明征矣。数十年来，先生著作等身，得皇甫其人握椽笔而序之，信今传后无疑也。惜乎有掇魏科之具而时命厄之，不得操文柄以程式天下，仅于一乡一邑指画生徒，所及者约矣。然古人传世，多不藉科名。墙东思旷，其明验也。世之祝寿者，颂繁祉隆，耇造非不悦听也，然而阔矣！予于先生笔墨交也，先生鸿文卓卓可传，将与日月河山共存天壤，是先生之寿，先生先有自寿于世者。向之所谓立言不朽者，先生即其人也，予何祝乎？即以先生之自寿者寿先生而已。先生工古今体诗，兼善真草，性成孝友，尽人知之，无俟予述。予西望浮邱，遇病末由跻堂，寄斯文于次郊以晋觥，庶知士君子寿，不同世俗者如此。愚弟赵先雅慎威氏拜撰。

古剑先生，即邹良化，生平见本书第十三卷。赵先雅（？—1830）

字鹿潭，号慎威，益阳千家洲人，嘉庆二十二年（1817）进士，选庶吉士，散馆授主事，后官至福建道监察御史。此文录自邹德玉主修《（桃江）邹氏五修族谱》。

第二十四卷　桃花江文选九　传记

屈原列传

［汉］司马迁

屈原者，名平，楚之同姓也。为楚怀王左徒。博闻强志，明于治乱，娴于辞令。入则与王图议国事，以出号令；出则接遇宾客，应对诸侯。王甚任之。

上官大夫与之同列，争宠而心害其能。怀王使屈原造为宪令，屈平属草未定。上官大夫见而欲夺之，屈平不与，因谗之曰："王使屈平为令，众莫不知，每一令出，平伐其功，曰以为'非我莫能为也'。"王怒而疏屈平。

屈平疾王听之不聪也，谗谄之蔽明也，邪曲之害公也，方正之不容也，故忧愁幽思而作《离骚》。离骚者，犹离忧也。夫天者，人之始也；父母者，人之本也。人穷则反本，故劳苦倦极，未尝不呼天也；疾痛惨怛，未尝不呼父母也。屈平正道直行，竭忠尽智以事其君，谗人间之，可谓穷矣。信而见疑，忠而被谤，能无怨乎？屈平之作《离骚》，盖自怨生也。《国风》好色而不淫，《小雅》怨诽而不乱。若《离骚》者，可谓兼之矣。上称帝喾，下道齐桓，中述汤、武，以刺世事。明道德之广崇，治乱之条贯，靡不毕见。其文约，其辞微，其志洁，其行廉。其称文小而其指极大，举类迩而见义远。其志洁，故其称物芳。其行廉，故死而不容。自疏濯淖污泥之中，蝉蜕于浊秽，以浮游尘埃之外，不获世之滋垢，皭然泥而不滓者也。推此志也，虽与日月争光可也。

屈平既绌，其后秦欲伐齐，齐与楚从亲，惠王患之，乃令张仪佯去秦，厚币委质事楚，曰："秦甚憎齐，齐与楚从亲，楚诚能绝齐，秦愿献商、於之地六百里。"楚怀王贪而信张仪，遂绝齐，使使如秦受地。张仪诈之曰："仪与王约六里，不闻六百里。"楚使怒去，归告怀王。怀王怒，大兴师伐秦。秦发兵击之，大破楚师于丹、淅，斩首八万，虏楚将屈匄，遂取楚之汉中地。怀王乃悉发国中兵以深入击秦，战于蓝田。魏闻之，袭楚至邓。楚兵惧，自秦归。而齐竟怒不救楚，楚大困。

明年，秦割汉中地与楚以和。楚王曰："不愿得地，愿得张仪而甘心焉。"张仪闻，乃曰："以一仪而当汉中地，臣请往如楚。"如楚，又因厚币用事者臣靳尚，而设诡辩于怀王之宠姬郑袖。怀王竟听郑袖，复释去张仪。是时屈原既疏，不复在位，使于齐，顾反，谏怀王曰："何不杀张仪？"怀王悔，追张仪，不及。

其后，诸侯共击楚，大破之，杀其将唐眜。

时秦昭王与楚婚，欲与怀王会。怀王欲行，屈平曰："秦虎狼之国，不可信，不如毋行。"怀王稚子子兰劝王行："奈何绝秦欢！"怀王卒行。入武关，秦伏兵绝其后，因留怀王，以求割地。怀王怒，不听。亡走赵，赵不内。复之秦，竟死于秦而归葬。

长子顷襄王立，以其弟子兰为令尹。楚人既咎子兰以劝怀王入秦而不反也。

屈平既嫉之，虽放流，眷顾楚国，系心怀王，不忘欲反，冀幸君之一悟，俗之一改也。其存君兴国而欲反覆之，一篇之中三致志焉。然终无可奈何，故不可以反，卒以此见怀王之终不悟也。人君无愚智贤不肖，莫不欲求忠以自为，举贤以自佐，然亡国破家相随属，而圣君治国累世而不见者，其所谓忠者不忠，而所谓贤者不贤也。怀王以不知忠臣之分，故内惑于郑袖，外欺于张仪，疏屈平而信上官大夫、令尹子兰，兵挫地削，亡其六郡，身客死于秦，为天下笑，此不知人之祸也。《易》曰："井渫不食，为我心恻，可以汲。王明，并受其福。"王之不明，岂足福哉！

令尹子兰闻之，大怒，卒使上官大夫短屈原于顷襄王，顷襄王怒而迁之。

屈原至于江滨，被发行吟泽畔。颜色憔悴，形容枯槁。渔父见而问之曰："子非三闾大夫欤？何故而至此？"屈原曰："举世混浊而我独清，众人皆醉而我独醒，是以见放。"渔父曰："夫圣人者，不凝滞于物，而能与世推移。举世混浊，何不随其流而扬其波？众人皆醉，何不铺其糟而啜其醨？何故怀瑾握瑜而自令见放为？”屈原曰：“吾闻之，新沐者必弹冠，新浴者必振衣，人又谁能以身之察察，受物之汶汶者乎？宁赴常流而葬乎江鱼腹中耳，又安能以皓皓之白，而蒙世俗之温蠖乎？”

乃作《怀沙》之赋。其辞曰：

陶陶孟夏兮，草木莽莽。伤怀永哀兮，汩徂南土。眴兮窈窈，孔静幽墨。冤结纡轸兮，离愍之长鞠；抚情效志兮，俛诎以自抑。

刓方以为圆兮，常度未替；易初本由兮，君子所鄙。章画职墨兮，前度未改；内直质重兮，大人所盛。巧匠不斫兮，孰察其揆正？玄文幽处兮，蒙谓之不章；离娄微睇兮，瞽以为无明。变白而为黑兮，倒上以为下。凤凰在笯兮，鸡雉翔舞。同糅玉石兮，一概而相量。夫党人之鄙妒兮，羌不知吾所臧。任重载盛兮，陷滞而不济；怀瑾握瑜兮，穷不得余所示。邑犬群吠兮，吠所怪也；诽骏疑桀兮，固庸态也。文质疏内兮，众不知吾之异采；材朴委积兮，莫知余之所有。重仁袭义兮，谨厚以为丰；重华不可牾兮，孰知余之从容！古固有不并兮，岂知其故也？汤禹久远兮，邈不可慕也。惩违改忿兮，抑心而自强；离湣而不迁兮，愿志之有象。进路北次兮，日昧昧其将暮；含忧虞哀兮，限之以大故。

乱曰：浩浩沅、湘兮，分流汩兮。修路幽拂兮，道远忽兮。曾吟恒悲兮，永叹慨兮。世既莫吾知兮，人心不可谓兮。怀情抱质兮，独无匹兮。伯乐既殁兮，骥将焉程兮？人生禀命兮，各有所错兮。定心广志，余何畏惧兮？曾伤爰哀，永叹喟兮。世混不吾知，心不可谓兮。知死不可让兮，原勿爱兮。明以告君子兮，吾将以为类兮。

于是怀石遂自汨罗以死。

屈原既死之后，楚有宋玉、唐勒、景差之徒者，皆好辞而以赋见称；然皆祖屈原之从容辞令，终莫敢直谏。其后楚日以削，数十年竟为秦所灭。自屈原沉汨罗后百余年，汉有贾生为长沙王太傅，过湘水，投书以吊屈原。

原文见司马迁《史记》八十四，录自《（乾隆）益阳县志》卷二十一。

屈原外传

［唐］沈亚之

昔汉武爱骚，令淮南作传，大概屈原事已尽于此，太史公因之以入《史记》。外有二三逸事，见之杂记、方志者尤详。

屈原瘦细美髯，丰神朗秀，长九尺，好奇服，冠切云之冠。性洁，一日三濯缨。事怀、襄间，蒙谗负讥，遂放而耕。吟《离骚》，倚耒号泣于天。时楚大荒，原堕泪处独产白米如玉。《江陵志》有玉米田，即其地也。尝游沅湘，俗好祀，必作乐歌以乐神，辞甚俚。原因栖玉笋山，作《九歌》，托以讽谏。至《山鬼》篇成，四山忽啾啾若啼啸，声闻十里外，草木莫不萎死。又见楚先王庙及公卿祠堂，图画天地、山川、神灵，琦玮僪佹，与古圣怪物行事，因书其壁，呵而问之。时天惨地愁，白昼如夜者三日。晚益愤懑，披蓁茹草，混同鸟兽，不交世务。采柏实，和桂膏，歌远游之章，托游仙以自适。王逼逐之，于五月五日遂赴清冷之水。

其神游于天河，精灵时降湘浦。楚人思慕，谓为水仙，每值原死日，必以筒贮米投水祭之。至汉建武中，长沙区回白日忽见一人，自称三闾大夫，谓曰：闻君尝见祭，甚善，但所遗为蛟龙所窃。今有惠，可以楝树叶塞上，以五色丝转缚之，此物蛟龙所惮。回依其言。世俗作粽，并带丝叶，皆其遗风。晋咸安中，有吴人颜珏者泊汨罗，夜深月明，闻有人行吟，曰：“曾不知夏之为邱兮，孰两东门之可芜？”珏异之，前曰：“汝三闾大夫耶？”忽不见其所之。《江陵志》又载：“原故居在秭归乡北，有女媭庙，至今捣衣石尚存。时当秋风夜雨之际，砧声隐隐可听也。”嘻，异哉！原以忠死，直古龙比者流，何以没后多不经事？特千古骚魂，郁而未散。故鬻熊虽久不祀，三闾之迹，犹时仿佛占断于江潭泽畔、蒹葭白露中耳。

沈亚之，字下贤，唐代文学家，浙江湖州人，生卒年不详，有《沈下贤集》传世。此文录自《（嘉庆）益阳县志》卷二十九。

些庵自叙

［明］郭都贤

仆以衰老，回念生平无一足状。犹记四十年前曾榜一联于厅右，曰："何以副生平，试清夜自思，在国在家曾行几事；不须谈特起，但设身处地，于今于古，像个甚人。"此足以知其自省而愧矣。兵燹以后，濒死者数四，儿辈劝予略记一《年谱》，以示子孙。予曰否否。予以十五岁生子，三十岁生孙，十六童试冠军，即蒙提学拔入一等廪饩，十九忝乡试，二十三忝会试，四十五即解组，事事占早，亦人世寻常福报耳。至于人铨而不通关节，不招权纳贿，督学而不徇情面，不纳交要誉，此皆官箴自好者应尽之分，不足谱也。

唯有一二大端：癸未，膺抚江之命，时任粤粮，已有献贼充斥之耗，予叱驭履任。适值左帅屯兵九江，跋扈观望，予介马乞师，外御强寇，内调悍将，始得袁、吉一块土太平。日久兵饷鲜措，予约江右诸绅赴铁柱宫，发誓凡系抚军衙门内外一切应入橐中者，俱捐以助饷，有不如此者，神殛之。智尽能索，乞身陈罪状。再请，始遂初衷，在仕不满十月。滨行，取二十年杯斝销之，以充斧资南下。此神人之所共鉴，至今江右父老尚或有知而能言之者。弘光甲午五月，渡江，门人史道邻将以予改补江南抚臣，驻扎苏州。予闻言，即日买舟辞归。后来马、阮锢祸起，予得超然是非之外，不以累门墙。姜新建每乐举此数逢人说项，以为急流勇退之效云。

壬辰，恢复湖南，微有赞襄之力。癸巳，为偏沅遣兵抄洗，逮系酷狱中两月，破家荡产，其得免于刀锯，幸也。督帅洪阁部入楚，蒙以旧识见存，强起一面。厥后长沙六载，绝去书札往还。计丙戌四月，清兵入定湖南，予即披剃为僧。至今二十余载，未尝通一刺足谒当道，忍死蒙难，一身以外，了然罕遗。守此硁硁，留残躯于荒滨之乡。但得皇天慭遗，早填沟壑，便足了此身。末后一著，死有余荣，尚敢觍颜称寿，岂区区之愿哉。

皈依佛道，亦自无佛处称尊。旦晚与爪离相伴，得过一日便是一日，如是如是。

此文录自《（民国）益阳县志》卷八。

郭公些庵外传

［清］温其训

先明三百年，吾邑与南宫之数者仅九人。最后为万历癸丑罗公萸江，讳喻义；天启壬戌郭公天门，又号些庵，讳都贤。

罗官至经筵日讲、礼部左侍郎，立朝有风节，著述甚精邃，而吾邑中存者寥寥，传其遗事亦不甚真。大抵其居桑梓，颇自矜贵，遂不免有傲容，而又不能辑饬其下，宜吾乡之有议之者。然外间殊不然。闻当年南监有“两间正气”之额，为公勒也。罗尝为南祭酒，忤魏阉削籍。而近日《明史稿》中所载公传及公之疏奏甚正且大，今上御纂《春秋》，亦采其《春秋野编》中语，是外间所著见，反异于桑梓也。

郭官至御史，巡抚江西。崇祯甲申正月，解其印务，送之督臣吕大器，下江南赴阁部史公道邻之招。道邻劝其归，遂归邑石门山中。丁亥，削发为僧。戊子后流离兵燹。庚辛，游沔汉，壬辰归。癸巳，为当事诬，系狱，章皇帝恩诏至，尽出之。丙申，居沔水，作补山堂。见阁部洪承畴，承畴摩其顶，叹为全人。居沔中十六年。戊申，为梁上君子驱之。返，至吾邑之桃花江上，遭两孙之亡。辛亥，为署县所诬，至督臣蔡公毓荣前。蔡知其枉，事解，且优礼之，遂卒于督臣节镇之荆州，蔡复为文以祭之。湖南乱恢复后，丧归，葬邑公之母冢前。此皆一一可考之公诗内者也。

而吾邑前此无识之人，多妄议公之不死于巡抚之任，又讹传公在南昌失守遁归，皆里巷妇孺、市井狙侩信口雌黄之语，而学士大夫或不免信之。殊不知公之送印于江督也，其石门之老仆当年目击，犹能言之，而《匡蠡》一吟，又岂见贼逃亡者之所能出耶？且怀宗之末，群贼皆归于闯、献，《明纪》诸编皆云然。献忠破武昌，向长沙，癸未冬欲破江西，已陷袁、吉、临三郡。而公招左良玉至江西，复三郡。左兵淫掠，江西苦之，反以怨公。献忠亦弃长沙入川。然在当年复有何贼至南昌耶？道邻招公书，惜未见其全文，然即所云“近报江右无贼，督臣任事颇锐”二语，则南昌无失守之事，而公之送印于江督为不谬矣。

且死事之忠，正不可不辨。天下有可以死、可以无死者，死则伤勇也。子路之于卫，圣人犹有余议焉。如其委任明白，实有所受，职守难诿，则事穷势迫，安得不死？而宁武子保身济君，其愚乃不可及。文山之至燕也，未尝自刎。若怀宗愤恨诸臣之误乎？平日所司何事，而国破君亡，方以一死塞责，独差胜于尧舜迈汤武之言。此未可以野编殉难之录多人，为享荣名于后世也。些公巡抚之任，大抵亦台守巡风宪之常格耳，未闻有君相之特识也。且贼未至，安得死之？因史公之言，知其不可而去之。量力而行之，不可谓不智也。削发为僧，困于荒滨，屡遭狐鼠，而卒不悔以死，可谓非忠于所事者乎？以闾巷之讹传，掩前辈之大节，甚可慨也。

公之在桑梓无声色，而风流儒雅之事甚多，当时邑人颇畏罗而爱郭，而韵亦实胜于罗公之制艺。余略存其三，甚粹而警，亦以风趣胜。予少时曾见其抄本约十数首，而今已遗失，不复出矣。公之诗古文甚多，居官以前有《止庵全集》《抚江疏稿》，削发有《补山堂十种》，大抵皆有其篇目而未付剞劂，今皆不复见其全。余搜集公之诗得数十种，颇可以为公之年谱，其心与迹可略见之，吾邑之人皆未暇一共览也。独吾乳山闵先生之尊人老先生来掌教吾邑，即访及公之诗。盖先生家居时，曾得见公诗十数首，雅爱之，而不知公为何人，益阳为何地，乃竟以司铎至，故亟访公之诗与文，其作合毋亦有非偶者乎？乳山先生以趋庭复至，一见亦酷好之，搜其遗诗甚力，余因以所得者尽付之。乳山悉手录之，而欲余一言以记其后。

余惟公之诗，清新俊逸不减庾、鲍，而雄健者庶几老杜，奥诡者直似长吉，而吾邑所流传者独其《洞庭秋》，盖以公遭无赖小人之诬，以《洞庭秋》也。吾以为其诗则伤雕琢耳，其他诗则值有古径平淡而自隽永者，大抵空门胜于宦途，亦年力不同耳。梅、菊、海棠诸咏，非俭腹者所解，或疑其乏自然之韵。然其骨力遒上，岂浅学所及？夫诵其诗则当论其世，以知其人也。些公居沔日，所与游者如熊开元、尹民兴、王应斗诸人，立朝风节皆棱棱有骨，故补山堂之诗，其瘦硬亦类然也，而岂临难苟免者所得与乎？乳山以桑梓无实之言重诬公之为人，则虽爱其诗，无益也。乳山而得公之为人，则可以读其诗矣。异日俾公不朽者，非乳山其谁与归乎？则吾今日之为此言以相复也，其亦必非偶也审矣。时乾隆五年，小雪后三日。

温其训，字商言，号陆轩，益阳人，乾隆初贡生。此文录自《（民国）益阳县志》。

罗喻义列传

《明史》史馆

罗喻义，字湘中，益阳人，万历四十一年进士，改庶吉士，授检讨，请假归。天启初还朝，历官喻德、直经筵。六年，擢南京国子祭酒。诸生欲为魏忠贤建祠，喻义惩其昌者，乃已。忠贤党辑东林籍贯，湖广二十人，以喻义为首。庄烈帝嗣位，召为礼部右侍郎，协理詹事府事。寻充日讲官，教习庶吉士。喻义性严冷，闭户读书，不轻接一客。后中外多故，将吏不习兵，锐意讲武事，推演阵图献之，帝为褒纳。以时方用兵，而督抚大吏不立军府，财用无所资，因言武有七德，丰财居其一，正饷之外宜别立军府，朝廷勿预知，饷士、赏功、购敌皆取给于是。又极言战车之利，帝下军府议于所司，令喻义自制战车。喻义复上言按亩加派之害，而以战车营造职在有司，不肯奉诏。帝不悦，疏遂不行。

明年九月，进讲《尚书》，撰《布昭圣武讲义》，中及时事，有“左右之者不得其人”语，颇伤执政。末陈祖宗大阅之规、京营之制，冀有所兴革。呈稿政府，温体仁不怿，使正字官语喻义，令改。喻义造阁中，隔扉诮体仁。体仁怒，上言：“故事，惟经筵进规多于正讲，日讲则正多规少，今喻义日讲而用经筵之制，及令删改，反遭其侮，惟圣明裁察。”遂下吏部议。喻义奏辩，曰：“讲官于正文外旁及时事，亦旧制也，臣展转敷陈，冀少有裨益。体仁删去，臣恐愚忠不获上达，致忤辅臣。今草稿俱在，望圣明省览。”吏部希体仁指，议革职闲住。可之。喻义雅负时望，为体仁倾，士论交惜。濒行，乞恩请乘传，帝亦报可。居家十年卒。

夏云卧传

［清］曹耀珩

夏君光洛，字禹书，号秘庵，年十七，为诸生，食饩。为文缜密有法度，然未尝一试乡闱。好填词，吐属入妙。工书飞白，远近争购之。初居城，后徙邑九里之河塘，茅屋数椽，号云卧道人。堂前梅一株，巢其上为坐具，又号梅巢居士。梅巢侧，辟莽通山为驯园，怪石修篁，杉松绮错，小径盘曲而上，翼亭于巅。亭之中，茶铛木榻，剑匣书签，俱有致。又有石磬铮铮然，悬亭角。层峰细涧，俯呈于几席之下。云卧安之，不问世事。

天伦中至性过人，侍母疾，卧床下年余不解带。友爱二兄，兄子贫，让其分宅。年逾三十，屣视一衿。以母卒，悲思不已。其兄长先卒，亦痛甚，自是意尝忽忽不乐。深夜行阶除，扪胸长叹。俦众偕处，独欷歔于邑，问之终不言。闻戚友不如意事，彷徨惨淡，至泣下沾袖。遇积雪尺余，服羽士衣冠，带剑挈瓢登山椒，狂走数十里，投止野人家，人以为仙。夜独宿亭中，虎绕亭啸，略无惧色。愤激辄豪吟绝叫，夜半起，击石磬声彻里许。知云卧者，高之；不知云卧者，怪之也。

畅庵曰：云卧生平所遇，坎壈不称意，宜其自处有然。然士遭穷如云卧不少，且有过之者，云卧何自苦若是。是其明于忧患者乎。令得志于时，任天下之事，忧当若何矣？

曹耀珩，其生平见本书第十二卷。此文录自（清）曹耀珩著《曹畅庵古文》卷一。

夏令传赞

［清］曹耀珩

夏令炘永，字仙阶，吾邑一里武潭人。其父旦开先生，积学数十年，终蹶场屋，人惜之。仙阶少读父书，若颠若骇，世事都不通晓。初应试，邑宰江奇之，拔冠童子军。丙子，捷于乡。人曰此天意报其父也。需次十余年，除丹徒。

丹徒固江左一剧邑，仙阶令且七年，事上官略效滑稽，无阿附惮严状。润州守诞辰往祝，守诘夏何日寿，亦当介大斗。仙阶曰，令未知也。守惊曰，焉有己生辰而不知者乎？仙阶徐曰，何敢诳，令初生梦梦，何知？比长大，父母告以某月日耳。守大笑。

润为沿海雄镇，某公推毂为大将军，文武官僚俱慑伏伛偻惟谨。仙阶自命揖客，一日角射，盐司、郡守咸在，将军顾曰：夏君长此否？仙阶绝缨前，谓令毛锥生耳，不能执弓，尤将军不能提笔也。听者咸危其言。仙阶不少挫，亦不逢将军怒。

仪封张公孝先以理学名臣开府江苏，随润守往谒，独呼丹徒。趋入，拜揖侍侧。仪封正襟肃容，不一语。仙阶随意起，回身视柱联，极赞“妙”。仪封大声曰：“何妙？”仙阶曰：“初爱对语，谓绝无出者。及见，皆天造设经言，明公学问于斯，经济于斯，正躬于斯，率属于斯，令闻命矣。”盖仪封以“无为其所不为”二句，“民之所好好之”二句，左右分对也。仪封喜，令移几近，为极论理道精微之介，政治得失之故，至数晷。且曰：“若湖南人，无仕宦习，今正不必效之。悃愊无华，斯良吏耳。”手普洱茶诸物，令持出。出则润守犹候于厅，恐甚。次晨再入为婉请，守得见。

居官听断犹楚语，遇谳讼不俟鞫推，奸回之夫毕呈情实。曰：“公长者，不忍欺也。”输赋络绎，相戒勿累公。其后挂吏议，羁京江，绅士馈问不绝。市上儿童致果物，笑而啖，如家赤子。

归里，宅城西，独脱帽行陌巷，手挚其孙。有时肆上贳酒，与贾佣胥吏谑浪狂呼，不自知甚曾为宰也。今七十有七。

赞曰：夏君以一腐儒获于上，和于民，宦辙如安堵。其黠而能者，曾不崇朝及难，身名俱陨。然则士之巧拙，又安足论乎哉！

此文录自（清）曹耀珩著《曹畅庵古文》卷一。

刘节母胡老孺人传

［清］陶必铨

孺人姓胡氏，同里赵家山人也。母郭撄久疾，诸兄迫耕菑，不克侍，孺人视膳煮药，昼夜不离膝，父母特钟爱之。及笄，归刘君淡轩。淡轩贫而好学，负笈远从师，孺人织纴之暇，躬圃为蔬。都养者来，米盐外必捋茶摘蓼给之，以寓辛苦意。淡轩每冬归，燃松脂、移缫车相就，呫哔呻吟，与机声间，至夜分不倦。一日，淡轩就试，乏于资。孺人曰：“吾何以簪珥为哉？君得贵，吾亦荣也。”脱而速之行。后淡轩试屡踬，赍志没。孺人痛哭，昏晕几绝。其翁与其姑携抱其三子置孺人前，曰：“女夫三块肉，赖女存；女死，夫绝矣。”有顷，乃复苏，起营葬事，楔齿缀足必亲。既葬，朝夕上食饮，必泣。三年之内，与家人语，未尝见齿。初，其父兄以其年仅二十八岁也，又家徒壁立，恐不终志，微以言动之。孺人曰：“妇人从一而终，岂以贫易志。”遂七年不归宁，移床第就翁姑壁间，为操爨饘、酏枣栗，问所欲敬进之。疾痛疴痒，敬抑搔之。年歉，儿子食粗粝，存大米奉翁姑。和于妯娌，十余年足不至闾阈。子长就塾学，乃发箧以夫书授之，曰：“汝父遗稿，汝祖悉焚之，吾谨藏此朝夕不释者，然不欲见此久矣。虽然，马牛襟裾，吾虽妇人，亦闻之。汝能继汝父志，汝父为不死矣。”孺人性笃挚，一麻布帐，自其夫在时张之，寻敝矣。人曰：“盍易诸？”孺人曰：“吾固与夫终身寝处也，可易乎？”家素不饶，然邻里有急，惟所有无吝，人以是亦贤之。乾隆丙寅，邑绅士以其行白于学使吴公，吴公为之额曰：“志励冰霜”。丁卯，邑令高公复采而登诸邑《志》。孺人享寿五十有六，以乾隆辛未八月十五日辰时卒，葬于本里桐子坪之原。子三，孙十，曾孙十有六。

论曰：立节，古丈夫之所难也。以贫家妇而立节于亲老子幼之际，尤为难。胡孺人处穷约、躬操作，为所天终孝慈愿，斯岂罗纨钗钏辈。虽曰全节，犹有所恋恋者之所能。卒之行完名立，增光志乘，可不谓难乎？当其脱簪珥激夫取名贵，亦期自为荣也。孰知其所以自为荣者，乃在其夫既没之后乎？而或且怅然于猾胥之黩货沮善，不获请旌于朝也。呜呼，岂足厄哉！今阅郡邑乘，钦其行久矣。比与其里诸君子谈及，憾《志》尚有阙者。孺人之孙某复为余言之，因并论次而别为之传云。

文中“学使吴公”，即吴嗣富，浙江钱塘人，乾隆十一年（1746）以编修之职任湖南学政。“邑令高”，即高自位，直隶举人，时任益阳县知县。陶必铨，其生平见本书第十一卷。此文录自陶必铨著《萸江古文存》卷四，又见（民国）刘中藩主修《（桃江）石井刘氏五修族谱》卷末，二者颇有差异。

胡公兰亭序

［清］陶　澍

人生斯世，上以承前，下以启后，要有所表见，为不虚耳。太学生兰亭姻先生，先贫，不羁之才，涉猎经史，记诵不忘。染翰操觚，心花艳发。长更博学多能，兼擅贯虱穿杨之技。功名热心，文武并试，惜数奇未售，莫遂封侯之愿耳。然先生不以此少挫光宗耀祖之志，援例入试成均，经纪家政，扩井开疆，延师课子，亦复文武并习之。元配文，继配张，皆有贤德，款洽隆师，能佐夫以成其志。是以辛未科哲嗣昌澍年甫冠，早游泮水，人见充闾慰望，谓先生有令子。余谓凤毛济美，澍实有贤父也。盖功名虽关气数，而有志竟成，不获于躬，必获于子孙，理固如是也。然则先生以此承前，可增光于宗祖；以此启后，可为法于子孙矣。彼世之席丰履厚、安于温饱而无所表见者，能不抱愧于先生乎。时值家乘告成，嗣君兼襄检校，因乐书而为先生序。道光辛巳，兵备道陶澍。

兰亭先生，即胡宗器，字学贤，号兰亭，清监生，益阳县十里石牛江（今属桃江县石牛江镇）人，生于乾隆二十八年（1763）十一月，卒于道光十二（1832）年闰九月。兰亭之子胡昌澍，县庠生，是陶澍之友。此文录自（民国）胡盛焱主修《（桃江）岛山胡氏六修族谱》卷十一。

直翁胡公传

［清］陶　澍

余少随先大人读书益十里老鸦山，胡子让贤、玉田，先大人门下士也。余与共晨夕久，得以时造其庐，晋谒玉田尊人品山、让贤尊人竹猗，与其伯叔父行有日。玉田入泮，品山以礼迎先大人于家，余从之。时陪侍者，皆其族父老、姻亚。酒阑，族父老为先大人言其祖直翁公行状甚悉。

公始起家，若河源之滥觞耳。公栉风沐雨，督诸子妇力耕织，家遂以是丰厚。田园之盛，族旧称殷富者莫逮焉。性尤嗜读书。其三嗣晓村，性聪慧，岁令负笈从游，不以远惮。虽屡蹶童试，终以例入成均，未得偿翁送读愿，而有声艺苑，族党推之。公自奉俭约，而隆师礼客，及里有公事醵费，率慷慨无吝惜。居心尤耿介，待人处事，一以直道行。其后之杖于乡也，坐而见者，皆曰："直翁公来!"翁盖有三代遗风者。

今玉田荷先生教，以青年入泮，岂亦翁之行谊所致耶？先大人时闻而异之，顾让贤、玉田兼策之，曰："玉田，汝幸博一衿，无以此自懈，其益殖所学，以图远到。让贤今虽暂屈，顾天姿学力，皆当有成。尚益奋发，余明岁又来赴掇芹宴，益以见汝祖德宜食报也。"时语在嘉庆戊午冬。

余以庚申与乡荐，壬戌入词馆，旅食京华。后又分符外都，与故人亦稍契阔矣。己卯冬，奉简命任川东道，告假还乡，道过益阳，访玉田于家。时让贤亦已名挂太学，均在座。握手而语意绪殷殷。顾以莅任迫，匆匆话别去。

今上道光三年，余巡抚安徽。今春，让贤、玉田并走书至，言族谱竣事，丐余一言，为其祖直翁公传，以垂不朽。余展视再三，觉当三窗风雨，颜色如在屋梁间。及忆玉田入泮，其族父老为先大人言直翁行事，又如脱口以为。论由乡里而定，无庸谬为扬厉也。爰次数语，以应让贤、玉田兄弟请。

直翁，即胡正嘉，字云公，清益阳县十里石牛江（今属桃江县石牛江镇）人，是陶澍少年时同学胡让贤和胡玉田之祖父，为桃江石牛江胡氏之第十五世孙。此文录自《陶澍全集》第六册。

刘翁石峰先生昆仲合传

［清］符　鸿

碧田刘氏，邑望族也。岁戊辰辑家乘，刘子兰汀共襄之。将告竣，以乃祖东峰公暨伯祖石峰公、松峰公商合传于余，余闻而异之。夫薛家三凤，美著河东；田氏三荆，义联京兆。今刘氏三峰鼎立，亦足媲美前贤也矣。东峰讳世美，字里仁，兰汀其文孙也。松峰讳世光，字必照，为东峰仲兄。石峰讳世埙，字伸依，为东峰长兄。居恒相友爱，自少而壮而老，埙篪协奏，怡怡如秩秩如也。石峰存心耿直，无脂韦随俗态，族党中遇有诞漫游惰者，面斥之不稍徇；排难解纷，片言可折，人皆贴然心服。松峰性恬静，不修边幅，不立崖岸，凡所为一遵兄训无或违。至若学海文河，游心理窟，江花谢草，矢力经畬，穷年矻矻，奔走名场者，惟东峰最著。乃抱璞莫售，遂弃举业，识者憾之。平生慎交游，谨礼节，朋友故旧虽燕见必整衣端坐，终日无惰容。且中年失配，或请继室，不允，慨然以义自持。而于木本水源、敬宗收族之举，与两兄有同志焉。其谢世无别恙，弥留日含笑从容，呼子若孙齐至床箦间，谆谆以修谱一事致嘱。我闻陆机诵先芬、灵运陈祖德，如兰汀者可谓善继其志矣。独计东峰昆仲一门竞爽，惜其生无有作《花萼集》者。今日紫府三星，遨游天上，即略表一二，而懿行硕德不已垂范于无穷也哉。

此文录自（民国）刘鲤翔《（桃江）碧田刘氏族谱》卷首。

星如公行述

［清］周岷源

府君姓周氏，讳代炳，字虎文，号星如，先世自江右吉水迁益阳之一里，明景泰间徙九里洪桥，代有隐德。高祖肖石公讳昌宗。曾祖乐山公讳敦洛，绩学隐居，孝友廉让，精青乌术，著《三气汇要》《山水约辨》。祖北坪公讳上达，早岁以疾弃举业，攻岐黄术，晚而益精，以济人不受谢，贫者予药，遇物浑厚和平，人有过必委曲晓谕，令闻者感愧。行谊详邑胡少詹达源及邓广大庭枬诸传志。安化陶文毅公题其墓曰“恭懿先生”。妣刘太孺人，应斋公女也。生子三，长即府君，自幼举止端重如成人。从塾师受读，问难出人意表。旋从族叔祖我山先生文冕游。叔祖，邑名诸生，门多贤隽，尤心赏府君，曰是吾家后起之杰也。嗣是应县、府试，辄列前。戊辰，不孝崑源生。壬申，从安化蒋春帆先生湘游。秋，补弟子员，学使为萧山汤文正公金钊，时以翰林院侍讲督学湖南，遂益自奋励，闭户而诵，掩卷而思，坐卧一小楼上，榜其楹联云：“得一刻闲，登斯楼也；非十分急，出是门乎。”尝严寒读至夜分，祖妣刘太孺人喻令就寝，府君阳诺，仍就案披览久之。太孺人瞥见壁孔灯光犹莹莹也，复促之，府君以絮塞其隙。自言冬夜读书，寒气先从足趾上，唯渐至腰脐，则不可耐。盖好学专精，自少然已。

癸酉，先大父命游岳麓，掌教翰林院侍讲袁岘冈先生名曜极重之，称府君文得云间嗣响。尝如讲座评骘诸生文艺，谓作文如作食，须具火功，某生文嫌太生，某生文太熟，唯以府君文乃不生不熟，自纯粹以精，其赏异如此。明年，岁试高等，当食饩，有挤之者，不果。丙子乡试，卷已入彀，主司辄索微疵见遗。丁丑，学使谢宜黄先生阶树以府君详举优行，岁试二等改一等。戊寅，仍业岳麓，掌教安仁欧阳坦斋先生厚均叹为通材。是秋恩科，仍荐不售。己卯，业城南书院。自府君负笈湘中，至是七载，既屡踬棘闱，乃谢酬应，覃精搜讨，参稽儒先经史传注异同，旁及诗古文辞，穷源竟委，始不为括贴计矣。越明年，先大父仍促令往游。府君见二亲年愈高，因叹曰："游学而旷定省，读书何为?"遂携不孝崑源读书，授徒于翠云别墅。

道光癸未，馆宗春圃太守林家。冬，应学使寿阳相国祁公观风，课首取。甲申，馆舍偏种杏山房。乙酉，科试高等，补廪膳生。丙戌，陶文毅公荐主讲沅江琼湖书院，府君以亲老不忍离。是岁九月，不孝岷源生。戊子，乡试揭晓，巡抚康公绍镛拔落卷中优异者册送岳麓，府君与焉，终不往也。庚寅六月，先大父弃世，府君哀毁骨立，居忧一遵古礼。辛卯，大潦岁饥，攘劫四出，府君条陈《救荒靖盗十二事宜》，上之当事。壬辰，仍教授里中。有患祟者，府君为文遣之，祟果寂然。癸巳，岁歉，食繁负积债，府君竭力经营且不支。刘太孺人悯其劳瘁，命与珊园、尔卿两叔父析箸，而太孺人亦旋卒。府君痛切心肝，日夜号泣之，惨行道不忍闻。

甲午，馆潭头张氏，地邻桃骨山，石岸陡入江中，波流洄洑，为资水上游一大关键。时邑上乡科第销歇，形家有言宜建塔者。府君与同志倡其役。置基之顷，有大鲤腾波跃上岸畔，遂名曰"跃龙塔"。是岁，府君门人邓庭枏果以恩科乡荐领解。其地旧传屈子天问处，府君仍拟建天问阁，以赀绌不果。乙未，假馆近里安化陶氏桥湾别墅。次年，并携岷源往。斋檐新竹数竿，曲出几案间，晚风朝露，翠滴砚席，府君与诸生坐对于旁，手指口陈，亹亹忘倦。

丁酉，年五十，时陶文毅公督两江，折简相招，遂买舟东下。所过江城古戍、诗馆酒楼、昔人低回凭吊之地，辄发为诗歌，集中《一叶吟》是也。戊戌，留馆节署之育青轩。课读之暇，偕人游历古刹名园，与六朝金粉遗迹、前代禾黍故宫，搜讨断碣残题，随手札记，成《吴舲便记》二卷。己亥三月，文毅公以疾告，府君因别公归，公举觞以《年谱》嘱。未几，公卒。府君以公有言，为纂《年谱》四卷，综括详尽。庚子乡试，本房胡雪堂先生礼箴得府君卷狂喜，以第一人荐。主司因元卷已定，难之。而先生力请不已，遂拂主司，见落。揭晓后，邑人谒先生者，每询及府君，辄叹惋不置。府君既终不遇，倦远游，乃于家塾严督不孝等读书。甲辰，馆浮邱山麓彭氏。山为邑中名胜，洞壑深邃，暇与主人鉴湖翁穷幽陟险，遇石泉松径，辄藉坐啸傲以寄兴。丙午，馆西峰寺藏经阁。阁后有泉，溜从檐际出磴下。稍前，涯为池。大石蹲踞，竹树交阴。左畔一石，平正可十数人坐，府君名曰琴台，命工镌题其上。暑夕凉生，与诸生讲咏，觉鱼鸟亲人，自得濠梁间意。是冬，考充岁贡生，就训导职。明年，不孝崑源入县庠。戊申冬，往邵阳梅塘与宗人叙族谊，无尊卑少长，咸知爱敬。在途常徒步日行数十百里，犹咏吟不废。己酉，岁大祲，乡里饿殍相望，府君自恨力不能拯，则劝素封出廪减粜。有富而吝者，为作《鸣号哺雁》《赘哀燕语》《雏鸠布谷》诸章示之，览者心动。

咸丰元年辛亥，馆邑上舍贺翁东湾家。是岁，犹偕不孝崑源应恩科乡试，至则旧交零落已尽，遂怅然返。壬子八月，粤逆窜扰省垣，安化罗文僖公奉命督办团防，手书相邀，府君时馆小淹陶氏未赴，犹斟酌古法，规度时地，撰《团防十要》以答。癸丑冬，不孝崑源卒，伤恸之余，唯以娱孙、展卷自遣。丙辰，邑侯高州林公廷式聘主丽泽义塾。侯每于公退，屏驺从徒步叩关纵谈，或夜分始去。九月，不孝岷源以应学使平湖张公金镛观风首取，录入县庠。丁巳，不孝应补行壬子、乙卯乡试，卷出房，主司颇许可，旋落。府君属望甚殷，已而喟然谓不孝曰：“读书明道，本非徒博科第，得失命也，穷通遇也。但学不可不勤，志不可不大，汝其勉之。”不孝谨受命，弗敢忘。时林侯调任衡阳，折简邀府君往游，相见甚欢，留连累月。辞归，临行握手，登舟洒泪而别。

府君虽年已七十，精神视听未衰，但冬春气寒，常患痰咳，投以补剂则愈，亦遂谢去门徒，课诸孙读书。但食指既繁，薄田难给，胡咏芝宫保奉旨起复，因命不孝随往鄂北从公。不孝意弗忍离，既而见府君饮啖如常，冀博升斗奉甘旨欢，遂于九年正月十八日拜别。府君送至门外，促令就道，不孝屡屡回首，府君犹倚门瞻望。呜呼！孰知此时遂成永诀耶。不孝早知如此，独无人心而致命奔赴莫及邪？呜呼！痛哉！不孝去鄂后，府君旋携不孝孙蕙本养疴长江村之尹氏，主人竹庐翁供给甚勤。府君昔曾馆其家，乐其地之幽静也，意安之，屡札训不孝持世涉身之道，谓我体气尚似往昔，汝勿忧。讵料府君腊底归家，偶受风寒，痰咳剧作，遂竟弃不孝而逝矣。怙冒深恩，衔恨曷极！不孝抵家，泣询遗嘱，闻易箦前数夕犹自为祭文，并铭其棺云："茫茫宇宙，渺然此身。迫我岁月，淹我典坟。大道日丧，湮志未伸。盖棺之论，予亦何人。"遍呼诸位及诸孙至前，各加训勉。并云传语吾儿，好自树立，则我瞑目矣。语不及家常琐屑事，唯以族谱未续、支祠未建为未竟之志，吾儿他日为我成之。呜呼！不孝颛暗之质，当何以无负我府君哉！

府君体貌清癯，而精神完固，天性肫笃，事堂上能得其欢心，寒暑晨夕无稍懈。先大父患痰疾，府君往祷浮邱山，于松枝得甘露以进，病立起。感谢灵贶，制图作歌纪之。先大母患气疾，府君又祷明灯山，见寺侧一株，苗叶特异，询之山人，云此药可治气疾，最难得，且绝无如是修伟。因劚其根，累累然得七实焉，皆大如盎，先大母服竟而患平，友人因为作《采药图》。自先大父母没垂三十年，而府君孺慕之思，无数夕不梦，梦无不记，因以"梦亲"名楼，湘阴左公宗棠为题额，并系以记。待两叔友教倍至，视侄如子。春秋家祭，率群子侄将事维虔，而教之礼让。处宗族，一本雍睦。与人交无城府，有过必委曲以喻，别善亦为称道。闻忠孝节义事，必求其详以记，或转达当路。邑里公事，若坊塔、惜字、放生诸义举，常不惮力任。至于好学深思，至老愈笃。铅椠篝灯，丹黄终不释手。见有异书即借钞，成《梦亲楼丛书》数十帙。尤好搜罗乡先哲遗闻逸事。新化邓广文显鹤纂《资江耆旧集》，以采辑者数十人，而郭些庵先生前朝遗老，诗文无专集，所收尤夥。好为诗古文，多取裁两汉、盛唐，制义亦精警遒老。著有《四书释地补篇》《七国形势遍览》《思问录》《吴舲便记》《见闻纪异》《陶文毅公年谱》《桃江浮邱小志》《梦亲楼诗文集》若干卷待梓。教人随材质，不限一格，以所有得，引而伸之，尤以务躬行，励实学为重。卒之日，乡里士林莫不惋痛，非善之及人者众、感人者深而能之乎。呜呼！痛哉！

府君生乾隆五十二年丁未九月二十九日，卒咸丰十年庚申正月十八日，享年七十有四，配刘孺人，国学生克绍公三女。生男子二人，崑源名作松，娶熊氏；岷源娶刘氏，均县学生。女子四人，各适士族。已有孙男五人：莲本、蕙本、荃本，崑源出；蕿本、荀本，岷源出。孙女三，曾孙女二。呜呼！不孝家室寒微，又赋质凡庸，不克光大，讵敢效荐绅之铺陈。惟是府君志惟希古，行在独修，虽身未历膺显，而可传自在。不孝苦菡余生，恐挂漏失次，谨就所知，列其大概。傥蒙先生赐之铭诔，以光泉壤而昭家乘，感且不朽。不孝周岷源哀述。

周岷源，字邵如，岁贡生，周代炳之子。此文录自周本裕主修《（桃江洪桥头）周氏九修世谱》卷十。

习公岳海先生传

［清］王龙文

岳海先生，益阳九里人也。予主讲箴言书院，其裔孙勉吾从予游，课余，呈先生行状，属予为之传。询之，盖先生故后，其文孙正仁、正义两公手录，笥而藏之久矣。顾欲如曾巩之铭其祖，托之其人，惜予非欧阳公也。然不获辞，聊志其崖略云。

先生姓习氏，讳兴杰，字岳海，清滩公之长子也。生有隐德，性淡泊，寡言笑，好读书而不求闻达，盖别有自得者。善属文，每成辄自喜，未尝以之示人，亦不自收拾，故其文不传。初居长江村，地当安邑孔道，行者嘈杂，乃率妻子徙尹家村而家焉。环宅有溪流、危石、古木、修篁，野花送香，幽禽时噪，先生咏吟其中，纶巾绨袍，一卷自随，暇则课其子。所得夥矣，以视陶潜彭泽归来，乃甘肥遁，不犹晚乎！居恒杜门却扫，绝宾客交游，非亲故罕得见。独耽山水之乐，宅西里许有浮邱山，为资阳名胜，尚存浮邱子之遗迹，先生尝著屐往游，纵览河山，旷怀舒啸，盘桓竟日而后归。其自放如此，曾不知老之将至焉。年七十有七，以寿终。迄今二百余年，典型尚在。观其后嗣椒衍，皆敦厚循礼，不尤足征先生之潜德欤！

王子曰：颜斶有言，“士生乎鄙野，推选则禄焉，非不得尊遂焉，然而形神不全”。斯义也，先生盖得之也。以视世之患得患失、亡道丧身者，高下如何？“虑淡物自轻，意惬理无违”，此旨惟幽人能会之。

王龙文，生平见本书第二十二卷。此文录自（民国）习名棣纂修《益阳习氏五修族谱》卷十四。

夏思痛先生革命事略

［民国］覃　振

先生名寿华，字卓春，晚号思痛，湖南益阳人。自幼承家传王阳明之学，淡于名利，惟思提倡良知学说，以挽救世道人心。迨戊戌政变后，审知清政不纲，始思有以改革之。光绪己亥，汉阳兵工厂总办沈锡周知为有志之士，调厂监工，俾研究枪炮之学。庚子，与浏阳唐烈士才常谋于汉上，约七月举事，先生乃还湘联合哥弟会起事，与汉上相首尾。期未至，而鄂事败。先生复说清钦差团练使同邑胡祖荫乘间举事，胡弗应，惧祸东渡。

癸卯，潜归，走云南，与周云祥谋。旋云祥起兵个旧，克临安。先生先赴省城，阴结蔡荣九、荣谦为内应，遣云南候补县丞张鹤琴往速师，惜云祥未即发而被围，事遂败。

丁未，客奉天，与罗仪陆等秘密进行益力。会安庆恩铭被诛，防范严，不得逞。乃再游日本，辗转走广西。督练公所总办庄思缄器其才，委充测量局提调。会有建议入省，更荐于巡抚张鸣岐，谓可大用。

旋赴羊城，时总督袁树勋闻其知兵，委为陆军参事。暗与赵声等联络，庚戌元日之变不自安，辞职。以广东富饶，易集事，不肯径舍去，因客巡警道刘永滇幕中。旋任教练所所长。所中学生三百人，既饫闻先生学说，咸怦怦欲动。

辛亥三月二十九日，革命军起，部署学生，欲率之以防御虎门诸要隘。而革命军遽败，清吏闭城大索党人，先生乃急编柳聘农、胡国梁、黄一欧于学生队中，又杂李燮和、陈方度、卢性正、姚大慈于教员中。

越数日，风潮稍息，遣班长送出城，始附轮赴香港。且发难日之午前，有龚超者闯入警道署访张通典。适警道有密拿之令，龚为门卒所苦，先生力辩其诬，引至密室易衣冠，肩舆送之出。先生既多阴谋，人渐疑之。独留危城中，探者日数至，乃托病辞职。警道王秉恩重其人，资百金以行。去五日，警道李湛阳接任，即发缇骑围教练所，收其班长及学生之有嫌疑者。

先生乃由间道入滇。滇为其旧游地，至则各同志莫不欢迎之。一日，有讲武堂学生十数人踵门谈滇事，决策而去。学生归堂劫其堂员，曰："蜀事急，大乱将至，我辈必响应之。诸先生有不从者，我辈必指为首谋。"提调以下相顾愕眙。时蔡锷为新军统领，乃密与先生会议取决焉。先是，滇人之革命者各树一帜，不相能也。先生极力沟通，至是始有统系。谋既定，请署臬魏家骅介绍于蒙自道龚心湛，藉以游说边军。既行矣，蒙自道龚忽飞电告李督经羲，曰"广东遣大头子夏某来滇运动军界"。时戴戡、熊范舆、刘显治等居督幕，为弥缝之。李督置不答。及抵蒙，反优礼之，委其巡视道属监狱。至临安，遇李公达通于军，因得结纳赵督操及吴、彭、张、李诸军官并绅士韩某等。边人急欲一战，先生止之曰："不可，余自省城来，有约省城动，君等不动，蒙防必上攻；君等动，省城不动，蒙防必中截，盍少待。"众韪其说。九月九日，省城反正，临安先应，不三日而全滇大定，先生之力实多焉。

民国初元，都督蔡锷委先生河口督办。因法人违约取通过税，外交司长某擅许之。先生据约力争，并请都督处该司长以相当之罪谢国人。司长惭恧去职。终先生之任，通过税未实行。又因引渡抢犯事，亦据约力争。法人卒照约引渡，以及对讯交涉，分毫不让，收回主权不少。时友人吴垚赠以一妾为子嗣计，先生婉谢之，以为国难未已，何以为家？盖以南京留守一撤，天下必多事矣。旋蔡督挽先生任云南民政司，辞不就。

二年，回湘，充湖南都督署高等顾问。时袁氏专横日甚，帝制之念已萌，四方志士咸思奋起。先生乃赴沪，与孙总理及黄克强先生商允办法，并约刘文锦联络长江督军。旋湖口之役失败，乃走粤。时广东省长李开侁以开辟琼崖，请其主计。先生许之，乃先往调查，著有《琼游笔记》一书，详尽精确，坐而言者可起而行也。会李调京，事遂寝。先生只身赴南洋，住陈炯明家。又访岑春煊、李烈钧于槟榔屿，密商救亡大计。复遨游荷属各地，会合诸同志筹款议进行，逾年归。著有《南洋》一书，纪其民情、风俗、政治、地理、物产、商业，及外人待遇、华侨状况，并论南洋之所由亡，以为我国殷鉴而警国人。

四年十一月，复之粤，会同陈炯明、黄虞石、卢佛眼诸人图潮、惠，复遣同志归闽返蜀，声势颇张，以是龙济光求先生愈急，悬赏五万元、幐一中将衔，先生遂陷香港西牢七十余日，得陈英士、覃理鸣诸同志之力始得脱。龙氏复购以十万元，致复有上海之厄，事均详载《香江狱记》中。

五年五月，与谭石屏等由日本返沪，即赴肇庆作岑春煊幕宾，建言虽有用有不用，而于得失利钝实已燎若观火，简牍具在，可覆按也。十月入京，黎大总统委以参议，授二等嘉禾章，对李开侁言甚奖许其所主张，而究优柔不断。

明年七月出都，八月赴粤，会大元帅甫由非常国会举定，即进谒，以客众不得尽言，乃两上书言事。谓当今时势徒揭橥名义，不足号天下，即请编民军数师，委陈炯明、李烈钧为总司令，一出湘南攻鄂，一由潮汕攻闽，令韶关镇守使张开儒防赣军。既成，然后收广东财权，即以广东为根据地，并请收编某地民军，以厚声援而资策应。蒙大元帅采纳，委以武岳招抚使。

十二月，还长沙，有《丁戊行稿》发刊，纪事也。嗣钮永建来湘，访以整顿湖南金融办法，并咨以湖南人谁堪省长者？先生对于金融有直接整顿法十二，间接整顿法五。至省长不论何省人，但求确有天良而稍有才具者。会岳州奔溃，此议遂无形消灭矣。

先生再适粤，适海军总长程璧光为人所贼，陆军总长张开儒为人所捕，次长崔文藻且枪决焉，而大元帅府亦随之改组矣，遂返鄂作市隐，间于报纸上发表意见。会私立国会贿举徐世昌为继任大总统，先生为补救计，曾致书条陈七事，不报。

八年二月，往湘西，将有所联络。无何，巴黎会议失败，政府尤庸懦无能，遂酿成藩镇割据之局，各国从而生心，致有华盛顿之分赃会议。先生痛愤不可言。

九年，遭“湘人治湘”之分裂政策，军阀横征暴敛，避乱广东。居年余，感伤时事，著有《性恶说》《我之统一说》及《呓语》等书，均印行以警世。

十一年返湘，始知湖南之所谓自治如此，湖南人民所感自治之痛苦如此。于是著有《省宪驳议》，痛指其非。为当局所忌，即避居汉上，时年已七十矣。自是足益痿，耳益充，而忧时愤俗之情愈形其愤激。或与谈及时事，辄痛不欲生。至十三年六月二十三日竟起投江，垂毙遇救。愤而绝食，越三日逝。检其行箧，得遗书言：“此生无补于国，决一死以谢国人。”并切嘱“不可收尸，水葬、火葬、土葬，一也”。又有自挽一首云：“愧我无能力诛亡国妖，愤而自杀提民气；问天究何时悔绝人祸，死亦难忘救世心。”系废历五月五日所作。怀沙之念，盖早已决矣。明年，其遗族扶柩过湘，湘人开会追悼。先总理在北京行馆驰电致唁，称为“革命模范”，拟优加议恤，以总理逝世而罢。

夫自清季以至民国，先生实行革命，奔走策划，备尝艰苦，口不言劳，禄亦弗及，身后萧条，无以为殓。墓道碑亭迄未建立。今春，先生家属国卫来沪，请为之记其事略。吁！先生之潜德幽光，洵足以风世矣，安可不一述之。

中华民国二十二年夏。中央委员立法院院长乡愚弟覃振理鸣谨述于沪滨。

覃振（1884—1947），字理鸣，湖南桃源人，著名爱国人士，辛亥革命先驱。早年就读于日本东京弘文学院、早稻田大学，担任中国同盟会总部评议员、武昌首义湘桂联军督战官、大元帅府参议、湖南巡阅使。民国间任立法院副院长、代理院长、司法院副院长等职。此文录自（民国）夏受祺主修《枫田夏氏五修族谱》卷十六（下）。

宝亭团长行状

［民国］蔡钜猷等

益阳邓君字赫绩，宝亭其号。性豪侠，喜谈兵，不愿学一人敌，乃矢志入伍，投效湖南陆军常备新军二十五混成协炮兵中队。善弹击，所发必中，以故人多知之。

民国七年，以功升迁广西游击司令第一支队第一营营长。治军有方，与士卒同艰苦，临敌遇难，罔不身先，湘人多归之。

十二年，任湖南湘西第一军游击第一支队长，会师东下，踞守湘江下游，能以十数小艇杀敌无数，自是威名更振。后退守湘西，独驻边防，尤见孤谊。翌年，省联军北伐，任建国联军湘军第六军第五纵队第九梯团团长。旌旗彪炳，所向克捷。常城一役，特著战功。旋升任建国联军湘军第六军第三师第五旅旅长。终以时机未熟，厥功不成，遂养锐黔桂间。君夙富革命思想，酝酿磅礴，久欲大展所怀，惜无时耳。

十四年，乃入粤，任国民革命军第二军第九团团长。今年，国民政府兴师北伐，任为第二军第四师第十二团团长，率师入湘，节驻茶陵，进攻赣西。袁州之捷，独奏奇功。后又乘胜入江口，敌人望风而靡，大有一日千里之势。乃君只知前进，奋不顾身，竟为流弹所中。民国十五年旧历八月初八日巳时，没于江西临江府新喻县之江口。军民抚柩，痛不欲生。呜呼哀哉！

君自转战湘粤以来，大小数百战，上下十余年，艰难险阻，无不备尝。虽鲜巍巍赫赫之功，然其奋勇坚决之志，有足多者焉。况君为民而死，为国而死，为党而死，为革命而死，以视老死儿女前而默默无闻者，不亦远乎哉？所惜者死于革命未成之先，不得与三军同捣幽燕而竟厥功也，悲夫！然而此又不足以知君也。夫我军原为人民而革命，功果成，则荣与福人民自得而享之，而我身何必与焉？故惟豪杰有志之士，视死如归，杀身即所以成仁，又何惜焉。兹君榇已回益，正在举行追悼，以慰幽灵。谨述崖略，以示哀衷。蔡钜猷等代述。

邓赫绩（1886—1926），益阳县十二里金沙洲（今属桃江县灰山港镇）人，1925 年由李富春介绍参加中国共产党。蔡钜猷（1875—1933），字铸人，益阳人，早年入湖南武备学堂，北伐战争时，任国民革命军第二军军长。此文录自（民国）邓甲南纂修《（宁益）邓氏五修族谱》卷一。

曾星笠传

杨树达

君讳运乾，字星笠，晚自号枣园，湖南益阳人也。其先当明世自江西迁居于益阳，远祖某再迁于县西之桃花江，遂世为桃花江人焉。上世积德不耀，父纪乡公家居教授，生子五人，君其第四子也。以仲父纪周公无后，以君嗣焉。君幼而岐嶷，少受学于其兄仁浦先生。年十六，补益阳县学生。时当清末季，满廷以兴新学为涂饰。光绪乙巳，诏罢科举，笃旧者嗒然若有所失，而君则家居键户读书者数年，《尔雅》十三篇咸能成诵，一字不遗，君一生治学，实于此时造其基焉。无何，湖南提学使钱塘吴君庆坻创设湖南优级师范学堂于长沙，君往投牒与试，校阅者善化谭君绍裳，绩学士也，得其文大惊，拔君为第一人入选。时掌校事者为善化耆宿刘君钜，任教皆一时知名士，主文史者为湘阴郭君焯莹，养知先生之仲子也。郭君精汉刘氏父子流略之学，工为文辞。君既受学于郭君，益窥见古今学术之流变。辛亥以后，长沙报纸风起云涌，君才既高，能为文章，报社请为评论者踵相接。君操觚之暇，益肆力于古书，斐然有述作之志矣。

自唐守温创三十六字母，清季番禺陈兰甫著《切韵考》，谓《广韵》照、穿、床、审、喻五母切语各分二类，当别增五母，又并明微为一，合之得四十类。君读陆法言《切韵序》，谓“支、脂、鱼、虞、仙先、尤侯”，须轻重有异者，明韵与切之易于淆混，当明辨也。君因是考“影、见、溪、晓、疑、来、精、清、从、心”十母在《广韵》切语亦各有鸿声侈音与细声弇音之别，谓陈氏之增五母，善矣，而未尽也。至其并明微为一，乃囿于方言致然。遂定《广韵》切语当为五十一纽，著《广韵五声五十一纽考》。又因法言举“尤侯”与“心仙”相对，知“尤”字六朝时音读“犹”，与“侯”近。更稽之《广韵》之纽类，悟喻母三等古读当与“匣”同，其四等当与“定”同，世人认喻为影浊者，误也。遂依钱竹汀说“古无舌上轻唇音”之术，为《喻母古读考》。古韵分部，自清儒顾、江、戴、段以下，至近日余杭章氏，分析益精。江慎修继顾亭林之后，析《广韵》之“真、谆、致、臻、文、殷、魂、痕、先”为一部，“元、寒、桓、删、山、仙”为一部。段氏承之，更析“真、臻、先”与“谆、文、殷、魂、痕”为二。戴氏与段书，谓江先生分“真”以下十四韵为二，今又分“真”以下为三，讵“脂微齐皆灰”不分为二，盖嫌其阳声三分而阴声只二分，不相称合也。于是戴氏仍返从江氏之说，取段氏所分之“真、谆”二部合而一之。君谓段氏知“真、谆”之当分为二，而不悟“脂微齐皆灰”之当分，非也。戴氏因“脂微齐皆灰”之未分，而并取“真、谆”之应分为二者合之，尤非也。“齐”与“先”对转，故陆《韵》以“屑”配“先”；“灰”与“痕、魂”对转，故以“没”配“痕”。三百篇虽间有出入，然其条理自在也。君既析“齐”于“微”，与“屑、先”相配，又参稽江、段、孔、王、朱、章诸家之成说，定为阴声九部，入声十一部，阳声十部，合之为三十部，于是古韵分部臻于最密，无可复分矣。

忆一九二三年夏间，余以省觐自北京归长沙，君过访余，以《喻母古读考》见示。余惊叹其精博，时时举以语诸同志。及一九二六年，君任东北大学教授，布其文于校刊，当世治音韵者莫不嗟叹，以为定论，虽域外人之治汉学者亦莫不称许也。盖君精气内敛，能为深沉之思，于学无所不窥，上自诸经子史，下至小学、训诂、天文、星象、乐律，无不通晓，而尤邃于声韵。早岁读元人《四元玉鉴》，研治最久，演草盈尺，其治学精审，不苟为一言半语，盖得力于是云。

自有宋朱子始发《尚书》古文之伪，至清初阎氏若璩《古文尚书疏证》出，成为定论。段茂堂、王西庄、江艮庭、孙渊如四家于今文二十八篇各有造述，然犹拘牵旧义，未能文从字顺，使读者餍心切理也。自东北沦陷，君移讲席于广州中山大学，以《尚书》授诸生，成《尚书正读》六卷，于前人成说博观而慎取之，要以辞气安顺为主。其于辞不顺，虽史公训诂所不取也。故由君《正读》以读《尚书》，有如读唐宋人之诏令奏议，清代三百年所未有也。

一日君告余：“世皆知承上与探下有省文，而不知上下有互省也。《易·坤·彖传》曰‘西南得朋，乃与类行。东北丧朋，乃终有庆’，此言与同类行则无庆，不与同类行则有庆也，义与今之电学排同引异相似。而上二句但言其事，不言其吉否，下二句言其吉否，不言其事，所谓互文以见义也。《诗·大雅·召旻》曰：'维昔之富，不如时；维今之疚，不如兹。'此言维昔之富，今不如时；维今之疚，昔不如兹也。上句'今'字因下省，下句'昔'字承上省也。"君之善审词气，精于文律，皆此类也。

君晚尤喜读庄生书，深有所契。其释《逍遥游》曰："人皆谓大鹏善逍遥，而蜩与鸴鸠不尔。又或言蜩与鸴鸠各适其适，亦能逍遥。其说皆非也。凡能逍遥者，必无所待者也。列子御风而行，庄生谓其犹有所待，而于乘天地之正，御六气之辨以游无穷者，则以其无所待而赞美之。彼大鹏必抟扶摇，一待也；海运必以六月息，二待也；九万里之积风，三待也；背负青天，莫之夭阏，四待也。其所待者四，尚何逍遥之有乎？"其释《齐物论》曰："庄生居战国之世，群雄争利害，处士争是非，其既也，以利害为是非，假禽贪者器，授盗跖以名，而人将与人相食。于是为《齐物论》，探其本于未有天地以前。不计利害，先遣是非，以谓天本自然，物咸独化，上自日星云雨，下至草木昆虫，各效功能，成此宇宙。各足其性，故秋毫大于泰山；各任其分，故殇子不晞彭祖。物出不能物先，故天地与我并生；异物托于同体，故万物与我为一。泯除差别，妙绝时空，此其纲义也。是非原于成心，成心咸其自取，则譬言天籁；是非原于小成，小成生于彼此，则譬言道枢；是非原于名实，名实乱于离合，则显示两行；是非彰于成亏，成亏原于爱憎，则显示以明；是非原于同异，同异出于名言，则重明主一无适；是非原于言辨，言辨出于智虑，则终明天府及葆光。成心除而灵明发，斯物可齐矣。德总乎道，故齐文野；物异其宜，故齐正闰；推理直前，故齐利害；以化为体，故齐死生；两无可正，故齐彼我；圣无可待，故齐凡圣。由是而忘年忘义，是为天倪；罔两与景咸各独化，故齐人天；周与蝴蝶两者无分，故齐物我。由是而异物同体，是之谓物化。齐物之至，至于天人为一，物我两忘，尚何争之有乎？故庄生之齐物也，所以止争也；止争也，所以浸兵也。彼以浮屠性相或远西爱智之学解庄者，皆皮相也。"盖君之治学，能精思渺虑，妙于玄言，又如此。

君为人和而介，于人无所忤，与人言煦煦若老妪；于义所不可，则固执不肯回。易箦前数日，犹力病授书，及君卒，受其教者莫不痛哭失声云。

君生于清光绪甲申八月初三日，卒于一九四五年一月二十日，年六十一。子六人，靖寰，先君卒。子泉，先后任教于中央大学、湖南省立工业专门学校、湖南大学。育南、镇方、志远，中学生。志宁，小学生。女二人，孙三人。

君所著书自《尚书正读》《声韵学》已写定外，有《毛诗说》《三礼说》《尔雅说》《荀子说》《庄子说》《文稿》《诗稿》各若干卷，方整理待编次云。

论曰：自朱子倡读经疏，由王伯厚、金仁山、顾亭林诸人流衍为清儒之汉学。乾嘉间，许、郑学之盛，如日中天，而湘士寂无闻焉，独善化唐焕石岭著书辨古文《尚书》之伪，与阎、惠二家相应和。其子仲冕与戴震、钱大昕、孙星衍游，所为文持论与诸家契合，而仲冕之子鉴复偏趋于性理。自余则长沙余廷灿存吾稍能称述戴氏之学而已。嘉道间，邵阳魏源默深起为今文学，其友新化邹汉勋叔绩通名物训诂，尤精于音韵。近日余杭章氏古音“娘日归泥”之说，实发自汉勋。同光之际，湘潭、长沙二王氏，善化皮氏继魏氏之后治今文，而皮氏尤为卓绝。君生后于皮、王，崛起资水间，不经师授，笃精音韵，所业过于汉勋。其治学也，学以济其思，思以助其学，谨而不拘，达而有节，故其说经不泥守家法，平视汉、宋，惟以声音训诂辞气推求古人立言真意之所在，其精谨绵密，实事求是，并时承学之士无与抗手。以湘学论，近数十年來一人而已。余与君交三十余年，寇难以来，与君朝夕相聚者七载，两人论学，䜣合无间。余喜读古书，笃嗜文字训诂之学，旁及甲骨金文，每得一义，疾走告君，君未尝不击节叹赏。余为诗文，必先就正于君，乃敢出以示人。即君有所撰，余间献疑，君又未尝不曲从也。君今死，余无可与为质证者矣。君体坚实，而余善病，居恒尝谓余身后文字当以属君，而孰知今日乃由余执笔以传君也，悲夫！

一九四五年二月廿二日。

杨树达，其生平见本书第十四卷。此文录自杨树达著《积微居小学述林全编》卷七。

第二十五卷　桃花江文选十　墓文

沙田毛公墓表

[清] 夏逢夔

沙田毛公祔葬磨砖之十有八年，嗣君脱斋昆季以碑碣之辞见属。予忝姻家子，谨据实而揭之，以表于墓。

毛氏为吾邑望族，其先自江右籍益阳，至海云公凡八世，世有隐德。公为海云仲子，生而倜傥，豪迈不羁。吴逆之变，被虏至粤西，逾年始脱。中途寓业屦老父家，其邑令阮旧相识，往谒之，欢甚，馈且厚。公悉以所遗遗老父，以周其乏。其约身济物类如此。归来，经营巢垒，家日以裕，卜居沙田湾下，刻意厉行，读书无少倦。所与游皆端人正士，浮薄之流视犹薰莸之不相入。好施与，家庭戚里解推无所吝。佃负租，鬻妻以偿，公召而责之，捐其欠。乡里有质成者，为陈大义剖决之，众尤詟服。其居家整齐有度，肃如也。初补茂才，晚乃绝意进取。唯好友过从，投辖开樽，欢呼不厌。闲时与骚雅之士，挈榼闲游，所居白云庵，溪畔往往为流觞曲水之乐，一时传为佳话。其襟怀潇洒，不牵于俗又如此。

盖尝观天人之际，微矣！嵩生岳降，间气所钟，而栽培倾覆，一本乎因材而笃。故曰善言天者必有验于人，其理若合符契。公少丁离乱之时，晚适优闲之会，浴澡无亏，一经传后。然自公没至今十余年来，孙曾若而人，胶庠、饩廪、科甲若而人。孙子绳绳，衣冠济济，指为吾里首屈。苏文忠公有言："善恶之报，至于子孙，而其天已定。"然则由今日以论公之生平，不雕丧其本根，不汩没于荣利，孳孳汲汲，好行其德，以承先而启后，其贻谋盖有自也。呜呼！是可表已。

公讳成珩，字公循，顺治七年庚寅生，雍正四年丙午没，享年七十有六。元配鲁氏，子一人；继配曾氏，子六人。孙男二十余人。曾氏有贤行，公任恤之谊，多相成之，以康熙五十七年戊戌先公卒，雍正十年八月祔葬于磨砖祖墓之下。说者谓青囊之卜，其地实吉。窃以为不然，三才一气也，天与人交至，而后地相之。专言地，辞犹偏矣。故特著其义于右。

毛成珩，号沙田，是乾隆间浮邱山下沙田湾毛氏文化世家的肇基者，沙田湾亦因而得名。毛成珩的后人如毛正蕃、毛佐国、毛光国、毛承立、毛承湛等，都是乾隆时期益阳县的知名学者。夏逢夔，生平见本书第八卷。此文录自毛运鸿纂修《（桃江沙田湾）毛氏四修族谱》卷首。

曹耀珩墓表

［清］谢济世

君姓曹氏，讳耀珩，字鸣佩，长沙益阳县人。父讳景星，岁贡生，康熙甲寅春避吴逆之乱，挈家浮舟芦苇中，君生焉。五岁授书，六岁善属文，一县称神童焉。然名愈扬，志愈奋，奋于家塾者数年。年十一入学，十三补廪，结庐松林中，名其园曰听涛，杜门屏榻，大肆其力于举业及古诗文词。然业愈勤，命愈困，困于秋闱者十余次。戊寅，以选拔贡入成均。雍正乙卯，任宁远县教谕。当事者以鸿博荐，不就。乾隆丁巳，主岳麓书院讲席。庚申春，卧病亟，棹舟归，未至家卒，卒于舟。生于舟，所居园，绎其名亦舟也，异哉。所著有《听涛园诗》二十四卷、《古文》四卷。子绍僎亦能文，从余游，既葬，以墓表请。余唯君之诗文既行于世矣，其敦伦敦品，读其集可想见其人，亦无俟余之阐扬者。独六岁属文一事颇怪，犹忆戊午秋相晤于讲堂，余以此叩君。曰："无之。"再三叩，答曰："比长，闻有之，然其时已了不能记省，不知何故。"呜呼！噫嘻！我知之矣。古来生而知之者，莫如孔、颜。孔子儿时，陈俎豆，设礼容而已，未闻其赞《易》说《诗》也；颜子禀气太清，以致享年不永，亦未闻孩提时吐词为经也。凡史传所记绝乳能诗、甫龀能赋者，大抵有游魂凭之。幼而游魂凭，长则凭魂散，若真魂而早离也，必死童乌是也。即真魂而未离也，亦惋乎若忘，前后判如两人。其能自奋，则神童不失为名士。刘士安八岁献《东封颂》，其后不以文章名，而以政事名；李宾之四岁作径尺字，其后不以善书名，而以能诗名是也。其不能自奋，则神童变而为庸夫，王介甫所伤之方仲永是也。君不幸负夙慧名，幸而天假之年，又能自少至老勤学不倦，得为诗人文人。其集具在，杜诗韩笔，无一字不从学问中得来，肺腑中流出者。而世俗惑于轮回之说，或诬为慧业才子化身，既没其一生苦心，且误后生小子，高慕生安，而下流为暴弃。此君所抚躬不安，逢人滋惧，亟欲白于世而未逮者也。乃表而勒诸墓门。

谢济世（1689—1755），字石霖，号梅庄，广西全州人，康熙四十七年（1708）广西乡试解元，康熙五十一年（1712）进士，历仕康、雍、乾三朝。雍正时官至浙江道监察御史，因参劾田文镜而著名，也受雍正皇帝所嫉恨，被充军到阿尔泰，数年后又陷入文字狱，几死于狱中。乾隆初在湖南为官，曾任湖南粮道等职，后以病老致仕。曹耀珩，其生平见本书第十二卷。《（民国）益阳县志》云："曹耀珩墓，在八里花园洞钟家村。"花园洞，今属桃江县桃花江镇。此文录自《（乾隆）益阳县志》卷二十一。

古山先生墓志铭

［清］陶士偰

中州密县令邓君，讳正琮，字宗玉，号古山，世居资阳之十一里。祖文学浤溪公，起家书史，言动坊表乡闾，生文学雪峰公。雪峰公有嗣五人，如窦氏芳桂，古山其仲子也。君生而端敏，髫龄即笃志下帷，凡读书课艺、居处交际，悉循循矩度。年十七，受知吴门习公，冠童子军。旋高等食饩，益发奋为文章，博观群籍以展扩胸中识量。年强仕，膺壬申乡荐，甲戌捷南宫，拣用邑令，分发中州。中州故民贫，而水旱灾祲洊至。若捐赈散粟、劝耕补助、抚绥流离诸紧务，凡筮仕者甫莅，必先委之综理，以观贤否。君一以慎密恪勤莅之，故所至如宁陵、新郑、陈州、洧川，暨题授密邑，皆藉藉有循良誉，而上宪亦喜得贤吏，称楚湘盛德士云。

其在洧川也，免粮耗之浮多，辨鼠牙之疑谳，廉明争颂，人庆乐土矣。乃其南乡古家桥有奸匪张姓者，以左道煽惑闾里，远近不下千百人蜂引枭伏，前官吏知之不敢问，侦之弗能获。君密闻诸台院，遂单骑出郊外，携隶役数人，潜至其门。匪不知为邑侯也，给令出见，与立谈良久，突呼役前束缚之。于是密迹其徒党，搜验邪术确证，置之重典，无枉无纵，盖积年奸窟一举廓清。上宪伟其事，而邑人士尤额手相谓，曰我侯素慈谅镇静，兹弋擒巨慝，又何其严威而神速也。

无何，去洧之密县任，父老犹思借寇祖帐之下，辕攀辙卧，道塞不可行。抵密后，子民一如洧政。而密士尚朴敦礼，君为增修书院，捐膏火，延名宿皋比期间。有贫不能肄业者，月给之米钱，课优其奖赏。又尝招入署斋试艺，亲自丹铅甲乙，口讲指画，若父兄之训其子弟。士蒸蒸然向化，群聚相濯磨。时谓汴省文教之盛，自大梁、宛郡外，兹其亚焉。故在洧以锄匪安良著，而于密以作人造士称。若夫凶逋未获缉之，梦兆显以神告；蕴隆为灾，则乞灵隍庙；或步祷龙潭，罔不甘霖立沛。见者闻者，诧为异迹，不知皆君之裕才于诚，昭格以信。惠泽施于蔀屋，贤声播于邻封，君固未尝以此矜其能，希幸迁擢也。不数岁，以抱疴致告，抚司、郡守深惜之。

归，构约园憩止。啸歌吟咏，与友朋叔季为欢娱。阅五载而卒，士林悼惜，叹造物之吝才，于今日不憖遗一老成人也。

君生于康熙庚寅岁，卒于乾隆甲申，得年五十有五。配丁孺人，子男六人，女三人，孙男二，孙女四，姻亲具载状中。今于乾隆乙酉十一月初八日卜葬本里象形山，厥子祖训等衔哀持状，以贞珉之词请。与君同里戚友，又曾同宦中州，知君文行出处甚悉，固不辞为之志。系以铭曰：

闻归休乎约园兮，羌为顾名思义。平生检束于矩矱兮，故以约而鲜失。约志兮谦尊弥光，约礼兮文返其质。陟岵衔恤兮韶华，策名佩绶兮壮岁。维颍考叔之纯孝兮，吕文穆之靖共乃位。葺荒祠与颓邱，缅然企芳规于百世。钟鼎养兮逮慈闱，簪笏谢兮诒经笥。林园之松菊犹存，庭阶之兰玉方莳。捐火宅而若斧若堂兮，栖神幽閟；识贤者之有后兮，绵昌炽于不替。

赐进士出身中宪大夫守河南南阳郡升观察副使道前翰林院庶吉士年家姻眷弟陶士偰拜撰。

陶士偰，生平见本书第十九卷。此文录自邓甲南纂修《（宁益）邓氏五修家谱》卷二。

梅巢居士墓表

[清] 陶士偰

梅巢者何？资江夏云卧居士偶营以自娱，因自署也。居士讳光洛，字禹书，号秘庵，一号云卧，康熙壬戌五月十七日生，康熙壬寅八月二月十一日卒，享年四十有一。初葬九里河塘凤形山先垄之下，弗吉，今以乾隆庚辰十二月十八日卜迁于先垄之左，继室陈孺人祔焉。有子三：曰逢芝、逢徵、逢薰，皆陈出也。居士平生孝友，至性过人。父昌一公没时甫十岁，哀泣感动旁观。母姚太君卒三年，庐于墓下。事兄幻斋公、湘岩公若严父。抚孤侄若己子，而又怡怡耽乐，诸阿咸悉凛事，奉为家范。其为文辞砻刮简净，一类其人。早岁补弟子员，食廪饩，试辄高等。然淡泊名场，惟日事林泉邱壑，恣意适情。园有梅一本，花时架木枝上，左右列琴砚书史，啸咏其间。挂瓢饮水，居然古巢父风，而不知者遂诧为怪异。余十数年前序居士遗集，既辨论其文章行诣矣，兹伯子逢芝又索余言表其墓。

窃维百昌丰韵，梅为高洁焉。昔妻于和靖，顷乃屋于居士，同调齐芳，并成佳话。今架巢老树尚无恙乎？思所嗜而述所事，更应种植千百株环绕窀穸，俾化鹤归来，回翔香雪丛里。后之过其地者，瞻伫白华云英，兴怀凭吊，咸曰此梅巢居士之藏也，将比于姑苏元墓云。

此文录自夏受祺等纂修《枫田夏氏五修族谱》卷十六（下）。

邑明经三峰公墓志铭

[清] 蔡　璨

戊子首秋，邑明经夏三峰先生考终于寝室，时余居先孺人忧，未有以诔。明年，其孤世瑚持状再拜，请铭其墓石。先生葬已及期，虚墓石未掩者，俟余祥祔礼成，始能执笔诠述其行事也。先生讳逢徵，字蕙林，号三峰，一号质园，世居益阳之桃花江广济桥，门望甚著。祖寝大公由明经司训武昌，志行载《湖广通志》。生三子，长光白，次光斐，俱恩贡生；又次光洛，廪生，长歌诗，工飞白体势，弃诸生服，抗情高尚，架巢老梅树上，日啸咏其中，世所称梅巢居士者也，是为先生父。

先生幼沉静好学，梅巢公珍爱之。年二十，补邑弟子员，旋食廪饩，益专心问学，思大有用于世。屡踬不遇，以明经终，非其志也。余尝闻乡先辈言曩者大湖南北未分闱之岁，诸名士曹试鄂渚，诗酒文会，意气倾一时。先生诸父偕从兄听斋先生与吾邑新桥徐氏、中湘张氏、沩宁陶氏，皆为南军树帜者。先生既承家学，又师友、故旧、姻亲相劘切，故其学具有根柢，发为文词，粹然一出于正。诸君子次第腾踔，先生一门虽不大遇，犹时登贤书，独先生困场屋，赍志以没。呜呼！此其可哀者已。

先生性孝友，笃于行谊，生平无他嗜好，惟敦品力学，以古人自期。尤乐诱奖后进，著录百余人，多获隽者。晚年养益深邃，家居悬一联云："十三经得解，只看透荣枯，物理不在筌蹄；廿一史当知，惟平衡上下，人情非关涉猎。"其志业可知矣。

先生于康熙五十二年癸巳十一月十二日亥时生，乾隆三十三年七月二十五日亥时卒，春秋五十有六岁，葬于寻乐堂左垄。寻乐堂者，先生所辟草堂授徒课子者也。娶邓氏，邑优生赠文林郎国英公女、甲戌进士河南密县尹邓君正琮女弟也。子六人，长世瑚，郡廪生，文誉大噪；次世珍，殇；次世珸，业儒；次世琪，既娶而夭；次世璜，邑廪生；次世珊，业儒。所著有《梧枝亭小草》《湘中吟三十绝》，为先生从姊丈陶嵇山观察所选者，已就梓。其他时艺、杂文，古今体诗，诸孤谨藏弆之。

铭曰：先生之兄，柳桥居士；皓首穷经，隐居不仕。先生有志用世，亦莫我以呜呼已矣！寻乐之堂，乃卜其藏，先生之所徜徉。佑启后人，受福无疆。

蔡璨，字蕴之，一字鉴屏，号自斋，益阳县人，乾隆二十六年（1761）进士，先后担任常德、衡州府学教授，晚年主讲益阳龙洲书院。此文录自夏受祺等纂修《枫田夏氏五修族谱》卷十六（下）。

近邱刘先生墓表

［清］陶必铨

近邱刘先生既没之明年，其长君与余有宾主好，命次男成作状其先府君世出事行，来求所以表诸墓者。会乡试揭晓，男澍当偕计吏行，匆遽未果为，至是缮草而畀之，俾勒之于石。

按状：刘氏之先本南丰人，明成祖朝有官岳州者，遂家焉。三迁始居益，七传至某，不事生产。好交识一时名流，谓通都大邑，实薮贤豪，遂浪迹岳鄂间，历数寒暑始归。有子二人，长先生也，讳某，字某，曰近邱，其晚年别字也。幼授书即能成诵，长游名宦门，有志世用。无何，父没，重违偏亲养，乃以士业弟而躬力农。人曰："子去士而农乎？"先生曰："子乌知有士行者之不必非农乎？"既稍稍殖其家，长子亦授室，乃命代视母氏养，而弃故业，业商。人曰："子又去农而商乎？"先生曰："子乌知有市心者之不必即商乎？"居久之，喟然曰："刀锥利禄，世竞奔之，吾愤之，吾以与共事者矫之。"乃今而后，知不能为益于人也，寻亦弃去。适岁歉，出所有赈且贷，活多人。间有债券，后悉火之。嗣是饭工夷险，为石桥、石道若干所，远近便之。嘉庆元年，以耆寿援恩例赐九品冠服，结庐桔槔洞，草屋数椽，旁莳花卉，而凤尾竹、渊明菊尤多。君子曰：竹行根多而继增不息也，菊傲霜而晚芳也。先生其有以娱暮年而颐其子孙矣。

成作侍余门有年，将访焉。四年八月至其长嗣之居，明日返，不果往，比十月某日而先生卒矣。先生生某年月日，享年七十有七。娶某氏，长先生一岁，今无恙。子某某，孙某某。先生之葬某山也，以卒之岁某日月，其向以庚甲。

先生性孝友，父没十年，始析居其弟。其迁居时，问视母氏，必日一再至也。一味之甘，必母与弟共也。母氏卒时，弟已先一年没，先生以惟衰麻在身之年，哀泣亲殓，赀费不以累弟孤。临没遗言，以其居宅奉考妣主于中，而以其旁之田池竹园充祭赀。痛弟名未成，课子侄书尤勤，盖其修身而教于家者有如此。

然余独有感焉。今夫农，胼胝阡陌，袯襫风雨，盘中粒粒，直以汗血易之。商逐蝇头，湖山阻险不避，以彼易此，沾丐不过毫末，其入之也艰，其出之也宜不易。自人失其性，而俗即于靡，往往卑农抑商而歆慕乎士，谓其能为益于人也。究其一朝得志，乃多欺罔射利，咀嚼穷黎，与吏干没，罪有浮焉，所谓益人者安在哉？故货恶其弃于地，不必藏于己；力恶其出于身也，不必为己。大同之时，四民之业不必同，同于其道而已。先生士行、市心之说，虽有激而云，然观其积而能散，亦可谓能行其言矣。其中有所得者耶？抑资之近而力能勉者耶？余故列其梗概，揭以风世云。

陶必铨，生平见本书第十一卷。近邱刘先生，即刘珖泰，字灿辉，号近邱，益阳县九里（今属桃江县）石井头人，刘梠本（号东园）之父，生于雍正元年（1723），卒于嘉庆四年（1799）。晚年结庐浮邱山下桔槔洞。此文录自清陶必铨著《萸江古文存》卷三，又见清姚椿辑《国朝文录·萸江文录》。

贺处士墓表

［清］陶　澍

处士讳光镒，字盈科，引泉其号，益阳十二里人也。贺故益阳茂族，世有诗书。父家祈，生三子，处士其季。平生耿介无他肠，惟疾恶甚。里有穿窬行者，痛惩之，不少假借。匪党积不堪，群害之，倾其产，乃徙居坼市。坼市滨资江，阛阓填咽，处士所与游，多一时贤豪长者，咸重其为人。嘉庆戊辰二月，余始识之于友人席上。始，处士娶同邑罗氏，生一子有上，候选从九品，娶文氏，继高氏、阮氏。女二：长适儒生邓兴霖，年二十六而寡，以苦节被旌。次甫待年，择尤慎。尝言："吾女有异征，怜之，必嫁官人，不以与凡子。"至是遂以归余。人以为上谷侯处士之俦也。

余旋携家口入京师，而处士亦即以其年八月二十四日病卒于里门。距生乾隆己卯正月十九日，年五十。葬贺家湾大路坡，子山午向，与罗氏同厝，相距一冢。

陶澍，生平见本书第十一卷。贺光镒是陶澍妾夫人贺元秀的父亲。此文录自《陶澍全集》第六册。

修职郎古屏公墓表

［清］陶　澍

君讳远寿，字希彭，号古屏，先世由豫章徙居益阳，代有闻人。曾祖曲江公以明经司铎麻阳，兼摄五寨司学政。祖太学生资水公，早卒，祖妣唐以节孝膺旌表。父太学生仪亭公、母周氏亦早世，君惟祖母是依。长操家政，弃举子业，援例入国学。益邑明伦堂初建大成殿后，乾隆癸卯改作东斋之前，钩心斗角，栋翥甍飞，君祖母独任其事。至嘉庆己巳，君又新之，并重葺仪门与前后斋之废缺者，迄今均详邑《志》。故邑人既颂节母之贤，而益叹君之善于继志述事焉。

君宅心忠厚，见义必为，有贫不能自存者，将鬻妻以偿宿逋，君为之经纪，使其夫妇得完。有婚嫁不能主者，辄佽助以成其美。每岁暮，远近告籴者，嘱儿辈勿待价惮烦，更于升斗是需者初不甚计较，而附近无资者，尝随其人以应之。至人有急财为假贷者，度实贫则焚其券。他如丧葬赙财，扦置义山，与夫掩骼埋胔，率津津为之不稍倦。而邑中公务如文、武二庙暨邑人所崇祀者，无不捐资成美。桥梁要津自董修曲江桥，旧迹详县郡通志者不论，即他处创修亦绝无推委焉。而且生平至性过人，最敦家谊。族中建祠置田，不惜重金以蒇其事。凡远近亲疏或以事致讼，必力为调释乃慰。其在五服周亲，岁四月朔为曾祖诞辰，必合食于曲江桥头。君住旧宅，醵饮极欢，筵间惟以耕读勤俭相勖勉。君自奉俭约，好读古人忠孝之文。家范肃雍，门以内秩如也。好接诗书士，时有推解以成其进取之志。晚年筑室于居宅之西偏，额曰“且闲”。虽服劳有人，终不敢以一息而倦于勤也。此嘉言懿行，余相距密迩，久艳闻之。时心仪其人，所谓乡先生殁而可祭于社者，洵在斯人尔。

君以道光戊子卒，年五十有八，葬一里武潭高家村祖山圆椅形。邻里戚族咸悼之，盖其感人者深矣。子三：长肇传，例授即用正八品官；次肇佐，早世；季肇伊，业儒。诸孙林立，他日之所以显君者，方未有艾。余固谊忝枌榆，而肇传近又受业于余，安得不乐摅一言以表，为据状书其大略如此。

此文录自夏受祺等纂修《（桃江）枫田夏氏五修族谱》卷十六（下），又见于《陶澍全集》第六册，题名为《太学生夏君墓表》，正文亦颇有差异。

胡品山先生暨配刘孺人墓表

［清］陶　澍

君讳成学，字如松，号品山，益之十里人也。自其先世忠厚传家，称长者。君兄弟四人，齿居次。事其兄甚恭，而友于诸弟，逮老无间言。所居老鸦山，有田园之美。而能敦崇古朴，视世俗纷靡之习泊如也。有余则以周贫乏，戚里中赖以举火者颇众。盖君既以孝弟力田起其家，深知稼穑之艰难，而温润慈祥，有儒者气象，人以是愈多之。长子德瑞，早岁游泮，君之教也。厥配刘孺人，以勤以俭，亦浸浸乎有桓少君之风矣。君生于乾隆癸亥正月念九日亥时，卒于嘉庆戊辰十月念六日巳时。葬九里金子坡，巽山乾向。刘孺人生于乾隆己巳正月初四日戌时，没于嘉庆庚辰四月初八巳时，与君同穴。有子二人，长德瑞，县学生，取文氏，继刘氏；次德珩，取刘氏。孙五人：泽铭、镕、鈵，瑞出；泽铲、鉴，珩出。女二：长适刘汉浪，次适文邦礼，太学生。

系之词曰：山之苍苍，水之汪汪。以君之德，而永宅于止，吾以下卜其后之昌。

此文录自《陶澍全集》第六册。

刘水亭墓碣

［清］陶　澍

戊辰春，余过友人胡上舍京南于浮邱之麓，并马同行，遥望浮邱，宠岦嵂崒，有如鼓角。其西麓磅礴蜿蜒，忽起忽落，迤而南，突而东，忽转而西向。因顾谓京南：“此间当有吉壤。”京南以鞭指森郁处，曰：“是固水亭刘君新阡也。”因为余言君之为人。

君讳某，字某，水亭其号。性慷慨，好施予，往往不顾家之有无。外舅郭翁，有二女而无子，生事卒葬，一以身任，且语其子以久而勿忘。居平见废疾饿者，必推解之；死无归者，必棺椟敛之。族人之贫不能娶，及因贫而欲离其妻者，必多方全之。其于桥梁之倾坏，道路之险岖，修除者更难枚举也。世居于碧田，其族自明末居此，户口日繁，君乃倡族人修宗祠，置祭田，凡十余年而始成。复建议纂辑家乘，未讫事而没，实嘉庆七年之某月日。距其生某年月日，享年盖五十有一云。

君之葬以某年月日，逮今四年矣。余惟卜宅兆以安厝其亲，人子之心皆然，而吉地则别有司之者。昔李西涯先生之祖为舟子，渡每不索值。有异人指狐眠处葬之，其后遂至三公。如刘君好行其德，未知视李公何如？若青乌家言可征，当必有鹊起者。君之嗣君与京南有连，京南以余语语之。是秋，其家应试者，果获隽。嗣君因请余书之墓门焉。

此文录自《陶澍全集》第六册。

刘屏山翁墓表

［清］陶　澍

往余随先子读书益阳之十里，与刘子冠南为笔砚交，得以礼见其尊人屏山翁，肫肫盛德人也。其六十之辰，先子曾手书长联以赠。后二年，翁卒。余亦往来京国数载，未获展鸡酒之仪，而冠南以书寓余，丐隧道之辞，不敢以不文谢。

盖翁之所以积于躬者厚矣！其居平粥粥若无能，而里之人顾相与称之，以为善人。始翁少时，好读书，试弗售，乃弃去事生人业，资产日饶。然能泽其乡里，遇岁歉，告籴不俟价，持钱来者，赢升斗资之。远者，给食饮。有余，则周人之急，如田文之焚券者屡矣！以父遗命，戒争讼，遇事退让，人不忍欺。见争竞者，解囊息之，终其身未一讼也。至于缮家乘、葺宗祠、置祭田，咸以实心力行之。盖敦宗之谊尤笃云。

翁之讳曰启义，其字曰相辉，其生以乾隆某年月日，其卒以嘉庆某年月日。配文氏，先翁卒，葬在公之左。子四人：长某，早没；次冠南，邑庠生；次某某，太学生。孙六，孙女三，婚嫁皆世族。翁之葬地曰狮山，葬后八年，而余为表墓。

此文录自《陶澍全集》第六册。

刘槐轩先生墓表

［清］陶　澍

余与刘君英泰同研席，得见其大父槐轩先生家训，语严情挚，令人肃然动高曾之思。今岁，英泰乞表其隧道。余既悉先生之贻谋，有以知其为端人也，遂弗辞。

先生讳承传，字汉绪，槐轩其号。先世南昌徙也，二世曰伯川者，仕元为学士，出守常德，隶籍焉。至三世迁于益阳，六世至忠节公宪，当明武宗时，以抗直忤刘瑾，死于狱，为楚南忠孝之家。先生之先孝廉公，实学士之孙，而忠节公叔祖也。诗书奕奕，代有闻人。

先生弱不好弄，欲以功名自显，数奇不遇，遂退志山林以终。笃于伦谊，母病，不解带，视医药。配许孺人，有贤德，夫耕于外，妻缫于内。诸子咸令就学。曰："黄头历齿，高人动心，吾不能以室乏而令其废业也。"英泰幼颖异，爱望之尤甚。日课所业，有进则喜见颜色。病中犹以语其季逊廷，令料理之毋荒废。以故英泰益感奋，为名诸生，将来诗书之泽，当有以报先生也。

先生生于康熙末年，卒于乾隆末年，葬石脚湾祖山。孺人后先生数年没，别有碑志。

此文录自《资阳刘氏八修族谱》卷首；又见《陶澍全集》第六册，二者稍异。

栗斋曾君墓碣

[清] 陶　澍

曾君传宽，字敬敷，号栗斋，汉绅上舍之长嗣也。五岁入塾，语以古圣贤事，辄有志奋发，见者异之。年十三，就外傅，益精覃为根柢之学。自言：读书如遇生人，会面数次，自然识之，以故矻矻穷年，风雨寒暑无间断。而为文务速就，每课三艺，不斜晷必讫稿。乙亥，院试，已入彀矣，而复遗之。无何，遂赍志没，嘉庆丁丑十二月二十四也，春秋二十有六。

其生也，以乾隆壬子五月十七日酉时，余时未成童，与汉绅同学于挹秀轩。今春，汉绅不远数千里视余于川东，语次及君，已宿草四年矣。俯仰之间，不胜今昔之感。因为综次梗概，以碣其墓，且系之哀词曰：

伊与元之乌兮，履迹子云；奚集座之鹏兮，遽夭贾生。悼芝兰之易萎兮，犹慰其文；幸两雄之在鞠兮，庶绍清芬。

此文录自《（桃江石牛江）武城曾氏重修族谱》；又见《陶澍全集》第六册，题为《曾生墓碣》，二者稍异。

太学生仙槎墓志铭

［清］陶　澍

君姓胡氏，讳忠朝，字京南，号仙槎，从游先太史，与余共砚席者，惟有历年，盖石交也。君父讳名光，母氏黄，兄弟二人，君其季。少志于学，有才气，屡试弗售，乃入成均。好读书，每览史册至忠孝节义事，辄若置其间而不能自已。为书室，延师以训子侄，靡有倦志。事父母，先意承志。兄弟间怡怡如也。亲旧贫乏者，求之立应。宗族有纷难，秉公直排解之。邑中如建塔、修志、构芒神祠诸务，与同志者锐意任之。居近九华山寺，捐重赀以董其成。独建字藏，洵好行其德也。尤谨于祠墓，每当祭扫，礼意维虔。岁己卯，慨然兴缀族之志，余尝赠以谱序。其他行事，殊难枚举。噫！相知深，相遇疏，屡年往来寄书，不胜契阔之感、缱绻之思焉。甲申冬季，因五侄便，寄赠手著拙集，亲书集句联云："傲岸泉石，咀嚼文义；敷写器象，综述性灵。"并付浮邱集古诗联，托赴悬挂。而乌知君即以是岁终耶。

君生于乾隆丁酉岁二月二十九日辰时，年四十有八，以丙戌岁五月初二随母氏黄葬于三里汤家村口水溪湾斧头仑上鸿形山。配刘氏，有淑德。子男一人上达，邑庠生，取同里庠生张光远之女。女子一人，适同里庠生张兰。孙男二人国梧、国椿，均业儒。国梧聘同里太学生彭交选女。孙女一人，字同里庠生张远畅三子廷献之子。今年秋，上达承君未竟志，有事于谱，驰书至抚署，乞书其墓道之石，余不敢辞。

铭曰：德其世也，才其身也，华国之英而草泽之沉沦也。厚积者光，吾以券其后之人也。

愚研弟云汀陶澍拜撰。

此文录自胡唐嵚纂修《（桃江赵家山）益阳胡氏五修族谱》卷首。

周公北坪墓志铭

［清］胡达源

公姓周氏，讳上达，字尊一，号北坪，先世自江右迁益阳一里，复迁九里之洪桥，代有隐德。考乐山公，孝友廉让，人称长者，著《二气汇要》《山水约辨》四卷，青乌家宗之。妣吴孺人，懿修弥劭。公生而颖异，受学塾师，年未冠，数病，遂专业岐黄，肆力《龙宫》《金匮》诸经书，兼通针灸，以治人立应，不受谢。术既精，窃念贫者无以自药，乃日坐杏林，远近求者则示以方，且给以药，甚者资以钱，残废者或留以养，盖活人以万计。有群医袖手无生理，惨淡经营霍然而起者，特指其原委，汇成一册，名曰《种杏》，家藏戒弗梓，恐所见未精，贻误来学。授徒十余人，皆能有所补救。次子代炜世其业，受命唯谨。呜呼！古称良医良相，皆有真实济人之心，以行其恳切救人之术，虽广狭异量、远近殊规，而其心则一也。若公者，讵不伟欤！事亲克承其志，葬祭以礼，生辰忌日率子孙哀恸荐馨，至老不倦。遇物浑厚，好施与，随力自効，义葬十数处。清厘界限，手书以授各家。训子弟有方，牖户间皆先正名言，非经史弗令寓目。壬申，长子代炳入县庠，题楹以勖之。命游岳麓凡六载，故其学问渊博，器识闳远有过人者。余尝闻其家昆季内外蔼然秩然，桑梓之间，同声称美，傥出膺组绶，必将卓然可风。吾爱之敬之，心焉藏写，即公之身教，岂偶也哉。公卒之前岁，食稍减，动履喘急，谓“精氣”二字从“米”，食减非吉；肺主气，肾纳气，喘亦非吉，其在明年夏秋之交乎？而果然也。辛卯冬，吾自黔中督学任满假归，其子以行状求铭至京师，又二年乃铭而镌之。公生于乾隆乙亥二月十三日辰时，卒于道光庚寅六月十四日，年七十有六。元配李孺人，生女一，早卒。继配刘孺人，子三。长代炳，邑优廪生，娶刘氏；次代炜，娶莫氏；三代炽，娶刘氏；女六，孙男五，孙女七，曾孙女一。葬于九里广济桥本居莲花形顶，巳山亥向。铭曰：

规矩先哲，模楷乡邻。善气洋溢，仁心浃沦。吉壤安宅，以昌其后人。

胡达源，生平见本书第二十卷。此文录自周本裕主修《（桃江洪桥头）周氏九修世谱》卷十。

乡贡进士邹翁古剑先生墓志铭

［清］习　垣

自介甫创为制义文，前明遂以之取士，其上藉以阶公辅、列卿贰，经纬密勿，襄赞隆平；次则侍从台谏，献可替否；最下铜章墨绶、百里亲民。以经术饰吏治，国朝二百年来取士之法，因而不革。名公巨卿，接踵相望，驾前代而上之，要皆出自经义之文。

吾师古剑邹夫子，讳良化，字鲁风，邑之桃花江人。太先生培园翁，少从名孝廉周丈栗园游于先君子衡庐翁，为同门友。下帷攻苦，未博一巾，周丈惜之。乾隆丁酉，师生。始六岁，即承庭训，连课六年，四书五经成诵。稍长，攻帖课业，出语惊长老。此吾师学文之始也。后从曾茂才临江教，又从许茂才鹅溪教，业渐进。最后，从事周茂才墨林，周丈上嗣也。又从事龚茂才惕庵，周丈门下也，时文名噪艺林矣。嘉庆丙辰县试，邑候郭拔列前茅第六名，此吾师以文受知于哲匠。府试名稍次。院试，学宪范拔冠县庠。此吾师以文再受知于宗工。戊午科试高等，秋闱备荐。噫！吾师之有文无遇，权舆于此矣。

已未丁外艰，辛酉接丁内艰。当是时，迭遭大故，心则忧伤也，身则劳瘁也，家则拮据也。顾念太先生一生苦志，未获仰首伸眉，终欲迪惟前光，以瞑九原目。甲子春，因市居湫隘，携同怀弟元夫徙居马村别墅，所谓怡怡如山庄者也。起复，丁卯科试，学宪狄拔列一等第三食饩，此泮游后文运之小亨也。是岁秋闱，同考官慈利县知县李亟称文气醇茂，诗有法律，荐元数次。不已，跪荐，盖几几遇也。而主师疑有听请，云文气古茂，但三篇煞尾都不用虚字，恐犯磨勘，置之。噫！吾师之有文遇，此非其尤大彰明较著者乎。自时厥后，屡列高等。辛未，两学师聂、旷选举优行。戊子，乡贡成进士，吾师遂绝意科名，而两代之文而终于不遇矣。

师为学最重根底。忆壬申岁，执贽门下，见架上书充栋，丹铅悉遍，六经岁一研穷以为常。史好读《纲目》，古文宗仰八家，诗沈酣少陵。制艺讲先辈法，品格之高，如松之苍于冬，而无一时艳也；如兰之香于谷，而无一俗韵也；如寒泉之流于古涧，雅琴之奏于清庙，而无一浮响、无一淫声也。而时方揣摩俗尚，迎合风气，师之文之不遇，有由然也。独念国家以制举业取士，谓文无定价，自钟陵、黄冈发名成业者前后相望；谓文有定价，山林岩穴之间，枕经籍史，负瑰伟卓异之才，如方干之九举不第、罗隐之十上不中者，在在皆是，吾师其明征也。然吾师之文，文宗知之矣，同考知之矣，主司知之矣，其不遇，天也。又何憾焉！

淑配谭孺人，亦倡随合德，以礼法襄内政。举子曰敬宇、敬辰、敬瘖、敬寀。女二：长适庠生陈奇珍，次适庠生刘榕本。孙承晦、承昀、承映、承畦、承畴、承畹，曾孙先意、先念、先慧。乾隆三十六年辛卯十一月初一酉时生，于道光十八年戊戌七月十九日未时卒，二十三日葬于蛇形祖山，合谭孺人冢右。有《怡怡如山房诗古文》若干卷，待梓。

铭曰：丰城之剑兮，气终上浮；鼈射之珠兮，光终莫幽；何师之文兮，既相赏于宗匠，竟不登上第于春与秋；不得于身兮，贻子翼而孙谋。苟可以启后兮，其他抑又何求。

习垣（1749—1851），谱名习邦垣，字应台，号星亭，岁贡生，益阳县九里炭山桥（今属桃江县浮邱山乡）人。此文录自邹德玉主修《（桃江）邹氏五修族谱》。

追赠陆军少将原任团长曾君雨苏墓表

［民国］刘　戡

距益阳县治西八十里，曰滥田冲，是为浮邱山之麓；笃生人杰，为吾友曾君雨苏。君名宪邦，父宝台公，隐君子焉，妣习氏先卒，生君兄弟三，长军山，仲复苏，而君则其季子也。性孝友，以宝台公年老，欲养亲不能俱出，欲显亲非可均处。由是军山归自戎行，复苏助理家计，而君则决计出山。出处虽分，而志则合焉。

君读书明大义，吴师杏荪尤器重之。初，君由梅林高小升入湖南省立第一中学，均毕业成绩优良，以故小学争聘为教师。而君则以军阀专政，内讧未已，有文者必有武备，乃于民国十五年冬投考广东革命军黄埔中央军校第四期，逾年毕业，分发陆军第九师五十一团迫击炮连连附。北伐军兴，龙潭之役叙功擢升连长。成功后，以治兵有方，升任营附。豫鲁战役，足部受伤，功冠同列，升任五十一团一营营长。湖南陵桥一役，独得先机，挽回全团危局。且平日练兵合法，调任宪兵第一团中校团附。冀北战事发生，南天门、古北口抗日诸役，项部受伤，尤奋指挥，调升第八十师补充团团长。非幸也，宜也。时戡承乏八十三师师长，与君为黄埔军校同学，以作战需才，电请调君为本师四九八团团长。旋入闽讨逆，仙游南山一役，将敌击溃，乘胜追击，直下泉州，迫逆投诚，得君之力尤多。东南底定，调赣广昌整训。中央考核，成绩君列为全师第一，颁授甲种奖章。

自是，桂林动员、西安护驾，靡役不从。所至有功，关系尤大。迨卢沟桥事发，君率部驰抵宛平，东马蹄、太子墓诸役，屡挫寇锋。尝慷慨励部属曰："抗日非内战可比，应竭力以争国家民族生存，先死者先尽责。"部属深敬佩之。嗣以髫髻山为冀北军事要地，守军第十师及八十五师惨受牺牲，令君率部接替。敌以优势陆空军三面环攻，山崖尽赤，君苦战七昼夜，防御多方。嗣因第一营营长重伤，君身先率部，亲列前哨，代为指挥，部属劝君为国珍重，以待援至。君誓与阵地共存亡，不肯稍移。连中三弹，以身殉国，时民国二十六年九月十三日也。戡闻耗泪下，如失右臂，电呈中央忧恤，追赠陆军少将。并命吴副官寿生扶榇还乡，祔葬于湴田冲本宅上首伯父有德公冢右，时春秋三十有六。

吁！孔曰成仁，孟曰取义，昔闻其语，今见其人。君既成仁取义，光昭战史，可以千秋不朽矣。夫人吴氏，字玉冰，县立女子职业学校毕业第一，为大学毕业吴韵清君之令妹。子一，名庆野，年五岁，聪明异常儿。今年夏，夫人自湘来电，请为表君之墓。勘虽武人，曷敢以不文辞。

时中华民国二十九年八月，陆军上将前八十三师师长现任九十三军军长世愚弟刘戡拜撰。

刘戡（1906—1948），字麟书，湖南桃源人，黄埔军校第一期毕业，抗战之初，任八十三师师长。在抗战中多有功劳，升至九十三军军长。抗战胜利后，整编调任第二十九军军长。1947 年奉令进攻延安，被中国人民解放军左右夹击，1948 年 3 月兵败自戕而亡。此文录自曾运乾主修《（桃江桃花江）武城曾氏五修支谱》卷二。

第二十六卷　桃花江文选十一　书信

请议益阳还朴约书

［明］贺凤梧

梧顿首诸乡先生足下：粤惟古昔以来，世一降则风一变，人一出则俗一新。风俗溃坏之余，类非有贤豪长者，不可得易也。论者皆曰风会之流，转移在上，此固然者。窃又闻之，昔阳城居于晋之鄙，晋之鄙人薰其德而善良。温公与康节在洛，里中后生皆畏廉耻。然则乡先生者，尤乡之人所服习而转移风俗之机也。今诸丈年高望重，当不在阳城诸公后。而今之益，未尽得如晋之鄙、宋之洛，则可不一问乎？

夫益俗之弊，莫大于奢侈，侈风一开，靡所不逮。故有宴一宾、致一馈而虚一廪者矣；有嫁一子、娶一妇而亡数亩者矣；有橐无赢积，而庭宇楚饰、服御绮丽若贵豪公子者矣。甚者，临丧不哀，而务奢费以筵宾，以是为不俭其亲，此其无行义之尤至者也。竞侈成风，大都类此。闻之父老，吾益之饶，旧称乐土，庾廪之积，遍于里闾。今则无论中人下产，即赫奕名巨家者，其帑藏亦不偿所出矣，此岂非俗日漓而奢侈者之过哉？此不亟返，是使人之疾背康庄而走荆棘无已时也！

迩者，与同志十余辈，作还朴会于草堂，治具一如甘泉先生所为还朴约会，既乃梓先生《约》而传之，亦同志者救时盛心也。然先生所约，筵宾一事耳。吾党之不朴，岂独在樽俎间哉？第吾侪德薄年微，不足为乡人倡，譬之学古礼者，古服古器皆非其所习见，其昆季陈说而引导之，即不反唇而訾，其行也率，亦不大力也。有父师者俨然命之，则人有肃然肃命者矣。诸先生众父师也，在今日欲抑浮奢、还朴质，使人向风而慕义，则莫若诸先生倡之于上，诸同志少年翼之于下。先为还朴一宴，集会里中贤者，各摅其所见。自宾筵而下所当约者，悉条其目，笔之于书，遍告于比闾族党之间，以共还朴俗。而诸不在道理之事，悉皆厘去。梧不敏，亦幸得追杖履之末，少佐下风。如此，则安知不自今庶几哉邹鲁之风乎？而晋鄙与宋洛，可勿言矣。诸丈维持世运之功，顾不伟欤！尝读蓝田吕氏、紫阳朱氏乡约，则叹古之人视天下不殊其家，而所以一道德、同风俗者，拳拳若此。此其心何心也，诸先生固朱、吕其心者。今日之举，吾知其必跃然矣。贺凤梧白。

贺凤梧，生平见本书第十九卷。此文录自《（乾隆）益阳县志》卷二十一，又见清罗汝怀编纂《湖南文征·元明文》卷三十六，二者文字稍异。

通直指张公揭

［明］郭都贤

伏念台台：法轮转世，慈航渡人。值兵火之残黎，久无净土；悯游魂之喘息，望洒醍醐。顷者文武开疆，甫临下邑。随奉张县主差典史刘、游幕某，官民先后入山，守催投见。盖以都贤为乡宦，而不知久已为病秃也。故遣子孙等入城晋谒，并陈老秃蹒跚，不能匍匐之状。而游幕助饷之命已再至矣。和尚出家，安所得饷，故命子代父勉输应命。奈秃历薄宦，漫无橐遗，若此诳言，应堕拔舌地狱。兼值数年兵火流离，家资荡尽，田园荒芜，不能咄嗟立办。罄家服饰各项，不足万分之一。点金无术，持钵无门。伏秃思新朝近时部文，止有旧日官宦不许枉用新颁袍顶结交官府之旨，不闻有诛求和尚之旨。台台以铁面冰心，埋轮按部数月，文告属邑通行。拳拳德意，无非恩抚流亡之民，未有追索方外之民也。历稽古来革命，其时在天下之人，出处各有不同，咸赖在上之主持风教者，兼容而并包之，方得各行其所见。故同时同地，如磻溪出而西山隐，凤雏出而鹿门隐，梦炎、昌言诸人出而叠山隐。在官者，为识时务之俊杰，未尝鄙夷隐者，甚至扶之于马前，跪之于圯上，拜之于床下，荐之于朝廷。在隐者，周旋世法。历稽载籍，西山不闻走孤竹，黄石不闻游关中，鹿门不闻谒荆州，叠山不闻叩雪梅，流传至今，想见一时大海为容，堪作千古美谈。今秃既然衰谢之姿，又罹阴阳之害，奄奄残喘如泉下之人，何敢妄希高蹈？而台台雪肝照人，金臂接众，直当于古人中求之。宰官现身，无不从三世因缘来。念此云水埋踪，沙门本等膏肓裹足，老病寻常，委而弃之。鸿冥何慕，海鸟相忘，用以广新朝浩荡之恩，以昭明公廓略之度，亦他日湖南一段佳话。秃不胜顶礼无量功德之至。

张直指，即张懋僖，山东胶州人。此文录自邓显鹤编纂《资江耆旧集》卷五，又见（清）罗汝怀编纂《湖南文征·元明文》卷四十八。

若儿分居手谕

［清］夏光洛

若儿初名至为，先大兄幻斋公第四子，少失恃，多病。先大兄以余母子肯怜之，听余蓄为子，迄今十有三年。一经相授，不善教卒无所成，余负吾兄矣。乙酉秋，大兄于风雨舟中，执手永诀。谓余曰："四儿终以累吾弟。"盖大兄已谅余之心，固无他也。

今儿已宜室抱子，而余日益贫，恐无以善其后，聊分给荆牌冲宅地、田山一所，以为恒产。小奴一，以供薪水。儿其以耕以蓄，以赡衣食，保妻孥，无患贫寡也。汝祖受产仅二石，厥后创业至三千余亩。汝父受产百余石，至今存者不及什之三。丰啬何常，亦顾其人何如耳。汝父德薄能浅，不足效。汝祖发迹九里，始基如此。儿得服先畴，以勤俭起家，比迹前人，奚难哉！嘱者：立心制行，宁拙毋巧，宁厚毋刻，宁让勿争。盈则亏，刚则折，非但人事，实天道也。儿慎此以往，使宗族乡党无闲言，儿不负吾矣。他日地下，吾亦可对吾兄也。维山与田，有与他族及伯叔壤相错者，此疆彼界，较如也。虽然，毋竞寻丈，以滋多口。昔人有言："终身让畔，不失一段；终身让路，不枉百步。"宜书诸绅，以代韦弦之佩。

晋陶渊明以一力给其子，手书致之曰："此亦人子也，善视之。"今小奴映雪，年虽少，慈以蓄之，得力有时也。且其父死于事，其母背而他适，尤可恤矣。念之，念之。

若儿以甲午岁十一月七日分居荆牌。书此示意，二兄湘岩，侄师、侄夔、侄诰见之，皆曰善。儿亦好存之，其无若伯鲁之简。

夏光洛，其生平见本书第八卷。此文录自（清）罗汝怀编纂《湖南文征·国朝文》卷一百二十六。

上两学师书

[清] 夏光洛

生赋质脆薄，受命坎坷，早岁得疾，根荄已深。迩年来事境屡更，忧悔迭见，感心劳形，摧枯拉朽。今年夏五病发，支离月余，稍就痊可。八月县试，勉携儿子赴城入侍左右，我夫子温语嘘噢，固知生之形神俱惫也。生复不能自爱，食少事繁，沉疴遂笃。自菊秋迄今，日朘月削。二竖之虐焰浸炽，百骸之精髓潜销。支撑起卧，备极辛楚。禾黍之肠改充参术，近且并参术亦将绝咽矣。

今岁试在即，欲扶病赴郡，无论舟行旅寓，皆增病厄，即风檐寸晷间，阴晦不时，饥寒迫切。种种事端，罔非危道，是以试场更漏，促大限行期也。欲具呈告病，而临场乞假甚干禁条，幸蒙两夫子格外请详，上宪亦洞情报允。向后必须补考注册，而生已气息奄奄，必不能如家夔侄故事，裹粮远赴以遵功令，终成不了公案。若倩代为之，则罔上行私，又侥幸而不可为也。且生志气衰微，功名胆怯，滥名窃饩二十四年，未尝敢一踏棘闱。自知才短缘悭，分应食贫居贱。今末路穷途，反为此一幅衣顶瞻恋彷徨，致成狼狈，更无谓矣。反覆事理，计无复之。静听除名，病怀较稳，但并不声明，径行己意。我夫子视生犹子，恫瘝不入告，临事不禀命，非疑规避必嫌傲上，获罪且益重。故伏枕稽首，命儿子依口具禀，惟夫子鉴之。

生或福薄灾缠，黜微名，延微命，他日以白衣进见我夫子，满屋春风，披拂有素，必不吝席前有除名门下士。如旦晚遂长辞左右，则比年教育之恩图报无日，亦长镂之僵骨而已。惟夫子怜而鉴之。

此文录自（清）罗汝怀编纂《湖南文征·国朝文》卷九十三。

复袁庭绪

[清] 夏光洛

昔人有言，贫也非病。则病之可痛，甚于贫之可忧。而心病之危，又甚于身病之毒。窃谓足下以远游疗贫，不若以卧游却病。砚凹笔冢，名胜山川也；经史图书，繁华都会也；昔贤往哲，到处逢迎之知己也；

故事名言，随地流连之景物也。以心思目力为资斧，丹铅膏火为舟车，茗碗香炉为童仆，可计程而往，可捆载而归。无关津风雨之稽迟、仰面缠腰之烦苦，而夙疾以忘，元神以复，不诚大快事哉。虽然史迁以周行流览恣肆其文章，安在足下不以阅历纷嚣坚定其德性。但或驰情靡丽，混迹风尘，驾言出游，不思其反，是厚其毒而益之疾也，则大不可。至于枫林穷愁拓落，作消遣法，为汗漫游，固可不告于家人、不谋于朋友。第思炎凉世态，难容疏散高人，惟足下左右之，毋使失意耳。徐氏成名，南桥瞑目，稽古之力，信不虚矣。曹氏昆季，储青云材料；吾家兄侄，守黄卷生涯。其几几乎得之而惴惴乎失之者，诚如手教所云。若夫洛也，樗栎之材，坎坷之命，久灰心于名路，敢托足于畏途？不辱鉴原，犹蒙奖励，足下姑例言之，洛岂得而滥受之邪？远行在即，饯别无期，客路风霜，千万珍重。

此文录自（清）罗汝怀编纂《湖南文征·国朝文》卷九十三。

与刘夫彝内史书

［清］曾绍孔

足下鸣琴山邑，仅四载特恩内召，自此监司、牧伯、台辅、卿寺，未可量也。仆以诗文缔交肺腑，天南地北，左右无由，良用惘然。所喜协恭和衷，以抚民社，赖有知己，仆即老死沟壑而力所不能为者，可藉以少慰，又奚恋恋效儿女子态耶？

独是足下昔宰南偏，深以人鲜淳朴、俗尚侈靡为患。时仆即有急欲白足下者而未尝言也，偶一言之而未详也。非不欲言且详，谓犹可待耳。今足下行矣，舍足下更无可言之人，故不能少缓也。盖足下畴曩所患止于一隅，若仆所阅历虽未遍楚南，约略计之率不甚相远。即宾筵一节，髫龄时所见，饮食供具皆朴茂古拙，鲜雕饰，戒绮靡，主人不以藜韭粗粝为羞，佳客则以芹羹土酥称快，道犹古也。今也，盘盂必晶瑛，杯箸必牙玉，案榻必缕彩雕文，非花烛辉煌、屏障灿烂与歌音之遏云绕梁，通座皆为不乐。脍鲽侯鲭、粔籹曲部，直余事耳。虽富家斗财贵人争款，势所必然，然亦何以端表率、长子孙乎？此仆所目击者，未三十年殊迥乃尔，愈趋愈下。若彼流泉，奚所底止，况不悉此哉？是诚足为风俗人心患也。

天地生财，止有此数。念祖、父勤劬，当惜其不足；思子、孙艰难，贵留其有余。以若所为，岂谓无不足无不余，恐家人早夜拮据，尚不克灌漏卮。矧不俭者不勤，自昔及今，未之能易乎？故邻省诸郡若豫章，若两粤，即大湖以北，田一岁两种，土物取诸其家而用之，纺织之声与鸡鸣声相答，仆闻于人者如是。今吾邑一岁一种，尚卤莽灭裂，矧再种而再获邪？麦豆布花适诸市，岸空土旷，宁与荆棘狐鼠作缘。禾熟，尽出子粒以偿积逋，且犹不给。乐岁若此，其在凶年可知。《孟子》曰：易其田畴，薄其税敛，民可使富；食之以时，用之以礼，财可使足。今民间以闲懒惰废，荒人工，薄地利，又漫不知节省，至举八口之家甘为盛世饿莩。甚且世裔大族、精悍强有力之夫，行乞途间若固然者，可胜叹哉！可胜叹哉！

原其弊，诚如足下所云，远淳朴、好侈靡者为之也。夫百亩之田，非祖、父困苦中所留遗者乎？及吾之身，非有户口之繁、嫁娶之丛，与夫姻亚、友朋往来之众，守先人旧庐，主伯亚旅，晦明作息，不为纷华靡丽而悦，虽欲不富不可得已。孰与之不足耶？顾乃狭视前人，以悔谨为迂；恶言小利，以夸大为高。而不知洗波靡之俗，还浑噩之气，与去敦庞之习，趋佻达之风，孰难孰易也？启萧瑟之况，成富有之藏，与丧殷实之区，变荒瘠之壤，又孰难孰易也？由是食指日众，酬应益广，老稚具人，丰歉异岁，将孰与以足乎？即欲富者长富，贫者不愈贫，何可得哉？

足下早洞晰病源，窥见流弊，故以去侈靡、返淳朴为急务，而于夫彝人心风俗，劳勚百端，业有成理，彼都人士咸惜其未久而去也。然方且以宰一邑者宰天下，岂一邑所能罄其敷施，留为棠荫哉？所望异日秉钧轴、开诚布公，进捧檄受郡之司牧，责令务本节用，知农之艰难而严其劝课，察财之盈缩而示以均制，不为苟且之俗胜，勿使因循之习仍。其运在心，其仁足以及天下；其政行于一时，其法足以传后世。上无负省刑薄赋之朝，下无愧补衮作霖之臣，皆不出足下所患中，足以致此而无难。讵不幸欤！讵不幸欤！明月在天，两心如对。万里秋风，加餐自厚。

此文录自（清）曾绍孔著《我山草堂文集》卷二。

答李亦庵书

［清］曾绍孔

前在斋中，偶论文体，未既厥旨。继承教示寿叙非古，迟迟未答。不审以古人集中无寿文谓之不古，抑以今之为寿叙者与古之文相刺谬，为不古耶？

唐宋以来，大家之文汗牛充栋，独不以寿序传。意古人德业闻望，不假文重，非如志、铭、辞、表，子孙惧世德之沉沦，急欲表彰焉。而为之者亦以盖棺定论，其文传而其人传耳，是以寿文不传也。乃今之以文寿人者，十倍于志、铭、辞、表，匪第文不古若，并不得以文谓之矣。夫寿之多寡，数之适然耳，世之贤士君子果能自寿者，讵直是哉？必其德业品望足为楷模，见诸行功业卓卓，被生民而光史册。穷而独善，亦且著书满家，为圣贤留道脉于未坠，为古今明治统所由隆，一其声百响皆息，丰其词群情毕露，要皆分其绪余。建宇内非常之行，勒名山不朽之业，可以一日可以百世，岂尝计人之我寿耶？即寿之者，不过有道之士无能已于祝愿之私。而其为文也，亦第举天地古今一日不可少、百世不多见者，一写之云尔，又曷尝计其传不传哉。纵其文传，传以其人；其文不传，非其人不传。若其人传而其文亦传，文又安得而不古乎？吾楚杜于皇称吉水罗念庵为毗陵唐太公寿，通篇讲道晰义，以荆川为之子而不之及，其超脱若此。嘉定名士娄子柔寿申文定少师首辅，文仅三百余字，且谓文定秉政，不如前人任劳任怨，前人者，江陵张文忠也，其简直若此。以此为文，不谓之古不可得矣。

今则不然，道德事功难言矣。治古文者未悉其源流若何，誉以马、韩则喜；攻诗律者未察其体裁若何，誉以李、杜则喜，非是弗乐。甚且墨吏皆卓鲁，野人悉巢许，田夫、老妪无不伯鸾、德曜，豆羹、箪食孰非平原、信陵，以致富商大贾、食牛屠狗之辈，苟可永年，皆得以文寿，且欲择能如吾意者为之。操觚家利若直，靦颜泚笔，如马首之络不择马而施。而旁观者早已腥膻满案，一嗅便呕也，尚得谓之文哉？吾故曰今之寿文非文也，足下云云其必有感于斯矣。然使今之寿人以文者，得如罗、娄两先生，又必谨择其人如唐太公、文定公两君子而后投之，虽谓文章家莫古于寿文可也，足下又安得以寿文为必不古哉？傥有相长，幸赐回教。

此文录自（清）曾绍孔《我山草堂文集》卷二。

与刘采其书

［清］曾绍孔

酷暑作数日晤，时有人对冰壶之乐。别后大地如炉，旱气转甚，田种所失，视丙戌过之。炎威灼人，不必言矣。吾地十室九空，其何以堪！抑闻黔中苗民梗化，大兵云集，祸更不仅旱魃已也。抑郁之余，作退步想，足下然吾言否？

高甥师六痛母苦节，矢志誓报，乃天弗永年，且以无子，悲已！临绝，告伯兄又尹曰："不终事母，惟兄弟是赖。幸兄与三弟皆有子，我独亡。今与兄约，请先举子者，于吾继。"既曰："傥此可已，又何以云？"势迫时穷，致丁宁之意如此，更可悲矣。既葬三月，尹举次男，不忍不以之继也。师之有后，若有期会焉。而预为之地，人皆以是喜。闻有私为尹喜者，吁！何其悖也。谁有子不爱其次？只以吾弟乏息，金石可销，永诀之辞难泯。且方痛吾弟短凶，复有违心使长抱不孝之恨，莫或瞑目于九京也，可乎？微弟故，尹虽不敢知曰二难兹始，决不至入梦之熊罴，甘作蜾负之螟蛉矣，而况生者固不愧其言。乌乎！存亡遽异，此明彼幽，无知有知，不复相识，尹独何心而回哀作喜邪？惟彼化者，回首萼楼，道路渺绝，伤心永宅，遗言不再。迟一夕佳胤，即一夕不安于地下，此非他事，不以置悲欢得丧于其心也。即二三同人，抚膺太息，咸曰仁者有后，苍苍其无意乎？顾潜灵宛在，冥台尚温，将绝之续，若日夕无光倏返三舍，而明者弗失其明也。以存推往，向之所悲，今之所喜，夫宁有二心耶？矧亦既箕裘有绍，不得之身者，必得之于后矣。尝观孔子称周泰伯曰"可谓至德"，又称"殷有三仁"，微子其一。夫泰伯、微子均无嗣，而传祚百世，固仲雍、微仲子孙为之后也。由是观之，古人曷尝不悲坠绪于当躬，而享灵长于奕世乎！孟子云：不孝，无后为大。非谓无子也，子有无不可必，惟得人为之后，斯足慰耳。而岂而昌而炽，独古人然哉？

是故人为尹喜，不过曰师有宫室、田园、书策、琴瑟，为尹之子有。乌乎！是与婴儿之嗜弄具何异？且考之经质之律，稽之国家之典，凡立为后与为人后者，岂黩货财、拣金帛欤？又奚以处夫赤贫无家之人，苟无苗裔，不将听其为若敖之鬼耶？此以见世道凉薄，虽父子大伦，不免见利忘义，贪得患失，滔滔皆是也。独师六为人宽厚，与物无忤，善事母，读书为文以专，故得血症，年甫三十而夭速之亡，理不可解。今幸嗣胤有托，愿迟之十数年，令吾辈一见，叹曰：是故高师六儿耶？师死，能以其精神形气徜恍变化而为一子，师何尝死耶？喜且不什伯于今日乎？足下高氏世好也，必然吾言矣。

此文录自（清）曾绍孔《我山草堂文集》卷二。

与孙席珍书

［清］曾绍孔

年来抗志遗俗，弋猎群书，怿愉忧悲，见诸文字。思得足下过我，提衡古今，彼此交益，未获也。

近有相商者，仆于时文非所好，至四子书未尝敢轻心读之。每思圣贤一言一语，纯是元气浑沦，与天地同流，无不包举。紫阳夫子续孔孟道统之传，惧愚不肖无从企而及，贤知者不能俯而就，精思曲畅，绝后空前为之注疏，盖有不得已焉。然亦至明至简而不可易，譬之目力既竭，继以规矩，后之人由而熟之，自足为工之良也。今复求诸讲说，我有心思，我有才力，不能以吾之精微与圣贤之精微相遭相得，而必尽假他人之喉舌为探索，是亦曰斤则斤，曰斧则斧，虽有离娄丧其明，虽有公输失其巧已。吁，何其陋哉！矧四书之有讲说，吾不敢知曰一展卷而义理了如指掌，即其教者学者，亦不过揣摩搜列，为弋取科第梯航耳。

嗟夫！有志作者之林，根六经之旨，探奇于庄、屈，取法于《史》《汉》，摹神于唐宋大家，他若诸子百氏，尽可披也，尽可览也，得其精意，观其会通，皆与圣贤理道有相资发明之益。以此为文，酿花为蜜不见花，酿稻为酒不见稻，月异岁殊，宁必屑屑于讲说也？苟能是，岂惟弗蹶于科名。万一科名不可必，而以我之心思才力，追圣贤于千载之上，隐相印合，足以信今而传后，以视科名之得失轻重何如耶？而况留心讲说，其制艺尽工，于科名若拾芥否？又未敢知也。奈何为父兄师友者奉为不刊之令，虽有聪明才杰之子弟，驱而老死于其间，文与道无一之有成也，悲夫！

足下明眼人，能无忾叹！今私以相质，谅弗以仆言为不然也。

此文录自（清）曾绍孔《我山草堂文集》卷二。

致香港总督书

［民国］夏思痛　卢佛眼

中华民国夏寿华、卢佛眼等特致书香港总督阁下：

自千九百十二年义军起于武汉，首先承认为交战团体者实为贵国，益以调和南北，苦心高谊，士民感诵。吾党俯从邻言，冀戢干戈，不意和议告成，而大任遂误授凶顽之袁逆世凯，承资跋扈，叛国殃民，法治尽废，暴敛惨杀，道德胥沦。自此以来，敝国人民无贤不肖咸共弃之，不意贵国独辅助之有加也。某等惑之。

夫政治党人应得保障，各国法典万方咸同。敝国有志之士迫于淫刑，间有托命香岛者，不独未见保护，抑且摧残蹂躏不遗余力。虽曰治安之应保，然试问中华民国之革命党员数载以来于贵国之领土域内，有妨碍治安之行动乎？无有也。此不解者一。言论自由，文明国家莫不有此宪法，指摘政府之文字不能谓为鼓吹革命。藉或与港例抵触，然罚金与停止发行已属非分之举，今竟于停刊之后继以罚金，罚金不足科以监禁，监禁不已役以苦工，时报旧事惨无人道。此不解者二。书信秘密亦人民应有之权，虽欧战方殷，检查固不容稍疏，然往往藉尺纸之书兴瓜蔓之狱。此不解者三。然此犹得藉口于预防危险，违背旧律，适当戒严时期也。

至于某等之拘禁，则又何说焉？某等本因组织《扶危日报》来居香港，报章既未出版，当不能律以反对政府之条。乃倾囊倒箧，骚扰数时，既无证物，又无原告，果遵何法律，强拘硬逮，可疑一。拘捕之理由既未宣布，复不于廿四点钟内将案审问，以无罪之身押候浃旬，始行提至华民政务司为非正式之问话，可疑二。于华民政务司断定出境以后，港例二三星期内即可成行，某等出境纸既于一月廿七号发出，究以何故迟至二月十九号始得出监？冤押两旬余，尤深骇怪，可疑三。要求赴日既不许，乘坐日船又不容，必欲置诸死途，绝其生望，律师辗转交涉，复拖延十有八日，依然不许日本之行，仅允乘坐日船以赴上海，可疑四。某等行期决诸七号之晨，律师而外本无他人与闻，何以午刻登船已先有龙贼探狗多条早伏船上，可疑五。船抵上海，未及停泊，即有税关贵国人多名受上海护军使杨贼善德之嗾，携带华役、印奴二十余人，捏称捕拿逃犯，甘作鹰犬，不顾廉耻。乃为日领拒绝，无颜回复杨贼，遂将某等行李廿七件全行抢劫而去。不知敝国民党何见嫉于贵国人之深也？可疑六。尤不解者，域多利亚监房所照之某等相片，果以何因缘落在同日同船之狗探手中？可疑七。凡兹七事，鬼蜮显见，不独大悖法律，尤且自丧人格。

嗟夫！无罪如某等尚以因缘附会构成重狱，其真有误犯者，可知破数千金之产而后有喉舌？积七十余日之时间，交涉数十次，而结果尚如此，则贫而懦者、愚而贱者尤可知。抑又有进者，国家之政治虽行政首长操之，而社会潜伏之势仍以人民为主体，而左右此势力者则少数明识通达之士而已。敝国廿年以来，握社会之牛耳以代表真正之民意，其深且固之团体仅有二，即吾党与立宪党人是矣。虽屡经挫顿，究能绵延不衰，此当为世界有识者所公认。

某等固不敢代表革命党人，然最足为彼党之代表者莫若徐勤。徐勤从事办报，居香港有年，兼领袖粤省进步党，此应贵国之知者也，犹不免于罗织，藉口以未经注册之会员捕逮，辗转数月始得免。则吾党更可知。凡诸种种，在贵国外交上之运用或别具深心。然公理与法律亦乌容苟假，道路纷传，已竞谓敛国当途，舆金辇货，从事贿赂所致。果尔，则甚贵国名誉有碍也。今者，袁逆帝制自为，失信天下，无异槛中之兽，贵国奈何欲结一槛兽之欢，而甘与四亿真正之民意相背而驰，夫岂计之得者哉？

自战云起于西土，远东人民咸愿德国大得胜利，此何故？查港地之接于我国者如皮肉之相依，贵国之交于我国者复年岁之最久，彼日耳曼人者何契于中土耶？是必贵国之行事，大有不洽于人心也甚明。况对诸明识通达之士摧残蹂躏，而重与真正之民意相左乎？将来结果，不待智者而知，非贵国，东亚前途之福也。某等幸不死于贵国之狡谋，因得稍竭善邻之意，掬诚相告。意者，此后香港中公理与法律或可从此修明欤！斯则吾为吾旅港同胞所甚望，而亦君子爱人以德之意也，幸亮察焉。

卢佛眼，字行僧，广东人。此文录自夏思痛著《夏思痛集·香江狱记附》。

就义前致父母

［民国］江诗咏

父母亲大人膝下：

不孝男江诗咏，身长五尺，年达廿五，读书十有余年，大人之恩其何以报？不过，男一生未做害人之事，加入共产党，是为大多［数］工农无产阶级谋利益。今死于敌人之手，心中无恨。大革命成功，最久总不过三六年。到那时，大人有历史之光荣，嗣孙有万世之安乐，男之孝就在此地也。

两大人不要姑息之爱而痛哭不休，致伤玉体，错过天伦之乐也。对大哥、二哥、嫂嫂等，总要更加宽平、团乐，由此乱世直到革命成功之世。书难尽意，永奉福安。

不孝男　诗咏　狱中写　红色五月　百拜

就义前致兄长

［民国］江诗咏

大哥、二哥亲鉴：

家庭困难，弟有今前之造就者，不过为全世界大多数劳苦无产阶级谋利益而牺牲，终身无恨。如最近革命成功，你们子孙和你们自己有相当之安乐。切不要因燕雀之讥或姑息之爱，痛哭不已，致伤德体。

弟去世所不能放心者，就是白发双亲未能奉养，最后托付你们二台老兄。在家总要时刻顺亲之意，顺亲之行，使父母终归乐土。

你们对于钱财要放松些，切不可因钱或些小事情吵嘴。一面你们自己更增忧愁，一面父母更不乐。对于社会、一般熟人、亲戚，切莫高声大骂。对儿女，总要教训他们，切莫恃强抑弱。到了革命成功，公家当然有办法。对于幼妹满秀，手中稍为活动时，也送她读书，要教育她勤俭为主，切不可打骂，或（抱）［包］脚。二哥多不信我的话，你的性更强，总要和平对大哥总好些。时难尽意，不过临死之言，总有几分善意，哥哥要时常放在心里。你们一生的苦酸，后当然有代价，永祝你们平安。

列列各亲、族戚、朋友、长者、平班兄弟，晚多谢了。将来革命成功，（达）［报答］你们的恩（点）［典］。

一九三〇年　红色五月　狱中

江诗咏（1905—1930）又名曙生、江原，桃江县浮邱山乡西峰寺村江家桥人。1914 年入当地小学读书，后考入挪威人在益阳开办的五马坊学校和信义中学。1925 年“五卅”惨案后参加反帝爱国运动。1926 年加入中国共产党，在益阳县农民协会任秘书。不久，调省农协工作，参与起草、印刷各种文件。1927 年“马日事变”后，他带着一部油印机潜回家乡，从事地下活动，先后任中共桃江区委组织委员、白鹿区委书记。1930 年 5 月不幸被捕，6 月 7 日英勇就义于益阳五福官旁，时年 25 岁。在狱中，他怒对敌人：“白天捉老子，晚上怕老子，杀了老子还有老子。”6 月 9 日，烈士遗体接回浮邱山下江家桥，其母亲在收殓时，从其腰带中发现了遗书，有信两封，写在一张纸上。以上二信录自曾主陶编《浮邱山诗文钞》。

致妻子月如

［民国］熊亨瀚

月如乎：

余今将别汝与父母兄弟而去矣。追思家庭间父子兄弟骨肉手足之情、余与汝十五年结缡之好，宁不凄惨伤心也耶！虽然人生自古谁无死，余之死非匪、非盗、非奸、非拐、非杀人放火、非贪赃枉法，实系为国家含冤负屈而死，扪心自问，尚属光荣。公道未泯，终可昭雪。所难堪者，高堂父母，年近六旬；膝下儿女，均止数岁；汝亦尚在青春；诸弟均少能力，家无恒产，养育维艰。凡此诸端，不免耿耿。兹将后事，分告如下：

1. 余生未报父母养育之恩，死又增父母西河之痛，罪孽深重，上通于天。然此亦大数所关，无可如何。望告父母，毋以为戚。来生有缘，再报寸草。祖母八旬有余，风烛之年，尤不宜使有悲意。

2. 岳父母对余素厚，愧无以报。且龙弟新丧，两老方深悲痛，切勿因余之死而益其忧。

3. 西弟嗜酒好牌，伯弟体弱多病，均宜保养，力自振作。家庭间尤当和睦一气，共撑此艰难困苦之局，以分父母之忧，而毋遗先人之羞也。

4. 叔父家况尤窘，余最关心，惜已不能尽援助之力矣。纪弟须谋正当职业，负担责任。庆弟勤敏好学，文思颇佳，倘能益求精进，我曙南公下读书种子，或可不绝也。

5. 我世卿公支下年来迭遭惨变，气象不佳，请告诸伯叔，告诫子弟团结精神，力图振奋。聪秀子弟，可读则公同送读，庶颓风可挽，家声不坠。

6. 汝素娴礼教，与余感情亦深，余死汝必苦守，然守节亦大难事。余又素无积蓄，今以子女累汝，生活必感困难。可求余之老友瑞三、心印、杏农、翊周、弼臣、畅荄、先毓、杏轩、钟杰、会升诸人，大家设法为汝筹集两三百元，托人经商，藉博蝇头，以维日用。

7. 儿辈须严加管束，切勿因余之死而溺爱之，以致堕落。可读则苦读；不能读，则或工、或商、或农，务必有一定职业。荦儿体强，将来或可使学军事，然须切戒其勿与人为意气之争。余之致死，即以此也。

8. 余之丧葬各费，必无从取给，可向杏农借一百元，先毓借五十元，杏轩、竹松、鹏周、在洲共借五十元，勉强了事。扶榇南旋，一切均须从薄，得附先人坟墓足矣。

9. 汝素体弱，余死，汝之责任愈大，切不必悲。余死而有知，余之灵魂当随时护汝，且誓与汝结再世之缘也。

10. 余此次被捕，承各方营救，当亦费尽周旋，当为致谢。

骥才绝命遗书

戊辰十月初四

熊亨瀚，生平见本书第十四卷。此文录自《桃江县志（1993 年）》。江诗咏烈士的故居和墓地，距曾主陶老家近在咫尺；熊亨瀚烈士的故居和墓地，亦不甚远。敬录烈士遗书，以志景仰之意。

第二十七卷　桃花江文选十二　杂体

送庚兄罗子予襄徙资阳序

［明］李应枢

盖闻星炳长沙，峰蔚衡岳。波连黛蔼，三楚首羡于三湘；人杰物华，七泽独推乎七郡。枫浦之文涛澎湃，濂溪之道脉潺湲。岳麓山前，片石篆八年之迹；黄陵祠旁，数竿啼二女之痕。江上文章，彩禽声籍；龟山衣钵，正学灯传。斯固寰宇之名区，抑又南洲之胜地。矧夫林幽壑窈，资邑尤佳；水清石粼，桃江最著。浓阴冉冉，松云复读书之亭；明星莹莹，秋月映燃犀之沼。苍崖游白鹿，衔来瑞草灵芝；红英点渌溪，流去兰汀芷岸。凤凰隐而烟霭祠坛，仙子升而霞栖丹灶。犹复土田肥美，物产饶多。夙称鱼米之乡，更裕货财之殖。躬稼穑者无瘠壤，业居积者鲜贫民。洵号乐郊，居然仙圃。

迩乃干戈甫靖，羽檄初停。爰吊伤痍，泽国尽无人之境；载稽井牧，湖南皆茂草之区。特募错壤之人，以辟废疆之莽。于是柴桑数郡，率为新丰之迁；洞庭九源，半属螺川之客。盖非舍近以图远，良由出谷以登乔。故戾止则愿受其廛，而遄臻亦悦为之旅。

予襄行矣，湖滨筑诸葛之庐；若翁往哉，布衣耕南阳之亩。虽暂命楚邦之驾，已重开罗绪之基。饮饯同乡，讵曰关山难越；庭趋异地，谁云桑梓轻离。况复商雨既零，恩波流十万之户；邹吹初暖，春光回七二之峰。萃久困而必亨，益已剥而旋复。是父是子，尔宅尔田；肯构肯堂，乃家乃室。荆开榛剔，何须祝满篝满车；时和年丰，可预信余三余九。扩乃疆而锦合，遥知棋布星罗；奠厥居而族行，定识兰芳桂馥。行看一经名郡，资阳振吉阳之声；百派流芳，湘江卜文江之盛。喜孟嘉之祖孙济美，羡李邕之父子交辉。枢也，西望岳云，想屈宋乡山渺渺；北瞻湘雨，慨荆衡烟水泱泱。会闻石屋飞岩，梦跻浮邱峰顶；见说桃花夹岸，神游益水滩头。他日择居，必来郑里；今晨别袂，早卜孟邻。拜家庆于异时，步后尘于上路。维君骊马，摅我葵衷；聊修送词，以侑樽酒。

李应枢，明代江西人，生平失考。罗予襄，本名罗赞，明代初期人，桃江县桃花江镇花桥罗氏之二世祖。此文录自罗德勋纂修《（桃江桃花江）罗氏六修族谱》。

下发文

［明］郭都贤

窃维神仙五百年遇劫，何况凡胎；菩萨千百亿化身，不妨变相。都贤忆自弃官庐墓，早已选佛开场。古木变风，晖留寸草；栴檀满月，云割半间。先以为避世之桃源，将可希在天之灵运。不意皇天降割，先帝蒙尘；南北陆沉，中外云扰。干戈载道，苦兵火者已及五年；文武开疆，莅湖南者又将半载。夷归周土，甘采蕨以何辞；宋有叠山，恐征书之不免。敬于六月初二日斋心顶礼，洒泪陈词。上告皇天后土二祖列宗之灵，下告社令城隍三代高曾之主。焚香拜佛，祝发为僧。意比顽民，托名顽石。虽作空门之癞子，依然亡国之逋臣。冀离阳九之灾，仍守在三之节。难报者君恩亲恩与佛恩，相通者释教道教与儒教。蓬莱天上，从无不忠不孝之神仙；净土梵中，岂有不忠不孝之菩萨。元首明而朝廷尊，目今赖佛逃日，苟且全生；肤发全而父母顺，他年还俗加冠，庶几成老。太平有象三千，复华国之衣冠；般若无穷二六，奉空王之礼乐。愿垂悲愍，俯赐证盟，无任瞻仰吁祷之至。谨意。

郭都贤，其生平见本书第一卷。此文是郭都贤剃度之前告天、告地、告祖、告亲友之文，录自（清）邓显鹤编纂《资江耆旧集》卷五。

青宫劝讲箴

［明］罗喻义

臣闻《书》称“时敏”，《诗》咏“缉熙”，学之当讲，振古如斯矣。乃有事隆师傅，教资审喻。岂繄琢磨令资，兼之系属人心。所以监抚守从，道著前经；恭敬温文，义彰昔记。长世流祚，垂之万叶，策无出此。

仰惟皇太子殿下，克长克君，闻诗闻礼。兔走之喻，分定于一人；鸿飞之歌，功成于四皓。况复道兼明两，祥开索一。侍宸严于鹤禁，毓圣孙于龙邸。祖孙萃庆，作述齐茂。粤稽周室，则太王王季以及文王；其在圣朝，则成祖仁宗而逮章圣。以今准昔，借喻非虚。

迩年以来，讲席尘封，宫臣罕接，识者忧之。《礼》曰：男子十年出就外傅，学书记也。既长，则曰：“能典谒矣。”于是乎染丹彩于乡塾，叩洪钟于朋友。庶人之子尚然，矧东朝乎？自当春弦夏诵，切问近思，知人间之庶事，识君臣之大道。使具僚观则，百辟式瞻。若献岁之有阳春，元天之有旭日。弘化懿德，乃作元良。岂有国之储副，经年累岁不一接士大夫者哉！臣愚以为非细故也。

顷者待罪词林，窃见中秘诸儒讲诵不辍。乃宏文之馆既辟，而承华之门阒如。元稹有言：“略其贵者，教其贱者，无乃邻于倒置乎？”缅惟祖宗典制，最重讲筵。昔在文皇时，则有若臣缙姓解、臣荣、臣士奇、臣溥并姓杨、臣幼孜姓金侍东宫，臣淮姓黄辅导皇太孙。或专说《春秋》，或进解《大学》，或明乾卦之九四，或陈汉文之《类编》。即国家有道之长，未必不由此也。臣谨拜手稽首而献箴曰：

天生烝民，司牧司树。咸熙庶绩，式昭王度。惠民垂统，元良继体。丽正离明，惟机天启。君彼东朝，国之储贰。秋坊通梦，春宫养德。何以养之，其崇贤门下之儒，朝婴夕侧，右史左图；何以通之，其金华殿中之语，要言不烦，清辞晰理。罔曰暂辍，道惟缉熙，学殖易落，羲驭难追。罔曰盛年，亦既抱子，前事后师，式谷惟似。乌乎！深居非乐，苦趣在兹。岂不闻耳以音聋，体缘色疲。问业非劳，作德心逸。岂不闻诗能解颐，檄堪愈疾。淮惟庶子，荣也少师，士奇端尹，家监幼孜。敞经筵于清昼，开承明而直晚。比如文皇，则其不远。小臣献箴，将美在斯。少海增润，前星重辉。

罗喻义，生平见本书第十二卷。此文录自《（乾隆）益阳县志》卷二十；又见（清）罗汝怀编纂《湖南文征·元明文》卷五十二。

瀛洲赋

［明］罗喻义

瀛洲之山，远在东海。粤若稽古，图牒所瞰，洲名者十，山名者五，壶名者三，瀛皆与焉。比于代间，亦犹冀方总九州，泰岱宗五岳矣。故迹涉怪迂，匪赋何显，匪征何信。游拟逍遥，则方内不如方外；志存经世，恐集仙未若集贤。是用借汉为喻，终之以雅云尔。辞曰：

赤龁降，青雀下。武皇作，开金马。东方滑稽，相如文雅。有诏问朔，积水焉极，孰知其坻？神州有十，畴者神奇。抽子秘思，骋子妍辞，远想冥搜，为朕赋之。

朔拜，稽首丕维。曰：於戏休兹，岂不异哉。八方之外，巨海之埃。元都紫府，玉楼金台。遵渚则有青邱凤麟，陟巘则有方丈蓬莱。何众屿之竞奇，而一壶之元胜。隽八洲而先鸣，殿四山而后劲。于稽其位，厥惟东海，西直会稽七十万里。地传木公，则诸真之秘馆焉；方乘震帝，则群山之隩墟焉。昔余望于远海，睇彼蓬瀛；登于衡山，刻石作铭。曰：宝云生于露坛，祥风起于月馆。望三壶如盈尺，览八纮如带绾。余夙蕴此奇尚兮，东入海而徜徉；饮黄露于元天兮，饴丹霞以为浆。朝发轫于朱陵兮，夕余届于扶桑。惟彼瀛之巀嶪兮，羌上广中狭而下方。类太华之削成兮，宛在水之中央。展其为大也，恍其为怪也。恍恍不可为容，闪倏不可为概也。尔乃六龙扶日而上升，五鳌冠山而番休。人民隶籍而皆仙，禽兽弥望而如荼。山川仿佛乎中国，风俗依稀乎勾吴。神芝烨烨而擢秀，仙草油油而芳萸。乃有玉石千寻，魁然其阜。下吐醴泉，味甘如酒。数升辄醉，后天并寿。既旨且多，酣饮则那。余窃乐此，据地而歌之。歌曰：

天清地旷渺难望，浛天荡荡浩沧沧。百龄暂寄阿许长，清为婆娑玉石傍。酌泉如醴行羽觞，令君长生寿而臧。此中元超非醉乡，黄金作阙芝产房，千秋万岁乐未央。

据地未起，载歌玉醴。歌曰：

玉醴方洁甘且清，有道服者得长生。挹彼注兹可数升，陶然常作醉中醒。念兹绸缪乐不淫，何当漂泊从伊人。

惟时相如大夫有醉其容，执简而进曰：

吁呼哉！异乎所闻。方今圣明在宥，化洽隐沦。西有太液三山，东有玉堂璧门，所谓瀛洲，即此其真矣，何必求之方外，而问诸水滨。朔言非是，臣请为乱，以正厥事。乱曰：太液兮蓬瀛，玉堂兮璧门。山有木兮水涟，匪集仙兮而集贤。群龙兮跃惕，翼君王兮永世。

此文录自《（乾隆）益阳县志》卷二十，又见（清）罗汝怀编纂《湖南文征·元明文》卷五十四。

任斋说

［清］夏逢芝

予年十五时，读周子《通书》，志伊尹之所志，学颜子之所学，深有味乎其言，遂以“任”名吾斋。盖窃以颜子之好学自待，而妄以伊尹之任天下自期也。宪皇帝登极，作《颂新天子词》四章以见志，自号“资江奇士”。嘻！亦太狂矣。稍长，渐知世务，乃痛自裁抑，自谓志愿过高，恐终不能胜其任，当思所以修其在己者而后及乎人。则又以服膺曾子“仁以为己任”之语，故斋之名亦仍而不易焉。于是乎绝意科名，专事乎“为己”之学，兢兢焉不敢有尺寸分毫之失，盖又类乎孔子之所谓狷也。今且老矣，既无由致身通显以偿前之所“任”。而业不加修、德不益进，则夫后之所“任”又岂能胜哉？惟穷通得丧，不系于心，亦任其自然而已。继往开来，诚有志而未逮也。虽然，少也狂，中也狷，晚虽未得与于中行，而其所以自任之心，则终始弗渝也，盖亦终吾身而已矣。于是乎作《任斋说》。丙子夏月

任斋，即夏逢芝，生平见本书第八卷。此文录自夏受祺纂修《益阳枫田夏氏五修族谱·枫田耆旧集》卷一。

我山序

［清］曾绍孔

余城居日久而厌也。去郭南七十里，一山旧号张冲，见而爱之，似有独得乎我者。岁乙酉，家焉。然爱其山而微嫌以姓著，若或私之者。夫苟欲私之，则莫若于我私之也。山之下，我田可耕，我泉可汲；山之

麓，我堂可蔽风雨。山即我所饮食栖息，而因循混迹，钝拙自甘，适得吾素者也。抑又闻古之人凡所经涉，类能探其奇秘，发为謦咳。子美于夔，子厚于永，一时诗文与山水争胜。是诗文者，山水之精神；而山水者，诗文之典籍也。今是山也，虽非别有天地，而农锄牧唱、樵担渔蓑，得诗文之人；朝霞暮霭、冷翠空青，得诗文之境。至于谷断云封，溪流雾锁，诗文之法得焉；远黛浮天，淡烟挂树，槿篱犬吠，竹屋鸣鸡，诗文之色泽音响又得焉。夫吞吐奇秀，我不逮古人远矣。而是山能使我酣嬉淋漓，讴吟呼笑，蘧然相然而不欲去。是则我所尤得者，乃其所以为我也。自兹以往，孤情独造，耳目之所听眺，晦明风雨之所兴会，日月烟云之所摩荡，颓垣断堑、伧夫山鬼之所揶揄，感激偶有会心。百虑俱空，而我与山又将莫知其然而然也。

曾绍孔，生平见本书第二卷。此文录自（清）曾绍孔著《我山草堂文集》卷三。

龟台山赋

［清］刘恩宠

览扶舆之磅礴，呈天地之大文；挺瑶篸而破雾，耸玉笋以攒云。歧南经与北纬，等绣错兮丝棼。任高高而下下，属见见而闻闻。故名山不尽于五岳，而龟台俨作镇于资渍。势崒嵂以层折，象穹穷而纠纷。蹴百级之巀嶪，标千尺之氤氲。雄冠鼎峙，法背舒贲。石肠藏穴，元甲含纹。似曳尾而趋大壑，若仰首而吐灵氛。固天造兮地设，亦绝类兮离群。

若乃西望浮邱，掩映九冈；云肤叆叇，天柱轩昂。南峙青修，北控太常。香炉斗壁，开成远嶂；龙牙石马，缀作明珰。白鹿甡甡兮，欲衔花而献瑞；舞凤翙翙兮，将振羽而呈祥。彼夫熊耳虽高，惟堪积甲；牛头纵似，莫克服箱。又何论夫鸡冠鸟带、马颈羊肠、猿门雁塞、吠犬峻狼所能望其项背而相与之颉颃？

至其按图如画，入目倾觞。抑之弥显，晦之弥扬。春绿缛兮含翠，秋赤赪兮摇苍。啸熏风兮木杪，点玉霰兮瑶冈。鸟嘤嘤兮出深谷，蛩唧唧兮吟短墙。石深深兮韫尺玉，枫浅浅兮抹红妆。朝曦暾烨，夕照微茫。渔烟织锦，蟾月凝霜。匪是天孙，早映南离之象；依然地轴，还看北斗之光。则有落雕才子，跨凤仙郎。琴鸣单父，花满河阳。香骞十步，巧织七襄。探幽索渺，选胜寻芳。乘公暇，步闲堂；凭云母，驾沙棠。景行仰止，乐只未央。于斯时也，雾开元豹，宝堕神仓。诗携谢朓，景说长康。洗郄诜之尘胃，据潘岳之石床。垂阮籍之青眼，收李贺之奚囊。谓风会之所聚，洵地脉之称良。上瞻乾象，乃戴斗罡。司录文柄，是谓文昌。繄惟益水，凤翥鸾翔；建阁于此，永峙光芒。

旋取材而落实，命规圆而矩方。来引墨之般匠，集运斧之吴刚。制同天禄，丽赛滕王。厥功成于不日，而兹山愈以见其炜煌。

搜万古之奇踪，开千秋之秘钥。业炳焕于缥缃，事精莹于丹雘。射牛女之晶魂，夺河汉之皓魄。森丛桂而芳腾，映山花而锦错。知赑屃之功深，识岧荛之境拓。皱水面之波纹，结空中之璎珞。方四顾而踌躇，领千峰之绰约。山以阁而益崇，阁以山而转廓。仿佛乎湘山七十二螺髻，匪隔千重；徜徉乎道书三十六洞天，聊供一噱。

惟伊祁之盛德兮，元龟浮绿字于河滨；惟大禹之道亨兮，神龟负异书于伊洛。龟与文其相关兮，文与龟其相托。山适名乎龟台兮，亦适载乎文星之阁。余言其然其不然兮，想山灵亦遥应之曰诺。

龟台山，位于益阳县城资江南岸。刘恩宠，生平见本书第十二卷。此文录自《（乾隆）益阳县志》卷二十。

募修桃花江天问阁小引

[清] 陶　澍

三百五篇之后，骚独称经；七十八家之前，赋原有祖。《汉书·艺文志》，赋家凡七十有八。远凌百代，无若三闾。按《益阳县志》：凤凰庙在治西六十里弄溪之滨，即今桃花江，世传屈原作《天问》处。庙祀原与夫人，洎其三子，俗呼“凤皇神”。《县志》又云：屈原数引凤皇，或以原之孤忠，如凤皇之不世出，故以为名。而前人诗又有云：“桃花岁岁泛江红，尽是问天声里血。”合数说观之，则当日书壁问天，确有其地。今桃花江凤皇庙稍东里许，有桃骨山，倚石临江，蔚然深秀，父老相传谓是其处。而旧址荒芜，寸椽乏识，非所以崇贤者而重古迹也。夫云亭月榭，尚忘结构之劳；宝刹琳宫，不乏虚糜之费。矧此故山佳处，实关前辈风流。不有表章，曷申景仰。所望地将金布，事共玉成。杰阁宏开，如对高呼之日；词坛丕振，重张大国之风。谨启。

此文录自《陶澍全集》第六册。

赠别丁对山先生序

［清］陶　澍

桂欲馥，芦始秋，余乃挂帆北上，泊舟益水之阳，过对山先生而告别焉。于时轻尘不动，薄雨才收。隔江之树影飞来，满地之月华流出。先生手一爵，顾余曰：“行矣，为国家有用材。吾子勉之。”余唯唯，谢不忘。先生又手一爵，曰：“古人云，勿谓我老耄而舍我，数千里迢迢，何以处我乎？”余唯唯，谢不敢。盖余于先生交依十载，德望三尊。卫宾之于诸公，忝呼小友；司空之称前辈，实乃后生。言之不文，吁以为笑。虽然，亦岂能以默默哉！

始余以壬戌之岁，乞假南旋，相逢歧市。先生一见，慨然曰：“范希文‘先忧’‘后乐’二语，毋得忘之！”余不觉肃然起敬，以为城市中无此人也。接洽之顷，言论遂深。每闻风发，起耳后之雄澜；似饮醇醪，醉壶中之春色。及交才子，益悉生平。始知先生少志于学，羹经俎史，有下帷之瘁，有粹掌之勤。既而投笔，究心于尉缭黄石之书，怒马试箭，意气轩轩，欲以此干城王国。迨夫西风毷氉，宝剑难售。于是以田文爱客之心，为郑庄置驿之举。一时侠义之称，溢于江海。及至买山计就，归隐图成。子姓数十人，团圞绕膝。乃遂闭门谢客，设馆课孙。案有芸香，庭无艾气。至于肝胆照人，精明洞物，意所否者，雷轰电掣，一军皆惊。逮风骤雨还，星疏月朗，胸中涣然，无复意必，岂不诚磊落大丈夫哉！今且八十矣，童齿仙瞳，须眉飒爽。三径门前之竹，解报平安；一窝堂上之春，无非安乐。远维贤哲，何以加兹？余闻诸曼倩同类之游，不以远近为故，竿旌之忠告至矣！请得即先生之言，努力自持，于以报先生而因以为先生赠，其可乎？于是，先生复手一爵，起而笑曰：“诺！”

丁对山（1728—?），名盛鳌，字对山，清乾隆间庠生，居益阳县八里桃花江东山村（今属桃江桃花江镇），在益阳城西歧市经商。其后代从东山村迁至益阳县十二里双塘村（今属桃江县灰山港镇河溪水村）。此文录自《陶澍全集》第六册。

拟联本塔铭并序

［清］莫　宣

呜呼！家山一曲，回头皆入破之声；粉黛百年，弹指尽著残之梦。咏来风絮，幼即疑仙；散到天花，长偏参佛。回文曲苦，东南之孔雀徒飞；绣佛楼高，西北之牵牛安在。已分绣襦花袚，概付劫灰；遂令玉管金笺，常依禅榻。娲皇炼石千秋，莫补情天；精卫衔冤百计，难填憾海。徒向如来而乞命，愿呼菩萨以解人。闭骨青山，埋愁黄壤。呜呼！烈矣！夫其毓德豪宗，钟灵华胄。针楼昼掩，绣合称神；镜槛宵吟，诗应号伯。写就簪花之格，绣户香温；摹成对镜之图，瑶窗玉笑。木兰最小，惯依唤女之爷娘；萧史偏佳，争羡上头之夫婿。固已七香车上，待整金钿；九华帐中，拟披宝扇。从此歌君子偕老之句，奉女师德象之篇。金沙唤渡，牙旗佐公子之军；玉斧披图，钤阁肃夫人之队。自饶艳福，亦称香名。奈何金人夜泣，汉家之宫阙都荒；玉马朝驰，子氏之河山已渺。问故侯之马革，何人尚种瓜田；攀旧主之龙髯，有客遂赓薇曲。凫鹥银海，处处飞翔；蛇犬铁山，年年吞噬。天荒地老，赤绳之系何裨；水远山遥，青鸟之音亦断。此则银烛堕三更之碧，樊通德拥髻工啼；玉壶留一掬之红，薛灵芸捧心善怨。未足方兹孤愤，拟此牢愁矣。乃扭断同心之结，辟开并蒂之花。月以缺而难圆，星以离而莫合。蛮烟瘴雨，无翼南飞；花落鸟啼，何心西笑。敲残檀板，安公子总是离声；击碎瑶琴，贺新郎已成绝调。谱出离鸾之怨，堤柳丝丝；写来寡鹄之愁，驿梅片片。嗟嗟！西陵松柏，天生苦节之姿；南国蕃蓏，人号伤心之草。贞女之遇，固于此穷；贞女之节，不于此显欤？

于是红妆尽洗，绮语都销。斫开金镂之箱，凤衫黤黮；剖断葳蕤之锁，鸾镜飘零。稽首金仙，皈心宝座。黑罡风恶，可哀本是人间；白奈花开，差乐果然天上。呜呼！噫嘻！且过鸟寒，托足原非有意；可怜虫苦，叩头正复无聊。而栖托黄庭，王妙想心惟奉道；皈依古刹，叶小鸾意在参真。不几以联本之名，没纯贞之实哉？尔其静掩禅房，闲抛经卷。感兴亡而病深摩诘，悯离乱而劫惨修罗。梦醒南天，落花桄榔之叶；情凄西土，凋残薝卜之花。忝将阿耨以皆愁，说与释迦而亦泣。况复寻亲古水，同为白足之僧；忆第空山，尚稔赤眉之祸。拂菩提之树，岂证禅心；拭明镜之台，要参我法。长此女儿箱破，坐伊七个之团；佛子衣传，畀汝九升之种。落寞赤华之舍，铜狄秋吟；凄凉青豆之房，木鱼夜捣。灵妃入道，难灰薄命之心；谢女谈禅，遂结终身之局。彩云堕地，清梵飘天。舍利珠圆，女贞木朽。呜呼！土花晕碧，千秋选佛之场；贝叶埋青，一片望夫之石。朝朝杜宇，自哭冬青；个个迦陵，空呼香积。耀西峰之明月，尚照滇池；挹南海之清波，如参宝相。爰为之铭曰：

浮邱之麓，资水之涯。一塔岿然，瘗此昙花。不吊昊天，生而苦茹。震旦年年，波旬怖汝。海凫毛落，仗象声凄。木邦玉賨，杳阁珠啼。虐雪弥天，饕风匝地。负负一声，空空两字。木樨香里，金粟影中。枯禅梵座，远梦滇宫。缚却诗魔，销将画癖。纸醉梗黄，杯抛软碧。泪竹秋斑，屋萝春鹗。竖指人来，低眉佛座。空山日月，古井波澜。欸冬花冷，寡女丝寒。形掩楚山，魂飞洱海。石级三层，冰心千载。伐石镌辞，江波勿啮。合掌慈云，丰干饶舌。

联本塔，即郭纯贞的墓塔，原址位于桃江县高桥黑石村。莫宣，桃江人，生卒不详。此文录自《（民国）益阳县志》卷八。

王氏屯田原委

［清］王氏裔孙

明太祖高皇帝即位初，命诸卫分军于龙江等处，各设卫、所，以立屯堡。凡地肥沃可耕者，悉为屯田。甲楯之所栖，耒耜之所事，绵亘数千里，且耕且守，是即古者寓兵于农之道也。

我二世祖庆，职受左参军，寻以平云贵凯旋，诏以“汗马著绩，燮伐有功”，敕屯楚之常郡，设屯五所，以世承袭。庆公季子福达袭父职，庆公之孙长文友由常调靖，其裔遂家焉。永乐二年，文宁、忠、质、兴、信、政六公奉文备卫徙屯益阳，垦缮屯田三百八十九顷六亩二分六毫六丝，带甲屯耕，屯饷输纳常郡。自明季闯贼屠毒，海内鼎沸，祖等急军国之难，舍业从征。外而锋镝摧残，内而室庐焚毁，原垦田亩，几等荒丘。

幸荷国朝定鼎，顺治十一年招集故军流亡子孙，无论官与军，悉籍为民。然尔时设立守备，尚有军丁共七十二名，差当辰、常两处，屯饷仍输常郡。至康熙二十六年奉文裁卫归邑，辰、常卫所绅衿呈情上请，以军既为民，不蹈先朝旧迹，凡军丁杂费，尽行豁免，泐碑武陵县，昭示永垂。自是归并益地，屯田民种，报输归县。原畔捐县西自一里至十六里止，零星弃壤为军田，二十九年编插承丈，奉文复额。军田缺失，民区刁亩带丈。仅田八斗，派六亩二分五厘，至今俗传“屯田八斗、斗田斗粮”之说。三十九年清丈成册，复足原额三百八十九顷六亩二分六毫六丝。按下田下则，每亩一则六升科，屯粮二千三百三十九石一斗七升二合三勺九抄六撮；五一五则，科屯饷一千二百四两六钱七分三厘七毫八丝三忽九微四尘。五十年额外新垦田三顷二十九亩六分三厘五毫，科粮十九石七斗七升八合一勺，科饷十两一钱八分五厘七毫三丝一忽五微，均照前则例。但前奉旨加丁六名、三十六年又加丁二名，每丁征银二钱，额征丁银一两六钱。至五十五年奉文“永不增丁增赋”，煌煌天语，率土均沾。六十一年，将征饷合入正供，以五一五则例加六七八则编审，一并归入民户，同审当差。是则我五所屯田，昔之有事则战，无事则耕者，今则合有事无事而皆怡然自适也。而且输纳无跋涉之劳，征求有一定之则，此固圣朝之洪恩与先祖之功勋，而余族所深庆者也。因续家谱，谨录原委以示不忘云。

此文录自（清）王纲龄主修《（桃江打石湾）王氏五修族谱》。

重修东林寺小引

［清］赵裴哲

匆匆而过桃江，登弄溪桥，上下凭眺。山光与塔影互映，其隐然深秀者，问之则桃骨山，有天问阁在焉，其落成未十年也。

东林寺居桃上游，地窈而深，缭而曲。邑人郭顽石昔隐居于此，其晚年著作半出其间。适余以公事过从，住持僧修葺，求一言为嚆矢。环桃而居多好义者也，奚俟余言？第念灵均行吟楚泽，流寓弄溪，乃作《天问》。千百年来，荒烟蔓草，无复过而问者。一时坛坫复兴，风雅之士，相与披荆榛，因旧址而新其阁。荷衣兰佩，仿佛出没于空旷有无间。昔之断梗荒榛，倏而云构藻饰矣。灵均陈迹，桃之人不肯湮灭，而东林胜地，近在咫尺，前贤佚老之所幽栖，骚人韵士之所游止也，芜废不治，可乎？辟其堂庑，缭其垣墙，疏瀹池沼，点缀亭台，是亦桃之盛事也。余固乐观其成，是为引。

东林寺，原址位于桃江县城西溪街。赵裴哲，生平见本书第二十二卷。此文录自《（同治）益阳县志》卷二十四。

浮邱山寺观条规

摄理湖南长沙府益阳县正堂、拣发清军府加五级燕，为公恳示禁、勒石垂远事：

咸丰八年十月初三日，据九里举人陈德懋、刘桂本，生员刘标、曹大鹑，团总汪均华、吴廷光，地邻刁忠典、邱炳南、甘康香、夏良揆，生员熊吉甫，监生张德柄、彭玉山禀称：举等境内浮邱山，古刹灵神，由来旧矣，祈祷者无远弗届，每逢三月圣诞，其人尤众。近年陋习，无知辈于此日以敬神为名，在庵聚众赌博喧哗，僧不能禁，举等亦屡诫不止。而且竹木柴草、养牲什物，每遭窃害。不颁严禁，名山莫保，风化攸关。为此公恳台前，赏准示禁，泐石垂远，深为德便。

上禀等情到县，据此，除禀批示外，合行颁发条规，出示严禁。为此示，仰该处军民人等悉知，嗣后务须恪守王章，勉为良善，遵照后开各条，勿得藉端滋事。自示之后，倘敢不知自爱，故违禁令，一经访闻，或被寺僧及团总地邻告发，定即拘案，从重究办。法不姑宽，各宜凛遵毋违。特示。

今特示条规，开列于左：

一、赌博有干例禁，自示之后，如遇圣诞等日，倘有赌宝、斗牌、掷骰者，准寺僧、团甲、地邻等指名禀究。

二、竹木柴草，皆寺僧有用之物，不准名强暗窃，如违禀究。

三、庵场寺观以清静为主，倘有无赖之徒，吵闹喧哗，无端寻衅，希图诈索者，禀究不贷。

四、养牲不碍例禁，嗣后无知之辈，不得藉端讹索。如违，准其禀究。

五、乞丐游僧、老幼残疾，不准盘据该寺，如违送究。

右仰知悉。

大清咸丰八年戊午岁十一月初八日示。

此《条规》勒石，现嵌于浮邱寺无量寿佛殿东壁。原标题为《正堂告示》。益阳县正堂燕，即燕晋，河北献县人，进士，咸丰七八年间，任益阳县知县。

浮邱山进香疏

［清］佚　名

伏以峻岭云深，灵著浮邱之外；巍峰色涨，德隆资水之间。灵光闪灼，佳气葱笼。几处问天清净，咸知福地嶒崚。赫声濯灵，天尊第镇玉华之殿；淡灾拔苦，民生常叨金臂之垂。上世明禋肇祀，具有隆仪；我朝紫望时行，独昭巨典。兹者洁口净身，谁不持斋朝佛；披风戴月，尽属顶礼登山。三尺微命，一介愚医。生平存心修善，近来触手生春。曩荷默佑之恩，挈全家而未报；今酬得恩之愿，命小子以同还。香则计炷而有，人则按名而有。伏冀祖师列位尊神陛下，鉴以舆情，销清我愿；垂乎庥荫，丕显分灵。泉中父母，特祈常叶牛眠之吉；堂内夫妻，尚求永添鹤算之帘。闺门恳赐以安祥，惟媳与女；庭帏求深其眷顾，自子若孙。存其心，虽寸香片楮之约无愧矣；计其德，则金枝玉叶之恩难报焉。于是用申吁请，谨具疏以闻。

此文作者为桃花江一带之医者，姓名失考。此文录自桃江民间藏手抄本《应酬杂录》。

西峰寺重修佛像启

［清］西峰寺僧

象教肇兴，色即空而空还著色；人功足恃，新者旧而旧复图新。繄东土之丛林，有西峰之古刹。风清莲座，宝相巍巍；日射香龛，金容灿灿。历唐宋元明而未改，亦风霜兵燹之无伤。然而珠火金花，久将漫灭；白毫绀髻，屡费彰施。溯曩时润色之功，已百年而复逾其半；论本邑栖神之所，首四寺而转逊于三。贫衲四大空存，一筹莫展。冀檀那之东助，非问一钵一瓶；摅葵悃以先容，曷禁三熏三沐。金银钱等物，无非种福之因缘；城乡市诸君，皆愿解囊之慷慨。行见庄严诸佛，气象一新；坐镇上方，声灵百倍。愿将慈云法雨，报答人情；若云谷贱钱荒，请看佛面。

西峰寺，唐代初期修建，原址位于浮邱山乡西峰寺村，曾经是益阳县四大寺院之一，民国以来改为办学之地，大雄宝殿（俗称八角亭）于1970年拆除。《（同治）益阳县志》卷二十四：“西峰寺，在九里，唐时建，其地松杉交翠，水石澄映，厨泉石笕，兰若清幽，有梵堂，藏经阁积内典甚多。”此文录自桃江邓有胜先生收藏之手抄本。

天池山募修钟引

［清］薛昌晋

由来金奏实应商声，宜特发其鲸音，胡亦宣乎梵呗？盖玄中演曲，恒恃清净以无为；而梦里浮生，时现声闻而说法。惟天池山，故属此邦胜地，而佛刹前原有数石华钟，但为风雨所飘摇，几见石皆摧裂。况复星霜之变易，谁云金不消磨；常随小大之叩，不便晨昏之警。岂惟追蠡，抑亦声希。以此因缘，冀成裘于千腋；从来功德，须荷杖之一囊。住持僧行脚多缘，何恤走南山南而北山北；众香主解囊甚便，谅不难青者青而黄者黄。伏愿一境檀那，与人方便；不识十方士女，于意云何？但不吝乎朱提，得共襄夫缁侣。指挥如意，犹同竖手之僧；附和随声，尽及空心之第。则浮金声振，终成欢喜之缘；炉火功成，定有善信之报。至若东园西壁，重来茅屋葺修；因之北陌南阡，永作云山供养。是又于雷震雉鸣之际，用作先声；而雪痕鸿爪之缘，尤多后望。莫怪丰干饶舌，还期长者倾心。用布微忱，恭疏短引。

天池山，位于桃江县武潭镇。薛昌晋，生平见本书第九卷。此文录自《（桃江武潭）薛氏六修族谱》卷八十五。

浮邱卖木赋

［民国］胡唐钦

益水上游，浮邱山后，有一士焉，困穷已久。交无便嬖善柔，会唯良朋益友。月夜花辰，烹葵剪韭。盘飧无兼味，且摘园蔬；杖头有十千，漫愁沽酒。无如修竹千竿，食指八口；蝗害连年，田余四亩。淡泊以明志，抑又何求；远大以自期，常防物诱。于是伐木结桴，冀或得钱具糗。地有茈湖，木商云集；矶名瓦石，良材山阜。顺流而下，时维冬季；薄获以归，节当夏首。踽踽一人，汪汪群狗。十里五里之堤，千株万株之柳。江水兮新涨，怒涛兮声吼。风帆急兮破浪，桅樯集兮如薮。瞻尘土兮满衣，幸中怀兮无垢。乃涉甘溪、问钓叟、抵邑门、息奔走。群贤既晤，亲情独厚。共知我贫，亦莫予馈。盘桓三日，酩酊十斗。百里非遥，朝发夕至。柴扉庭户，稚孙老妇。觅蝇头之微利，如许艰辛；寄蜉蝣于两间，伊谁尸咎。速悟本来，永坚操守。居易俟命，毋伫尔所生；作德日休，庶几永垂不朽。乙酉四月。

胡唐钦，生平见本书第十四卷。此文录自胡唐钦纂修《（桃江千工坝）胡氏五修族谱》卷十三《艺文》。

黎锦晖演说桃花江

［民国］般若

黎锦晖先生所制之歌曲，近以《桃花江》一阕为最流行，青年男女莫不能信口诵其歌。词曰：“桃花江上美人多，桃花千万朵，比不上美人多。”想见其歌之普遍，复想见桃花江上确多美人也。星期六，丁楼雅集，有人请黎君详述桃花江之形势及情形，以广闻见。黎君乃言，桃花江在湘之益阳县界，沿江多桃林，花片堕于江水，冽而且芬。人饮其水，莫不聪明而娟美，女子尤白皙娇莹，麻面之女子可谓绝无其事。居民性情敦厚，客至则款接以诚，一家不及，数家合招待之，故宾至恒有如归之乐。江边女子，既美而聪明，对人益温婉有情致，然而不涉乎佻挞，可谓能发乎情而止乎礼者。以此之故，他乡风俗客有绳主人之妻女美者，主人每不怿，而此间则客绳人妻女之美，则闻者莫不引以为荣也。黎锦晖君言此，极赞桃江之美，至比为今日之桃源。而闻其语者，亦莫不粹然心动，以为世间果有此乐园，则尽欲弃此十里洋场，而迁居终老于桃花江畔也。

作者般若，生平失考。原文原载于 1934 年 4 月 3 日《时代日报》第四版。

主要参考文献

1. 曾主陶选编:《浮邱山诗文钞》,岳麓书社,2017 年。

2. 曾主陶、曾理:《浮邱山先民谱》,岳麓书社,2020 年。

3. 湖南省博物馆编:《湖南革命烈士诗词书信选》,湖南人民出版社,1981 年。

4. 中国青年出版社编:《革命烈士书信续编》,中国青年出版社,1983 年。

5. 桃江县革命烈士编纂委员会编:《桃江英烈》,内部印刷本。

6. [明] 徐学谟纂修:《(万历)湖广总志》,明万历二年至四年(1574—1576)刻本。

7. [清] 徐国相等修:《(康熙)湖广通志》,[清] 宫梦仁等纂,康熙二十三年(1684)刻本。

8. [清] 李瀚章等修:《(光绪)湖南通志》,[清] 曾国荃等纂,光绪十一年(1885)刻本。

9. [清] 高自位主修:《(乾隆)益阳县志》,[清] 曾璋等纂,乾隆十三年(1748)刻本。

10. [清] 方为霖修,[清] 符鸿纂:《(嘉庆)益阳县志》,嘉庆二十五年(1820)刻本

11. [清] 姚念杨、吕懋恒主修:《(同治)益阳县志》,清同治十三年(1874)刻本。

12. [民国] 张翰仪、李裕掌纂修:《(民国)益阳县志稿》,民国三十三年(1944)稿本影印本。

13. 桃江县志编纂委员会编:《桃江县志》,中国社会出版社,1993 年。

14. 桃江县志编纂委员会编:《桃江县志 1986—2000》,方志出版社,2010 年。

15. ［清］邓显鹤编纂：《沅湘耆旧集》，岳麓书社，2007 年。

16. ［清］邓显鹤编纂：《资江耆旧集》，岳麓书社，2010 年。

17. ［清］罗汝怀编纂：《湖南文征》，岳麓书社，2008 年。

18. ［明］郭都贤撰：《些庵诗钞》，岳麓书社，2010 年。

19. ［民国］张翰仪编：《湘雅摭残》，岳麓书社，2010 年。

20. ［清］曾绍孔撰：《我山草堂文集》四卷《我山草堂诗集》四卷诗后集一卷，清宣统二年（1910）刻本。

21. ［清］陶必铨撰：《萸江古文存》四卷《萸江诗存》三卷，清嘉庆二十年至二十一年（1815—1816）刻本。

22. ［清］陶澍：《陶澍全集》撰，岳麓书社，2010 年。

23. ［清］黎光地撰：《云肤山房诗稿》六卷，同治十二年（1873）刻本。

24. ［清］汤鹏撰：《汤鹏集》，岳麓书社，2011 年。

25. ［清］萧雄撰：《西疆杂述诗》四卷，新疆大学出版社，2017 年。

26. ［清］萧大猷撰：《如园诗集》二卷，抄本。

27. ［清］萧士恒编：《如园架上书钞目》，光绪二十四年萧氏如园刻本。

28. ［民国］夏寿华撰：《夏卓春先生琼游笔记》，1914 年广东活版公司排印。

29. ［民国］夏受祺撰：《自娱斋诗稿》四卷，1935 年铅印本。

30. ［民国］陈绍蕃撰：《竹啸楼诗草》二卷，1939 年铅印本。

31. ［民国］孙家杰：《益阳之胜地与名人》，1946 年益阳民报社铅印本。

32. 杨树达著：《积微居小学述林全编》，上海古籍出版社，2008 年。

33. ［民国］曾运乾著：《尚书正读》，华中师范大学，2011 年。

34. ［民国］夏思痛著：《夏思痛集》，岳麓书社，2009 年。

35. ［清］陶熼等修：《桃江义渡义路合志》二卷，清光绪六年（1880）刻本。

36. ［民国］邹祖润等纂修：《续修桃江义渡志》一卷，1927 年木活字本。

37. ［民国］江大壎等纂：《桃江黄獭溪口小河义渡志》一卷，1924 年鉴龟堂木活字本。

38. ［民国］陈斯蔚纂修：《（桃江井田坊）浮邱陈氏七修族谱》十卷首一卷，1941 聚奎堂木活字本。

39. ［民国］陈贤币主修：《（桃江横马塘）陈氏四修族谱》，1919 年木活字本。

40. ［民国］陈远翎主修《（桃江板溪）陈氏续修家谱》七卷首一卷末一卷，1925 年木活字本。

41. ［清］陈国镇纂修：《（桃江鸬鹚渡）陈氏续修支谱》三卷，清光绪八年（1882）木活字本。

42. 戴武仁主修：《（桃江双江）戴氏七修支谱》十卷，1993 年铅印本。

43. ［民国］邓昌锟主修：《（桃江桃花江）邓氏五修宗谱》十四卷卷首一卷，1930 年南阳堂木活字本。

44. ［民国］邓甲南纂修：《（宁益）邓氏五修家谱》三十一卷，1928 年南阳堂木活字本。

45. 邓时来主修：《（桃江峡山口）邓氏六修族谱》，1999 年铅印本。

46. ［民国］丁砚赓主修：《益阳丁氏宗谱》五十二卷首一卷，1936 年校经堂八修木活字本。

47. ［民国］符德恒等纂修：《（桃江修山）符氏八修族谱》二十三卷首二卷末三卷，1924 年敦本堂木活字本。

48. ［民国］郭大进主修：《（桃江梅林）郭氏七修族谱》八卷首一卷末一卷，1943 年木活字本。

49. ［民国］郭凤镜纂修：《益阳郭氏溶公支谱》七十四卷首一卷末一卷，1921 年木活字本。

50. ［民国］龚良图、龚家甫纂修：《（桃江）武陵龚氏十三修族谱》六十五卷首五卷末四卷，1937 年木活字本。

51. ［清］贺业铣主修：《（桃江）贺氏续修族谱》十二卷首一卷末二卷，清光绪二十二年（1896）六也堂木活字本。

52. ［民国］贺泽光主修：《（桃江）贺氏六修族谱》十五卷首一卷末三卷，1939年广本堂木活字本。

53. ［民国］胡子猷主修：《（宁乡）麦田胡氏族谱》二十卷首一卷末一卷，1934年木活字本。

54. ［民国］胡邵安纂修：《（桃江石牛江）益阳胡氏十修族谱》十六卷首一卷，1948年安定堂木活字本。

55. ［民国］胡唐钦主修：《（桃江千工坝）益阳胡氏五修族谱》十三卷首一卷，1947年木活字本。

56. ［民国］黄复良主修：《资江枯杉黄氏七修族谱》十六卷，1949年桂华石印局石印本，14册。

57. ［民国］江世宿纂修：《（桃江浮邱山）江氏五修支谱》四卷末一卷，1922年济阳堂木活字本。

58. ［民国］李彰度等纂辑：《（桃江枯杉）李氏八修族谱》，1928年木活字本。

59. 黎良杰主修：《（桃江高桥）资阳黎氏六修支谱》九卷，1994年铅印本。

60. ［民国］廖基中纂修：《资阳廖氏支谱》二十一卷，1941年木活字本。

61. ［民国］刘士湘纂修：《（桃江牛田）刘氏六修族谱》十四卷首一卷末三卷，1924年木活字本。

62. 刘喜之主修：《（桃江桥头河）益阳刘氏天麟公七修谱》，2018年印行。

63. ［民国］刘厚泉纂修：《（桃江河塘狮子山）刘氏七修族谱》十六卷首四卷，1923年鹤霞堂木活字本。

64. ［民国］刘中藩主修：《（桃江）石井刘氏五修族谱》二十四卷首一卷末一卷，1932年彭城堂木活字本。

65. ［民国］刘宗孚纂修：《（桃江水白坊）官庄刘氏八修族谱》十五卷首一卷末二卷，1944年彭城堂木活字本。

66. ［民国］刘承孝主修：《（桃江高桥黄茅坑）刘氏四修族谱》九卷首三卷，1928 年彭城堂木活字本。

67. ［民国］刘启谟主修：《（桃江河塘福堂湾）刘氏六修族谱》十卷首三卷，1929 年天香堂木活字本。

68. 刘述才、刘补生主修：《资阳刘氏八修族谱》，1999 年铅印本。

69. ［民国］刘鲤翔纂修：《（桃江鸬鹚渡碧田村）刘氏族谱》八卷首一卷，1913 年彭城堂木活字本。

70. ［民国］鲁先翘纂修：《（桃江）资阳鲁氏族谱》十六卷首一卷，1930 年秉礼堂木活字本。

71. ［民国］罗德勋纂修：《（桃江桃花江）罗氏六修族谱》，1941 年印行。

72. ［清］毛运鸿纂修：《（桃江沙田湾）毛氏四修族谱》九卷首一卷，光绪二十六年（1900）木活字本。

73. ［民国］莫寿森主修，莫锦南总纂：《（桃江大华村）莫氏七修族谱》三十四卷首七卷，1942 年钜鹿堂木活字本。

74. ［民国］莫辅叔等主修：《（桃江莲花坪）莫氏续修族谱》十七卷首二卷末四卷，1914 年木活字本。

75. ［民国］潘应逢等纂修：《益阳潘氏族谱》十八卷首一卷末三卷，1937 年树德堂木活字本。

76. ［清］彭涛纂修：《资江彭氏七修族谱》八卷首三卷末一卷，清光绪二十九年（1903）木活字本。

77. ［民国］史智仁主修：《常汉益史氏合修族谱》，1948 年木活字本。

78. ［民国］汤品兰主修：《（桃江桃花江）汤氏五修支谱》十二卷末一卷，1922 年中山堂木活字本。

79. ［清］王纲龄主修：《（桃江打石湾）王氏五修族谱》十五卷，清咸丰七年（1857）三槐堂木活字本。

80. ［民国］汪氏合族纂修：《（桃江天湾）资阳汪氏六修族谱》十六卷首三卷末一卷，1931 年平阳堂木活字本。

81. ［清］文湘浦、文隆榜纂修《（桃江梓梁岩）资阳文氏族谱》

五卷首三卷，清咸丰七年（1857）木活字本。

82. ［民国］文建猷主修：《（桃江梓梁岩）益阳文氏七房七修族谱》二十八卷首二卷末一卷，1933 年木活字本。

83. ［民国］吴能伸、［民国］吴若山主修：《（桃江大水洞）吴氏家谱七卷首一卷末一卷，1915 年木活字本。

84. ［民国］吴贤诚纂修：《益阳泉峰吴氏七修族谱》十二卷首一卷末二卷，影印 1921 年至德堂木活字本。

85. ［民国］吴声宏主修：《资阳峡流溪吴氏六修族谱》十卷首二卷末二卷，1914 年木活字本。

86. ［民国］刁名棣纂修：《益阳刁氏五修族谱》十五卷，1920 年木活字本。

87. ［民国］刁德庆纂修：《益阳刁氏六修族谱》十九卷首三卷末三卷，1948 年木活字本。

88. ［民国］夏受祺纂修：《枫田夏氏五修族谱》十六卷首一卷末一卷枫田耆旧集五卷，1933 年木活字本。

89. ［清］萧大显纂修：《资阳萧氏三修家谱八卷，同治十年（1871）木活字本。

90. ［民国］萧大伋主修：《（桃江）萧氏四修族谱》八卷末一卷，1947 年兰陵堂木活字本。

91. 萧昌玉主修：《（桃江磊石仑）萧氏六修族谱》，2000 年印行。

92. ［民国］徐朝钰总修：《（桃江徐家坪）徐氏五修族谱》一编三卷、二编三卷、三编十八卷，1948 年东海堂木活字本。

93. ［民国］薛守恭等纂修：《（桃江武潭）薛氏六修族谱》八十六卷、首一卷、末一卷，1933 年木活字本。

94. ［民国］尹启柳等主修：《（桃江长江村）尹氏十修支谱，1927 年木活字本。

95. ［清］曾德泽纂修：《益阳曾氏族谱》十二卷，清雍正三年（1725）刻本。

96. ［民国］曾运乾主修：《（桃江桃花江）武城曾氏五修支谱》（残本），1943 年木活字本。

97. ［民国］张明基主修：《（桃江锡溪）张氏四修族谱》十六卷，首一卷，末一卷，1929 年志文堂木活字本。

98. ［民国］赵显治纂修：《（桃江）书堂赵氏七修族谱》二十一卷，首二卷，末三卷，1929 年鸣琴堂木活字本。

99. 周本裕主修：《（桃江洪桥头）周氏九修世谱》，1995 年铅印本。

100. ［清］周传文主修：《（桃江三田）周氏支谱》八卷首二卷，清光绪三年（1877）绍兴堂木活字本。

101. 邹德玉主修：《（桃江）邹氏五修族谱》，1995 年印行。

后 记

责任编辑彭卫才先生将《桃花江诗文选》的清样交我，嘱我对文字和版式做最后审查。我觉得有必要再写几句话，以表达一种心意。《桃花江诗文选》算不了著作，只是个诗文选本。但该书得以编纂和顺利出版，真得益于天时地利人和。

最大的天时是这个安定繁荣且重视文化的时代，才使得文化人能够衣食无忧地安心做文化、安心做想做的事；才使得我们作为农家儿女能于数十年间遨游文化知识的殿堂；才使得有《湖湘文库》的编纂让我接触到丰富的湖湘文献。

最大的地利是我们有值得自豪的家乡桃花江。桃花江深厚的文化积淀、丰富的文献资源，是我们编纂《桃花江诗文选》最基本的条件。同时，我们的编纂工作特别是文献收集，得到了桃江县委宣传部的关心，也得到各乡镇党委和政府以及许多村组干部和群众的帮助。此外，在出版环节，中南出版传媒集团给予了大力的支持。

人和的因素也很重要。首先是我们的四位老人虽然都高龄九十或接近九十，但都能生活自理，饮食如常，使我们有时间从容斯役；其次是我们夫妻俩坚定信心、矢志不渝、同心协力；三是有很多朋友鼎力相帮，深情关注，如卢胜祥、龙玉牛、刘万能、刘小武、钟军力、罗中华、夏正君、刘德云、杨松柏、汪勇、文爱华、曾雨辉等，都是我们在编纂过程中所结识的桃江文化界的朋友。全稿杀青之际，桃江县政协副主席董佳女士在西峰村指导美丽屋场建设，对本书的编纂也给予深情关注。

王耀中、肖国安、邱善湘三先生热情作序，无疑为拙作增光。他们的褒奖，是对我们的鼓励。

我所要表达的心意，是对给予我们关心与帮助的所有单位和个人，表示衷心感谢。

曾主陶

2022 年端午节于长沙浮邱山房